Die Romane

Dean Koontz gehört mit seinen anspruchvollen Horror-Romanen zu den Meistern seines Genres.

Das Haus der Angst Nach einem Unfall wacht die Atomphysikerin Susan Thornton in einem Krankenhaus auf und kann sich nur noch an ihren Namen erinnern. Sie erfährt, dass sie wochenlang im Koma gelegen hat. Doch in den Alpträumen, die sie Nacht für Nacht heimsuchen, werden Ereignisse ihrer Vergangenheit lebendig.

Schattenfeuer Der brillante Genetiker Dr. Eric Leben ist im Umgang mit seinen Mitmenschen herrrschsüchtig und brutal. Deshalb will sich seine Frau Rachael von ihm scheiden lassen. Nach einem Streit mit ihr wird er beim Überqueren einer Straße von einem Lastwagen überfahren. Als seine Leiche aus der Leichenhalle verschwindet, wird Rachael von Panik ergriffen.

Der Autor

Dean Koontz wurde 1946 in Bedford, Pennsylvania, geboren. Nach dem Studium nahm er eine Stelle als Lehrer an. Er begann zu schreiben und konnte bald seine erste Kurzgeschichte veröffentlichen. Nach dem Erfolg seines Romans *Chase* widmete er sich ganz der Schriftstellerei. 1976 zog er mit seiner Familie nach Kalifornien.

In 28 Jahren schrieb Koontz knapp 60 Bücher, von denen mehr als 100 Millionen Exemplare in 18 Sprachen in vielen Ländern der Welt verkauft wurden. Die meisten Bücher des Autors sind im Wilhelm Heyne Verlag lieferbar.

Dean Koontz

Das Haus der Angst
Schattenfeuer

Zwei spannende Psychothriller

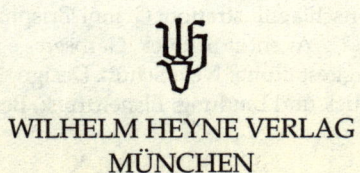

WILHELM HEYNE VERLAG
MÜNCHEN

HEYNE TIPP DES MONATS
Nr. 23/167

Umwelthinweis:
Dieses Buch wurde auf
chlor- und säurefreiem Papier gedruckt.

Taschenbuchausgabe 8/2000
Copyright © dieser Ausgabe 2000 by
Wilhelm Heyne Verlag GmbH & Co. KG, München
Printed in Germany 2000
Quellennachweis: s. Anhang
http://www.heyne.de
Umschlagillustration: Gianni Crispino/
Agentur Schlück, Garbsen
Umschlaggestaltung: Nele Schütz Design, München
Druck und Bindung: Elsnerdruck, Berlin

ISBN: 3-453-16881-X

Das Haus der Angst

I. Teil

ANGST AUF LEISEN SOHLEN

1.

Als sie erwachte, dachte sie, sie sei blind. Sie hatte ihre Augen geöffnet, aber was sie sehen konnte, war nur purpurrotes Dunkel und formlose Schatten. Bevor sie in Panik geraten konnte, wich das Dunkel einem bleichen Nebel; dieser Nebel löste sich schließlich auf, und aus ihm wuchs eine in weiße Quadrate eingeteilte Zimmerdecke.

Es roch nach frischer Bettwäsche. Nach Desinfektionsmitteln. Nach Krankenhaus.

Sie bewegte ihren Kopf, und ein scharfer Schmerz durchzuckte ihre Stirn wie ein elektrischer Schlag. Was sie sah, verschwamm wieder vor ihren Augen. Erst dann sah sie das Krankenhauszimmer, in dem sie sich befand.

Sie hatte keine Erinnerung daran, in eine Klinik gebracht worden zu sein. Wo war sie? Nicht einmal der Name der Stadt, in der sie sich aufhielt, fiel ihr ein.

Was war los mit ihr?

Sie hob ihren Arm, was ihr ziemliche Mühe bereitete. Sie tastete ihre Augenbrauen ab und stellte fest, daß ihre halbe Stirn von einem dicken Verband bedeckt war. Ihr Haar war so merkwürdig kurz. Waren ihre Haare nicht lang bis über ihre Schultern gefallen?

Sie war nicht stark genug, den Arm länger zu heben. Sie ließ ihn auf die Decke zurückfallen.

Den linken Arm konnte sie überhaupt nicht heben. Er war mit einem Pflaster an einer Holzleiste befestigt. Jetzt sah sie die Nadel, die in ihrer Vene steckte. An einem Chromgestell hing die Flasche mit Glukose. Offensichtlich wurde sie intravenös ernährt.

Sie schloß die Augen; dachte – oder hoffte –, sie würde bloß träumen. Aber als sie wieder aufblickte, hatte sich nichts geändert. Derselbe Raum, weiße Decke, weißgetünchte Wände, mit Fliesen belegter Fußboden, maisgelbe Vorhänge an den Seiten des großen Fensters. Durch das Glas konnte sie

Baumwipfel sehen und ein Stück blauen Himmels. An ihrer Seite stand ein zweites Bett; es war unbenützt. Sie hatte keine Stubengenossin.

Das Seitengitter an ihrem Bett war hochgezogen, damit sie nicht hinausfallen konnte. Sie fühlte sich hilflos wie ein Baby in der Wiege.

Sie zermarterte ihr Hirn. Aber beim besten Willen konnte sie sich nicht entsinnen, wie sie hieß. Wie alt war sie eigentlich? Sie wußte es nicht. Nichts, was mit ihrer Person zusammenhing, kam ihr in den Sinn.

Ihr Gedächtnis war wie eine Mauer, die sie bei aller Anstrengung nicht durchbrechen konnte. Angst überkam sie in schnellen Wellen, die sich wie zu einer Brandung verdichteten. Alle ihre Bemühungen, einen Schimmer von Erinnerung heraufzubeschwören, waren zum Scheitern verurteilt.

Amnesie!? Gedächtnisschwund?

Hatte sie einen Hirnschaden erlitten?

Es gab keine andere Erklärung für ihren Zustand. Diese Erkenntnis ließ ihr Herz schneller schlagen. Sie mußte einen Unfall erlitten haben. Hatte sie eine schwere Kopfverletzung, einen Dauerschaden davongetragen?

Jetzt geriet sie in Panik.

Als ob der Angstzustand verborgene Sperren geöffnet hätte, fiel ihr plötzlich ihr Name ein. Susan Thorton.

Und sie war 32 Jahre alt.

Doch keine Flut der Erinnerung brach über sie herein. Name und Alter, das war alles. Ein dünnes Rinnsal. Darüber hinaus wußte sie nichts über sich. Wo hatte sie gelebt? Von welchem Geld? Hatte sie einen Beruf ausgeübt? War sie verheiratet? Hatte sie Kinder?

Nach diesen essentiellen Fragen versuchte sie es mit banalen Dingen. Welche Schulen hatte sie besucht? Was waren ihre Lieblingsgerichte? Liebte sie klassische Musik oder Jazz?

Nichts. Keine Frage ließ sich beantworten. Ein dichter Nebelschleier hing über allem, was sie mit ihrem früheren Leben verband.

Amnesie. Gedächtnisschwund.

Bevor sie neuerlich von Panik ergriffen wurde, entsann sie

sich, auf einer Ferienreise in Oregon gewesen zu sein. Sie wußte nicht, woher sie gekommen war und wohin und zu welcher Arbeit sie zurückkehren mußte, wenn die Ferien zu Ende gingen. Aber sie hatte zumindest einen Anhaltspunkt. Sie mußte sich in Oregon befinden.

Dann kam eine bildliche Erinnerung zurück, und sie sah vor ihrem geistigen Auge eine Autostraße. Eine wunderschöne Bergstraße mit Bäumen und Felsen auf beiden Seiten. Sie schloß die Augen, aber die Erinnerung verschwand nicht. Ein heller Morgen, sie fuhr durch einen Fichtenwald. Sie saß am Steuer, lauschte der Musik, die aus dem Autoradio kam. Jetzt durchquerte sie ein verschlafenes Städchen. Deutlich sah sie die Schindeldächer vor sich. Eine Reihe von Lastwagen. Sie wich aus, ohne Schwierigkeiten. Die Landstraße vor ihr war jetzt leer. Sie gab Gas und dann... und dann...

Die Erinnerung brach ab, als wäre ein Film gerissen. Nichts. Dunkelheit. Und dann war sie erwacht, verwirrt und hilflos, in einem Krankenhausbett.

»Hallo, meine Liebe! Ich sehe, Sie sind wach und munter. Fein!«

Susan wandte ihren Kopf. Wer hatte zu ihr gesprochen?

Der Kopfschmerz war zurückgekehrt, hielt ihren Schädel wie mit einer Zange umklammert.

»Wie fühlen Sie sich? Sie sehen ein bißchen blaß aus, aber das war zu erwarten. Nach allem, was Sie durchgemacht haben.«

Die Stimme gehörte zu einer Krankenschwester, die von der geöffneten Türe auf das Bett zukam. Eine ziemlich dicke, grauhaarige Frau mit gewinnendem Lächeln und fröhlichem Blick. Sie trug einen gestärkten, weißen Kittel, um ihren Hals hing eine Metallkette, an der ihre breitgeränderte Brille hing.

Susan versuchte zu sprechen. Konnte nicht. Sogar der schwache Versuch, einige Worte hervorzubringen, schwächte sie derart, daß sie meinte, ohnmächtig zu werden. Ihr Schwächezustand erschreckte sie.

Die Schwester nickte ihr ermunternd zu. »Ich wußte, Sie

würden darüber hinwegkommen. Ich habe meine Erfahrungen. Manche in der Klinik hatten ihre Zweifel, aber ich nicht. Ich wußte, Sie sind der zähe Typ.«

Wieder versuchte Susan zu sprechen, und diesmal kam ein Ton von ihren Lippen, obwohl es nur eine Art Gurgeln war, das ihrer Kehle entwich. Sie fragte sich, ob sie jemals wieder normal würde reden können. Würde sie für den Rest ihres Lebens nur mehr tierische Laute auszustoßen imstande sein? Manchmal führte ein Hirnschaden zum Verlust der Sprache. Davon hatte sie gelesen...

Plötzlich begann sich das Zimmer rund um sie zu bewegen. Gleichzeitig fühlte sie in ihren Ohren ein Hämmern wie von einer lauten, aber entfernten Trommel. Susan biß sich auf die Lippen. Sie mußte das Zimmer zwingen, still zu stehen, die Trommel zum Schweigen bringen.

Die Krankenschwester mußte die Verzweiflung in Susans Blick gesehen haben, denn sie sagte beschwichtigend: »Immer mit der Ruhe, Kindchen, immer mit der Ruhe! Alles wird in Ordnung kommen, es braucht nur seine Zeit.«

Sie kontrollierte die Infusion, griff nach Susans rechtem Handgelenk, um den Puls zu fühlen.

Mein Gott, durchfuhr es Susan, wenn ich nicht sprechen kann, vielleicht kann ich auch nicht gehen.

Sie versuchte, ihre Beine unter der Decke zu bewegen. Die Muskeln gehorchten nicht. Kein Gefühl. Die Beine waren schwer wie Blei, schlechter beweglich als ihre Arme.

Susan klammerte sich an den Ärmel der Krankenschwester, versuchte verzweifelt, etwas zu sagen.

»Lassen Sie sich Zeit«, sagte die Frau verständnisvoll.

Aber Susan wußte, daß ihr nicht mehr viel Zeit blieb. Sie wußte, daß sie sich am Rand einer Ohnmacht befand. Zu ihrem Kopfschmerz gesellte sich ein stetig größer werdender schwarzer Ring, der ihr die Sicht zu nehmen drohte.

Jetzt trat ein Arzt ins Zimmer und an ihr Bett. Ein älterer Mann mit schütterem, weißem Haar und ernstem Gesicht. »Nun, wie geht es unserer Patientin?«

Susan sah ihn flehend an und fragte: »Sind meine Beine gelähmt?«

Einen Moment lang glaubte sie, sie hätte diese Worte tatsächlich ausgesprochen. Dann wußte sie, daß sie ihre Stimme noch nicht wiedererlangt hatte. Sie wollte es nochmals versuchen, doch der schwarze Ring wurde immer größer und verengte ihre Sicht immer mehr. Schließlich sah sie nur mehr einen kleinen Punkt.

Dunkelheit.

Sie schlief. Sie träumte. Ein schrecklicher Traum. Ein Alptraum.

Wie schon unzählige Male zuvor, träumte sie, daß sie sich wieder in der Donnerhöhle befand und in einer Pfütze von warmem Blut lag.

2.

Als sie erwachte, waren ihre Kopfschmerzen verschwunden. Sie konnte jetzt deutlich sehen, fühlte sich insgesamt besser.

Es war Nacht geworden. Der Raum war durch ein Notlicht schwach beleuchtet. Die Vorhänge waren halb zugezogen; jenseits des Fensters lag tiefe Dunkelheit.

Das Gestell mit der Glukose stand nicht mehr an ihrem Bett, keine Nadel steckte mehr in ihrer Vene. Der linke Arm lag befreit auf dem Laken, rund um die Einstichstelle waren blaue Flecken zu sehen.

Sie war nicht allein im Raum. Der Arzt stand an ihrem Bett und blickte auf sie mit strengem Blick. Sein scharfer Blick schien sie zu durchdringen. Sie hatte den Eindruck, er sah sie nicht einfach an, sondern in sie hinein, als wolle er ihre intimsten Geheimnisse ergründen.

»Was – was ist mit mir – geschehen?« Sie konnte sprechen. Ihre Stimme war rauh und nicht ganz einfach zu verstehen, trotzdem klang sie beruhigend in Susans Ohren. Kein Schlaganfall, kein Hirnschaden zwang sie, wie sie befürchtet hatte, zu einer Existenz ohne Ausdrucksmöglichkeit. Doch sie fühlte sich noch sehr schwach. Es nahm ihre ganze verbleibende Kraft in Anspruch, ein paar Worte zu flüstern.

»Wo – wo bin ich?« Es klang wie ein Röcheln.

Der Arzt antwortete nicht sofort. Er drückte auf einen der Knöpfe, die die Bewegungen des Bettes steuerten. Das obere Ende des Bettes hob sich, und Susan saß jetzt, statt zu liegen wie bisher. Jetzt griff er nach einer Karaffe, die auf dem Nachttisch stand. Er füllte ein Glas und reichte es ihr.

»Trinken Sie langsam, bitte. Schluck für Schluck. Es ist schon eine Weile her, daß Sie Nahrung irgendwelcher Art durch den Mund zu sich genommen haben.«

Susan trank. Das kalte Wasser schmeckte fabelhaft. Das Brennen in der Kehle, das ihre Sprechversuche verursacht hatten, verschwand.

Der Arzt nahm ihr das Glas aus der Hand und stellte es zurück. Dann nahm er eine kleine Stablampe aus seiner Brusttasche, beugte sich zu ihr und leuchtete ihr in die Augen. Sie zwinkerte nicht; und sie konnte nicht erkennen, ob er mit dem Resultat der Untersuchung zufrieden war oder nicht. Wenn sie seinen Blick suchte, wich er zwar nicht aus, aber sie konnte in seinen Augen keinerlei Gefühl erkennen. War dieser Mann freundlich oder gefühllos, warmherzig oder kalt? Das ließ sich nicht erraten.

Sie versuchte, ihre Beine unter der Bettdecke zu bewegen. Sie fühlten sich immer noch bleiern an, aber sie gehorchten ihrem Kommando, ließen sich heben und strecken. Keine Lähmung. Sie atmete auf.

Jetzt hielt ihr der Arzt seine rechte Hand dicht vor die Augen. »Können Sie meine Hand sehen?«

»Aber ja.« Ihre Stimme klang noch tiefer als gewohnt, war aber deutlich zu verstehen.

»Wie viele Finger halte ich jetzt hoch?«

Er hatte einen Akzent, den sie nicht bestimmen konnte. Wenn er Amerikaner war, dann aus keiner Gegend, die sie kannte.

»Drei.«

»Und jetzt?«

»Zwei.«

»Und jetzt?«

»Vier.«

Sie antwortete geduldig, nahm an, daß er Folgen einer Gehirnerschütterung feststellen wollte. Er nickte zustimmend, die tiefen Falten auf seiner Stirn glätteten sich. Aber seine Augen prüften sie mit einer Intensität, die ihr unbehaglich war.

»Wissen Sie, wie Sie heißen?«

»Ja. Ich heiße Susan Thorton.«

»Richtig. Ihr zweiter Vorname?«

»Kathleen.«

»Ausgezeichnet. Ihr Alter?«

»Zweiunddreißig.«

»Prima. Wir haben allen Grund, zufrieden zu sein.«

»Ich weiß nicht recht...« Jetzt kamen ihr die Worte fließend von den Lippen. »Das ist ungefähr alles, woran ich mich erinnern kann.«

Er runzelte die Stirn. »Wie meinen Sie das?«

Sie räusperte sich. »Ich kann mich nicht erinnern, wo – wo ich gelebt habe.« Ihre Stimme klang jetzt klar. Kein Gurgeln, kein falscher Unterton. »Oder – wo und was ich gearbeitet habe.« Und schließlich: »Ob ich verheiratet bin.«

»Wir haben Erkundigungen eingezogen. Sie sind nicht verheiratet und haben keine Kinder.«

»Und wo bin ich zu Hause?«

»Das stand in Ihrem Führerschein. Newport Beach, Kalifornien.«

Sowie er den Namen der Stadt erwähnte, sah sie ihr Haus vor sich: einen Bungalow zwischen Palmen, im Stil einer spanischen Villa, mit hellweißen Wänden und rotem Ziegeldach. Aber so sehr sie sich auch Mühe gab, die Erinnerung an den Straßennamen und die Hausnummer wollte sich nicht einstellen.

»Ich habe doch einen Beruf?« fragte sie zögernd. »Einen Arbeitsplatz?«

Er antwortete nicht gleich, sondern sah sie durchdringend an. »Sie sind bei der Milestone Corporation in Newport angestellt.«

Sie fuhr sich mit der Hand über die Stirn. »Milestone?« In ihrem Kopf leuchtete ein schwacher Funken der Erinnerung auf.

Der Arzt starrte sie an.

»Was ist los? fragte sie irritiert. »Warum schauen Sie mich so an?«

Er nahm ihren Ausbruch mit einem Blinzeln zur Kenntnis dann lächelte er verständnisvoll. Er war sichtlich ein Mann, dem es nicht leichtfiel zu lächeln. »Ich habe mir Ihretwegen Sorgen gemacht, Miß Thorton. Es ist nicht einfach, eine eindeutige Diagnose zu stellen. Vorübergehende Gedächtnisstörungen sind in einem Fall wie dem Ihren zu erwarten und relativ leicht zu behandeln. Aber wenn der erlittene Schaden ernsterer Natur ist, muß die Therapie anders angelegt werden. Sie verstehen – es ist wichtig für mich zu wissen, ob der Name Milestone in Ihnen eine Erinnerung auslöst oder nicht.«

Sie gab sich Mühe, strengte sich an. »Ja, der Name Milestone ist mir geläufig. Zumindest vage geläufig...«

»Sie sind Physikerin. Haben Ihr Doktorat an der Universität von Südkalifornien gemacht, und seither arbeiten Sie für Milestone.«

Sie nickte. Der glimmende Funke der Erinnerung vergrößerte sich zu einer kleinen Flamme.

»Wir bekamen von Milestone einige Auskünfte. Wie gesagt, Sie sind nicht verheiratet, nie gewesen.« Er beobachtete sie scharf. »Rundet sich das Bild ab, das Sie von sich haben?«

»Ja. Gewissermaßen. An einiges kann ich mich jetzt entsinnen – aber nicht an alles. Wie Steine eines Puzzles; vereinzelte Steine...«

»Sie müssen Geduld haben«, beruhigte er sie.« Nach einer solchen Verletzung dürfen Sie nicht erwarten, binnen 24 Stunden wiederhergestellt zu sein.«

Sie hätte noch eine Menge Fragen zu stellen gehabt, aber eine überwältigende Müdigkeit überkam sie. Und Durst. Sie lehnte sich in die Kissen zurück und bat um Wasser.

Er reichte ihr das neu gefüllte Glas bereitwillig. Wieder warnte er sie, nur in kleinen Schlucken zu trinken. Etwas an ihm war ihr aufgefallen, und während sie trank, wußte sie plötzlich, was es war. Er hatte sich nicht, wie üblich, vorgestellt.

»Ich kenne nicht einmal Ihren Namen, Doktor.«

»Oh, tut mir leid, aber... Ich heiße Viteski. Dr. Leon Viteski.«

»Ich habe mir schon Gedanken über Ihren Akzent gemacht. Viteski? Das klingt slawisch.«

»Ja.« Seine Antwort klang etwas unwillig, er wich ihrem Blick aus, aber nur einen Moment. Dann sagte er schnell. »Ich bin eine Kriegswaise. Ich bin 1946 nach Los Angeles gekommen, im Alter von 17. Ein Onkel hat mich aufgezogen.« Er sprach schnell und ohne zu stocken, als würde er eine auswendig gelernte Rede herunterleiern. »Ich habe meinen polnischen Akzent ziemlich verloren, aber ganz werde ich ihn wohl nie loswerden.«

Anscheinend hatte sie einen wunden Punkt berührt, die bloße Erwähnung seines Akzents hatte ihn in die Defensive gedrängt. Er beeilte sich, das Thema zu wechseln. »Ich bin der Oberarzt in diesem Krankenhaus hier. Übrigens – wissen Sie, wo ›hier‹ ist?«

»O ja. Ich erinnere mich, daß ich auf einer Ferienreise in Oregon gewesen bin. Aber wohin ich fahren wollte, weiß ich nicht. Ich schätze, wir sind hier irgendwo in Oregon.«

»Richtig. Unsere Stadt heißt Willawauk. Keine Großstadt. Bloß 8000 Einwohner. Aber es ist eine Kreisstadt und verfügt – wie Sie sehen – über eine moderne Klinik.« Und er führte die Vorzüge der Klinik aus. Doch in seiner Stimme schwang weder Stolz noch Enthusiasmus mit. »Vier Stockwerke, 220 Betten. Wir haben den Ruf eines guten Krankenhauses.

Ich glaube, wir sind besser als die riesigen Gesundheitskasernen in den Großstädten, weil wir in der Lage sind, unseren Patienten mehr persönliche Zuwendung zu bieten. Und das bedeutet das A und O für eine schnelle Genesung.«

Wieder hatte Susan den Eindruck eines Sprechapparats, in dem ein Tonband läuft. War es Dr. Viteskis eintönige Stimme? Oder lag es an ihr? War ihr Wahrnehmungsvermögen abgestumpft?

Trotz ihrer Müdigkeit und der wieder einsetzenden Kopfschmerzen überwog schließlich ihre Neugier. Sie hob den Kopf vom Kissen und fragte: »Warum bin ich eigentlich hier, Doktor? Was ist mir zugestoßen?«

»Haben Sie wirklich keine Erinnerung an den Unfall?«

»Nein. Keine.«

»Die Bremsen Ihres Wagens haben versagt. Es war auf einer kurvenreichen Straße, die zum Viewtop führt.«

»Viewtop?«

»Ja, dahin waren Sie unterwegs. Das Viewtop Hotel. In Ihrer Handtasche fanden wir die Bestätigung Ihrer Zimmerbestellung.«

Langsam wiederholte sie: »Viewtop Hotel?«

Er nickte eifrig. »Ja. Ein beliebter Zufluchtsort für Menschen, die Ruhe suchen. Das Hotel liegt etwas abgelegen. Die üblichen Touristen verirren sich kaum dorthin.«

Während Dr. Viteski sprach, kehrte Susans Erinnerung langsam zurück. Sie entsann sich, in einem Reise-Magazin Farbbilder des Hotels gesehen zu haben. Diese Bilder hatten es ihr angetan. Die altmodische Veranda, der getäfelte Speisesaal, die gepflegten Gärten. Kurz entschlossen hatte sie für den Beginn ihrer Ferien ein Zimmer bestellt.

»Sie verloren die Kontrolle über Ihren Wagen«, fuhr Dr. Viteski fort«, das Auto schoß über eine Böschung und überschlug sich. Der Abhang ist steil. Zum Glück steht dort eine Gruppe von Bäumen, die den Sturz abfingen...«

»Guter Gott!«

»Der Wagen ist ein Schrotthaufen. Aber Sie sind noch glimpflich davongekommen.«

Sie fuhr mit den Fingerspitzen über den Verband, der ihre Stirn zum Teil verdeckte. »Wie schlimm ist es, Doktor?«

Viteski runzelte besorgt die Stirn, und Susan mußte unwillkürlich an einen bestimmten Schauspieler auf einer Provinzbühne denken, der auf diese Weise Besorgnis ausgedrückt hatte.

»Nicht gefährlich, aber schlimm genug. Eine tiefe Wunde. Sie blutete stark und wollte erst nicht richtig zuheilen. Aber die Nähte werden morgen oder übermorgen entfernt werden, und wir hoffen, daß kaum eine Narbe zurückbleiben wird.« Er zwang sich zu einem Lächeln. »Unser Chirurg weiß, was er der Schönheit einer Frau schuldig ist.«

»Gehirnerschütterung?«

»Ja, aber keine schwere. Jedenfalls nicht schwer genug, um zu erklären, warum Sie in ein Koma fielen.«

Susan, die schon im Begriff gewesen war einzuschlafen, war plötzlich hellwach. »Koma? Sagten Sie: Koma?«

Er nickte ernst. »Leider. Es läßt sich nicht beschönigen. Wir haben hier moderne technische Geräte, auch für Untersuchungen des Gehirns. Aber sie ergaben kein klares Bild. Keine Schwellungen, keine Verstopfung der Blutbahn, kein Überdruck. Sicher hat die erlittene Erschütterung etwas mit dem Koma zu tun, aber es fehlt eine eindeutige pathologische Begründung. Das Publikum ist durch Arztfilme verwöhnt, aber in Wahrheit wissen wir Mediziner noch lange nicht die Antwort auf alle Fragen, speziell wenn sie sich auf ein so komplexes Feld wie das menschliche Gehirn beziehen.«

Sie sah ihn fragend an, und er fuhr fort: »Das Wichtigste ist, daß Sie aus dem Koma ohne gravierende Schäden erwacht sind. Die Gedächtnislücken, die wir feststellen konnten, mögen lästig sein, mögen Sie sogar beunruhigen, aber ich kann Ihnen versichern, daß sie sich mit der Zeit schließen werden.«

Seine Worte waren beruhigend, aber wieder hatte Susan das beklemmende Gefühl, er rezitiere einen vorgeschriebenen Text. Sie schalt sich eine Närrin, empfänglich für verrückte Eingebungen. Viteskis Worte ergaben für sie nur einen vagen Zusammenhang. Aber ein bestimmtes Wort verschreckte sie nach wie vor: Koma!

»Wie lange bin ich bewußtlos gewesen?« wollte sie wissen.

»Zweiundzwanzig Tage.«

Sie starrte ihn an. Ungläubig, zweifelnd.

»Ja ja, das ist die Wahrheit.«

Sie schüttelte den Kopf, und ein stechender Schmerz durchzuckte sie.

»Nein, das kann nicht wahr sein.«

Sie hatte ihr Leben stets unter Kontrolle gehabt. Sie war ge-

wohnt zu planen, vorzubereiten und alle Möglichkeiten ein-
zukalkulieren. Ob im Privatleben oder im Beruf, stets pflegte
sie Maßstäbe wissenschaftlicher Methodik anzuwenden,
sonst hätte sie kaum ein Jahr vor ihren altersgleichen Stu-
dienkollegen alle Prüfungen in Atomphysik und Quanten-
theorie ›cum laude‹ abgelegt. Sie haßte Überraschungen, war
es nicht gewohnt, von jemand anderem abhängig zu sein.
Das Gefühl ihrer Hilflosigkeit erschreckte sie jetzt. Zweiundzwanzig lange Tage ohne Selbstkontrolle – wehrlos fremden
Menschen preisgegeben! Nicht auszudenken!

Was aber, wenn sie aus dem Koma gar nicht erwacht wäre?
Oder – schlimmer noch – wenn sie als Krüppel erwacht wäre,
gelähmt, ein Leben lang abhängig von Hilfeleistungen anderer?

»Nein«, rief sie, »Sie müssen sich irren. So lange Zeit – unmöglich!«

»Haben Sie nicht gemerkt«, fragte Viteski ernst, »wie mager Sie geworden sind? Sie haben über 15 Pfund verloren.«

Automatisch hob sie die Arme hoch. Zwei fleischlose Stök-
ke. Schon vorher war ihr aufgefallen, wie dünn sie geworden
waren, aber sie hatte in ihrer Verwirrung nicht weiter darauf
geachtet.

»Wir mußten Sie künstlich ernähren, oder Sie wären schon
längst an Flüssigkeitsverlust gestorben«, erklärte Dr. Viteski.
»Immerhin haben Sie etwa drei Wochen keine richtige solide
Nahrung zu sich genommen.«

Susan war 1.70 groß, und obwohl sie manchmal zur Fülle
neigte, hatte sie nie wirkliche Probleme mit ihrem Gewicht
gehabt. Sie strich mit ihren Händen über die Bettdecke und
konnte fühlen, wie scharf und eckig ihre Hüften geworden
waren.

»Zweiundzwanzig Tage«, flüsterte sie. Schließlich blieb ihr
nichts anderes übrig, als das Unumstößliche zu akzeptieren.
Als sie es aufgab, sich länger gegen die Tatsachen zu sträu-
ben, befiel sie wieder die bleierne Müdigkeit. Sie ließ sich
kraftlos in die Kissen zurücksinken.

»Genug für heute«, sagte Dr. Viteski. »Ich fürchte, ich habe
Sie überanstrengt. Sie sind müde, Sie müssen ruhen.«

»Ruhen? Mein Gott, ich hatte 22 Tage Zeit, mich auszuruhen.«

»Ein Koma ist keine Erholung«, erwiderte Dr. Viteski. »Sie brauchen eine Menge Schlaf, um Ihre Kräfte wiederzugewinnen.« Und er drückte auf einen der Knöpfe, die die Bewegungen des Bettes regulierten. Mit leisem Surren senkte sich das Oberteil.

»Nein! Warten Sie einen Moment!« Sie schrie beinahe.

Viteski warf ihr einen fragenden Blick zu.

Das Bett hatte sich gesenkt, Susans Kopf ruhte auf dem Kissen, und sie konnte ihn nur mit Mühe etwas heben. Sie klammerte sich an das Gitter des Bettes und versuchte sich hochzuziehen, aber im Moment war sie zu schwach dafür.

»Sie erwarten doch nicht, daß ich jetzt schlafen werde?« fragte sie außer Atem, obwohl sie nicht leugnen konnte, daß sie dringend der Ruhe bedurfte. Ihre Augenlider waren schwer wie Blei.

»Sie brauchen Schlaf. Sie müssen schlafen.«

»Aber ich kann nicht.«

»Aber sicher können Sie, Miß Thorton. Man sieht Ihnen an, daß Sie sehr, sehr müde sind.«

»Ich kann nicht. Ich will nicht. Ich habe Angst einzuschlafen.

Wenn ich nun nicht mehr aufwache...«

»Aber ganz gewiß werden Sie...«

»Und wenn ich wieder in ein Koma verfalle?«

»Das ist nicht zu befürchten.«

Sein mangelndes Einfühlungsvermögen empörte sie. Sie biß die Zähne zusammen und beharrte eigensinnig: »Wenn aber doch...«

Viteski sagte geduldig, als spräche er zu einem Kind: »Hören Sie, Sie können nicht einfach weiterleben und sich vor dem Einschlafen fürchten. Entspannen Sie sich! Das Koma ist vorbei, Ihr Erinnerungsvermögen kehrt zurück, Sie sind in zufriedenstellender Verfassung. Jetzt entschuldigen Sie mich bitte, ich habe noch andere Patienten zu betreuen. Und« – auf seinen Lippen erschien ein merkwürdiges Lächeln – »auch ein Arzt braucht manchmal Schlaf.«

Er versucht nett zu mir zu sein, schoß Susan durch den Kopf. Und gleichzeitig dachte sie, wie er wohl sein mochte, wenn er sich keine Mühe gab.

Er ging zur Tür.

Am liebsten hätte sie geschrien: Lassen Sie mich nicht allein! Doch ihr Selbstbewußtsein verbot ihr, sich wie ein Kind zu benehmen, das Angst vor der Dunkelheit hat. Sie mußte wieder lernen, sich selbst zu vertrauen und weder von Dr. Viteski noch von sonst jemandem abhängig zu sein.

»Schlafen Sie sich aus, meine Liebe. Morgen ist ein neuer Tag.«

Und er löschte das Deckenlicht aus.

Plötzlich war der Raum voller Schatten, als ob lebende Kreaturen, die unter den Möbeln gelauert hatten, plötzlich zum Vorschein kämen. Nicht einmal als Kind hatte Susan Angst vor der Dunkelheit gehabt, doch jetzt beschleunigte sich ihr Herzschlag. Dabei kam durch die offene Tür etwas Licht aus dem Krankenhauskorridor, fahles, unpersönliches Licht von Neonlampen.

Viteski stand in der Türfüllung, seine Silhouette zeichnete sich scharf gegen den hellen Hintergrund ab. Sein Gesichtsausdruck war nicht zu erkennen.

Er sagte: »Gute Nacht. Schlafen Sie wohl.«

Er schloß die Tür und damit die Lichtquelle des Korridors. Die kleine Notlampe verbreitete keine Helligkeit, vermochte der Dunkelheit nicht den Schrecken zu nehmen, ließ die Schatten deutlicher hervortreten, als wenn es im Raum völlig finster gewesen wäre.

Susan war jetzt allein.

Sie starrte auf das leere Bett an ihrer Seite. Die Schatten hüllten es ein wie schwarzer Krepp. Susan mußte unwillkürlich an einen Katafalk denken.

Wie schön wäre es, wenn sie eine Zimmergenossin hätte!

Es ist nicht in Ordnung, dachte sie, daß man mich einfach hier liegen läßt, nachdem ich gerade aus einem Koma erwacht bin. Jemand sollte sich um mich kümmern. Ein Pfleger, eine Krankenschwester ...

Sie konnte kaum mehr die Augen offen halten.

Nein, sie durfte jetzt nicht einschlafen. Nicht, solange sie fürchten mußte, ein Schlaf könnte wieder in einem zweiundzwanzigtägigen Koma enden.

Einige Minuten lang kämpfte Susan verzweifelt gegen den Schlaf, der sie zu überkommen drohte. Sie zwang sich, die Augen offen zu halten, grub die Fingernägel in die Ballen ihrer Hand. Schließlich versuchte sie, die brennenden Augenlider für eine Minute zu schließen. Das mußte noch nicht bedeuten, daß sie einschlafen würde. Nein, sie konnte trotzdem wach bleiben...

Doch kaum hatte sie die Augen geschlossen, hatte sie das Gefühl, in einen bodenlosen Brunnen zu fallen.

Erst war es ein angenehmes Gleiten, immer tiefer und tiefer...

Doch dann setzte der Traum ein.

Sie träumte, sie lag auf einem harten, feuchten Boden. In einem kalten, riesigen, finsteren Raum ohne Wände. Doch sie war nicht allein. SIE waren bei ihr, umringten sie.

Susan floh.

Sie stolperte blindlings durch den finsteren Raum, durchlief schmale, steinerne Korridore. Sie versuchte, einem Alptraum zu entrinnen, der aber die Erinnerung an einen existierenden Platz, an ein tatsächliches Erlebnis war. Das Grauen, das sie heimgesucht hatte, als sie 19 Jahre alt gewesen war.

3.

Am nächsten Morgen, gleich nachdem Susan aufgewacht war, kam die mollige, grauhaarige Krankenschwester an ihr Bett. Sie prüfte Susans Puls und Temperatur. Dazu mußte sie ihre Brille aufsetzen, die sie um den Hals hängen hatte.

Währenddessen redete sie unaufhörlich. Sie hieß Thelma Baker und hatte nie daran gezweifelt, daß Susan es schaffen würde. Sie arbeitete seit 35 Jahren an diversen Krankenhäusern, erst in San Francisco, dann in Oregon, und hatte sich in der Beurteilung von Genesungschancen noch selten geirrt.

Die Behandlung von Kranken schien ihr angeboren zu sein –
sie fragte sich oft, ob sie nicht schon in einem früheren Leben
Krankenschwester war. Sie glaubte an Wiedergeburt, und
ihr Vorbild war Florence Nightingale.

»Leider tauge ich zu nichts anderem«, verriet sie mit herz-
haftem Lachen. »Im Haushalt habe ich zwei linke Hände,
und mit Geld verstehe ich nicht umzugehen. Mein Bank-
konto ist ständig in Unordnung und meist überzogen.« Sie
war zweimal verheiratet gewesen und zweimal geschieden.
»Wahrscheinlich koche ich nicht gut genug«, lachte sie, »ich
stehe lieber an einem Operationstisch als an einem Herd.
Aber ich bin wirklich eine erstklassige Krankenschwester
und stolz darauf.« Sie breitete ihre Arme aus, als wolle sie mit
dieser Geste unterstreichen, wie sehr sie ihren Beruf liebte.

Susan mochte sie.

Im allgemeinen machten sie Menschen nervös, die zuviel
sprachen, aber Mrs. Bakers Geplauder war amüsant und mit
ironischer Sebstkritik gewürzt.

»Hungrig?« fragte Mrs. Baker.

Susan nickte eifrig. Zu ihrem Erstaunen war sie mit einem
gesunden Appetit aufgewacht.

»Ein gutes Zeichen. Wir werden heute mit kompakter
Nahrung beginnen. Diät, natürlich. Aber nahrhaft. Sie müssen zu Kräften kommen.«

Noch während sie sprach, war ein junger, blonder Pfleger
mit dem Frühstück ins Zimmer gekommen: Kirschenkom-
pott, Toast ohne Butter mit einem Löffelchen Marmelade und
ein Täßchen dünner Haferbrei. Susan stürzte sich auf das Essen, aber beklagte sich über die enttäuschende Größe der
Portionen.

»Das ist nur der erste Eindruck«, erklärte ihr Mrs. Baker,
»Glauben Sie mir, mein Kind, bevor Sie nur die Hälfte aufgegessen haben, werden Sie satt sein. Vergessen Sie nicht: Sie
haben seit drei Wochen keine feste Nahrung zu sich genommen. Der Magen hat sich angepaßt, ist geschrumpft. Es wird
noch etwas dauern, bis Sie wieder normal essen können.«

Sie hatte recht. So gut Susan auch das Frühstück
schmeckte, sie vermochte nicht mehr als ein paar Bissen hin-

unterzubringen. Danach betrachtete sie die Reste der kärglichen Mahlzeit beinahe mit Abscheu.

Während sie aß, mußte sie an Dr. Viteski denken. Er hatte sich bemüht, freundlich zu sein, war aber immer sachlich und unpersönlich geblieben. Ihre Angst vor dem Einschlafen hatte er einfach nicht zur Kenntnis genommen. Immer noch hatte sie das Gefühl, man hätte sie nachts nicht unbeaufsichtigt liegen lassen dürfen. Trotz Thelma Bakers Liebenswürdigkeit erschien ihr der Klinikbetrieb kalt und unpersönlich.

Nein, sie konnte keinen Bissen mehr essen. Sie wischte sich den Mund mit der Papierserviette ab und schob den Rolltisch mit dem Tablett beiseite. Plötzlich hatte sie das Gefühl, beobachtet zu werden.

Sie blickte auf.

In der offenen Tür stand ein eleganter, hochgewachsener Mann um die Vierzig. Unter dem weißen Kittel sah sie eine dunkle Hose und schwarze Schuhe. Er trug eine graue Strickkrawatte, in der Hand hielt er einen Schreibblock. Seine Gesichtszüge verrieten Empfindsamkeit, aber sie waren so markant, als ob sie ein begabter Bildhauer aus Stein gemeißelt hätte. Seine hellblauen Augen bildeten einen interessanten Kontrast zu seinem vollen, schwarzen Haar.

»Miß Thorton«, sagte er mit dunkler Stimme, »ich bin erfreut, Sie aufrecht sitzen zu sehen. Hat Ihnen das Frühstück geschmeckt?« Jetzt trat er an ihr Bett und verbeugte sich lächelnd. »Ich bin Ihr behandelnder Arzt, Dr. McGee. Jeffrey McGee.«

Unwillkürlich sagte sie: »Ich dachte, Dr. Viteski . . .«

»Viteski ist der Oberarzt, der Chef dieser Abteilung. Aber Sie, Miß Thorton, sind *meine* Patientin.«

Seine Stimme, das dunkle, männliche Timbre, hatte eine seltsam beruhigende Wirkung. »Ich war im Notaufnahmeraum, als Sie eingeliefert wurden.«

»Aber gestern nacht . . .«

»Gestern war mein freier Tag, und da ist Dr. Viteski für mich eingesprungen. Sie haben 22 Tage fest geschlafen, und 22 Tage war ich in Sorge um Sie. Aber Sie mußten ausgerechnet aus dem Koma erwachen, als ich nicht Dienst hatte.« Er schüttelte den Kopf, als wäre er persönlich beleidigt. Vergnügt fuhr er fort: »Wenn es Wunderheilungen gibt, die meine Patienten betreffen, ziehe ich es vor, an Ort und Stelle zu sein, um mich im Ruhm des Erfolgs zu sonnen. Sie verstehen mich doch.« Jetzt lächelte er.

Susan konnte nicht anders, als sein Lächeln zu erwidern. Die Leichtigkeit, mit der er über ihr Koma und ihr Erwachen sprach, überraschte sie. Sie bemühte sich um einen ebenso unbeschwerten Ton. »Betrachten Sie mich als ein medizinisches Wunder, Dr. McGee?«

»Warum nicht?« gab er mit gleicher Münze zurück. »Sind Sie nicht schon immer ein Wunderkind gewesen? Ein Genie in Physik und Mathematik, soweit ich informiert bin...«

»Wenn Sie mich für einen weiblichen Einstein halten, irren Sie sich. Ich habe bloß bei einigen Prüfungen brilliert. Das tun andere auch.«

Er grinste. »Solange Sie hier sind, können Sie den ganzen Formelkram vergessen. Wie fühlen Sie sich heute?«

»Ausgezeichnet.«

»Gut genug für einen vergnügten Abend mit Barbesuch und Tanz?«

»Noch nicht ganz. Vielleicht morgen.«

»Abgemacht.« Jetzt untersuchte er ihr Frühstückstablett. »Hm, nicht schlecht für den Anfang.« Der leichtfertige Unterton war verschwunden, in Sekundenschnelle hatte er sich in einen ernsten, verantwortungsbewußten Arzt verwandelt. »Sie werden mehrere kleine Mahlzeiten zu sich nehmen, deren Anzahl sich von Tag zu Tag steigern wird. Leichte Kost, kleine Portionen. Aber ich werde dafür sorgen, daß die Portionen unter meiner Kontrolle immer größer werden. Sie müssen etwas Geduld haben. Keine Sorge, Sie werden wieder zu Kräften kommen, nicht schnell, aber stetig. Und was Ihr Gewicht angeht – nun, bald werden Ihre hübschen Arme wieder voll und kräftig werden wie die eines Catchers.«

Sein Ernst war verflogen, er lächelte wieder. So gefiel er ihr besser. »Jawohl, Herr Doktor. Patient ist mit der Therapie einverstanden. Außer was die Größe der Portionen betrifft.«

»Vielleicht lasse ich darüber mit mir reden.« Er zwinkerte ihr zu. »Haben Sie Kopfschmerzen?«

»Nein.«

»Schwindelgefühle?«

»Auch nicht.«

»Und Ihr Puls?« Er griff nach ihrer Hand.

»Mrs. Baker hat ihn schon vor dem Frühstück gemessen und notiert.«

»Ich weiß. Vielleicht ist es nur ein Trick von mir, um Ihre Hand zu halten.«

Susan lachte. »Sie sind nicht wie andere Ärzte...«

»Glauben Sie, ein Arzt muß unbedingt distanziert und humorlos sein?«

»Nein, gewiß nicht. Aber meine Erfahrungen...«

»Soll ich mich bemühen, so zu sein wie Dr. Viteski?«

»Um Gottes willen, nein...«

»Aber er ist ein hervorragender Mediziner.«

»Wahrscheinlich. Aber ich glaube, Sie sind ein besserer Arzt.«

»Danke für das Kompliment. Ich werde es als Diskont von meiner Rechnung abziehen.« Er lachte. »Sowie ich von Rechnung sprach, hat sich Ihr Puls beschleunigt. Sie reagieren also ganz normal.«

»Ich werde also überleben?«

»Sicher. Bis auf weiteres.« Immer noch hielt er ihre Hand in seiner, als er erklärte: »Halten Sie mich nicht für einen Scharlatan, aber ich glaube, ein bißchen Humor im Umgang mit Patienten hat sein Gutes. Der Kranke bekommt eine positive Einstellung, und die ist jedem Heilungsprozeß förderlich. Natürlich gibt es auch Menschen, die einen humorvollen Arzt nicht ganz ernst nehmen. Sie haben bloß Vertrauen zu strengen, älteren Männern mit Brille und langem Bart.«

»Zu denen gehöre ich nicht«, sagte Susan schnell. »Behandeln Sie mich, wie Sie es für richtig halten. Ich brauche Aufmunterung.«

»Sie haben keinen Grund, niedergeschlagen zu sein. Das Schlimmste liegt hinter Ihnen.«

Nach einem letzten, leichten Druck ließ er jetzt ihre Hand

frei. Zu ihrem Erstaunen stellte Susan fest, daß sie es bedauerte.

Er sagte: »Dr. Viteski berichtete mir, Sie hätten Gedächtnislücken.«

»Ja, das ist richtig. Zuerst konnte ich mich an gar nichts erinnern, nicht einmal an meinen Namen. Doch nach und nach kamen viele Erinnerungen zurück. Aber Lücken sind geblieben, das stimmt...«

»Ich werde mit Ihnen noch darüber sprechen. Aber jetzt muß ich meine Runde machen; Sie sind nicht die einzige Patientin in dieser wunderschönen Klinik. Aber ich komme später wieder zu Ihnen und werde versuchen, Ihrem Gedächtnis auf die Sprünge zu helfen. Einverstanden?«

»Aber ja.«

»Inzwischen ruhen Sie sich aus.«

»Was sonst könnte ich tun?«

»Kein Tennis bis auf weiteres.«

»O Gott! Und ich habe mit Mrs. Baker ein Match vereinbart.«

»Ich werde Sie entschuldigen. Bis dann.« Und damit verließ er das Krankenzimmer mit graziöser Selbstsicherheit.

Susan sah ihm lächelnd nach. Ihr Unbehagen war verschwunden. Vielleicht hatte sich Dr. Viteski seltsam verhalten, aber es mußte ihre auf der Kopfverletzung basierende Verwirrung gewesen sein, die darin ein bedrohliches Moment gesehen hatte. Jetzt, nach Dr. McGees Visite, war Viteskis Benehmen bedeutungslos geworden, und die Klinik erschien ihr in einem neuen, freundlicheren Licht.

4.

Als Thelma Baker später in ihr Zimmer kam, bat Susan um einen Spiegel. Schon nach dem ersten Blick wünschte sie, sie hätte es nicht getan. Sie blickte in ein bleiches, verhärmtes Gesicht. Ihre graugrünen Augen waren blutunterlaufen und von dunklen, fleischigen Ringen umgeben. Um ihren Kopf verbinden zu können, hatte man ihr langes, blondes Haar kurz geschnitten, ohne jede Rücksicht auf ihr Aussehen. Und nach 22 Tagen ohne Pflege war ihr Haar strähnig fettig.

»Oh, mein Gott, ich sehe ja schrecklich aus.«

»Aber nein«, beschwichtigte sie die Schwester. »Nur ein bißchen mitgenommen. Keine Sorge; sowie Sie das verlorene Gewicht zurückgewonnen haben, werden Ihre Wangen wieder voll werden und die Augensäcke verschwinden.«

»Ich muß meine Haare waschen.«

»Sie sind noch zu schwach, um ins Badezimmer zu gehen und am Becken zu stehen. Außerdem müssen Sie warten, bis der Verband herunterkommt, und das wird frühestens morgen sein.«

»Nein. Es muß sofort sein. Mein Haar ist fettig, und die Kopfhaut juckt. Ich fühle mich elend.«

»Es ist zwecklos, meine Gute. Es darf nicht sein, also geben Sie sich keine Mühe. Das einzige, was ich für Sie tun kann, ist eine Trockenwäsche.«

»Was ist das?«

»Ihr Haar mit Puder bestreuen, damit das Fett aufgesogen wird. Dann kräftig abbürsten. Wir haben das zweimal wöchentlich gemacht, während Sie im Koma lagen.«

Susan griff nach ihrem Haar. »Und das hilft?«

»Ein wenig.«

»Also gut.«

Mrs. Baker brachte ihr eine Puderdose und einen Kamm. Jetzt fragte Susan nach ihrem Gepäck. »Ist beim Unfall alles verlorengegangen?«

»Aber nein. Ihre Sachen sind hier im Schrank.«

»Gut. Würden Sie mir bitte meine Kosmetiktasche bringen.«

Mrs. Baker schmunzelte. »Er sieht blendend aus, nicht wahr? Und er versteht es, einen einzuwickeln.« Sie zwinkerte Susan zu. »Und er ist nicht verheiratet.«

Wider Willen errötete sie. »Ich verstehe nicht, was Sie meinen.«

Die Baker lachte und tätschelte Susans Hand. »Kein Grund zur Verlegenheit. Alle weiblichen Patienten von Dr. McGee geben sich alle Mühe, vorteilhaft auszusehen. Junge Mädchen beginnen zu flattern, wenn er an ihr Bett kommt, und selbst ehrenwerte Damen bekommen einen verräterischen Glanz in den Augen. Ja, sogar weißhaarige Großmütter, die von Arthritis halb verkrüppelt sind und 40 Jahre älter als er – auch die schminken sich, wenn er Visite macht. Und ob Sie's glauben oder nicht – wenn sie sich hübsch machen, verbessert sich auch ihr Zustand. Ja, es gibt verschiedene Arten von Therapie.«

Susan fühlte sich tatsächlich besser, als Dr. McGee später in ihr Zimmer kam. Ihr Haar sah einigermaßen aus, und sie hatte Rouge aufgelegt und ihre Lippen angemalt. Sie erkannte an seinem Blick, daß er ihr verändertes Aussehen zur Kenntnis nahm, auch wenn er keine Bemerkung darüber verlor.

»So, da wären wir wieder.« Er schob einen Rollwagen vor sich her, auf dem zwei Tabletts standen. »Ich denke, wir können zusammen essen, während wir über Ihre Gedächtnisprobleme sprechen.«

Erstaunt fragte sie: »Ein Arzt, der mit seinem Patienten ißt?«

»Warum nicht? Wir sind hier weniger formell als in der Großstadt.«

»Wer zahlt für das Essen?«

»Selbstverständlich *Sie*. So originell sind wir auch wieder nicht.« Er lachte, und sie stimmte ein.

»Was gibt es heute zu Mittag?«

»Für mich ein Hühnersandwich und Apfelkuchen. Für Sie Toast ohne Butter und Haferschleim...«

»Ein bißchen eintönig.«

»O nein. Statt Kirschkompott gibt es Quittengelee.«

»Ich bin platt.«

»Fast wie im Ritz, nicht wahr?« Er zog einen Stuhl zum Bett und regulierte ihre Bettstatt, so daß sie beide bequem essen und sich unterhalten konnten.

Er entfernte die Plastikdeckel von den Töpfen und sagte beiläufig: »Sie sehen blendend aus, Miß Thorton.«

»Ich schaue aus wie der Tod auf Urlaub.«

»Keineswegs. Bitte vergessen Sie nicht, daß Sie der Patient sind und ich der Arzt und daß der Patient seinem Arzt nie, nie widersprechen darf. Wenn ich feststelle, daß Sie blendend aussehen, dann tun Sie's auch. Verstanden?«

»Jawohl, mein Herr.« Jetzt war sie froh, daß sie sich mit Haar und Kosmetik so viel Mühe gegeben hatte. Auch hatte Thelma Baker ihr geholfen, das gräßliche Spitalhemd abzustreifen und in einen blauen Seidenpyjama zu schlüpfen, der sich in ihrem Übernachtungskoffer befand. Sie war sich bewußt, daß sie immer noch kläglich genug aussah, aber zumindest ähnelte sie ein wenig der früheren Susan Thorton.

Während sie aßen, versuchten sie gemeinsam, die Gedächtnislücken zu schließen. Susans Erinnerungsvermögen hatte weniger gelitten, als sie nach ihrem ersten Erwachen befürchtet hatte. Sie wußte fast alles, was ihr noch am vergangenen Tag entglitten gewesen war.

Ihr Geburtshaus in der Vorstadt von Philadelphia. Dort war sie auch aufgewachsen. Ein freundlicher, zweistöckiger Bau mit grünen Jalousien und hellen Gardinen. Eine Ahornallee. Zwischen Birkenstämmen im Garten hing eine Schaukel. Schule, Weihnachtsferien, Spielgefährten.

»Eine beneidenswerte Kindheit«, sagte er.

»So mag es den Anschein haben. Aber offen gesagt, es hat mich nicht glücklich gemacht. Ich fühlte mich immer irgendwie isoliert. Einsam.«

Er räusperte sich. »Gleich nach Ihrer Einlieferung haben wir versucht, mit Ihrer Familie in Kontakt zu kommen. Aber es war kein naher Verwandter aufzutreiben.«

Susan sprach ausführlich über ihre Eltern. Teils wollte sie sich vergewissern, daß ihr Gedächtnis funktionierte, teils war es angenehm, mit McGee zu plaudern. Und nach 22 Tagen in Dunkelheit und Schweigen fühlte sie ein lebhaftes Bedürfnis, zu sprechen und aus sich herauszugehen.

Ihre Mutter war einem Verkehrsunfall zum Opfer gefallen, als sie sieben Jahre alt gewesen war. Ein Fernfahrer hatte eine Herzattacke erlitten; der schwere Laster war in vollem Tempo über ein Rotlicht gefahren und hatte den Chevrolet von Susans Mutter zermalmt. Susan konnte sich kaum noch an die schöne Regina Thorton erinnern. Das hatte aber nichts mit Amnesie zu tun. Sie war noch ein kleines Mädchen gewesen, als ihre Mutter vor einem Vierteljahrhundert aus ihrem Leben verschwand. Ihre Mutter war langsam, aber unausweichlich ihrem Gedächtnis entschwunden – wie ein Bild, das zu lange dem Sonnenlicht ausgesetzt wird und mit der Zeit vergilbt.

Doch ihres Vaters entsann sie sich sehr gut. Frank Thorton war ein großer, kräftiger Mann gewesen, den man hätte stattlich nennen können, wenn er durchtrainiert gewesen wäre, statt Fett anzusetzen. Doch er betrieb nie Sport und verbrachte den größten Teil des Tages in seinem Herrenmodegeschäft. Susan liebte ihn, und sie wußte, daß auch er sie liebte, obwohl er das nie in Worten auszudrücken verstand. Er war wenig gesprächig und fühlte sich am wohlsten, wenn er sich mit seiner Pfeife und seinem Briefmarkenalbum in sein Studio zurückziehen konnte. Vielleicht hätte er zu einem Sohn eine stärkere Beziehung entwickelt als zu einer Tochter; er verstand sich mit Männern besser als mit Frauen, und das Großziehen eines jungen Mädchens war zweifellos eine schwierige Aufgabe für ihn.

Zehn Jahre nach dem Tod seiner Frau starb er an Lungenkrebs. Susan hatte gerade die Highschool absolviert und fühlte sich einsamer als je zuvor.

»Keine Tante, kein Onkel. Großeltern?«

»Meine Großeltern leben schon lange nicht mehr. Ein Bruder meines Vaters lebt in Kanada; ich habe ihn noch nie gesehen. Tante Nelly ist 80 Jahre alt; sie besuchte mich zuletzt nach dem Tod meines Vaters. Sie hat an der französischen Riviera gelebt; jetzt ist sie in einem Altersheim. Man hat mir mitgeteilt, daß sie nicht mehr imstande ist, Briefe zu lesen oder zu beantworten.«

»Und Ihre Jahre an der Universität?«

»Erst Pennsylvania, dann Kalifornien. Dort habe ich auch meinen Doktor gemacht. An diese Zeit erinnere ich mich sehr gut, obwohl...«

Sie stockte.

Er blickte auf. »Was ist los mit Ihnen?«

»Warum?«

»Sie – Sie machten den Eindruck, als hätten Sie einen Geist gesehen.«

Sie hatte sich verraten. Tatsächlich wünschte sie, sie könnte sich an das zweite Universitätsjahr weniger gut erinnern, könnte vergessen, was in Briarstead geschehen war.

»Einen Geist?« fragte sie gedehnt. »Nun, in einem gewissen Sinn stimmt das auch.«

Sie hatte mit einer Art Heißhunger gegessen, jetzt war ihr der Appetit vergangen. Energisch stellte sie ihr Tablett auf den Rolltisch zurück.

»Was meinen Sie – mit dem Geist?«

»Keinen wirklichen, natürlich. Bloß eine böse Erinnerung. Amnesie oder nicht – es gibt etwas, was ich gern für immer vergessen möchte. Aber ich kann nicht.«

Jetzt hörte auch McGee auf zu essen und schob den Rolltisch beiseite. »Erzählen Sie!«

»Ich möchte Sie nicht damit belasten...«

»Belasten Sie mich! Es gehört zu meinem Beruf, die seelischen Lasten meiner Patienten mitzutragen.«

»Es ist eine gräßliche Geschichte...«

»Wenn die Erinnerung Sie quält, befreien Sie sich von ihr, indem Sie über sie sprechen.« Er lächelte schwach. »Oder glauben Sie, Sie könnten mir Angst einjagen?«

Doch Susan lächelte nicht. Nicht einmal Dr. McGees lässiger Ton vermochte die Erinnerung erträglich zu machen.

»In Briarstead hatte ich einen Freund. Jerry Stein. Er war nett, riesig nett. Ich mochte ihn sehr gern. Wir begannen sogar, Heiratspläne zu schmieden. Wenn wir beide das Studium abgeschlossen hätten...« Sie konnte nicht weitersprechen.

»Und dann?« Er sah sie eindringlich an.

Sie biß sich auf die Lippen. Schließlich sagte sie: »Dann wurde er umgebracht.«

»Oh, wie schrecklich! Wie ist es passiert?«

»Er wollte einer Studentenverbindung beitreten. Sie wissen, dabei gibt es ein gewisses Ritual.«

»Ja, man muß gewisse Mißhandlungen über sich ergehen lassen. Eine Art Studentenulk.«

»Damals wurde es Ernst. Tödlicher Ernst.«

Er senkte den Kopf. »Solche Dinge kommen leider vor. Eines Nachts, ich war ein blutjunger Arzt, brachte man einen Burschen von kaum 20 in die Notaufnahme. Mit schweren Brandwunden. Er war bei einem solchen Aufnahmeritual verbrannt worden. Seine Kameraden waren tief betroffen. Bei einer Mutprobe, einer Art Feuertaufe, war etwas schiefgegangen...«

»Es war nicht Feuer, was Jerry getötet hat«, sagte Susan. »Es war Haß.«

Der Gedanke daran machte sie schaudern.

»Haß? Was wollen Sie damit sagen?«

Sie schwieg, ihre Gedanken wirbelten dreizehn Jahre zurück. Obwohl es im Krankenzimmer angenehm warm war, zitterte Susan plötzlich vor Kälte. Als ob es bitter kalt wäre, so kalt wie damals in der Donnerhöhle.

McGee beugte sich erwartungsvoll vor, geduldig, ohne etwas zu sagen.

Doch Susan schüttelte den Kopf. »Verzeihen Sie, aber ich möchte jetzt nicht in Details gehen.«

»Ich verstehe. Sie wurden mit einer ganzen Reihe von Todesfällen konfrontiert, bevor Sie 21 waren.«

»Ja, ich glaubte schon, es laste ein Fluch auf mir. Jeder Mensch, an dem ich hing, mußte sterben.«

»Erst die Mutter, dann der Vater. Schließlich der Bräutigam.«

»Nun, Jerry war nicht wirklich mein Bräutigam.«

»Aber beinahe.«

»Ja. Es fehlte bloß der Ring.«

»Vielleicht sollten Sie doch über seinen Tod sprechen. Es würde Sie erleichtern.«

»Nein. Nein...«

»Lehnen Sie es nicht vorschell ab. Wenn es Sie noch nach so langer Zeit so sehr quält...«

Sie unterbrach ihn. »Ich könnte nie darüber hinwegkommen. Es war zu schrecklich, als daß ich es je vergessen könnte.« Sie machte eine kleine Pause. »Außerdem – sagten Sie nicht, daß eine positive Einstellung den Heilungsprozeß beschleunigen kann?«

»O ja...«

»Dann sollte ich nicht über Begebenheiten sprechen, die mich in Depressionen stürzen.«

Er sah sie lange schweigend an. Aus seinem Blick sprach tiefe Besorgnis. Sie zweifelte nicht, daß ihr Wohlbefinden ihm am Herzen lag.

Schließlich sagte er mit einem kleinen Seufzer: »Also gut. Kehren wir zur Tagesordnung zurück. Ihre Amnesie. Ich habe den Eindruck, Sie erinnern sich jetzt an alles. Wo gibt es noch Lücken?«

Bevor sie antwortete, machte sie sich an der Hydraulik des Bettgestells zu schaffen, zwang sich, aufrechter zu sitzen als bisher. Ihr Rücken schmerzte, die tagelange Bewegungslosigkeit machte sich bemerkbar. Als sie sich schließlich besser fühlte, erklärte sie: »Der Unfall. Ich weiß nur mehr, daß ich mich auf dem Weg zum Viewtop Hotel befand. Mehr nicht. Ich hatte Hunger, freute mich auf das Abendessen, ja, das weiß ich noch. Aber das ist auch alles. Als ob jemand einen Schalter abgedreht hätte...«

»Das ist nicht ungewöhnlich. Es ist häufig so, daß der Patient sich zwar an alles erinnert, bloß nicht an den Unfall selbst, an den Impakt, der die Amnesie ausgelöst hat. Eine Lücke, die unausgefüllt bleibt.«

»Gut, das war zu erwarten, und es beunruhigt mich auch nicht. Aber es gibt noch etwas, woran ich mich nicht erinnern kann, und das macht mich verrückt.« Er sah sie fragend an, und sie fuhr fort: »Meine Arbeit. Mein Job. Es ist wie eine schwarze Wand. Nicht das geringste Detail kommt mir in den Sinn. Ich weiß, ich bin Physikerin, erfolgreich, ausgezeichnet, Magister, Doktor. Ich weiß sehr wohl, daß ich meine Kenntnisse nicht verloren habe. Ich bin sicher, ich könnte morgen meine Arbeit wieder aufnehmen, ohne einen Wiederholungskurs zu absolvieren. Aber –«

Sie stockte, und es bedurfte eines aufmunternden Nickens von Dr. McGee, damit sie fortfuhr: »Aber worin bestand meine spezielle Tätigkeit? Und für *wen* habe ich gearbeitet? Wer war mein Chef, wer waren meine Kollegen? Arbeitete ich in einem Büro, in einem Laboratorium? Es ist doch eine Art Versuchsanstalt gewesen, nicht wahr? Aber ich kann mich nicht entsinnen, wie sie aussah, wie sie eingerichtet war – und vor allem: wo sie sich befand.«

»Ich will Ihrer Erinnerung gern nachhelfen«, sagte McGee. »Sie sind bei der Milestone Corporation angestellt. In Newport Beach in Kalifornien.«

»Das hat mir schon Dr. Viteski gesagt. Aber der Name weckt keine Erinnerung in mir.«

»Keine Sorge, alle Gedächtnislücken werden sich wieder schließen, eine nach der anderen. Es braucht Zeit…«

»Nein«, erwiderte sie heftig und schüttelte den Kopf. »Sehen Sie, Doktor, die Lücke, die meine Arbeit betrifft, ist anders als die anderen. Sonst war alles in einen leichten Nebel gehüllt, der sich langsam auflöste. Ich konnte fühlen, Bilder sehen – es handelte sich um Erinnerungen, die verblaßt waren und die eine nach der anderen schärfere Umrisse bekamen, bis ich sie deutlich vor Augen hatte. Aber wenn ich mich an meinen Job zu erinnern versuche, gibt es nichts, was von einem Nebelschleier verhüllt wird. Nichts, gar nichts. Ein schwarzes Loch, eine absolute Leere, ein Abgrund, der immer tiefer und tiefer wird. Ich bekomme es richtig mit der Angst zu tun.«

»Kein Grund, sich zu fürchten.« Er rückte näher heran, seine Stirn war gefurcht. »Sie hatten eine Milestone-Plakette in Ihrer Börse, als Sie eingeliefert wurden. Vielleicht kann die Ihre Erinnerung auffrischen.«

»Glauben Sie? Ich würde sie gerne sehen.«

Er zog die Schublade ihres Nachttisches auf, holte ihre Börse aus der Lade und reichte sie ihr.

Sie öffnete die Börse und fand die Plakette. Eine dicke Plastikkarte, in die ihr Foto eingestanzt war. Mit blauen Lettern stand auf weißem Grund: MILESTONE CORPORATION. Darunter war ihr Name gedruckt und seitlich eine Personenbeschreibung vermerkt: Geburtsdatum, Größe, Haar- und Augenfarbe. Darunter mit roter Tinte die Identifikationsnummer einer Angestellten. Die Art von Ausweis, wie sie von Unternehmen ausgegeben wird, deren Gelände und Räume nicht von Unbefugten betreten werden sollen.

McGee stand jetzt neben ihr und betrachtete sie prüfend, während sie die Plakette ansah. »Hilft sie Ihnen?«

»Nein.«

»Nicht ein bißchen?«

Beinahe beschämt schüttelte sie den Kopf. »Keine Erinnerung...« Sie drehte und wendete die Plakette in ihrer Hand, versuchte den Strom der Erinnerung einzuschalten. Vergebens! Dieser Personalausweis hätte ihr nicht exotischer erscheinen können, wenn er einem Marsmenschen gehört hätte.

»Es ist richtig unheimlich«, sagte sie. »Ich versuche mich an den Tag zu erinnern, an dem ich zuletzt an meine Arbeit ging, den Tag vor meiner Ferienreise. An einiges kann ich mich entsinnen. Vieles steht glasklar vor mir. Wie ich aufgestanden bin, meine Haare gekämmt, mein Frühstück gegessen habe. Ich sehe mich in die Garage gehen, den Wagen anlassen...« Ihre Stimme wurde unsicher. Sie betastete die Oberfläche der Plakette wie ein Hellseher, der durch Berührung eines Gegenstands geheimnisvolle Kontakte herzustellen vermag. »Ich erinnere mich, wie ich aus der Garage gefahren bin – und das nächste, woran ich mich entsinnen kann, ist, wie ich abends heimkam. Wie ich in die Garage hineinfuhr, aus dem Wagen stieg, die Tür schloß... Dazwischen ist nichts als Finsternis, völlige Leere. Und so geht es mir nicht nur mit diesem einen Tag, sondern mit allen Werktagen. So sehr ich mich auch plage, sie sind wie weggeblasen. Kein Nebelvorhang, nein, nicht die geringste Erinnerung.«

Er stand immer noch an ihrem Bett. Er sagte mit sanfter, ermunternder Stimme: »Alles ist in Ihren Gehirnzellen gespeichert, Susan. Es wird wiederkommen. Wir wollen versuchen, Ihrem Unterbewußtsein ein bißchen nachzuhelfen. Beginnen wir am Morgen Ihres letzten Arbeitstages. Denken Sie daran, wie Sie am Lenkrad gesessen haben.«

»Das habe ich doch schon erzählt.«

»Denken Sie nochmals daran. Schließen Sie Ihre Augen!«

Sie gehorchte wortlos.

»Gut. Ich helfe Ihnen, sich den Morgen in Erinnerung zu rufen. Ein typischer Augusttag in Südkalifornien. Warm, sonnig. Über den Tälern Nebelfetzen, Spuren von Smog...«

»Nein, nein. An diesem Morgen war kein Smog zu sehen. Und keine Wolke. Der Himmel war blau, klar und blau.«

»Ausgezeichnet. Sie fuhren aus der Garage. Nahmen den gewohnten Weg, so wie alle Tage... Nennen Sie mir der Reihe nach alle Straßen, durch die Sie gefahren sind.«

Sie schwieg fast eine volle Minute. Dann antwortete sie tonlos: »Es ist zwecklos. Ich kann mich nicht erinnern.«

Er insistierte geduldig: »Die Straßennamen...«

»Ich weiß sie nicht.«

»Wenigstens den Namen *einer* Straße. Einer einzigen...«

Wieder strengte sie ihr Gedächtnis an, und wieder blieben ihre Bemühungen fruchtlos. Verzweifelt flüsterte sie: »Keine einzige...«

»Sie erinnern sich, daß Sie aus der Garage hinausfuhren. Auf die Straße hinaus. Sind Sie nach rechts oder nach links abgebogen?«

Susan Thorten, die gewohnt gewesen war, mit den kompliziertesten physikalischen und mathematischen Problemen zu ringen, sah sich dieser einfachen Frage nicht gewachsen.

Am liebsten wäre sie in Tränen ausgebrochen.

»Ich weiß es nicht...«

Sie öffnete die Augen und sah Dr. McGee ratlos an.

Statt weiter zu fragen, nannte er jetzt abrupt einen Namen.

»Philip Gomez«, sagte er.

»Wie bitte?«

»Philip Gomez«, wiederholte er.

»Wer ist das? Jemand, den ich kennen sollte?«

»Der Name sagt Ihnen nichts?«

»Nein.«

»Er ist Abteilungsleiter in Milestone. Ihr Vorgesetzter.«

»Tatsächlich?«

Sie versuchte sich diesen Philip Gomez vorzustellen. Sein Aussehen, seine Stimme. Doch keinerlei Erinnerung kam zu-

rück, nichts, was sie mit diesem Menschen verbinden
konnte.

»Sie haben unter ihm gearbeitet.«

»Unter Philip Gomez? Sind Sie sicher?«

Er vergrub die Hände in den Taschen seines Kittels.
»Nach Ihrer Einlieferung versuchten wir, Ihre Familie zu
verständigen. Nachdem das nicht möglich war, riefen wir
in Newport Beach an, die Milestone Corporation. Ich habe
selbst mit Philip Gomez gesprochen. Er sagte, Sie hätten
über vier Jahre für ihn gearbeitet. Zu seiner vollsten Zufriedenheit. Er war sehr besorgt, als er von Ihrem Unfall hörte.
Als Sie im Koma lagen, hat er mehrere Male angerufen und
sich nach Ihnen erkundigt.«

»Können wir nicht mit ihm telefonieren? Vielleicht,
wenn ich seine Stimme höre, würde das eine Erinnerung in
mir wachrufen.«

»Leider habe ich seine Privatnummer nicht. Wir können
ihn nicht vor morgen anrufen.«

»Warum nicht?«

»Heute ist Sonntag.«

»Ach so...«

Sie hatte nicht mal gewußt, was für ein Wochentag war.
Sie wußte nicht recht, warum, aber diese Kleinigkeit verwirrte sie.

»Wir werden morgen vormittag mit ihm telefonieren«,
beruhigte sie Dr. McGee.

»Und wenn ich mit ihm spreche – und mich immer noch
nicht an meine Arbeit erinnern kann?«

»Das wird nicht der Fall sein.«

»So leicht bin ich nicht zu beruhigen. Schenken Sie mir
reinen Wein ein, bitte. Es gibt doch die Möglichkeit, daß
ich alle Erinnerung an meinen Job verloren habe? Für immer.«

»Höchst unwahrscheinlich.«

»Aber möglich.«

»Sie wollen unbedingt die Wahrheit wissen. Nun – in
Fällen von Amnesie ist praktisch alles möglich.«

Sie ließ sich in die Kissen zurücksinken. Regulierte die

Bettstatt, bis sie beinahe flach dalag. Erschöpft und deprimiert.

»Hören Sie«, sagte McGee sehr ernst. »Selbst wenn Sie sich nicht gleich oder auch nie an Milestone erinnern können, heißt das nicht, daß Sie Ihre Arbeit nicht wieder aufnehmen können. Sie haben doch nichts vergessen, was Ihre Kenntnisse betrifft, Sie sind immer noch eine kompetente Wissenschaftlerin. Bei totaler Amnesie weiß der Patient nichts mehr von seinem Studium, von seinem früheren Leben. Er kann nicht einmal lesen und schreiben. Aber Sie leiden doch nicht an totaler Amnesie, Gott sei Dank! Dafür müssen wir dankbar sein. Sie sind in einem Heilungsprozeß begriffen, der langsam vor sich gehen mag, aber vollen Erfolg verspricht.«

Susan konnte nur hoffen, er würde recht behalten. Ihr sorgfältig aufgebautes Leben hatte sich in ein Chaos verwandelt. Der Gedanke, dieser Zustand könnte von Dauer sein, erschien ihr unerträglich. Stets hatte sie alles, was sie betraf, kühl und überlegen kontrolliert. Sie mußte ihr Leben wieder in den Griff bekommen.

McGee nahm seine Hände aus den Taschen, er blickte auf seine Armbanduhr. »Ich muß an meine Arbeit, Susan. Aber bevor ich später nach Hause gehe, komme ich nochmals vorbei. Versuchen Sie sich inzwischen zu entspannen. Essen Sie, wenn Sie Lust haben, aber zwingen Sie sich zu nichts. Und quälen Sie sich nicht länger. Mit der Zeit wird sich auch die Milestone-Lücke wieder schließen.«

Susan sah ihm betroffen nach. Denn mit einem Mal hatte sie ein beklemmendes Gefühl, dessen Ursprung sie sich nicht erklären konnte. Sie hatte den erschreckenden Eindruck, es wäre besser für sie, wenn sie sich an Milestone *nicht* erinnern würde.

Und gleichzeitig überkam sie eiskalte Angst.

5.

Zwei Stunden lang schlief sie. Traumlos. Zumindest entsann sie sich nicht, geträumt zu haben.

Sie erwachte mit leichten Kopfschmerzen. Ihr Haar war zerzaust, sie griff nach ihrem Kamm.

Als sie den Kamm auf den Nachttisch zurücklegte, kam Thelma Baker ins Zimmer und schob einen Rollstuhl vor sich her. »Wir wollen ein bißchen spazierenfahren, meine Liebe.«

»Wohin?«

»Eine Besichtigungsreise durch den zweiten Stock der romantischen Willawauk-Klinik. Wird in sämtlichen Reiseführern angepriesen.« Sie lachte. »Außerdem möchte der Doktor, daß Sie sich etwas bewegen.«

»Das nennen Sie Bewegung? In einem Rollstuhl?«

»Sie werden überrascht sein. Sich im Rollstuhl festzuhalten und die anderen Patienten zu betrachten, wird fürs erste genug ermüdend sein. Sie haben noch nicht die Kondition für einen Hundertmeterlauf, klar?«

»Ich glaube, ich könnte schon gehen«, sagte Susan. »Wahrscheinlich würde ich Hilfe brauchen, aber wenn ich mich auf Sie stützen dürfte...«

»Vielleicht können wir morgen ein paar Schritte versuchen«, erwiderte Mrs. Baker und ließ das Sicherheitsgitter vom Bett hinunter. »Aber heute werden Sie noch herumgefahren werden, und ich werde Chauffeur spielen.«

»Ich hasse es, wie ein Invalide behandelt zu werden.«

»Um Himmels willen, Sie sind doch kein Invalide. Nur vorübergehend etwas angeschlagen.«

»Trotzdem...«

Mrs. Baker stellte den Rollstuhl neben das Bett. »Jetzt setzen Sie sich erst mal auf die Bettkante und lassen Ihre Beine hin und her baumeln.«

»Warum?«

»Um Ihre Muskeln geschmeidig zu machen.«

Sowie sie sich auf die Bettkante setzte und ihr Rücken keinen Halt mehr hatte, fühlte sich Susan schwach und schwindlig. Sie klammerte sich an die Matratze, um nicht vom Bett zu fallen.

»Wie fühlen Sie sich?«

»Ausgezeichnet.« Sie log und zwang sich zu einem Lächeln.

»Jetzt bewegen Sie Ihre Beine, bitte.«

Susan schwang ihre Beine, so gut sie konnte. Es gelang nicht gleich, sie waren schwer wie Blei.

»Gut, gut so«, kommentierte Mrs. Baker. »Genug jetzt. Es ist genug für den Anfang.«

Die Anstrengung war so groß gewesen, daß ihr der Schweiß ausbrach. Trotzdem sagte sie: »Ich weiß, daß ich gehen kann.«

»Morgen, meine Liebe.«

Es schien Mrs. Bakers Taktik zu sein, Einwände von Patienten einfach zu ignorieren. Sie öffnete den Schrank und holte einen Schlafrock heraus, der zu Susans Pyjama paßte. Während Susan den Schlafrock überstreifte, brachte Mrs. Baker ein Paar Pantoffeln herbei und stellte sie vor Susan hin.

»Jetzt gleiten Sie bitte vom Bett, ganz langsam, und verlagern Sie Ihr Gewicht gegen mich. Genau so. Sehr gut.«

Susan schlüpfte in ihre Pantoffeln und versuchte ohne Mrs. Bakers Hilfe auf eigenen Füßen zu stehen. Sie wollte sich beweisen, daß sie es konnte. Doch sie wußte sofort, daß sie dazu nicht imstande war. Ihre Beine waren nicht mehr bleischwer, sondern schienen aus verfaulten Lumpen zu bestehen. Sie drohten einzuknicken, und Susan wäre ohne Mrs. Bakers Hilfe zusammengesackt. Sie ließ sich willenlos in den Rollstuhl setzen.

Thelma Baker zwinkerte ihr zu. »Glauben Sie immer noch, für einen Hundertmeterlauf fit zu sein?«

Susan beharrte eigensinnig: »Sie werden sehen, Mrs. Baker, morgen werde ich jede Strecke gehen, als ob ich nie bettlägerig gewesen wäre.«

Die Schwester grinste. »Vielleicht sind Sie nicht ganz bei Trost, aber zweifellos haben Sie Courage. Und Courage hab' ich immer bewundert.«

Damit trat sie hinter den Rollstuhl und schob ihn auf den

Korridor hinaus. Die rollende Bewegung hatte eine leichte Übelkeit zur Folge, die aber schnell verflog.

Die Klinik war in Form eines großen T gebaut. Susans Zimmer befand sich am rechten Ende des Querbalkens. Thelma Baker schob sie um die Ecke und dann den langen Flügel entlang bis zum unteren Ende des Ts.

Susan fühlte sich sofort wohler, als sie das Krankenbett und ihr Zimmer verlassen hatte. Die Halle war mit grünen Kacheln ausgelegt, und die Wände waren schulterhoch in einem passenden Grün gestrichen, das in ein mattes Gelb überging. Die Decke war in einem hellen Beige gehalten. Wenn man aufsah, ließ der Farbeffekt den ganzen Korridor höher, geräumiger erscheinen.

Die Gänge waren so sauber, daß man sich in einem keimfreien Raum zu befinden meinte. Sie entsann sich des großen Krankenhauses in Philadelphia, in dem ihr Vater bis zu seinem Tod gelegen hatte, ein Altbau mit staubigen Fensterbrettern und knarrenden Holzdielen. Doch obwohl ihr – zumindest in der Erinnerung – das Philadelphia-Krankenhaus menschlicher und anheimelnder erschien als die makellos saubere Klinik hier, meinte sie doch, froh sein zu müssen, in dieser Willawauk-Klinik gelandet zu sein.

Auch die Ärzte, Schwestern und Pfleger waren anders als im Krankenhaus, in dem ihr Vater gestorben war. Alle lächelten ihr zu. Und alle schienen um das Wohlbefinden der Patienten ehrlich besorgt zu sein. Während Susan durch den Gang gerollt wurde, unterbrachen einige Schwestern ihre Arbeit, um mit ihr ein Wort zu wechseln; sie gaben ihrer Freude Ausdruck, sie wieder wach und munter und auf dem Weg der Besserung zu sehen.

Thelma Baker führte sie bis ans Ende des Korridors, dann drehte sie den Rollstuhl um und rollte sie zurück. Susan fühlte sich zwar matt, doch weit besser als am Tag vorher und am Vormittag. Ihr Zustand besserte sich nicht nur von Tag zu Tag, sondern von Stunde zu Stunde.

Doch das euphorische Gefühl verschwand in Sekundenschnelle. Als sie an den beiden Aufzugtüren vorbeigeschoben wurde, öffnete sich eine dieser Türen, und ein Mann trat auf den Korridor hinaus, direkt vor Susans Rollstuhl. Ein Patient in Krankenhauskleidung; gestreifter Pyjama, brauner Schlafrock, braune Slipper. Mrs. Baker hielt den Rollstuhl an, um ihn vorbeizulassen. Als Susan ihn erkannte, hätte sie um ein Haar aufgeschrien. Sie wollte schreien, aber sie konnte nicht. Furcht verschloß ihr den Kehlkopf wie mit einer Klammer.

Es war Ernest Hatch. Ein großer, schwerer Mann. Alles an ihm war eckig, sein Kopf beinahe würfelförmig. Seine Augen blickten kalt und grau wie schmutziges Eis.

Als sie vor Gericht gegen ihn ausgesagt hatte, hatte er sie mit seinem eisigen Blick angestarrt und keinen Augenblick aus den Augen gelassen. Sie hatte die stumme Botschaft, die sein Blick ihr übermittelte, nur zu gut verstanden. ES WIRD DIR NOCH LEID TUN, DEN ZEUGENSTAND BETRETEN ZU HABEN.

Doch das war vor 13 Jahren gewesen. Sie hatte alle Vorsichtsmaßregeln getroffen, damit er sie nicht finden konnte, wenn er aus dem Gefängnis kam. Lange schon hatte sie nicht mehr an ihn gedacht.

Und jetzt stand er vor ihr.

Er blickte auf sie herunter, wie sie hilflos in ihrem Rollstuhl saß. Einen Moment lang zuckte es verräterisch in seinen Augen, er hatte sie erkannt. Trotz der vergangenen Jahre, trotz ihres abgezehrten Aussehens wußte er, wen er vor sich hatte.

Instinktiv wollte sie aufspringen und davonlaufen. Doch sie konnte sich nicht bewegen.

Es waren nur zwei oder drei Sekunden vergangen, seit sich die Aufzugtür geöffnet hatte, doch ihr schien es, als habe sie sich mindestens eine Viertelstunde Aug in Aug mit Ernest Hatch befunden.

Er lächelte ihr zu. Einem Unbeteiligten mag das Lächeln harmlos, ja freundlich erschienen sein. Aber Susan sah Haß und Drohung in ihm.

Hatch war der Führer der Studentengruppe gewesen, die Jerry Stein für die Aufnahme in die Bruderschaft den üblichen rituellen Mißhandlungen unterworfen hatte. Hatch hatte Jerry getötet. Nicht aus Versehen. Mit Absicht. Kaltblütig. In jener Nacht – in der Donnerhöhle.

Jetzt zwinkerte er ihr zu und hob seine Hand, wie zu einem freundschaftlichen Gruß.

In diesem Moment verschwand die Lähmung, die sie in ihrem Griff gehalten hatte. Sie konnte sich wieder bewegen. Sie fand die Kraft, sich vom Rollstuhl abzustoßen und aufzuspringen. Sie machte einen Schritt, von Hatch abgewandt, versuchte verzweifelt zu fliehen und hörte Mrs. Bakers Überraschungsruf. Beim zweiten Schritt hatte sie das Gefühl, sich unter Wasser zu befinden. Kein Grund unter ihren Beinen, sie knickte zusammen und begann zu fallen. Sie wäre auf dem Boden des Korridors aufgeschlagen, wenn sie nicht jemand aufgefangen hätte. Starke Arme hielten sie fest.

Als alles um sie herum sich zu drehen anfing, sah sie noch, daß Ernest Hatch es war, der sie aufgefangen hatte. Sie lag in seinen Armen. Sein Gesicht, ganz nahe dem ihren, wurde immer größer, wie ein fahler Vollmond.

Dann hatte sie das Bewußtsein verloren.

6.

»Sagten Sie: Gefahr?«

Dr. McGee stand mit Mrs. Baker am Fußende ihres Bettes.

Susan gab sich alle Mühe, kühl zu bleiben und das, was sie zu sagen hatte, mit Überzeugung vorzubringen. Es war ihr klar, daß man hysterische Frauen nie ganz ernst nahm – speziell wenn sie gerade von einer Kopfverletzung genesen waren. Man durfte nicht annehmen, daß sie geistig verwirrt war, an Halluzinationen litt. Vor allem Jeffrey McGee mußte ihr Glauben schenken.

Sie war in ihrem Bett aufgewacht, nur wenige Minuten nach ihrem Ohnmachtsanfall. McGee hatte ihr eine Manschette angelegt, um den Blutdruck zu messen. Sie hatte die Prozedur geduldig über sich ergehen lassen, bevor sie ihm gestand, daß sie in Gefahr war.

»Gefahr? Was für eine Gefahr?« Er hatte sich etwas vorge-
beugt, das Stethoskop hing an seinem Hals.

Sie schluckte. »Der Mann...«

»Welcher Mann?«

»...der aus dem Aufzug kam!«

McGee blickte fragend auf Mrs. Baker.

Sie sagte: »Ein Patient. Ich kenne ihn.«

McGee runzelte die Brauen. »Und Sie halten ihn für gefährlich, Susan?«

Sie fingerte nervös an den Knöpfen ihres Pyjamas. »Sie erinnern sich doch, Doktor, was ich Ihnen von meinem Freund
Jerry Stein erzählt habe?«

»O ja, sicher. Sie waren so gut wie verlobt mit ihm. Er starb
bei der Aufnahme in eine Bruderschaft, bei den Initiationsriten.«

Mrs. Baker rief erschrocken: »O nein! Wie furchtbar!«

Ihr hatte Susan noch nichts über Jerry erzählt.

Susan mußte schlucken, ehe sie erklären konnte: »Es war
ein Demütigungsritual. Der Aspirant mußte Demütigungen
ertragen – in Anwesenheit seiner Braut oder seiner Freundin –, ohne mit der Wimper zu zucken.

Sie brachten Jerry und mich in eine Kalksteinhöhle, ein
paar Meilen außerhalb des Universitätsgeländes. Es war ein
beliebter Platz für die Initiationsriten; die Studenten bevorzugten einen dramatischen Hintergrund für ihre dummen
Spiele. Ursprünglich wollte ich nicht mitgehen. Nicht, daß
mit einem solchen Ritual irgendwelche Drohungen verbunden waren. Es war mehr ein Jux, ein Spiel, und Jerry freute
sich sogar darauf. Aber ich hatte – vielleicht im Unterbewußtsein – ein ungutes Gefühl. Ich hatte auch den Verdacht, daß
bei solchen Gelegenheiten zuviel getrunken wurde. Sie fuhren in zwei Wagen. Ich wollte in keinen einsteigen, wenn der
Fahrer nicht nüchtern war, aber schließlich ließ ich mich
überreden. Jerry lag so viel daran, in die Bruderschaft aufgenommen zu werden, und ich wollte kein Spielverderber
sein.«

Sie seufzte. Sie blickte durchs Fenster auf den milden Sep-
temberabend. Eine sanfte Brise blies die Blätter von den Bäu-

men. Susan haßte es, über Jerrys Tod zu sprechen, sie hatte stets versucht, ihn aus ihrem Gedächtnis zu bannen. Aber sie sah sich gezwungen, Dr. McGee und Mrs. Baker alles zu erzählen, damit sie verstanden, daß Ernest Hatch eine tatsächliche Gefahr für sie bedeutete.

»Die Briarstead-Höhle ist ziemlich groß. Es gibt mehrere unterirdische Räume und dazwischen eine riesige Halle. Ein dunkler, feuchter Platz, interessant vielleicht für Höhlenforscher.«

»Ich habe nie von ihr gehört. Meistens sind solche Höhlen eine Touristenattraktion.«

»Nicht Briarstead. Es gibt keine pittoresken Säulen, nur grauen Kalkstein. Die unterirdische Halle ist ungeheuer groß, das ist die ganze Attraktion. Die Shawnee-Indianer tauften sie Donnerhöhle.«

»Warum Donnerhöhle?«

»Das hat seinen Grund. Ein unterirdischer Fluß hat sich seinen Weg durch den Kalkstein gegraben und fällt über einige Felsen wie ein Katarakt. Das Geräusch des stürzenden Wassers erzeugt im Kalkgewölbe ein starkes Echo, das klingt wie andauernder Donner.«

Die Erinnerung war zu lebhaft für sie, sie konnte nicht über die Höhle sprechen, ohne die kalte, feuchte Luft zu spüren. Sie fröstelte und zog die Bettdecke über ihre ausgestreckten Beine.

In McGees Blick las sie Mitleid und Verständnis. Er begriff, wie quälend es für sie war, über Jerry Stein zu sprechen. Auch Mrs. Baker war tief bewegt; es sah aus, als wolle sie um das Bett laufen und Susan an ihren mütterlichen Busen drükken.

Dr. McGee ermunterte sie fortzufahren. »Das Ritual fand in der großen Halle statt?«

»Ja. Es war Nacht, aber die Studenten hatten sich mit Laternen und Fackeln eingedeckt. Dann wurden einige brennende Kerzen im Kreis um uns aufgestellt, auf Felsbrocken. Außer Jerry und mir waren vier Mitglieder der Bruderschaft anwesend. Nie werde ich ihre Gesichter vergessen, nie ihre Namen. Carl Jellicoe, Herbert Parker, Randy Quince – und

Ernest Hatch. In jenem Jahr war Hatch zum Obmann der Bruderschaft gewählt worden. Er gab den Ton an.«

Draußen war es dunkel geworden, und im Krankenzimmer nahmen die Schatten überhand. Der Arzt schaltete die Nachttischlampe an.

»Sowie die Kerzen angezündet waren, brachten Hatch und die anderen Whiskyflaschen zum Vorschein. Sie hatten schon vorher getrunken, aber sie tranken auch während der ganzen Zeremonie. Und je mehr sie tranken, desto grausamer wurde das Spiel. Dabei begann es ursprünglich ganz harmlos, Jerry wurde geneckt, man machte Späße, man lachte – und auch Jerry und ich amüsierten uns. Aber allmählich verlor die Neckerei ihre Harmlosigkeit. Das Spiel wurde gemein, die Worte wurden obszön. Ich war nie prüde, aber bald wurde es mir zuviel. Ich wollte gehen, und auch Jerry wurde verlegen und wollte, daß ich mich entfernte. Aber Hatch und die anderen weigerten sich, mir eine Laterne zu leihen, und ohne Licht hätte ich den Weg aus der Höhle nicht finden können. Ich mußte also bleiben.

Als sie Jerry zu hänseln begannen, weil er Jude war, meinten sie es gar nicht mehr scherzhaft; es wurde bitterernst, und ich fühlte, das Unheil sei nicht mehr abzuwenden. Sie waren unterdes schwer angetrunken, aber es war nicht bloß der Alkohol, der sie anheizte. Antisemitismus sprach aus ihnen, unverblümter Judenhaß.

Briarstead war eine ziemlich konservative Universität. Nur wenige Juden studierten dort, und in der Bruderschaft gab es keinen einzigen, zumindest nicht in der letzten Zeit. Es gab zwar keine Statuten gegen die Aufnahme von Juden, und die meisten Mitglieder hatten für Jerry gestimmt, aber Ernest Hatch und seine Kumpanen, die das große Wort führten, waren gegen ihn. Sie wollten die Initiationsriten für ihn so unerträglich machen, daß er seinen Antrag zurückzog. Diese Nacht in der Donnerhöhle sollte der Anfang der Abschreckung sein. Sie wollten ihn nicht töten, keineswegs, nicht, solange sie nüchtern waren. Sie wollten ihn fühlen lassen, daß er nicht willkommen sei, wollten ihn abschrecken.

Doch bald arteten die Hänseleien und Beschimpfungen in

Tätlichkeiten aus. Sie umringten ihn, zogen den Kreis immer enger, stießen ihn von einem zum anderen. Jerry merkte, daß es sich um kein übliches Ritual handelte, und wollte sich nicht zum Narren machen lassen. Er war keiner, der sich leicht einschüchtern ließ. Wenn man ihn stieß, stieß er zurück, und das machte die Kerle immer aggressiver. Als sie nicht aufhörten, ihn herumzustoßen, schlug er zu. Er traf Hatch auf den Mund, Hatch begann zu bluten...«

»Und das war das auslösende Moment«, sagte McGee.

»Ja. Dann brach die Hölle los.«

»Draußen donnerte es, man sah Wetterleuchten.« Susan fühlte sich plötzlich durch eine überirdische Macht in Raum und Zeit zurückversetzt, in die Dunkelheit der Höhle, zum Donnern des Wasserfalls.

Sie sprach jetzt in etwas abgehackten Sätzen. »Die unheimliche Umgebung – die Höhle, das Kerzenlicht, die feuchte Kälte – bewirkte, daß die vier Studenten sich in Höhlenmenschen verwandelten. Der Whisky tat ein übriges. Sie schlugen wild auf Jerry ein. Und als er zu Boden ging, hörten sie nicht auf, ihn zu mißhandeln.«

Erneutes Wetterleuchten. Das elektrische Licht im Zimmer begann zu flackern, erlosch und flammte wieder auf. Susan erschauerte. Die Erinnerung drohte, ihr die Kehle zuzuschnüren, aber sie zwang sich, weiterzusprechen.

»Es war, als ob wilde Hunde über einen Eindringling in ihre Herde hergefallen wären. Ich ... ich schrie... schrie aus vollem Hals... Aber ich konnte sie nicht stoppen. Carl Jellicoe war der erste, der merkte, daß sie zu weit gegangen waren, und er ließ von Jerry ab. Dann Quince, dann Parker. Ernest Hatch gewann als letzter die Selbstbeherrschung zurück. Und gleichzeitig war er der erste, der verstand, daß ihre Unbeherrschtheit sie alle ins Gefängnis bringen würde. Er starrte auf Jerry, der regungslos am Boden lag. Bewußtlos...«

Ihre Stimme brach. Ihr war, als wären nicht 13 Jahre vergangen, als wäre es gestern gewesen.

McGee nickte ihr zu. »Weiter«, bat er mit sanfter Stimme.

»Jerry blutete. Aus der Nase, aus dem Mund. Er röchelte,

er mußte schwer verletzt sein. Zuckungen durchliefen seinen Körper. Ich versuchte...«

»Was versuchten sie?«

»Ihm zu helfen. Ich wollte mich über ihn beugen, aber Hatch stieß mich zur Seite, schlug mich zu Boden. Er erklärte den anderen, sie würden alle ins Gefängnis kommen, wenn sie nicht etwas Drastisches unternahmen, um sich zu retten. Ihr Studium, ihre Karriere, ja ihre ganze Zukunft würde zerstört sein, wenn die Geschehnisse ans Tageslicht kämen. Jerry und ich müßten verschwinden, auf immer. Sie sollten unsere Leichen in den tiefen Spalten der Höhlengänge verschwinden lassen. Die anderen waren durch den Schock zwar etwas ernüchtert, aber immer noch betrunken, verwirrt und ängstlich. Erst stritten sie mit Hatch, dann stimmten sie ein, dann weigerten sie sich mitzutun. Sie hatten Angst zu morden, aber genauso viel Angst, es nicht zu tun. Hatch wurde schließlich zornig, beschimpfte sie, nannte sie Weichlinge und Hasenfüße und dann... Er traf eine Entscheidung. Er wollte seine Kumpanen zwingen, ihm zu gehorchen. Ihnen keinen anderen Ausweg lassen. Er trat zu Jerry und...«

Übelkeit stieg in ihr hoch, als sie sich an die Szene erinnerte.

McGee griff nach ihrer Hand.

»Mit dem Stiefelabsatz trat er Jerry in den Kopf. Dreimal. Man hörte, wie die Knochen krachten.«

Thelma Baker schlug die Hände vors Gesicht.

»Er hat ihn getötet?«

»Ja«, sagte Susan.

Es hatte zu regnen begonnen. Schwere Tropfen schlugen gegen die Fensterscheiben.

»Ich packte eine der Laternen und lief davon«, berichtete sie weiter. »Die Kerle waren von der Mordtat so benommen, daß sie meine Flucht nicht gleich bemerkten. Mein Vorsprung war nicht groß, aber er genügte. Sie nahmen an, ich würde zum Ausgang der Höhle laufen, aber ich wußte, daß sie mich bei diesem Versuch einholen würden, und ich nahm meinen Weg ins Innere. Durch einen winkeligen Gang, dann über eine Geröllhalde in einen unterirdischen Korridor und schließlich in ein ganz tiefes Gewölbe. Ich löschte die Laterne aus, damit mich kein Lichtschein verraten konnte. Ich setzte meinen Weg in kompletter Dunkelheit fort, mit den Fingerspitzen an Steinwänden tastend, stolpernd, fallend... Schließlich fand ich eine Nische in der Wand, ein kleines Loch, in dem ich mich gebückt verstecken konnte. Ich schlüpfte hinein, ganz tief hinein, und rührte mich nicht. Ich hörte sie in der Nähe, sah den Schein ihrer Laternen, aber sie fanden mich nicht. Schließlich, nach einer Zeit, die mir endlos erschien, gaben sie die Suche auf. Sie nahmen an, ich hätte in der Zwischenzeit irgendwie den Weg zum Ausgang gefunden.

Ich war vorsichtig. Ich wartete stundenlang, ehe ich mein Versteck verließ. Ich wagte es, die Laterne wieder anzuzünden; trotzdem hatte ich ziemliche Mühe, den Ausgang zu finden. Unterdes war es Tag geworden. Ich lief aufatmend ins Freie, ließ die Höhle hinter mir...«

»Armes Kind«, flüsterte Thelma Baker.

»Dabei war ich gezwungen, noch einmal dorthin zurückzukehren. Zu einem Lokalaugenschein.«

»Die Täter wurden vor Gericht gestellt?«

»Ja. Der Staatsanwalt meinte, er würde mit einer Mordanklage nicht durchkommen. Es gab mildernde Umstände – den Whisky und die Tatsache, daß Jerry den ersten Schlag geführt hatte. Immerhin bekam Ernest Hatch eine Zuchthausstrafe von fünf Jahren.«

»Nur fünf Jahre«, rief Mrs. Baker.

»Ich war sicher, man würde ihn für immer hinter Gitter bringen«, sagte Susan. Immer noch fühlte sie ihre Enttäuschung und Bitterkeit, wie an dem Tag, als der Richter das Urteil verkündet hatte.

»Und die anderen drei?«

»Sie wurden wegen Beihilfe angeklagt und verurteilt, aber sie kamen billig davon. Sie waren nicht vorbestraft und stammten aus angesehenen Familien. Außerdem hatte keiner von ihnen den noch Lebenden getreten und seinen Tod herbeigeführt. Ihre Strafen wurden auf Bewährung ausgesetzt.«

Dr. McGee hielt noch immer Susans Hand in der seinen, und sie war froh, daß er es tat.

»Natürlich wurden alle relegiert und von Briarstead ausgeschlossen. Parker und Jellicoe versuchten ihr Studium an einer anderen Universität zu Ende zu führen, aber keine, die etwas auf sich hielt, wollte Studenten mit Vorstrafen dieser Art in ihren Reihen aufnehmen. Ein Jahr lang verschickten sie vergeblich Bewerbungsschreiben, bevor sie eine obskure Hochschule im äußersten Nordwesten aufnahm. Die beiden feierten das freudige Ereignis mit kräftigem Alkoholgenuß und starben noch in derselben Nacht, als Parker die Kontrolle über seinen Wagen verlor. Ich schäme mich nicht zu sagen, daß ich erfreut und erleichtert war, als ich davon erfuhr. Mir schien, das Schicksal selbst habe die Vergeltung in seine Hand genommen.«

»Das war nur eine ganz natürliche Reaktion von Ihnen«, bemerkte Mrs. Baker.

»Und der dritte im Bunde...«

»Ich weiß nicht, was aus Quince geworden ist«, erwiderte Susan. »Es ist mir auch gleichgültig. Sicher muß er sein Leben lang an den Konsequenzen leiden...«

Ein Blitz, der von einem grollenden Donner gefolgt war, unterbrach sie. Susan und Dr. McGee starrten zum Fenster hinaus.

Doch Mrs. Baker betrachtete ihre Patientin und sagte schließlich: »Eine schreckliche Geschichte. Ich habe noch nie so etwas Entsetzliches gehört. Aber ich verstehe immer noch nicht recht, was sie mit dem Ohnmachtsanfall von Ihnen zu tun hat.«

Bevor Susan noch etwas entgegnen konnte, meinte McGee: »Anscheinend hat Miß Thorton in dem Mann, der aus dem Aufzug trat, einen der Mordgesellen erkannt.«

Susan nickte.

»Parker und Jellicoe sind tot. Also Quince oder Hatch.«

»Es war Ernest Hatch.«

»Ein unglaublicher Zufall«, meinte der Arzt. »Dreizehn Jahre nach dem Mord – und Hunderte von Meilen von dem Ort entfernt, an dem sie einander zum letzten Mal gesehen hatten.«

»Sie müssen sich irren, Kind«, flüsterte Mrs. Baker.

»Aber nein. Ich könnte dieses Gesicht nie vergessen. Nie!«

»Aber dieser Mann heißt nicht Hatch«, sagte Mrs. Baker.

»Wie gesagt, ich kenne ihn. Ich war dabei, als er aufgenommen wurde. Er heißt Richmond, Bill Richmond.«

»Dann hat er seinen Namen geändert, als er aus dem Zuchthaus entlassen wurde.«

Mr. Baker schüttelte den Kopf. »Soviel ich weiß, bekommt ein verurteilter Verbrecher nicht die Erlaubnis, seinen Namen zu ändern.«

Die Weigerung der Schwester, die Wahrheit zu akzeptieren, verärgerte Susan. »Es muß ja keine legale Namensänderung gewesen sein. Viele Menschen in unserem Land leben unter falschem Namen.«

Der Arzt wandte sich an die Krankenschwester. »Weswegen ist dieser Mann in der Klinik?«

»Er soll morgen operiert werden. Von Dr. Viteski. Eine Zyste am Rücken. Eine Fettgeschwulst.«

»Bösartig?«

»Nein. Aber groß, und sie sitzt ziemlich tief.«

»Wann ist er aufgenommen worden?«

»Heute morgen.«

»Und er heißt Richmond? Sind Sie sicher?«

»Ja.«

»Aber es ist Ernest Hatch«, bestand Susan.

Mrs. Baker nahm ihre Brille ab und rieb ihren Nasenrücken. Sie überlegte einen Moment, dann fragte sie: »Wie alt war dieser Hatch, als er den Mord beging?«

»Er war einundzwanzig Jahre alt.«

»Vor dreizehn Jahren? Dann müßte er jetzt doch Mitte 30 sein.«

»Und?« McGee sah sie an. »Wie alt ist er?«

»Bill Richmond ist 21.«

»Unmöglich!« rief Susan.

»Es steht in den Eintragungen. Dieser Mann war acht Jahre alt, als Jerry Stein umgebracht wurde.«

»Nein, nein. Er muß jetzt vierunddreißig oder fünfunddreißig sein...«

»Er sieht keinen Tag älter aus als einundzwanzig«, bestand Mrs. Baker. »Eher jünger. Wie ein Schüler. Wenn er gelogen hat, so hat er sich vielleicht älter gemacht, sicher nicht jünger.«

McGee wandte sich an Susan. »Wie alt ist er Ihnen erschienen, als er aus dem Aufzug trat?«

Die Frage verwirrte sie. »Wie alt? Ich weiß nicht... Er sah genau wie Ernest Hatch aus, wie ich ihn in Erinnerung hatte.«

»Wie damals vor Gericht?«

»Genau.«

»Also wie ein Student. Wie ein junger Mann von etwa einundzwanzig?«

Sie nickte zögernd.

McGee ließ nicht nach. »Er machte also keineswegs den Eindruck eines Vierunddreißigjährigen?«

»Nein. Aber manche Menschen bleiben jung. Sie sehen zehn Jahre jünger aus, als sie sind.« Sie war beinahe zornig über den Widerspruch, in den sie sich verfangen hatte, und trotzig rief sie: »Es war Hatch!«

Vielleicht eine große Ähnlichkeit«, warf Thelma Baker ein

»Nein, nein. Er war es. Ohne Zweifel! Ich habe ihn erkannt, und er – er hat mich erkannt. Das konnte ich sehen. Ich fürchte mich vor ihm. Es war meine Zeugenaussage, die ihn ins Zuchthaus gebracht hat. Wenn Sie gesehen hätten, wie er im Gerichtssaal auf mich gestarrt hat – Haß und Mord in seinem Blick...«

Sie unterbrach sich. McGee und die Schwester sahen sie prüfend an, skeptisch, und gaben ihr das Gefühl, als stünde sie jetzt in einem Gerichtssaal, aber als Angeklagte. Sie erwiderte ihre Blicke, aber dann schlug sie die Augen nieder, verzweifelt ob des Mißtrauens der anderen.

»Hören Sie, Susan«, sagte Dr. McGee ernst, »ich werde mir die Unterlagen dieses Burschen ansehen, auch ein paar Worte mit ihm wechseln. Ich werde sehen, ob ich die Sache klären kann.«

Sie nickte niedergeschlagen. Sie wußte, daß sie einen hoffnungslosen Standpunkt vertrat.

»Wenn er wirklich Hatch ist, werde ich dafür sorgen, daß er Ihnen nicht mehr in die Nähe kommen kann. Wenn nicht, dann können Sie ruhig schlafen.«

Verdammt noch mal, er ist es!

Sie war sich dessen sicher, aber sie schwieg.

»Ich komme nachher wieder.«

Sie sagte nichts.

»In Ordnung?«

»O ja, natürlich.«

Sie spürte eine unausgesprochene Verständigung zwischem dem Arzt und der Schwester, aber sie blickte nicht auf. Ihr Magen verkrampfte sich schmerzhaft.

Man glaubte ihr nicht. Man zweifelte an ihrem Verstand. Man nahm an, ihr Verstand hätte Schaden gelitten.

7.

Sturm und Regen hatten aufgehört. Der Herbstnachmittag ging zu Ende, und es wurde frühzeitig dunkel.

Wie versprochen, kam Dr. McGee in ihr Zimmer zurück.

»Er heißt Bill Richmond. Das steht eindeutig fest. Ich habe sogar seine Sozialversicherungskarte gesehen.«

Susan saß aufrecht in ihrem Bett. Steif, ungläubig. Sie waren allein. Mrs. Baker war nach Hause gegangen, und die Nachtschwester hatte noch nicht nach Susan gesehen.

McGee spielte mit seinem Stethoskop, ehe er fortfuhr: »Und er ist zweifellos erst 21 Jahre alt.«

So leicht war Susan nicht zu überzeugen. »Es braucht mehr Zeit, um die Lebensgeschichte eines Menschen zu durchleuchten. Papiere können gefälscht sein. Was beweisen schon die Unterlagen eines Krankenhauses.«

»Da haben Sie ganz recht. Aber dieser Fall liegt anders. Leon – ich meine, Dr. Viteski – kennt die Eltern des jungen Mannes – Grace und Harry Richmond – seit 25 Jahren. Er sagt, er habe bei allen drei Richmond-Babys Geburtshilfe geleistet. Hier, in unserer Klinik.«

Jetzt begann Susan, langsam an sich zu zweifeln. Immerhin hatte sie eine schwere Kopfverletzung hinter sich. Sollte sie an Halluzinationen, an Wachträumen leiden?

»Viteski hat alle Krankheiten der Richmond-Kinder behandelt. Bill Richmond war acht Jahre alt und besuchte die Grundschule in Pine Wells, als Ernest Hatch ins Zuchthaus kam.«

Auf diese Tatsachen wußte Susan nichts zu entgegnen. Sie schöpfte Atem. »Aber der Mann hat genauso ausgesehen wie Hatch. Als er aus dem Aufzug stieg und ich sein Gesicht sah – die grauen Augen mit dem bösartigen Blick...«

Und fast feindselig fügte sie hinzu: »Sie glauben an eine Unfallfolge? Sie glauben, ich bin nicht ganz richtig im Kopf?«

»Davon kann keine Rede sein«, beschwichtigte er sie schnell. »Mit Ihrem Unfall, mit Ihrem Koma hat das nichts zu tun. Aber die schrecklichen Geschehnisse vor dreizehn Jahren haben Ihnen ein Trauma, eine seelische Wunde zugefügt. Darüber müssen Sie sich im klaren sein.«

»Eine Psychose?«

»Sie können es nennen, wie Sie wollen. Alles, was Sie nur im geringsten an damals erinnert, löst bei Ihnen Panik aus. In diesem Fall eine gewisse äußere Ähnlichkeit.«

Obwohl Susan für Dr. McGee eine große Sympathie empfand, wurde sie jetzt ärgerlich. Der Zorn verlieh ihr Kräfte, sie stützte sich auf die Matratze und richtete sich auf. »Von einer Ähnlichkeit kann keine Rede sein, Doktor. Er sah haargenau so aus wie Hatch.«

»Bedenken Sie, daß es schon eine lange Zeit her ist, daß Sie Hatch in natura gesehen haben.«

»Genau dreizehn Jahre.«

»Vielleicht erinnern Sie sich an ihn nicht so gut, wie Sie denken.«

»Oh, ich erinnere mich sogar sehr gut an ihn. Dieser Richmond ist genau so groß wie Hatch, hat dieselbe Figur...«

»Er ist kein außergewöhnlicher Typ.«

»Die scharfe Nase, das blonde Haar...«

»Viele sind blond. Und was die Nase betrifft...«

»Seine kantigen Gesichtszüge sind unverwechselbar. Sein

Gesicht gleicht einem Würfel. Und die Augen... Nicht viele haben solche Augen. Bill Richmond ist ein Duplikat von Ernest Hatch. Das ist keine zufällige Ähnlichkeit, das ist mehr. Unerklärlich, unheimlich...«

»Gut, gut, zugegeben.« Er unterbrach sie sanft. »Sie sehen sich sehr ähnlich, der eine schaut genauso aus wie der andere vor dreizehn Jahren. Und es ist ein kaum faßbarer Zufall, daß Sie, Susan, beiden begegnet sind, wenn auch in einem Intervall von vielen Jahren und an weit auseinanderliegenden Orten. Aber das ist auch alles – ein Zufall! Ein seltsamer Zufall – bitte –, aber doch nur ein Zufall.«

Susan biß sich auf die Lippen. Dann sagte sie langsam: »Philip Marlowe, der Privatdetektiv in den Romanen von Raymond Chandler, behauptet: ›Ich glaube nicht an Zufälle. Wenn ich einen Zufall analysiere, stoße ich immer auf mindestens zwei Personen, die ein Komplott schmieden.‹«

McGee runzelte die Stirn. »Gut formuliert. Aber eine Erkenntnis, die zu einen Romandetektiv paßt. Wir befinden uns aber nicht in einem Roman und auch nicht in einer Fernsehserie, Miß Thorton. Die Wirklichkeit, die reale Welt, ist weit weniger dramatisch, glauben Sie nicht?«

Er hatte recht, und da sie es zugeben mußte, wich ihr Ärger, aber auch ihre Kraft. Sie sank in ihre Kissen zurück und fragte tonlos: »Können sich zwei Menschen wirklich so sehr gleichen?«

»Das ist allgemein bekannt«, erwiderte der Arzt. »Es wird behauptet, daß jeder Mensch irgendwo auf der Welt einen Doppelgänger hat.«

»Davon habe ich auch gehört«, gab sie zu, »aber – dieser Mensch war nicht einfach ein Doppelgänger. Er hat mich erkannt, dessen bin ich sicher. Als er mich sah, begann er zu lächeln. Und hat mir zugewinkt.«

Zum ersten Mal, seit er Susans Zimmer betreten hatte, verlor Dr. McGee seine sorgenvolle Miene, und er entgegnete heiter: »Er hat gelächelt? Er hat Ihnen zugewinkt? Nun, darin kann ich nichts Unheimliches sehen, meine Dame. Sollten Sie nicht wissen, daß Männer häufig attraktiven Frauen zulächeln und zuwinken? Erzählen Sie mir nicht, daß Sie nie derartige Zeichen der Bewunderung empfangen haben. Sie haben bisher weder in einer Wüste noch in einem Kloster gelebt.« Er grinste, und seine blauen Augen funkelten amüsiert.

»Im Moment bin ich in keiner Weise attraktiv«, wandte sie ein.

»Unsinn!«

»Mein Haar braucht dringend Schampoo. Ich bin ausgezehrt, ich habe Ringe unter den Augen. In meinem jetzigen Zustand erwecke ich in keinem Mann romantische Gefühle.«

»Keine falsche Bescheidenheit! Ausgezehrt? Keine Rede. Es gibt Filmstars, die Sie um Ihre Figur beneiden würden.«

Susan widerstand seinem Charme, was nicht leicht war. Sie blieb hartnäckig. »Es war nicht *diese* Art von Winken.«

»Da haben wir's! Sie geben also zu, daß Sie sich auskennen. Männer haben Ihnen also auch schon früher zugewinkt.«

Sie lehnte es ab, über die Begegnung mit dem Mann im Aufzug zu scherzen. Sie ging auf McGees heiteren Ton nicht ein. Ihre Miene verdüsterte sich, und sie schüttelte ernst den Kopf.

»Was für eine Art von Winken war es denn genau?« wollte er wissen, immer noch einen spöttischen Unterton in seiner Stimme.

»Es hatte nichts von Koketterie, nichts von Nettigkeit, nichts von Bewunderung. Er war auch nicht anmaßend oder frech.«

»Sondern?«

»Infam. Drohend. Als ob er sagen wollte: ›Wir rechnen noch miteinander ab.‹« Noch während sie sprach, wurde ihr klar, wie lächerlich es sich anhörte, wenn sie einen einfachen Vorgang wie ein Winken so kompliziert auslegte. »Das alles klingt ziemlich dumm, nicht wahr?«

»Nicht dumm, nur etwas überspannt. Zumal wir genau wissen, daß der junge Mann, von dem die Rede ist, Bill Richmond heißt und 21 Jahre alt ist.«

»Also, das Lächeln war freundlich, das Winken kokett und die Drohung eine Ausgeburt meiner Fantasie?«

»Könnte das nicht tatsächlich der Fall sein?« fragte er diplomatisch.

Sie seufzte. »Vielleicht. Wahrscheinlich. Und ich sollte mich bei Ihnen entschuldigen.«

»Aber ich bitte Sie. Sie sind meine Patientin, bis vor kurzem im Koma gelegen und...«

»...und ich habe Narrenfreiheit, nicht wahr?«

»Davon ist keine Rede.«

»Sie müssen Geduld mit mir haben, Doktor«, bat sie leise. »Ich war nach meinem Erwachen aus dem Koma müde und erschöpft. Mein Wahrnehmungsvermögen ist anscheinend getrübt. Letzte Nacht hatte ich von Ernest Hatch geträumt, und als ich diesen Mann aus dem Aufzug kommen sah, der Hatch in jedem Detail gleicht – da wurde ich von Panik ergriffen und habe den Kopf verloren.«

Dieses Bekenntnis fiel ihr keineswegs leicht. Sie war es nicht gewohnt, klein beizugeben. Sie hatte alle Krisen ihres Lebens kühl und überlegen gemeistert, stets auf sich selbst gestellt, niemandem vertrauend als sich selbst. Auch in der Donnerhöhle, nach dem Mord an Jerry Stein, als von keiner Seite Hilfe zu erwarten war, hatte sie sich retten können. Sie war geflohen, hatte sich versteckt, hatte überlebt. Weil sie ihre Nerven behalten hatte, in einer Situation, in der andere Menschen die ihren verloren hätten. Doch an diesem Tag, im Krankenhauskorridor, war sie in Panik geraten und hatte – schlimmer noch – ihre Umgebung sehen lassen, wie sie ihre Selbstkontrolle verlor. Verlegenheit überkam sie, sie fühlte sich gedemütigt.

»Von jetzt an werde ich eine Musterpatientin sein«, versprach sie. »Ich werde brav essen und meine Medizin nehmen, um so schnell wie möglich zu Kräften zu kommen. Ich werde Gymnastik machen, soviel von mir verlangt wird, aber ohne zu übertreiben. Bis ich von hier entlassen werde, werden Sie meine heutige Überspanntheit längst vergessen haben. Sie werden sich noch wünschen, alle Ihre Patienten wären wie ich.«

»Das wünsche ich mir schon jetzt«, lächelte er. »Sie können mir glauben, daß ich lieber hübsche junge Damen behandle als quengelige Tattergreise.«

Jetzt kam die Nachtschwester herein, und Dr. McGee verließ sie. Sie bat die Schwester um ein Fernseh-Leihgerät, und es wurde unverzüglich in ihrem Zimmer installiert. Sie sah die Wiederholung einer alten DALLAS-Episode und hörte die Abendnachrichten aus Seattle. Mit leichtem Staunen stellte sie fest, daß die Auslandsnachrichten sich nicht allzu sehr von den letzten unterschieden, die sie vor 3 Wochen gesehen hatte. Die Welt war in der Zwischenzeit weder klüger noch toleranter geworden.

Dann brachte ihr die Nachtschwester, eine lustige Blondine namens Marcia Edmonds, ihr Abendessen. Susan aß alles auf, was sie auf dem Tablett fand, und bat sogar um eine Draufgabe. Sie bekam Vanille-Eis mit Pfirsichhälften und verschlang das zweite Dessert mit gutem Appetit.

Sie fühlte sich auf dem Weg der Besserung und war zufrieden.

Sie bemühte sich, nicht an den Doppelgänger von Ernest Hatch zu denken. Auch nicht an die im Koma verlorenen Tage oder an die noch verbliebenen Gedächtnislücken. Sie wollte an nichts denken, was den Heilungsprozeß behindern konnte. Sie wollte eine Musterpatientin sein und die positive Haltung entwickeln, um möglichst bald vollkommen gesund zu werden. Trotzdem konnte sie nicht verhindern, daß sie zeitweilig ein unbehagliches Gefühl überkam, eine diffuse, nicht greifbare Ahnung von Unheil.

Sie versuchte sich davon zu befreien, indem sie an angenehme Dinge dachte. Zum Beispiel an die Fürsorge von Dr. McGee. Die sportliche Energie, mit der er sich bewegte; das beruhigende Timbre seiner Stimme. Sie rief sich auch seine Augen, seine feingliedrigen Hände ins Gedächtnis.

Bevor sie das Licht abdrehte, nahm sie noch das leichte Schlafmittel, das er ihr verschrieben hatte. Draußen herrschte tiefschwarze Nacht, die Baumwipfel waren nicht mehr zu sehen. Man hörte auch keine Regentropfen gegen die Scheiben fallen, doch der Wind ließ nicht nach. Er säuselte, er pfiff in auf- und abschwingenden Skalen. Konstant bewegte er die Fensterläden, wie ein großer Hund, der eifrig einen Zugang zu finden versucht.

Vielleicht war es diese Vorstellung, die Susan veranlaßte, von Hunden zu träumen. Doch es waren keine Haushunde, treue Gefährten des Menschen. Es waren wilde, drohende Bestien mit aufgerissenem Rachen. Erst verwandelten sie sich in Schakale, dann in Wölfe. Werwölfe. Menschenwölfe. Sie nahmen die Gestalt von zähnefletschenden Männern an, wurden dann wieder zu Wölfen, die sie verfolgten, sie ansprangen oder im Dunkeln auf sie lauerten, bereit, über sie herzufallen. Dann verwandelten sie sich wieder in Männer. Susan konnte ihre Gesichter erkennen: Jellicoe, Parker, Quince und Hatch.

Einmal, als sie durch einen dunklen Wald floh, kam sie auf eine mondbeschienene Lichtung. Da sah sie deutlich vier Bestien in Wolfsgestalt über die Leiche von Jerry Stein geduckt und ihr Fleisch von den Knochen reißend. Als Susan näher kam, blickten sie auf und grinsten sie boshaft an. Blut tropfte aus ihren Mäulern, rohes Fleisch hing von ihren Fängen.

Die Lichtung verschwand. Susan lief durch die Gänge der großen Höhle, strauchelnd, stolpernd, und die Werwölfe waren hinter ihr her. Sie jagten sie durch ein Feld von mannshohen schwarzen Blumen, dann durch öde Vorstadtstraßen. Die Straßen waren menschenleer, die Wölfe witterten auf dem Pflaster ihre Spur, fanden sie immer wieder, zwangen sie, nach ihren Fersen schnappend, in ekligen Verstecken Zuflucht zu suchen.

Plötzlich befand sie sich in Sicherheit, im Zimmer des Krankenhauses, in ihrem Bett. Aber gleich darauf stürmte eine der gräßlichen Kreaturen in den Raum. Eine Wolfsgestalt, die sich drohend im Schatten hielt, kaum sichtbar in ihren Umrissen. Sie stand am Fußende ihres Bettes und starrte sie aus einem böse glitzernden Auge an. Dann bewegte sie sich, kam ins Licht der Nachttischlampe, und Susan konnte im schwachen, gelblichen Licht sehen, daß der Wolf sich erneut in einen Menschen verwandelt hatte. Es war Ernest Hatch. Er trug Krankenhauskleidung, einen gestreiften Pyjama, einen braunen Schlafrock... (Aber das ist doch kein Traum mehr, durchzuckte es sie, als eiskalte Ströme von Angst über ihren Rücken liefen.) ...und trat an den Rand ihres Bettes. Er bückte sich, um sie aus der Nähe zu betrachten. Sie wollte schreien, aber konnte nicht. Sie war auch nicht fähig, sich zu rühren. Sein Gesicht, drohend nahe, begann zu verschwimmen, sie konnte es mit ihrem Blick nicht festhalten; es verschwand, ohne daß sie deshalb Erleichterung empfand. Sie fühlte sich in den Traum zurückversetzt, in das Feld der schwarzen Blumen... (Ich muß aus diesem Traum heraus. Muß mich zwingen, aufzuwachen. Ein leichtes Schlafmittel, hat er gesagt. Zum Teufel damit!) ...und zugleich hatte sich auch das Krankenhauszimmer mit dem beruhigenden Nachtlicht in nichts aufgelöst. Die Hetzjagd begann von neuem. Sie suchte zwischen den mannshohen Stengeln Schutz vor der verfolgenden Meute. Über sich konnte sie den Vollmond sehen, aber er verbreitete kein Licht. Sie lief kopflos in das Dunkel, fiel über ein Hindernis und sah entsetzt, daß es Jerry Steins verstümmelte, angefressene Leiche war, über die sie gestolpert war. Ein großer Wolf sprang auf sie, als sie hilflos dalag, knurrte, senkte seine sabbernden Lefzen immer tiefer, bis seine Schnauze ihre Kehle berührte. Die Fratze der scheußlichen Bestie hatte plötzlich nicht mehr die Züge eines Tieres, nein, jetzt sah sie es deutlich, es war Ernest Hatchs Gesicht. Nicht die Schnauze eines Wolfs berührte ihre Kehle, sondern Hatchs plumper Finger. Sie versuchte ihm auszuweichen, und ihr Herz begann so wild zu schlagen, daß sie fürchtete, es könne aus ihrer Brust springen. Hatch zog seine Hand zurück und lächelte. Das Feld mit den schwarzen Blumen war verschwunden. Sie träumte, daß sie wieder in ihrem Krankenhausbett lag... (Bloß, daß es kein Traum war. Es war Wirklichkeit. Hatch stand hier, und würde sie töten.) ...und versuchte mit der Kraft der Verzweiflung, sich aufzusetzen. Aber es gelang ihr nicht. Sie tastete nach der Klingel, um die Nachtschwester zu rufen, aber obwohl der Klingelknopf direkt über ihr hing, vermochte sie ihn nicht zu erreichen. Er schien Lichtjahre weit entfernt zu sein. Doch sie gab nicht auf. Als sie den Arm ausstreckte, sah sie verwundert, daß er immer länger und länger wurde, unendlich lang, ohne daß ihre Hand den nahen Knopf erreichen konnte. Es war wie bei ›Alice im Wunderland‹, nachdem das

Mädchen durch den Spiegel hindurchgegangen war. Die Gesetze der Perspektive galten nicht mehr; klein war groß, und groß war klein; nah war fern, und fern war nah. Es gab keinen Unterschied mehr zwischen auf und ab, zwischen oben und unten. Schwindel erfaßte sie, sie fühlte einen galligen Geschmack im Mund. Das bittere Schlafmittel? Sie fragte sich, ob sie im Traum imstande sein könnte, den Geschmack so genau zu definieren. Sie wünschte von ganzem Herzen, sie könnte endlich wissen, ob sie noch schlief oder schon wach war. ›Lange nicht gesehen‹, bemerkte jetzt Hatch beiläufig. Susan blinzelte, versuchte sein Gesicht im Auge zu behalten, aber es verschwamm immer wieder, um sich gleich darauf aufs neue zu formen. Das Gesicht hatte menschliche Züge, aber Stirn und Augen waren die eines Wolfs. ›Hast du wirklich geglaubt, du könntest dich für immer vor mir verstecken?‹ flüsterte er, während er sich über sie beugte, bis sein Gesicht das ihre beinahe berührte.

Er roch nach Alkohol, und sie fragte sich, ob ihre Fähigkeit, das festzustellen, beweisen mochte, daß sie wach war und Hatch kein Phantom, sondern real.

Er fragte nochmals: ›Hast du wirklich geglaubt, du könntest dich für immer vor mir verstecken?‹ Sie konnte nicht antworten, ein Klumpen steckte in ihrer Kehle, der sie auch am Schlucken oder Spucken hinderte.

›Hure, verfluchte stinkende, geile Hure!‹ Sein Lächeln verzerrte sich zu einem breiten Grinsen. ›Wie fühlst du dich jetzt, he? Tut es dir leid, daß du gegen mich ausgesagt hast? Haha, ich wette, es tut dir jetzt leid.‹ Er lachte leise. Einen Moment lang wurde sein Lachen zum Knurren eines Wolfs. ›Weißt du, was ich mit dir tun werde?‹ Sein Gesicht begann wieder zu verschwimmen. Aber seine Wort waren noch deutlich zu hören. ›Weißt du, was ich mit dir tun werde?‹

Sie war in der Höhle. Aus dem Kalkboden sprossen große schwarze Blumen. Sie lief, und die Wölfe verfolgten sie. Oder waren es Männer? Sie wußte es nicht, wagte nicht, sich umzudrehen. Eine Öffnung der Höhle führte in eine nächtliche Vorstadtstraße. Sie lief auf eine Laterne zu, aber unter der Laterne stand ein großer Wolf und lachte wie ein Mensch.

›Weißt du, was ich mit dir tun werde?‹ Sie vermochte ihren Lauf nicht anzuhalten, lief dem Wolf direkt in die Arme...

Sie erwachte schweißbedeckt und mit klopfendem Herzen. Wie lange hatte sie geschlafen, wie lange die quälenden Träume ertragen müssen? Sie wußte es nicht. Es war Montag, zeitig am Morgen, das erste Licht der Dämmerung drang durch die Fenster.

Sie versuchte sich an die Alpträume zu erinnern, aber es gelang ihr nicht ganz. Wölfe hatten sie verfolgt, Werwölfe, die Menschengestalt annehmen konnten. Und dann war Ernest Hatch bei ihr gewesen...

Jetzt, im Licht des Morgens, schien die Vorstellung, Hatch wäre tatsächlich in ihrem Zimmer gewesen und an ihrem Bett gestanden, absurd. Sie war am Leben, ohne die geringste Spur einer nächtlichen Konfrontation.

Es war bloß ein Alptraum gewesen, sonst nichts.

Nur ein Alptraum...

8.

Nicht lange, nachdem sie erwacht war, kam die Nachtschwester und wusch Susan sorgfältig mit einem nassen Schwamm. Sie zog ihr einen anderen Pyjama an, der sich in ihrem Übernachtungskoffer befand, wusch ihren getragenen blauen Pyjama im Badezimmer aus und hing ihn schließlich zum Trocknen hinter die Tür.

Dann gab es Frühstück. Es war reichlicher als am Tag zuvor, und Susan aß mit gutem Appetit.

Schließlich kam Dr. McGee, der seine Morgenrunde machte, bevor er nach Willawauk in seine Privatpraxis fuhr. Mrs. Baker, die gerade ihren Dienst angetreten hatte, begleitete ihn und half ihm, den Verband um Susans Kopf zu entfernen. Das Entfernen der Fäden tat nicht richtig weh, aber sie fühlte kleine Stiche und ein Prickeln der Haut.

Dr. McGee nahm ihr Kinn in die Hand und drehte den Kopf nach beiden Seiten. »Die Wunde ist gut zugeheilt. Saubere Arbeit, das muß ich anerkennen, obwohl ich selbst genäht habe. Mrs. Baker, wir bitten um den Spiegel.«

Susan nahm ihn zögernd entgegen. Sie war angenehm überrascht, als sie feststellte, daß die Narbe beileibe nicht so schlimm war, wie sie befürchtet hatte. Ein schmaler roter Streifen, nicht länger als 4 Zoll, und nur kleine Unebenheiten, wo die Nähte gewesen waren.

»Die Nahtspuren werden in ein paar Tagen nicht mehr zu sehen sein«, beruhigte sie der Arzt.

Susan senkte den Spiegel. »Und ich dachte, es wäre eine große blutige Wunde.«

»Nun, es hat mehr geblutet, als mir lieb war, als Sie eingeliefert wurden. Und der Heilungsprozeß nahm viel Zeit in Anspruch, wahrscheinlich weil Sie im Koma so oft die Stirn gerunzelt und die Wunde unnötig bewegt haben. Dagegen konnten wir nicht viel machen. Aber das ist jetzt vorbei. Die Narbe wird schrumpfen und die häßliche Röte verblassen. Sie werden aussehen wie neu. Und wenn Ihnen das nicht genügt, können Sie sich immer noch an einen Facharzt für plastische Chirurgie wenden.«

»Oh, das wird nicht nötig sein«, meinte Susan. »Ich bin schon froh, daß ich nicht wie ein Schloßgespenst aussehe.«

Mrs. Baker lachte. »Als ob das möglich wäre – bei Ihrem Aussehen!«

Susan errötete.

McGee amüsierte sich.

Thelma Baker nahm kopfschüttelnd die Schere und die alten Verbände auf und verließ das Zimmer.

McGee lehnte sich im Stuhl zurück. »Nun – sind Sie jetzt so weit, daß Sie mit Ihrem Chef bei Milestone sprechen wollen?«

»Phil Gomez?« sagte sie nachdenklich und wiederholte den Namen, den der Arzt ihr genannt hatte. »Ich erinnere mich überhaupt nicht an ihn.«

»Das wird schon kommen.« McGee warf einen Blick auf seine Armbanduhr. »Es ist schon nach neun. Er dürfte bereits in seinem Büro sein.«

Er hob vom Telefon, das auf dem Nachttisch stand, den Hörer ab. »Zentrale. Hier ist Dr. McGee. Verbinden Sie mich bitte mit der Milestone Corporation in Newport Beach, Kalifornien. Die Nummer habe ich Ihnen gestern gegeben.«

Philip Gomez wurde schnell erreicht, er nahm den Anruf entgegen. McGee sprach mit ihm. Erklärte, daß Susan aus dem Koma erwacht war, aber vorläufig noch Gedächtnislücken hatte. Vorübergehend, wie er betonte. Dann reichte er ihr den Hörer.

Sie ergriff ihn mit einem gewissen Widerwillen, als wäre er eine Schlange. Sie fühlte eine Hemmung, mit Milestone Kontakt aufzunehmen. Einerseits wollte sie nicht mit einer so entscheidenden Lücke in ihrem Gedächtnis weiterleben; sie mußte in Erfahrung bringen, wo und woran sie gearbeitet hatte. Andererseits konnte sie das Gefühl nicht loswerden, daß es für sie besser wäre, nichts über Milestone und ihren Job in Erfahrung zu bringen. Gestern schon hatten sie diesbezügliche Ängste und Zweifel gequält. Jetzt kam die Furcht wieder, sogar in verstärkter Form.

»Hallo.«

»Susan! Sind Sie's?«

»Ja. Ich.«

Gomez sprach schnell, mit etwas übertriebener Freundlichkeit. »Gott sei Dank, daß Sie wieder wohlauf sind. Wie schön, Ihre Stimme zu hören. Wir alle waren in großer Sorge, wirklich, sogar Breckenridge, und wer hätte gedacht, daß er menschliche Züge verraten könnte?« Gomez lachte, dann wurde er gleich wieder ernst. »Wie geht es Ihnen? Wie fühlen Sie sich?«

Der Klang seiner Stimme weckte in Susan keinerlei Erinnerung. Es war die Stimme eines Fremden.

Sie sprachen einige Minuten miteinander, und Gomez gab sich alle Mühe, ihr Arbeit und Arbeitsplatz in Erinnerung zu rufen. Er sagte ihr, daß Milestone ein privates wissenschaftliches Unternehmen sei, das für ITT, IBM und andere Großbetriebe Forschungsaufträge ausführte. All das bedeutete Susan nichts, sie konnte sich an keinen Forschungsauftrag entsinnen. Gomez erklärte ihr, sie hätte an Laser-Vorhaben für die Nachrichtentechnik gearbeitet. Nichts dergleichen kam ihr in Erinnerung.

Gomez beschrieb ihr geduldig und detailliert ihr Büro; für sie ein Platz, an dem sie nie gewesen war. Er sprach von Mitarbeitern, ihren Freunden; er nannte verschiedene Namen: Gilroy, Breckenridge, Kavinsky und Ella Harper. Keiner dieser Namen war ihr geläufig. Schließlich konnte Gomez seine Enttäuschung und seine Besorgnis nicht länger verhehlen. Er bat sie, ihn wieder anzurufen, wann immer sie glaube, er könne ihr von Nutzen sein, und schlug ihr vor, gelegentlich auch mit ihren Kollegen bei Milestone zu telefonieren.

»Und seien Sie sicher, Susan – wie lange Ihre Genesung auch brauchen mag, Ihr Platz bei uns wird für Sie immer frei sein.«

»Danke, danke, Mr. Gomez«, flüsterte sie, gerührt ob seiner Fürsorge.

»Kein Grund zum Danken, aus mir spricht der reine Egoismus«, entgegnete er. »Sie sind meine beste Kraft, und ich möchte Sie nicht verlieren. Wenn Sie nicht so verdammt weit weg wären, würden wir mit Sekt und Blumen in Ihr Krankenzimmer kommen, um Sie aufzumuntern.«

Sie dankte nochmals und ließ den Hörer sinken. McGee nahm ihn ihr aus der Hand. Er sah sie fragend an. »Nun?«

Sie schüttelte niedergeschlagen den Kopf. »Keine Erinnerung. Nichts. Eine schwarze Wand. Aber Philip Gomez scheint ein riesig netter Mensch zu sein.«

Wenn er aber so nett war und so besorgt um sie – wie konnte sie ihn so vollständig vergessen haben? Und sie fragte sich, warum während der angeregten Unterhaltung die alte Furcht wiedergekommen war. Trotz der Freundlichkeit von Gomez bereitete ihr der Gedanke an Milestone Unbehagen.

Nein, mehr als Unbehagen. Angst! Sie hatte Angst vor Milestone.

Aber warum?

Dann mußte McGee gehen, und es wurde Zeit für Gymnastik. Erst setzte sie sich an die Bettkante und bewegte ihre Beine hin und her. Thelma Baker beobachtete sie und war zufrieden. Sie half ihr in den Rollstuhl und sagte: »Heute brauche ich Sie nicht mehr zu schieben. Hier – packen Sie die Räder an den Seiten und drehen Sie, so stark Sie können. Sie müßten zumindest eine Runde um den zweiten Stock schaffen. Wenn die Arme Sie schmerzen sollten, rufen Sie eine Schwester, und die wird Sie zurückbringen.«

»Ich fühle mich gut«, meinte Susan. »Ich werde nicht so schnell müde werden. Ich werde eine doppelte Tour versuchen.«

»Ich habe mir schon gedacht, daß Sie das sagen werden. Aber einmal ist genug! Kein Marathon, meine Liebe! Nach dem Mittagessen und einem Schläfchen können Sie's ja noch mal versuchen.«

»Sie bemuttern mich zu sehr, Mrs. Baker. Ich bin kräftiger, als Sie denken.«

Die Baker schüttelte den Kopf. »Sie sind unbelehrbar.«

Susan entsann sich der demütigenden Szene vom vorigen Tag, als sie darauf bestand, gehen zu können, und ohne Mrs. Bakers Hilfe nicht einmal in den Rollstuhl gelangt war. »Wahrscheinlich haben Sie recht. Ich darf nichts überstürzen. Also jetzt bloß eine Runde, und am Nachmittag werden wir weiter sehen. Aber Sie haben mir versprochen, daß ich heute ein paar Schritte versuchen könne.«

»Eins nach dem andern.«

»Vor allem möchte ich mal richtig aus dem Fenster schauen. Vom Bett aus sehe ich kaum mehr als den Himmel.«

Sie rollte langsam zum Fenster, vorbei an dem anderen Bett, das nicht belegt war. Es machte ihr kaum Mühe, den Rollstuhl zu bewegen, aber der Fenstersims war so hoch, daß sie ihren Hals verrenken mußte, um hinausschauen zu können.

Jetzt sah sie, daß die Klinik auf einer Anhöhe stand, auf einem von mehreren Hügeln, die ein kleines Tal umgaben. Einige Hänge waren bewaldet, sie erkannte Laub- und Nadelbäume. Auf anderen Hängen prangten tiefgrüne Wiesen. Unten im Tal lag eine kleine Stadt, deren Ausläufer sich zwischen den Hügeln hindurchwanden. Die meisten Häuser waren weiß mit roten Dächern, die Straßen schachbrettartig angelegt. Obwohl die Sonne nicht schien und die Wolken tief hingen, machte die Aussicht einen freundlichen, heiteren Eindruck.

»Wie hübsch!«

»Nicht wahr?« fragte Mrs. Baker. »Ich hab' es nie bedauert, die Großstadt verlassen zu haben.« Dann seufzte sie. »Die Arbeit ruft. Wenn sie Ihre Tour beendet haben, bringe ich Sie ins Bett zurück.« Sie drohte Susan mit dem Zeigefinger. »Und versuchen Sie ja nicht, ohne Hilfe aus dem Rollstuhl ins Bett zu kommen. Sie sind immer noch schwach und nicht sicher auf den Beinen. Nicht wahr, Sie werden nach mir rufen?«

»Versprochen«, sagte Susan, obwohl sie hoffte, nach der Runde durch den zweiten Stock stark genug zu sein, um aus eigener Kraft in die Kissen zu gelangen.

Mrs. Baker ließ sie allein, und Susan schaute aus dem Fenster und genoß die Aussicht.

Aber bald wurde ihr klar, daß es nicht die hübsche Aussicht war, die sie im Zimmer zurückhielt. Sie hatte Angst, draußen auf dem Korridor Bill Richmond zu begegnen, dem Doppelgänger von Hatch. Angst, er würde sein böses Lächeln lächeln, seine grauen Augen auf sie richten, ihr drohend zuwinken und sie gar fragen, wie es Jerry Stein ginge.

Verdammt noch mal, das ist doch lächerlich, schalt sie sich, zornig mit sich selbst.

Sie schüttelte sich, wie um die Ängste von sich abzustreifen.

Er ist nicht Hatch, sagte sie sich. Er ist 13 Jahre zu jung. Er ist Bill Richmond aus Pine Wells, und er hat mich nie gekannt. Was ist los mit mir? Warum zum Teufel sitze ich hier wie gelähmt und fürchte mich vor einem Phantom?

Sie schämte sich. Die Scham gab ihr einen unerwarteten Auftrieb. Sie rollte aus dem Zimmer, in den Korridor hinaus.

Draußen war nichts Ungewöhnliches zu sehen. Ärzte, Schwestern, einige Patienten in gestreiften Pyjamas. Aber es erschreckte sie, daß ihre Arme so bald zu ermüden begannen. Noch bevor sie das Ende des langen Ganges erreicht hatte, schmerzten sie ihre Muskeln. Es war wie ein Krampf. Sie hielt inne und begann ihre Arme zu massieren. Ihre Finger erinnerten sie an das, was sie hatte vergessen wollen: daß sie dünn und kraftlos geworden waren und nicht wie die Arme der ehemaligen selbstsicheren Susan Thorton.

Sie biß die Zähne zusammen und machte weiter. Bog um die Ecke, sah den Tisch der diensthabenen Schwester vor sich. Und dort stand der Mann.

Ihr erstes Gefühl war maßloses Erstaunen. Sie stoppte den Rollstuhl. Sie schloß die Augen. Und sie zählte langsam bis drei, ehe sie sie wieder öffnete, in der Hoffnung, es sei eine Sinnestäuschung gewesen und er wäre in der Zwischenzeit verschwunden. Aber nein, er war immer noch da, über den Tisch gebeugt und mit der Schwester plaudernd.

Er war ziemlich groß, hatte braunes Haar und braune Augen. Sein Gesicht war länglich, ungewöhnlich lang, und die kleine, knollige Nase bildete einen merkwürdigen Kontrast zu den länglichen Zügen und dem spitzen Kinn. Er trug die übliche Krankenhauskleidung, als wäre er ein gewöhnlicher Patient. Aber für Susan war er höchst ungewöhnlich.

Sie hatte ängstlich erwartet, im Korridor Bill Richmond zu begegnen, Hatchs Doppelgänger, und hatte sich innerlich darauf vorbereitet. Aber diese erschreckende Begegnung traf sie wie ein Keulenschlag.

Der Mann war Randy Quince.

Quince, der Kumpan von Hatch. Der zweite Überlebende der vier.

Sie blickte in seine Richtung, zitternd, wie unter Schock. Hoffte, er würde sich in Luft auflösen, würde nichts sein als ein Phantom, eine Ausgeburt ihrer überreizten Fantasie. Doch er tat ihr nicht den Gefallen. Er stand da, unverkennbar, ein Mensch aus Fleisch und Blut.

Während Susan noch zögerte, nicht wußte, ob sie fliehen sollte oder ihm gegenübertreten, kam er ihrer Entscheidung zuvor. Er nickte der Schwester zu und ging. Er wandte Susan den Rücken zu, sah sie nicht an. Er ging an den Aufzugtüren vorbei, wandte sich nach links und verschwand durch eine Tür.

Susan hatte unwillkürlich den Atem angehalten. Jetzt atmete sie tief auf. Die Luft, die in ihre Lungen drang, war kalt, eisig kalt, obwohl es im Krankenhaus gut geheizt war.

Noch war sie nicht fähig, sich zu bewegen. Eine Krankenschwester kam vorbei, die Gummisohlen ihrer Schuhe quietschten auf dem blankpolierten Boden.

Das Quietschen erinnerte Susan an das Geräusch von Fledermäusen.

Fledermäuse!

Gänsehaut überlief sie.

In der Höhle hatte es Unmengen von Fledermäusen gegeben. Die Lichter der Laterne und Kerzen hatten sie aufgeschreckt. Sie hatten Jerry und seine Mörder umflattert. Und auch später, als Susan mit der gestohlenen Laterne geflohen war, war sie von unzähligen Fledermäusen umgeben gewesen, die zwar nie an sie anstießen, deren unheimliches Piepsen sie aber im Ohr behalten hatte.

Die Schwester, mit der Quince gesprochen hatte, sah Susan an, als sie heranrollte. Etwas in Susans Zügen erweckte ihre Aufmerksamkeit, denn sie fragte: »Fühlen Sie sich nicht wohl?«

Das Piepsen der Fledermäuse verhallte in einer ungewissen Ferne. Dann hörte sie es nicht mehr.

»Nein, nein, ich bin ganz in Ordnung«, stammelte sie und rollte den Rollstuhl nahe an den Tisch heran. »Mir ist nur etwas durch den Kopf gegangen. Der Mann, der gerade mit Ihnen gesprochen hat...«

»Der Patient von 216?«

»Ja, der.«

»Was ist mit ihm?«

»Ich glaube, ich kenne ihn. Oder *habe* ihn gekannt. Vor einiger Zeit...« Sie blickte nervös zur Tür, hinter der Quince verschwunden war, dann fuhr sie fort: »Aber wenn er nicht der ist, für den ich ihn halte, möchte ich ihn nicht ansprechen und mich lächerlich machen. Er heißt Peter Johnson. Ein netter Junge, aber für meinen Geschmack zu gesprächig. Er kommt immer raus, um mit mir zu plaudern, und ich vernachlässige meine Arbeit.« Sie lächelte entschuldigend.

»Peter Johnson? Sind Sie sicher?«

»Aber ja. Für wen haben Sie ihn denn gehalten?«

»Quince. Randy Quince.«

»Quince? Quince haben wir keinen. Der, den Sie meinen, heißt Peter Johnson, das weiß ich genau.«

»Vor 13 Jahren...« stammelte Susan. »Da habe ich einen Mann gekannt, der genauso aussah wie dieser... dieser Johnson.«

Die Schwester runzelte die Stirn und warf Susan einen etwas mitleidigen Blick zu. »Vor 13 Jahren... Dann kann es doch gar nicht derselbe sein. Johnson ist 19 oder 20. Vor 13 Jahren war er doch ein kleiner Junge.«

Sie hatte natürlich recht. Der Mann, den Susan gesehen hatte, war jung gewesen, ein Schüler oder Student. Er sah genau aus, wie Randy Quince damals ausgesehen hatte, nicht wie er heute aussehen würde. Es bestand nur eine Möglichkeit, wenn es wirklich Randy Quince war: daß man ihn in Tiefkühlschlaf versetzt hatte und er nicht gealtert war.

9.

Das Essen, das man ihr um die Mittagsstunde servierte, war kräftiger und gehaltvoller als die bisherigen Mahlzeiten. Obwohl sie diesmal keinen Appetit hatte, zwang sie sich, alles aufzuessen; sie wollte schnell zu Kräften kommen, um das Krankenhaus so bald wie möglich verlassen zu können. Um Auseinandersetzungen mit Mrs. Baker zu vermeiden, gab sie vor, Siesta zu halten. Doch sie konnte nicht schlafen. Sie mußte immer wieder an Bill Richmond und Peter Johnson denken.

Zwei Doppelgänger! Beide am gleichen Platz, innerhalb von 24 Stunden!

Wie groß war die Wahrscheinlichkeit eines solchen Zufalls? Astronomisch. Es war nicht unwahrscheinlich, es war *umöglich*.

Und doch! Verdammt noch mal, sie waren in der Klinik. Sie hatte beide gesehen.

Oder konnte es sein, daß der wirkliche Hatch und der wirkliche Quince im selben Krankenhaus lagen, in das man sie eingeliefert hatte? Keine Doppelgänger, der wahre Hatch, der wirkliche Quince. Sie mochten neue Namen und neue Identitäten angenommen haben und ihren Bewährungsauflagen entronnen sein. Möglicherweise hatten sie auch während der Zuchthausjahre von Hatch den Kontakt nicht verloren und waren später in die gleiche Stadt in Oregon gezogen. Insofern mußte es kein besonderer Zufall sein; sie waren stets enge Freunde gewesen. Das konnte auch erklären, warum sie – aus verschiedenen Krankheitsursachen – am selben Tag in dieselbe Klinik gekommen waren. Aber auch diese Erklärung ergab keinen Sinn. Das ganze Kartenhaus vager Möglichkeiten stürzte ein, wenn man die rätselhafte jugendliche Erscheinung der beiden in Betracht zog. Einer mochte vielleicht in dreizehn Jahren nicht gealtert sein und wie durch ein Wunder die Gene eines Methusalem besessen haben, aber gewiß nicht beide, zwei Freunde, die in dasselbe Verbrechen verstrickt waren. Nein, eine solche Möglichkeit mußte ausscheiden.

Doch dadurch wurde das Rätsel nicht weniger verwirrend. Also zwei Doppelgänger! Die absurde Doppelgänger-Theorie! Zwei Jugendliche, die zufällig genauso aussahen wie Hatch und Quince vor dreizehn Jahren? Waren sie durch Zufall hier? Oder war ihr Auftauchen geplant, zu einem bestimmten Zweck? Aber zu welchem Zweck? Um sie zu erschrecken, zu ängstigen? Diese Idee war nicht weniger absurd als alle anderen Theorien.

Sie öffnete ihre Augen, blickte über das Nachbarbett zum Fenster, auf den grauen Himmel. Fröstelnd zog sie die Decke über den Kopf.

Sie suchte nach anderen Erklärungen.

Vielleicht ähnelten die beiden Hatch und Quince nicht in dem Maße, wie sie glaubte. McGee hatte zu bedenken gegeben, ihre Erinnerungsbilder mochten im Lauf der Jahre unscharf geworden sein. Vielleicht hatte er recht. Der Abscheu hatte sich tief in sie eingefressen, aber die Erinnerung an die Gesichter und Gestalten konnte mit der Zeit gelitten haben. Wenn man Hatch und Quince neben Richmond und Johnson stellte, mochte die Ähnlichkeit nur vage sein, die Erscheinungen keineswegs identisch. Und Gleichheit der Personen gab es nur in ihrer Vorstellung.

Aber das war nicht der Fall. Sie wußte, daß es nicht der Fall war.

Gab es die Möglichkeit, daß die beiden Männer im Krankenhaus die Söhne von Hatch und Quince waren? Auch diese Theorie hatte weder Hand noch Fuß. Sie waren zu jung, um wirklich Hatch und Quince zu sein, aber wiederum zu alt, um deren Kinder zu sein. Als Richmond und Johnson geboren wurden, waren Hatch und Quince noch in der Pubertät gewesen und konnten keine Söhne gezeugt haben.

Aber die Idee einer Blutsverwandtschaft war nicht von der Hand zu weisen. Nein, keine Söhne der beiden, aber vielleicht Brüder. Susan wußte nicht, ob Hatch einen Bruder hatte. Bei der Gerichtsverhandlung war seine Familie zugegen gewesen, hatte ihm zu helfen versucht. Vater und Mutter und eine Schwester, aber kein Bruder. Doch sie erinnerte sich vage an einen Bruder von Randy Quince im Gerichtssaal. Es fiel ihr schwer, sich genau zu erinnern, aber sie hatte den Eindruck, die Quince-Brüder hatten einander ähnlich gesehen. Doch nicht zum Verwechseln ähnlich! Und jetzt fiel ihr ein, daß der Bruder von Randy Quince älter gewesen war als der Angeklagte. Natürlich konnte es auch einen jüngeren Bruder gegeben haben, einen, der zu Hause geblieben war, ein Kind, zu klein, um bei der Verhandlung zu erscheinen.

Brüder! Das war nicht auszuschließen. Die Brüder von Jerry Steins Mördern.

Doch sie glaubte nicht daran.

Blieb nur noch eine Erklärung: Irrsinn! Vielleicht verlor sie den Verstand. War die Kopfverletzung schuld? Hatte ihr Gehirn Schaden genommen, sah sie Halluzinationen? Wurde sie von paranoiden Fantasien gequält?

Doch auch diese Möglichkeit wies sie zurück.

Man hatte ihr schon vorgeworfen, daß sie alles zu ernst

nahm, daß es ihr an Unbeschwertheit fehlte. Sie hatte sich ständig unter Kontrolle gehabt, hatte manchmal sogar andere beneidet, die imstande waren, sich gehen zu lassen und sich Tollheiten zu leisten. Nie hatte sie spontanen Eingebungen nachgegeben und dadurch viel in ihrem Leben versäumt. Sie war zu ernst, zu nüchtern gewesen. Alles, was sie tat, war wohl überlegt und geplant gewesen. Ja, diesen Vorwurf mußte sie auf sich sitzen lassen. Aber das hatte alles nichts mit einer Geistesstörung zu tun. Nein, sie mochte verwirrt sein, das ja, aber verrückt war sie nicht!

Dem widersprach auch die Klarheit ihrer Überlegungen. Das Geheimnis der beiden Doppelgänger blieb ungelöst. Keine der von ihr aufgestellten Theorien befriedigte sie. Aber auch wenn sie selbst nicht an ihrem Verstand zweifelte, andere mochten es tun. Dieser Gedanke lag nahe. So beschloß sie, die Episode mit Peter Johnson nicht zu erwähnen, weder gegenüber Dr. McGee noch gegenüber Mrs. Baker.

Auf die Hilfe anderer konnte sie nicht zählen. Sie mußte vesuchen, sich selbst zu helfen.

10.

Später am Nachmittag stieg sie aus dem Bett und setzte sich in den Rollstuhl, ohne um Hilfe zu bitten. Ihre Beine drohten sofort wieder einzuknicken. Statt aus Muskeln und Knochen schienen sie aus Kautschuk zu bestehen. Susan wurde schwindlig, und Schweißperlen erschienen auf ihrer Stirn. Doch sie schaffte es.

Als Thelma Baker ins Zimmer kam, runzelte sie die Stirn. »Alleine? Ohne Hilfe?«

»Aber ja«, erwiderte Susan fröhlich. »Ich sagte Ihnen ja, ich bin kräftiger, als Sie glauben.«

»Sie hätten es nicht tun sollen.«

»Warum nicht? Es war ganz einfach.«

»Wirklich?«

»Ja.«

»Warum sind Sie dann schweißüberströmt?«

Susan fühlte sich ertappt. Sie fuhr sich mit dem Taschentuch über die Stirn.

»Mich können Sie nicht täuschen«, meinte die Baker ernst. »Ich habe allen Grund, Sie auszuschimpfen. Sie sind eigensinnig.«

»Eigensinnig? Ich?«

»Wie ein Maultier! Wenn Sie ausgerutscht und gefallen wären...«

»Aber ich bin nicht gefallen.«

»Sie hätten sich einen Arm oder sogar die Hüfte brechen können. Das hätte Sie weitere Wochen an Ihr Bett gefesselt. Ich schwöre, wenn Sie 20 Jahre jünger wären, würde ich Sie übers Knie legen und Ihnen eine Tracht Prügel verpassen.«

Susan begann zu lachen.

Einen Moment lang war Mrs. Baker über ihren eigenen Ausbruch betroffen, dann begann auch sie zu lachen. Sie lehnte sich an das Gitter des Betts und lachte aus vollem Herzen. Die beiden Frauen sahen einander an, versuchten sich zu beherrschen, aber es gelang ihnen nicht. Das triste Krankenzimmer verwandelte sich in eine Stätte der Heiterkeit. Schließlich ging das Lachen in ein Kichern über, und Thelma Baker wischte sich die Tränen aus den Augen. »Ich kann gar nicht glauben, daß ich das wirklich gesagt habe.«

»Daß Sie mich verhauen würden?«

»Sie provozieren meine mütterliche Instinkte.«

»Normalerweise gehört Erziehung nicht zur Krankenpflege«, meinte Susan vergnügt.

»Ich bin froh, daß Sie nicht beleidigt sind.«

»Und *ich* bin froh, daß ich nicht 20 Jahre jünger bin«, sagte Susan, und beide begannen wieder zu lachen.

Später, als Susan wieder durch die Korridore rollte, war sie in einer Stimmung, wie sie sie seit ihrem Koma nicht mehr gekannt hatte. Das unkontrollierte Lachen von Mrs. Baker hatte eine wundervolle therapeutische Wirkung gehabt. Die mütterliche Fürsorge, die ihr entgegengebracht wurde, ließ das Krankenhaus menschlicher und weniger trist erscheinen als bisher.

Die Arme schmerzten noch von der Morgentour, aber sie war entschlossen, an diesem Nachmittag zwei Runden im Rollstuhl zu drehen.

Sie hatte keine Angst davor, Richmond oder Johnson zu begegnen. Sie hatte das Gefühl, eine solche Begegnung verkraften zu können. Ja, sie hoffte geradezu, die beiden zu sehen. Wenn sie die beiden näher ansah und mit ihnen sprach, würde sich sicher herausstellen, daß die Ähnlichkeit mit Hatch und Quince gar nicht so groß war. Sie mußte einen klaren Kopf behalten. Selbst wenn sie auch auf den zweiten Blick wie Doppelgänger von Hatch und Quince erschienen, würde sich die vermeintliche Bedrohung im Gespräch mit ihnen sicher verlieren. Es *mußte* sich einfach um einen unglaublichen Zufall handeln, denn die Alternative dazu erschien ihr zu schrecklich.

Als sie auf ihrer Runde zur Tür von Zimmer 216 kam, hatte sie noch keinen der beiden zu Gesicht bekommen. Die Tür stand offen. Sie hielt inne, riß sich zusammen und rollte zur Türöffnung. Sie setzte ein möglichst ungezwungenes Lächeln auf und wiederholte im Geiste, was sie sich zu sagen vorgenommen hatte: ›Ich habe Sie heute vormittag in der Halle gesehen, und Sie sehen einem Freund von mir so ähnlich, daß ich es nicht lassen konnte, Sie aufzusuchen und...‹

Doch sie kam nicht dazu.

Es war ein Zweibettzimmer wie das ihrige. Peter Johnson war nirgends zu sehen. Ein Bett stand leer. Im anderen lag ein alter Mann.

»Pete –? Er ist nicht hier. Sie haben ihn zum Röntgen gerufen.«

»Oh, vielleicht komm' ich später noch mal vorbei.«

»Soll ich ihm was ausrichten?«

»Nein, danke. Nicht nötig. Es ist nichts von Wichtigkeit.«

Als sie beim Tisch mit der Schwester vorbeikam, hatte sie die Idee, nach Bill Richmonds Zimmernummer zu fragen. Doch dann entsann sie sich, daß er an diesem Tag operiert werden sollte. Er mochte Schmerzen haben. Es war kein geeigneter Moment, um ihm einen Besuch abzustatten.

Als Susan in ihr Zimmer zurückkam, zog Thelma Baker gerade den Plastikvorhang zu, der das zweite Bett umschloß.

»Sie haben eine Nachbarin bekommen, Susan.«

»Das macht mir nichts aus. In Gesellschaft vergeht die Zeit schneller.«

Die Baker schüttelte den Kopf. »Sie werden nicht viel von ihr haben. Sie wird die meiste Zeit schlafen, außer wenn sie gerade ihr Spritze bekommt. Auch jetzt steht sie unter Drogen.«

»Wie heißt sie?«

»Jessica Seiffert.«

»Ist sie schwer krank?«

Mrs. Baker nickte und sagte seufzend: »Krebs. Im letzten Stadium.«

»Oh, das tut mir leid.«

»Sie spürt praktisch nichts mehr. Außerdem – sie ist über 80 und hat ein erfülltes Leben hinter sich.«

»Sie kennen Sie?«

»Ja. Sie lebt hier in Willawauk. – Und was ist mit Ihnen? Glauben Sie, Sie können paar Schritte versuchen?«

»Ich bin sicher.«

Mrs. Baker schob den Rollstuhl zu Susans Bett. »Wenn Sie aufstehen, halten Sie sich mit der rechten Hand am Gitter fest und mit der linken an mir. Ich werde Sie langsam durchs Zimmer führen.«

Anfangs fühlte sie sich sehr unsicher auf den Beinen, aber mit jedem Schritt gewann sie mehr Selbstbewußtsein zurück, und bald versuchte sie schneller zu gehen. Obwohl sie noch weit davon entfernt war, jemanden zu einem Wettlauf herauszufordern – nicht einmal die arme Jessica Seiffert –, genoß sie es, die Kontrolle über ihre Muskeln zurückzugewinnen. Susan Thorton, sagte sie sich, du funktionierst wieder. Du wirst schneller gesund werden, als Dr. McGee vorausgesagt hat, du wirst vor der erwarteten Zeit aus der Klinik entlassen werden.

Als Mrs. Baker sie wieder zu Bett bringen wollte, sträubte sie sich. »Ein paar Sekunden Pause, bitte. Dann mach' ich weiter.«

»Sie werden sich überanstrengen.«

»Nein. Ich fühle mich prima.«

»Sind Sie sicher?«

»Ich würde Sie doch nicht belügen. Ich habe Ihre Drohung nicht vergessen.«

Die Baker grinste. »Das wird auch gut sein!«

Als sie zwischen den Betten standen, um Susan neue Kraft gewinnen zu lassen, wanderten ihre Blicke unwillkürlich zum dicht zugezogenen Vorhang um das zweite Bett.

»Hat sie Familie?« wollte Susan wissen.«

»Keine nahen Verwandten.«

»Wie traurig«, flüsterte Susan.

»Was?«

»Einsam zu sterben.«

»Sie brauchen nicht zu flüstern. Sie kann Sie nicht hören. Außerdem, Jessie trägt es mit erstaunlicher Fassung. Nur in einem Punkt nimmt sie es schwer – was ihre Eitelkeit betrifft. Wissen Sie, sie ist eine wunderschöne Frau gewesen, und noch im Alter sah sie überraschend gut aus. Aber sie hat in letzter Zeit schrecklich viel Gewicht verloren, und es ist, als hätte der Krebs ihr das Fleisch aus dem Gesicht gefressen. Sie ist hager geworden, und ihr Gesicht gleicht einem Totenkopf. Die Entstellung schmerzt sie mehr als das Bewußtsein, sterben zu müssen. Sie hat auch allen ihren Freunden verboten, sie hier zu besuchen. Man soll sich an sie als die gut aussehende Frau von einst erinnern. Am liebsten wär' ihr, wenn sie auch kein Arzt zu Gesicht bekäme. Deshalb auch der Vorhang um ihr Bett. Selbst wenn sie einen Moment aufwacht, will sie nicht, daß der Vorhang offen ist.«

»Die Arme!«

Mrs. Baker zuckte die Achseln. »Bedauernswert ja. Aber lassen Sie sich durch die Nachbarschaft nicht deprimieren, meine Liebe. Früher oder später kommt die Zeit für uns alle, und Jessica hat länger durchgehalten als die meisten von uns.«

Sie durchquerten noch mal das Zimmer, dann ließ Susan sich ins Bett bringen und streckte sich müde aus.

»Hungrig?«

»Wie ein Wolf.«

»Gut. Ich bring' Ihnen etwas zu essen.«

Susan machte sich an der Hydraulik zu schaffen; das Bett-gestell hob sich, und sie konnte bequem sitzen. »Glauben Sie, es würde Mrs. Seiffert stören, wenn ich das Fernsehen einschalte?«

»Ganz gewiß nicht. Sie wird es gar nicht merken.«

Nachdem Mrs. Baker gegangen war, griff Susan nach der Fernbedienung und drückte mehrere Kanäle, bis sie einen al-ten Film fand, der gerade begonnen hatte: ADAMS RIPPE mit Spencer Tracy und Katherine Hepburn. Sie kannte den Film, aber es war eine jener Komödien, die sie immer wieder sehen konnte. Sie lehnte sich zurück, um das Spiel der Stars und die amüsanten Dialoge zu genießen.

Doch es fiel ihr nicht leicht, sich auf den Bildschirm zu kon-zentrieren. Immer wieder glitt ihr Blick in die Richtung des zweiten Betts. Warum störte sie der zugezogene Vorhang?

Er unterschied sich nicht von dem ihres eigenen Bettes. Er hing an einer Metallschiene und fiel faltenlos zu Boden, gab nur den Blick auf die Räder des Krankenbetts frei. Auch ihr eigener Vorhang war des öfteren zugezogen worden – wenn sie die Bettflasche benützte oder ihren Pyjama wechselte.

Trotzdem – Jessica Seifferts verschlossener Vorhang beun-ruhigte sie.

Es hing nicht mit dem Vorhang an sich zusammen. Aber die Anwesenheit einer zweiten Person im Zimmer – einer Sterbenden... Es würgte sie in der Kehle.

Nein, es war nicht die Präsenz des Todes, die ihr Unbeha-gen verursachte. Es war etwas anderes. Etwas, was sie nicht definieren konnte.

Der Vorhang hing weiß, still, faltenlos, wie gemalt.

Der Film auf dem Bildschirm wurde durch einen Werbe-Spot unterbrochen. Susan drehte den Ton ab.

Stille. Lastende Stille. Kein Ton war zu hören.

Auch kein Atemzug?

Susan rief: »Mrs. Seiffert?«

Keine Antwort.

Ehe sie ein zweites Mal rufen konnte, kam Mrs. Baker zurück. Sie brachte eine große Portion Vanilleeis mit Blaubeeren. »Na, wie sieht das aus?« fragte sie, stellte das Tablett auf den Rolltisch und schob ihn zum Bett.

»Großartig«, sagte Susan und wandte ihren Blick vom Vorhang ab. »Das werde ich nie aufessen können.«

»Aber ja doch. Sie sind auf dem Weg der Besserung. Sie werden staunen, was für einen Appetit Sie in der nächsten Zeit entwickeln werden.« Sie glättete ihr graues Haar. »Meine Schicht ist zu Ende. Ich muß nach Hause und mich ein bißchen herrichten.«

»Ein Rendezvous?«

Sie zuckte die Achseln. »Wenn man es so nennen will – ein Kegelabend und ein Essen mit Hamburgern und Ginger-Ale. Aber mein Begleiter ist in Ordnung. Wäre ich 30 Jahre jünger, würde ich sagen, er ist ein Schatz. Ein Holzarbeiter. Schultern wie ein Preisringer. Und die größten, härtesten, schwieligsten Hände, die man sich denken kann. Aber sanft wie ein Lamm.«

Unwillkürlich mußte Susan lächeln. »Sie haben ja einen vielversprechenden Abend vor sich.«

»Ohne Zweifel.« Sie wandte sich zur Tür.

»Einen Augenblick noch...«

Mrs. Baker blieb stehen. »Brauchen Sie noch etwas?«

»Würden Sie bitte... würden Sie nach Mrs. Seiffert sehen...«

Mrs. Baker runzelte die Stirn. »Sie ist doch noch aufgewacht?«

»Nein, nein. Ganz im Gegenteil, sie gibt keinen Laut von sich. Sie ist so still. Unheimlich still. Selbst wenn sie schläft... allzu ruhig, meine ich. Und ich habe mich gefragt...«

»Ich verstehe.« Thelma Baker trat zum zweiten Bett, zog den Vorhang beiseite und verschwand hinter ihm.

Susan versuchte hinter den Vorhang zu schauen, bevor er an seinen alten Platz zurückfiel, aber sie konnte weder Jessica Seiffert sehen noch sonst etwas, außer dem breiten Rücken der Krankenschwester.

Etwas enttäuscht blickte sie wieder auf Tracy und Hepburn, die infolge des abgeschalteten Tons schweigend auf der Mattscheibe gestikulierten. Sie aß einen Löffel Vanilleeis; es schmeckte wundervoll, aber ein Zahn schmerzte. Sie schaute wieder auf den Vorhang.

Mrs. Baker war zurückgekommen. Hinter ihr schloß sich der Vorhang, und Susan hatte wieder keine Chance, etwas zu sehen.

»Sie können sich beruhigen, Miß Thorton. Alles in Ordnung. Sie schläft wie ein Baby.«

Susan atmete auf.

»Und bitte hängen Sie keinen düsteren Gedanken nach. Dafür gibt es keinen Grund. Sie wird nicht in diesem Zimmer sterben, das verspreche ich Ihnen. Sie wird paar Tage hier bleiben, villeicht auch eine Woche, bis ihr Zustand so ernst ist, daß wir sie auf die Intensivstation bringen müssen. Dort wird es passieren, zwischen all den komplizierten Apparaten, die das Leben verlängern helfen und schließlich doch keinen Nickel wert sind. – Sind Sie jetzt beruhigt?«

»Ja, Mrs Baker.«

»Gut. Jetzt essen Sie brav Ihr Dessert auf. Wir sehen uns morgen früh.«

Nachdem die Schwester gegangen war, stellte Susan den Ton des Fernsehapparats wieder an und aß den Nachtisch zu Ende. Sie gab sich Mühe, nicht auf Mrs. Seifferts verhangenes Bett zu schauen.

Die Anstrengung des Nachmittags und das üppige Essen hatten sie schläfrig gemacht. Das Fernsehen tat ein übriges. Noch bevor Spencer Tracy und Katherine Hepburn einig wurden, fiel Susan in tiefen Schlaf.

Im Traum war sie selbst Teilnehmerin an einer Fernsehshow, inmitten von Leuten, die für einen Maskenball kostümiert waren. Sie selbst war als Krankenhauspatient verkleidet, sie trug einen Pyjama und einen großen Verband um den Kopf. Der Quizmeister stand hinter ihr und sagte mit öliger Stimme: ›Nun, Susan, wollen Sie die 1000 Dollar, die Sie bereits gewonnen haben, behalten oder statt dessen den Preis nehmen, der hinter dem Vorhang Nummer 1 liegt?‹ – Susan blickte in die angedeutete Richtung und sah erstaunt, daß dort nicht die erwarteten drei Vorhänge zu sehen waren, sondern drei Spitalbetten. Die Vorhänge bedeckten nur das, was auf diesen Betten lag. ›Ich will die 1000 Dollar behalten‹, sagte sie kurz entschlossen. – Der Quizmeister hob drohend die rechte Hand. – ›Halten Sie das für klug, Susan? Sind Sie sicher, die richtige Entscheidung getroffen zu haben?‹ – ›Ja ja, ich will die tausend Dollar.‹ – Jetzt wandte sich der Moderator an die Zuschauer. ›Was denken Sie, meine Damen und Herren? Soll sie wirklich das Bargeld behalten, ungeachtet dessen, wie wenig man heutzutage für 1000 Dollar kaufen kann, oder sich lieber für den verborgenen Schatz hinter dem Vorhang Nummer 1 entscheiden?‹ – Und die Menge brüllte einstimmig: ›Den Schatz! Den Schatz‹

Doch Susan protestierte. ›Nein, ich möchte nicht haben, was hinter dem Vorhang liegt. Wirklich, ich möchte es nicht.‹

Doch der liebenswürdige Quizmeister hatte sich unterdes in eine satanische Figur verwandelt, in eine Art Dämon mit buschigen Augenbrauen und einem zahnlosen Mund, und er riß ihr die Banknoten aus der Hand und kläffte: ›Sie werden nehmen, was hinter dem Vorhang liegt, Susan, denn das ist's, was Sie verdienen. Das kommt Ihnen zu. Der Vorhang! Sehen wir doch mal, was hinter dem Vorhang liegt!‹

Jetzt wurden zwei Vorhänge beiseite gerissen. Auf zwei Krankenhausbetten lagen zwei Männer in gestreiften Pyjamas: Hatch und Quince. Sie setzten sich auf, sie hielten Skalpelle in der Hand, die im Scheinwerferlicht gefährlich glitzerten. Sie sprangen von den Betten, Susan schrie auf, und das Publikum jubelte und wälzte sich vor Lachen. Hatch und Quince liefen jetzt zum dritten Bett, und während der Moderator rief: ›Vorhang Nummer 1!‹, enthüllten sie, was auf dem dritten Bett lag.

Es war ein Skelett.

Der Quizmeister griff nach einer großen Glocke und klingelte und Susan sah entsetzt, daß der Totenkopf grinste und ihr zublinzelte…

Sie fuhr hoch.

Die Szenerie des Traums war verschwunden. Sie lag in ihrem Bett. Das Klingeln des Telefons hatte sie geweckt.

11.

Sie riß sich zusammen, schüttelte Schlaf und Traumge-
schichte ab und griff nach dem Hörer.

»Hallo...«

»Susan?«

»Ja.«

»O Gott, ich war so froh, als ich hörte, daß du aus dem
Koma raus bist. Burt und ich haben uns zu Tode geängstigt.«

»Es... es tut mir leid. Aber ich weiß nicht, wer spricht.«

»Ich bin es, Franny.«

»Franny? Welche Franny?«

»Francisca Pascarelli, deine Nachbarin.«

Die Frau am anderen Ende der Leitung zögerte einen Moment, dann fragte sie: »Du erinnerst dich doch an mich?«

»Ja, ja, gewiß. Ich habe nur Ihre – deine Stimme nicht
gleich erkannt.

»Ist es wahr, daß du – daß dein Gedächtnis gelitten hat?«

»Das ist vorüber. Zum größten Teil.«

»Gott sei Dank.«

»Und wie geht es bei euch?«

»Burt macht seine Waldläufe, wie immer. Und ich kämpfe
mit meiner Taille und meinem Doppelkinn, aber du weißt,
ich laß mich nicht unterkriegen. Aber du – was hast du alles
mitgemacht! Wie geht es dir jetzt?«

»Gut. Von Stunde zu Stunde besser.«

»Die Leute vom Institut haben gefürchtet, du würdest aus
dem Koma nicht mehr aufwachen. Ich war schon verzweifelt. Aber heute früh hat Mr. Gomez angerufen und gesagt,
daß du wieder in Ordnung bist. Ich war so froh, daß ich
meine doppelte Kuchenration gegessen habe.«

Susan lachte.

»Wie schön, daß du wieder lachen kannst. Bitte, mach dir
nur keine Sorgen wegen dem Haus und den Blumen. Burt
und ich, wir kümmern uns um alles.«

»Da bin ich ganz sicher. Es ist beruhigend, dich zur Nachbarin zu haben, Franny.«

»Du würdest dasselbe für mich tun...«

Sie sprachen noch eine Weile miteinander. Über nichts Wichtiges, aber als Susan auflegte, hatte sie das Gefühl, endlich wieder den Kontakt zur Vergangenheit, den sie schon verloren geglaubt hatte, aufgenommen zu haben. Nach dem Telefongespräch mit Philip Gomez war es nicht so gewesen. Gomez war nur eine Stimme gewesen, eine Stimme ohne Gesicht. Aber an die mollige Franny Pascarelli konnte sie sich gut erinnern, sie konnte sie vor sich sehen, die rundliche Gestalt, das lustige Gesicht. Die lebhafte Erinnerung an die fröhliche Italienerin stimmte sie optimistisch. Gottlob, es gab eine Welt außerhalb des Willawauk-Krankenhauses, und bald würde sie in der Lage sein, in diese, ihre frühere Welt zurückzukehren.

Oder nicht?

Wieder überkam sie der Schatten einer Angst, die sie immer wieder heimsuchte und die sie nie ganz loswerden konnte.

Doch bevor sie sich einer trübseligen Stimmung überlassen konnte, erschien Dr. McGee zur Abendvisite.

Sowie er den Raum betrat, war die düstere Stimmung verflogen. Sein weißer Kittel stand weit offen. Er trug blaue Slacks und einen blauen Pullover über einem weißen Hemd, war schlank und frisch rasiert und sah aus wie gerade einer Herrenmodezeitschrift entstiegen.

Er hatte Susan Geschenke mitgebracht: eine Schachtel Pralinen und einige Taschenbücher.

»Das hätten Sie nicht tun sollen«, wehrte Susan verlegen ab.

»Kleinigkeiten. Es macht mir Spaß, sie Ihnen zu bringen.«

»Jedenfalls vielen Dank.«

Er lächelte verschmitzt. »Alles hat einen therapeutischen Zweck. Die Süßigkeiten werden helfen, Sie wieder auf das nötige Gewicht zu bringen. Und die Bücher werden Sie von Ihren Sorgen ablenken. Leichte Kost. Abenteuerromane, Reisebeschreibungen. Ich wußte ja nicht, welche Art Lektüre Sie bevorzugen.«

»Im Moment alles, was nicht problematisch ist.«

Er setzte sich zu ihr und nahm sich Zeit, eingehend mit ihr

zu plaudern. Er erkundigte sich nach ihrem Appetit, nach ihren Bewegungsübungen. Nur beiläufig streifte er ernstere Fragen wie die noch vorhandenen Gedächtnislücken. Als sie nach einer Erwähnung von Milestone unruhig wurde, wechselte er schnell das Thema. Susan dankte ihm sein Verständnis und seine Rücksicht.

Andererseits vermied sie es, über Peter Johnson zu sprechen, den Quince-Doppelgänger, den sie in der Halle gesehen hatte. Sie wollte sich nicht dem Verdacht aussetzen, hysterisch oder verwirrt zu sein. Ein zweiter Doppelgänger! Ein Arzt mußte einfach annehmen, das Problem habe seine Wurzeln in ihrer überhitzten Fantasie.

Dabei war sie sich gar nicht im klaren, ob ihre Wahrnehmung nicht tatsächlich gestört war. Zweifel nagten an ihr. Sie fühlte sich sicher, gewiß, aber die Zweifel hörten nicht auf zu nagen.

Schließlich, als McGee sich erhob, um zu gehen, sagte sie: »Wie schaffen Sie eigentlich, überhaupt ein Privatleben zu führen, wenn Sie so viel Zeit mit Ihren Patienten verbringen?«

»Nun, ich verbringe mit anderen Patienten nicht so viel Zeit wie mit Ihnen.« Er lächelte. »Sie sind ein spezieller Fall.«

»Aha. Sie haben nicht oft Gelegenheit, einen Fall von Gedächtnisschwund zu behandeln.«

Jetzt wurde er einen Moment ernst. Seine Lippen lächelten nicht länger, aber seine blauen Augen hörten trotzdem nicht auf, sie mit einem strahlenden Blick zu liebkosen.

»Es ist nicht die Amnesie, Susan, die Sie zu einem Spezialfall macht. Und das wissen Sie sehr gut.«

Sie wußte nicht, wie ernst es ihm war. Versuchte er bloß nett zu sein, um ihr Lebensgefühl zu heben, oder fand er sie wirklich attraktiv? Sie durfte sich keinen Illusionen hingeben; sie sah immer noch ziemlich elend aus. Jedes Mal, wenn sie in den Spiegel schaute, verglich sie sich mit einer gebadeten Ratte. Wahrscheinlich war es seine gewohnte Taktik, weibliche Patienten zu hofieren.

Jetzt warf er einen routinemäßigen Blick auf das zweite

Bett. »Sie sind nicht mehr allein. Stört Sie Ihre Zimmernach-barin?«

Susan folgte seinem Blick. Er hatte halblaut gesprochen, und sie erwiderte im gleichen Ton. »Durchaus nicht. Sie gibt keinen Laut von sich.«

»Gut. Das beweist, daß sie keine Schmerzen hat. Mehr kann ich für sie leider nicht tun.«

»Oh, sie ist *Ihre* Patientin.«

»Ja. Eine bewundernswerte Frau. Sie hätte einen leichte-ren, schnelleren Tod verdient. Nicht diese lange Agonie.« Mit diesen Worten ging er zum anderen Bett hinüber und hinter den Vorhang.

Wieder gelang es Susan nicht, einen Blick auf Mrs. Seiffert zu werfen.

Sie hörte McGee hinter dem Vorhang sagen: »Hallo, Jes-sie! Wie geht es der alten Dame heute?«

Eine gemurmelte Antwort, eine Art trockenes Röcheln. So leise, daß Susan kein Wort verstehen konnte, sogar zu leise, um überhaupt als menschliche Stimme erkannt werden zu können. Einen Moment hörte sie noch, wie der Arzt sanft mit der Kranken sprach. Dann einige Augenblicke Stille. Er kam hinter dem Vorhang hervor, und Susan verrenkte ihren Hals, um die alte Frau zu sehen. Aber der Vorhang hatte sich sofort wieder hinter McGee geschlossen.

»Sie ist zäh«, erklärte er mit einem Ton von Bewunde-rung. Dann blinzelte er Susan zu und meinte: »In gewissem Sinn erinnert sie mich an Sie.«

»Oh, ich bin nicht zäh«, widersprach Susan. »Sie hätten mich sehen sollen, wie ich kaum auf den Füßen stehen konnte. Ich mußte mich an die arme Mrs. Baker klammern. Ein Wunder, daß wir nicht beide hingefallen sind.«

»Ich meinte nicht Ihren Körper...«

»Innerlich bin ich ein Gummibärchen«, sagte sie verhal-ten.

Seine Komplimente machten sie verlegen, da sie nicht wußte, wie ehrlich sie gemeint waren. Machte er ihr den Hof? Oder war es bloß Psychotherapie?

Sie wechselte das Thema. »Wenn Sie den Vorhang aufziehen, könnte Mrs. Seiffert mit mir das Fernsehprogramm anschauen.«

Er schüttelte den Kopf. »Sie schläft. Noch als ich mit ihr gesprochen habe, ist sie eingeschlafen. Sie hat eine starke Spritze bekommen. Sie wird gut und gern noch 24 Stunden schlafen.«

»Aber wenn sie nachher doch aufwacht? Wie vorhin, als Sie sie besuchten?«

»Wissen Sie – sie will es gar nicht, daß der Vorhang aufgezogen wird. Die Eitelkeit einer einstmals schönen Frau.«

»Ja, ich weiß. Mrs. Baker hat mir davon erzählt. Trotzdem glaube ich, daß ich ihr helfen könnte.«

»Ich bin sicher, daß Sie es könnten. Trotzdem...«

»Es muß sie doch langweilen, nur zu schlafen oder vor sich hin zu dösen. Menschliche Gesellschaft und Fernsehen könnten die Zeit für sie schneller vergehen lassen.«

McGee nahm Susans Hand. »Ich weiß, daß Sie es gut meinen, aber wenn Jessica es so wünscht, ist es am besten, sie in Frieden zu lassen. Vergessen Sie nicht, daß sie im Sterben liegt. Vielleicht will sie gar nicht, daß die Zeit schneller vergeht. Und sie zieht es vor, in Ruhe zu meditieren, statt eine Episode von DALLAS oder DENVER-CLAN anzuschauen.«

Obwohl er nicht anders gesprochen hatte als sonst, hatten seine Worte Susan beeindruckt. Wahrscheinlich hatte er recht, sicher sogar. Kein Fernsehprogramm vermochte einer alten Frau, die zwischen Schmerzen und Drogenschlaf dahindämmerte, Erleichterung zu bringen.

»Schon gut. Vielleicht bin ich ein bißchen unsensibel gewesen.«

»Aber nein, natürlich nicht. Trotzdem – ich möchte Sie bitten, Jessie einfach schlafen zu lassen. Und machen Sie sich ihretwegen keine Gedanken. Tun Sie, als ob sie nicht vorhanden wäre.«

Er legte seine Hand auf die ihre und drückte sie kurz. Dann: »Morgen früh sehen wir uns wieder.«

Er zögerte einen Moment, wie um sich zu entscheiden, ob er sie zum Abschied auf die Wange küssen sollte oder nicht. Er beugte sich schon über sie, doch dann hielt er inne; scheinbar war er sich seiner Gefühle nicht ganz sicher. Doch vielleicht bildete sie sich seine Gefühle und Reaktionen nur ein. Sie wollte, sie könnte wenigstens ihre eigenen klar definieren.

»Schlafen Sie gut!«

»Ja, das will ich.«

Er ging zur Tür, drehte sich aber noch mal um. »Übrigens – ich habe Sie für morgen in die Therapie eingeschrieben.«

»Was für eine Therapie?«

»PT. Physikalische Therapie. Allgemeine Übungen, Muskeltraining, hauptsächlich für die Beine. Bad im Wasserwirbel. Ein Pfleger wird Sie nach dem Frühstück in die PT hinunterbringen.«

Er ging, und die Nachtschwester kam mit dem Abendessen herein. Sie verschwand hinter dem Vorhang, um Mrs. Seiffert zu füttern.

»Es ist schwierig«, bekannte sie, als sie wieder hervorkam. »Aber wahrscheinlich spielt es auch keine Rolle mehr, wieviel sie zu sich nimmt.«

Susan aß ihr Abendessen und las eines der Abenteuerbücher, die McGee ihr gebracht hatte. Es war spannend und verhinderte eine Zeitlang, daß Susan an die Doppelgänger denken mußte.

Später versuchte sie, ohne Hilfe zum Badezimmer zu gelangen. Es glückte ihr, indem sie sich ziemlich mühevoll die Wand entlangtastete. Die Rückkehr dauerte fast doppelt so lange wie der Hinweg; als sie ihr Bett wieder erreicht hatte, war sie erschöpft.

Sie war sicher, kein Schlafmittel zu benötigen, doch nahm sie widerspruchslos die Pille, die die Schwester ihr brachte. Sie war zu müde für einen Wortwechsel.

Übergangslos glitt sie in tiefen Schlaf.

»Susan... Susan...«

Eine sanfte Stimme rief ihren Namen. Drang durch den Panzer ihres Schlafs.

»Susan...«

Mit einem Mal war sie wach. Setzte sich auf. Ihr Herz hämmerte gegen ihre Rippen. Sie war benommen, aber sie bildete sich ein, in der Stimme einen drohenden Unterton gehört zu haben.

Das Nachtlicht erhellte den Raum nur wenig, aber genug, um erkennen zu lassen, daß sich niemand im Raum befand – außer der Sterbenden hinter dem Vorhang. Doch zu sehen war nichts Außergewöhnliches.

Sie wartete. Würde ihr Name nochmals gerufen werden? Stille.

»Wer ist da?« rief sie schließlich mit unsicherer Stimme. Starrte auf die Schatten, welche die Ecken im Dunkel hielten. Keine Antwort.

Sie zwang sich, die letzten Reste von Schlaf abzuschütteln. Soweit sie sich erinnern konnte, war die Stimme von links gekommen. Links von ihr stand das verhangene Bett. Aber es war die Stimme eines Mannes gewesen.

Der Vorhang schloß sie von ihrer Nachbarin ab. Auch bei dieser schwachen Beleuchtung konnte sie ihn deutlich sehen. Die Plastikhülle, das Nachtlicht reflektierend, schimmerte weiß, glänzte silbern.

»Ist jemand da?«

Ihre schwache Stimme verhallte.

»Mrs. Seiffert?«

Schweigen. Der Vorhang bewegte sich nicht. Nichts bewegte sich. Und kein Laut war zu hören, nur das leise Ticken ihrer Nachttischuhr. Die Leuchtzeiger markierten die genaue Zeit. 3 Uhr 42.

Susan zögerte, dann knipste sie die Nachttischlampe an.

Das helle Licht schmerzte sie, sie warf bloß einen schnellen Blick in die Ecken, die im Schatten gelegen waren. Jessica Seifferts Bett sah bei Licht weit weniger drohend aus als im gelblichen Schimmer der Nachtbeleuchtung.

Sie löschte die Nachttischlampe wieder aus. Die Schatten kehrten wieder, breiteten sich im Zimmer aus. Der Plastikvorhang glänzte.

Ich muß geträumt haben, dachte sie. Die Stimme hat mich im Traum gerufen.

Aber sie hatte den Eindruck, in dieser Nacht traumlos geschlafen zu haben.

Sie richtete ihr Bett ein wenig auf, um bequemer zu sitzen. Sie glaubte nicht, wieder einschlafen zu können. So starrte sie ins Dunkel und wartete... wartete...

Doch schließlich erwies sich das Schlafmittel, das Dr. McGee ihr verschrieben hatte, als stärker als ihre angespannten Nerven.

12.

Das Gewitter weckte sie. Regen prasselte an die Fensterscheiben. Susan konnte den Himmel nicht sehen, weil der Vorhang von Mrs. Seifferts Bett ihr die Sicht nahm, aber sie hörte den Donner und sah das Aufflammen der Blitze.

Sie bekam ihr Frühstück und aß es mit gutem Appetit: Haferflocken, Toast mit Butter und Marmelade und Ananassaft. Dann quälte sie sich in das Badezimmer, aber es war weniger anstrengend als am Abend zuvor. Sie schöpfte neuen Mut.

Sie setzte sich behaglich im Bett zurecht und begann das Buch weiter zu lesen. Doch kaum hatte sie ein paar Seiten gelesen, als zwei Pfleger mit einem Rollbett erschienen.

Der erste, der das Rollbett durch die Tür manövrierte, sagte: »Wir kommen, um Sie zur Therapiestation zu bringen, Miß Thorton.«

Sie legte ihr Buch beiseite, sah auf – und hatte das Gefühl, ein Eisstrom gleite über ihren Rücken.

Sie trugen weiße Kittel, auf denen die blauen Buchstaben WILLAWAUK KLINIK eingestickt waren. Sie sahen aus wie gewöhnliche Pfleger, die in einem Krankenhaus Dienst machen. Doch sie waren keine gewöhnlichen Pfleger, in keiner Weise.

Der erste, der gesprochen hatte, war ein plumper Mann mit einer beginnenden Stirnglatze, einem runden Gesicht und Schweinsäuglein. Der andere war ziemlich groß und rothaarig, die Haut sehr hell und mit Sommersprossen übersät. Er war nicht gerade hübsch, aber doch ziemlich gut aussehend; ein irischer Typ.

Der Plumpe war Carl Jellicoe.

Der Rothaarige war Herbert Parker.

Zwei der vier Mörder von Jerry Stein!

Unmöglich! Eine Fata Morgana! Ein Alptraum! Wahnsinnsgestalten, wie sie die Delirien von Fieberkranken bevölkern.

Aber nein! Sie träumte nicht, sie hatte kein Fieber. Und die Männer standen vor ihr, in Fleisch und Blut.

Draußen donnerte es. »Scheußliches Wetter«, sagte Jellicoe im Konversationston.

Parker schob das Rollbett zu Susan und erbot sich, ihr herauszuhelfen.

Beide lächelten freundlich.

Und beide waren jung, kaum über 20. Auch an ihnen waren – wie bei Hatch und Quince – die Jahre spurlos vorbeigegangen.

Noch zwei Doppelgänger? Zur gleichen Zeit auftauchend? Und beide Angestellte der Willawauk-Klinik? Nein, das gab es nicht! Ein solcher Zufall war ausgeschlossen.

Sie verwarf die Doppelgänger-Theorie. Es waren wirklich Jellicoe und Parker.

Doch gleichzeitig fiel ihr ein, daß Jellicoe und Parker tot waren.

Ihr Magen krampfte sich zusammen. Tot! Sie waren tot, seit vielen Jahren.

Doch hier standen sie, lächelten ihr zu.

Wahnsinn!

»Nein«, schrie Susan, schreckte vor ihnen zurück, verkroch sich in die äußerste Ecke des Bettes, preßte sich gegen das Schutzgitter, fühlte die metallene Kälte durch die Seide ihres Pyjamas. »Nein, ich fahre nicht mit euch hinunter.«

Jellicoe tat erstaunt. Er blickte sie verständnislos an, nahm ihre Angst nicht zur Kenntnis. Es warf Parker einen Blick zu und fragte: »Haben wir was falsch gemacht? Wir sollten doch eine Miß Thorton aus 58 nach unten bringen?«

Parker brachte ein bedrucktes Papier zum Vorschein, hielt es sich unter die Nase und las es sorgfältig. »Ja ja. Hier steht es. Thorton in 58.«

Vor der Nacht des Mordes hatte Susan Jellicoe und Parker kaum gekannt. Vor Gericht hatte Jellicoe das Recht wahrgenommen, die Aussage zu verweigern, um sich nicht selbst zu beschuldigen. Seine Stimme war ihr also fremd.

Doch Parker hatte ausführlich ausgesagt, und sein irischer Akzent war unverkennbar gewesen. Daran erinnerte sich Susan, als er zu sprechen begonnen hatte. Der irische Akzent!

Er sah aus wie Parker. Er sprach wie Parker. Er mußte Parker sein.

Doch Herbert Parker war tot und begraben. Genau wie Carl Jellicoe.

Beide sahen sie betroffen an.

Susan ließ ihren Blick über den Nachttisch gleiten, suchte nach irgend etwas, was sie als Waffe benützen konnte. Doch sie wagte sich nicht zu rühren.

Jellicoe fragte: »Hat Ihnen Ihr Arzt nicht gesagt, daß wir Sie zur physikalischen Therapie holen werden?«

»Raus mit euch!« schrie sie mit zitternder Stimme. »Geht! Geht!«

Blitze durchzuckten den Himmel, füllten den Raum sekundenlang mit phosphoreszierendem Licht. Die Gesichter der Männer verzerrten sich, ihr verlegenes Lächeln wurde zu einem drohenden Grinsen.

Jetzt sagte Parker mit seinem irischen Akzent: »Hören Sie, Miß, Sie haben wirklich keinen Grund, sich zu ängstigen. Die Therapie ist harmlos, tut nicht weh, garantiert nicht.«

»Er hat recht«, fiel Jellicoe ein, und seine Schweinsäuglein funkelten vertraulich. »Es wird Ihnen unten gefallen, Miß Thorton.« Jetzt ließ er das Bettgitter herunter. »Alle Patienten lieben die Wassertherapie.«

»HINAUS, habe ich gesagt«, kreischte Susan. »Hinaus! Geht aus dem Zimmer!«

Erschrocken wich Jellicoe einen Schritt zurück.

Sie zitterte am ganzen Körper. Ihr Herz klopfte wie ein Preßlufthammer.

Wenn man sie auf das Rollbett schnallte und hinunterfuhr, würde sie nie mehr zurückkommen. Dessen war sie sicher. Das würde ihr Ende sein, das wußte sie mit tödlicher Gewißheit.

»Ich kratze euch die Augen aus, wenn ihr versucht, mich aus dem Zimmer zu bringen.« Sie bemühte sich, ihre Stimme nicht furchtsam klingen zu lassen, sondern drohend. Sie hatte geschrien, hatte ganz vergessen, daß eine Sterbende in diesem Raum lag.

Jellicoe sah Parker an. »Hol lieber eine Schwester.«

Parker eilte aus dem Zimmer.

Ein Blitz! An diesem trüben Morgen waren die Lichter des Krankenhauses eingeschaltet, jetzt erloschen sie. Es wurde dunkel, aber nur einen Moment. Dann setzte die Beleuchtung nach kurzem Flackern wieder ein.

Jellicoe blinzelte ihr zu. Sein Lächeln, das beruhigend wirken sollte, erinnerte sie an eine langvergangene Nacht und ließ ihr Blut gerinnen. »Immer mit der Ruhe, Miß. Entspannen Sie sich, bitte. Tun Sie mir den Gefallen...«

»Bleiben Sie mir vom Leib!«

»Schon gut, schon gut. Niemand kommt Ihnen zu nahe. Bleiben Sie ganz ruhig!« Er grinste sie an, hob beschwichtigend die Hände. »Niemand tut Ihnen was. Wir im Krankenhaus sind alle Freunde.«

»Tun Sie nicht so, als ob ich verrückt wäre«, rief sie. Sie war verängstigt, aber auch wütend. »Sie wissen sehr gut, daß ich nicht verrückt bin. Sie wissen sehr gut, was hier gespielt wird.«

Er sagte nichts mehr, ließ aber den Blick nicht von ihr. Seine Miene verzog sich. Er betrachtete sie spöttisch, mit Hohn.

»Weg von mir!« befahl sie. »Weg von meinem Bett!«

Er gehorchte zögernd, zog sich Schritt für Schritt zurück, bis zur offenstehenden Tür. Aber er verließ nicht den Raum.

Sie hörte ihr Herz schlagen. Es klang so laut, daß es den Donner draußen zu übertönen schien. Ihr Atem ging schnell, ihre Kehle brannte.

Jellicoe beobachtete sie regungslos.

Sie versuchte ihre Gedanken zu ordnen. So etwas konnte nicht, durfte nicht geschehen. Sie war doch eine Wissenschaftlerin, geschult, vernünftig zu denken. Sie glaubte weder an übernatürliche Erscheinungen noch an wundersame Zufälle. Es gab keine Geister. Tote bleiben unter der Erde, sie kommen nicht zurück.

Oder doch?

Jellicoe sah sie unverwandt an, und sie wich seinem Blick nicht aus. Sie verfluchte ihren Zustand. Selbst wenn sie zu fliehen versuchte, würde sie nicht weit kommen. Und wenn sie um ihr Leben kämpfen müßte, wäre sie hilflos unterlegen.

Schließlich kam Parker mit einer Schwester zurück. Es war eine streng aussehende Blondine, die Susan nicht kannte.

»Was geht hier vor?« fragte die Schwester. »Miß Thorton, warum führen Sie sich so auf?«

»Die Männer...« stammelte Susan.

»Was ist mit ihnen?«

»Sie sind gefährlich. Sie sind meine Feinde...«

»Aber nein, sie wollen Sie bloß ins Erdgeschoß bringen, zur physikalischen Therapie.« Sie war ans Bett getreten, ließ das Schutzgitter herunter.

»Sie verstehen nicht...« keuchte Susan, ratlos, wie sie dieser Frau die Situation erklären konnte, ohne für eine tobsüchtige Irre gehalten zu werden.

Parker stand noch in der offenen Tür. »Sie hat gedroht, uns die Augen auszukratzen.«

Jetzt war auch Jellicoe wieder nahe herangekommen.

»Fort mit Ihnen, Sie Schuft!« zischte Susan.

Er nahm keine Notiz von ihr.

Susan sagte zur Schwester: »Befehlen Sie ihm, fortzugehen. Ich habe guten Grund, vor ihm Angst zu haben.«

Die Blondine schüttelte den Kopf. »Sie haben keinerlei Grund.«

»Wir sind hier alle Freunde«, bestand Jellicoe.

»Miß Thorton, wissen Sie eigentlich, wo Sie sind?«

Der Ton der Krankenschwester erbitterte Susan. So sprach man mit kleinen Kindern oder mit Geisteskranken. Zornig brüllte Susan das Mädchen an: »Zum Teufel, ich weiß sehr gut, wo ich bin. Im Willawauk-Krankenhaus. Ich bin verletzt gewesen und habe drei Wochen im Koma gelegen, aber ich habe weder Halluzinationen noch Delirien. Ich bin nicht hysterisch. Diese Männer sind...«

»Miß Thorton, würden Sie mir einen Gefallen tun«, sagte die Angesprochene betont freundlich, aber immer noch mit gönnerhaftem Unterton. »Bitte schreien Sie nicht! Wir können uns doch unterhalten wie zivilisierte Menschen. Wenn Sie Ihre Stimme senken und dreimal tief Atem holen, werden Sie sich gleich besser fühlen. Wir kommen nicht weiter, bevor wir nicht alle entspannt sind und höflich miteinander sprechen.«

»Zum Teufel mit Ihnen!« brüllte Susan.

»Miß Thorton«, sagte die Schwester unbekümmert, »ich habe etwas für Sie.« Sie hob eine Hand, in der sie eine Injektionsspritze hielt, die mit einer bernsteinfarbenen Flüssigkeit gefüllt war.

»O nein!« Susan schüttelte wild den Kopf.

»Es wird Ihnen helfen, sich zu entspannen.«

»Nein!«

»Wollen Sie sich denn nicht entspannen?«

»Im Gegenteil. Ich möchte auf Draht bleiben.«

»Es tut nicht weh, Miß Thorton...«

»Lassen Sie mich in Frieden!«

Die Schwester schickte sich an, sich über Susan zu beugen. Susan griff nach dem Buch, in dem sie gelesen hatte, und warf es der Krankenschwester ins Gesicht.

Die Schwester wich einen Schritt zurück, war aber weder erstaunt noch entrüstet. Sie winkte Jellicoe herbei. »Können Sie mir behilflich sein?«

»Sicher.«

»*Sie* bleiben mir vom Leib«, schrie Susan.

Er versuchte ihren Arm zu fassen. Sie warf sich herum, zum Nachttisch, packte das Wasserglas und warf es Jellicoe an den Kopf.

Er duckte sich rechtzeitig; das Glas verfehlte sein Ziel und zersplitterte an der gegenüberliegenden Wand.

Susan suchte nach einem anderen Wurfgeschoß.

Doch diesmal war er schneller. Sie wollte ihm mit den Nägeln ins Gesicht fahren, doch er packte ihre Handgelenke mit eisernem Griff. Er war stärker, als er aussah. Selbst bei guter Gesundheit hätte sie sich ihm nicht entwinden können.

»Immer mit der Ruhe«, sagte die Schwester gelassen.

»Wir sind hier alle Freunde«, wiederholte Jellicoe.

Susan kämpfte gegen ihn, aber ohne Erfolg. Jellicoe preßte sie gegen die Matratze, bis sie ausgestreckt und hilflos auf dem Bett lag. Ihre Arme wurden festgehalten.

Die Schwester schob den Ärmel ihres Pyjamas hoch.

Susan schlug mit den Füßen aus.

»Sehen Sie zu, daß sie stillhält.«

»Nicht einfach«, sagte Jellicoe. »Sie hat eine Menge Pep.«

Das stimmte. Dabei war sie erstaunt, daß sie überhaupt Widerstand leisten konnte. Panik hatte ihr neue Kräfte verliehen.

Die Schwester sagte unbewegt: »Sie soll sich nur anstrengen. Zumindest kann ich jetzt ihre Vene sehen.«

Susan schrie. Die Schwester rieb ihre Armbeuge mit einem Wattebausch ab. Er war kalt und feucht.

Susan roch Alkohol und schrie noch einmal.

Es donnerte draußen. Die Lichter begannen zu flackern.

»Miß Thorton, wenn Sie nicht stillhalten, kann die Nadel in Ihrem Arm abbrechen. Das werden Sie doch nicht wollen, oder?«

Doch Susan gab nicht nach. Sie wand sich schlangengleich hin und her und versuchte Jellicoes Gesicht zu entkommen.

Da hörte sie eine vertraute Stimme: »Was zum Teufel geht hier vor?« Die blonde Schwester hielt inne, zog die Injektionsnadel zurück. Jellicoe lockerte seinen Griff; er wandte sich um, um zu sehen, wer gesprochen hatte.

Jetzt war Susan imstande, ihren Kopf zu heben.

Am Fußende des Bettes stand Thelma Baker, autoritär, die Arme in die Hüften gestemmt.

Die Blonde erklärte kühl und knapp: »Hysterie.«

»Sie wurde gewalttätig«, ergänzte Jellicoe.

»Gewalttätig?« Mrs. Bakers Tonfall bewies, daß sie sich weigerte, daran zu glauben. Sie sah Susan fragend an. »Was ist passiert, meine Gute?«

Susan aber schaute Carl Jellicoe voll ins Gesicht. Er erwiderte ihren Blick, überlegen, spöttisch. Er verstärkte den Druck in seinen Händen, und Susan stellte fest – beinahe mit Erstaunen –, daß seine Finger sich warm und fleischig anfühlten und nicht kalt wie die Hände eines Toten. Sie lenkte ihren Blick von ihm ab zur Baker und bemühte sich, daß ihre Stimme möglichst ruhig und nicht hysterisch klang: »Sie erinnern sich doch, Mrs. Baker, was vor dreizehn Jahren geschehen ist? Gestern habe ich Ihnen und Dr. McGee die ganze Geschichte erzählt.«

»O ja, natürlich.« Mrs. Baker hob die Brille, die an der Kette hing, an ihre Augen. »Ich erinnere mich sehr gut. Eine schreckliche Geschichte.«

»Nun, ich hatte gerade davon geträumt, als die beiden Pfleger ins Zimmer gekommen sind. Und der Alptraum hielt an, ich konnte ihn nicht gleich abschütteln.«

»Ein Alptraum?« fragte die Baker ungläubig. »Die ganze Aufregung ist bloß die Folge eines Alptraums?«

Susan nickte energisch mit dem Kopf. »Ja.« Sie log bewußt. sie wollte vor allem Jellicoe, Parker und die blonde Krankenschwester aus dem Zimmer haben. Wenn die fort waren, konnte sie vielleicht – mit Mrs. Baker allein – dieser die wahre Lage der Dinge erklären. Doch wenn sie das jetzt tat, würde die Baker wohl mit der Diagnose ihrer Kollegin übereinstimmen: Hysterie.

»Laßt sie los«, ordnete Mrs. Baker an. »Ich regle das schon.«

»Aber sie wurde gewalttätig«, warf Jellicoe ein.

»Unter dem Eindruck eines Alptraums«, erwiderte die Baker. »So etwas kommt vor. Doch jetzt ist sie völlig wach, das seht ihr doch. Also laßt sie in Frieden!«

»Thelma«, engegnete die blonde Schwester, »sie hat keinen schlafenden Eindruck gemacht, als sie mir ein Buch ins Gesicht warf.«

»Die Arme hat eine schwere Zeit hinter sich«, sagte Mrs. Baker und drängte die anderen beiseite. »Geht nur, geht nur. Miß Thorton und ich, wir werden die Sache bereinigen.«

»Wenn du meine Meinung hören willst...«

»Millie«, sagte Mrs. Baker, »du weißt, wie sehr ich dein Urteil schätze. Aber das ist ein sehr spezieller Fall, und die Kranke ist mir anvertraut. Ich weiß am besten, wie ich sie zu behandeln habe.«

Etwas widerwillig ließ Jellicoe Susan los. Zögernd trat er einen Schritt zurück, ohne den Blick von ihr zu lassen, als erwarte er, sie würde gleich wieder gewalttätig werden. Aber Susan verhielt sich sehr vernünftig. Sie atmete erleichtert auf, setzte sich mit einiger Mühe auf und begann ihre Handgelenke zu reiben, die Spuren von Jellicoes kräftigen Fingern aufwiesen. »Komm schon«, sagte Parker.

Jellicoe zuckte die Achseln. Die beiden verließen das Zimmer und nahmen das Rollbett mit sich. Die blonde Schwester biß sich auf die Lippen; man sah ihr an, wie ärgerlich sie war. Dann ging auch sie, immer noch die Injektionsspritze und den Wattebausch in Händen. Sie brummte: »Ich werde Penelope sagen, sie soll die Glassplitter wegräumen.« Penelope war die farbige Aufwartefrau.

Thelma Baker sah ihr nach und machte eine wegwerfende Handbewegung. Dann ging sie quer durchs Zimmer, wobei sie sorgfältig vermied, auf die Reste des zerbrochenen Glases zu treten. Erst sah sie nach Mrs. Seiffert, bevor sie wieder an Susans Bett kam. »Die gute Jessie hat das ganze Spektakel glatt verschlafen.«

Sie holte aus dem Badezimmer ein neues Trinkglas, stellte es auf Susans Nachttisch und füllte es aus dem Metallkrug mit Wasser. »Durstig?«

»Ja, danke.« Susan trank. Ihre Kehle brannte. Die kühle Flüssigkeit tat ihr wohl.

»Mehr?«

Susan schüttelte den Kopf und stellte das Glas auf den Nachttisch.

»Und jetzt, meine Liebe«, sagte Mrs. Baker, »erzählen Sie mir in aller Ruhe, wie es zu dem Zusammenstoß kam.«

Susan war vorübergehend entspannt gewesen, doch sofort kehrte die Angst zurück. Denn sie machte sich klar, daß der Terror noch keineswegs vorbei war. Wahrscheinlich hatte er überhaupt erst begonnen.

II. Teil

HINTER DEM
VORHANG…

13.

Regen.

An diesem Tag regnete es ununterbrochen.

Susan saß in ihrem Bett, schwach und klapprig, als ob der Regen, obwohl er sie nicht berührte, ihre ganze Persönlichkeit ausgewaschen hätte.

Jeffrey McGee stand an ihrem Bett, die Hände in den Taschen seines Kittels vergraben. »Wir müssen die Sache in aller Ruhe durchsprechen, ohne Emotionen, ohne vorgefaßte Meinungen. Halten wir uns an die Tatsachen. Sie behaupten, Sie hätten bereits drei Doppelgänger der Mörder gesehen.«

»Nein. Nicht drei. Vier.«

»Vier? Wieso?«

»Ich wollte nicht zugeben, daß ich gestern den vierten gesehen habe.«

»Erstaunlich. Also auch der vierte. Das wäre ein Mann namens...«

»Quince. Randy Quince. Ein Freund von Ernest Hatch.«

»Und Sie haben ihn – oder jemanden, der aussah wie dieser Qunice – hier im Krankenhaus gesehen?«

»Ja. In der Halle, als ich im Rollstuhl meine Runde machte. Er ist Patient, so wie Hatch. Er liegt in 216, wurde gestern nachmittag geröntgt. Er ist unter dem Namen Peter Johnson registriert.« Sie zögerte einen Moment, dann sagte sie leise: »Er sieht sehr jung aus. Kaum über 20...«

Der Arzt betrachtete sie einen Moment schweigend.

Obwohl er in keiner Weise voreingenommen war, obwohl er sich alle Mühe gab, ihren wirren Ausführungen Glauben zu schenken, konnte sie ihm nicht in die Augen schauen. Die Angst überwog, aber sie schämte sich auch, über diese Dinge zu sprechen. Sie waren so bizarr, daß die Forscherin Dr. Susan Thorton sich ihrer eigenen Worte schämen mußte.

McGee räusperte sich. »Ist das das Alter, das Randy Quince hatte, als er bei dem Mord an Jerry Stein Beihilfe leistete?«

Sie nickte. »Er war der Jüngste der vier. Gerade neunzehn...«

Er überlegte.

Sie glauben genau zu wissen, was in seinem Kopf vorging. Die Verletzung, das Koma. Die Möglichkeit eines Hirnschadens, der nicht auf dem Röntgenbild zu sehen war. Ein winziges Knötchen, ein unscheinbarer Bluterguß in einer der Millionen Zellen, in der die Erinnerung an die Mordnacht gespeichert war. Mochte eine mikroskopisch nicht faßbare Verletzung, die in keinem der Tests aufgeschienen war, diese Erinnerung über die Ufer treten lassen und zu zügellosen Fantasien Anlaß geben? Ist das der Grund, daß die Geschehnisse einer einzigen Nacht mich nicht loslassen – daß sie nicht nur in stetigen Alpträumen auftauchen, sondern Halluzinationen die Zügel schießen lassen? Daß ich dauernd Doppelgänger zu sehen glaube, obwohl weder Bill Richmond noch Peter Johnson noch einer der beiden Pfleger eine körperliche Ähnlichkeit mit dem Mordquartett haben?

Ist das die Lösung? Vielleicht. Aber vielleicht auch nicht. Sowie ich eine Erklärung zu finden glaube, verwerfe ich sie schon wieder. Es sind Doppelgänger. Nein, es sind keine. Sie gleichen Hatch, Quince, Jellicoe und Parker aufs Haar, nichts weiter. Nein, es sind die wirklichen Hatch, Quince, Jellicoe und Parker. Gott helfe mir, ich weiß nicht, was mit mir los ist, und wenn ich selbst so konfus bin, wie kann ich dir, lieber Dr. McGee, vorwerfen, daß du verwirrt bist und an mir zweifelst.

»Also alle vier«, sagte er schließlich. »Vier Doppelgänger, und alle in unserer Klinik.«

»Ja, aber ich weiß nicht recht...«

»Sie sagten doch gerade...«

»Ja ja, sie sehen genau so aus wie die Burschen, die Jerry Stein getötet haben. Aber ich kann nicht sagen, ob es bloße Doppelgänger sind oder...« Sie stockte.

»Oder was?«

»...oder sie sind... etwas anderes...«

»Zum Beispiel?«

»Im Fall von Parker und Jellicoe...« Sie sprach nicht weiter.

»Reden Sie!« bestand er.

Doch sie konnte es nicht über die Lippen bringen. Es wäre ihr absurd erschienen, von Geistern zu sprechen; ein unbestimmtes Schamgefühl hinderte sie daran. Als Carl Jellicoe sie spöttisch angesehen hatte, war eine übernatürliche Erklärung nicht auszuschließen gewesen. Aber jetzt, während eines seriösen Gesprächs zwischen Arzt und Patientin, war es einfach unvorstellbar, die Möglichkeit zu erwähnen, daß tote Männer aus den Gräbern gestiegen wären, um Rache zu nehmen.

»Susan?«

Sie zwang sich, seinem Blick nicht länger auszuweichen.

»Bitte sagen Sie mir alles, was Ihnen durch den Kopf geht. Wenn die beiden Pfleger nicht Doppelgänger von Jellicoe und Parker waren, sondern – wie Sie angedeutet haben – etwas anderes – an was haben Sie da gedacht?«

Fast weinerlich erwiderte sie: »Bitte quälen Sie mich nicht, Doktor. Ich weiß nicht, was ich Ihnen sagen soll, welche Erklärung ich Ihnen – oder mir selbst – geben kann. Ich kann Ihnen nur berichten, was ich mit eigenen Augen gesehen habe – oder gesehen zu haben glaube.«

»Entschuldigen Sie, ich will Sie gewiß keinem dritten Grad unterziehen. Ich verstehe, daß das alles für Sie nicht einfach ist.«

Sie sah Mitleid in seinen Augen und wandte sofort den Kopf ab. Sie wollte kein Objekt des Mitleids sein, speziell nicht für Dr. McGee. Der bloße Gedanke empörte sie.

Sie schwieg eine Weile, auf das Fenster starrend, in Nachdenken versunken. Sie legte ihren Kopf auf das Kissen zurück, schloß die Augen.

Jetzt sah sie das Fenster nicht mehr, hörte aber die schweren Tropfen auf die Scheiben klopfen.

Er sagte: »Ein Vorschlag...«

»Bitte. Ich bin für jede Anregung dankbar.«

»Er mag Ihnen nicht gefallen.«

Sie öffnete die Augen. »Lassen wir's auf den Versuch ankommen...«

»Lasssen Sie mich Bradley und O'Hara zu Ihnen bringen.«

Zwei Namen, die sie noch nie gehört hatte. Dann verstand sie. »Sie meinen Jellicoe und Parker?«

»Im Personalregister sind sie unter Bradley und O'Hara eingetragen.«

»Haben Sie erwartet, sie würden sich hier Parker und Jellicoe nennen?«

»Ich stelle keine Vermutungen an, ich halte mich an Tatsachen. Bitte, Susan, erlauben Sie mir, die beiden zu Ihnen zu bringen. Ich werde veranlassen, daß beide Ihnen über sich Auskunft geben, wo sie geboren und aufgezogen wurden, wie sie in die Klinik kamen. Dann können Sie ihnen Fragen stellen, Fragen aller Art, ganz wie Sie wünschen. Vielleicht – wenn Sie ein bißchen mit ihnen plaudern, wenn Sie sie näher kennenlernen...«

»...vielleicht werde ich dann draufkommen, daß sie Parker und Jellicoe gar nicht besonders ähnlich sind«, vollendete sie seinen Gedankengang.

Er beugte sich zu ihr und legte ihr seine Hand auf die Schulter. Wieder sah sie Mitleid in seinem Blick. »Gibt es nicht die Möglichkeit, daß Sie sie bei näherer Bekanntschaft in einem anderen Licht sehen?«

»O ja, natürlich. Es ist nicht nur eine Möglichkeit, fast eine Gewißheit.«

Sie merkte, daß ihre Vernunft und ihre Objektivität den Eindruck auf ihn nicht verfehlten. Mit größerem Selbstbewußtsein fuhr sie fort: »Es ist mir völlig klar, daß mein Problem entweder rein psychische Wurzeln hat oder mit der Kopfverletzung zusammenhängt, die durch den Unfall verursacht wurde. Natürlich muß man auch die Folgen eines dreiwöchigen Komas in Betracht ziehen.«

McGee begann zu lächeln. Es war ein beinahe verlegenes Lächeln. »Verzeihung. Ich hatte ganz vergessen, daß Sie eine Wissenschaftlerin sind.«

»Kein Grund, mir schönzutun, Doktor.«

»Das liegt mir fern. Ich beschränke mich – wie ich schon

sagte – auf Tatsachen.« Er strahlte über das ganze Gesicht, als er sich an den Rand des Bettes setzte. Ein gewisser schelmischer Ausdruck, die unverhohlene Befriedigung, mit ihr einig zu sein, ließen ihn jungenhafter und noch attraktiver erscheinen, als er ohnehin war. »Wissen Sie, Susan, ich habe mir mein Hirn zermartert, um Ihnen möglichst schonend beizubringen, daß all die bizarren Erscheinungen bloß in Ihrer Vorstellung existieren. Und jetzt stellt sich heraus, daß Sie schon längst von allein dahintergekommen sind. Das bedeutet aber, daß wir die erste der Möglichkeiten ausschalten dürfen. Ich glaube an keine Psychose. Sie sind nicht der Typ einer Neurotikerin.«

»Also bleibt mir die Hoffnung, daß bloß mein Gehirn nicht richtig funktioniert«, sagte Susan sarkastisch.

Er wurde sofort ernst. – »Das wäre nichts Bedrohliches. Keineswegs ein gefährlicher Bluterguß oder etwas in dieser Richtung, sonst würden Sie nicht so klar und logisch mit mir debattieren können. Außerdem hätte Ihr EEG darauf hinweisen müssen. Es kann sich nur um eine Kleinigkeit handeln – etwas, was von selbst verschwinden wird oder sich behandeln ließe.«

Sie nickte.

»Sie willigen also ein, Bradley und O'Hara zu empfangen?«

»Nein«, erwiderte sie prompt.

»Sie haben immer noch Angst vor ihnen? Und auch vor Richmond und Johnson?«

»Ja.«

»Obwohl Sie wissen, daß die Ursachen Ihrer Ängste höchstwahrscheinlich in Ihrem eigenen Kopf zu suchen sind?«

»Sie sagen es selbst. ›Höchstwahrscheinlich‹.«

»Ich gehe weiter. Es handelt sich zweifellos um ein rein medizinisches Problem.«

»Das ist auch meine Ansicht.«

»Und trotzdem haben Sie Angst vor den Burschen?«

»Ja. Große Angst.«

Er seufzte. »Der Prozeß Ihrer Wiederherstellung darf weder durch Beunruhigung noch durch Depressionen behindert werden.«

»Wieder bin ich ganz Ihrer Meinung, Doktor.«

»Bravo!«

Doch im Grunde glaubte Susan keinen Moment, daß es sich tatsächlich um eine Psychose oder eine Hirnverletzung handle. Sie fühlte, daß es Scheinlösungen, daß es falsche Antworten waren. Vernunftmäßig mochten sie akzeptabel sein, aber gefühlsmäßig waren sie abzulehnen. Diese Männer *waren* Doppelgänger von Hatch, Quince, Jellicoe und Parker, nicht nur in ihren Augen, sondern tatsächlich. Sie hatten sich hier versammelt, nicht aus Zufall, sondern einem Plan gehorchend. Dem Plan, sich an ihr zu rächen. Sie verfolgten ein gemeinsames Ziel. Sie wollten etwas von ihr. Ihr Leben!

Sie fuhr sich mit der Hand übers Gesicht, als ob sie Müdigkeit und Sorgen abstreifen wolle, und sagte: »Gut. Bringen wir das hinter uns! Ich werde mit Jellicoe und Parker sprechen. Dann werden wir weiter sehen.«

»Sie meinen: Bradley und O'Hara.«

»O. K. Bradley und O'Hara.«

»Passen Sie bitte auf! Wenn Sie an die beiden als Jellicoe und Parker denken, dann werden Sie in ihnen auch Jellicoe und Parker sehen wollen. Sie speichern die beiden sozusagen falsch in Ihr Vorstellungssystem ein. Denken Sie an sie als Dennis Bradley und Pat O'Hara – das mag Ihre Vorstellungen klären und Ihnen helfen, die beiden als das zu sehen, was sie *sind*.«

»Einverstanden. Ich werde an sie als Bradley und O'Hara denken. Aber wenn sie für mich dann immer noch Jellicoe und Parker sind, möchte ich keinen Neurologen sehen, sondern einen Exorzisten.«

Er lachte.

Aber sie stimmte in sein Lachen nicht ein.

14.

Etwa 20 Minuten später kamen Bradley und O'Hara in ihr Zimmer.

Dr. McGee schien ihnen die Situation erklärt zu haben, denn sie behandelten Susan wie ein rohes Ei und schienen eifrig bemüht zu sein, ihrer Aufgabe als Krankenpfleger gerecht zu werden.

Es fiel ihr schwer, niemanden wissen zu lassen, wie sehr die Gegenwart der beiden sie ängstigte. Obwohl sich ihr Magen verkrampfte und ihr Herz wie rasend schlug, zwang sie sich zu einem Lächeln. Sie wollte entspannt erscheinen. McGee sollte seine Chance haben und beweisen können, daß die beiden Pfleger bei näherem Zusehen nichts anderes waren als zwei harmlose junge Männer ohne finstere Hintergedanken.

Der Arzt stand an ihrem Bett, um ihr durch seine Nähe Sicherheit zu geben. Gelegentlich berührte er ermutigend ihre Schulter.

Die Pfleger verblieben am Fußende des Bettes. Erst waren sie etwas verlegen und hielten sich ein wenig steif – wie Schuljungen, die vor einem strengen Lehrer eine Lektion hersagen.

Dennis Bradley sprach als erster. Er war ja derjenige, der sie festgehalten hatte.

»Vor allem«, sagte er, »möchte ich mich entschuldigen, wenn ich ein bißchen grob gewesen bin. Das liegt mir gar nicht, ehrlich. Aber – aber Sie haben mir richtig Angst gemacht.« Linkisch verlagerte er sein Gewicht von einem Bein auf das andere. »Ihre Drohung, uns – hm – uns an die Augen zu gehen. Und das Glas...« Er hielt inne und hüstelte.

»Auch ich habe Angst gehabt«, gestand Susan, die immer noch die Spuren seines grausamen Griffs an den Händen spürte. »Ich habe übertrieben reagiert. Auch ich möchte mich entschuldigen. Bei euch beiden.«

Damit war eine versöhnliche Atmosphäre geschaffen. Bradley begann, von Dr. McGee ermuntert, über sein bisheriges Leben zu sprechen. Er war vor 20 Jahren in Tucson, Arizona, geboren worden, aber schon als Neunjähriger nach Oregon gekommen. Er hatte keine Brüder, aber eine ältere Schwester. Ursprünglich wollte er Arzt werden, doch das Geld seines Vaters hatte für ein Studium nicht gereicht. So hatte er nach dem College medizinische Vorbereitungskurse absolviert und war vor zehn Monaten in den Stab des Willawauk-Krankenhauses aufgenommen worden.

Er beantwortete alle Fragen Susans, ohne zu zögern, aufrichtig und bereitwillig. Und schließlich gab er mit leichtem Erröten zu, unten im Ort ein Mädchen zu haben.

Der rothaarige Patrick O'Hara stammte aus Boston, ja, er war irischer Herkunft und Katholik. Er kannte keinen Herbert Parker, überhaupt keinen Parker, weder einen Herbert noch einen anderen. Er hatte einen Bruder, der zwei Jahre älter war als er, ihm aber in keiner Weise ähnlich sah. Vom Briarstead College hatte er bis zum heutigen Tag nie gehört. Er war freiwillig zur Armee gegangen, war in Oregon stationiert gewesen. Man hatte ihn als Sanitäter ausgebildet, so daß er nach seinem Ausscheiden aus dem Militärdienst vor einem Jahr sich um eine Anstellung in der nahen Klinik beworben und sie erhalten hatte.

Susan mußte zugeben, daß beide freundlich junge Männer waren. Jetzt, da sie sie ein bißchen kannte, hätte sie keinen logischen Grund anführen können, warum sie sich vor ihnen fürchten sollte.

Keiner schien zu lügen.

Keiner schien etwas vor ihr zu verbergen.

Aber – gestörte Wahrnehmungskraft oder nicht – Bradley sah immer noch genau aus wie Carl Jellicoe.

Wie Jellicoe damals, vor dreizehn Jahren.

Und O'Hara war ein Doppelgänger von Herbert Parker. Selbst sein irischer Akzent war der gleiche.

Und ungeachtet dessen, was die Männer gesagt oder getan hatten, konnte sie das bedrückende Gefühl nicht loswerden, daß sie nicht diejenigen waren, die zu sein sie vorgaben. Daß sie logen und etwas verheimlichten. Gegen alle Logik hatte sie den Eindruck, einer sorgfältig vorbereiteten Szene beizuwohnen, die mit vollendetem Können gespielt wurde. Das war natürlich Unsinn. Sollte sie etwa an Verfolgungswahn leiden?

Nachdem die beiden Pfleger den Raum wieder verlassen hatten, wollte McGee wissen, ob das Experiment erfolgreich gewesen war.

»Nein«, seufzte sie. »Sie benahmen sich wie Bradley und O'Hara, trotzdem sahen sie für mich aus wie Parker und Jellicoe.«

»Das schließt natürlich nicht aus, daß Ihr Problem die Folge Ihrer Kopfverletzung, beziehungsweise Ihres Komas ist.«

»Das weiß ich sehr gut.«

»Wir beginnen morgen mit einer neuen Serie von Tests, EEG, Ultraschall und so weiter.«

Sie nickte gottergeben.

»Verdammt, ich hatte gehofft, daß ein Gespräch mit Bradley und O'Hara Sie entspannen würde. Daß Ihre Ängste verfliegen würden, daß Sie sich wohl fühlen...«

»Ich fühle mich so wohl wie eine Katze auf dem heißen Blechdach.«

Er wurde beinahe zornig. »Ich will nicht, daß Ängste und Depressionen Ihre Heilung verzögern.« Und dann, ruhiger: »Es hat wohl keinen Zweck, weiter mit Ihnen zu argumentieren?«

»Nein. Wie gesagt, verstandesgemäß stimme ich Ihnen hundertprozentig zu. Aber tief in meinem Inneren spüre ich, daß die vier Mörder von Jerry Stein zurückgekommen sind. Daß sie sich gegen mich verbündet haben. Daß sie...«

Sie sprach nicht weiter. Sie erschauerte. Es war warm im Zimmer, aber sie steckte ihre Hände unter die Bettdecke.

Trotz ihrer Erklärung, daß es nutzlos sei, versuchte er immer noch zu argumentieren. »Hören Sie, nehmen wir einmal an, Sie haben gute Gründe, Richmond und Quince zu verdächtigen. Es besteht immerhin eine schwache Möglichkeit, daß es Hatch und Quince sind, die falsche Namen angenommen haben.«

»He, Doktor, Sie sollten mich doch beruhigen, nicht verängstigen...«

»Worauf ich hinauswill, ist Folgendes: Sie haben keinen,

aber auch gar keinen Grund, Bradley und O'Hara zu verdächtigen. Diese Männer können einfach nicht Jellicoe und Parker sein. Jellicoe und Parker sind tot.«

»Ich weiß. Tot.«

»Daher sollten Sie in bezug auf Bradley und O'Hara absolut sicher sein.«

»Ja. Ich sollte. Aber ich bin nicht.«

»Außerdem können die beiden keinesfalls Komplicen eines teuflischen Plans sein, sich an Ihnen wegen einer lang zurückliegenden Zeugenaussage zu rächen. Sie waren schon an diesem Krankenhaus engagiert, lange bevor Sie sich entschieden, in Oregon Ferien zu machen, lange bevor Sie vom Viewtop Hotel gehört hatten. Könnte ein Hellseher vorausgesagt haben, daß Sie eines Tages in dieser Gegend einen Unfall haben und in die Willawauk-Klinik eingeliefert werden würden? Nur jemand mit dieser Kenntnis hätte Bradley und O'Hara vor vielen Monaten hier einschleusen können.«

Sie errötete; seine Worte ließen sie lächerlich erscheinen.

»Natürlich glaube ich kein Wort von all dem.«

»Gut.«

»Es klingt idiotisch.«

»Es *ist* idiotisch. Deshalb müßten Sie sich in der Gegenwart von Bradley und O'Hara vollkommen sicher fühlen.«

»Aber ich fühle mich nicht sicher.«

»Sie müßten!«

Da konnte sie sich nicht länger beherrschen. Die aufgestaute Erregung machte sich Luft. Sie rief mit erhobener Stimme: »Zum Teufel noch mal, glauben Sie, mir macht es Spaß, das Opfer irrationaler Ängste zu sein? Ich hasse meinen Zustand. Es ist, als hätte ich jede Selbstkontrolle verloren. Nie zuvor habe ich mich von Emotionen unterkriegen lassen. Ich bin eine Wissenschaftlerin, mein ganzes erwachsenes Leben habe ich mich mit Forschung, mit nachweisbaren Tatsachen, mit Zahlen und Formeln beschäftigt. Und ich war stolz darauf. In einer Welt, die oft einem Irrenhaus glich, sah ich mich als Pfeiler der Vernunft. Sehen Sie nicht, was dieser Zustand aus mir gemacht hat? Ein hysterisches Weib, das sich seinen ohnmächtigen Zorn von der Seele brüllt.

Nicht einmal als Kind habe ich Wutanfälle gekannt, nicht mal als kleines Mädchen. Vielleicht habe ich auch gar keine richtige Kindheit gehabt...«

Sie stockte. Ihre Stimme brach. Der Zorn hatte einer tiefen Trauer Platz gemacht. Mit Erstaunen stellte sie fest, daß sich lang verborgene und angestaute Kümmernisse wie in einem Wirbelsturm entladen hatten.

Mit einer Stimme, die sie kaum als die eigene erkannte, führ sie fort: »Es gab Zeiten – meistens nachts, wenn ich wach lag – Zeiten, da ich verzweifelt war, da ich das Gefühl hatte, etwas Wichtiges versäumt zu haben, das Gefühl, daß mir etwas für eine normale menschliche Existenz fehlte – daß ich anders wäre als andere Menschen. Die meisten Menschen werden ebenso von Gefühlen wie von Vernunft regiert – sie geben ihren Instinkten nach, scheren sich nicht um Logik, tun die verrücktesten Dinge, bloß weil es ihnen Spaß macht. Ich aber hab' nie etwas aus diesem Grund gemacht. Ich kann es nicht, konnte es nie. Ich war zu gehemmt, zu beherrscht. Ich habe nach dem Tod meiner Mutter keine einzige Träne vergossen. Vielleicht war ich damals noch zu jung, um die Schwere des Verlustes ganz zu begreifen. Aber ich habe auch beim Begräbnis meines Vaters nicht geweint. Ich habe mit dem Bestattungsunternehmen verhandelt, Blumen bestellt, mich um das Grab gekümmert – aber ich habe nicht geweint. Dabei habe ich ihn geliebt, trotz seiner distanzierten Haltung, ich habe ihn vermißt – und wie sehr ich ihn vermißt habe! –, aber ich habe keine Träne vergossen. Nun, manche Menschen weinen leicht, andere nicht. Ich hielt es für gut, daß ich mehr Selbstbeherrschung besaß als andere, hielt mich für überlegen. Und ich war stolz auf meine vermeintliche Überlegenheit. Und dieser Stolz stärkte mein Rückgrat, machte mich anmaßend...«

Sie zitterte am ganzen Körper. Sie blickte auf McGee. War er schockiert? Es hatte ganz den Anschein. Aber sie konnte nicht innehalten, sprudelte hervor: »Ich habe mich in meinen Stolz verbissen. Mein Leben mag nicht sehr farbig gewesen sein, aber es war *mein* Leben, und ich hatte mich mit ihm abgefunden und war zufrieden. Und jetzt muß mir das passieren! Ich weiß sehr gut, daß es idiotisch ist, vor Richmond, Johnson und den anderen panische Angst zu haben. Aber ich fürchte mich vor ihnen. Ich kann nichts dagegen tun. Ich habe die jeder Vernunft widersprechende, aber ununterdrückbare Überzeugung, das Opfer von bizarren, sogar okkulten Vorgängen zu sein. Meine Selbstkontrolle liegt in Scherben. Ich lasse mich von Gefühlen leiten. Ich wurde das, was ich nie gewesen war, was ich nie sein wollte. Ich bin nicht länger die alte Susan Thorton. Es ist, als ob ... als ob es mich in Stücke reißen würde ...«

Sie erschauerte, krümmte sich zusammen, rang – mit dem Kopf auf den Knien – nach Atem und begann haltlos zu schluchzen.

Ein Weinkrampf. Eine Erfahrung, die sie noch nie gemacht hatte. Sie staunte, daß sie nicht nur Verzweiflung und Demütigung empfand, sondern auch eine gewisse Erlösung.

McGee war im ersten Moment fassungslos, sprachlos. Dann holte er aus dem Nachttisch eine Kleenex-Schachtel. Reichte ihr ein Taschentuch. Dann noch eines.

Er sagte: »Susan, beruhigen Sie sich. Es ist schon gut ...«

Er sagte: »Susan, Sie brauchen sich nicht zu schämen. Sie sind nach einer schweren Krise ...«

Er reichte ihr ein Glas Wasser.

Das sie nicht annahm.

Er stellte es zurück.

Er war sichtlich verwirrt.

Er sagte: »Was kann ich für Sie tun?«

Er strich über ihr Haar.

Er schlang seine Arme um sie.

Das war es, was er für sie tun konnte.

Sie preßte ihren Kopf an seine Schultern und weinte. Schließlich merkte sie, daß ihre Tränen sie erleichterten, daß sie sich besser fühlte, als ob sie imstande wären, den Kummer, der sie verursacht hatte, wegzuspülen.

Er sagte: »In Ordnung, Susan?«

Und als sie nickte – immer noch weinend, aber schon etwas ruhiger –, fügte er sanft hinzu: »Sie sind nicht allein.«

15.

Er tröstete sie, und auch das war eine neue Erfahrung für sie. Bisher hatte das noch niemand getan – vielleicht, weil sie es noch niemandem gestattet hatte.

Schließlich fragte er: »Mehr Kleenex?«

»Nein, danke.«

»Wie fühlen Sie sich?«

»Ausgelaugt.«

»Tut mir leid.«

»Es ist nicht Ihre Schuld.«

»Vielleicht doch. Ich habe Ihnen Bradley und O'Hara aufgezwungen.«

»Sie wollten mir nur helfen.«

»Schöne Hilfe!«

»Doch, es half mir. Sie haben mich gezwungen, Tatsachen ins Auge zu sehen, die ich nicht wahrhaben wollte. Ich bin nicht so überlegen, wie ich geglaubt, wie ich mir eingebildet habe. Das zu wissen ist eine wichtige Erfahrung.«

»Was Sie über sich selbst gesagt haben – daß Sie anders seien als andere und allen überlegen –, haben Sie das wirklich geglaubt?«

»Ja.«

»Die ganzen Jahre hindurch?«

»Ja.«

Er seufzte. »Für alle kommt mal die Zerreißprobe...«

»Das weiß ich jetzt.«

»Jeder muß sich einmal damit abfinden, einer Situation nicht gewachsen zu sein.«

»Wahrscheinlich haben Sie recht. Aber bis heute hatte ich das noch nicht gelernt.«

Er legte die Hand unter ihr Kinn, hob ihren Kopf und betrachtete sie ernst.

»Ich will Ihnen etwas versprechen, Susan. Was auch immer Sie quält, wie schwierig es auch sein mag, zur Wurzel vorzustoßen, ich werde es herausfinden. Glauben Sie mir das?«

»Ja«, flüsterte sie. Und sie stellte fest, daß sie zum ersten

Mal in ihrem Leben bereit war, ihr Schicksal und ihr Wohlergehen in die Hände eines Mitmenschen zu legen.

»Wir werden feststellen, was Ihre Verwirrung hervorruft, und wir werden Sie davon heilen. Sie werden nicht für den Rest Ihres Lebens Ernest Hatch und seine Kumpanen in den Gesichtern von fremden Männern sehen.«

»Tue ich das?«

»Ja, das tun Sie.«

»Gut. Abgemacht. Bis Sie die Ursache meines Zustands geklärt und mich gesund gemacht haben, werde ich meine verrückten Ängste niederkämpfen und nicht mehr glauben, daß Tote auferstanden sind, um mich als Krankenhauspfleger heimzusuchen. Ich werde es zumindest versuchen.«

»Sie werden es können. Ich bin sicher.«

»Aber das heißt, daß ich mich nicht mehr fürchten werde.«

»Sie dürfen sich fürchten. Warum nicht? Angst ist eine durchaus menschliche Reaktion. Und Sie sind ein Mensch wie andere auch, Susan.«

Jetzt mußte sie lächeln.

Er setzte sich zu ihr und überlegte. Dann sagte er: »Es gibt etwas, was Sie tun können, um Ihre Panik zu bekämpfen, wenn Sie glauben, Hatch oder den anderen zu begegnen.«

»Ein Patentrezept? Das wäre schön.«

»Als ich in Seattle Assistenzarzt war – vor mehr Jahren, als ich zugeben möchte –, hatten wir oft Patienten, die an einer Überdosis von Rauschgift litten. Entweder kamen sie freiwillig zu uns, oder sie wurden von der Polizei gebracht – Männer und Frauen, meist Jugendliche, die einen schlechten Trip hinter sich hatten. Halluzinationen und Zwangsvorstellungen quälten sie. Sie meinten, über Mauern klettern oder mit Pistolen auf Phantome schießen zu müssen. Ob es Heroin war oder LSD, wir behandelten die Bedauernswerten nicht mit chemischen Gegenmitteln, wir verwikkelten sie in lange Gespräche. Wir brachten sie dazu, sich zu entspannen, nahmen sie an der Hand, beruhigten sie. Überzeugten sie, daß die Geschichten, die sie peinigten, keine realen waren. Und denken Sie, wir hatten Erfolg. Die psychische Therapie erwies sich als erfolgreicher als die chemische. Nicht immer, aber häufig.«

»Und das wollen Sie jetzt mit mir ausprobieren. Wenn ich Hatch oder die anderen sehe, soll ich es mir einfach ausreden. Phantome, Gesichter – nicht real.«

»Ja.«

»Auch wenn ich ihnen gegenüberstehe?«

»Richtig. Wenn sie bloß Geschöpfe Ihrer Einbildung sind, können sie Ihnen nichts Böses antun.«

»Wie man in früheren Zeiten Vampire durch ein Gebet zu bannen versucht hat.«

»Ein guter Vergleich. Wenn Sie das Gefühl haben, ein Gebet würde Sie erleichtern, zögern Sie nicht zu beten.«

»Ich war nie besonders religiös.«

»Egal. Wenn Sie beten wollen, schämen Sie sich nicht, es zu tun. Beten ist eine psychische Therapie wie jede andere. Tun Sie, was immer Ihnen hilft, Ihre Erregungszustände zu neutralisieren, bis wir so weit sind, eine medizinische Lösung für Ihre Probleme zu finden.«

»Gut, Doktor. Was auch immer Sie verordnen…«

»Danke, Susan. Ich bin froh, daß Sie endlich Ihrem Arzt gegenüber den richtigen Standpunkt einnehmen.«

Sie lächelte. »Anerkennung. Unterordnung.«

»Sie wissen, daß ich es nicht so gemeint habe.« Er warf einen Blick auf seine Uhr.

Susan sagte: »Sie kommen zu spät in Ihre Sprechstunde.«

»Nur ein paar Minuten.«

»Meine Schuld.«

»Nicht wichtig. Die einzigen Patienten, die sich für heute vormittag angemeldet haben, sind Hypochonder.«

Sie lachte. Und war erstaunt, daß sie noch lachen konnte.

Er küßte sie auf die Wange. Es war ein spontaner, flüchtiger Ausdruck von Zärtlichkeit und vorbei, bevor sie es richtig gemerkt hatte.

Doch gestern, als er sich angeschickt hatte, sie auf die Wange zu küssen, hatte er es sich anders überlegt. Und heute…

Wie sollte sie es verstehen? Sympathie? Mitleid? War es bloß Zuneigung oder Freundschaft? Oder mehr?

Sowie er sie geküßt hatte, stand er auf und glättete seinen gestärkten Kittel, der jetzt Falten aufwies. »Verbringen Sie den Vormittag, indem Sie sich entspannen, so gut Sie können. Lesen Sie, schalten Sie das Fernsehen ein. Was immer Ihre Gedanken von den Männern der Donnerhöhle fernhält.«

»Ich werde alle vier Doppelgänger zu einer Pokerpartie einladen.«

Er war einen Moment überrascht, dann grinste er. »Sie können sich ja schnell umstellen.«

»Rezept meines Arztes. Positive Einstellung, in großen Dosen.«

»Mrs. Baker hat recht.«

»In welcher Beziehung?«

»Sie sagt, Sie hätten viel Schneid.«

»Oh, sie ist leicht zu beeindrucken.«

»Mrs. Baker? Sie wäre nicht mal beeindruckt, wenn der Papst und der Präsident Arm in Arm durch die Tür kämen.«

Sie fühlte sich geschmeichelt, obwohl sie sich eingestand, daß sie das Lob nach ihrem Weinkrampf und ihrem Gefühlsausbruch gar nicht verdiente. So nahm sie nicht weiter Bezug darauf, sondern ordnete Decken und Kissen rund um sich.

»Essen Sie, was Ihnen aufgetischt wird, und ruhen Sie dann mindestens eine Stunde. Am Nachmittag können Sie dann zur Therapie gehen, die Sie heute morgen versäumt haben.«

Susan erstarrte.

Er mußte den abrupten Wechsel in ihrer Haltung gemerkt haben, denn er fuhr fort: »Es ist wichtig, Susan, Sie benötigen Bewegungstherapie, um schneller auf die Beine zu kommen. Und wenn wir eine pathologische Ursache für Ihren Zustand entdecken, mag eine Operation nötig sein, und dann würde Ihre körperliche Kondition erst recht eine große Rolle spielen.«

Resigniert stimmte sie zu.

»Ausgezeichnet!«

»Aber ich habe einen Wunsch«, sagte sie etwas verlegen.

»Und der wäre?«

Schicken Sie nicht Jelli...« Sie unterbrach sich. »Veranlassen Sie, daß nicht Bradley und O'Hara mich hinunterbringen.«

Sie war ihm dankbar, daß er sofort darauf einging. »Kein Problem. Wir haben eine Menge anderer Pfleger.«

»Danke.«

Er winkte ihr zum Abschied zu, ein Winken, das nichts von der hämisch-bedrohlichen Geste Bill Richmonds hatte. »Ich sehe Sie später während der Abendvisite.«

Dann war er gegangen, und sie war wieder allein. Allerdings war noch jemand im Zimmer: Jessica Seiffert. Aber die zählte nicht.

Sie hatte die Frau immer noch nicht zu Gesicht bekommen. Wie mochte sie aussehen?

Sie blickte zum verhangenen Bett hinüber. Keine Bewegung war hinter dem Vorhang zu sehen, nicht das leiseste Geräusch zu hören. Atmete sie überhaupt?

In diesem Moment hätte Susan viel für menschliche Gesellschaft gegeben. Sie richtete sich im Bett halb auf und rief mit verhaltener Stimme: »Mrs. Seiffert...«

Keine Antwort.

Am liebsten wäre sie aufgestanden und hinübergegangen, um zu sehen, ob Mrs. Seiffert Hilfe benötigte. Aber irgend etwas, ein unbestimmtes Gefühl, hielt sie zurück.

Sie hatte Angst davor, den Vorhang zu öffnen.

16.

Susan tat, was ihr der Arzt geraten hatte. Sie versuchte zu lesen, konnte sich aber nicht auf den Inhalt des Buches konzentrieren. Sie schaltete verschiedene Fernsehkanäle ein, doch es gab nur Familienserien, die sie nicht interessierten. McGee hatte ihr auch ein Kreuzworträtselheft gebracht. Doch welches Rätsel konnte es mit dem Geheimnis der vier Doppelgänger aufnehmen?

Was hatten sie vor? Was wollen sie ihr antun? Entgegen

dem Rat des Arztes verbrachte sie den Rest des Vormittags grübelnd. Hatch, Quince, Jellicoe und Parker gingen ihr nicht aus dem Kopf.

Selbst wenn es sich bloß um eine Ausgeburt ihrer krankhaften Fantasie handelte, hatte sie dann weniger Grund zur Sorge? War ein Hirnschaden die bessere Alternative? Selbst wenn es Heilungsmöglichkeiten geben mochte, stand ihr eine Operation bevor...

Sie glaubte nicht an übernatürliche Erscheinungen, hielt nichts von Okkultismus oder Spiritismus. Doch die vier Männer existierten. Sie konnte ihre Realität beim besten Willen nicht leugnen. Obwohl zwei von den vieren tot waren...

Es ergab keinen Sinn.

Also Hirnschaden! Eine komplizierte Operation. Die mehr zerstören als heilen mochte, die sie vielleicht als komplette Idiotin zurückließ...

Ihre Widerstandskraft sollte durch die physikalische Therapie gestärkt werden. Warum fürchtete sie sich vor ihr, warum hatte sie unerklärliche Angst davor, in das Erdgeschoß gebracht zu werden? Sie fühlte sich in ihrem Zimmer keineswegs geborgen. Doch zumindest war es wohlbekanntes Territorium. Was sie unten erwartete, wußte sie nicht.

Sie wollte nicht hinunter.

Jellicoe – oder Bradley – hatte darauf bestanden, sie ›hinunter‹ zu bringen. Es hatte drohend geklungen. Oder hatte sie sich das nur eingebildet?

Jedenfalls hatte sie Angst vor dem, was ihr bevorstand.

Schuldbewußt, weil sie dabei war, McGees Ratschläge in den Wind zu schlagen, aß sie alles auf, was man ihr servierte, obwohl sie keinen Hunger hatte. Eine Henkersmahlzeit, dachte sie mit Galgenhumor. Die zum Tod Verurteilte aß mit gutem Appetit, so pflegte es in der Zeitung zu stehen. Dann wurde sie wütend auf sich selbst. Verdammt noch mal, Susan Thorton, reiß dich zusammen!

Kaum hatte sie aufgegessen, als das Telefon klingelte. Kollegen vom Millestone Institut. Sie erinnerte sich nicht an sie, zwang sich jedoch, mit ihnen so zu sprechen, wie man es mit alten Freunden tut. Die Täuschung gelang ihr, aber es war anstrengend. Sie war erleichtert, als sie nach einem heiteren »Also dann auf bald!« den Hörer auf die Gabel legen durfte.

Sie war zu unruhig, um Schlaf zu finden. Eine Stunde später erschienen zwei Pfleger mit dem Rollbett. Keiner von ihnen ähnelte im entferntesten Bradley oder O'Hara. Der erste war ein bärtiger Mann um die 50. »Hallo, Schönheit«, sagte er gutgelaunt, »Sie haben ein Taxi bestellt. Da ist es.«

Der zweite war etwas jünger, aber beinahe kahl. »Beeilen Sie sich, Lady. Der Taxameter läuft.«

Sie ging gerne auf den lockeren Tonfall ein. »Ich habe eine Limousine erwartet.«

»Na, was ist das *denn*? Ein Rolls-Royce, Sonderanfertigung.« Er schwenkte seine Hand über das Rollbett, als würde er ein elegantes Gefährt vorstellen. Er klopfte auf die dicke Schaumgummimatratze. »Schauen Sie die Polsterung an. Das teuerste Material.«

Der Kahle sagte: »Nur in einer Limousine können Sie liegend transportiert werden.«

»Und mit einem Chauffeur.«

»Mit *zwei* Fahrern.«

Der eine ließ das Schutzgitter herunter, der andere schob das Gefährt dicht ans Bett.

»Ich bin Phil.«

»Und ich Elmer Murphy.«

Es waren gemütliche Burschen. Obwohl sie immer noch eine unbestimmte Angst davor hatte, ins Erdgeschoß gebracht zu werden, war Susan leicht amüsiert und etwas beruhigt. Die Bemühungen der beiden, sie bei Laune zu halten, beeindruckten sie. Sie durfte McGee nicht enttäuschen. Sie glitt aus ihrem Bett und ließ sich auf die Schaumgummimatratze helfen. »Seid ihr beide immer so?«

»Wie, Miß?«

»Sie meint ›charmant‹,« antwortete Phil und legte ein ziemlich hartes Kissen unter ihren Kopf.

»Oh, das sind wir«, nickte Murphy. »Immer.«

»Schüler von Cary Grant.«

»Und von Fred Astaire.«

Sie legten eine Decke über sie, schnallten Patientin und

Decke mit einem Riemen fest und rollten sie auf den Korridor hinaus.

Sie wollte nicht daran denken, daß sie ›hinunter‹ gebracht wurde. Nicht denken, plaudern!

»Warum so kompliziert. Ich komme mit einem Rollstuhl zurecht.«

»Wir haben was gegen Rollstühle. Manche Patienten sind unruhig.«

»Halten nicht still.«

»Wenn man einen Patienten im Rollstuhl nur zehn Sekunden allein läßt...«

»...ist er schon unterwegs zum Nordpol, bevor man zurück ist.«

Sie standen jetzt bei den Aufzügen. Murphy drückte auf den Knopf ABWÄRTS.

»Wunderschöner Platz«, sagte Phil, als sich die Aufzugtür öffnete.

»Was? Der Aufzug?«

»Nein. Der Nordpol.«

»Schon dort gewesen?«

»Ich verbringe meinen Sommerurlaub dort.«

Mit dieser Art Konversation ging es weiter, zum Erdgeschoß hinunter und dann den Gang entlang zur Therapie-Abteilung. Dort übergab man sie Mrs. Florence Atkinson, die die Abteilung leitete.

Florence Atkinson war eine zierliche Person mit einem Vogelgesicht, bei der man erst während einer Massage die erstaunliche Kraft ihrer Finger entdeckte. Sie war diplomierte Therapeutin und behandelte eine halbe Stunde Susans diverse Muskelstränge anhand von verschiedenen Apparaten. »Zuerst wollen wir uns auf passive Übungen beschränken.« Es waren lächerlich einfache Übungen, aber am Schluß war Susan total erschöpft, und sie hatte den Eindruck, nur mehr ein Bündel schmerzender Muskeln zu sein. Dann wurde sie massiert und so kräftig durchgewalkt, daß sie froh war, in das lauwarme, sprudelnde Wasser geschoben zu werden. Das Bad lockerte ihre Spannung, und schließlich kam sie in eine Brause, die mit einem Sitz und Handgriff für Invalide

ausgestattet war. Sie durfte sich einseifen, dann kam der
kräftige Strahl abwechselnd heiß und kalt auf sie herunter.

Sie fühlte sich müde, aber wohlig, nachdem Mrs. Atkinson sie abgetrocknet hatte. Ihr Haar wurde geföhnt. Dabei
saß sie vor einem Spiegel und war zufrieden mit dem, was
sie sah. Das Spiegelbild glich bereits der Susan Thorton, die
sie gekannt hatte. Die Augensäcke waren verschwunden,
ihre Wangen waren gerötet, die Narbe auf der Stirn kaum
mehr geschwollen. Sie durfte hoffen, daß sie mit der Zeit
kaum mehr zu sehen sein würde.

Mrs. Atkinson half ihr schließlich in ihren grünen Pyjama
und auf das Rollbett. Dann schob sie sie in den Ruheraum.
»Phil und Murphy werden gleich kommen.«

»Sie dürfen sich ruhig Zeit lassen«, sagte Susan. »Ich
fühle mich erstaunlich wohl.« Warum hatte sie sich bloß
davor gefürchtet, in die PT-Abteilung hinuntergebracht zu
werden?

Schläfrig sah sie die bunten Tapeten an, die eine tropische
Landschaft vorgaukelten. Sie schloß die Augen und gähnte.

»Sie macht einen zufriedenen Eindruck, Phil.«

»Das kann man sagen. Wie eine Katze nach der Mahlzeit.«

Sie öffnete die Augen und sah die beiden lächelnd an.

»Die Patienten werden zu sehr verwöhnt.«

»Massagen, Sprudelbäder, Chauffeure...«

»Schließlich werden sie das Frühstück noch ans Bett wollen...«

»Ist das ein Krankenhaus oder ein Strandklub?«

»Ein Luxus-Sanatorium«, sagte Susan. »Und ihr seid Dick
und Doof von Willawauk.«

Sie hatten sie aus der Therapie-Abteilung gerollt und
führten sie in die Halle. Susan konnte sehen, daß der Korridor leer war. Meist waren in der Klinik ununterbrochen
Leute unterwegs.

»Dick und Doof? Nein.« Murphy strich sich über seine
Glatze. »Ich sehe mich mehr als Burt Reynolds von Willawauk.«

»Burt Reynolds braucht keine Perücke.«

»Ich auch nicht.«

»Richtig. Du brauchst eine Bärenfellmütze, um deine Birne zu tarnen.«

Jetzt standen sie bei den Aufzügen.

»Du bist unhöflich, Phil.«

»Ich halte mich bloß an die Wahrheit.«

Murphy drückte auf den Knopf AUFWÄRTS.

Phil sagte: »Ich hoffe, Miß Thorton, der kleine Ausflug hat Ihnen gefallen?«

»Und wie!«

»Gut«, meinte Murphy. »Und wir garantieren Ihnen, daß der nächste Teil ausgesprochen interessant sein wird.«

»Sehr interessant«, fiel der andere ein.

Die Aufzugtüren öffneten sich.

Die beiden Pfleger schoben sie hinein, aber sie folgten ihr nicht.

Im Aufzug standen mehrere Personen. Vier Männer. Hatch, Quince, Jellicoe, Parker. Auf der linken Seite Hatch und Quince in Pyjamas und Bademänteln. Rechts Jellicoe und Parker in ihren weißen Kitteln.

Sie konnte es nicht glauben. Es war ein Schock. Verzweifelt hob sie den Kopf, sah hilfesuchend auf Phil und Murphy, die außerhalb des Aufzugs standen, vergnügt lachend, und ihr zuwinkten.

Die Türen schlossen sich. Der Aufzug glitt in die Höhe. Sollte sie schreien? Würde sie jemand hören, ihr zu Hilfe kommen?

Hatch enthob sie der Entscheidung. Er drückte auf den Halteknopf. Der Aufzug stoppte zwischen den Stockwerken. Jetzt war sie den Doppelgängern hilflos ausgeliefert.

Hatch blickte vergnügt auf sie hinunter. Seine gefühllosen eisgrauen Augen machten sie schaudern.

Er sagte: »Na so was! Daß wir uns hier treffen!«

Jellicoe kicherte. Es war eine Art Grunzen, das aus der Kehle kam und zu seinen Schweinsäuglein paßte.

Susan hatte das Gefühl, daß ihr Herzschlag aussetzte.

»Willst du nicht schreien?« erkundigte sich Parker amüsiert.

»Wir hofften, dich schreien zu hören«, bemerkte Quince. Die Erwartung, sie schreien zu hören, schien ihm unbändige Freude zu machen.

»Sie ist zu überrascht«, sagte Jellicoe und kicherte erneut.

Sie schloß die Augen und tat, was McGee ihr geraten hatte. Sie sagte sich, daß die Erscheinungen nicht real waren. In einem solchen Fall würden sie ihr nichts antun können. Sie redete sich ein, es handle sich um Phantome, Traumgesichte. Unfaßbare Kreaturen, aus dem Stoff, aus dem Alpträume sind.

Jemand legte eine schwere Hand auf ihre Kehle.

Ihr Herz schlug. Sie konnte nicht anders als ihre Augen wieder öffnen.

Es war Hatch. Er drückte zu, nicht fest, aber das Gefühl, ihr Fleisch in seinem Griff zu haben, bereitete ihm Vergnügen. Er lachte.

Susan packte seine Hand mit beiden Händen und versuchte sie wegzuziehen. Vergeblich. Er war stark.

»Keine Angst, Hurentochter«, bemerkte er freundlich. »Ich werde dich nicht töten.«

Er sprach genau, wie Hatch damals gesprochen hatte, in der Donnerhöhle und vor Gericht. Eine Stimme, die sie nie vergessen hatte und nie vergessen würde. Eine kalte, gnadenlose Stimme.

»Nein, er wird dich nicht töten«, fügte Quince hinzu. »Noch nicht.«

»Bis der richtige Zeitpunkt gekommen ist«, sagte Hatch.

Sie ließ ihre Hände sinken. Sie zitterte am ganzen Körper. Ihr wild klopfendes Herz drohte sie in Stücke zu reißen.

Hatch strich jetzt sanft, beinahe zärtlich über ihre Kehle wie jemand, der ein Kleinod in seinem sicheren Besitz weiß.

Abscheu ließ sie schaudern. Sie wandte ihren Blick ab, traf den von Jellicoe.

Seine Äuglein glänzten. »Wie hat dir unsere Vorstellung heute morgen gefallen, Süße?«

»Sie heißen Bradley«, sagte sie mit fester Stimme, um die Dämonen zu verscheuchen und die Wiederkehr der Realität zu erzwingen.

»Oh, nein. Jellicoe.«

Und der Rothaarige sagte: »Ich bin Parker, nicht O'Hara.«

»Ihr seid beide tot.«

»Wir sind alle tot«, korrigierte Quince.

Ungläubig fragend starrte sie ihn an.

Er erklärte: »Nachdem sie mich aus Briarstead rausgeworfen haben, kehrte ich nach Virginia zurück. Meiner Familie war das gar nicht recht. Brave, konservative Landbesitzer, du verstehst. Kein Quince durfte den guten Namen in einen Skandal verwickeln.« Seine Miene verdunkelte sich vor Ärger. »Scheißkerle! Sie gaben mir etwas Geld und schickten mich fort. Mein Vater, der Schweinehund, hat mich abgeschrieben. Wie wenn man einen toten Ast von einem Baum abschlägt. Was für eine Arbeit hätte ich finden können? Körperliche Arbeit? Das war ich nicht gewohnt, das wollte ich nicht akzeptieren. Und so sehr ich mich auch bemühte, keine juristische Fakultät im ganzen Land wollte mich aufnehmen. Deinetwegen, wegen deiner Aussage vor Gericht. Was blieb mir übrig, als mit meinem letzten Geld ein beschissenes Hotelzimmer zu mieten und mir die Adern aufzuschneiden.« Sein Ärger schien verflogen, er lachte heiser. »Kein Wunder, daß ich dich nicht ins Herz geschlossen habe, Kleine. Ich hasse dich. Hasse dich. Sogar mehr als meinen Vater und meine Mutter.« Er sagte es zwischen geschlossenen Zähnen; es klang wie das Knurren eines bösartigen Hundes.

Wieder schloß sie die Augen. Sagte vor sich hin: »Sie existieren gar nicht. Sie können mir nichts tun.«

»Und ich wurde im Zuchthaus erstochen«, bemerkte Hatch gelassen.

Sie hielt ihre Augen geschlossen.

»Genau 30 Tage, bevor ich entlassen werden sollte. Auf Bewährung. Ich hatte fast fünf Jahre abgesessen und nur noch einen Monat vor mir. Ich hatte Pech. Fing Streit mit einem Nigger an, der ein Messer in seine Zelle geschmuggelt hatte.«

SIE EXISTIEREN GAR NICHT. SIE KÖNNEN MIR NICHTS TUN.

»Und jetzt kann ich endlich meine Rechnung mit dir begleichen. Wie ich es mir geschworen habe. In unzähligen

Nächten, im Zuchthaus, wenn ich wach lag. Ich hab' mir gelobt, daß ich dich erwischen werde, daß du mir alles bezahlen wirst. Kommenden Freitag...«

»Freitag?« flüsterte sie unbewußt.

»Ja. Ein Jahrestag. Der Jahrestag meines Todes. Kommenden Freitag wird es genau sieben Jahre her sein, daß der verdammte Nigger mich gegen eine Mauer stieß und meine Kehle aufgeschlitzt hat. Genau das werde ich mit dir tun, Hurentochter. Am Freitag. Freitag nacht. Du hast noch drei Tage vor dir, du Hündin. Ich will's dich wissen lassen. Damit du ein bißchen schwitzt, bevor es soweit ist. Freitag. Wir haben uns einen besonderen Spaß für dich ausgedacht.«

»Deinetwegen sind wir alle krepiert«, sagte Jellicoe.

SIE EXISTIEREN GAR NICHT.

Ihre Stimmen drangen auf sie ein. Eindringlicher. Stärker.

»– wenn wir dich früher aufgetrieben hätten –«

»– hätten wir dir auch den Schädel eingetreten –«

»– deine hübsche Kehle aufgeschlitzt –«

»– dir das Herz aus dem Leib gerissen –«

»– die Hündin hat doch gar keins –«

SIE KÖNNEN MIR NICHTS TUN.

»– eine Judenmieze –«

»– nicht häßlich –«

»– müßte vorher noch durchgezogen werden –«

»– von allen Seiten –«

»– von uns allen –«

»– bißchen mager –«

»– kann bis Freitag noch zunehmen –«

Gelächter.

»– je von einem toten Mann vernascht worden? –«

Sie zwang sich, die Augen geschlossen zu halten.

Alptraum. Fieberfantasien.

»– weißt du, wie totes Fleisch schmeckt –«

»– wenn du's in dir spürst –«

Sie können mir nichts anhaben. Können mir nichts tun. Nichts. Nichts.

»– Freitag –«

»– Freitag –«

Eine Hand berührte ihr Brüste.

Eine andere legte sich auf ihre Augen.

Sie schrie. Schrie, so laut sie konnte.

Der Schrei erstickte. Eine harte Hand hatte sich auf ihren Mund gelegt. Nahm ihr den Atem.

»Tochter einer Hure!« Das war die Stimme von Hatch. Und es mußte Hatch sein, der sie in den rechten Arm kniff, grausam, immer härter...

Es schmerzte höllisch.

Dann verlor sie das Bewußtsein.

17.

Die dunklen Flecken hörten auf zu kreisen. Sie wurden durch milchige Schatten ersetzt, die fluoreszierend schimmerten. Dazu Musik, eine Art Sphärenmusik, die ein jähes Ende nahm. Die Schatten formten sich zu Figuren, die über ihr Gestalt annahmen und zu ihr sprachen. Die Stimmen klangen vertraut.

»Schau, wer da ist, Murphy.«

»Wer kann das sein, Phil?«

»Eine schlafende Schönheit.«

»Dornröschen.

Jetzt konnte sie wieder klar sehen. Sie lag im Ruheraum auf dem Rollbett. Sie sah die beiden Pfleger, die auf sie herunterblickten.

»Und wo ist der Prinz, der sie aufweckt?«

»Nun, du bist jedenfalls kein junger Prinz.«

»Und du vielleicht?«

Susan blickte sich um. Der karg ausgestattete Ruheraum der PT-Abteilung, den sie gar nicht verlassen hatte.

»Er glaubt, er sei ein Prinz«, sagte Phil und zeigte auf Murphy. »Dabei ist er einer der sieben Zwerge.«

»Irrtum. Die sieben Zwerge haben nichts mit Dornröschen zu tun. Sondern mit Schneewittchen.«

»Schneewittchen? Ist das die mit dem Apfel?«

»Nein, die mit den Tanzschuhen.«

Das Rollbett wurde durch die Doppeltür auf den Korridor des Erdgeschosses geschoben.

Die Verwirrung wich einer plötzlichen Angst. Sie versuchte sich aufzusetzen, doch der Gurt um die Taille behinderte sie.

Sie rief: »Nein! Wartet! Wartet noch, zum Teufel!«

Die beiden hielten inne. Susans Ausbruch schien sie zu überraschen. Phil runzelte die Brauen, Murphy machte ein dummes Gesicht.

»Wohin wollt ihr mich bringen?«

»Nun – in Ihr Zimmer zurück.«

»Ist was nicht in Ordnung?«

Ihre Hand tastete nach dem Gurt, der sie festhielt. Sie mußte sich befreien! Sie fand die Schnalle, doch bevor sie sie aufschnappen lassen konnte, legte Murphy seine Hand auf ihre.

»Bitte nicht, Miß Thorton! Sie könnten runterfallen und sich verletzen.«

»Was haben Sie denn, Miß? Es ist alles o.k. Beruhigen Sie sich doch!«

Sie starrte auf die beiden, böse, vorwurfsvoll. »Ihr habt mich schon einmal hinausgerollt, zu den Aufzügen...«

»Aber nein!«

»...habt mich ihnen preisgegeben. Das laß' ich nicht wieder zu.«

»Aber Miß Thorton, wir...«

»Wie konntet ihr mir das antun? Warum habt ihr so was getan? Was habt ihr gegen mich? Ihr kennt mich doch kaum; ich habe euch keinen Grund gegeben, mich zu hassen.«

Murphy warf Phil einen Blick zu. Phil zuckte die Achseln. Schließlich fragte Murphy verwirrt: »Wer sind *sie*?«

»Ihr wißt es sehr gut«, erwiderte sie bitter.

»Spielt nicht die Unschuldslämmer! Behandelt mich nicht wie eine Idiotin!«

»Aber wirklich...« stammelte Murphy. »Ich habe keine Ahnung, wovon Sie sprechen.«

»Ich auch nicht.«

»Hatch und die anderen! »rief Susan zitternd. »Die vier toten Männer!«

»Tote Männer?«

Die beiden sahen einander ratlos an. Murphy musterte sie, als habe sie den Verstand verloren. Dann begann er unvermutet zu lächeln. »Ah, ich verstehe. Sie haben schlecht geträumt.«

Susan blickte die Pfleger prüfend an, sie schienen absolut ahnungslos zu sein.

Murphy sagte zu Phil: »Sie muß geträumt haben, daß wir sie in einen Aufzug mit... mit anderen Patienten gebracht haben, die verstorben sind.« Er blickte Susan hoffnungsvoll an. »Das ist es, nicht wahr? Das haben Sie geträumt?«

»Verdammt noch mal, ich habe nicht geträumt. Ich habe nicht mal geschlafen.«

»Aber sicher doch«, sagte Phil. Seine Stimme war so geduldig und verständnisvoll, wie ihre scharf und zornig gewesen war. »Wir haben Sie doch gerade aufwachen sehen.«

»Wie Dornröschen nach ihrem langen Schlaf...«

Sie schüttelte heftig den Kopf. »Nein. Nein. Ich habe nicht geschlafen, als ihr zum ersten Mal gekommen seid.« Das Bewußtsein, daß ihre Erklärungen unzusammenhängend klangen, machte sie wütend. »Ich... ich hab' meine Augen nur einen Moment geschlossen, nachdem mich Miß Atkinson hergebracht hatte, und bevor ich noch hätte einschlafen können, seid ihr gekommen und habt mich zum Aufzug gerollt und...«

»Also ein Traum! Das sehen Sie doch selbst«, meinte Murphy ermunternd.

»Natürlich. Es muß ein Traum gewesen sein. Die verstorbenen Patienten werden nicht mit diesen Aufzügen in den Keller gefahren.«

»Nie.«

»Nur mit dem Lastenaufzug.«

»Das ist diskreter.«

»Die Verwaltung will nicht, daß alle die Verstorbenen sehen.«

Sie wollte sie schon anschreien: ›Nicht von solchen Toten habe ich gesprochen, das wißt ihr sehr gut. Ich meine die Toten, die vom Grab auferstehen, um die Lebenden heimzusuchen. Die sich an mir rächen, mich töten wollen.‹

Aber sie sagte kein Wort, denn sie wußte, es würde klingen wie die Raserei einer Tobsüchtigen.

»Ein Traum«, meinte Phil beruhigend.

»Nur ein böser Traum.«

Sie musterte ihre Gesichter, die dicht über sie gebeugt waren. Der väterliche Murphy hatte freundliche Augen, die echte Besorgnis verrieten. Und konnte Phils kindliches Gesicht haßerfüllte Gedanken verbergen? Nein, sie konnte es nicht glauben. Seine Harmlosigkeit, seine Unschuld waren so echt wie ihre eigene Angst.

»Aber es kann kein Traum gewesen sein«, stammelte sie. »Alles war so – so echt, so lebhaft...«

»Oh, ich hab' auch schon so lebhaft geträumt«, rief Phil, »daß ich nachher lang gebraucht habe, um richtig wach zu werden.«

»Ja, das ist mir auch schon passiert.«

Sie rief sich Quinces Schilderung seines Selbstmords in Erinnerung. Eine Hand auf ihrer Brust, eine Hand auf ihrem Mund, die ihren Schrei erstickte...

»Es war – es war echt«, bestand sie, obwohl sie jetzt selbst daran zu zweifeln begann. »Beängstigend echt...«

»Ich schwöre Ihnen, Miß Thorton«, sagte Murphy, »es sind noch keine fünf Minuten vergangen, seit Mrs. Atkinson uns angerufen hat, damit wir Sie in Ihr Zimmer bringen.«

»Und wir sind unverzüglich gekommen. Ohne Zeitverlust.«

»Und hier sind wir.«

»Aber vorher sind wir nicht hier gewesen.«

Sie biß sich auf die Lippen. »Wahrscheinlich...«

»Ein Alptraum«, sagte Murphy.

»Das muß es gewesen sein.«

Schließlich gab Susan nach. Sie nickte, wenn auch zögernd. »Möglich. Wahrscheinlich. Hört mal, ihr beiden – es tut mir leid...«

»Schon gut, schon gut.«

»Zerbrechen Sie sich deshalb nicht Ihr hübsches Köpfchen.«

»Ich hätte euch nicht beschimpfen dürfen...«

»Ach was! Fühlst du dich gekränkt, Phil?«

»Nicht im geringsten. Und du, Murphy?«

»Auch nicht.«

»Na also! Sie sehen, Miß Thorton, kein Grund, sich zu entschuldigen.«

»Nicht der geringste.«

»Haben Sie jetzt Lust auf eine kleine Rundfahrt?«

»Sie werden sanft dahinrollen.«

»Und wir werden Ihnen unterwegs alle Sehenswürdigkeiten zeigen.«

»Mit fachmännischen Erläuterungen.«

»Mit Cocktailpause.«

»Trinkgeld verboten.«

Sie wünschte, die beiden würden mit ihren Albernheiten aufhören. Sie hatte jetzt nicht den Nerv dazu, es amüsierte sie nicht länger. Sie fühlte sich etwas schwindlig, als hätte sie zuviel Alkohol getrunken. Aber wie konnte sie die Pfleger zum Schweigen bringen, ohne sie zu beleidigen? Und falls das Grauen im Aufzug tatsächlich nur ein Alptraum gewesen war, war sie zu den beiden schon ungerechtfertigt rüde gewesen.

»Also gut! Wer ist der Fahrer und wer der Reiseleiter?«

»Ich fahre. Murphy ist immer betrunken.«

»Und ich gebe die Erklärungen. Phil ist zu dumm dazu.«

Sie rollten sie den Korridor entlang. Wie gewöhnlich war der Gang voller Leute. Patienten, die zu den Anwendungen gingen; Schwestern, die den Invaliden behilflich waren. Das Bild, das sich Susan bot, war ganz anders als vorhin, als sie durch einen menschenleeren Korridor geschoben worden war.

Jetzt erreichten sie die Aufzugtüren.

Susan verspürte eine kaum erträgliche innere Spannung. Ihr Körper verkrampfte.

»Ein Reiseleiter, der Dornröschen mit Schneewittchen verwechselt!«

»Ich lese keine Kindermärchen mehr. Ich beschäftige mich mit ernster Literatur.«

»Ja. Pornoromane. Und Rennprogramme…«

Die Aufzugtüren öffneten sich lautlos. Susan, mit dem Rücken zu den Türen, wurde in den Lift geschoben. Ängstlich beobachtete sie die Pfleger. Sie kamen mit ihr.

Keine toten Männer warteten auf sie.

Sie atmete tief auf. Die Erleichterung war so groß, daß sie ihr Kopfschmerzen verursachte.

Die Fahrt bis zu ihrem Zimmer verlief ereignislos. Doch als sie vom Rollbett auf die Matratze gehoben wurde, fühlte sie plötzlich einen Schmerz an ihrem rechten Arm, unter der Ellbogenbeuge. Und sie entsann sich, daß Hatch sie brutal gekniffen hatte – knapp bevor sie in Ohnmacht gefallen war.

Nachdem die Pfleger sie allein gelassen hatten, saß Susan zitternd in ihrem Bett; sie fürchtete sich, auf ihren Arm zu schauen. Schließlich schob sie den Ärmel ihres Pyjamas zurück.

Da war ein blauer Fleck, deutlich zu sehen, mit gelblicher Umrandung. Er hatte die Größe einer mittleren Münze. Als sie ihn berührte, schmerzte er.

Die Spur eines kürzlich erfolgten harten Drucks.

Was hatte das zu bedeuten? War es ein Beweis, daß die Begegnung mit Hatch und den anderen tatsächlich stattgefunden hatte? War es also nicht bloß ein Alptraum gewesen, während sie kurz eingeschlummert war? Oder war es eine harmlose Druckstelle, die sie sich beim Training zugezogen und die sie im Unterbewußtsein mit dem Traum verknüpft hatte?

Sie versuchte sich zu erinnern, ob sie sich während ihrer Übungen den Arm angeschlagen hatte. Sie war sich nicht sicher. Sie hatte unter der Brause gestanden, hatte sich Arme und Brust eingeseift. Hatte sie dabei die Verfärbung an ihrem Arm wahrgenommen? Hatte ihr eine Stelle unter der Ellbogenbeuge wehgetan? Sie konnte sich an nichts Derartiges entsinnen.

Der blaue Fleck muß seinen Ursprung in der PT-Abteilung haben. Jede andere Erklärung wäre… wäre Wahnsinn.

Ernest Hatch und seine Kumpanen sind Hirngespinste und konnten mich nicht verletzen. Phantome, einem Hirnschaden entsprungen! Wenn Dr. McGee herausfindet, an welchen Unfallfolgen ich leide, werde ich wieder gesund werden, und die toten Männer werden aus meinem Bewußtsein verschwinden und in ihre Gräber zurückkehren, aus denen sie nie aufgestiegen sind.

18.

Gegen halb sechs erschien Dr. McGee zur Abendvisite. Er trug keinen Kittel und war bereits für den Abend umgezogen. Dunkelblauer Anzug, sichtlich maßgeschneidert. Perlgraues Hemd, gestreifte Krawatte. In der Brusttasche ein farblich passendes Einstecktuch.

Er wirkte so elegant und bewegte sich mit solcher Grazie, daß Susan sich beinahe schämte, wie sehr sie sich zu ihm hingezogen fühlte. Seit sie ihn am Sonntagmorgen gesehen hatte, hatte sie ihn außerordentlich attraktiv gefunden. Doch diesmal sah sie ihn mit anderen Augen und empfand ein warmes, wohliges Gefühl.

Ich werde langsam gesund, dachte sie amüsiert, zum ersten Mal, seit ich aus dem Koma erwacht bin, fühle ich mich wieder als Frau. Als Frau mit sexuellen Begierden.

McGee trat zu ihrem Bett, und diesmal zögerte er nicht, ehe er sie auf die Wange küßte. Er roch nach einem herben Rasierwasser, das nach Zitronen und frischen Kräutern duftete.

Am liebsten hätte sie die Arme um ihn gelegt und ihn fest an sich gedrückt. Er hätte ihr von seiner Kraft einen Teil, den sie dringend benötigte, abgeben können. Doch soweit war ihre Beziehung noch lange nicht gediehen. Sie zweifelte nicht an seiner Sympathie für sie, doch zwischen Arzt und Patientin durften romantische Gefühle nicht den ersten Platz einnehmen. Reserve war geboten, zumal sie ihren Gefühlen nicht mehr zu trauen wagte. So erwiderte sie seinen Begrüssungskuß bloß, indem sie mit ihren Lippen flüchtig seine Wange berührte.

Die intime Nähe ihrer Gesichter dauerte nicht lange. Sehr schnell – viel zu schnell für ihren Geschmack – richtete er sich auf. »Ich hab' es heute abend ziemlich eilig«, erklärte er. »Lassen Sie mich erst einen Blick auf Jessie Seiffert werfen. Ich bin dann gleich wieder zurück.«

Er ging zum anderen Bett und schlüpfte hinter den Vorhang. Susan sah ihm nach, ein lächerliches Eifersuchtsgefühl überkam sie. Für wen hatte er sich schön gemacht? Mit wem würde er zu Abend essen? Eine Frau? Sicher eine Frau, und wahrscheinlich eine attraktive. Kein Mann warf sich so in Schale, bloß um mit Freunden einen Happen zu essen und sich ein paar Biere zu genehmigen. McGee war zweifellos ein begehrenswerter Mann, und es fehlte nie an Damen, die solche Männer zu angeln versuchten. Dazu machte er keineswegs den Eindruck eines Kostverächters. Sicher hatte er ein bewegtes Privatleben geführt, bevor Susan Thorton auf der Szene erschienen war. Wahrscheinlich auch ein romantisches Privatleben und – warum nicht? – auch ein Sexualleben. Welches Recht besaß sie, eifersüchtig zu sein? Nicht das geringste. Nichts war zwischen ihm und ihr vorgefallen, was ihm eine Verpflichtung zur Treue auflud. Die bloße Idee war lächerlich. Doch trotz allem – sie war eifersüchtig. Das gelbe Monster nagte an ihr, peinigte sie.

Er kam hinter dem Vorhang hervor, ging zu ihr zurück und nahm ihre Hand. »Nun, wie war es im PT? Hatten Sie mit Flo Atkinson einen angenehmen Nachmittag?«

Susan hatte sich zwar vorgenommen, ihm von ihrem lebhaften Traum, von der vermeintlichen Begegnung mit Ernest Hatch und seinen Begleitern zu erzählen, doch jetzt sah sie davon ab. Sie wollte vor ihm nicht als hilfloses Nervenbündel erscheinen, sie wollte nicht von ihm bemitleidet werden.

Sie log: »Es war ein wundervoller Nachmittag. Die Behandlung hat mich gestärkt und erfrischt.«

»Gut zu hören.«

»Physikalische Therapie ist genau das, was ich brauche«, fuhr sie fort.«

»Sie haben frische Farbe bekommen.«

»Und ich habe mein Haar gewaschen.«

»Es sieht wunderbar aus.«

»Sie sind ein Lügner, Dr. McGee. Es wird noch lange Zeit nicht wunderbar aussehen. Ihr Friseur in der Notaufnahme schneidet nämlich die Haare der Patienten mit einer Kreissäge ab.«

»Sie übertreiben. Er hat ein Käsemesser.«

Sie lachte. »Wenigstens ist das Haar sauber.«

»Sauber und glänzend. Ein bißchen struppig, zugegeben. Sie erinnern mich an... an...«

»An einen englischen Schäferhund, nicht wahr?«

»Ich liebe englische Schäferhunde«, sagte er heiter. Und dann wieder ernst: »Tatsächlich, Sie sehen sehr gut aus. Ihre Wangen werden voll, Ihre Haut ist wieder glatt.«

»Danke.« Sie musterte ihn prüfend. »Ich muß das Kompliment zurückgeben. Auch Sie sehen sehr gut aus. Toll zurechtgemacht.«

»Ebenfalls danke.« Er lächelte, sagte aber nicht, aus welchem Anlaß er sich umgezogen hatte. Dabei hatte sie ihn durch ihr Kompliment zum Sprechen veranlassen wollen. »Haben Sie Ihre Doppelgänger noch einmal gesehen?«

»Nein.«

»Gut. Ein positives Zeichen. Ich habe für morgen verschiedene Tests anberaumt. Blutproben, Röntgenbilder – wenn nötig, eine Punktur.«

»Auweh!«

»Es wird nicht sehr wehtun.«

»Leicht gesagt. Es ist nicht Ihr Rückenmark...«

»Richtig. Aber wenn es unumgänglich ist, werde ich sie selbst vornehmen. Und ich bin berühmt für meine zarte Hand.« Er sah auf seine Uhr. »Jetzt muß ich aber wirklich gehen.«

Sie konnte es sich nicht länger verkneifen und fragte: »Ein Rendezvous?«

»Leider nein. Die monatliche Zusammenkunft meiner ehemaligen Fakultät. Heute abend bin ich der Sprecher, und ich habe Lampenfieber.«

Sie gab sich Mühe, sich ihre Erleichterung nicht anmerken zu lassen. Er durfte nicht wissen, wie sehr sie eine mögliche Rivalin gefürchtet hatte. »Lampenfieber? Das glaub' ich nicht. Ich kann mir gar nicht vorstellen, daß Sie vor irgend etwas Angst haben.«

»Ich fürchte mich vor Grippe, vor Giftschlangen – und vor Tischreden.«

»Und vor englischen Schäferhunden?«

»Nur wenn sie bissig sind.«

Jetzt lachten beide.

»Ihre Rede wird sicher ankommen. Sie werden Beifall kriegen.«

»Höflichkeitsapplaus. Verbunden mit einem schlecht zubereiteten Abendessen.« Er küßte sie zum Abschied auf die Wange.

»Also – dann auf morgen!«

Er warf ihr einen prüfenden Blick zu. »Sie fühlen sich wohl? Bestimmt?«

»Bestimmt.«

»Vergessen Sie nicht meine Worte: Wenn Sie wieder Erscheinungen sehen, sagen Sie sich, daß sie...«

»...daß sie nicht wirklich sind und mir nichts anhaben können.«

»Genau das! Und hören Sie, alle Schwestern auf dem Stockwerk wurden über Ihren Zustand informiert. Wenn Sie etwas ängstigt – wenn Sie Halluzinationen haben sollten –, zögern Sie nicht, eine Nachtschwester zu rufen. Sie wird Ihnen helfen. Alle haben von mir genaue Anweisungen bekommen.«

»Gut zu wissen.«

»Sie sind nicht allein, Susan. Auch wenn...« Er zögerte, ehe er fortfuhr: »Auch wenn ich nicht bei Ihnen bin.«

»Ich weiß. Und ich danke Ihnen für alles.«

Er wandte sich zur Tür, winkte ihr noch zu, dann ging er.

Er war schon eine Weile gegangen, ehe das warme, wohlige Gefühl nachließ. Mein Gott, dachte sie, in seiner Nähe verwandle ich mich in ein dummes junges Ding, das nur Sex im Kopf hat.

Sie lachte über sich selbst.

Sie sind nicht allein, hatte er gesagt. Auch wenn ich nicht bei Ihnen bin.

Aber sie fühlte sich allein. Einsam, verlassen und hilflos.

Nach dem Abendessen hatte sie mehr als genügend Zeit, ihren Gedanken nachzuhängen. Warum freute sie sich so sehr über seine Komplimente? Warum wartete sie direkt darauf, daß er ihr schmeichelte? Sonst hatte sie es lächerlich gefunden, wenn Verehrer ihr Komplimente machten. Süßholzraspeln hatte sie es genannt und niemals ernst genommen.

Im Lauf der Jahre hatte sie verschiedene Liebhaber gehabt, nicht sehr viele, aber doch einige, wie andere junge Frauen auch. Doch immer hatte sie das Heft in der Hand gehabt. Wenn sie die Zeit für abgelaufen hielt, hatte sie die Beziehung stets von sich aus abgebrochen, eventuell mit Bedauern, aber stets ohne wirklichen Abschiedsschmerz. Sie kontrollierte ihr Privatleben genau wie ihre Karriere. Aber sie hatte das Gefühl, daß eine Beziehung mit Dr. McGee anders sein würde, intensiver, leidenschaftlicher. Das erschreckte sie ein wenig – obwohl sie die voraussehbaren Turbulenzen im Grund herbeisehnte.

Sie begehrte ihn. Seine Anziehungskraft ließ sich nicht verleugnen. Aber liebte sie ihn deswegen? Eine Frage, die sie sich bisher nie hatte stellen müssen.

Liebe?

Unmöglich! Sie konnte nicht ernsthaft in einen Mann verliebt sein, den sie vor drei Tagen zum ersten Mal gesehen hatte. Ich kenne ihn kaum, ich habe ihn noch nicht mal richtig geküßt. Seine Sympathiebeweise waren nie leidenschaftlich gewesen. Man verliebt sich nicht Hals über Kopf. Nur in Romanen, im Kino...

Doch sie wußte, daß es ihr passiert war. Sie hatte sich verliebt, Hals über Kopf. Wie in Romanen. Wie im Kino...

Wenn es aber Liebe war, gab es nicht einen logischen Grund für ihre unerklärliche Vernarrtheit? Vielleicht, weil sie schwach und hilflos war, weil sie sich unwillkürlich nach einem starken, verläßlichen Kameraden sehnte? Wenn das das Motiv war, dann wäre es eher Dankbarkeit als Liebe.

Doch nein, je mehr sie darüber nachdachte, desto sicherer erschien ihr, daß es tatsächlich Liebe auf den ersten Blick gewesen war. Der sogenannte ›coup de foudre‹. Zumindest hatten sie Liebe und die Sehnsucht nach einem starken Mann gleichzeitig überkommen.

Doch was spielte das jetzt für eine Rolle? Sie liebte ihn, sie begehrte ihn. Alles andere zählte nicht.

Nachdem sie sich ihrer Gefühle sicher zu sein glaubte, meinte sie, einen entscheidenden Schritt vorwärts getan zu haben. Ihre Genesung würde sich beschleunigen. Ihr Wohlbefinden fand seinen Ausdruck in plötzlichem Hunger. Sie ließ sich das Abendessen vor der Zeit an ihr Bett bringen.

Die Nachtschwester, eine zierliche Brünette namens Tina Scolari, brachte ihr alles, worum sie bat: das Tablett mit dem Krankenhausessen, eine doppelte Portion Eiskrem, Ananassaft.

Susan las den Abenteuerroman zu Ende und bereitete sich auf das Einschlafen vor. Das Wetter schien sich gebessert zu haben, zumindest hörte man den Regen nicht mehr an die Fensterscheiben trommeln.

Es versprach, ein angenehmer Abend zu werden.

19

Sie hatte das Buch noch nicht zur Seite gelegt, als Schwester Scolari zurückkam.

»Sie werden morgen sehr beschäftigt sein, Miß Thorton. Eine Menge Tests sind vorgesehen.«

Sie brachte ihr die rosa Pille, das Beruhigungsmittel, das Dr. McGee verschrieben hatte. Susan spülte sie mit Ananassaft hinunter.

Die Schwester sah noch nach Jessica Seiffert, ehe sie den Vorhang wieder zuzog. »Sie schläft.«

»Auch ich werde bald schlafen«, meinte Susan. »Mit diesem Buch bin ich fertig, und ich bin zu müde, um ein neues zu beginnen.«

»Soll ich Ihnen ins Bad helfen?«

»Nein, danke. Das schaff' ich schon alleine.«

»Sicher?«

»Ja, sicher.«

Die Scolari ging. Vorher knipste sie noch das Nachtlicht an, damit Susan später nicht zur Tür gehen mußte.

Aber den Weg zum Badezimmer mußte sie allein zurücklegen, sie hatte die Hilfe der Schwester abgelehnt, wollte sich selbst beweisen. Nun gut, niemand sah, daß sie sich nie weit von der Wand entfernte und die rechte Hand ausgestreckt hielt. Eine Stütze blieb stets erreichbar. Doch sie benötigte sie nur ein einziges Mal. Um so besser!

Nachdem sie die Zähne geputzt und gegurgelt hatte, kehrte sie sofort in ihr Bett zurück. Sie fühlte sich noch nicht sicher auf den Beinen, und die Wadenmuskeln schmerzten sie. Doch obwohl sie wußte, daß sie ohne fremde Hilfe nicht lange gehen konnte, hatte sie keine Angst mehr zu fallen.

Sie glättete ihre Kissen und stellte das Bett flach. Dann machte sie die Nachttischlampe aus.

Das gelbliche Licht der Nachtbeleuchtung fiel auf den Vorhang, der Jessica Seifferts Bett umgab. Wie schon in der vergangenen Nacht reflektierte das weiße Plastikmaterial das schwache Licht, schien es zu verstärken, verlieh ihm einen phosphoreszierenden Glanz. Es war, als besäße der Vorhang im abgedunkelten Raum ein Eigenleben. Susan konnte ihren Blick nicht von ihm wenden. Seitdem man die sterbende Frau in ihr Zimmer gebracht hatte, plagte sie ein Gemisch von Neugier und Abscheu.

»SUSAN...«

Es riß sie hoch. Die Decke glitt von ihren Beinen, ihr Herz schlug wild.

»SUSAN...«

Eine dünne, brüchige Stimme. Wie von einem Stimmband, das nicht mehr die Kraft zu einem vollen Ton besaß. Schwach, kaum hörbar, doch mit einem unverkennbar drohenden Unterton.

»SUSAN... SUSAN...«

Die Stimme klang gebrochen, wie von einer gequälten

Kreatur. Sie war unzweifelhaft die eines Mannes. Doch es war keineswegs eine Stimme, die um Hilfe rief. Nein, sie verkündete Unheil...

Jetzt saß Susan aufrecht im Bett. Sie horchte angespannt. Nein, sie irrte sich nicht. Die Stimme kam von hinter dem Vorhang, von dem Bett, auf dem die alte Fau dem Tod entgegendämmerte.

»SUSAN...«

Schon in der vergangenen Nacht, in den grauen, trostlosen Stunden des ersten, schwachen Morgenlichts, hatte sie den Eindruck gehabt, daß eine Stimme hinter dem Vorhang nach ihr rief. Doch sie hatte sich überzeugt, daß es sich um einen Traum handelte, und hatte weiterschlafen können. Schlafmittel hatten ihre Sinne stumpf gemacht, sie war nicht genügend wach gewesen, um zu erkennen, daß es keine Traumstimme war, sondern eine wirkliche. Diesmal aber hatte die rosa Pille noch nicht zu wirken begonnen, sie hatte noch nicht geschlafen, war nicht einmal richtig schläfrig. Diesmal gab es keinen Zweifel: Die Stimme war echt, jemand rief nach ihr.

»SUSAN...«

Sie zuckte zusammen, als hätte ihr jemand einen Schlag versetzt. Der Ruf war durchdringend, konnte nicht überhört werden. Er enthielt Flehen und Drohung, zitternde Unbestimmtheit und grimmige Entschlossenheit zugleich. Obwohl die Stimme sie erschreckte und sie erzittern ließ vor der Frage, von welchem Mann – oder von welcher KREATUR – sie stammen mochte, hatte sie den Wunsch, aufzustehen und zu Mrs. Seifferts Bett zu gehen, den weißen Vorhang beiseitezuziehen und sich zu vergewissern, wer oder was sie rief. Sie krampfte ihre Finger um das Schutzgitter des Bettes. Widerstand dem Drang, aufzustehen und...

»SUSAN...«

Sie tastete nach dem Schalter ihrer Nachttischlampe, die zitternden Finger fanden ihn nicht gleich. Sie knipste das Licht an. Es vertrieb die Schatten in den Ecken, von denen sie sich, ohne es zugeben zu wollen, bedroht gefühlt hatte.

Sie starrte auf den Plastikvorhang. Wartete.

Kein Geräusch war zu hören.

Zehn Sekunden gingen vorbei. Zwanzig. Eine halbe Minute.

Nichts. Stille.

Schließlich fragte sie: »Wer ist da?«

Keine Antwort.

Es war jetzt mehr als 24 Stunden her, daß Susan von ihrer Rollstuhl-Tour zurückgekommen und davon überrascht worden war, daß man in das andere Bett eine Zimmergefährtin gelegt hatte. Mrs. Baker hatte ihr gesagt, es handle sich um eine gewisse Jessica Seiffert, sonst hätte sie nicht mal gewußt, mit wem sie das Krankenzimmer teilte. Mehr als 24 Stunden, und noch immer hatte sie keinen Blick auf Mrs. Seiffert werfen können. Sie hatte die alte Frau kein Wort sprechen hören, sie hatte nur unverständliches Gemurmel vernommen, mit dem die Sterbende auf Dr. McGees Fragen und Bemerkungen der Schwester geantwortet hatte. Man hatte Mrs. Seiffert umsorgt, mit der üblichen Krankenhausroutine – Bettflaschen fortgetragen, Bettzeug gewechselt, sicher auch Temperatur und Blutdruck gemessen –, doch trotz all dieser Aktivitäten war Susan kein einziger Blick auf ihre geheimnisvolle Zimmergenossin vergönnt gewesen.

Und jetzt quälte sie die absurde Vorstellung, daß nie eine Jessica Seiffert im anderen Bett gelegen hatte. Doch wer sonst? Ernest Hatch? Einer seiner drei Gefährten?

ODER ETWAS NOCH SCHLIMMERES?

Verrücktheit!

Es mußte Jessica Seiffert sein. Außer Dr. McGee waren die verschiedensten Krankenschwestern hinter jenem Vorhang verschwunden. Es konnten doch nicht alle Darsteller eines verrückten Satyrspiels sein. Das war unmöglich! Paranoide Gedanken wie diese – komplizierte Verschwörungen – waren nur ein zusätzlicher Beweis für einen Hirnschaden. Mrs. Baker hatte sicher nicht gelogen. Das lag nicht in ihrer Natur; sie hätte auch keinerlei Grund dafür gehabt. Doch Susan konnte die peinigende Vorstellung nicht loswerden, daß Jessica Seiffert nicht existierte, daß die unsichtbare Zimmergenossin weit weniger harmlos war als eine alte Frau, die in Agonie lag.

Nochmals fragte sie, diesmal mit energischer Stimme: »Wer ist da?«

Wieder keine Antwort.

»Verdammt noch mal! Ich weiß sehr gut, daß mich jemand gerufen hat.«

Wußte sie es wirklich?

»Ich habe dich gehört. Deutlich gehört.«

Oder bildete sie sich das bloß ein?

»Wer bist du? Was machst du hier? Was willst du von mir?«

»SUSAN...«

Sie zuckte zurück. In diesem Moment hatte sie gar keine Antwort erwartet. Daß sie trotzdem eine erhielt, vergrößerte ihr Entsetzen. Und die Stimme klang bei hellem Licht noch unheimlicher als in der Dunkelheit. Eine solche Stimme gehörte in die Dunkelheit; bei hellem Licht war sie unfaßbar, doppelt schrecklich.

Ruhig bleiben, sagte sie sich. Sei kaltblütig! Wenn mich eine Kopfverletzung Dinge sehen läßt, die es gar nicht gibt, dann ist es nur logisch, daß ich auch solche Geräusche höre. Akustische Halluzinationen! Sicher gibt es solche...

»SUSAN...«

Sie mußte sich unter Kontrolle bringen, schnell, ehe sie komplett hysterisch wurde. Sie mußte beweisen, daß hinter jenem Vorhang niemand nach ihr rief, daß sie sich das alles bloß einbildete. Der beste Beweis ließ sich erbringen, indem sie einfach zum anderen Bett ging und den Vorhang beiseitezog. Sie würde im Bett nichts anderes finden als eine alte Frau, die dem Tod entgegendämmerte.

»SUSAN...«

»Halt den Mund«, schrie sie ärgerlich.

Ihre Hände waren kalt und feucht. Sie wischte sich den Schweiß von der Stirn. Sie holte tief Atem, als ob sie mit der Luft frischen Mut und Standhaftigkeit einsaugen könnte.

»SUSAN... SUSAN...«

Schluß mit dem Zaudern! Steh auf, geh hinüber, bring es hinter dich!

Sie zog das Schutzgitter herunter, warf die Decke ab und setzte sich an den Bettrand. Sie stand auf, hielt sich an der Matratze fest. Sie hatte ihr Bett auf der Seite verlassen, die dem Plastikvorhang am nächsten war. Ihre Pantoffeln standen auf der anderen Seite. Sie wollte nicht um das Bett herumgehen, wollte ihre Kräfte sparen. Mit nackten Füßen stand sie auf den sauberen, kalten Fliesen. Die beiden Betten waren höchstens zwei Meter voneinander entfernt. Drei Schritte, höchstens vier. Sie machte den ersten...

»SUUUUSAAAAN...«

Die Kreatur im anderen Bett – und trotz ihrer vernünftigen Theorie über akustische Halluzinationen mußte sie an eine KREATUR denken – schien zu fühlen, daß sie sich näherte. Die Stimme war heiserer geworden, eindringlicher, böser.

»SUUUUSAAAAAN...«

Sollte sie ins Bett zurück und nach einer Schwester klingeln? Aber wenn eine kam und nichts hörte? Was, wenn die Schwester den Vorhang zurückschlug und nichts vorfand als eine hilflose alte Frau, die, mit Drogen vollgepumpt, unverständliche Worte vor sich hin murmelte? Was dann?

Susan machte einen weiteren Schritt auf das Bett zu, und der Boden unter ihren Füßen schien noch kälter zu werden. Eiskalt...

Obwohl ihr Herz wild schlug, hatte sie das Gefühl, daß ihr Blut nur träge und langsam durch ihre Adern floß.

»SUUUUSAAAAAN...«

Sie wich einen Schritt zurück.

Der Vorhang bewegte sich leicht. Sie sah einen Schatten dahinter.

Wieder rief die Stimme ihren Namen. Diesmal gab es keinen Zweifel, der Unterton war drohend.

Der Vorhang begann zu flattern. Die Haken, an denen er an einer kreisrunden Schiene befestigt war, begannen zu klappern. Eine dunkle Gestalt, verschwommen, aber jedenfalls zu groß für eine todkranke alte Frau, tastete plump nach einem Spalt im weißen Material, um den Vorhang beiseite zu ziehen.

Susan wurde von einer Vorahnung des Todes gepackt.

Vielleicht war es ein Zeichen ihrer geistigen Verwirrung, daß sie an Halluzinationen litt, aber die Vorahnung war zu stark, um sie ignorieren zu können. Der TOD. Der Tod war nahe, sehr nahe.

Und mit einem Mal wollte sie um alles in der Welt nicht mehr herausfinden, was sich hinter dem Vorhang befand.

Sie wandte sich um und floh. Sie stolperte zu ihrem Bett, blickte zurück.

Der Vorhang schien von kreisenden Wirbeln erfaßt, obwohl im Raum keine Luftbewegung zu spüren war. Er flatterte und raschelte. Und er begann sich zu öffnen, Zoll für Zoll...

Sie stürzte zum Badezimmer. Die Korridortür war zu weit entfernt. Doch auch bei diesem kurzen Weg drohten ihre Beine nachzugeben. Im Badezimmer schlug sie die Tür hinter sich zu und lehnte sich gegen sie, atemlos.

Einbildung, nichts als Einbildung! Niemand kann mir etwas anhaben.

Sie stöhnte es vor sich hin wie ein Stoßgebet.

Im Badezimmer war es dunkel, und sie ertrug die Finsternis nicht. Sie suchte den Schalter und fand ihn schließlich; die weißen Kachelwände, der weiße Mosaikboden glänzten hell.

Niemand kann mir etwas anhaben. Niemand.

Immer noch hatte sie die Hand um den Türgriff gekrallt. Sie wollte ihn schon loslassen, als sie mit Entsetzen merkte, daß er sich zwischen ihren Fingern bewegte. Jemand drehte auf der anderen Seite.

Sie griff nach dem Riegel. Er war abgebrochen.

»Nein«, rief sie außer sich, »nein!«

Sie umfaßte den Metallknopf so fest sie konnte, stemmte ihre Schulter gegen die Tür, preßte ihre Fersen gegen die Bodenfliesen. Wer oder was auch immer hinter der Tür stand, versuchte den Knopf zu drehen und Eintritt zu erzwingen, endlose Sekunden. Sie spürte die Bemühungen ihres Gegners, umklammerte verzweifelt den Türgriff; sie spannte mit letzter Kraft ihre Muskeln an und weigerte sich aufzugeben.

Nach einer Weile bewegte sich der Knopf nicht länger. Sie mißtraute dem Frieden, vermutete einen Trick, hielt den Knopf fest wie eh und je.

Etwas begann, an der anderen Seite der Tür zu kratzen. Erst ein unbestimmtes Geräusch, nahe ihrem Gesicht. Doch dann wurde das Kratzen lauter. Drohender. Fingernägel auf Holz!

»Wer ist da?«

Keine Antwort.

Die Nägel kratzten wütend, Einlaß heischend, an der Tür. Eine halbe Minute vielleicht. Dann wurde es still. Aber gleich darauf begann das Kratzen wieder, doch nicht mehr befehlend, sondern matt. Dann wieder stärker. Dann abgehackt...

»Was wollen Sie?«

Die einzige Antwort war ein neuerliches Kratzen.

»Hören Sie – sagen Sie mir, wer Sie sind, und ich werde die Tür öffnen.

Ein Vorschlag, in den Wind gesprochen. Die Fingernägel des anderen suchten jetzt verschiedene Stellen der Tür ab, examinierten die Spalten zwischen Tür und Rahmen, wie um eine Möglichkeit zu suchen, die Tür aus den Angeln zu heben.

Endlose Minuten. Schließlich gab das Wesen auf der anderen Seite den Kampf auf. Kein Kratzen, kein Sondieren mehr.

Stille.

Susan spannte ihr Muskeln an und machte sich bereit, den Kampf um den Türgriff wieder aufzunehmen, aber zu ihrer Überraschung und Erleichterung war der Kampf zu Ende. Zumindest vorläufig.

Sie wartete voller Hoffnung, wagte kaum zu atmen. Das Badezimmer glänzte im kalten Neonlicht. Nur ein Wassertropfen, der in regelmäßigen Abständen in das Waschbecken fiel, machte ein leises Geräusch.

Nach und nach legte sich ihre Panik. Zweifel machte sich breit, erst schwach, dann immer stärker. Vernunft begann überhandzunehmen. Wieder erwog sie die Möglichkeit, bloß an Halluzinationen zu leiden. Wenn tatsächlich ein Mann hinter dem Vorhang hinter ihr her gewesen wäre, hätte sie den Türgriff nicht gegen ihn verteidigen können. Nicht in ihrem geschwächten Zustand. Wenn wirklich jemand mit ihr um den Türgriff gekämpft hätte – und erneut begann sie daran zu zweifeln –, dann mußte derjenige schwächer sein als sie selbst. Und ein Mensch – oder eine Kreatur – ohne entsprechende Kraft würde keine ernste Gefahr für sie bedeuten.

Sie wartete ab. Preßte sich gegen die Tür.

Sie hatte ihren Atem zurückgewonnen, drohte nicht mehr zu ersticken.

Die Zeit verstrich. Langsam, unerträglich langsam. Aber ihr Herzschlag beruhigte sich, das Toben in ihrem Inneren ließ nach. Doch die absolute Stille lastete auf ihr nicht minder als die vorherigen Geräusche.

Sie war nicht imstande, ihren Griff um den Türknopf zu lockern. Sie starrte auf ihre Hand. Die Knöchel waren blutleer. Ihre Finger glichen Krallen, die sich um das runde Metall verkrampft hatten.

Sie sagte sich, daß Mrs. Seiffert das einzige Lebewesen in der Nähe war, das schwächer war als sie selbst. Hatte die Sterbende versucht, aus eigener Kraft aus dem Bett zu steigen? Hatte sie versucht, verzweifelt den Vorhang beiseite zu ziehen, und sie dabei erschreckt? Hatte die alte Frau – durch Drogen benommen, durch Schmerz verwirrt – versucht, ins Badezimmer zu gelangen? Hatte sie, da sie nicht imstande war, um Hilfe zu rufen, verzweifelt am Holz der Tür gekratzt?

Guter Gott, dachte Susan erschrocken, ich habe den Türgriff gegen eine vom Tod gezeichnete Frau verteidigt, die von mir nichts anderes wollte als Verständnis und Beistand.

Trotzdem brachte sie es nicht über sich, die Tür zu öffnen. Sie war noch nicht soweit. Noch nicht!

Dann sagte sie sich: Nein, Mrs. Seiffert, wenn sie tatsächlich hinter dem Vorhang und im Sterben liegt, ist zu schwach, um allein aus dem Bett zu steigen und den Raum zu durchqueren. Sie ist nur mehr ein kraftloser Haufen von Fleisch und Knochen. Und der riesige Schatten, den sie auf dem weißen Plastikvorhang gesehen hatte, konnte auch nicht der von Mrs. Seiffert gewesen sein. Dazu war er zu groß.

Unaufhaltsam fielen die Tropfen in das Waschbecken.

Andererseits – vielleicht gab es gar keine drohende Gestalt hinter dem Vorhang. Vielleicht hatte der Vorhang sich gar nicht bewegt. Vielleicht gab es gar keine geheimnisvolle Stimme, keine Hand am Türgriff, keine Fingernägel, die am Holz gekratzt hatten. Sinnestäuschungen, Einbildung!

Ein Hirnschaden!

Ein winziger Blutklumpen an einer falschen Stelle!

Ein Bluterguß im Kopf.

Je schärfer sie dachte, desto einfacher war es, übernatürliche Erscheinungen auszuschließen. Letztlich sah sie sich mit zwei Möglichkeiten konfrontiert: Entweder handelte es sich um Produkte ihrer überhitzten Fantasie – oder die bedauernswerte Mrs. Seiffert lag jetzt tot auf der anderen Seite der Badezimmertür, ein Opfer von Susans geistiger Verwirrung.

In beiden Fällen gab es niemanden, der hinter ihr her war, und daher auch keinen Grund, sich hinter der Tür wie in einer Festung einzuigeln. Sie lockerte ihre Haltung. Die Schulter schmerzte sie; es dauerte eine Weile, bis sie sich entkrampfen konnte. Sie ließ den Türgriff los. Das Metall war von ihrem Schweiß glitschig geworden.

Sie wischte den Knopf mit ihrem Ärmel ab. Dann öffnete sie sehr langsam und behutsam die Tür. Erst einen kleinen Spalt...

Sie wartete. Doch niemand versuchte sich durch die Bresche den Eingang ins Bad zu erzwingen.

Immer noch ängstlich – bereit, bei der kleinsten Bewegung die Tür wieder zuzuschlagen – vergrößerte sie die Öffnung. Zwei Zoll, drei, vier. Sie blickte in den anderen Raum. Sie war auf das Schlimmste gefaßt, doch keine alte Frau lag auf dem Boden, kein bleiches Gesicht starrte sie vorwurfsvoll an.

Das Zimmer sah aus wie immer. Die Nachttischlampe brannte, und die Decken auf ihrem Bett lagen zerknüllt und unordentlich da, wie sie sie gelassen hatte. Auch das kleine Nachtlicht sandte seinen gelblichen Schimmer aus. Und der

Vorhang um Mrs. Seifferts Bett hing kerzengerade, faltenlos, weder von einem Luftzug noch von einer böswilligen Hand bewegt.

Susan stieß die Tür auf. Tat einen Schritt ins Zimmer...

Niemand stürzte sich auf sie.

Keine mysteriöse Stimme rief sie.

Krankhafte Einbildungen, dachte sie gedrückt, Produkte des Wahns! Ihre Fantasie hatte ihr einen Streich gespielt. Ihre Vernunft hatte sie im Stich gelassen. Ihr armes, krankes, verräterisches Hirn trug die Schuld.

Sie pflegte nie, Alkohol zu trinken, selbst nicht bei festlichen Anlässen. Denn einmal, bei der Abschiedsfeier von der Highschool, hatte sie sich richtig betrunken, und das war eine derart unangenehme Erfahrung gewesen, daß sie es nie wieder getan hatte. Keine Euphorie, so angenehm sie auch sein mochte, war ihr der Verlust der Selbstkontrolle wert gewesen.

Jetzt aber, ohne einen Tropfen Alkohol, verlor sie ihre Kontrolle von einem Moment zum anderen, manchmal, ohne sich dessen bewußt zu sein. Im Stadium der Trunkenheit verschwand die Schärfe der Sinne allmählich; man wußte wenigstens, wann man sich nicht an das Steuer eines Wagens setzen durfte, selbst der Verlust der Selbstkontrolle ließ sich bis zu einem gewissen Grad kontrollieren. Nicht so bei einem Hirnschaden. Dieser Zustand war tückischer.

Sie mußte trotzdem damit fertig werden. Aber wie?

Was, wenn Dr. McGee die Ursache nicht entdecken konnte?

Was, wenn es keine Heilung gab?

Würde sie den Rest ihres Lebens an der schmalen Grenze zwischen Vernunft und Wahnsinn verbringen müssen? Immer in Gefahr, über die Grenzlinie in ein Schattenreich zu stolpern?

Ein solches Leben wäre nicht erträglich. Jederzeit würde sie dem Tod einer solchen Existenz gegenüber den Vorzug geben.

Sie zwang sich weiterzugehen. Tastete sich an der Wand

entlang, versuchte den Schmerz in ihren Beinen zu ignorieren, erreichte ihr Bett.

Sie senkte das Oberteil und ließ das Schutzgitter herunter, wie sie es vorhin auf der anderen Seite getan hatte. Sie setzte sich auf die Matratze, doch dann zögerte sie. Sie erhob sich wieder, blieb sinnend stehen, den Blick auf den Vorhang geheftet. Im Moment würde sie keinen Schlaf finden können, dessen war sie sicher. Sie mußte sich zusammenreißen, um das zu tun, wozu sie vorhin nicht imstande gewesen war. Sie mußte hinübergehen und den Vorhang öffnen, um sich zu beweisen, daß ihre Zimmergenossin eine alte, kranke Frau war. Wenn sie das jetzt nicht tat, würden ihre Halluzinationen wieder kommen, sobald sie das Licht löschte und ihren Kopf auf das Kissen legte. Wenn sie ihre Krankheit nicht bei jedem Erscheinen eines Symptoms bekämpfte, würde sie ihr schließlich erliegen. Sie mußte Widerstand leisten. Schließlich war sie Susan Thorton, eine Frau, die noch nie vor Schwierigkeiten zurückgewichen war.

Sie stand neben ihren Pantoffeln. Ihre Füße waren eiskalt. Sie schlüpfte in die Pantoffeln.

Langsam ging sie um ihr Bett herum. Durchquerte das Zimmer. Dann stand sie bei dem anderen Bett, auf unsicheren Beinen, ohne Halt. Sie griff nach dem Vorhang. Ihr körperliches Gleichgewicht war wiederhergestellt, doch nicht ihr seelisches.

Es war beängstigend still im Raum. So, als ob sie nicht die einzige wäre, die den Atem anhielt.

So still mußte es in Grabkammern sein.

Ihr Griff um das kalte Vorhangmaterial wurde fester. Noch fehlte der letzte Entschluß.

Reiß ihn auf, sagte sie sich, als ihr klar wurde, daß sie schon mindestens eine Minute gezögert hatte. Nichts hinter dem Vorhang bedroht dich. Es ist nur eine alte Frau, die friedlich schlummernd darauf wartet, ihr Erdendasein zu beenden.

Mit einem Ruck riß sie den Vorhang beiseite. Die Haken in der Metallschiene klapperten.

Sie trat an das Krankenbett, ganz nah ans Schutzgitter, und blickte hinunter. Und gleichzeitig wußte sie, daß es eine Hölle gab und daß sie unrettbar in ihr gefangen war.

Keine Mrs. Seiffert lag in dem Bett. Etwas anderes. Etwas unsagbar Gräßliches. Die Leiche eines Mannes.

Die Leiche von Jerry Stein.

Nein, das war kein Blendwerk.

Keine Sinnesverwirrung.

Jetzt betete sie um eine Krankheit ihres Gehirns. Um eine Embolie, einen Bluterguß... Eine medizinische Diagnose hätte ihr helfen können. Doch im Moment half ihr nichts. Die Leiche verschwand nicht. Verwandelte sich in keine Mrs. Seiffert.

Susan schrie nicht, Sie floh nicht. Sie war entschlossen, allen Schreckensbildern Widerstand zu leisten. Entschlossen, sich zu einer Rückkehr in die reale Welt zu*zwingen*.

Sie klammerte sich an das Schutzgitter, um nicht zu fallen.

Sie schloß ihre Augen.

Zählte bis zehn.

Es ist bloß ein Trugbild...

Sie öffnete die Augen.

Die Leiche lag immer noch da.

Der tote Mann lag auf dem Rücken, die Bettdecke bis zur Brust hinaufgezogen, als ob er bloß schliefe. Eine Seite seines Schädels war eingedrückt und mit dunklem, geronnenem Blut verkrustet. Dort, wo Ernest Hatch ihn dreimal mit seinem Stiefelabsatz getreten hatte. Die nackten Arme lagen auf der Decke, seitlich ausgestreckt, die Finger zu Krallen gebogen, als ob der Tote sich verzweifelt, aber vergeblich hätte ans Leben klammern wollen.

Die Leiche war Jerry Stein, ohne Zweifel, aber Jerry sah nicht genau so aus, wie Susan ihn gekannt hatte. Der Tod hatte sein Aussehen verändert. Die Haut war fahl und grau, und um die Augenhöhlen sah man dunkelgrüne Flecken. Die Lippen waren violett und geschwollen, eitrig. Unter den Nasenlöchern, auf der Oberlippe, erhoben sich schwammige Blasen, aus denen eine braune, eklige Flüssigkeit sickerte. Doch trotz der schrecklichen Verfärbungen und Verunstaltungen war es immer noch Jerry Stein, der ihr einst nahegestanden hatte.

Aber Jerry war doch tot, seit 13 Jahren tot! In einer solchen Zeitspanne mußte eine Leiche völlig verwest, zu einem Skelett geworden sein. Nichts als bleiche Knochen, kein Fleisch, keine Sehnen, keine Muskeln. Doch es hatte den Anschein, als wäre Jerry Stein erst vor wenigen Tagen gestorben.

Was eigentlich beweist, daß es sich um eine Halluzination handeln muß, sagte sich Susan. Blendwerk! Hirngespinst! Es hatte nichts mit der Realität zu tun, widersprach den Gesetzen der Natur und der Logik. Ein Phantom, ein Trugbild, das nur in meiner Vorstellung existiert.

Es gab noch einen anderen Beweis für das Nichtvorhandensein der Leiche: das Fehlen jeden Geruchs. Ein toter Mann, in diesem Stadium der Verwesung, mußte unerträglich stinken. Doch in der Luft war nichts zu merken; es roch nach Fichtennadeln, die in der Klinik benutzt wurden, um den Krankenhausgeruch der Desinfektionsmittel zu übertönen.

Du mußt ihn berühren, sagte sie sich. Zwing dich dazu! Einen Geist kann man nicht fühlen. Ihn zu umarmen ist wie leere Luft zu umfassen. Versuch es doch! Beweise dir, daß es nicht wirklich Jerry Stein ist!

Sie brachte es nicht über sich. Sie versuchte, ihre verkrampfte Hand vom Schutzgitter zu lösen, um nach dem kalten Arm des Toten zu greifen, aber sie hatte nicht den Mut dazu.

Statt dessen sagte sie die magischen Worte »Er ist gar nicht hier, es ist alles Einbildung« vor sich hin, als könne sie dadurch das Phantom aus ihrem Blickfeld verbannen.

Da begannen sich die verkrusteten Augenlider der Leiche zu bewegen.

Nein. Um Gottes willen, *nein*!

Sie öffneten sich.

Nein, dachte sie verzweifelt. Das darf nicht sein. Das darf mir nicht zustoßen!

Die tiefen Höhlen waren nicht leer, doch in ihnen lagen nicht die Augen eines lebenden Menschen. Fast nur das

Weiße war zu sehen, und auch das verschmiert mit Streifen von geronnenem Blut. Und diese schrecklichen Augen bewegten sich, rollten, rollten nach rechts und nach links und blieben schließlich stehen, als würden sie Susan fixieren.

Sie schrie, aber kein Laut kam von ihren Lippen. Der Schrei verhallte in ihrem Inneren. Sie schüttelte heftig den Kopf, Abscheu würgte sie, ihr Mund füllte sich mit Speichel.

In den reglosen Mann kam Leben. Die rechte Hand hob sich langsam. Die Starrheit der Finger lockerte sich. Sie griffen nach ihr.

Susan riß ihre Hand vom Schutzgitter, als wäre das Metall glühend geworden.

Die Leiche öffnete den grausigen, eiternden Mund. Aus den vermoderten Lippen rang sich ein Name: »SUUUU-SAAAN...«

Sie stolperte zurück.

Das ist nicht wahr, das ist nicht wahr, das ist nicht...

Mit einem Ruck, als hätte ihn ein elektrischer Strom durchzuckt, setzte sich der Tote auf.

Sie versuchte, sich an Dr. McGees Rat zu halten. Das ist nicht Wirklichkeit, sagte sie sich, ich träume, ich deliriere.

Wieder rief der tote Mann ihren Namen. Und er verzog die Lippen, als würde er zu lächeln versuchen.

Da hielt es sie nicht länger. Sie schrak zurück und lief zur Tür. Sie konnte ihre Beine nicht schnell bewegen und verlor unterwegs einen Pantoffel. Wie lange brauchte sie, um nach dem Türgriff greifen zu können? Er klemmte. War die Tür von außen verschlossen? Nein, ihre zitternden Finger waren bloß abgeglitten. Schließlich bekam sie die Tür auf; ihr war, als wäre sie tausend Tonnen schwer. Sie verfluchte ihre Schwäche, die sie kostbare Sekunden kostete. Hinter sich hörte sie ein gräßliches, gurgelndes Geräusch. Sie floh in den Korridor. Sie floh vor einem Gespenst. Wie absurd! Aber sie wagte es nicht, einen Blick hinter sich zu werfen, um sicher zu sein, daß das Phantom sie nicht verfolgte.

Sie stolperte, um ein Haar wäre sie gefallen. Sie lief geradeaus, wandte sich nach links, ihre Füße trugen sie kaum, sie schwankte, lief im Zickzack. Mit jedem Schritt wurde sie schwächer, sie taumelte gegen die Wand, sie schlug sich an, es schmerzte. Sie rang nach Atem, zwang sich weiterzulaufen; ihr war, als spüre sie den kalten Atem des Toten auf ihrem Nacken. Die bloße Vorstellung machte sie schaudern, gab ihr aber die Kraft durchzuhalten. Irgendwie hielt sie sich auf den Beinen, irgendwie vermochte sie ihren Weg fortzusetzen.

Jetzt war sie im Hauptgang. Vor sich sah sie die Halle, sah den Tisch der aufsichtführenden Schwester zwischen den Aufzugtüren. Sie wollte rufen, konnte nicht, stolperte gegen die Wand, stieß sich ab, taumelte den Gang entlang, auf Schwester Scolari zu, die bei ihrem Anblick erschrocken aufsprang.

20.

Schwester Scolari fing die zusammenbrechende Susan auf und rief eine Kollegin zu Hilfe, eine dicke, rotgesichtige Schwester namens Beth Howe. Beide bemühten sich, ihrer krankhaften Erregung Herr zu werden, indem sie ihr gut zuredeten. So wie es Dr. McGee und die anderen Ärzte in Seattle mit den LSD-Patienten getan hatten. Sie brachten Susan in die Schwesternstation, setzten sie in einen bequemen Sessel. Sie brachten ihr ein Glas Wasser, hörten ihr gelassen zu, beschwichtigten sie, versuchten sie mit logischen Argumenten zur Vernunft zu bringen.

Doch sie konnten sie nicht davon überzeugen, daß das Zimmer 258 für sie ein sicherer Zufluchtsort sei. Susan bat um ein anderes Krankenzimmer, um ein anderes Krankenbett.

»Das ist, fürchte ich, nicht möglich«, sagte Tina Scolari. »Wir sind seit Tagen überbelegt, kein einziges Bett ist frei. Außerdem gibt es in 258 wirklich nichts zu fürchten, es ist ein Zimmer wie alle anderen. Und Sie wissen das so gut wie wir, nicht wahr, Miß Thorton. Sie sind sich doch klar darüber, daß das, was Sie erlebt zu haben glauben, nur wieder einer Ihrer

Anfälle gewesen ist. Eine Fehlfunktion Ihres Gehirns, wie man bereits vermutet hat.«

Susan nickte schwach. Sie wußte nicht recht, was sie überhaupt noch glauben konnte. »Ich – ich möchte trotz allem – ich möchte trotzdem nicht in dieses Zimmer zurück.« Ihre Zähne klapperten.

Während die Scolari weiter auf sie einsprach, ging Beth Howe in das Zimmer 258, um sich umzusehen. Nach einer Weile kam sie zurück und meldete, daß alles in Ordnung sei.

»Aber Mrs. Seiffert?«

»Liegt in ihrem Bett.«

»Ist sie es? Sind Sie sicher?«

»Absolut. Ich kenne sie doch. Sie schläft fest und friedlich.«

»Und Sie haben nichts gefunden?«

»Nichts Besonderes.«

»Haben Sie geschaut, wo jemand... wo etwas sich verbergen könnte?«

»Wo könnte sich jemand verstecken? Der Raum läßt sich mit einem Blick übersehen.«

»Aber Sie haben geschaut?«

»Natürlich. Sogar unter die Betten.«

Sie überredeten Susan, sich in einen Rollstuhl zu setzen, und schoben sie in das Zimmer 258 zurück. Je näher sie kamen, desto heftiger begann Susan zu zittern.

Der Vorhang um das zweite Bett war zugezogen. Beth Howe rollte den Stuhl am ersten Bett vorbei. Susan erriet, was sie vorhatte, und rief erschrocken: »Moment mal!«

»Ich möchte, daß Sie selbst einen Blick dahinter werfen«, sagte die Schwester. »Sie sollen sich selbst überzeugen.«

»Nein, nein, das kann ich nicht!«

»Aber ja doch. Warum nicht?«

»Sie müssen!« erklärte Tina Scolari energisch.

»Ich... ich glaube nicht, daß ich imstande bin.«

»Ich bin ganz sicher, daß Sie es können.«

Sie rollten sie dicht an den Vorhang heran. Beth Howe zog ihn beiseite.

Susan schloß ihre Augen. Sie umkrampfte die Lehnen des Rollstuhls.

»Bitte, Miß Thorton – schauen Sie doch«, sagte Tina.

»Nur Mrs. Seiffert«, fiel Beth Howe ein. »Bloß Jessie.«

»Sehen Sie doch!«

»Nur Jessie.«

Die Augen geschlossen, sah Susan den toten Mann vor sich, Jerry, den sie einmal geliebt zu haben glaubte und den sie jetzt fürchtete, denn die Lebenden haben Scheu vor den Toten. Sie sah ihn vor sich, wie er sich im Bett aufgesetzt und ihr mit faulenden Lippen zugelächelt hatte. Das Grauen hinter ihren geschlossenen Lidern war unfaßbar; nichts, was vor ihr lag, konnte schlimmer sein. So blinzelte sie schließlich, zögerte, dann riß sie die Augen auf.

Im Bett lag eine alte Frau, so klein, so eingeschrumpft, daß es auf den ersten Blick aussah, als habe man irrtümlich ein Baby in das Bett eines Erwachsenen gelegt. Doch die Haut der Kranken war nicht glatt und rosig wie die eines Neugeborenen, sondern wächsern und faltig. Strähniges Haar in farblosem Grau. Der Mund verkniffen. Die Infusionsnadel stak in einem knochigen, beinahe fleischlosen Arm.

»Also das ist Jessica Seiffert«, murmelte Susan, teils erleichtert, daß diese geheimnisvolle Frau tatsächlich existent war, teils tief beunruhigt, daß eine Fehlfunktion in ihrem Gehirn die harmlose Alte so überzeugend in eine männliche Leiche hatte verwandeln können.

»Die Arme«, sagte Beth.

»Sie war der Liebling von Willawauk, seit ich mich erinnern kann«, seufzte Tina Scolari.

»Seit ich ein kleines Mädel war.«

»Jeder im Ort hat sie geliebt.«

Jessica Seiffert schlief. Man konnte ihren flachen Atem kaum hören, konnte kaum sehen, daß ihre Nasenflügel sich leicht bewegten.

Beth sagte: »Dutzende würden sie besuchen, wenn Jessie Besuche gestattet hätte.«

»Sie will nicht, daß jemand sie in diesem Zustand sieht«,

bemerkte Tina. »Als ob sie jemand weniger schätzen würde, weil der Krebs sie so zugerichtet hat.«

»Es war nie das Aussehen von Jessie, sondern ihr Charakter, den die Leute schätzten.«

»Richtig!«

Jetzt erst wandte sich Beth Howe an Susan. »Fühlen Sie sich besser?«

»Ich – ich denke schon.«

Die Scolari zog den Vorhang zu.

Susan fragte die Howe: »Haben Sie im Badezimmer nachgesehen?«

Die Schwester nickte. »Es ist leer.«

»Ich möchte – wenn Sie nichts dagegen haben – selbst einen Blick hineinwerfen«, sagte Susan. Sie kam sich wie eine Närrin vor, doch das Angstgefühl wollte nicht weichen.

Die Schwestern hatten sichtlich Erfahrung im Umgang mit schwierigen Patienten und bewiesen erstaunliche Geduld.

»Aber sicher, Miß Thorton«, sagte Beth Howe bereitwillig, und Tina Scolari fügte hinzu: »Schauen wir hinein, damit Sie beruhigt sind.«

Sie schoben den Rollstuhl zur offenstehenden Badezimmertür, und Beth knipste das Licht an.

Kein toter Mann lauerte im weißgekachelten Raum.

Susan fühlte, wie ihr das Blut in die Wangen stieg.

»Ich benehme mich wie eine Irre. Ich schäme mich.«

»Aber warum denn?«

»Es ist doch nicht Ihre Schuld.«

Tina Scolari sagte: »Dr. McGee hat ein Memorandum über Ihren Zustand verfaßt, das alle lesen mußten.«

»Er hat Ihren Zustand genau erklärt.«

»Wir sind alle ehrlich besorgt um Sie.«

»Wir sind alle auf Ihrer Seite, Miß Thorton. Hoffen auf Ihre Genesung.«

»Es wird nicht lange dauern. Dr. McGee ist ein wahrer Zauberer.«

»Der beste Arzt, den wir haben.«

Sie halfen Susan in ihr Bett.

Tina Scolari sagte: »Ich habe die Order, Ihnen ein zweites

Sedativ zu verabreichen, wenn das erste nicht wirkt. Es sind harmlose Mittel. Und ich glaube, Sie könnten ein zweites gebrauchen.«

»Ich bitte darum. Ich könnte sonst nicht einschlafen. Und ich – ich meine – könnten Sie – oder eine von Ihnen...«

»Was?«

»Bei mir bleiben. Zumindest, bis ich eingeschlafen bin.«

Kinder, die sich vor der Dunkelheit fürchteten, pflegten darum zu bitten. Susan haßte sich selbst. Ein unreifes, brabbelndes Kind von 32 Jahren. Doch sie konnte sich nicht helfen. Obwohl sie sich immer wieder sagte, es handle sich um bizarre Effekte einer Hirnverletzung, wenn sie immer wieder längst verstorbenen Männern begegnete, hatte sie nichtsdestoweniger irrationale Angst davor, allein und wach in Zimmer 258 zu bleiben.

Tina Scolari, die aufsichtführende Nachtschwester, warf Beth Howe einen fragenden Blick zu.

Beth, zögernd: »Sind wir heute nacht knapp?«

»Nein. Niemand ist ausgefallen, und in den Krankenzimmern ist nichts Besonderes los.«

Beth Howe lächelte. »Eine ruhige Nacht. Keine Autounfälle, keine Schlägereien in Discos. Gut. Ich kann mich zu Ihnen setzen, bis das Sedativ wirkt.«

»Es wird nicht lange dauern«, meinte Tina. »Sie sind bloß etwas überreizt. Sie werden sehr schnell einschlafen.«

»Und ich bleibe an Ihrem Bett.«

»Ich bin Ihnen wirklich sehr dankbar«, stammelte Susan und verachtete sich selbst, weil sie dem Rest der Nacht nicht allein entgegensehen wollte.

Tina verließ das Zimmer und kam mit einer zweiten rosa Pille zurück. Susan goß sich ein halbes Glas Wasser ein; ihre Hände zitterten noch, und sie fürchtete, ein volles Glas nicht halten zu können, ohne den Inhalt zu vergießen. Während sie trank, schlug der Rand des Glases gegen ihre Zähne, und einen Moment lang blieb ihr die Pille in der Kehle stecken.

»Ich bin sicher, daß Sie jetzt ruhig schlafen werden. Gute Nacht, Miß Thorton.«

Schwester Scolari ging, und Schwester Howe zog einen

Stuhl ans Bett. Sie glättete ihre Uniform und griff nach einem der Bücher, die auf dem Nachttisch lagen. Sie lächelte Susan ermunternd zu, dann vertiefte sie sich in die Lektüre.

Susan starrte zur Decke, dann richtete sie den Blick auf Mrs. Seifferts verhangenes Bett, schaute durch die halboffene Badezimmertür, hinter der es dunkel war.

Sie mußte an das Wesen denken, das Einlaß in das Badezimmer verlangt hatte. Das mit Susan um den Türgriff gekämpft, mit den Fingernägeln am Holz gekratzt hatte.

All das hatte natürlich nie stattgefunden. Ausgeburt ihrer krankhaften Fantasie.

Sie schloß ihre Augen.

Oh, Jerry, dachte sie. Ich habe dich geliebt. Zumindest so, wie dich eine unerfahrene Neunzehnjährige lieben konnte. Und du hast beteuert, daß auch du mich liebst. Warum in Gottes Namen bist du jetzt zurückgekommen, um mich in Angst und Schrecken zu versetzen?

Aber das war doch gar nicht der Fall gewesen! Kranke Hirnrinde. Organische Fehlfunktion.

Während der Schlaf sie überwältigte, bat sie: Jerry, bitte, verlaß deinen Friedhof nicht! Bleib in dem Grab, in das wir dich gebettet haben. Bitte, bitte, bleib dort! Komm nicht zu mir zurück!

21.

Mittwoch. Grauer Morgen. Tiefe Wolken, aber kein Regen.

Die übliche Krankenhausroutine, Susan wurde um 6 Uhr früh geweckt. Morgenwäsche, für das Zimmer und für Susan. Frühstück.

Dr. McGee kam früher als gewöhnlich. Er küßte Susan auf die Wange, aber ihr schien, er zögerte einen Moment, bevor er es tat.

»Sie sind früh dran, Doktor.«

»Ich habe eine Menge vor.«

»Ist es gestern nicht spät geworden?«

154

»Nein. Ich habe pflichtgemäß meine Rede gehalten und bin dann schnell auf und davon, bevor sie ein Lynchkommando organisieren konnten.«

»Ernsthaft – wie ist es gelaufen?«

»Nicht schlecht. Niemand hat eine Torte auf mich geworfen.«

»Ich wußte ja, Sie würden Erfolg haben.«

»Weil das Essen ungenießbar war, bis auf das Dessert. Die Leute waren einfach zu hungrig, um auf ihre Torten zu verzichten. Aber genug von mir! Was ist mit Ihnen? Scheint eine unruhige Nacht gewesen zu sein.«

»Jesus, mußten sie alles ausplaudern?«

»Natürlich. Ich habe den schriftlichen Bericht gelesen, und jetzt will ich den mündlichen hören. Von Ihnen. Mit allen Details.«

»Warum?«

»Weil ich alles wissen will. Genügt das nicht?«

»Ärztliche Vorschrift?«

»Ja.«

»Und die muß befolgt werden?«

»Richtig. Legen Sie los! Ich höre.«

Etwas verlegen berichtete sie ihm von ihren Erlebnissen im Badezimmer und von der Leiche hinter dem Vorhang. Jetzt, bei Tageslicht und nach gesundem Schlaf, klang das Ganze absolut absurd, und sie wunderte sich, daß sie gestern alle Einzelheiten für Realität gehalten hatte.

McGee hatte sie nicht unterbrochen. Als sie geendet hatte, meinte er nachdenklich: »Mein Gott, eine haarsträubende Horrorgeschichte.«

»Sie hätten hier sein sollen.«

»Und jetzt – nach genügender Bedenkzeit – sind Sie sich darüber klar geworden, daß es bloß eine neue Episode gewesen ist.«

»Die letzte Folge der Susan-Thorton-Serie.«

»Ich will sagen: ein neuerlicher Anfall. Oder sind Sie nicht der Ansicht?«

»Doch, doch«, murmelte sie niedergeschlagen.

Er sah sie fragend an. Legte seine Hand auf ihre Stirn.

»Keine Temperatur. Fühlen Sie sich wohl?«

Sie erwiderte mißgelaunt: »So wohl man sich unter den gegebenen Umständen fühlen kann.«

»Frieren Sie?«

»Nein.«

»Sie zittern.«

»Ein bißchen...«

»Nein. Ziemlich stark.«

Sie kreuzte die Arme über der Brust und schwieg.

»Sagen Sie mir: Was haben Sie?«

»Angst.«

»Wovor?«

»Vor meinem Zustand! Meiner Krankheit!«

»Kein Grund zur Sorge. Wir werden herausfinden, wo das Übel sitzt.«

Sie konnte nicht aufhören zu zittern.

Gestern, nach ihrem Zusammenbruch, als sie an McGees Schulter geweint hatte, war sie überzeugt gewesen, den Tiefpunkt erreicht zu haben. Zum ersten Mal in ihrem Leben war sie von einem Menschen abhängig und hatte ihre Verletzlichkeit entdeckt. Jetzt mußte sie zur Kenntnis nehmen, daß sie diesen Zustand bereits als selbstverständlich akzeptierte. Ihr Geschick lag in den Händen von Dr. McGee und dem Ärztestab des Willawank Krankenhauses. Ihr Überleben hing von ihnen ab. Doch es waren nur Menschen, und sie mochten versagen. In solchem Fall würde sie dazu verdammt sein, ein Leben am Rande des Chaos zu führen, unfähig, Realität von Fantasie zu unterscheiden, und schließlich dem Wahnsinn in die Arme treiben.

Deshalb hörte sie nicht auf zu zittern.

»Was wird mit mir geschehen?«

»Sie werden in Ordnung kommen.«

»Aber – aber mein Zustand verschlimmert sich ständig«, stammelte sie mit unsicherer Stimme.

»Davon ist keine Rede.«

»Doch. Doch.«

»Hören Sie, Susan, die Halluzinationen von gestern nacht mögen grausiger gewesen sein als die anderen...«

»Sie *waren* grausiger. Und lebhafter...«

»Zugegeben. Aber es waren die ersten derartigen Erscheinungen, seit Sie in den beiden Pflegern Jellicoe und Parker zu sehen glaubten. Ihr Zustand ist nicht konstant, die Halluzinationen setzen zeitweise aus und...«

»Sie irren sich, Doktor«, unterbrach sie ihn. »Die Sache mit den Pflegern – und der Horror von gestern nacht... es waren nicht die einzigen Delirien vom gestrigen Tag. Dazwischen gab es noch eine andere Attacke...«

Er runzelte die Stirn. »Wann?«

»Am Nachmittag.«

»Da waren Sie bei der physikalischen Therapie, bei Mrs. Atkinson.«

»Richtig. Und da geschah es, gleich nach der Therapie...«

Und sie erzählte ihm, wie Phil und Murphy sie in den Aufzug mit den vier toten Männern geschoben hatten.

»Warum haben Sie mir gestern abend nicht davon berichtet?«

»Sie hatten es so eilig...«

»Unsinn! Bin ich kein guter Arzt? Ein guter Arzt hat immer Zeit für einen Patienten in Schwierigkeiten.«

»Ich wollte nicht, daß Sie zu Ihrem Treffen zu spät kämen.«

»Susan, das ist keine Entschuldigung. Ich bin Ihr Arzt, und Sie müssen Vertrauen zu mir haben.«

»Es tut mir leid.« Sie senkte den Blick, vermied es, ihm in die Augen zu schauen, die vorwurfsvoll auf sie blickten. Sie konnte, sie wollte ihm nicht erklären, warum sie das Erlebnis im Aufzug verschwiegen hatte. Sie wollte nicht die Rolle einer Hysterikerin spielen, wollte nicht, daß er sie geringschätzte, weil sie wieder in Panik geraten war. Und was sie am wenigsten ertragen hätte, wäre sein Mitleid gewesen.

»Sie dürfen nichts vor mir verheimlichen. Sie müssen mir über alles berichten, so verrückt es auch klingen mag. Wenn Sie mir nicht alles sagen, entgeht mir vielleicht ein wichtiges Symptom. Ich benötige so viele Informationen wie möglich, um mir ein vollständiges Bild machen und eine richtige Diagnose stellen zu können.«

»Gut. Ich werde Ihnen nichts mehr verheimlichen.«

»Versprochen?«

»Versprochen.« Sie streckte ihm ihre Hände hin, deren Zucken sie nicht unter Kontrolle halten konnte. »Aber Sie sehen doch selbst, daß mein Zustand schlimmer wird.«

Er legte seine Hand auf ihr Gesicht, liebkoste ihre Wange.

War es Zärtlichkeit, fragte sie sich, oder bloß die Besorgnis eines mitfühlenden Arztes?

»Selbst wenn die Attacken sich wiederholen«, erklärte er ihr bedächtig, »gehen sie schließlich vorüber. Und nachher sind Sie durchaus imstande, zu erkennen, daß Sie nichts als Schimären gesehen haben. Nur wenn Sie jetzt noch überzeugt wären, Sie hätten wirklich einen toten Mann gesehen und alle Ihre Hirngespinste wären Wirklichkeit gewesen, dann wäre Ihre Situation mehr als ernst. Aber das ist doch nicht der Fall, nicht wahr?«

»Nein«, sagte sie folgsam.

Aber sie hörte nicht auf zu zittern.

»Sagen Sie sich, daß alles gut werden wird«, bat er. »Nehmen Sie eine positive Haltung ein.«

»Ich will es versuchen.«

»Das ist nicht genug. Reißen Sie sich zusammen. Freuen Sie sich auf die Zukunft. Mehr Optimismus, Lady! Das ist die Anweisung Ihres Arztes. Jetzt werde ich zwei Pfleger und ein Rollbett auftreiben, und wir gehen runter in die Röntgenstation, um die Tests hinter uns zu bringen. Sind Sie bereit?«

»Ja. Ich bin bereit.«

»Lächeln Sie!«

»Ist das auch eine ärztliche Anweisung?«

»Jawohl.«

»Na dann . . .« Sie verzog ihre Lippen zu einem Lächeln. Es fiel etwas schief aus, aber das amüsierte sie wiederum, so daß sie jetzt wirklich zu lachen begann.

»Ausgezeichnet. Bleiben Sie so, bis ich wiederkomme.«

Er ging, und das Lachen verschwand von ihren Lippen.

Sie sah zum anderen Bett hinüber.

Sie wünschte, es wäre nicht vorhanden gewesen.

Sie fühlte sich lustlos und erbärmlich, obwohl Dr. McGee so große Hoffnungen auf ihre Tatkraft setzte. Ihr Körper erholte sich zusehends, aber ihre Seele... Was war bloß los mit ihr? Depressionen? Gab es kein Mittel, ihrer Niedergeschlagenheit Herr zu werden? Nein, mußte sie zugeben, nicht, solange sie hilflos und untätig die Untersuchungen über sich ergehen lassen mußte, mit denen Fachleute die Wurzeln ihrer Krankheit bloßzulegen versuchten.

Wieder schaute sie auf Mrs. Seifferts Bett. Der Vorhang hing unbewegt und faltenlos.

Letzte Nacht hatte sie nicht bloß einen Vorhang beiseitegezogen, der das Bett einer Patientin umschloß. Sie hatte einen anderen Vorhang gelüftet, einen, der die Pforte zum Wahnsinn verhüllt hatte. Einige entsetzliche Minuten war sie jenseits der Grenzen der Vernunft gewesen und hatte ein Schattenreich betreten, von dem kaum jemandem eine Wiederkehr vergönnt war.

Was wäre geschehen, fragte sie sich, wenn sie vor den Trugbildern nicht geflohen wäre, wenn sie Jerry Steins vermoderter Leiche nicht ausgewichen wäre? Sie fürchtete, die Antwort zu kennen. Wenn sie sich behauptet und darauf gewartet hätte, daß ihr längst verstorbener Verlobter sie berührte und umarmte, wenn er seine halbverfaulten Lippen auf ihre gepreßt hätte – sie war sicher, sie hätte endgültig den Verstand verloren. Dann wäre keine Rettung mehr möglich gewesen. Man hätte sie jaulend und brabbelnd auf dem Boden liegend gefunden, hätte sie von der Willawauk-Klinik in eine entlegene Anstalt gebracht und ihr einen stillen Raum mit gepolsterten Wänden zugewiesen.

Nein, so ging es nicht weiter. Die Zeit drängte. Es mußte eine Lösung gefunden werden, ehe es zu spät war.

Die einzige Hoffnung bestand darin, daß McGee und seine Leute die richtige Antwort fanden. Wenn nicht...

22.

.

Hellblau. Alles war hellblau. Die Wände, die Decke. Sie lag im Rollbett auf dem Rücken, den Kopf auf einem flachen, harten Kissen. Wenn sie sich umsah, strahlte alles in einem leuchtenden Blau, als befände sie sich inmitten eines Sommerhimmels.

Jetzt stand McGee an ihrer Seite. »Wir beginnen mit einem EEG.«

»Elektroenzephalogramm«, sagte sie. »Ich habe schon davon gehört, aber noch nie eines machen lassen.«

»O doch, wir haben schon eines von Ihnen gemacht, als Sie im Koma lagen. Jetzt sind Sie wach, und wir wiederholen den Test. Keine Angst, Sie spüren nichts.«

»Ich weiß.«

»Es vermittelt einen Blick auf Ihre Hirnstromkurven. Wenn es eine krankhafte Fehlfunktion gibt, würde sie sich im EEG zeigen.«

»Mit Sicherheit?«

Er zuckte die Achseln. »Das menschliche Gehirn setzt sich aus Milliarden Zellen zusammen. Keine Untersuchung kann hundertprozentig sicher sein.«

Eine Schwester rollte die Maschine aus einer Ecke des Raums neben das Rollbett, auf dem sie lag.

»Der Apparat arbeitet am besten, wenn der Patient völlig entspannt ist.«

»Ich bin entspannt.«

»Verstehen Sie, das Bild wäre nicht verläßlich oder zumindest schwer auszuwerten, wenn Sie sich in einem Erregungszustand befinden.«

»Ich bin völlig ruhig.«

»Strecken Sie Ihre Hand aus!«

Sie gehorchte.

»Halten Sie die Finger aneinandergepreßt. Gut. Jetzt spreizen Sie sie, bitte.« Er betrachtete aufmerksam ihre Hand, dann nickte er. »Gut. Sie versuchen mich nicht zu täuschen. Sie sind tatsächlich viel ruhiger als vorhin.«

Sie wußte auch, warum. Seit man sie in die physikalische

Abteilung gebracht hatte, befand sie sich in einer ihr vertrauten Umgebung. Apparate, Skalen, Zeiger. Als gelernte Physikerin wußte sie, daß sie sich nicht mehr im Reich der Halluzinationen befand, sondern auf wissenschaftlichem Grund. Wellen und Kurven würden abgelesen und ausgewertet, Möglichkeiten erwogen und Fehlschlüsse eliminiert werden. Ein Vorgang, den sie gut kannte und dem sie vertraute.

Sie vertraute auch Jeffrey McGee, seinem Intellekt, seinen medizinischen Kenntnissen. Er wußte, wonach zu suchen war; wenn es da etwas gab, würde er es finden. Die Untersuchungen würden Klarheit schaffen, wenn nicht sofort, dann mit der Zeit. Und McGee schickte sich energisch an, ihren Prüfungen ein Ende zu bereiten.

Er befestigte Elektroden an beiden Seiten ihres Kopfs.

»Wir machen Aufzeichnungen von der rechten und der linken Seite, prüfen sie erst einzeln und vergleichen sie dann. Das ist der erste Schritt.«

Er brachte kein Ergebnis. Die Wellen verliefen gleichmäßig, ohne Spitzen, ohne Abflachungen. Auch die Vergleiche zeigten keine pathologische Abweichung.

»Das Enzephalogramm einer Gesunden«, sagte McGee schließlich.

Susan war bitter enttäuscht. »Soll ich mich freuen?«

»Aber natürlich.«

»Ich hatte gehofft, Sie würden die Wurzel des Übels bloßlegen.«

»Geduld! Das EEG ist nicht der Schlußpunkt unserer Untersuchung, sondern der Anfang.«

»Und jetzt?«

Er entfernte die Elektroden von ihren Schläfen. »Jetzt gehen wir in die Radiologie rüber. Ich möchte neue Röntgenaufnahmen von Ihrem Schädel machen.«

»Klingt nicht sehr romantisch.«

»Da kennen Sie die Radiologen nicht. Die schwärmen von Röntgenbildern wie andere für Porträts von Tizian.«

Die Röntgenstation, in die man sie brachte, war ganz in Weiß gehalten, nur die großen Apparate glänzten schwarz. Die Prozedur war ziemlich ermüdend.

Es wurden zahlreiche Aufnahmen gemacht, die Susan zum Teil in komplizierte Stellungen zwangen. Oft fiel es ihr schwer auszuharren, bis die Aufnahme vorbei war. Dann wurden die Platten entwickelt und schließlich in die Lichtkästen gehängt.

McGee und der junge Radiologe betrachteten gemeinsam die Bilder, zeigten auf Schatten und helle Flecken und murmelten miteinander. Sie verglichen verschiedene Aufnahmen und debattierten eifrig. Schließlich wurden die Lichtkästen abgeschaltet, und die beiden Männer wandten sich an Susan.

»Nun«, fragte sie erwartungsvoll, »was habt ihr gefunden?«

McGee seufzte und sagte: »Nichts.«

»Keine Flüssigkeitsansammlung, kein Anzeichen eines inneren Drucks.«

»Auch keine krankhafte Veränderung der Zirbeldrüse, die bei manchen Patienten Halluzinationen hervorruft.«

Der Radiologe lächelte Susan zu. »Alles klar und sauber, Miß Thorton. Sie haben keinen Grund zur Besorgnis.«

Susan blickte auf McGee. Sein Gesichtsausdruck spiegelte ihre eigenen Gefühle. Der Radiologe irrte sich, sie hatte allen Grund, besorgt zu sein.

»Und jetzt?« fragte sie ihn.

»Lumbalpunktion. Wenn dem EEG und den Röntgenbildern etwas entgangen ist, wird es uns die Rückenmarksflüssigkeit verraten.«

Er telefonierte mit dem Laboratorium und bat, die Flüssigkeitsproben, die er der Patientin entnehmen würde, sofort zu analysieren. Dann nahm er die Punktion vor.

Obwohl er ihr eine Novocainspritze gab, war die Prozedur keineswegs schmerzlos, wenn auch nicht so schlimm, wie sie gefürchtet hatte. Sie biß sich auf die Lippen, und ihre Augen füllten sich mit Tränen. Als alles vorbei, atmete sie erleichtert auf.

»Etwas zu erkennen?« fragte sie zaghaft.

»Vorläufig nicht. Der Druck ist normal, die Flüssigkeit klar. Wir müssen den Befund des Laboratoriums abwarten.«

»Wird es lange dauern?«

»Eine Weile.«

Er nahm ihr noch verschiedene Blutproben ab, dann erklärte er die Tests für beendet und verließ sie, um die letzten Proben ins Laboratorium zu bringen. Gleich darauf erschienen zwei Pfleger, um sie in ihr Zimmer zurückzuführen.

Es waren Phil und Murphy.

Sie begrüßten Susan als alte Bekannte.

»Alle auf dem zweiten Stock haben Sie vermißt.«

»Gedrückte Stimmung.«

»Nichts als traurige Gesichter.«

»Ein trister Platz ohne Miß Thorton.«

»Wie ein Friedhof.«

»Wie ein Spital.«

»Aber mit Ihnen, schöne Frau...«

»...ist es heller, freundlicher...«

»...ein Luxushotel.«

Die übliche alberne Unterhaltung. Susan sagte sich, das schreckliche Erlebnis vom vorigen Tag sei nur ein Alptraum gewesen, und die beiden Pfleger wären weder heimtückisch noch bösartig – trotzdem fühlte sie sich in ihrer Nähe nicht wohl.

Und als sie die Aufzüge erreichten, begann ihr Herz zu klopfen. Murphy wandte sich zur zweiten Tür, nicht zur ersten wie am Vortag. Er drückte auf den Knopf, die Tür öffnete sich.

Ängstlich warf Susan einen Blick ins Innere des Aufzugs.

Zwei Patienten standen drin und eine Schwester. Keine toten Männer.

Ich kann so nicht weiterleben, dachte Susan grimmig, als sie den Korridor entlang zu ihrem Zimmer gerollt wurde. Es ist unerträglich, vor jedem Menschen, dem man begegnet, Angst zu haben. Vor jedem Schatten zu zittern. Immer in Erwartung des Grauens, das in jeder Ecke, hinter jeder Türe lauert.

Sie hatte schon alle Hoffnung aufgegeben, auch angenehme Überraschungen zu erleben. Doch diesmal war es der Fall.

Jessica Seiffert war nicht mehr in ihrem Zimmer. Kein Vorhang umgab mehr das zweite Bett.

Es stand leer.

Eine Schwester entfernte gerade das gebrauchte Bettzeug und warf es auf einen Wäschekarren.

»Wo ist Mrs. Seiffert?«

»Ihr Zustand hat sich rapid verschlechtert. Man mußte sie in die Intensivstation bringen.«

»Tut mir leid zu hören.«

»Es war zu erwarten. Traurig, nicht wahr? Eine so nette Dame!«

Trotz ihres Bedauerns war Susan froh, in ihrem Zimmer wieder allein zu sein. Der Raum war jetzt leicht zu überblikken, nichts und niemand konnte sich vor ihren Augen verbergen. Und sie konnte von ihrem Bett aus wieder den Himmel sehen. Obwohl er grau und verhangen war und die Wolken auf einen nahenden Sturm hinwiesen, war es tröstlich, den Kontakt zur Außenwelt nicht vollkommen verloren zu haben.

Bald darauf kam Mrs. Baker und brachte ihr das Frühstückstablett. »Sie haben heute noch nichts im Magen.«

»Ich mußte für die Untersuchungen nüchtern sein.«

»Sicher. Aber Sie können es sich nicht leisten, auch nur eine einzige Mahlzeit zu versäumen. Sie sind nicht so gut gepolstert wie ich. Ich könnte eine ganze Woche ohne Essen bleiben.«

»Ich bin ausgehungert.«

»Kann ich mir denken. Waren die Tests schlimm?«

»Zum Teil. Ich bin zerstochen wie ein Nadelkissen.«

»Hat Dr. McGee die Einstiche selbst gemacht?«

»Ja.«

»Dann hätte es schlimmer kommen können. Nicht alle haben seine leichte Hand.«

»Ich fürchte, er wird zu spät in seine Praxis kommen.«

»Mittwoch vormittag hat er keine Ordination. Erst am Nachmittag ab 4 Uhr 30.«

»Ah, das wußte ich nicht. Übrigens – ich habe Sie gestern kaum gesehen, Mrs. Baker. Da hab' ich ganz vergessen zu fragen, wie es Ihnen Montagabend gegangen ist.«

Thelma Baker schien etwas ratlos zu sein. »Montag abend?«

»Ihr Rendezvous? Das Kegeln und das Abendessen?«

Einige Sekunden schien die Schwester keine Ahnung zu haben, wovon Susan sprach. Dann klärte sich ihr Gesichtsausdruck, und sie sagte etwas zu schnell: »Aber natürlich! Das Rendezvous. Mein Holzfäller!«

»Mit den Schultern wie eine Türfüllung. So haben Sie ihn mir beschrieben.«

»Und mit den großen, aber zärtlichen Händen«, fuhr die Schwester fort.

Susan zwinkerte ihr zu. »Ich glaubte schon, Sie hätten ihn vergessen.«

»Wie könnte ich? Wir haben es ziemlich toll getrieben. Nicht nur beim Kegeln...« Sie blickte schelmisch drein und etwas schuldbewußt.

Susan lachte. »Aber Mrs. Baker! Und Sie machen einen so bürgerlichen Eindruck.«

»Im Grunde bin ich eine ganz brave Person«, erwiderte die mollige Schwester. »Aber das Leben wird langweilig, wenn man es nicht ab und zu würzt.« Und grinsend fügte sie hinzu: »Kräftig würzt.«

Susan entfaltete die Serviette und tat Sahne in ihren Kaffee. »Eine Prise genügt Ihnen wohl nicht?«

»Teelöffel sind besser.«

»Sie sind ja eine richtige Genießerin.«

»Ich bin Methodistin«, erwiderte die Baker.

»Und Methodisten sind den Genüssen des Lebens nicht abhold. Und jetzt essen Sie brav Ihr Frühstück auf, Liebste, damit Sie bald wieder fest auf Ihren hübschen Beinen stehen können.« Sie lachte. »Gute Gesundheit ist die Voraussetzung, um das Leben richtig genießen zu können, meinen Sie nicht?«

Damit ging sie. Susan sah ihr nach, etwas verwirrt.

Sie wußte nicht, worüber sie sich mehr wundern sollte, über die erstaunliche Mitteilsamkeit von Mrs. Baker oder über die Tatsache, daß sie sich an die tolle Montagnacht nicht gleich hatte erinnern können.

23.

Susan wartete ungeduldig auf das Erscheinen von Dr. McGee. Da er nicht in seine Praxis mußte, konnte er zwar die Morgenvisite im Krankenhaus beliebig verlängern, aber er ließ erstaunlich lange auf sich warten. Es war beinahe 11, als er schließlich in ihr Zimmer kam.

»Tut mir leid, wenn ich Sie warten ließ, Susan. Aber ich war noch in der Intensivstation, um nach Jessica Seiffert zu sehen.«

»Natürlich, ich hätte daran denken müssen. Wie geht es ihr?«

»Es geht ziemlich schnell zu Ende.«

»Wie traurig!«

»Nein. Es ist sicher traurig, daß sie sterben muß, aber da man nichts für sie tun kann, ist es besser, es dauert nicht lange. Sie war Zeit ihres Lebens eine sehr aktive Frau, und es war mir schrecklich, sie ans Bett gefesselt zu sehen. Übrigens – mir ist etwas eingefallen, was ich Ihnen sofort sagen möchte.«

»Was?«

»Jessies Krankenblatt auf der Intensivstation war mit ihren Initialen überschrieben. Und da kam mir in den Sinn, was möglicherweise Ihre Halluzination von Jerry Steins Leiche hervorgerufen hat, als Sie auf Mrs. Seiffert sahen.«

»Ich verstehe nicht...«

»Die Initialen.«

»Initialen?« Sie begriff nicht gleich, wovon er sprach.

»Die beiden haben die gleichen Initialen. J. S.«

Susan schüttelte verwirrt den Kopf. »Das ist mir noch gar nicht aufgefallen.«

»Nicht bewußt. Aber in Ihrem Unterbewußtsein mag es eine Assoziation hervorgerufen haben. Unser Unterbewußtsein ist verdammt hellsichtig, nichts entgeht ihm. Vielleicht hat Sie die Zufälligkeit der Initialen auf den dummen Vorhang fixiert und einen Geist erscheinen lassen. Wenn das der Fall ist, dann waren Ihre Erlebnisse möglicherweise gar keine spontanen Erscheinungen, sondern beruhten auf einer gewissen Logik. Kleinigkeiten, die uns entgangen sind, mögen mit Ihrer Erinnerung an die Nacht in der Donnerhöhle verknüpft gewesen sein, und sowie die Verbindung im Unterbewußtsein hergestellt war, folgten stets die entsprechenden Halluzinationen. Daß ein bestimmter Reiz bestimmte Erscheinungen auslöst, gehört zum Einmaleins der Psychologie.«

Er brachte seine Theorie mit sichtlicher Erregung hervor, die Susan nicht teilen konnte. »Selbst wenn es so wäre – was für einen Unterschied würde es bedeuten?«

»Das ist doch ganz klar. Wenn wir keine physische Ursache für Ihren Zustand finden, müssen wir nach einer psychischen suchen.«

Susan gefiel ganz und gar nicht, was er sagte. Sie hatte auf ein eindeutiges Resultat der Untersuchungen gehofft, und jetzt sah sie ihre Hoffnung schwinden. »Sie haben alle Befunde bereits gelesen, nicht wahr?«

Er nickte.

»Und sie haben nichts ergeben?«

»Nichts Krankhaftes. Die Protein-Analyse normal. Auch die Zählung der roten und weißen Blutkörperchen ergab keinen pathologischen Befund. Sie sind eine gesunde Frau, Susan Thorton.«

»Und darüber sollte ich mich freuen?«

Es gab keinen Zweifel. Ihr Körper hatte sie nicht im Stich gelassen, auch ihr Gehirn nicht. Es war ihr Geist, der gelitten hatte. Kein organisches Problem! Sie war bloß verrückt. Nichts weiter. Nur verrückt.

»Ein seltener Fall«, meinte Dr. McGee, »die Patientin ist niedergeschlagen, weil man sie für gesund erklärt. Doch wir dürfen eine organische Fehlfunktion nicht so schnell ausschließen. Immerhin haben Sie eine Kopfverletzung hinter sich, die Sie in ein dreiwöchiges Koma versetzt hat.«

»Und wenn sich schließlich doch nichts erkennen läßt...«

»...dann müssen wir die andere Seite der Medaille betrachten: die seelische.«

Zum ersten Mal, seit er in ihr Zimmer gekommen war,

nahm er ihre Hand in die seine, und der Druck war wundervoll beruhigend. Im Unterschied zu dem, was er sagte.

»Wenn Ihre Visionen durch einen subtilen Mechanismus Ihres Unterbewußtseins ausgelöst werden, müßten wir einen Psychiater zu Rate ziehen.«

»Nein, nein.« Dagegen sträubte sie sich. Sie war Physikerin, zu medizinischen Apparaten hatte sie Vertrauen. Die Ergebnisse waren abzulesen, meßbar. Aber Psychiatrie befaßte sich mit unsichtbaren Elementen. Als Wissenschaftlerin mißtraute sie einem Gebiet, dessen Resultate nicht methodisch kontrolliert werden konnten.

»Ich bin gewohnt, mich auf Fakten zu stützen, nicht auf Spekulationen. Was besagt schon die Übereinstimmung von zwei Initialen. Nichts, weniger als nichts. Oder sind Sie ein afrikanischer Medizinmann, Dr. McGee, ein Zauberdoktor?«

»Ich wollte, ich wäre so einer. Die sollen ja manchmal erstaunliche Erfolge erzielen. Sie nennen es Geisterbeschwörung, aber das ist nur ein Wort. Die moderne Psychiatrie hat sich mit ihren Praktiken beschäftigt und...«

Sie unterbrach ihn. Sagte lapidar: »Ich glaube nicht an die moderne Psychiatrie.« In Wirklichkeit hatte sie bloß Angst davor, was eine psychotherapeutische Behandlung bedeuten konnte. Endlose Sitzungen, die sich über Monate oder Jahre hinziehen mochten – Zeiträume, in denen sie immer wieder von qualvollen Halluzinationen heimgesucht werden würde.

McGee schien ihre Gedanken erraten zu haben, denn er sprach nicht mehr vom Hinzuziehen eines Psychiaters.

»Ihre Lippen sind trocken, Susan.« Er groß ihr ein Glas Wasser ein, sie trank es gierig. Als er es ihr aus der Hand nahm, um es auf den Nachttisch zu stellen, fragte er unvermittelt: »Haben Sie sich in der Zwischenzeit an Ihre Arbeit erinnert?«

Die Frage beunruhigte sie, er hatte einen wunden Punkt getroffen. Das letzte Mal, daß sie an ihre Arbeit und an die Milestone Corporation gedacht hatte, war vor zwei Tagen gewesen, als sie mit Philip Gomez in Newport Beach telefoniert hatte. Montag morgen. Also vor mehr als zwei Tagen. Seit damals hatte sie das gesamte Thema aus ihrem Kopf verbannt – als ob es sie geängstigt hätte.

Und sie konnte es nicht leugnen, es ängstigte sie tatsächlich.

Die bloße Erwähnung von Milestone ließ sie erschaudern. Und plötzlich hatte sie das quälende Gefühl, als ob ihre absurden Halluzinationen – die toten Männer, Jerry Steins Leiche – irgendwie mit ihrer Arbeit bei Milestone in Zusammenhang stehen würden.

Jerry McGee fühlte sichtlich ihre Befürchtungen, denn er beugte sich näher zu ihr und fragte besorgt: »Was haben Sie, Susan? Ist was nicht in Ordnung?«

Sie erzählte ihm, was sie bewegte. Daß es zwischen ihren irren Fantasien und der Milestone Corporation einen Zusammenhang geben könnte.

»Einen Zusammenhang?« fragte McGee ziemlich ratlos. »Was für eine Art Zusammenhang?«

»Ich kann es nicht sagen. Nur ein unbestimmtes Gefühl...«

»Haben Sie denn schon *vor* Ihrem Unfall ähnliche Halluzinationen gehabt?«

»Nein. Warum sollte ich?«

»Sie meinen, Sie sind sich nicht sicher?«

»Aber ja...«

»Das klingt nicht sehr überzeugend.«

Sie begann darüber nachzudenken. Er beobachtete sie aufmerksam.

Schließlich sagte sie: »Nein. Kein Zweifel. Ich habe diese Anfälle erst seit dem Unfall, seit meinem Koma. Andernfalls hätte ich sie sicher nicht vergessen.«

McGee erklärte langsam und nachdenklich: »Wir hoffen doch beide, daß schließlich ein physiologischer Grund für Ihren Zustand gefunden werden wird. Wenn nicht, dann müßte die Ursache psychologischer Natur sein. Bedingt vielleicht durch Streß bei Ihrer Arbeit, etwas, was mit Milestone in einem Zusammenhang steht...«

»Ein Nervenzusammenbruch?«

»Oder etwas Ähnliches.«

»Nein. Daran könnte ich mich erinnern.«

»Vielleicht ja, vielleicht nein. Warum sonst könnten Sie einen Zusammenhang mit Milestone vermuten?«

»Ich weiß es nicht. Ich weiß es wirklich nicht.«

»Trotzdem empfinden Sie bei der Erwähnung von Milestone eine gewisse Angst, die Sie sich nicht erklären können. Nun, dafür gibt es eine einfache Erklärung. Die Gründe sind die gleichen, aus denen Sie der Vorhang um Jessie Seifferts Bett in Furcht versetzte. Sie konnten nicht sehen, was sich auf der anderen Seite des Vorhangs befand, ein Umstand, der Ihrer Fantasie breiten Spielraum bot und überspannte Vorstellungen hervorrief. Im Moment besitzt Ihr Job die gleiche Qualität des Unbekannten. Um einen bestimmten Teil Ihres früheren Lebens ist eine Art Vorhang gezogen, und weil Sie nicht wissen, was dahinter liegt, füllen Sie diesen Freiraum mit erschreckenden Möglichkeiten aus. Sie sind fixiert auf ein einschneidendes Erlebnis, das ein permanentes Trauma hervorgerufen hat: die Nacht in der Donnerhöhle. Dieses Ereignis vor dreizehn Jahren hat natürlich nichts mit Milestone zu tun, aber eine gewisse Besessenheit veranlaßt Sie, die verschiedensten Geschehnisse miteinander zu verbinden. Können Sie mir folgen?«

»Ja.«

»Und trotzdem ängstigt Sie die Milestone Corporation immer noch?«

»Jedesmal, wenn Sie sie erwähnen, durchläuft mich ein kalter Schauder«, gestand sie. Sie schob den Ärmel ihres Pyjamas hoch und zeigte ihm die Gänsehaut.

McGee strich mitfühlend über ihren Arm, wie um das Zeichen ihrer Ängste fortzuwischen. »Ja, es ist keine Einbildung. Ihre Hand war schon kalt, als ich zuerst nach ihr gegriffen hatte. Aber jetzt, da wir über Ihren Job gesprochen haben, fühlt sie sich an wie Eis.«

»Also, sehen Sie!«

»Was beweisen diese Kälteschauer? Es sind Facetten Ihrer Besessenheit. Sie haben keinen logischen Grund, sich vor Milestone oder den Leuten dort zu fürchten.«

Niedergeschlagen sagte sie: »Ich nehme an, daß ich keinen habe.«

»Nein. Sie *wissen*, daß Sie keinen haben.«

Susan seufzte. »Manchmal wünschte ich, es gäbe wirklich Gespenster. Ich meine, es wäre relativ einfach, mit Geistern fertig zu werden. Man hätte zumindest einen – wenn auch imaginären – Anhaltspunkt. Ich hätte keine Zweifel an mir selbst, die mich beinahe in Stücke reißen. Alles, was ich zu tun hätte, wäre, einen Exorzisten zu mir zu bitten, damit er diese gräßlichen Dämonen in die Hölle zurücktreibt, aus der sie gekommen sind und wohin sie gehören.«

McGee runzelte die Stirn. »Es gefällt mir ganz und gar nicht, Sie so sprechen zu hören.«

»Keine Angst, Doktor, ich bin noch nicht übergeschnappt, und ich weiß sehr gut, daß es keine Gespenster gibt. Geister sind durchsichtig und nicht so handfest wie die toten Männer, die mich heimgesucht haben. Sie sollen doch aussehen wie weiße Leintücher mit Augenschlitzen. Ich wollte, solche wären mir begegnet, ich hätte keine Furcht vor ihnen.« Sie zwang sich zu einem Lachen, aber es war ohne Fröhlichkeit. »Oder haben Sie vielleicht selbst Angst vor Geistern? Dann würde ich Sie nicht mehr benötigen, Dr. McGee – keinen Arzt mehr, sondern einen Priester.«

Er erwiderte ihre Heiterkeit, so gut er konnte. »Mich durch einen Priester ersetzen!? Das würden Sie mir doch nicht antun!«

Sie gab sich alle Mühe, den leichten Tonfall nicht aufzugeben. »Keine Sorge, einen Priester zu rufen, wäre mir zu riskant. Was, wenn ich an einen käme, der seinen Glauben verloren hat? Oder an einen Katholiken – und die toten Männer wären zu Lebzeiten sämtlich Protestanten gewesen?«

Sie wußte, daß sie McGee nicht täuschen konnte. Er merkte trotz ihrer erzwungenen Heiterkeit, daß sie deprimiert und verängstigt war. Doch er ging bereitwillig auf sie ein.

»Soviel ich weiß«, sagte er, »ist die Macht des Exorzismus unabhängig von der ehemaligen Glaubensrichtung der Dämonen. In der Welt des Übernatürlichen gibt es keine irdische Logík. Wenn zum Beispiel ein katholischer Pfarrer hilflos gegen protestantische Geister wäre, könnte man einen jüdischen Vampir nicht mit einem Kruzifix vertreiben.«

»Wie könnte man sich dann gegen einen jüdischen Vampir schützen?«

»Vielleicht, wenn man ihn mit einem Davidstern bedroht.«

»Oder ihm ein Schinkensandwich anbietet.«

»Und einen moslemischen Vampir?«

Sie zuckte die Achseln. »Sie sehen, das ist alles viel zu kompliziert. Ich werde Sie doch nicht gegen einen Geistlichen austauschen.«

»Danke. Es tut gut zu wissen, daß man gebraucht wird.«

»Oh, daran besteht kein Zweifel. Ich brauche Sie.«

Unvermutet veränderte sich der Tonfall ihrer Stimme, und der spielerische Unterton verschwand abrupt, als ihre wahren Gefühle zum Ausbruch kamen. »Ich brauche Sie. Ich brauche Sie.« Und gegen ihren Willen trieb es sie fortzufahren, hastig, leidenschaftlich: »Ja, ich brauche Sie, Jeff, und wenn Sie mich brauchen, werde ich hier sein, jederzeit...«

Er starrte sie an, und sie hatte das Gefühl, daß seine hellen blauen Augen dunkler waren als sonst. Sie versuchte, in seinem Blick zu lesen, aber konnte nicht erraten, was sich dahinter verbarg.

Während sie auf seine Reaktion wartete, fragte sie sich, ob sie sich nicht töricht benommen hatte. Hatte sie alles, was er gesagt und getan hatte, falsch ausgelegt? Wenn sie sein Verhalten mißdeutet hatte, befand sie sich in einer äußerst peinlichen Situation. Sie wünschte, sie könnte ihre Worte ungesprochen machen, die Zeit um eine Minute zurückdrehen.

Dann küßte er sie.

Es war keiner der Küsse, wie sie sie in den letzten Tagen empfangen hatte. Kein keuscher, kein schüchterner Kuß. Er küßte sie nicht auf die Wange, sondern auf die Lippen, zart, aber kräftig, erst tastend, dann fordernd. Und sie erwiderte den Kuß mit einer Leidenschaft, die sie bislang nicht gekannt hatte. Ohne Reserve, ohne Wunsch, ihre Gefühle unter Kontrolle zu halten. Sie wußte instinktiv, daß diese Beziehung anders war als alle Liebesgeschichten der Vergangenheit. Sie ließ sich gehen. In diesem Kuß spielten nicht nur Lippen und Zungen mit, sondern auch Lust und Erregung. Er legte seine Hände auf ihr Gesicht und hielt sie fest, als fürchte er, sie würde ihre Hingabe bedauern und sich von ihm losreißen wollen.

Schließlich trennten sich ihre Lippen. Ihre Gesichter waren einander ganz nahe. Susan suchte in seinem Gesicht zu lesen, was ihm der Kuß bedeutet hatte. Sie sah in seiner Miene ein Gemisch von Gefühlen: Überraschung, Glück, Verwirrung.

Er atmete heftig.

Ihr Herz schlug schnell.

Einen Moment glaubte sie noch etwas anderes in seinen Augen lesen zu können. Wieder hatten sie sich verdunkelt. Eine Sekunde oder auch zwei glaubte sie, in seinem Blick etwas wie Angst zu erkennen.

Angst?!

Doch bevor sie entscheiden konnte, was das bedeuten mochte, bevor sie sich noch klar darüber war, ob sie sich nicht geirrt und tatsächlich eine Spur von Angst erkannt hatte, brach er das Schweigen, und der Zauber des Augenblicks verflüchtigte sich.

»Ich war verwirrt ... ich wollte nicht ...«

»Und ich dachte schon, ich hätte dich gekränkt.«

»Nein, nein. Ich wußte bloß nicht, wie du ...«

»... wie wir beide ...«

»... gleiche Gefühle, gleiche Empfindungen ...«

Er küßte sie wieder. Doch diesmal verhaltener. Schielte er nach der Tür? Sie konnte ihm daraus keinen Vorwurf machen. Immerhin war er Arzt und sie seine Patientin. Das Verführen von Patientinnen war mit dem Ehrenkodex eines Arztes nicht in Einklang zu bringen. Sie hätte so gern ihr Arme um ihn geschlungen und ihn an sich gepreßt; sie hätte gewünscht, die romantischen Augenblicke würden kein Ende nehmen und schließlich Erlösung und Erfüllung bringen. Doch sie wußte, daß es weder der richtige Platz noch der richtige Moment war, und so ließ sie zu, daß er sich von ihr zurückzog.

Doch niemand konnte die beiden daran hindern, sich zärtliche Worte zuzuflüstern.

Sie: »Seit wann hast du...?«

Er: »Ich weiß nicht. Vielleicht schon, bevor du aus dem Koma erwacht bist.«

»Sogar vorher?«

»Du warst so schön. Schlafend. Wie eine verwunschene Prinzessin.«

»Du hast mich doch noch gar nicht gekannt.«

»Natürlich war es noch nicht Liebe. Aber ein Gefühl, eine starke Anziehungskraft...«

»Ich bin sehr froh...«

»Und nachdem du aus dem Koma aufgewacht bist...«

»...habe ich dich nicht enttäuscht.«

»Im Gegenteil. Du hast Schneid bewiesen. Und ich liebe Frauen mit Schneid.«

Eine Weile schwiegen sie dann, in gegenseitige Betrachtung versunken.

Dann sagte sie: »Kann so etwas wirklich passieren? So schnell?«

»Jedenfalls ist es passiert.«

»Wir haben uns noch so viel zu sagen. Ich weiß praktisch noch gar nichts über dich.«

»Da ist nicht viel zu wissen...«

Sie nahm seine Hände in die ihren. »Ich will aber alles über dich wissen. Alles.«

»Später. Nicht hier...«

»Du hast recht. Ein Krankenhaus ist kaum der richtige Platz für Liebende, einander kennenzulernen.«

»Ich glaube, wir bleiben besser auf der Patientin-Arzt-Basis, bis du hier herauskommst. Wenn du gesund bist und aus der Klinik entlassen wirst, wenn wir nicht von vielen Augen gesehen werden...«

»Ja, das ist klüger«, stimmte sie zu, obwohl sie ihn berühren und von ihm berührt werden wollte, wie es der ärztlichen Ethik nicht entsprach. »Aber müssen wir uns strikt an die Regeln halten? Kannst du mich nicht wenigstens mal küssen?«

Er tat, als müsse er überlegen. »Nun«, sagte er lächelnd,

»soweit ich mich entsinne, verbietet der Hippokratische Eid einem Arzt nicht, Patienten zu küssen.«

»Jetzt zum Beispiel?«

Er küßte sie.

»Trotz allem«, erklärte er, »das Wichtigste für uns beide ist, unsere gemeinsamen Energien auf deine Wiederherstellung zu konzentrieren. Wenn es mir gelingt, dich gesund zu machen, wird alles Weitere einfach sein.«

»Gemeinsam werden wir es schaffen.«

»Wir *müssen* es schaffen«, sagte er in einem Ton, der jeden Zweifel ausschloß.

Obwohl er so überzeugend sprach, mußte Susan unwillkürlich daran denken, daß sie noch vor kurzem ein Aufflackern von Furcht in seinem Blick gesehen hatte. Trotz seinem Optimismus mußte es in ihm Vorbehalte geben. Er war kein Narr; er wußte sehr gut, daß die Möglichkeit eines Fehlschlags bestand. Dann würde sie immer wieder von Halluzinationen heimgesucht werden. Furcht? Nun, er hatte allen Grund, besorgt zu sein. Er hatte Angst, sich in eine Frau verliebt zu haben, die sich am Rande eines Nervenzusammenbruchs befand oder – schlimmer noch – auf dem unaufhaltsamen Weg ins Irrenhaus.

»Du brauchst keine Angst zu haben«, sagte sie sanft.

»Ich habe keine.«

»Ich bin stark.«

»Ich weiß.«

»Stark genug, um alles zu überwinden. Mit deiner Hilfe!«

Bevor er sie wieder küssen konnte, wurden sie durch den Eintritt von Thelma Baker unterbrochen, die das Mittagessen brachte.

Der Zauber der Romantik war im Nu verflogen.

McGee verabschiedete sich, und Susan beugte sich seufzend über das Tablett mit Suppe und Hühnerbrust.

24.

In der Ruhestunde nach dem Essen fand Susan keinen Schlaf. Wirre Gedanken peinigten sie.

Sie überraschte sich bei dem skurrilen Wunsch, daß es wirklich Geister geben möge. Es würde ihre Probleme vereinfachen, wenn tote Männer durch das Hersagen frommer Gebete und durch das Besprengen mit Weihwasser in ihre Gräber zurückgetrieben werden könnten. Wie praktisch, wenn sich beweisen ließe, daß das Problem nicht in ihrem Inneren, sondern außerhalb zu finden war. Wenn Hatch und die anderen Phantome wirkliche Gespenster waren, würde sich daraus folgern lassen, daß sie, Susan Thorton, gesund war und an keiner psychischen oder geistigen Störung litt.

Doch ein socher Wunsch, das wußte sie, war unerfüllbar. Und daraus folgte, daß sie tatsächlich an einer geistigen Verwirrung litt.

Und noch am gleichen Nachmittag wurde ihre Befürchtung bestätigt.

Es begann ganz harmlos, und sie durfte schon hoffen, daß sie sich auf dem Weg der Besserung befand.

Gegen zwei Uhr wurde sie abgeholt und zur physikalischen Therapie gebracht. Die Pfleger waren ihr unbekannt, sie sprachen nur das Nötigste, und keines der beiden Gesichter glich im mindesten einem Phantom aus ihrer Vergangenheit.

Im Aufzug erwartete sie das Schlimmste. Doch nichts geschah.

Seit der vergangenen Nacht, seit der Erscheinung von Jerry Steins Leiche, hatte sie keine Halluzinationen mehr gehabt. Wieviele Stunden waren seither vergangen? Beinahe sechzehn...

Vielleicht würde es keinen weiteren Anfall geben. Vielleicht würden die Visionen so plötzlich verschwinden, wie sie begonnen hatten.

Die Therapie war anstrengender als am Vortag, aber Mrs. Atkinson bestätigte ihr, daß sie erstaunliche Fortschritte machte.

Die Wassertherapie und die energische Massage taten ihr gut.

Auf dem Weg zurück hielt Susan den Atem an, als sie in den Aufzug geschoben wurde. Doch nichts geschah.

Unterdes waren schon siebzehn Stunden seit dem letzten Anfall vergangen. Sie hatte das Gefühl, daß sie, wenn sie für einen ganzen Tag ihren Seelenfrieden fände, für immer von den Halluzinationen befreit sein würde. Ein einziger Tag, frei von Schemen und Lemuren!

Das wären noch sieben Stunden...

In ihrem Zimmer erwartete sie eine angenehme Überraschung. Zwei große Blumensträuße: Chrysanthemen, Nelken und Rosen. An jedem der Buketts war eine Karte angeheftet. Die erste, die ihr baldige Genesung wünschte, war von Phil Gomez unterschrieben. Auf der zweiten stand: ›Wir alle vermissen dich in der Tretmühle.‹ Sie war von mehreren Personen unterzeichnet. Susan erinnerte sich an verschiedene Namen, die Phil Gomez während der Telefongespräche erwähnt hatte: Breckenridge, Kavinsky, Haversby... Insgesamt waren es neun Namen. Doch Susan konnte mit keinem der Namen ein bekanntes Gesicht verbinden.

Trotz der schönen Blumen durchlief sie ein Schauder, wie immer, wenn die Milestone Corporation ins Spiel kam.

Und sie hatte keine Ahnung, warum.

Du mußt eine positive Einstellung bewahren, sagte sie sich und zwang sich, nicht weiter an Milestone zu denken.

Die Blumen rochen frisch, und sie erfreute sich an ihrem Anblick, ohne daran zu denken, wo die Spender beschäftigt waren.

Wieder in ihrem Bett, begann sie ein Buch zu lesen, aber die Therapie hatte sie ermüdet und schläfrig gemacht. Der Schlaf war traumlos und erquickend.

Als sie erwachte, war der Raum bereits voller Schatten. Die Sonne war dabei, hinter den Hügeln unterzutauchen. Abendstimmung, bald würde es Nacht sein. Susan gähnte und setzte sich auf.

Instinktiv fiel ihr erster Blick auf das zweite Bett. Es war immer noch unbelegt.

Ein Blick auf die Uhr auf dem Nachttisch! Sie hatte lange geschlafen. Seit der letzten Attacke waren neunzehn Stunden verstrichen.

Sie fragte sich, ob die neue Beziehung zu Jeff McGee die Kraft hatte, Gespenster von ihr fernzuhalten. Zu lieben und geliebt zu werden hatte zweifelsohne einen heilsamen Effekt. Sie hatte sich gegen die Vorstellung gewehrt, ihre Probleme wären seelisch bedingt. Doch jetzt, da es aussah, als lägen alle Schwierigkeiten hinter ihr, war sie bereit, psychologische Erklärungen zu akzeptieren. Vielleicht war Jeffs Liebe genau die Medizin, die sie benötigt hatte.

Sie stieg aus dem Bett, schlüpfte in ihre Pantoffeln. Der Weg ins Badezimmer bereitete ihr keine Mühe mehr, sie mußte sich nirgends festhalten. Im Bad knipste sie das Licht an.

Auf dem Rand der Badewanne stand ein Kopf. Abgetrennt, ohne Körper. Der Kopf von Jerry Stein.

Susan stand im harten Licht der Neonröhren, ihr Gesicht so weiß wie alles in diesem makellosen Baderaum. Sie traute ihren Augen nicht.

DAS KANN NICHT WAHR SEIN.

Der Kopf war im gleichen Stadium der Verwesung wie in der letzten Nacht, als Jerry sich von Mrs. Seifferts Bett erhoben und Susans Namen geflüstert hatte. Die Haut grau-grün, die Mundwinkel blutverkrustet. Gräßliche Blasen auf der Oberlippe und rund um die Nase. Die Augen weit offen, doch die blutigen Streifen über dem Augapfel bewegten sich diesmal nicht. Der Blick war nirgendwohin gerichtet, der Blick eines Blinden oder eines Toten. Der Kopf mußte roh vom übrigen Körper abgetrennt worden sein, zerfetztes Fleisch lag wie ein faltiger Kragen um das Ende des Nackens. Zwischen schwammigen Halsfalten lag ein kleiner Anhänger, der metallisch glitzerte. Der goldene Davidstern, den Jerry Stein stets getragen hatte.

ES IST NICHT WIRKLICH. EINE ERSCHEINUNG. EIN TRUGBILD.

Ihre Beschwörungen waren weniger wirkungsvoll als sonst. Im Gegenteil, je länger sie sie vor sich hinmurmelte, desto lebendiger erschien der gräßliche Kopf.

Starr vor Entsetzen, doch entschlossen, die Vision zu verscheuchen, ging Susan unsicher einen Schritt näher auf die Wanne zu.

Die toten Augen starrten durch sie hindurch, auf einen Punkt in einer anderen Welt.

Sie streckte ihre Hand aus, um das vermoderte Gesicht zu berühren. Zögerte.

Was, wenn ihre Berührung dieses Gesicht zum Leben erweckte? Wenn die toten Augen in Bewegung gerieten? Wenn der eitrige Mund nach ihr schnappte, sie in den Finger biß, nicht losließ...

Sie hörte ein seltsames, röchelndes Geräusch – und wurde sich bewußt, daß es ihr eigener keuchender Atem war.

Reiß dich zusammen, Susan. Du bist vernünftig genug, nicht an diesen Unsinn zu glauben.

Doch der Kopf löste sich nicht in Luft auf wie eine Fata Morgana.

Langsam bewegte sich ihre zitternde Hand vorwärts.

Sie berührte die Wange des toten Mannes.

Sie war nicht aus Luft. Sie bot Widerstand. Sie war aus Fleisch, aus zersetztem Fleisch.

Sie fühlte sich kalt und klebrig an.

Susan zuckte zurück, schaudernd, bebend.

Die Augen des Toten hatten sich nicht bewegt.

Susan blickte auf die Fingerspitzen, mit denen sie den Kopf berührt hatte. Sie waren feucht, mit einem silbrigen Schleim bedeckt. Spuren der Verwesung.

Es würgte sie, um ein Haar hätte sie sich erbrochen. Wie rasend wischte sie ihre feuchten Finger an ihrem Pyjama ab und sah, daß der eklige Schleim die Seide beschmutzte.

ES IST NICHT WAHR, ES IST NICHT WAHR.

Obwohl sie pflichtbewußt die Beschwörung, die sie zur Vernunft bringen sollte, wiederholte, hatte sie nicht den Mut, die Konfrontation länger durchzustehen. Sie mußte hinaus aus dem Badezimmer, in ihr Krankenzimmer, in den Korridor, zu den Schwestern, den Ärzten. Zu lebenden Menschen. Sie wandte sich um...

...und blieb stehen wie vereist.

In der offenen Badezimmertür, ihr den Weg versperrend, stand Ernest Hatch.

»O nein«, flüsterte sie.

Hatch grinste. Er trat ins Badezimmer, an ihre Seite, und schloß die Türe hinter sich.

ER IST NICHT WIRKLICH. EIN PHANTOM...

»Überrascht, meine Süße?« fragte er.

Die Stimme war unverkennbar die Stimme von Ernest Hatch.

»Judenmieze«, sagte er vergnügt.

Er spielte nicht länger die Rolle von William Richmond, dem Krankenhauspatienten. Kein Pyjama, kein Bademantel. Er trug die Sachen, die er vor dreizehn Jahren getragen hatte, in der Donnerhöhle, in der Nacht, in der er Jerry Stein ermordet hatte. Schaftstiefel, schwarzes Hemd, schwarze Reithose. Sie erinnerte sich genau daran, denn damals, im flackernden Licht der Kerzen, hatte er für sie wie ein Nazi in einem alten Kriegsfilm ausgesehen. Ein SS-Mann. Sein kantiges Gesicht, sein kurzgeschnittenes Haar, seine eisgrauen Augen – all das fügte sich zum kompletten Bild eines grimmigen Nazi zusammen, das er zu Lebzeiten mit einem gewissen perversen Vergnügen kultiviert hatte.

»Gefällt dir meine kleine Aufmerksamkeit?« fragte er und wies auf den Kopf auf dem Badewannenrand.

Sie konnte nicht sprechen.

»Du bist in deinen Judenjungen verliebt gewesen.« Seine kalte Stimme vibrierte vor Haß. »So hab' ich gedacht, ich bring' dir ein Stück von ihm. Eine kleine Erinnerung. War das nicht nett von mir?« Er lachte verhalten.

Mit einemmal verfügte sie wieder über die Fähigkeit zu sprechen. Sie stieß hervor: »Du bist tot, verdammt noch mal! Tot. Du hast es mir selbst gesagt.«

Spiel das Spiel nicht mit, sagte sie sich verzweifelt. Um Himmels willen, rede keinen Unsinn. Geh nicht auf die Halluzination ein, weiche ihr aus.

»Ja«, erwiderte er gelassen, »ich bin tot.«

Sie schüttelte wild den Kopf. »Ich will das nicht hören. Du bist ja gar nicht hier. Du existierst nicht.«

Er trat vor. Der Raum war klein, sie wich zur Wand zurück, das Waschbecken zur Linken, die Wanne zur Rechten. Kein Fluchtweg offen.

Jerry Steins erloschene Augen starrten ins Leere, ohne auf die Ankunft von Hatch zu reagieren.

Eine von Hatchs starken Händen schnappte zu und ergriff Susans linkes Handgelenk, bevor sie reagieren konnte.

Sie versuchte sich freizumachen; vergeblich.

Ihr Mund war trocken geworden; im Solarplexus spürte sie einen unerträglichen Druck.

Hatch hielt sie in einem grausamen, erbarmungslosen Griff. Grinsend zog er sie langsam zu sich hin, trotz ihres verzweifelten Widerstands. Die Sohlen ihrer Pantoffeln boten auf dem glatten Boden keinen Halt. Er preßte ihre Hand gegen seine muskelbepackte Brust.

»Fühle ich mich genug solide an?« fragte er hämisch.

Sie hielt den Atem an. Das Gewicht der angestauten Luft war so stark, daß sie glaubte, es müsse genügen, ihr das Bewußtsein zu rauben. Sie würde zu Boden sinken, ohnmächtig, ohne das Schreckliche bewußt erleben zu müssen.

Nein, dachte sie, wehrte sich gegen den Verlust des Bewußtseins, voll Angst, sie würde als Wahnsinnige erwachen. Sie mußte gegen die Ohnmacht ankämpfen, mit ganzer Kraft.

»O ja, ich bin wirklich vorhanden. Gefalle ich dir nicht, so wie ich bin?«

Im Neonlicht flackerten seine Augen heller als sonst, beinahe schneeweiß und seltsam fremd – genau wie in jener Nacht bei Kerzenlicht in der Donnerhöhle.

Er rieb Susans Hand gegen seine kräftige Brust. Das Material seines Hemds fühlte sich rauh an und die Knöpfe kalt.

KNÖPFE! Könnte sie die Knöpfe in einem Traumzustand so deutlich fühlen? Könnte eine solche Kleinigkeit in einer Halluzination derart spürbar sein?

»Glaubst du jetzt, daß ich wirklich hier bin, bei dir?« fragte er mit mitleidlosem Grinsen.

Irgendwie fand sie die Kraft zu sprechen und seine Existenz nochmals zu verneinen. Ihre Zunge ließ sich nur schwer vom Gaumen lösen, und sie konnte ihre eigene Stimme kaum hören. »Nein. Du bist nicht hier.«

»Nein?«

»Du bist nicht hier.«

»Schlampe!«

»Du kannst mir nichts anhaben.«

»Das werden wir ja sehen, Hurentochter! Das werden wir sehen.«

Er hielt ihre Hand immer noch fest, zwang sie, über seine Brust und seine Schulter zu streifen. Dann, an seinem Arm, fühlte sie den harten Bizeps.

Wieder versuchte sie, sich loszureißen. Wieder mißlang es ihr. Seine Hand umschloß ihr zartes Gelenk wie eine Stahlzwinge.

Jetzt preßte er ihre Hand gegen seinen muskulösen Bauch. »Bin ich wirklich vorhanden, he? Was ist deine Meinung, Susan? Sag sie mir!«

Gab es keine Hoffnung? Vergeblich versuchte sie, die Reste ihrer Selbstbeherrschung zu sammeln.

Ein Trugbild! Eine Schimäre, Ausgeburt ihrer kranken Fantasie, Produkt eines kranken Hirns. Blendwerk! Es wird verschwinden, es muß verschwinden. Eine solche Erscheinung kann nicht von Dauer sein.

Doch auf diese Fragen gab es eine plausible, wenn auch erschreckende Antwort. Es konnte von Dauer sein, von unbegrenzter Dauer. Es mochte sie quälen, ihr Leben lang, bis sie in einer Gummizelle ihren letzten Atemzug tat.

Hatch führte ihre Hand noch tiefer hinunter.

Er war erregt. Selbst durch den Stoff seiner Hose konnte sie seine Erregung spüren. Das steife, pulsierende Merkmal seiner Männlichkeit.

ABER ER IST TOT.

»Kannst du ihn fühlen?« fragte er lüstern. Er lachte heiser. »Ist das Einbildung oder echt?«

Dunkle Wirbel durchzuckten sie. Reste der Vernunft drohten sich aufzulösen.

»Freitag nacht werd' ich meinen alten Freund in dich reinstoßen. Du weißt doch warum Freitag nacht? Der siebte Jahrestag meines vorzeitigen Ablebens. Vor zehn Jahren trieb mir der Nigger sein Messer in die Kehle. Und am kommenden Freitag werde ich meinen Stolz in dich reinschieben und dann mein Messer in deinen zarten Hals.«

Um ein Haar hätte sie zu kichern begonnen. Sie verspürte einen unbezähmbaren, verrückten Hang zur Heiterkeit. Das süße Lachen des Irrsinns. Wenn sie diesem Drang nachgab, nur einmal nachgab, würde ihr Lachen kein Ende nehmen. Sie würde den Rest ihres Lebens in einer Ecke kauernd verbringen, brabbelnd und kichernd.

Hatch ließ ihre Hand los.

Sie riß sie von seiner Hose zurück.

Er stieß sie mit dem Rücken gegen die Wand. Preßte seinen Körper gegen ihren. Rieb seine Hüften an ihr. Und grinste.

Sie versuchte, sich an ihm vorbeizuwinden. Unmöglich. Seine Masse türmte sich vor ihr auf wie eine Mauer. Sie saß in der Falle.

»Ich hätte mir deinen süßen kleinen Arsch schon vor dreizehn Jahren vornehmen sollen. In der gottverdammten Höhle. Erst ich, dann die anderen. Dann die Kehle aufgeschlitzt und rein mit dir und dem Judenbuben in eine tiefe Spalte!«

ER IST NICHT EXISTENT, ER KANN MIR NICHTS TUN, ER...

Zwecklos. Es war überflüssig, den lächerlichen Singsang immer aufs neue zu wiederholen. Hatch war existent, er war real. Er stand vor ihr.

Natürlich war das unmöglich.

Trotzdem: Er war da, er konnte sie verletzen, und er *würde* sie verletzen.

Sie gab es auf, durch eigene Kraft die Situation unter Kontrolle zu halten. Sie bog den Kopf zurück und schrie.

Hatch lockerte den Druck, verlagerte sein Gewicht. Er betrachtete sie mit unverhohlenem Vergnügen. Er genoß die Szene, ihre Schreie schienen ihm süße Musik zu sein.

Niemand kam ihr zu Hilfe.

Wo blieben die Schwestern, die Pfleger, die Ärzte? Hörte

sie denn niemand? Warum? Ihre Schreie mußten selbst durch die geschlossene Badezimmertür zu hören sein.

Hatch beugte sich zu ihr, brachte sein Gesicht ganz nah an das ihre. Seine Augen blitzten wie die eines wilden Tieres im Scheinwerferlicht eines Autos.

»Gib mir eine kleine Kostprobe, Süße. Damit ich weiß, was ich am Freitag von dir erwarten darf.« Seine heisere Stimme hatte einen schmeichelnden Unterton. »Ein Kuß! Nur ein kleiner lieber Kuß. Gib dem guten alten Onkel Ernie einen Kuß.«

Wirklichkeit oder Alptraum, sie brachte es nicht über sich, einfach nachzugeben. Sie bog ihren Kopf heftig von einer Seite zur anderen, um seinen Lippen auszuweichen, die ihren Mund hartnäckig verfolgten.

»Verfluchtes Flittchen«, zischte er schließlich voll Zorn. »Ich bin dir wohl nicht gut genug? Sparst deine Küsse für den Saujuden.« Er trat einen Schritt zurück, blickte auf den Kopf auf dem Badewannenrand, dann wieder auf Susan, dann wieder auf den Kopf. Er lächelte sarkastisch und sagte schneidend: »Du sparst deine Küsse für den armen Jerry Stein auf, nicht wahr? Ist das nicht rührend? Romantische, altmodische Treue und Standhaftigkeit! Ich bin bewegt, ehrlich bewegt. Gut, gut, du sollst deine jungfräulichen Küsse nur Jerry geben.«

Er wandte sich mit theatralischer Geste dem verwesenden Kopf zu.

NEIN!

Er griff nach dem Kopf. Immer noch Susans vorbildliche Treue preisend, packte er eine Handvoll des schütteren Haars.

Susan erriet sein Vorhaben mit Entsetzen. Er wollte sie zwingen, die kalten, vermoderten Lippen des Toten zu küssen.

Ihr Herzschlag setzte aus. Da sah sie eine winzige Chance, dem Grauen zu entfliehen, und sie nahm sie wahr, ohne zu zögern. Sie schrie, sie kreischte, sie lief davon. Hatch hatte sich von ihr abgewandt, um den Kopf hochzuheben. Sie drängte sich an ihm vorbei, erreichte die Tür, kämpfte mit dem Türknopf, erwartete jeden Moment eine harte Hand in ihrem Nacken zu spüren. Dann war die Tür offen, und sie geriet aus dem harten Licht des Bades in den dämmrigen, schattigen Bereich des Krankenzimmers.

Erst lief sie zum Bett, um zu klingeln, doch sie fürchtete, Hatch würde über ihr sein, ehe sie es erreichte. So wirbelte sie herum und nahm die andere Richtung. Ihre Beine drohten zu versagen, sie torkelte zur offenstehenden Zimmertür, hinter der der rettende Korridor lag.

Schreiend erreichte sie den Ausgang, als Mrs. Baker gerade aus der Halle kam. Sie stießen zusammen, Susan drohte zu fallen, die Schwester stützte sie.

»Was haben Sie, Susan?«

»Im Bad! Im Badezimmer...«

»Sie sind ja schweißgebadet!«

»Dort?« Sie wies in die Richtung des Badezimmers.

Mrs. Baker legte schützend den Arm um sie. Susan fühlte die Stärke der anderen, hieß sie willkommen.

»Was ist im Badezimmer?«

»Er.«

»Wer?«

»Der... der...« Sie erschauerte.

»Wer? fragte die Baker nochmals.

»Hatch.«

»Aber nein.«

»Aber ja. Er. Hatch.«

»Schätzchen, Sie haben bloß...«

»Er ist dort drin.«

»Er ist doch nur eine Vision.«

»Aber ich sage Ihnen...«

»Kommen Sie.«

»Wohin?«

»Kommen Sie mit mir.«

»Nein. Nein.«

»So kommen Sie schon!«

»Ich möchte raus.«

»Immer mit der Ruhe! Kommen Sie!«

Sie trug Susan beinahe ins Zimmer zurück.

»Jerrys Kopf!«

»Sie Ärmste! Beruhigen Sie sich doch.«

»Sein Kopf! Abgetrennt vom Rumpf...«

»Ein Traum...«

»Nein.«

»Ein böser Traum...«

»Er wollte... wollte mich zwingen... das Ding zu küssen...«

»Schon gut.«

Jetzt hatten sie die Badezimmertür erreicht.

Susan, in Panik: »Was tun Sie?«

»Einen Blick reinwerfen.«

»Um Gottes willen, *nein*!«

Thelma Baker faßte nach dem Türgriff. Susan sah verblüfft, daß die Tür geschlossen war. Hatte sie sie hinter sich zugestoßen? Oder...

»Ich will Ihnen zeigen, daß es da nichts zu ängstigen gibt.«

Susan packte ihre Hand. »Nein!«

»Kein Grund, sich zu fürchten, meine Liebe.«

»Wenn es bloß eine Halluzination gewesen wäre...«

»Es war eine.«

»... hätte ich doch nicht die Knöpfe an seinem Hemd spüren können.«

»Susan!«

»Und die ekelhafte Erektion! Sein Ding war prall, heiß...«

Mrs. Baker starrte sie an, perplex.

Es ergibt keinen Sinn, nicht für sie. Für sie bin ich eine brabbelnde Irre.

Aber ergibt es einen Sinn für mich?

»Nur ein Blick hinein, Susan...«

»Bitte, tun Sie mir das nicht an.«

»Es ist zu Ihrem Besten...«

»Bitte nicht!«

»Sie werden sehen, kein Grund zur Aufregung...«

Flehend, beinahe winselnd: »Bitte...«

Mrs. Baker machte sich daran, die Tür zu öffnen.

Susan schloß krampfhaft die Augen.

»Susan, sehen Sie selbst!«

Sie hielt die Augen geschlossen.

»Alles in Ordnung. Alles wie sonst.«

»Er ist noch drin.«

»Nein. Niemand.«

»Ich kann ihn fühlen.«

»Niemand ist da. Nur Sie und ich.«

»Aber...«

»Ich würde Sie doch nicht anlügen.«

Kalter Schweiß tropfte auf ihren Nacken und glitt den Rücken hinunter.

»Susan! Bitte! Schauen Sie doch!«

Sie hatte Angst zu schauen, aber auch Angst, die Augen geschlossen zu halten. So tat sie, was Mrs. Baker verlangte. Sie warf einen Blick ins Badezimmer.

In der Türfüllung stehend, konnte sie den kleinen Raum leicht überblicken. Die Neonröhren beleuchteten ihn bis in den kleinsten Winkel. Weiße Wände. Weißer Waschtisch, weiße Wanne. Kein Ernest Hatch. Kein vermoderter Kopf am Wannenrand.

»Na, sehen Sie!« rief Mrs. Baker munter.

»Nichts.«

»Und nie gewesen.«

»Oh, mein Gott!«

»Fühlen Sie sich jetzt besser?«

Sie fühlte sich wie erschlagen. Und ihr war kalt. Sie fröstelte.

»Miß Thorton! Susan!«

»Ja, besser. Viel besser.«

»Armes Ding!«

Ihr war, als hätte man einen bleiernen Mantel um ihre Schultern gelegt.

»Ihr Pyjama ist völlig durchgeschwitzt. Sie müssen ihn wechseln.«

»Mir ist so kalt...«

»Kein Wunder.«

»Der Kopf! Der verwesende Kopf...«

»Es gibt keinen Kopf.«

»Auf dem Rand der Badewanne.«

»Nein, nein. Es gab keinen Kopf am Wannenrand. Das war bloß ein Teil der Halluzination.«

»Ich kann es nicht glauben.«

»Eine Halluzination. Das ist Ihnen doch jetzt auch klar, nicht wahr?«

»Ich weiß nicht recht. Ja. Wahrscheinlich.«

»Sind Sie wieder in Ordnung, meine Liebe?«

»Ja. Es ist schon vorbei...«

Sie ließ sich von Mrs. Baker weg vom Badezimmer und zu ihrem Bett führen. Sie legte sich hin. Die Baker knipste die Nachttischlampe an. Die Schatten verschwanden im hellen Licht. Dann zog ihr die Baker den blauen Pyjama aus. Der andere, der grüne, war erst am Morgen gewaschen worden und noch nicht trocken. So half ihr die Schwester in ein Krankenhaushemd, das über den Kopf gezogen und am Rücken geschlossen wurde.

»Alles o. k.?« fragte die Schwester.

»Ich hoffe.«

»Susan! Ich mache mir Ihretwegen Sorgen.«

»Kein Grund zur Sorge, Mrs. Baker. Ich bin bloß müde, todmüde. Ich brauche nichts als Ruhe. Schlafen. Vergessen.«

Ein frommer Wunsch! Doch würde sich das, was sie – im Traum oder in Wirklichkeit – eben durchlebt hatte, je vergessen lassen?

Sie war zu müde, um diesen Gedanken weiterzuspinnen. Sie sah noch den besorgten Blick von Mrs. Baker, die sich über sie beugte. Das ermutigende Lächeln der älteren Frau beruhigte sie.

Sie schloß die Augen...

25.

»Susan?«

Sie schlug die Augen auf. Sah Jeff McGee, der auf sie herunterblickte, mit besorgt gefurchten Brauen.

Es gelang ihr zu lächeln. »Hallo, Jeff...«

Jetzt lächelte auch er.

Seine besorgte Miene hatte erstaunlich lange gebraucht, um in eine lächelnde überzugehen, als ob sie ihn durch eine Zeitlupe betrachtet hätte.

»Wie fühlst du dich?«

Auch seine Stimme kam ihr komisch vor. Dunkler, tiefer, anders als sonst. Als ob eine falsch eingestellte Grammophonplatte zu langsam ablief.

»Nicht schlecht.«

»Ich hörte, daß du wieder einen Anfall gehabt hast.«

»Ja.«

»Willst du ihn mir nicht erzählen?«

»Nein. Uninteressant.«

»Ich bin sicher, mich würde es interessieren.«

»Vielleicht. Aber ich habe keine Lust, darüber zu sprechen.«

»Aber wenn ich dich bitte...«

»Schlaf hilft mir. Nur Schlaf.«

»Es ist spät geworden. Und du hast seither ununterbrochen geschlafen.«

»Ich bin so müde...«

»Und du bist halb in Trance. Merkst du es nicht?«

»Müde...«

Sie lächelte immer noch, aber schloß die Augen.

»Susan, hörst du mich?«

»O ja...«

»Ich möchte nicht, daß du jetzt weiterschläfst.«

»Nur ein bißchen...«

Es war ein angenehmes Gefühl. Als ob sie in einer warmen Strömung dahinglitt. Ohne Ziel. Faul. Wohlig.

»Nein«, beharrte er, »du sollst mit mir sprechen. Nicht schlafen. Sprechen.«

Er berührte ihre Schulter, schüttelte sie sanft.

Sie öffnete die Augen, etwas widerwillig, doch immer noch freundlich lächelnd.

»Du darfst nicht zu fliehen versuchen, du mußt den Dingen ins Auge sehen. Schlaf ist nicht die richtige Medizin.«

Erstaunt fragte sie: »Schlaf tut mir nicht gut?«

»Nicht im Moment.«

»Schlaf heilt alle Wunden, heißt es.« Sie hatte falsch zitiert.

»Susan!«

Wieder schloß sie die Augen. »Später...« murmelte sie.

Als sie ihn wieder ansah, wußte sie nicht, wieviel Zeit vergangen war. Er war über sie gebeugt, eine Spritze in der Hand.

»Ich werde dir jetzt eine Injektion geben.«

Sie merkte den Einstich gar nicht.

»Du wirst dich dann besser fühlen.«

»Aber ich fühle mich gut genug«, sagte sie schläfrig.

»Ich will, daß du wach wirst. Hellwach. Aufnahmefähig. Du darfst nicht in einer Traumwelt bleiben.«

»Wenn es aber so angenehm ist...«

»Es ist nicht gesund.«

Es dauerte eine Weile, bis sie ihre Benommenheit abschütteln konnte. Ihre Augen juckten. Sie rieb sie mit ihrem Handrücken. McGee klingelte nach einer Schwester und ließ ein Mittel bringen, das er eigenhändig in ihre Augen tropfte. Es war kühl und befreite sie von dem Juckreiz.

Sie hatte einen metallenen Geschmack im Mund. Jeff goß ihr ein Glas Wasser ein. Sie trank es aus.

Die Schläfrigkeit wich nur nach und nach. Sie war ein bißchen böse, daß Jeff sie nicht hatte schlafen lassen. Es war so wohltuend gewesen.

»Was hast du mir eingespritzt?«

»Ein Stimulans. Es hilft gegen schwere Depressionen.«

Sie verzog den Mund. »Ich war gar nicht deprimiert. Nur schläfrig.«

»Susan, du warst auf dem Weg, dich völlig von jeder Realität zurückzuziehen.«

»Nur müde...«

»Eine gefährliche Phase von Depression«, beharrte er. Er setzte sich auf die Bettkante. »Und jetzt möchte ich, daß du mir alles – aber auch alles erzählst, was dir im Badezimmer widerfahren ist.«

Sie seufzte. »Muß das sein?«

»Ja. Es muß.«

Sie war jetzt vollkommen wach. Der Zustand, der sie veranlaßt hatte, sich in einen Dauerschlaf zurückzuziehen, war gewichen. Sie fühlte sich erstaunlich energisch, beinahe kampflustig. Sie setzte sich im Bett auf, hob den Kopf. »Hast du die Nerven, Jeff, eine Gruselgeschichte zu hören?«

Er blieb viel länger als sonst, sie sprachen fast eine Stunde miteinander, und während des Essens leistete er ihr Gesellschaft. Sie hatte keinen Appetit, aber er achtete darauf, daß sie nichts übrigließ.

Schließlich war es für ihn Zeit zu gehen.

»Wirst du in Ordnung sein?«

Um ihn zu beruhigen, sagte sie: »Ganz sicher. Du weißt doch, ich habe Schneid.«

»Gott sei Dank. – Die Wirkung der Spritze hält nicht lange an. Zur Schlafenszeit wirst du wieder müde werden. Außerdem bekommst du ein Sedativ, ein stärkeres als sonst.«

»Ich dachte, du willst nicht, daß ich schlafe.«

»Das war etwas anderes. Ein unnatürlicher Schlaf, eine Flucht ins Vergessen, ein psychologischer Rückzug. Das ist jetzt vorbei, du bist wieder die alte Susan. Und ich möchte, daß du in der Nacht ruhig schläfst.«

Weil ich dann keine Halluzinationen haben kann, dachte Susan. Ausflüge in den Dschungel des Wahnsinns sind gefährlich. Man weiß nie, ob man zurückkommen kann. Wie in der wirklichen Wildnis können Ungeheuer über einen herfallen und einen verschlingen.

»Ich habe angeordnet«, fuhr er fort, »daß die Nachtschwestern in gewissen Intervallen nach dir sehen. Etwa jede Viertelstunde. Und wenn sie nur den Kopf zur Tür reinstecken. Du sollst wissen, daß du nicht allein bist.«

»Sehr gut.«

»Und bitte grüble nicht. Schalt den Fernseher ein. Beschäftige deinen Geist.«

»Durch das Fernsehen?« fragte sie ironisch.

Er grinste. »Besser als nichts. Alles besser, als vor sich hin zu starren.«

Er küßte sie. Es war kein leidenschaftlicher, aber ein zärtlicher Kuß. Und – wie sie glaubte – die beste Medizin.

Bei der Tür wandte er sich nochmals um und winkte ihr zu. Nachdem er gegangen war, fühlte sie sich ziemlich verlassen. Sie aß ein Stück Schokolade und schaltete den Fernseher ein. Die ersten zwei Programme, die sie empfing, langweilten sie. Dann geriet sie an einen Western und verfolgte mit gebührendem Interesse den Kampf zwischen einem jungen Sheriff und einer Bande von Viehdieben.

Die beiden Nachtschwestern – Tina Scolari und Beth Howe – kamen abwechselnd in ihr Zimmer und fragten nach ihren Wünschen. Sie waren nett und verständnisvoll, und Susan sah sich zu ihrem eigenen Erstaunen imstande, mit ihnen zu scherzen.

Zur gewohnten Stunde brachte ihr eine der Schwestern das Sedativ. Es war diesmal keine rosa Pille, sondern eine gelbe.

Später kam es zu einer Revolverschlacht, die der Sheriff mit einigen tapferen Farmern überlegen gewann. Sie drückte auf die Fernbedienung, auf der Mattscheibe wurde es dunkel.

Zeit zum Schlafengehen.

Doch erst mußte sie ins Bad.

Verzagt starrte sie auf die Tür, am liebsten hätte sie nach einer Schwester geklingelt und um die Bettflasche gebeten. Doch nach kurzem Zögern entschied sie sich dagegen. Sie schämte sich ihrer Verzagtheit. Wo war der berühmte Thorton-Schneid geblieben, dessen sie sich stets gerühmt hatte. Sie hatte schon nach der Klingel gegriffen, jetzt zog sie ihre Hand zurück. Kurz entschlossen warf sie die Bettdecke zurück, schlüpfte in ihre Pantoffeln und ging zum Badezimmer.

Öffnete die Tür.

Drehte die Beleuchtung an.

Die Neonröhren flackerten, dann wurde es hell im Raum.

Keine toten Männer. Kein abgetrennter Kopf. Ein normaler Baderaum, sauber und weiß.

»Gott sei Dank«, flüsterte sie und stieß einen tiefen Seufzer der Erleichterung aus.

Sie schloß die Tür hinter sich.

Später, als sie sich die Hände wusch, schlug ihr Herz wieder im gewohnten Rhythmus, ohne Beschleunigung.

Sie riß ein Papierhandtuch aus der Rolle, um sich die Hände abzutrocknen.

Etwas, was am Boden lag, glitzerte im Licht. Ein kleines metallisches Objekt, das die Strahlen reflektierte.

Sie warf das Handtuch in den Papierkorb, trat vom Waschbecken zurück und bückte sich. Hob das glitzernde Ding auf.

Ungläubig starrte sie es an.

Einmal hatte sie gewünscht, es gäbe wirklich Geister und Gespenster. Und jetzt schien es, als sei ihr Wunsch in Erfüllung gegangen. Sie hielt den Beweis in ihrer Hand. Ein goldener Davidstern. Derselbe, der an einem Kettchen an Jerry Steins abgetrenntem Kopf gehangen hatte.

III. Teil

AUSFLUG IN DEN NEBEL

26.

In dieser Nacht ging Susan ins Bett, ohne den goldenen Davidstern irgend jemandem gezeigt zu haben.

Als sie ihn am Boden des Badezimmers gefunden hatte, war ihr erster Impuls gewesen, zu den Nachtschwestern zu laufen. Sie wollte ihn möglichst vielen Personen zeigen, um zu beweisen, daß sie nicht an geistiger Verwirrung litt, daß die Besuche der toten Männer mehr waren als bloße Halluzinationen einer Kopfverletzten.

Doch dann beschloß sie, vorsichtig zu sein. Wenn sie atemlos ankam, um das Beweisstück zu präsentieren – und dann die Hand öffnete und keinen Davidstern in ihr hielt? In den vergangenen Tagen hatten sich eindeutige Beweise des öfteren verflüchtigt und in Luft aufgelöst.

Sie durfte ihren Eindrücken nicht trauen, darauf hatte sie Jeff McGee wiederholt aufmerksam gemacht. Sie konnte nicht sicher sein, daß ihr Gehirn Wahrnehmungen ihrer Sinne richtig interpretierte. Es mochte sich um einen neuerlichen Anfall handeln, und wenn er vorbei war, würde sich der Davidstern als eine lose Schraube oder ein heruntergefallener Nagel entpuppen.

Es war besser zu warten, sich Zeit zu geben, bis die Attacke verflogen war, und sich dann das Objekt in Ruhe anzusehen, um sich zu überzeugen, ob es dann immer noch seine Gestalt behalten hatte.

Außerdem scheute sie sich plötzlich, die Existenz der toten Männer und ihre Rache über das Grab hinaus ernsthaft in Erwägung zu ziehen. In Gesprächen mit Jeff McGee hatte sie halb im Scherz den Wunsch geäußert, es gäbe wirklich Geister, um eine geistige Erkrankung ihrerseits auszuschließen. Doch sie hatte freilich nicht überlegt, was die Erfüllung eines solchen Wunsches bedeuten würde. Ein weiterer Schritt in die Tiefen des Wahnsinns.

Ihr kühler, wissenschaftlicher Verstand wehrte sich gegen

die Vorstellung, tote Männer könnten aus ihren Gräbern gestiegen sein. Wann immer sie mit abergläubischen Vorstellungen konfrontiert gewesen war, war sie entweder amüsiert oder abgestoßen gewesen. Bisher hatte sie ihre Selbstbeherrschung wenigstens zum großen Teil durch den Glauben behalten können, ihre Peiniger seien bloß fiktive Auswüchse eines erkrankten Hirns gewesen, Schemen, Phantome.

Wenn sie aber wirkliche Dämonen waren...

Was dann?

Was würde als nächstes geschehen?

Viele Menschen glaubten an die Existenz von Dämonen. Nicht nur abergläubische Narren und Hohlköpfe. Priester, Theologen, Gelehrte der Kirchengeschichte...

Sie griff nach dem Spiegel, musterte sich mit prüfendem Blick. Sah betroffen den gehetzten, gequälten Ausdruck in ihren Augen.

Was hatte sie zu erwarten? Neue Blendwerke, neue Schrecknisse?

Daran wollte sie gar nicht denken. Es hatte auch keinen Sinn, im Moment darüber zu grübeln, bevor sie nicht wußte, ob der Davidstern ein wirklicher Anhänger war oder nicht.

Gleichzeitig begann das starke Beruhigungsmittel, das sie eingenommen hatte, zu wirken. Ihre Augenlider wurden schwer, ihre Gedanken begannen sich zu verschleiern. Hastig schlug sie den goldenen Anhänger in ein Blatt Toilettenpapier ein und knüllte es zu einem kleinen Päckchen zusammen.

Sie knipste das Licht aus, verließ das Badezimmer und ging zu Bett. Ihr kostbares Geheimnis verstaute sie in der Nachttischschublade, neben ihrer Geldbörse.

Die Wirkung des Sedativs vernebelte ihre Sinne, sie vermochte sich nicht länger wach zu halten.

Am Donnerstagmorgen war der Himmel wieder von dunklen Wolken überzogen, doch es gab Lücken, und manchmal kam die Sonne durch.

Susan blickte zum Fenster. Würde es ein schöner Tag werden? Einen Moment lang neigte sie zu Optimismus. Sie hatte gut geschlafen, keine bösen Träume hatten sie gequält.

Da fiel ihr der Davidstern ein, den sie im Nachttisch versteckt hatte.

Ihre Miene verdüsterte sich. Hastig riß sie die Schublade auf. Das Päckchen lag noch dort, neben ihrer Geldbörse. Es war kein Traum gewesen.

Sie holte es heraus, zerriß das Papier. Der Davidstern lag in ihrer Hand, und das Goldkettchen glänzte in den Sonnenstrahlen, die durch das Fenster drangen.

Susan betastete den Anhänger mit ihren Fingern. Metall, solides Metall. Gold. Kein Trugbild, es war echt.

So unsinnig es scheinen mochte, so folgte daraus, daß auch Ernest Hatch und der abgetrennte Kopf echt gewesen waren.

GEISTER?

Sie drehte den Davidstern nach allen Seiten, zog die Kette durch ihre Finger. Sollte sie wirklich an Gespenster, an Dämonen glauben?

Doch selbst wenn sie dazu bereit gewesen wäre, gab es ein gewichtiges Faktum, das sie daran hinderte. Der Davidstern. Wenn die toten Männer Dämonen waren, die durch Ritzen schlüpfen und sich in Luft auflösen konnten, dann hätte der Davidstern mit Ernest Hatch und Jerry Steins Kopf verschwinden müssen. Hatch war spurlos verschwunden und der Kopf mit ihm. Aber der Davidstern, der am Kopf gehangen hatte, befand sich hier, in ihrer Hand. Wäre er ein Teil der Geisterwelt gewesen, konnte er nicht zugleich ein Bestandteil der realen sein. Aber das war er; er lag hart und real auf ihrer Handfläche.

Letzte Nacht, als das Sedativ ihre Sinne vernebelt hatte, hatte sie den Anhänger für einen Beweis für die Existenz von Dämonen gehalten. Jetzt sah sie in ihm den Beweis dafür, daß die toten Männer nicht bloß ihrer Fantasie entsprungen waren.

Keine Geister!

Aber auch nicht die Produkte einer Kopfverletzung! Der Anhänger in ihrer Hand sprach gegen beide Theorien.

Doch was für eine Erklärung blieb übrig? Sie starrte auf den Davidstern, versuchte ihre Gedanken zu ordnen. Daß sich vier Doppelgänger zufällig in der Willawauk-Klinik getroffen hatten, schloß sie ebenfalls aus.

Eine allgemeine Verschwörung gegen sie? Auch diese Theorie ergab keinen Sinn. Vor allem konnte sie nicht erklären, wie Hatch gestern aus dem fensterlosen Badezimmer verschwunden war. Oder wieso die Leiche von Jerry Stein in Jessica Seifferts Krankenbett gelegen hatte. Oder wieso der Leichnam nach 13 Jahren nicht völlig skelettiert gewesen war.

Geister?

Fehlfunktion des Gehirns?

Bizarre Komplotte?

Keine der Theorien bot eine adäquate Erklärung. Jeder Versuch einer Analyse führte in die Irre.

Ich muß meine Gedanken in Ordnung bringen, sagte sie sich immer wieder. Ich muß mich zwingen, klar und objektiv zu denken – so als ob ich ein physikalisches Problem zu lösen hätte. So habe ich es immer getan, und so werde ich es auch jetzt tun. Und während sie an ihre Studienzeit an der Universität und an ihre wissenschaftliche Karriere dachte, hielt sie den Davidstern eisern fest, als könne sie aus ihm die Wahrheit herauspressen.

Eine Krankenschwester kam ins Zimmer. Millie, die strenge Blondine, die Dienstag morgen, als Susan hysterisch wurde, ihr die Injektion verpassen wollte, während Carl Jellicoe sie festhielt.

»In ein paar Minuten bringe ich Ihr Frühstück«, sagte Millie und ging an Susans Bett vorbei zum Badezimmer. »Ich bin gleich zurück.«

Durch die halboffene Tür konnte Susan sehen, daß die Schwester etwas suchte. Sie bückte sich, schaute unter den Waschtisch und hinter den Toilettensitz.

Was mochte sie so eifrig suchen? Schon bei Millies Eintritt war Susan etwas an ihrem Benehmen aufgefallen. Sie schien nervös zu sein, schien es eilig zu haben. Hatte sich nicht einmal die Zeit genommen, sich nach Susans Befinden zu erkundigen, hatte weder Temperatur noch Blutdruck gemessen.

Susan blickte auf ihre Hand. Das Kettchen hing zwischen ihren Fingern. Ohne genau zu wissen, warum sie es tat, einer Eingebung folgend, rollte sie die Kette zusammen und legte sie zum Anhänger. Ballte die Hand zur Faust. Nichts vom Davidstern war zu sehen.

Sie lehnte sich im Bett zurück, legte die geschlossene Faust auf die Decke. Sie gab sich gelassen und entspannt, blinzelte ins Morgenlicht.

Millie kam aus dem Badezimmer zurück und trat an ihr Bett. Sie zögerte einen Moment, bevor sie fragte: »Haben Sie im Badezimmer etwas gefunden, Miß Thorton? Ein Schmuckstück?«

Susan tat überrascht. »Im Badezimmer?«

»Ja.«

»Ein Schmuckstück? Was meinen Sie? Eine Perlenkette? Oder ein Smaragdkollier?« Sie erkundigte sich amüsiert, als ob es sich um einen Scherz handle.

Doch Millie blieb ernst. »Nein, nichts dergleichen. Ein Anhänger, der mir gehört. Ich muß ihn gestern verloren haben, wahrscheinlich als ich saubermachte.«

»Ein Anhänger? Was für ein Anhänger?«

Wieder zögerte Millie einen Moment, dann sagte sie: »Ein Davidstern. Aus Gold. Mit einer goldenen Kette.«

Susan sah die Spannung im harten, wachsamen Blick der Schwester. Doch sie ließ sich nicht beirren. Statt dessen fragte sie leichthin: »Ein Davidstern? Sind Sie Jüdin?«

»Ja, gewiß«, erwiderte Millie schnell. »Ich weiß, ich sehe nicht so aus, aber . . .«

Susan nickte. »Ich hatte einmal einen jüdischen Verlobten. Auch er war blond und sah aus wie ein hundertprozentiger Amerikaner.«

Verdammte Lügnerin, dachte sie. Der Anhänger hat nie dir gehört. Er ist zwar verloren worden, aber nicht von dir. Er ist vom abgetrennten Kopf gefallen. Und jetzt versuchten sie – wer auch immer sie waren –, die Sache zu vertuschen.

»Tut mir leid«, sagte Susan, »aber ich habe nichts gefunden.«

Millie starrte sie an.

Susans vager Verdacht verhärtete sich. Jetzt war sie sicher, daß ihr Problem kein psychologisches war. Die Ereignisse hatten sich nicht zufällig aneinandergereiht, sie waren programmiert gewesen. Man unterwarf sie einer bestimmten Behandlung – vielleicht einem Test, dessen Sinn sie nicht verstehen konnte. Aber wer? Und warum? Sie war entschlossen, es herauszubekommen.

Vorerst setzte sie ihr süßestes Lächeln auf und sagte: »Ich hoffe, Sie werden den Anhänger noch finden.«

»Vielleicht ist die Kette gerissen«, entgegnete Millie. »Der Davidstern muß woanders heruntergefallen sein.«

Sie war keine gute Lügnerin. Weder ihr Blick noch ihr Tonfall waren überzeugend.

Susan tat, als ob sie das Thema nicht weiter interessierte. Sie gähnte herzhaft. »Ich brauche dringend meinen Kaffee. Wird es mit dem Frühstück noch lange dauern?«

Sofort verwandelte Millie sich wieder in die tüchtige Krankenschwester; vom fehlenden Davidstern war nicht mehr die Rede. Sie versprach, sich um das Frühstück zu kümmern, und brachte es auch nach wenigen Minuten. Susan benutzte die Zwischenzeit, um für den Davidstern ein sicheres Versteck zu suchen. Das war gar nicht so einfach. Die Nachttischlade und der Kleiderschrank schieden aus, dort würde jemand, der danach suchte, als erstes nachsehen.

Schließlich entschied sie sich, den Davidstern wieder in Papier einzuwickeln und in ihren linken Pantoffel zu schieben. Sie schob ihn ganz nach vorne; die Pantoffeln waren sehr bequem, und sie stieß mit der großen Zehe nur leicht dagegen. Selbst wenn man in den Lederslipper flüchtig hineinschaute, unterschied sich das Papier kaum vom hellen Futter.

Susan ließ das Frühstück beinahe unberührt. Es drängte sie, auf eigene Faust mit Nachforschungen zu beginnen. Sie ging ins Badezimmer, knipste das Licht an und schloß die Tür hinter sich. Es gab keinen Schlüssel, und der Riegel war kaputt. Sie schob den Hocker gegen die Tür.

Jetzt hatte sie keine Angst mehr. Vor Geistern hatte sie sich gefürchtet, Menschen jagten ihr keine Angst ein. Millie war mit irgendwelchen Verschwörern im Bunde. Es galt ein Komplott aufzudecken. Sie machte sich methodisch an die Arbeit, wie sie es von ihrer wissenschaftlichen Tätigkeit gewohnt war.

Sie begann die Wände zu untersuchen. Solide Wände, weiß gestrichen, ohne Sprung. Sie prüfte vor allem die Ecken, aber sie wiesen nichts Ungewöhnliches auf. Wenigstens nicht die ersten beiden, die sie examinierte. Doch bei der dritten, gleich hinter der Tür, fand sie, wonach sie suchte. Ein Sprung, nicht breiter als ein Haar, der vom gekachelten unteren Teil bis zur Decke reichte.

Sie rieb sich die Augen, blickte nochmals in die Ecke. Der Sprung war immer noch da, bei flüchtigem Hinsehen kaum zu merken, doch bei näherer Betrachtung unverkennbar. Eine messerscharfe Linie, die sicher nicht dem Alter des Gebäudes zuzuschreiben war. Sie war geplant gewesen, noch bevor man die Wand aufgerichtet hatte.

Sie trat zum Waschbecken, sah in den Spiegel. Aber nicht, um sich selbst zu betrachten. Sie prüfte das Glas, das bis zur Decke reichte. Sie fand keine Schrauben, die es an der Wand befestigten. Der Spiegel mußte fest mit der Wand verbunden sein.

Sie kniete auf den kalten Boden und lugte unter das Becken. Die Leitungsrohre kamen aus dem Flur, keine einziges aus der Wand. Jetzt kroch sie unter das Becken und prüfte das Mauerwerk. Auch hier konnte sie einen Sprung entdecken, der von unten nach oben lief, bis er vom Waschbecken und dem Spiegel verdeckt wurde. Die Kacheln des unteren Teils waren in der Mitte durchschnitten; die Schnittlinie ging in den Sprung über.

Susan konnte einen Fingernagel in den Spalt zwischen den Kacheln stecken. Er war nie zugekittet worden. Sie spürte einen schwachen, kalten Luftzug, der durch die Ritze kam. Als ob ein eisiger Atem über ihre Fingerspitze strich.

Sie kroch hervor und richtete sich langsam auf. Nachdenklich blickte sie auf den Raum zwischen den beiden Sprüngen. Er maß etwas über einen Meter, erstreckte sich von hinter der Tür bis zur Mitte des Spiegels. Anscheinend konnte dieser Teil der Wand nach außen schwingen.

Durch diese Öffnung war Ernest Hatch ins Bad gekommen. Und hatte es dann verlassen können, mit Jerry Steins Kopf, ohne zu merken, daß der Davidstern auf den Boden gefallen war.

Das Rätsel des Badezimmers schien gelöst zu sein. Nun ging Susan daran, die Wand hinter Jessica Seifferts Bett zu inspizieren. Auch hier fand sie zwei schnurgerade Linien, die vom Boden zur Decke führten, Sprünge im Gemäuer, die nur aus geringer Entfernung zu sehen waren. Ein Sprung befand sich seitlich vom Bett, der zweite in etwa einem Meter Distanz in der Ecke.

Susan versuchte, an verschiedenen Stellen gegen die Wand zu drücken, in der Hoffnung, eine geheime Feder zu entdecken, die einen Mechanismus in Gang setzen und das Mauerstück aufschwingen lassen würde. Doch es gelang ihr nicht. Die Wand bewegte sich nicht.

Sie kniete nieder. Glitt mit der Fingerspitze den Spalt entlang. Wieder spürte sie die Zugluft, die aus der Ritze kam. Und jetzte entdeckte sie auf der Fingerspitze einen Tropfen klebriger Flüssigkeit. Sie roch nach Schmieröl. Waren die Scharniere der geheimen Öffnungen damit eingefettet worden, damit sie sich lautlos bewegten?

Geheimtüren?

Der Gedanke war zu bizarr, um glaubhaft zu sein.

Schattenhafte Verschwörer, die heimlich durch die Wände gingen? Das waren typische Fantasieprodukte eines Verfolgungswahnsinnigen.

Aber die Sprünge in der Wand?

Einbildung?

Der Luftzug, der durch die Ritzen kam!

Sinnesverwirrung?

Und das Schmieröl?

Sie war nicht verrückt. Ihr Verstand funktionierte vorbildlich. Und alles, was sie entdeckt hatte, fügte sich wie ein Mosaik zu einem klaren Bild zusammen.

Jetzt galt es, die richtigen Schlüsse zu ziehen.

Die Verschwörungstheorie schien bewiesen. Aber diese Erkenntnis ergab noch keinen Sinn.

Wer konnte die Mittel und die Möglichkeit haben, einen so kostspieligen, komplizierten Plan zu ersinnen und durchzuführen? Mit geheimen Türen in einem Krankenhaus, mit Doppelgängern, die längst Verstorbenen verblüffend ähnlich sahen, mit willigen Helfershelfern? Zu welchem Zweck? Was konnte mit diesem Aufwand von Geld und Energie gewonnen werden?

Rache? Versuchten sich Angehörige eines der Verurteilten an Susan wegen ihrer Zeugenaussage zu rächen? Nach dreizehn Jahren ein tolles Schauspiel zu inszenieren, um sie in den Wahnsinn zu treiben? Das war absurd. Wäre tatsächlich ein Rächer am Werk gewesen, hätte er in den vergangenen Jahren ohne derartigen Aufwand Gelegenheit gehabt, Susan Thorton mit einem Messer oder einer Pistole aus dem Weg zu räumen.

Und welches seltsame Krankenhaus hatte in seinen Wänden geheime Türen eingebaut und verfügte über Pfleger und Schwestern, die sich derart mißbrauchen ließen?

In einem Irrenhaus, in einer Nervenklinik für hoffnungslos Geisteskranke mochte es Geheimtüren geben – wenn auch nur in den krankhaften Fantasien der verstörten Patienten. Doch die von ihr entdeckten Türen waren kein Fantasieprodukt – und sie selbst keine isolierte Schizophrene in einer Gummizelle.

Sie ließ die vergangenen vier Tage Revue passieren. Es gab eine Reihe sonderbarer Episoden, die ihr zunächst nicht bemerkenswert erschienen waren, aber jetzt einen alarmierenden Zusammenhang bekamen. Zwischenfälle, die sie hätten argwöhnen lassen müssen, daß dieses Haus und die darin befindlichen Personen nicht das waren, was sie vorgaben.

Dr. Viteski!

Schon als sie aus dem Koma erwacht war und er mit ihr gesprochen hatte, war ihr sein Benehmen aufgefallen. Als er ihr von ihrem Unfall und ihrer Einlieferung berichtet hatte, hatte er sich sichtlich unbehaglich gefühlt. Seine Haltung war hölzern gewesen, seine Worte hatten irgendwie mechanisch geklungen, wie von einem Sprechapparat. Jetzt fiel ihr ein – sie hatte den Eindruck gehabt, er lese ihr Zeilen aus einem auswendig gelernten Manuskript vor. Und vielleicht war das auch tatsächlich der Fall gewesen.

Auch Mrs. Baker hatte sich einen Moment lang verraten. Sie hatte von einem Kegelabend erzählt, vom Rendezvous mit einem Holzfäller. Doch zwei Tage später, als Susan sich höflich nach dem vergnügten Abend erkundigt hatte, hatte sie einen Moment lang nicht gewußt, wovon ihre Patientin sprach. Der Moment war lang gewesen. Zu lang! Die ganze Geschichte vom Kegelabend und dem Liebhaber war eine improvisierte Erfindung gewesen, wie sie Schauspieler benützen, um ihren Charakter zu untermauern. Die mollige, ergraute Thelma Baker hatte keine romantische Nacht verbracht. Sie hatte sie sich – im Zug ihrer Rolle – bloß ausgedacht und später vergessen, bis sie von Susan erinnert worden war.

Und der blaue Fleck! Er war ein sichtbarer Beweis gewesen, daß Ernest Hatch sie im Aufzug wirklich mißhandelt hatte – so sehr, daß er im Übereifer zu weit gegangen war und eine nachweisbare Spur hinterlassen hatte. Sie hatte sich als Erklärung ausgedacht, daß sie sich bei der Therapie angestoßen und später den blauen Fleck im Unterbewußtsein mit ihrer Halluzination verbunden hatte. Der Fleck war in der Zwischenzeit verschwunden, aber der Davidstern diente als bleibender Beweis, daß alle Episoden des Schreckens keine Einbildungen gewesen waren, sondern brutale Wirklichkeit.

Sicher waren ihren Peinigern noch andere Fehler unterlaufen, die ihr entgangen waren. Doch ohne den verlorenen Davidstern und die unbeholfene Millie wäre sie ihrer Sache nie so sicher gewesen, daß sie die Wände inspiziert und die Verdachtsmomente bestätigt gefunden hätte.

Alles in allem waren die Verschwörer doch sehr geschickt vorgegangen. Brillant sogar!

Doch wer waren diese Leute? Wer konnte so viel Geld und

Zeit und Energie daran setzen, ein solches Schauspiel in Szene zu setzen? Und aus welchem Grund?

WAS IN GOTTES NAMEN WOLLEN SIE VON MIR?!

Rache – das war nicht die Antwort auf diese Frage. Es mußte sich um mehr als um Rache handeln. Um etwas Wichtigeres. Und Schlimmeres.

Trotz der Furcht, die erneut in ihr aufstieg, zwang sie sich, die von ihr übriggelassenen Reste des Frühstücks aufzuessen. Sie brauchte Kraftreserven. Alle verfügbare Energie für den Kampf, der vor ihr lag.

Doch das Essen schmeckte ihr nicht, und selbst das süße Backwerk wurde in ihrem Mund bitter. Auch wenn sie bis jetzt davon Abstand genommen hatte, konnte sie doch nicht umhin, die Rolle von Jeff McGee zu überdenken.

Es gab keine Möglichkeit, daß er nicht eingeweiht war. Er mußte von allem Anfang an gewußt haben, was mit ihr gespielt wurde.

Er hatte seine Rolle gespielt wie alle anderen, die in das Komplott verwickelt waren.

Er war einer von ihnen – wer auch immer sie waren.

Zornig schob sie das Frühstückstablett beiseite.

Sie hatte McGee vertraut.

Er hatte sie verraten.

Sie hatte sich in ihn verliebt.

Und er hatte ihre Liebe schamlos ausgenützt.

Sie hatte ihre Gesundheit, ihr Leben in fremde Hände gelegt – etwas, was sie noch nie getan und nie zu tun sich geschworen hatte. Und jetzt, da sie mit ihren Prinzipien gebrochen und sich von Jeff McGees Zärtlichkeit hatte einlullen lassen – war sie betrogen worden! Auf das gemeinste betrogen.

Wie alle anderen hatte er skrupellos mitgeholfen, sie um den Verstand zu bringen.

Sie war eine Närrin gewesen.

Sie fühlte sich erniedrigt.

Und sie haßte ihn.

Sie durfte nicht länger an Dr. McGee und an ihre betrogene Liebe denken. Es fiel ihr nicht leicht, ihre Gedanken in andere Bahnen zu lenken, aber schließlich gelang es ihr, denn es gab ein noch ungeklärtes Geheimnis, das seinen Schatten über die Ereignisse warf.

Die Milestone Corporation.

Sie spürte es, und nicht zum ersten Mal, daß die Geschehnisse der letzten Tage mit der Milestone Corporation in Verbindung standen.

Sie versuchte verzweifelt, den Schleier der Amnesie, der alle Erinnerungen an Milestone in ein Dunkel hüllte, zu durchdringen. Doch wieder mußte sie feststellen, daß diese Erinnerungslücke nicht nur ein Schleier war, sondern eine undurchdringliche Panzerplatte. Je mehr sie sich damit quälte, einen Faden des Vergangenen in ihr Gedächtnis zurückzurufen, desto größer wurde ihre Angst. Unbestimmte Befürchtungen hinderten sie daran, sich ihrer Arbeit bei Milestone zu entsinnen, dessen war sie sich sicher. War die Amnesie nichts anderes als eine Art Selbstschutz? Sie hatte das Gefühl, daß jede Erinnerung an ihre Arbeit gleichbedeutend wäre mit dem Tod. Aber warum, warum? Was in Gottes Namen war so schrecklich an Milestone?

Aufgrund ihrer Entdeckungen hatte sie geglaubt, in das Dunkel, das sie umgab, Licht bringen zu können. Doch je mehr sie sich den Kopf zermarterte, desto schneller verflogen diese Hoffnungen.

Wenn alles ein abgekartetes Spiel war, war sie dann überhaupt das Opfer eines Autounfalls gewesen?

Sie schloß die Augen und versuchte sich die letzten Sekunden vor dem Unfall in Erinnerung zu rufen, der sich angeblich vor vier Wochen ereignet hatte. Auf dem Weg zum Viewtop Hotel, auf einer Bergstraße. Sie sah noch die Kurve vor sich – sie nahm Gas weg – fuhr langsam in die Kurve ein...

Und dann?

Nichts. Dunkelheit. Ihr Gedächtnis setzte aus.

Doch durch den dichten Schleider Erinnerungslücke sickerte etwas Furchterregendes durch. Es lauerte hinter der Kurve. Aber kein Unfall. Sie hatten dort auf sie gewartet – wer auch immer sie waren –, hatten sie mit Gewalt entführt und hierher gebracht. Daher stammte die Kopfverletzung.

Sie hatte keinen Beweis dafür, keine Erinnerung an ein Kidnapping, trotzdem zweifelte sie nicht daran.

In diesem Moment wurde ihre Gedankenkette jäh unterbrochen, denn Jeff McGee kam in ihr Zimmer.

Die Morgenvisite. Er küßte sie auf die Wange, und sie erwiderte den Kuß, obwohl sie vorgezogen hätte, nicht von ihm berührt zu werden. Sie lächelte und gab vor, über sein Erscheinen erfreut zu sein, denn er durfte keinen Verdacht schöpfen.

»Wie fühlt sich die Patientin heute früh?« Er lehnte lässig an ihrem Bett, lächelnd, in seiner überlegenen Art darauf vertrauend, die törichte Susan Thorton sicher im Griff zu haben.

»Ich fühle mich glänzend«, erwiderte sie und unterdrückte den Wunsch, ihm mit allen zehn Fingernägeln ins Gesicht zu fahren.

»Gut geschlafen?«

»Wie ein Bär im Winter. Das Sedativ hat gewirkt.«

»Ausgezeichnet. Ich habe dir für heute zwei weitere verordnet. Eins zu Mittag und eins vor dem Schlafengehen.«

»Ich brauche keine mehr.«

Er zog die Augenbrauen hoch. »Verschreibst du dir jetzt deine Therapie selber?«

»Das würde ich mir nie erlauben«, entgegnete sie. »Aber ich leide im Moment nicht an Depressionen.«

»Das höre ich gerne. Aber daß du dich im Moment wohlfühlst, beweist leider nichts. Eine neue Welle tiefer Depressionen kann dich jederzeit wieder überkommen, speziell wenn du erneute Halluzinationen hast. Ich glaube an vorbeugende Medizin.«

Und ich glaube, daß du ein verdammter Scharlatan bist, dachte sie.

»Aber wenn ich dir sage, daß ich keine Pillen brauche...«

»Sei nicht eigensinnig. *Ich* bin der Arzt.«

»Dem der Patient folgen muß.«

»So ist es.«

»Also gut. Zwei Pillen. Eine am Vormittag und eine am Abend.«

»Braves Mädchen!«

Warum kraulst du mich nicht hinterm Ohr wie einen Lieblingshund, dachte sie erbittert. Aber sie verbarg ihre Gefühle und erkundigte sich interessiert: »Hast du alle meine Befunde nochmals prüfen können?«

»Sicher. Ich bin letzte Nacht zwei Stunden über den Befunden gesessen.«

Lügner, verfluchter Lügner! Du hast keine Minute damit verbracht, denn du weißt sehr gut, daß ich kein medizinischer Fall bin.

»Zwei Stunden? Das ist mehr, als ich erwarten durfte.«

»Für dich tu ich alles.«

Sie drückte seine Hand. »Vielen Dank, Herr Doktor. Und was hat das Studium der Befunde ergeben?«

»Nicht viel. EEG und Röntgenbilder zeigen keinerlei pathologische Merkmale. Dein schöner Kopf ist der einer kerngesunden Frau.«

»Und die Lumbalpunktion?« fragte sie und vergaß nicht, ihrer Stimme einen nervösen, ängstlichen Unterton zu geben.

Er zuckte die Achseln. »Negativ.«

Susan seufzte und senkte den Kopf. »Wir sind also keinen Schritt weitergekommen.«

Jetzt seufzte auch er und umschloß ihre Hand tröstend mit seinen beiden Händen. Sie mußte das Verlangen unterdrükken, sich loszureißen und ihm ins Gesicht zu schlagen.

Statt dessen sah sie ihm vertrauensvoll in die Augen. Sie war überrascht über ihre Schauspielkunst; McGee merkte nicht, daß er für sie nicht mehr der strahlende Held von früher war. Ich bin sogar besser als Mrs. Baker, sagte sie sich mit Stolz. Ich werde diese Verbrecher mit ihren eigenen Waffen schlagen.

Doch was die Fähigkeit sich zu verstellen anging, war McGee unübertroffen. Er besaß Stil und Geschmack. Seine Sympathiebezeugungen waren überzeugend, aber nie übertrieben. Sein Charme war natürlich und nie forciert, sein Lachen klang echt, und in seinen blauen Augen war nicht die geringste Spur einer Täuschungsabsicht zu erkennen. Obwohl Susan wußte, daß er Komödie spielte, genügte es, mit ihm zu plaudern, und sie wäre um ein Haar wieder von seiner Ehrlichkeit überzeugt gewesen.

Doch das Bemerkenswerteste war die Liebe, die er ausstrahlte. In seiner Gegenwart fühlte sich Susan in Liebe eingebettet, von ihr beschützt. Es hatte in ihrem Leben mehrere Männer gegeben, die sie geliebt hatten. Doch noch nie hatte sie deren Gefühle für sie so intensiv wahrgenommen.

Doch er war ein Betrüger, ein geschickter Schwindler. Er wußte sehr genau, was hier gespielt wurde. Ein falsches, gefährliches Spiel mit seiner heißgeliebten Susan. Er war ein Schuft! Ein ganz gemeiner Schuft.

Nachdem er sie verlassen hatte, zweifelte sie wieder einmal an ihrem Verstand. Es war einfacher, an ihre geistige Umnachtung zu glauben, als anzunehmen, daß McGee ein Lügner war und Mitglied einer Bande von mysteriösen Verschwörern. Susan fühlte sich elend. Einmal im Leben war ihr die ersehnte Beziehung mit einem Mann ihrer Wünsche in den Schoß gefallen – und gleich darauf hatte sie sie wieder verloren.

War es vielleicht ihre eigene Schuld? War es Schicksal? Lastete ein Fluch auf ihr?

Sie hob ihren linken Pantoffel vom Boden auf und griff hinein, bis zur Spitze. Unter der Papierhülle konnte sie das Gold des Davidsterns spüren.

Die solide Härte des versteckten Anhängers zerstreute ihre letzten Zweifel. Sie war nicht im Begriff, den Verstand zu verlieren. Sie war nicht wahnsinnig. Nur zornig. Sehr zornig.

Etwa eine Stunde später brachte ihr Millie die angekündigte Pille. Keine gelbe, sondern eine rosa Pille, bemerkte Susan. Sie kippte sie aus dem kleinen Glasbehälter auf ihre Handfläche.

»Wo ist Mrs. Baker?« fragte sie.

»Donnerstag ist ihr freier Tag«, antwortete die Schwester und goß aus der Metallkaraffe Wasser in das Trinkglas. »Sie wollte ihn benützen, um ihren Wagen zu waschen. Dann wollte sie mit Freunden ein Picknick veranstalten. Aber ich fürchte, daraus wird nichts. Der Wetterbericht hat ein Gewitter angesagt.«

Susan hörte sich das mit einem Gemisch von Bewunderung und Sarkasmus an. Perfekte Planung, ein gut durchdachter Realismus. Obwohl dies kein normales Krankenhaus und Mrs. Baker keine echte Krankenschwester war, waren alle Details überzeugend ausgearbeitet. Freier Tag, Autowaschen, Picknick. Wer das Szenario geschrieben hatte, verdiente Anerkennung.

Millie reichte Susan das Glas Wasser. Susan gab vor, die Pille in den Mund zu stecken, behielt sie aber in der Hand. Sie trank zwei große Schlucke Wasser.

Millie war zufrieden. Susan auch. Trick gegen Trick. Es würde sich noch herausstellen, wer den längeren Atem hatte.

Millie ging, und Susan begab sich in das Badezimmer. Sie warf die Pille in die Toilettenschüssel und spülte sie hinunter. Sie war entschlossen, keines der verabreichten Medikamente mehr zu schlucken.

In ihr Bett zurückgekehrt, versuchte sie die Lage kühl zu überdenken.

Als Wissenschaftlerin mußte sie in Betracht ziehen, daß sie das Opfer eines Experiments geworden war. Ein Experiment, das mit der Kontrolle und Manipulation der Sinnesempfindungen zu tun haben mochte.

Es gab genügend Präzedenzfälle, um eine solche Theorie zu untermauern. In den vergangen Jahrzehnten hatten sich verschiedene Wissenschaftler freiwillig zu ähnlichen Experimenten hergegeben, um den Verlust des Begriffsvermögens zu erforschen. Sie hatten sich in dunkle, mit warmem Wasser gefüllte Tanks einschließen lassen – so lange, bis sie jeden Kontakt mit der Realität verloren und zu halluzinieren begannen.

Susan war zwar sicher, nicht an Halluzinationen zu leiden, aber überlegte, ob nicht der zweite Stock dieser Klinik für solche oder ähnliche Experimente eingerichtet worden war. Probierte man Techniken der Gehirnwäsche aus? Beschäftigte sich vielleicht die Milestone Corporation mit derartigen Versuchen?

Nach einiger Überlegung verwarf sie jedoch diese Möglichkeit. Sie glaubte nicht daran, daß sie sich freiwillig dazu hergegeben hatte, für solche Experimente gebraucht und mißbraucht zu werden, selbst nicht für den Fortschritt der Wissenschaft. Und sie würde eher ihre Arbeit bei Milestone aufgegeben haben, als sich der Gefahr auszusetzen, bei extremen Tests den Verstand zu verlieren.

Wer aber würde solche Experimente vornehmen, die jeder wissenschaftlichen Ethik widersprachen? Nazis mochten derart skrupellos mit Kriegsgefangenen umgegangen sein, aber der Krieg lag lange zurück, und heute würde kein angesehener Wissenschaftler zu solchen Mitteln greifen.

Außerdem war sie Physikerin und hatte nicht das Geringste mit Verhaltensforschung zu tun. Gehirnwäsche lag außerhalb ihres Forschungsbereichs; sie konnte sich nicht vorstellen, in derartige Experimente einbezogen zu sein.

Nein, sie war nicht mit offenen Augen in die Falle gegangen. Sie war nicht freiwillig in diese Klinik gekommen.

Als sie an diesem Punkt ihrer Überlegungen angelangt war, erschienen Phil und Murphy, um sie zur Physikalischen Therapie abzuholen.

Auf dem Weg nach unten machten sie wie üblich ihre albernen Scherze. Susan ging auf den Jux ein, lachte gelegentlich und riet ihnen, sich für eine Fernsehschau engagieren zu lassen.

Florence Atkinson unterwarf sie der üblichen anstrengenden Prozedur. Doch schon nach kurzer Zeit tat Susan nicht länger mit. Sie beklagte sich über einen schmerzhaften Muskelkrampf im rechten Bein. Sie wand sich nach allen Seiten und stöhnte. Sie wollte vermeiden, daß sie die Therapie in einem Zustand der Erschöpfung verließ. Sie wollte ihre Kräfte sparen, sie würde sie dringend nötig haben.

Sie war entschlossen, in der kommenden Nacht zu fliehen.

Mrs. Atkinson war ehrlich besorgt. Sie strich den Rest der Bewegungsübungen, massierte Susan sehr behutsam und ließ sie nur fünf Minuten im Whirlpool. Nach der heißen Dusche fühlte sich Susan fit und unternehmungslustig.

Auf dem Weg zum zweiten Stockwerk überlegte Susan, was sie tun sollte, falls im Aufzug eine neue ›Halluzination‹

für sie geplant wäre. Ihr erster Impuls war, auf die angeblich toten Männer loszugehen. Sie würde ihre Gesichter zerkratzen, Blut sollte fließen, rotes menschliches Blut, als Beweis, daß es sich um keine Gespenster handelte. Sie würde die Schufte verletzten, ihnen Anklagen ins Gesicht schleudern.

Doch dann sagte sie sich, daß das unklug wäre. Würde sie ihre Peiniger wissen lassen, daß sie sie durchschaute, würde sie den Vorteil aufgeben, der darin bestand, daß sie mehr wußte, als die anderen vermuteten. Dann würde das Theaterspielen abrupt enden. Man würde zwar nicht länger versuchen, sie zum Wahnsinn zu treiben, aber ihr vielleicht etwas noch Schlimmeres antun.

Glücklicherweise wurde sie vor keine wie immer geartete Entscheidung gestellt. Die Fahrt im Aufzug verlief ereignislos. Keine Dämonen tauchten auf, bloß stumme Patienten, Statisten in längst geprobten Szenen.

Phil und Murphy brachten sie ohne Zwischenfall in ihr Zimmer. Bald darauf servierte Millie das Mittagessen. Susan aß alles auf; es schmeckte ihr, und sie fühlte sich gesund und kräftig. Doch für die Schwester spielte sie die durch die Therapie Geschwächte. Sie gähnte herzhaft und sagte pathetisch: »Ich gedenke einen langen Schlaf zu tun.«

»Sehr gut, Miß Thorton. Ich werde die Tür schließen, damit Sie nicht durch Lärm aus der Halle gestört werden.«

Sowie die Schwester gegangen war und die Tür hinter sich zugezogen hatte, stieg Susan aus dem Bett und untersuchte den Wandschrank. Er war geräumig; auf den oberen Regalen lag Bettzeug für die beiden Betten. Unten standen Susans Köfferchen, beschädigt, eingedrückt, angeblich aus dem zerschmetterten Wagen herausgeholt.

Sie rechnete damit, daß in den nächsten Minuten niemand ins Zimmer kommen würde. Sie stöberte in ihrem Gepäck und stellte ein Bündel zusammen, das sie für ihre Flucht benötigen würde: ein Paar Jeans, ein dunkler Sweater, bequeme Schuhe und weiße Socken. Sie schob das Bündel ganz nach hinten in den Schrank und stellte die Koffer davor, um es zu verbergen.

Sie eilte zu ihrem Bett zurück, senkte die Matratze, legte ihren Kopf auf das Kissen und schloß die Augen.

Sie fühlte sich wohl. Sie war im Begriff, ihr Leben wieder in die eigenen Hände zu nehmen.

Dann fiel ihr etwas ein, was sie beunruhigte. Wenn in dem Zimmer versteckte Kameras eingebaut waren! Wenn sie rund um die Uhr beobachtet wurde! Dann würde man wissen, daß sie den Davidstern gefunden hatte und einen Fluchtversuch vorbereitete.

Sie richtete sich auf und sah sich im Zimmer um. Wo konnten die Kameras postiert sein? Oben, nahe der Decke, gab es kleine vergitterte Öffnungen. Für die Klimaanlage? Oder für die von einem Thermostaten regulierte Heizung? Oder für versteckte Kameras, die sie Tag und Nacht beobachteten?

Wenn das der Fall war, mußte sie alle Hoffnung fahren lassen.

Entmutigt ließ sie den Kopf sinken, sie war den Tränen nahe. Doch allmählich faßte sie wieder Mut. Logische Überlegungen sagten ihr, daß es keine Kameras gab. Sonst hätte man gewußt, daß sie den Davidstern gefunden hatte, und Millie hätte nicht so angelegentlich nach ihm suchen müssen.

Aber durfte sie sicher sein? Nun, den letzten Beweis würde die kommende Nacht liefern. Wenn ihr die Flucht gelang, würde sie wissen, daß sie nicht beobachtet worden war.

Andererseits, wenn sie die Treppe und das Vestibül erreichte und unten vor dem Tor standen die vier toten Männer, die sie lächelnd erwarteten...

Obwohl sie wußte, daß es keine toten Männer gab, erschauderte sie bei dieser Vorstellung.

Nein, daran durfte sie nicht denken.

Hatte man ihr nicht geraten, eine positive Einstellung einzunehmen?

Diesen Rat würde sie befolgen.

Und sie würde alles dransetzen, um sich zu retten.

27.

Donnerstagnachmittag wurde das Krankenhauszimmer frühzeitig dunkel. Eine schwarze Wolkenbank schob sich über den Septemberhimmel.

Dumpfes Donnergrollen ging einem heftig einsetzenden Regenschauer voraus. Harte Regentropfen trommelten gegen die Fensterscheiben. Das Heulen des Windes ging langsam in das Tosen eines Sturmes über.

Schlechtes Wetter für ein Picknick, dachte Susan. Aber geeignetes für eine Flucht.

Aufgeregt wartete sie auf den Einbruch der Nacht. Wilde Hoffnung erfüllte sie, aber auch nagende Furcht.

Sie fand keine Ruhe, trotzdem gab sie vor zu schlafen. Aber ihre Verstellung war überflüssig, niemand kam, um nach ihr zu sehen.

Später saß sie aufrecht im Bett und schaltete den Fernseher ein. Aber sie konnte sich nicht auf die Programme konzentrieren, die über die Mattscheibe flimmerten. Ihre Gedanken waren anderswo, sie erwog und verwarf Pläne, träumte von einer geglückten Flucht.

Zur Zeit des Abendessens erschien Jeff McGee mit zwei Tabletts und kündigte an, er werde mit ihr speisen. »Ein einfaches Mahl«, sagte er bedauernd. »Keine Kerzen, kein Champagner. Aber appetitlich aussehende Schweinekoteletts und als Nachtisch Apfelkuchen.«

»Ganz nach meinem Geschmack«, erwiderte Susan. »Kerzenlicht macht mich melancholisch und Champagner müde.«

Er brachte ihr auch mehrere Illustrierte und zwei Taschenbücher. »Damit du genug zu lesen hast. Mit den alten Scharteken mußt du ja schon fertig sein.«

»Schon längst.« Sie dankte ihm für seine Umsicht.

Er blieb über eine Stunde, vermied aber, über ihren Krankheitszustand zu sprechen. Er bemühte sich um einen leichten Konversationston, plauderte über Theater und Konzerte und zog über Politiker und Filmstars her. Das machte es ihr leicht, das Gespräch auf dem Niveau einer üblichen Dinnerparty zu halten. Doch mit der Zeit fand sie es unerträglich, die Naive zu spielen und vorzugeben, daß sie ihn liebe, während sie ihn in Wahrheit haßte und verachtete. Sie staunte über ihre Fähigkeit, eine Art Bühnenrolle zu spielen, aber die Anspannung zehrte an ihren Nerven, und sie war froh und richtiggehend erschöpft, als er sich endlich verabschiedete und ihr einen Gutenachtkuß gab.

Sie war zwar erleichtert, doch trotzdem bedauerte sie es, als er gegangen war. Solange er bei ihr gesessen war, hatte sie gewünscht, ihn so schnell wie möglich loszuwerden. Doch kaum hatte er die Türe hinter sich geschlossen, empfand sie einen Verlust, eine Leere. Sie erwartete ihn nicht wiederzusehen – höchstens vor Gericht, wenn er sich für seine Mittäterschaft würde verantworten müssen. Er hatte an ihrer Entführung und an ihrer psychischen Folter teilgenommen – trotzdem mußte sie zugeben, daß er ein angenehmer Gesellschafter war. Er besaß natürlichen Charme, verstand es, seinen Partner zu unterhalten, und sein Lachen war ansteckend. Am schlimmsten waren seine ach so überzeugenden Liebesbeteuerungen. Sie hatte immer wieder versucht, ihn zu durchschauen, hinter seiner sympathischen Oberfläche den abgefeimten Schurken zu sehen und in seinen Liebesschwüren die Lüge zu entdecken – aber es war ihr nicht gelungen.

Ärgerlich schalt sie sich eine Närrin. Vergiß ihn! Verbanne ihn aus deinen Gedanken, das ist das beste für dich. Konzentriere dich auf deine Flucht. Alles andere zählt jetzt nicht.

Der Regen fiel ohne Unterlaß. Gelegentlich durchzuckte ein Blitz die Finsternis.

Um neun Uhr brachte Tina Scolari das von McGee verschriebene Sedativ. Eine gelbe Kapsel. Wieder ließ Susan die Pille verschwinden, trank aus dem dargebotenen Glas Wasser und schluckte kräftig.

»Ich wünsche Ihnen eine gute Nacht«, sagte Tina Scolari.

Susan dankte und löschte die Nachttischlampe aus. Das schwache Licht der Nacht warf einen gelblichen Schimmer über die Betten. Es vermochte die Schatten nicht zu vertreiben, aber erhellte den Raum genügend, um Susans Vorhaben zu ermöglichen.

Sie blieb auf dem Bett liegen und wartete noch eine Weile, um sicher zu sein, daß die Schwester nicht zurückkommen würde, weil sie etwas vergessen hatte oder sie über neue Tests am kommenden Morgen informieren wollte. Sie starrte zur Decke, auf der in unregelmäßigen Intervallen der Reflex eines aufzuckenden Blitzes zu sehen war.

Schließlich stand sie auf und ging zum Wandschrank. Sie nahm vom oberen Regal zwei Kissen und zwei Laken und stopfte sie unter ihre Bettdecke, in der Hoffnung, sie würden bei flüchtigem Hinsehen wie eine zusammengekauerte schlafende Frau ausschauen.

Zurück zum Schrank! Sie holte das vorbereitete Bündel hervor, schlüpfte aus ihrem Pyjama und zog die Jeans und den Sweater an. Dann wechselte sie die Pantoffeln gegen Socken und Schuhe. Aus dem linken Pantoffel nahm sie den Davidstern und steckte ihn in eine Tasche ihrer Jeans. Sie wollte ihn nicht zurücklassen, obwohl er freilich niemandem außer ihr selbst etwas beweisen konnte. Als sie zum Schluß ihre Geldbörse aus dem Nachttisch holte, zeigte die Uhr 9:34.

Sie ging zur Tür und preßte ihr Ohr gegen das glatte Holz. Nichts war zu hören.

Nach einem Moment des Zögerns, nachdem sie die verschwitzten Handflächen an ihren Jeans abgewischt hatte, öffnete sie die Tür. Erst nur einen Spalt. Sie lugte in den hell erleuchteten Korridor. Nichts zu sehen. Vorsichtig streckte sie ihren Kopf hinaus. Sah nach rechts, sah nach links. Niemand war in Sicht.

Um diese Zeit, das wußte sie, befanden sich die Nachtschwestern im Schwesternzimmer. Es war schon zu spät für die üblichen Aktivitäten, aber noch zu früh für die erste Kontrollrunde.

Susan verließ ihr Zimmer, schloß vorsichtig die Tür hinter sich und stand einen Moment lang atemlos im hellen Gang. Sie war bereit, beim geringsten Anzeichen einer sich nähernden Schwester umzukehren und in ihr Zimmer und ihr Bett zu flüchten.

Doch im Korridor blieb es still. Trotz des glänzend gebohnerten Bodens und der Deckenbeleuchtung hatte es den Anschein, als wäre das Gebäude verlassen und von keiner Menschenseele bewohnt.

Zu Susans Linker lag der Punkt, an dem sich zwei Korridore vereinigten und zur Haupthalle führten. Von dort drohte die Gefahr, denn dort um die Ecke befanden sich das Schwesternzimmer und die Aufzugtüren.

Stille. Absolute Stille, nur gelegentlich unterbrochen durch das entfernte Grollen des Donners.

Jetzt gab es für Susan kein Zurück mehr. Zögern war gefährlicher als Handeln. Sie ging vorsichtig nach rechts, zur Feuertür am Ende des kurzen Flügels, über der ein rot beleuchtetes Schild AUSGANG zu lesen war. Sie schlich sich die Wand entlang und warf immer wieder einen ängstlichen Blick zurück.

Ihre Gummisohlen quietschten auf dem gewachsten Flur. Ein kaum wahrnehmbares Geräusch, aber es peinigte ihre angespannten Nerven wie das Geräusch von Fingernägeln, die auf einer Schiefertafel kratzen.

Sie öffnete die metallene Feuertür und erschrak, als der große Riegel klapperte und die Scharniere knirschten. Sie schlüpfte durch und schloß die Tür hinter sich, so leise sie konnte. Jetzt stand sie auf einem Treppenabsatz. Die Stiegen waren aus Stein und nur schwach beleuchtet, über jedem Absatz hing nur eine einzige Lampe. Dazwischen war es ziemlich dunkel, doch sie empfand die Dunkelheit diesmal nicht drohend; sie bot ihr Schutz.

Sie horchte. Im Treppenhaus war es absolut still. Doch die eiserne Tür hatte so viel Lärm gemacht, daß sie eventuelle Aufpasser hätte stutzig machen müssen.

Susan wartete, lauschte. Schließlich war sie sicher, daß sie keine Aufmerksamkeit erregt hatte. Sie zweifelte daran, daß man Wachtposten aufgestellt hatte. Niemand wußte, daß sie das grausame Spiel durchschaut hatte, niemand konnte einen Fluchtversuch erwarten. Und das Personal dieses seltsamen Hauses benutzte wahrscheinlich die Feuertreppe nur in Notfällen.

Sie beugte sich über das Treppengeländer und blickte nach oben und nach unten. Zwei Stockwerke über ihr, zwei unter ihr. Sie schlich die Stiegen hinunter zum untersten Treppenabsatz. Sie stand vor zwei Feuertüren. Eine war in die Innenwand eingelassen und führte vermutlich in den Korridor des Erdgeschosses. Die andere befand sich in der Außenwand. Susan wandte sich dieser zu, schob den schweren Riegel zurück und schob die Eisentür auf, langsam, Zoll für Zoll.

Kalter Wind blies ins Haus hinein und strich um Susans Füße wie ein schnüffelnder Hund, bei dem man nicht wissen kann, ob er wedeln oder beißen wird.

Vor ihr im Regen lag ein Parkplatz, mäßig erhellt von zwei großen Laternen, die an den beiden Enden standen. Er war zu klein, um der öffentliche Parkplatz für Patienten und Besucher zu sein. Vermutlich der Parkplatz für das Personal. Er wirkte seltsam verlassen, selbst um diese nächtliche Stunde hätte man eine Vielfalt von Wagen erwarten müssen. Doch Susan sah nur vier Autos auf dem Areal, einen Pontiac, einen Ford und zwei Chevrolets.

Kein Mensch war zu sehen. Sie trat ins Freie und ließ die Tür vorsichtig hinter sich ins Schloß schnappen.

Der Regen hatte etwas nachgelassen, und auch der Sturm hatte sich gelegt. Aber der Wind war immer noch stark genug, um Susans Haar durcheinanderzubringen. Über den nahen Bäumen hing dünner Nebel. Eine Bö zwang sie, ihren Kopf zwischen den Schultern einzuziehen. Es war überraschend kalt; die Kälte schnitt durch ihren Sweater. Sie wünschte, sie hätte eine Wolljacke gehabt. Es war viel zu kalt für September in Oregon. Winterlich kalt.

Hatte man sie auch über das Datum belogen?

Das konnte sie sich allerdings kaum vorstellen. Andererseits – was war an der ganzen Sache überhaupt vorstellbar?

Sie entfernte sich vom Notausgang, glitt in den Schatten eines dichten Gebüschs und überlegte ihre weiteren Schritte. Sie konnte die Richtung zum Haupteingang der Klinik gehen und dann die Straße nehmen, die hinunter nach Willawauk führte. Dann lief sie Gefahr, vom Haus aus gesehen zu werden. Oder sie schlug sich in die Wälder und versuchte, auf Umwegen in die Ortschaft zu gelangen.

Welche Alternative sie auch wählte, sie würde bis auf die Haut durchnäßt werden.

In ihrer Verzweiflung verfiel sie auf eine kühne Lösung, und kurz entschlossen unternahm sie den gewagten Versuch, hastig, bevor sie den Mut verlor. Sie lief auf den Parkplatz, zum Wagen, der am nächsten stand. Es war der grüne Pontiac.

Vier Wagen, vier Chancen. Jemand mochte den Zündschlüssel stecken gelassen oder an einem leicht zugänglichen Platz versteckt haben – unter der Matte oder unter der Sonnenblende. In Provinznestern wie Willawauk, wo jeder jeden kannte, dachten die Menschen nicht an Autodiebe wie in den großen Städten und ihren Vororten.

Sie erreichte den Pontiac. Die Tür zum Fahrersitz war nicht abgeschlossen. Sie riß sie auf und schaltete dabei die automatische Innenbeleuchtung ein. Susan erschrak vor dem hellen Licht. Sie fürchtete, sie habe sich verraten und jeden Moment würden Alarmsirenen aufheulen.

Verdammt!

Sie schlüpfte hastig in den Wagen und hinter das Steuerrad. Schlug die Tür zu, achtete nicht auf das Geräusch, wollte nur das verräterische Licht zum Erlöschen bringen. Idiotin, fluchte sie.

Sie starrte durch die verregnete Windschutzscheibe, sah aber niemanden auf dem Parkplatz. Sie blickte die vier Stockwerke des Krankenhauses hoch. Mehrere Fenster waren beleuchtet. Doch hinter keinem stand ein Mensch, niemand beobachtete sie.

Erleichtert atmete sie auf. Im Wagen roch es nach Tabakrauch. Susan, die nicht rauchte, haßte diesen Gestank, doch diesmal hieß sie ihn willkommen. Es war wenigstens nicht der Spitalgeruch, den sie tagelang hatte ertragen müssen.

Hoffnungsvoll beugte sie sich vor, ihre Finger glitten unter die Matte, um den Zündschlüssel zu suchen.

Sie erstarrte.

Der Schlüssel steckte im Zündschloß.

Er glänzte im Licht der nahen Laterne.

Der Anblick erfüllte sie mit Freude, doch gleichzeitig beunruhigte er sie. Zweifel begannen sie zu peinigen.

Irgend etwas stimmte da nicht.

Aber nein, endlich einmal habe ich Glück gehabt.

Es ist zu einfach.

Ich habe doch gehofft, einen Zündschlüssel zu finden.

Trotzdem zu einfach...

In kleinen Städten lassen die Leute die Schlüssel stecken.

Im ersten Wagen, auf den du gestoßen bist?

Spielt es eine Rolle, ob es der erste oder der vierte ist?

Ja, es spielt eine Rolle, weil es zu einfach ist.

Glückssache. Schließlich darf man auch einmal Glück haben. Es ist zu einfach.

Blitze durchzuckten den Himmel. Ein rollender Donnerschlag. Regen begann gegen die Windschutzscheibe zu prasseln, ein Wolkenbruch.

Jetzt wußte Susan, daß sie nicht zu Fuß in das Städtchen gehen würde, weder auf dem direkten noch auf einem gewundenen Weg. Wozu gegen ein Unwetter kämpfen, wenn sie einen Wagen zur Verfügung hatte. Gut, alles entwickelte sich verdächtig einfach zu ihren Gunsten, aber warum sollte nicht endlich ihre Glückssträhne einsetzen?

WAS FÜRCHTETE SIE EIGENTLICH?

Sie drehte den Schlüssel im Schloß. Der Motor sprang sofort an, begann leise zu surren.

Sie setzte die Scheibenwischer in Betrieb, die sofort die Windschutzscheibe klärten. Sie wagte es nicht, die Scheinwerfer einzuschalten. Gang rein, Handbremse lösen. Sehr langsam fuhr sie aus dem Parkplatz hinaus und einen gewundenen Kiesweg entlang. Sie gelangte zur Front des Krankenhauses und schließlich zum Ende einer Ausfahrt, ohne auf Gegenverkehr zu stoßen. Vor ihr lag die Einfahrt in die zweispurige Hauptstraße. Ein Stopschild. Automatisch bremste sie.

Sie benutzte die Gelegenheit, um zurückzuschauen, noch einen Blick auf das Haus der Angst zu werfen, aus dem sie entkommen war.

Auf dem gepflegten Rasen erhob sich eine steinerne Tafel. Sie war zwei Meter lang und etwa einen Meter hoch und von niedrigem Gebüsch flankiert. Oberhalb der Tafel waren an einer Metallstange vier kleine Spots placiert, deren Strahlen auf eine in den hellen Stein gehauene dunkle Schrift gerichtet waren.

Auch durch den dichten Regen konnte Susan mühelos die großen Buchstaben lesen:

THE MILESTONE CORPORATION

28.

Ungläubig starrte Susan auf die drei Worte.

Dann blickte sie zum Gebäude empor, verwirrt und zornig.

Es war gar kein Krankenhaus.

ABER WAS IN GOTTES NAMEN WAR ES?

Die Milestone Corporation sollte sich doch in Newport Beach, Kalifornien befinden, wo Susan zu Hause war. Dort sollte sie doch auch gearbeitet haben.

Alles war rätselhaft. Nur eines war ihr klar: Sie mußte so schnell wie möglich fort von hier.

Sie gab Gas, bog in die Hauptstraße ein und fuhr die Anhöhe hinunter, weg von der Milestone Corporation. Jetzt wagte sie die Scheinwerfer einzuschalten. Durch Regen und Nebel war Willawauk in der Ferne zu sehen, eine Ansammlung diffuser Lichter.

Susan entsann sich, daß Dr. Viteski von einer Bevölkerung von 8000 gesprochen hatte. Doch es machte einen viel kleineren Eindruck. Keine Kleinstadt, eher ein Dorf. Auf halbem Weg ins Tal hinunter, als sie sich über das Lenkrad beugte und zwischen den sich bewegenden Scheibenwischern hindurchsah, merkte sie eine seltsame Veränderung der Stadtbeleuchtung. Die Lichter flackerten, gingen aus und flammten aufs neue auf, als ob die ganze Beleuchtung aus einem einzigen großen und zusammengeschalteten Neon-Licht bestünde. Aber das mußte eine durch das Wetter bedingte optische Täuschung sein.

Was sich aber nicht veränderte, war der Eindruck, daß der Ort viel kleiner war, als sie angenommen hatte. Und bei diesem Eindruck blieb es auch, als sie die ersten Häuser erreichte. Einige Fenster waren beleuchtet, andere nicht. Die Autostraße ging übergangslos in die Main Street über.

Es war die typische Hauptstraße eines amerikanischen Städtchens und unterschied sich kaum von zehntausend anderen im Land. Ein kleiner Park, ein Kriegerdenkmal. Eine Bar mit Bier- und Whiskyreklamen. Verschiedene kleine Läden, eine Bank, ein Kino. Hinter den Fenstern eines Coffeeshops sah sie mehrere Gäste sitzen. Ein Drugstore, eine Beerdigungsanstalt und etliche Tankstellen.

Ein Städtchen wie viele andere. Und doch gab es etwas, was Susan auffiel und ihr befremdend erschien.

Die Sauberkeit. Die makellose Sauberkeit.

Alle Hausfassaden sahen aus, als wären sie gerade erst frisch gestrichen, die Benzinpumpen der Tankstellen glänzten poliert und wiesen keinen einzigen Fleck auf. Auf den Straßen war kein Abfall zu sehen, kein Stück Papier, kein zerknülltes Zigarettenpäckchen. Die Bäume zu beiden Seiten der Straße standen wie mit einem Lineal ausgerichtet, und ihre Krone war exakt beschnitten wie in einem französischen Park. Die Straßenlampen brannten absolut gleichmäßig, nicht eine Birne war ausgebrannt, nicht eine heller oder dunkler als die anderen.

Vielleicht war Willawauk eine Ausnahme in der amerikanischen Landschaft, ein hervorragendes Beispiel von Bürgerstolz und Bürgerinitiative. Oder der dichte Regen trübte die Sicht und verbarg jedes Zeichen von Verwahrlosung und normaler Abnützung. Aber meist sah eine Stadt bei Regen trüber und schäbiger aus als gewöhnlich, nicht sauberer. Und konnte Bürgerinitiative das Aussehen eines Ortes erklären, der wirkte wie von Robotern bewohnt?

Überdies war es ungewöhnlich, wie wenig Wagen zu sehen waren. Vor drei Blocks parkten nur drei Autos. Vor dem Kino nur ein einziges, und vor der Bar nur ein alter Ford und ein Kombi. Kein Verkehr. Sie war keinem fahrenden Auto begegnet, sie war die einzige, die durch die Hauptstraße fuhr.

Zugegeben, das Wetter war nicht einladend. Kluge Leute blieben in einer solchen Nacht zu Hause.

Aber sollte es in dieser Stadt nur kluge Leute geben?

Kaum zu glauben!

Susan fuhr sehr langsam, sah sich nach allen Seiten um und überlegte. Die Bar in der Hauptstraße würde auch inmitten eines Blizzards Geschäfte machen. Regen, auch starker Regen würde die Trinker sicher nicht von ihrem Stammlokal fernhalten. Aber die meisten würden mit ihren Wagen kommen und sich lieber bei Morgengrauen gegenseitig totfahren, als betrunken nach Hause zu torkeln.

Bleib nicht stehen, sagte sich Susan. Fahr durch, ohne zu bremsen. Bleib nicht in Willawauk. Etwas in diesem Ort ist nicht in Ordnung.

Aber sie besaß keine Autokarte und kannte die Gegend nicht. Wußte nicht, wo sich die nächste Ortschaft befand, wo die nächste Tankstelle, und wenn ihr das Benzin ausging, würde sie komplett hilflos sein. Langsam, zögernd, in einem niedrigen Gang schlich sie die Main Street entlang, bis sie nach einigen Blocks eine Platz fand, an dem sie sicher war, Hilfe zu finden. Sie lenkte den Wagen auf einen kleinen Parkplatz, der sich neben dem Amtsgebäude befand, hielt an und stieg aus.

WILLAWAUK COUNTY SHERIFF
Hauptquartier
Willawauk, Oregon

Es war ein einstöckiges Gebäude mit rotem Ziegeldach. Susan lief durch den Regen auf die gläserne Eingangstür zu. Sie war froh, den gestohlenen Pontiac losgeworden zu sein. Auch der Tabakgeruch im Inneren des Wagens hatte seinen Reiz verloren.

Trotz der späten Stunde war die Tür offen. Susan trat in einen typischen Behördenvorraum, der sauber, aber ungemütlich war. Eine hölzerne Barriere trennte den amtlichen Teil des Zimmers vom übrigen, der anscheinend für Besucher bestimmt war. An der Wand standen Bänke, und über ihnen hingen Fahndungsanzeigen. In einer Ecke stand ein Kaffee-Automat. Die gegenüberliegende Wand wurde von einer großen Karte von Oregon eingenommen.

Aus einem Nebenraum hörte Susan eine Frauenstimme. Sie wiederholte anscheinend Informationen, die ihr telefonisch durchgegeben wurden. An einer Tür zur Rechten hing ein Schild SHERIFFS OFFICE.

Sie trat ein. An einem Schreibtisch saß ein Mann in Uniform. Er wandte Susan den Rücken zu und klapperte auf einer Schreibmaschine.

Susan hüstelte, um sich bemerkbar zu machen, und strich mit der Hand über ihre nasse Stirn. »Verzeihung, aber ich brauche Hilfe.«

Er schwang auf seinem Drehstuhl herum und sagte mit freundlichem Lächeln: »Ich bin Sheriff Whitlock. Was kann ich für Sie tun, Lady?«

Er war plump, hatte eine beginnende Stirnglatze, ein rundes Gesicht und Schweinsäuglein. Sein Lächeln war nicht länger freundlich, sondern hämisch.

Es war Carl Jellicoe.

Es gab Susan einen Stich, wie wenn ein Nagel in ihre Lunge gedrungen wäre. Ihr Atem stockte.

Als Pfleger in der Klinik hatte er sich Dennis Bradley genannt. Jetzt trug er eine Uniform mit dem offiziellen Emblem und nannte sich Sheriff Whitlock.

Susan konnte kein Wort hervorbringen. Ihre Kehle war wie ausgetrocknet, und im Mund hatte sie einen bitteren Geschmack. Sie schnappte nach Luft, vermochte sich aber nicht zu rühren. Fassungslos starrte sie auf den Mann vor sich, dessen Hand mit der Dienstwaffe spielte.

Er kicherte und erhob sich. »Überrascht?« fragte er.

Sie antwortete nicht.

Er stellte sich breitbeinig vor sie hin. »Dachtest du wirklich, du könntest uns so leicht loswerden?«

Sie starrte ihn an, wie gelähmt.

Seinen Blick immer noch auf Susan geheftet, rief er in einen Nebenraum: »Komm, schau mal, wen wir hier haben!«

Jetzt erschien der Hilfssheriff. Er war groß und rothaarig, ein irischer Typ. Seine helle Haut war mit Sommersprossen übersät. Als Pfleger in der Klinik hatte er sich O'Hara genannt. Susan kannte seinen jetzigen Namen nicht, aber vor dreizehn Jahren, als er in der Donnerhöhle mitgeholfen hatte, Jerry Stein zu töten, hatte er Herbert Parker geheißen.

»Oh, oh, die Dame scheint bekümmert zu sein«, sagte Parker mit seinem irischen Akzent.

»Das arme Ding hat geglaubt, sie kann uns entkommen.« Parker lachte. »Tatsächlich?«

»Tatsächlich.«

»Weiß sie nicht, daß das unmöglich ist? Weiß sie denn nicht, daß wir tot sind?«

Jellicoe grinste sie an. »Weißt du nicht, daß wir tot sind, du dumme Schlampe?«

»Du hast es doch in der Zeitung gelesen«, erinnerte sie Parker. »Hast du das vergessen?«

»Der Autounfall...«

»Vor elf Jahren...«

Aus dem Nebenraum hörte man noch immer die Frauenstimme, die Daten entgegennahm und wiederholte. Als ob sich im Büro des Sheriffs nichts Besonderes ereignet hätte. Aber die Frau mußte doch Bescheid wissen!

»Der Wagen hat sich zweimal überschlagen.«

»Zweimal...«

»Ein Schrotthaufen.«

»Ja. Da konnte keiner überleben. Und alles wegen dieses Flittchens!«

Sie gingen im Raum hin und her, vergnügt, ohne die geringste Eile.

»Und jetzt glaubt sie, sie kann vor uns davonlaufen«, sagte Jellicoe.

Und Parker fügte hinzu: »Wir sind doch tot, Dummchen. Verstehst du nicht, was das bedeutet? Vor Toten kann man sich nicht verstecken.«

»Sie können immer irgendwo sein...«

»Überall...«

»Gleichzeitig...«

»Das ist der Vorteil, wenn man tot ist.«

Susan rang nach Atem. Sie keuchte, sie schrie: »Ihr seid nicht tot!«

»Aber ja doch. Tot.«

»Begraben.«

»Zur Hölle gefahren...«

»...und zurückgekommen.«

»Und wir bringen die Hölle mit uns.«

»Für dich, Susan. Für dich, Süße...«

Susan trat einen Schritt vor. Auf dem Schreibtisch lag ein schwerer gläserner Aschenbecher. Sie griff nach ihm und warf ihn auf Jellicoe.

Er blieb nicht ruhig stehen und ließ das Geschoß durch sich hindurch segeln, um zu beweisen, daß er ein Geist war. Für einen Toten war er erstaunlich ängstlich, verletzt zu werden. Er duckte sich blitzschnell.

Der Aschenbecher verfehlte ihn, zerschellte an einem metallenen Aktenschrank und fiel in Stücken zu Boden.

Auf dem Schreibtisch sah sie auch eine große Taschenlampe, wie sie Polizisten am Gürtel tragen. Sie packte sie und schwang sie drohend. Da merkte sie, daß Parker nach seiner Dienstwaffe griff. Sie floh. Aus dem Büro, aus dem Vorraum, ins Freie. Sie lief zum gestohlenen Pontiac, riß die Wagentür auf. Tastete nach dem Zündschlüssel, den sie im Schloß stecken gelassen hatte.

Er steckte nicht mehr im Zündschloß.

WIR BRINGEN DIE HÖLLE MIT UNS. FÜR DICH.

Sie schaute zum gläsernen Eingang.

Jellicoe und Parker kamen aus dem Haus. Ohne Eile.

Susan glitt auf den Beifahrersitz, stieß die zweite Wagentür auf und sprang hinaus. Jetzt stand der Pontiac zwischen ihr und den beiden Männern.

Sie sah sich nach einem Fluchtweg um, hoffte, daß ihre Beine es schaffen würden. Wie gut, daß Mrs. Atkinson – aus welchen Gründen auch immer – sich solche Mühe mit ihr gegeben hatte. Allerdings bedeuteten vier Tage Therapie und gutes Essen noch lange nicht, daß sie fit war. Sie würde viel eher schlappmachen als Jellicoe oder Parker.

Durch Regen und Wind rief Jellicoe ihr zu: »Es ist zwecklos, davonzulaufen.«

»Du kannst dich nirgends verstecken, Susan«, fiel Parker ein.

»Geht zum Teufel!« schrie Susan und rannte, so schnell sie konnte.

29.

Das Haus machte einen freundlichen Eindruck. Weißgestrichener Holzzaun, mit Büschen umhegter Kiesweg, eine altmodische Veranda. Aus den Fenstern im Erdgeschoß drang warmes Lampenlicht durch helle Vorhänge.

Einige Sekunden lang stand Susan vor dem niedrigen Gittertor, betrachtete das Haus, überlegte, ob es ein sicherer Zufluchtsort wäre. Sie fror, sie war durchnäßt, sie fühlte sich elend. Es drängte sie, unter ein Dach zu kommen, wo es warm und trocken war, aber sie hatte Angst, erneut in eine Falle zu stolpern.

Steh nicht länger hier im Regen herum, sagte sie sich. Geh zur Haustür, läute, bitte um Hilfe. Die ganze Stadt kann doch unmöglich in die Verschwörung verwickelt sein.

Im Krankenhaus waren freilich alle am Komplott beteiligt gewesen. Allerdings war es keine richtige Klinik, sondern die Milestone Corporation – was auch immer diese Institution sein mochte.

Auch die Polizei war mitbeteiligt, was schrecklich und beängstigend war, aber sich erklären ließ. Wenn ein großes Unternehmen eine kleine Stadt dominierte, Arbeitsstellen und hohe Steuern garantierte, mochte sie auch die lokalen Behörden beherrschen und die Obrigkeit als verlängerten Arm für die Wahrung ihrer Interessen benützen. Zweifellos hatte die Milestone Corporation ihren Einfluß mißbraucht, um das Büro des Sheriffs zu korrumpieren. Eine befremdende, aber keineswegs ungewöhnliche Situation.

Doch weiter konnte die Verschwörung unmöglich reichen.

Die Angestellten von Milestone und auch die Polizei mochten eine zwielichtige Rolle spielen, damit mußte sie sich abfinden. Aber ein solches Komplott konnte nicht Tausende miteinbeziehen.

Nichtsdestoweniger stand sie im Regen vor dem Haus, beneidete die Leute drinnen, die es behaglich hatten – und fürchtete sie gleichzeitig.

Sie war mehrere Blocks vom Büro des Sheriffs entfernt. Sie war Jellicoe und Parker entwischt, indem sie durch schmale Gassen gelaufen war, immer wieder in Straßenecken biegend, und sich im Schatten der Bäume gehalten hatte.

Doch wenn sie überlegte, war ihr Entkommen zu einfach gewesen. So einfach wie das Bereitstehen des Pontiacs mit dem Schlüssel im Zündschloß. Und sie hatte es gelernt, einfachem Entkommen zu mißtrauen.

Ein neuer Blitz, ein neues Grollen des Donners erschreckte sie. Es regnete heftiger, es wurde kälter. Sie konnte nicht länger unschlüssig warten. Sie lief den Kiesweg zum Haus hinauf, dann über die Veranda zur Haustür. Sie drückte auf die Klingel.

Es blieb ihr kein anderer Ausweg. Sie wußte nicht, an wen sonst sich wenden als an irgendwelche Fremde in irgendeinem der Häuser in dieser seltsamen Stadt.

Das Licht in der Diele flammte auf.

Susan mußte versuchen, harmlos zu erscheinen. Sie wußte, daß sie erschreckend aussah: vollkommen durchnäßt, die Frisur von Regen und Wind ruiniert, Verstörung ins Gesicht geschrieben. Ein solches Aussehen mußte die nettesten Menschen davon abhalten, ihr Obdach zu gewähren. So gab sie sich große Mühe, ein einnehmendes Lächeln aufzusetzen.

Gottlob, die Tür wurde endlich geöffnet. Im Rahmen erschien eine Frau in mittleren Jahren mit kastanienbraunem Haar. Sie betrachtete Susan mit gebührender Überraschung. Bevor Susan noch etwas sagen konnte, rief sie aus: »Gütiger Himmel, was machen Sie da draußen in einer solchen Nacht? Ohne Mantel, ohne Schirm! Was ist passiert?«

»Eine Panne«, stammelte Susan, »der Motor...«

»Sicher der Vergaser«, unterbrach sie die Frau. »Bei Regen ist es immer der Vergaser.« Es war eine redselige Person, die sichtlich froh war, eine Gesprächspartnerin gefunden zu haben, und sei es auch ein zerzaustes, vor Nässe und Kälte zitterndes Wesen. »Und immer passiert so was bei einem Unwetter. Nie an einem sonnigen Tag im Juni. Und immer, wenn keine Werkstatt zu finden ist und man kein Kleingeld fürs Telefon hat.

Kommen Sie doch rein, meine Liebe, und wenn Sie telefonieren wollen, bitte sehr. Inzwischen werde ich Ihnen Kaffee aufwärmen. So wie Sie aussehen, brauchen Sie was Heißes.«

Sie trat beiseite, um Susan hineinzulassen.

Susan war ziemlich verwirrt durch das anhaltende Geschnatter und die unvermutete Gastfreundlichkeit der Frau. »Ich bin tropfnaß...«

»Spielt keine Rolle. Der Teppich ist dunkel – muß dunkel sein, wenn man Kinder hat. Nicht auszudenken, was sie mit einem hellen Teppich anstellen würden. Außerdem sind die Tropfen nur Regenwasser, weder Tomatensoße noch Schokolade wie üblich. Also kommen Sie nur herein.«

Susan trat ein. Die Frau schloß die Türe hinter sich.

Sie standen in einer hübschen Diele. Ringsum Kübel mit hohen Pflanzen. Über einem Mahagonitisch hing ein großer Spiegel. Die Tapeten waren hell gemustert.

Aus dem Nebenraum hörte man den Fernsehapparat. Eine Verfolgungsjagd schien im Gang zu sein. Quietschende Autoreifen, Stimmengewirr, ein Schrei.

»Die Kleinen starren immer in die Glotze«, beschwerte sich die Frau. »Ich heiße Enid. Enid Sheppard.«

»Ich bin Susan Thorton.«

»Sie haben einen großen Fehler gemacht, Susan. Man soll immer einen Regenschirm im Wagen haben, selbst wenn die Sonne scheint. Einen Regenschirm, eine Taschenlampe und eine Hausapotheke. George – das ist mein Mann – hat sogar eine elektrische Reifenpumpe dabei. Aber jetzt ist es zu spät für einen guten Rat. Kommen Sie mit mir in die Küche, Sie zittern ja wie Espenlaub. Dort ist es warm, und ich mache Ihnen einen Kaffee.«

Susan entschied, erst ein heißes Getränk zu sich zu nehmen, bevor sie der liebenswürdigen Dame ihre prekäre Situation erklärte. Sie folgte Enid Sheppard in einen schmalen Durchgang. Rechts lag das Wohnzimmer, in dem der Fernsehapparat lief.

Susan warf durch die offene Türe einen Blick hinein. Sie staunte. Der Raum sah nicht viel anders aus als die meisten amerikanischen Wohnzimmer, mit einer Menge von Sofas, Stühlen und Sitzecken. Was sie frappierte, war die Unzahl von Kindern. Mindestens ein Dutzend Kinder starrten auf die Mattscheibe; sie hockten auf dem Boden, saßen auf den Stühlen, lümmelten auf den übrigen Sitzgelegenheiten. Sie alle drehten wie auf Kommando den Kopf nach Susan, als sie vorbeiging, warfen ihr einen uninteressierten Blick zu, dann wandten sie sich wieder zum Fernsehapparat, von dem Schüsse und eine Polizeisirene zu hören war. Ihre große Zahl und ihre nichtssagenden Mienen machten auf Susan einen merkwürdigen Eindruck.

»Ich habe nur Nescafé«, entschuldigte sich Enid, die Susan in die Küche führte. »Ich weiß, es gibt besseren Kaffee, aber George trinkt keinen anderen.«

»Mir ist jede Marke recht«, sagte Susan.

Susan wunderte sich, wie die Sheppards es schafften, in diesem einfachen einstöckigen Haus ein Dutzend Kinder großzuziehen. Die Schlafzimmer mußten eingerichtet sein wie Kasernen, mit mehreren Betten übereinander.

»Sie haben eine große Familie, Mrs. Sheppard.«

»Jetzt verstehen Sie, warum ich keine weißen Teppiche habe«, erwiderte Enid und lachte.

Die Küche war hell erleuchtet und komfortabel eingerichtet, mit weißen Hängeschränken und einem großen Elektroherd. An einem Küchentisch unter dem großen Fenster saß ein junger Mann über einem Buch, den Kopf in die Hände gestützt.

»Das ist Tom, mein Ältester«, verkündete Mrs. Sheppard stolz. »Er ist der Beste in seiner Klasse. Immer sitzt er über seinen Büchern. Er will ein reicher Anwalt werden, um seinen Eltern ein Leben in Luxus bieten zu können, nicht wahr,

Tom?« Und sie zwinkerte Susan zu, um zu zeigen, daß sie nur scherzte.

Tom nahm die Hände von seinem Gesicht, hob den Kopf und sah Susan an.

Es war Ernest Hatch.

Susans Herzschlag setzte aus. Ein Trugbild, sagte sie sich, ein Blendwerk der Hölle.

»Die Dame hat Schwierigkeiten mit ihrem Wagen«, sagte Enid zu ihrem Sohn. »Sie möchte telefonieren.«

Hatch lächelte. »Hallo, Susan!«

Enid staunte. »Ihr kennt euch?«

»O ja«, sagte Hatch. »Wir kennen einander ziemlich gut.«

Das Zimmer schien unter Susans Füßen zu schwanken. Sie wich zurück, stieß gegen den Herd.

»Mama«, sagte Hatch, »ich kann Susan behilflich sein, wenn du zu deiner Fernsehschau zurückwillst.«

Enid zögerte und blickte zwischen Susan und Hatch hin und her. »Ich versprach ihr einen heißen Kaffee...«

»Ich kümmere mich darum«, unterbrach sie Hatch. »Ich brauche selber einen ganzen Topf Kaffee, wenn ich die Nacht über studieren will, das weißt du doch.«

Enid schien die plötzliche Spannung im Raum nicht zu bemerken. »Wissen Sie«, sagte sie zu Susan, »es ist eine meiner Lieblingssendungen, und ich möchte keine einzige Episode versäumen, um den Handlungsfaden nicht zu verlieren.«

»Halt den Mund, halt den Mund«, würgte Susan hervor. »Laß den verfluchten Unsinn!«

Enid starrte Susan verblüfft an, als wäre sie durch deren plötzlichen Ausbruch ehrlich überrascht und könne sich den Grund dafür nicht erklären.

Hatch lachte.

Susan trat zur Tür und wandte sich drohend an die Frau. »Versuch mich nicht zurückzuhalten! Oder – ich schwöre bei Gott – ich kratz' dir die Augen aus und beiß' dich in den Hals.«

»Sind Sie verrückt?« fragte Enid Sheppard entsetzt. Tom hatte sich erhoben.

Enid sagte: »Deine Freundin macht Spaß, nicht wahr, Tom?«

»Der Spaß ist kein bißchen komisch«, schrie Susan.

Hatch meinte gelassen: »Susan, Susan, es hat doch keinen Zweck. Siehst du das nicht endlich ein?«

Susan stürzte durch die Tür hinaus aus der Küche.

Im Durchgang erwartete sie, ihren Fluchtweg durch die Kinder blockiert zu finden, aber die saßen immer noch fasziniert vor dem Fernsehschirm, schienen das Schreien in der Küche nicht gehört zu haben.

Susan lief durch die Diele. In was für ein Haus war sie da geraten? Was für Kinder waren das? Kleine Roboter vor einem Fernsehapparat?

Sie erreichte die Haustür, wollte sie öffnen und fand sie verschlossen.

Hatch war ihr in die Diele gefolgt. Er war hinter ihr her, aber ohne jede Eile, benahm sich genau wie vorhin Jelicoe und Parker. »Hör mal, dummes Flittchen, wir kriegen dich, ob du davonrennst oder nicht.«

Verzweifelt riß Susan am Türknopf.

Hatch ging langsam auf sie zu. »Morgen nacht wirst du bezahlen. Für alles bezahlen, was du uns angetan hast. Ich bin jetzt sieben Jahre tot und habe lange darauf warten müssen. Wir werden dich vornehmen, alle vier, von allen Seiten, einer nach dem anderen. Von vorn, von hinten, von der Seite. Wir werden dein Innerstes nach außen kehren...«

Die Tür bewegte sich in den Angeln, als sie heftig an ihr riß, aber sie öffnete sich nicht.

»...werden dich benützen wie eine Gummipuppe. Wie wir es schon damals in der Höhle hätten tun sollen. Und dann schlitzen wir dich auf, aber keine Luft wird rauskommen, sondern deine Eingeweide...«

Susan wünschte, sie hätte den Mut, herumzufahren und auf ihn loszugehen, mit Nägeln und Zähnen, ihm in die Augen zu fahren und in den Hals zu beißen. Ihr Zorn reichte aus, sie in ein reißendes Tier zu verwandeln. Aber sie hatte Angst, ihn nicht verletzen zu können, Angst, daß er nicht bluten würde. Daß er tatsächlich tot war. Natürlich war das nicht möglich. Doch jetzt, da er so unvermutet aufgetaucht war und sie mit Tiraden von Haß übergossen hatte, brach ihr Zweifel am Übernatürlichen zusammen. Sie besaß kein Vertrauen mehr in wissenschaftliche Beweisführung, zweifelte an Logik und Vernunft, war voll Angst und Entsetzen und haßte sich deshalb, aber sie konnte sich nicht helfen.

Sie mußte an die drohenden Worte denken: WIR BRINGEN DIE HÖLLE MIT UNS. FÜR DICH.

In panischem Schrecken riß sie an der Tür. Knirschend ging sie auf. Sie war nicht verschlossen gewesen, hatte bloß in der feuchten Witterung geklemmt.

»Verschwende deine Kraft nicht, Süße«, rief Hatch hinter ihr her. »Spar sie dir für morgen nacht. Ich werde sehr böse sein, wenn du morgen zu schlapp bist, um mich richtig anzuheizen.«

Sie torkelte durch die Tür, über die Veranda. Das Tor im Zaun schlug im Wind hin und her. Sie lief durch, gelangte auf die Straße. Rannte um ihr Leben. Achtete nicht auf die Pfützen, in die sie trat, auf das Regenwasser, das in ihre leichten Schuhe drang. Hörte noch die Stimme von Hatch, der ihr nachgerufen hatte: »Zwecklos. Kein Versteck auf dieser Welt...«

30.

Susan näherte sich dem Kino auf Umwegen, indem sie durch Seitengäßchen und über Parkplätze lief. Bevor sie auf die Main Street trat, lugte sie vorsichtig nach beiden Seiten durch die regnerische Nacht. Kein Polizeiauto war zu sehen, kein Beamter in Uniform.

Der Schalter war bereits geschlossen. Die letzte Vorstellung hatte schon begonnen, keine Karten wurden mehr verkauft.

Sie stieß eine Glastür auf, gelangte in ein menschenleeres Vestibül.

Hier war es warm, angenehm warm.

Auch hinter dem Erfrischungsstand war niemand zu sehen. Das war einigermaßen sonderbar, denn die Kinos verdienten mehr am Verkauf von Popcorn und Getränken als am Kartenverkauf, und sie schlossen den Stand selten, bevor der letzte Zuschauer das Haus verlassen hatte.

Aus dem Inneren des Zuschauerraums hörte man Musik und die Stimme von Dudley Moore. Der angekündigte Film hieß ARTHUR.

Susan hatte sich hierher geflüchtet, weil sie einen warmen, trockenen Platz suchte. Vor allem aber wollte sie in Ruhe und im Dunkeln sitzen und überlegen können – denken, denken, bevor sie endgültig den Verstand verlor. Seit sie im Büro des Sheriffs auf Jellicoe gestoßen war, hatte sie nur kopflos reagiert, statt überlegt zu handeln. Das mußte ein Ende haben.

Ursprünglich hatte sie vorgehabt, lieber in den Coffeeshop zu gehen statt ins Kino, doch sie hatte befürchtet, Polizeiwagen würden durch die Straßen patrouillieren und man könnte sie durch die großen Scheiben sehen und erkennen. Das Kino hingegen war ein dunkler, sicherer Zufluchtsort.

Sie schlüpfte durch eine der gepolsterten Türen, die ins Innere des Kinos führten. Schloß sie schnell hinter sich, damit der durchs Vestibül in den verdunkelten Raum fallende Lichtstreif keine Aufmerksamkeit erregte.

Auf der Leinwand erwachte Arthur gerade in seinem Bett nach einer durchzechten Nacht. Susan hatte den Film im letzten Sommer gesehen, als er in die Erstaufführungstheater gekommen war. Sie erinnerte sich, daß es eine der Anfangsszenen war. Sie hatte mehr als eine Stunde wohliger Wärme und schützender Dunkelheit vor sich, um in Ruhe die Ereignisse dieser Nacht durchdenken zu können.

Ihre Augen paßten sich nur langsam der Dunkelheit an. Sie konnte nicht sehen, ob das Kino gut besucht war oder nicht. Dann entsann sie sich, daß nur zwei Autos vor dem Haus gestanden hatten. Der Saal mußte halbleer sein, nur wenige Leute würden in einer solchen Nacht zu Fuß in ein Kino gehen.

Sie konnte nur einen Platz neben sich ausmachen, anscheinend den letzten Sitz einer Reihe. Er war leer. Sie setzte sich. Die nassen Kleider klebten an ihrem Körper.

Sie schloß halb die Augen, um die Vorgänge auf der Leinwand nach Möglichkeit auszuschalten. Arthurs spaßige Abenteuer interessierten sie nicht. Sie hatte an anderes, Ernsteres zu denken.

Geister. Dämonen. Längst Verstorbene, die sie verfolgten.

Sie weigerte sich, übernatürliche Erscheinungen als Erklärung zu akzeptieren. Wenn höllische Kräfte am Werk waren, konnte es für sie keine Rettung geben, daher war es vernünftiger, eine solche Möglichkeit gar nicht in Erwägung zu ziehen.

Das gleiche galt für die Theorie des Irrsinns. Sie mochte verrückt sein, zugegeben, aber was konnte sie im Moment dagegen tun? Nichts. Also war es klüger, nicht daran zu glauben.

Blieb nur das raffinierte Komplott. Aber auch auf diesem Weg kam sie nicht weiter. Wer konnte sich gegen sie verschworen haben, und warum?

Die Kette ihrer Gedanken wurde jäh unterbrochen. Im Saal erscholl ausgelassenes Gelächter. Obwohl es nur natürlich war, daß die Zuschauer sich über eine komische Szene amüsierten, erschien ihr das schallende Gelächter irgendwie sonderbar. Nach dem Geräuschpegel zu urteilen, mußte eine Menge Menschen im Saal sein, was der Tatsache widersprach, daß sie nur zwei Wagen vor dem Theater gesehen hatte. Aber das war nicht das einzige, was ihr auffiel.

Es war etwas anderes.

Etwas, was mit dem Klang des Lachens zusammenhing. Es hörte sich anders an, als zu erwarten gewesen wäre.

Im Saal wurde es wieder still, und Susan durchlief in Gedanken nochmals die Details ihrer Flucht.

Anfangs war doch alles glatt gegangen. Zu glatt?

Sie hatte die Klinik – oder das Gebäude der Milestone Corporation – ohne Schwierigkeiten verlassen können. Der Pontiac stand bereit, und der Schlüssel steckte im Zündschloß. Das ließ darauf schließen, daß sie – wer auch immer *sie* waren – von ihrem Fluchtplan gewußt und es darauf angelegt hatten, ihr Vorhaben zu unterstützen. Man hatte den Pontiac für sie bereitgestellt.

Aber wie konnten sie erraten, daß sie in diesem Wagen nach dem Schlüssel suchen und in das Büro des Sheriffs gehen würde? Und dann, von Jellicoe und Parker gehetzt, ausgerechnet im Sheppardhaus Zuflucht suchen würde? Es gab in Willawauk Hunderte Häuser. Wieso hatte Hatch sie gemächlich in einer ganz bestimmten Küche erwartet?

Susan kannte die wahrscheinliche Antwort auf diese Fragen, aber wollte nicht an sie glauben. Sie mußten gar nicht erraten, wohin sie sich wenden würde, weil ihre Bewegungen *programmiert* gewesen waren. Vielleicht hatte man sie in ihrem Unterbewußtsein festgelegt, während sie im Koma gelegen war. Das erklärte auch, warum man sie nicht ernsthaft verfolgte; man wußte, daß sie ihnen an einem vorbestimmten Platz in die Arme laufen würde.

Vielleicht besaß sie keinen freien Willen mehr.

Die bloße Vorstellung verursachte ihr ein leeres Gefühl in der Magengrube.

Sie fühlte sich wie ein Schlittenhund, der läuft und läuft, ohne seinen Kurs selber zu bestimmen. Der den Zügeln eines Treibers folgen muß, ohne auf den eingeschlagenen Weg Einfluß nehmen zu können. Sie haßte diesen Vergleich, obwohl sie zugeben mußte, daß es zutraf.

Wer aber waren diese schattenhaften Puppenspieler, die gottähnliche Gewalt über sie besaßen?

Wieder wurde ihr Gedankengang durch schallendes Gelächter unterbrochen. Diesmal horchte sie angespannt, und es wurde ihr klar, was ihr aufgefallen war. Es war das Lachen von jungen Menschen, von Kindern. Es war schriller, ausgelassener als das Gelächter von Erwachsenen, das sie in einem Kino zu hören gewohnt war.

Unterdes hatten sich ihre Augen dem Dunkel angepaßt; sie hob den Kopf und sah sich um. Der Saal war beinahe voll. Sie konnte die Besucher erkennen, die ihr zunächst saßen. Kinder, Halbwüchsige. Anscheinend war sie die einzige Erwachsene in ihrer Reihe.

Merkwürdig! Warum sollten Hunderte Jugendliche durch

Regen und Sturm in ein Kino gehen, um ein altes Lustspiel anzuschauen? Was für Eltern waren das, die ihren Sprößlingen gestatteten, eine Lungenentzündung zu riskieren?

Sie mußte an die vielen Kinder in Enid Sheppards Haus denken, die fasziniert auf den Fernsehschirm gestarrt hatten.

In Willawauk schien es mehr Kinder zu geben als in einem anderen vergleichbaren Ort.

Aber was zum Teufel hatten diese Kinder mit ihrer eigenen speziellen Situation zu tun?

Irgend etwas, dessen war sie sicher. Aber was? Es mußte einen Zusammenhang geben, aber sie konnte ihn nicht erraten.

Während Susan noch über die jugendliche Bevölkerung von Willawauk rätselte, sah sie, wie sich links von der Leinwand eine Tür öffnete. Ein fahles, bläuliches Licht schien durch die Öffnung. Ein großer Mann trat in den Saal und schloß die Tür hinter sich. Er ließ den Strahl einer Taschenlampe aufflammen und richtete ihn auf den Boden.

Ein Platzanweiser?

Er ging langsam den Gang entlang, in die Richtung, in der Susan saß.

Das Kino war ziemlich groß, es war ein langer Weg von der Leinwand zu den hinteren Reihen. Er war schon recht nahe, ehe Susan in den Sinn kam, er könnte für sie eine Bedrohung darstellen.

Sie stand auf. Die nassen Kleider klebten an ihr. Sie war noch nicht lange genug im Saal gewesen, als daß sie hätten trocknen können. Sie hatte vorgehabt, bis gegen Schluß der Vorstellung zu bleiben.

Der Mann kam näher. Mit jedem Schritt, den er tat, schwang seine Lampe hin und her.

Susan gab ihren Sitz auf, trat auf den Gang, fluchtbereit. Sie bemühte sich, in das Licht vor sich zu schauen, um die Gesichtszüge des Mannes erkennen zu können.

Er war jetzt kaum zwei Meter von ihr entfernt, unsichtbar hinter dem Strahl seiner Lampe. Hinter ihm bewegten sich die übergroßen Silhouetten der Schauspieler auf der Leinwand.

Dudley Moore sagte etwas Komisches.

Die Jugendlichen lachten herzlich.

Susan begann zu zittern.

John Gielgud sagte etwas Lustiges zu Liza Minelli, und wieder lachte das Publikum.

Wenn ich programmiert war, den Pontiac zu stehlen, dachte Susan, und zum Büro des Sheriffs und in Enid Sheppards Haus zu gehen, dann war ich vielleicht auch programmiert, hierher zu kommen statt den Coffeeshop zu besuchen.

Der Platzanweiser, wenn er einer war, kam immer näher.

Susan trat einige Schritte zurück, zur Tür, die zum Vestibül führte. Sie fühlte mit der rechten Hand hinter sich, tastete nach dem Türgriff.

Der Mann vor ihr hob seine Lampe. Der Strahl war nicht mehr auf den Boden gerichtet, sondern direkt auf Susans Gesicht. Das grelle Licht zwang sie, die Augen zu schließen.

Er ist einer von *ihnen*! Wahrscheinlich Quince, denn Quince war ihr in dieser Nacht noch nicht erschienen.

Oder – schlimmer noch – es war Jerry Stein. Jerry, das Gesicht in einem Stadium der Verwesung, die Lippen aufgeschwollen und eitrig. Jerry, in der Uniform eines Platzanweisers, der auf sie zukam, um sie zu begrüßen und sich ein Küßchen zu holen.

Verzweifelt versuchte sie der aufkommenden Panik Herr zu werden.

Vor Quince schauderte ihr. Aber eine Begegnung mit Jerry war einfach nicht auszudenken.

Sie sah ihn vor sich, die blicklosen Augen auf sie gerichtet. Er würde sie umarmen, seine Lippen auf ihre pressen und die schleimige Zunge in ihren Mund schieben. Ein Friedhofskuß, Leidenschaft eines Totentanzes!

Gab es kein Entrinnen aus der Hölle?

Sie stieß die Tür auf, lief aus dem Saal, durch das Vestibül, und wagte nicht zurückzublicken.

Sie rannte über die Straße, in eine kleine Gasse, suchte Zuflucht in einer Toreinfahrt. Sie holte tief Atem. Die kalte, feuchte Nachtluft peinigte ihre Lungen. Auf dem kurzen Weg waren ihre Kleider wieder völlig durchnäßt worden. Sie spürte einen Schmerz am linken Bein, schenkte ihm keine Beachtung, redete sich ein, sie könne die ganze Nacht hindurch laufen, wenn es nötig wäre.

Aber sie wußte, daß sie sich belog. Die Kraftreserven, die sie in den vergangenen Tagen gespeichert hatte, begannen zu schwinden.

Auf der anderen Straßenseite, in einiger Entfernung, sah sie die Lichter einer Tankstelle.

31.

Verschlossene Türen, vergitterte Fenster. Die Regentropfen glitten an den frischlackierten Zapfsäulen hinunter.

Neben der Tankstelle stand eine öffentliche Fernsprechzelle. Susan schlüpfte hinein, schloß aber die Tür nicht, sonst wäre die Innenbeleuchtung in Gang gesetzt worden. So blieb sie zwar im Dunkeln, war aber durch die Glaswände fremden Blicken ausgesetzt. Doch auf der regennassen Straße waren keine Passanten zu sehen und auch keine Fahrzeuge.

Sie fischte aus einer Tasche ihrer Jeans ihre Geldbörse hervor und entnahm ihr einige Münzen. Sie schob einen Zehner in den Schlitz und wählte die Nummer des Fernamts. Sie fühlte sich elend und erschöpft. Sie verlangte die Nummer von Sam Walker in Newport Beach und ließ sich dann verbinden. Sie hatte Sams Telefonnummer nicht mehr im Kopf; es war schon einige Zeit her, daß sie miteinander ausgegangen waren. Doch er hatte die Beziehung für ihren Geschmack zu ernst genommen, und sie hatte sich gezwungen gesehen, sie abzubrechen. Doch sie war mit Sam Walker gut Freund geblieben, und wenn sie sich zufällig in einem ihrer bevorzugten Restaurants trafen, aßen sie zusammen und konnten ohne Hemmungen miteinander plaudern.

Es war typisch für Susan, daß sie keine richtigen Freundinnen hatte, an die sie sich hätte wenden können. Aber sie war mit Frauen nie so gut ausgekommen wie mit Männern. Im Moment stand Sam Walker ihr am nächsten, obwohl es mindestens zwei Monate her war, daß sie ihn in der ›Auberge‹ getroffen hatte.

Seit ihrer Flucht aus dem Kino war ihr klargeworden, daß sie ohne auswärtige Hilfe nicht aus Willawauk entkommen konnte. Es würde ihr schwerfallen, Sam ihre Situation zu erklären, denn obwohl er wußte, daß sie weder trank noch Rauschgift nahm, mochte er annehmen, daß sie einfach übergeschnappt war. Wie konnte sie ihn bloß überzeugen, daß der hiesigen Polizei nicht zu trauen war und daß er das FBI einschalten sollte.

Die Hilfe des FBI erschien ihr als einzige Möglichkeit, sich zu retten. Schließlich war sie in das Milestone-Gebäude entführt worden, und Entführung fiel in den Aufgabenbereich der Bundespolizei. Sie hatte davon Abstand genommen, von sich aus das FBI in Salem anzurufen – ihr als einer Unbekannten hätte man ihre Anschuldigungen sicher nicht geglaubt. Wo sie doch schon unsicher war, ihren alten Freund Sam Walker überzeugen zu können!

Im fernen Newport Beach begann das Telefon zu läuten.

Bitte, laß ihn zu Hause sein, betete sie. Bitte!

Ein Windstoß ließ die offenstehende Kabinentür auf und zu schlagen. Sie zuckte zusammen.

Das Telefon läutete dreimal. Viermal.

Bitte, laß ihn zu Hause sein, bitte!

Ein fünftes Mal.

Dann hob jemand den Hörer ab. »Hallo?«

»Sam?«

»Hallo?«

Die Verbindung war schlecht. Gewitterstörungen, es krachte in der Leitung.

»Sam?«

»Ja. Wer spricht?« Seine Stimme war kaum zu hören.

»Sam, ich bin es, Susan.«

Kurzes Zögern. Dann: »Suzie?«

»Ja.«

»Suzie Thorton?«

»Ja«, rief sie, froh, jemanden außerhalb von Willawauk erreicht zu haben.

»Ich höre dich so schlecht. Wo bist du?«

»In Oregon. In einer Stadt, die Willawauk heißt.«

Das Krachen in der Leitung ließ nach. Sie hörte ihn jetzt deutlich sagen: »Es klingt, als ob du aus Tahiti oder sonstwo sprechen würdest.«

Als sie jetzt deutlich seine Stimme hörte, durchfuhr sie ein schrecklicher Verdacht.

»Ich kann dich kaum hören, Sam«, stammelte sie.

»Ich habe gesagt, du klingst, als ob du aus Tahiti oder sonstwo sprechen würdest.«

Susan preßte die linke Hand über das freie Ohr und mit der rechten den Hörer gegen das andere. »Sam – du... du...«

»Suzie, bist du noch da?«

»Sam, du sprichst so merkwürdig. Nicht wie sonst.«

»Ist etwas nicht in Ordnung?«

»Es klingt, als ob nicht du es wärst.«

»Suzie, sprich doch deutlich! Was soll das alles?«

Sie brachte kein Wort heraus, konnte den Verdacht nicht äußern, der sie quälte.

»Suzie!«

Konnte man nicht einmal dem verdammten Fernamt in Willawauk trauen?!

»Suzie – bist du noch da?«

Jetzt sprach sie es aus, zornig und verzweifelt: »Du bist nicht Sam Walker!«

Krachen in der Leitung.

Stille.

Neuerliches Knacken und Rauschen.

Dann ertönte ein Kichern. »Natürlich bin ich es nicht, du dumme Kuh!«

Es lief ihr eiskalt den Rücken hinunter. Die Stimme war unverkennbar. Es war das Kichern von Carl Jellicoe.

Der Sturm ließ die offene Tür der Zelle heftig hin und her pendeln. Susan hielt sie fest.

Jellicoe sagte: »Glaubst du noch immer, daß es so einfach ist, uns zu entkommen?«

Sie antwortete nicht.

»Wohin willst du laufen? Es gibt kein Versteck für dich.«

»Schuft! Schuft!«

»Du bist am Ende«, sagte Jelicoe vergnügt. »Du kannst nicht weiter. Herzlich willkommen in der Hölle, Baby.«

Sie warf den Hörer auf die Gabel. Trat aus der Zelle und sah sich wieder um. Nichts bewegte sich auf der Straße. Niemand war in Sicht. Niemand war hinter ihr her. Noch nicht. Noch war sie frei.

Aber sie gab sich keiner Illusion hin. Sie war nicht wirklich frei, sie hing bloß an einer langen Leine. Und sie hatte das beängstigende Gefühl, daß diese Leine zugezogen wurde, immer enger und enger, langsam, aber unerbittlich.

Sie ging die Straße entlang, nicht einmal schnell, denn es erschien ihr sinnlos, den Rest ihrer Kraft durch Laufen zu verschwenden. Sie versuchte, weder auf den Schmerz in ihrem Bein noch auf Regen und Wind zu achten. Sie gab es auf, Fluchtpläne zu entwickeln. Wozu in neue Fallen tappen, wozu neue Enttäuschungen erleiden? Sie wollte gefaßt darauf warten, daß man sie holte.

Plötzlich hatte sie eine Eingebung.

Es gab einen Platz, in den die höllischen Mächte nicht einzudringen vermochten. Vor dessen Tor die Dämonen zähneknirschend anhalten mußten. Einen heiligen Platz, einen sicheren Hort.

Die Kirche.

Ein Blitz erhellte den spitzen Turm, der zum Himmel ragte. Die Kirche stand am Ende der kleinen Straße, an einer Kreuzung; die Breitseite lag an einer Hauptstraße. Susan begann zu laufen, bog um die Ecke, stand vor dem Portal. Das Innere des Gotteshauses war beleuchtet, das Licht drang durch die bunten Glasfenster, der Nebel, der über ihnen hing, glimmte blau und rot.

Niemand versuchte sie aufzuhalten, das gab ihr Hoffnung. Sie lief drei steinerne Stufen hinauf und griff nach der großen Klinke der Kirchentür.

Sie war verschlossen.

Der Weg zum Refugium versperrt.

Sie lauschte. Nichts war zu hören. Kein Gesang, kein Orgelton. Warum sollte auch um diese Stunde ein Gottesdienst stattfinden?

Doch durch die Fenster schien Licht. Vielleicht hielt sich der Pastor im Inneren der Kirche auf.

Sie pumperte mit den Fäusten gegen die Tür aus solidem Holz. Schlug sich beinahe die Hände blutig.

Niemand öffnete.

Nun, wenn der Pastor nicht in der Kirche war, konnte sie ihn sicher im Pfarrhaus finden. Es war an die Seitenwand der Kirche geschmiegt, ein einfaches, einstöckiges Haus mit großen Erkerfenstern im Obergeschoß. Der gepflegte Rasen war von zwei Laternen erleuchtet. Eine dritte Lampe hing über der Tür. Auf dem Türschild las sie: REV. OTIS B. KINFIELD.

Auf einen Geistlichen mußte man sich verlassen können. Zu einem Geistlichen konnte man mit jedem Problem kommen und auf Hilfe rechnen.

Doch galt das auch für Willawauk?

Sie drückte auf die Türklingel.

Obwohl die Außenlichter brannten, war es im Inneren des Hauses dunkel. Das mußte nicht bedeuten, daß der Pastor nicht zu Hause war. Er mochte zu Bett gegangen sein. Immerhin war es ziemlich spät, fast Mitternacht.

Sie läutete nochmals.

Und noch einmal, anhaltend.

Keine Lichter gingen an. Niemand reagierte auf ihr Klingeln.

Susans Hoffnungen schwanden. Sie hatte Wärme und Sicherheit erwartet, eine behagliche Bleibe, einen trockenen Schlafrock, eine heiße Schokolade. Und vor allem Schutz, Schutz gegen die teuflischen Mächte, die sie verfolgten. Ein Pastor, so hoffte sie, mußte sie gegen Dämonen schützen können wie ein Kruzifix gegen Vampire.

Obwohl niemand auf ihr Klingeln antwortete, war Susan nicht bereit aufzugeben. Sie dachte nicht daran, einfach wegzugehen. Sie kämpfte mit den Tränen, der Wunsch nach trockener Kleidung und heißer Schokolade war übermächtig, verdrängte sogar die Furcht vor Ernest Hatch und seinen Kumpanen.

Sie griff nach der Messingklinke, rüttelte an der Tür. Sie war verschlossen, ließ sich auch mit Gewalt nicht öffnen. Sie ging die Hauswand entlang, aber natürlich stand kein Fenster offen.

Drei Fenster links von der Tür waren fest verschlossen, auch das erste zur rechten. Doch das zweite hing locker im Rahmen, die feuchte Luft hatte das Holz des Rahmens aufquellen lassen. Es ging nach innen auf, weit genug, um Susan durchschlüpfen zu lassen.

Dann stand sie im Inneren des Pfarrhauses.

Sie war eine Einbrecherin!

Aber sie war eine verzweifelte Frau, die Hilfe brauchte, und der Reverend würde sicher verstehen und verzeihen, wenn er ihre Geschichte hörte.

Im Raum, in den sie gelangt war, war es stockdunkel. Und Susans erste Hoffnung wurde sofort enttäuscht. Es war nicht warm. Es war beinahe so kalt wie draußen.

Susan tastete sich an der Wand entlang, am ersten Fenster vorbei, zu einer Tür. Neben der Tür fand sie einen Lichtschalter. Sie knipste ihn an.

Die plötzliche Lichtflut blendete sie. Als sie wieder sehen konnte, war sie bitter enttäuscht. Das Innere des Pfarrhauses, das von außen einen so beruhigenden Eindruck gemacht hatte, glich nicht im geringsten ihren Vorstellungen.

Es war ein Warenhaus.

Ein riesig großer Raum ohne Decke, der bis zum Dachstuhl reichte. Betonfußboden ohne Belag. An Drähten hing eine gewaltige Weihnachtsszenerie mit Schlitten und Rentieren aus Papiermaché, anscheinend für die kommenden Feiertage vorbereitet. Überall standen Kartons, übereinander hoch aufgeschichtet. Daneben Koffer, Kisten, Container und Metallschränke, die meistens meterhoch und von enormer Breite waren. Die Behältnisse standen in gerade ausgerichteten Reihen, zwischen denen man Durchgänge gelassen hatte.

Verblüfft verließ Susan ihren Platz am Fenster und ging daran, die Stapel zu untersuchen. In den ersten Schränken fand sie schwarze Chorgewänder, die an Haken hingen und sauber in Plastiktüten verpackt waren. In einem weiteren

entdeckte sie Kostüme von Weihnachtsmännern und Oster-
hasen. Im ersten Karton befanden sich – wie eine Aufschrift
vermerkte – Bibeln und Gesangbücher.

All das, inklusive die vom Dach hängenden Weihnachtsfi-
guren, mochten Objekte sein, die jeder beliebige Pastor hor-
ten konnte. Wenn auch nicht in einem vorgetäuschten Pfarrhaus!

Dann aber fand sie Dinge, die keineswegs hierher gehörten und deren Entdeckung sie bestürzte.

32.

Drei ganze Reihen von Kisten und Containern – weit über
1000 Behältnisse – waren ausgefüllt mit aller Art von Kostümen. Die Aufschriften gaben seltsame Auskunft. Die in den
ersten Reihen – weit über 100 – trugen die gleiche Bezeichnung:

U. S. Moden
Frauenkleidung
1960–1964
(Kennedy-Zeit)
Andere Reihen trugen die Aufschrift:
U. S. Moden
Herrenanzüge und Krawatten
1960–1964
(Kennedy-Zeit)
Jede Menge Frauenkleider, zahlreiche Herrenanzüge vom
Sportdreß bis zum Frack, und Kisten voller Kinderkleidung.
Alle Perioden von Kennedys Tod bis in die späten siebziger
Jahre waren vertreten. Es gab sogar Kisten mit einem spezi-
ellen Vermerk:

U. S. Moden
Subkultur – männlich
Weder die Hippies noch die Punks waren vernachlässigt
worden.

Es konnte sich nicht um eine Wohltätigkeitskollektion für

Übersee handeln, auch nicht für die Kleidersammlung eines übereifrigen Pastors. Es handelte sich zweifellos um eine über Jahre systematisch zusammengetragene Kollektion.

Selbst für ein projektiertes Mode-Museum waren die Objekte zu zahlreich. Mit diesen Lagerbeständen konnte man Hunderte und Aberhunderte von Personen in jedem Modetrend der vergangenen 20 Jahre einkleiden.

Waren die Bewohner von Willawauk – Männer, Frauen und Kinder – so sparsam, daß sie alle abgetragenen Kleider sammelten, um sie für den zukünftigen Tag aufzubewahren, an dem die alten Moden wieder modern und elegant sein würden? Hatten sie sich zusammengetan, um der Tyrannei der Modezaren zu trotzen?

Undenkbar! In einer Wegwerfgesellschaft wie der amerikanischen ließ sich kaum erklären, was für eine Gemeinschaft eine so perfekte Speicherung von Kleidungsstücken hätte organisieren und verwirklichen können.

Eine Gemeinschaft von Robotern?

Als Susan fortfuhr, die Reihen der Kisten und Container zu durchforschen, wuchs ihre Verwirrung. Auf mehreren Kartonen stand vermerkt:

NICHTRELIGIÖSE FEIERTAGE: Neujahr - Silvester.
NICHTRELIGIÖSE FEIERTAGE: Unabhängigkeitstag
RELIGIÖSE FEIERTAGE: Weihnachten
RELIGIÖSE FEIERTAGE: Ostern
PRIVATFESTE: Geburtstag
PRIVATFESTE (religiös):   Bar Mitzwah
PRIVATFESTE: Herrenabend

Vom Karton WEIHNACHTEN riß sie die Klebestreifen ab und schlug den Deckel hoch. Obenauf lag Christbaumschmuck, Lametta, Sterne, Kerzen aus Wachs und auch elektrische Kerzen. Auf dem Boden des tiefen Behältnisses kamen verschiedene Tannenbäume zum Vorschein, echte und solche aus grünem Plastik, und eine Menge von Christbaumständern in allen Größen. Was hier angesammelt war, reichte aus, um eine ganze Stadt für das Weihnachtsfest zu schmükken und zu dekorieren.

Susan gab es schließlich auf, die Kisten und Schränke zu

untersuchen. Sie boten keine Antworten auf die vielen Fragen über Willawauk, im Gegenteil, sie stellten neue Fragen. Das Lesen der Schildchen und Etiketten, das Wühlen in der Kiste hatte sie nur noch mehr durcheinandergebracht. Warum lagerte ein christliches Pfarrhaus Dekorationen für eine jüdische Bar-Mitzwah-Feier? In der Kiste für den Herrenabend hatte sie pornographische Filmstreifen und Poster von nackten Frauen gefunden. Wie kamen solche Sachen in ein Pfarrhaus?

Befand sie sich überhaupt in einem Pfarrhaus? Wohnte der Reverend in diesem Gebäude? Und gab es ihn tatsächlich, oder war Otis B. Kinfield nur eine erfundene Person, ein Name auf einem Türschild?

Was war Willawauk für eine Stadt? Was ging in ihr vor? Auf den ersten Blick schien es eine ganz normale Ortschaft zu sein wie tausend andere. Doch wenn man näher hinsah, gab es kein einziges Detail, das nicht unnatürlich war und sonderbar.

Eins wußte sie mit Gewißheit: In dieser Stadt konnte sie sich keine Minute lang sicher fühlen.

Unwillkürlich schaute sie zum Fenster, durch das sie eingestiegen war. Sie hatte es zwar hinter sich geschlossen, aber wer garantierte ihr, daß nicht gerade jetzt jemand hineinsah und sie inmitten des verschlossen gehaltenen Lagers erblickte? Das Pfarrhaus lag nicht mehr im friedlichen Dunkel, sondern war hell beleuchtet. Jeden Moment konnte die Polizei auftauchen.

Susan lief zur Tür und löschte das Licht. Wohltätiges Dunkel umfing sie. Doch auch die Finsternis machte ihr Angst. Und vielleicht war die verdächtige Beleuchtung schon von einem aufmerksamen Beobachter entdeckt und angezeigt worden. Sie mußte so schnell wie möglich von hier verschwinden.

Sie kletterte durch das Fenster hinaus. Stand im Vorgarten. Ging auf die Straße. Ihre nassen Kleider schienen einen Zentner zu wiegen. Immer noch regnete es, und der Wind heulte. War es überhaupt sinnvoll, fliehen zu wollen? Früher oder später würden Hatch und die anderen sie ohnehin einholen.

Im Moment hatte sie nur einen Wunsch: ein schützendes Dach über dem Kopf.

Da hörte sie Orgelspiel.

Es kam aus der Kirche.

Unwillkürlich blickte sie zur Kirchentür, an der sie vorhin vergeblich gerüttelt hatte.

Die Tür stand offen.

Aus dem Inneren drang Licht.

Susan sah einige Personen, die das Gotteshaus betraten.

Sie wollte sich den Kirchenbesuchern anschließen und eilte zu den Steinstufen, die zum Tor führten.

In diesem Moment hörte sie hinter sich das Geräusch eines ankommenden und bremsenden Autos. Sie drehte sich um.

Ein Krankenwagen war vorgefahren und hielt jetzt vor der Kirche. Auf der weißen Seitenwand der Ambulanz war in schwarzen Lettern zu lesen WILLAWAUK KLINIK.

Aber die gibt es doch gar nicht, sagte sich Susan. Gleich darauf sah sie ihre Befürchtungen bestätigt. Die beiden Männer, die aus der Ambulanz stiegen, waren Jellicoe und Parker. Sie trugen nicht mehr Polizeiuniformen, sondern gelbe Regenumhänge, unter denen die weiße Kleidung der Krankenhauspfleger zu sehen war. Sie blickten zu Susan auf und gingen gemächlich auf sie zu.

Sie hatte nicht mehr die Kraft, erneut davonzulaufen. Aber sie wollte sich auch nicht tatenlos in ihr Schicksal ergeben. Sie wollte sich wehren, wollte schreien. Man würde sie mit Gewalt zur Ambulanz schleppen müssen.

Sie eilte ins Innere der Kirche. Fürchtete, diese würde sich als Attrappe erweisen – wie die Dekoration in einem Filmstudio. Vorne Fassade, hinten eine leere Halle.

Doch nein, es war eine richtige Kirche. Marmorboden, messingbeschlagene Bänke. Das Haus war geheizt. Dankbar empfand Susan die wohlige Wärme.

Wieder schoß es ihr durch den Kopf, daß in einem geheiligten Haus Dämonen keinen Zutritt finden könnten. Sie wandte sich um, in der Hoffnung, Jellicoe und Parker hätten vor dem Tor haltmachen müssen.

Doch die beiden kamen mit gemächlichen Schritten, die sie bereits an ihnen kannte, den Mittelgang entlang.

Ihre Füße trugen sie nicht länger. Noch ein Schritt und sie würde zu Boden stürzen. Sie ließ sich auf den Eckplatz einer Bank fallen.

Das Orgelspiel war zu Ende. Es wurde still im Raum.

Sie hörte Jellicoes Kichern hinter sich. »He, Susan«, rief er laut.

Sie wollte ihr Gesicht in den Händen bergen.

Da sah sie, wie sich seitlich vom Altar eine kleine Tür öffnete. Zweifellos die Tür zur Sakristei.

Zwei Männer traten heraus.

Der Pastor und der Hilfsgeistliche, dachte Susan. Bei ihnen würde sie Schutz finden. Sie stützte sich auf das Pult vor sich, erhob sich halb.

Und hielt in der Bewegung inne.

Die beiden Männer waren zum Altar getreten. Im Licht, das von der Kuppel kam, konnte sie ihre Gesichter erkennen. Die Gesichter von Ernest Hatch und Randy Quince.

Jetzt wurde ihr die ganze Reichweite der Manipulation klar. Keine Einzelheit ihrer Flucht war ihre eigene Idee gewesen. Es war *ihr* Plan, *ihr* Spiel gewesen. Sie hatten mit ihr gespielt wie eine Katze mit der Maus. Immer wieder ließ man sie Hoffnung schöpfen, ließ man sie entwischen, um dann brutal über sie herzufallen. Ihre verzweifelten Anstrengungen, ihr wiederholtes Zickzacklaufen hatten bloß der Belustigung ihrer Feinde gedient. Der Davidstern war nicht zufällig im Badezimmer verloren worden; man hatte ihn mit Absicht hingelegt, um sie zur Flucht anzustacheln.

Katzen genießen die Fluchtversuche einer Maus. Aber die Maus hat nie die geringste Chance.

Hatch und Quince kamen die Stufen des Altars herunter. Jellicoe und Parker standen bereits neben ihr. Sie grinsten.

Susan war nicht imstande, sich zu bewegen. Sie vermochte nicht mal eine Hand zu ihrem Schutz zu heben.

»Hat's dir ebenso viel Spaß gemacht wie uns?« wollte Jellicoe wissen.

Parker lachte.

Susan sagte nichts, sie starrte reglos vor sich hin.

Jetzt traten Hatch und Quince zur Bank, in der sie saß. Sie schauten sie vergnügt an, lächelten. Alle vier lächelten.

Susan vermied ihre Blicke, sah durch sie hindurch auf das Kreuz. Sie sollten nicht sehen, daß sie am ganzen Körper zitterte.

Hatch beugte sich vor, zwang sie, ihn anzuschauen.

»Arme Kleine«, sagte er spöttisch. »Ist die kleine Hurensau müde? Hat sie sich ihren kleinen Arsch kaputtgelaufen?«

Susan unterdrückte den Wunsch, die Augen zu schließen und auf nichts zu reagieren. Statt dessen starrte sie Hatch schweigend an, erwiderte den Haß, der aus seinen Augen sprach.

»Hoffentlich nicht«, bemerkte Qince. »Ich habe mit ihr noch einiges vor.«

Jellicoe lachte.

Doch Hatch blieb ernst. »Du möchtest wohl Bescheid wissen, Susan.«

Sie antwortete nicht.

»Willst du's wirklich nicht wissen?«

Sie starrte ihn an, ohne mit der Wimper zu zucken.

»Oh, du bist trotzig«, sagte Hatch. »Der starke, schweigsame Typ. Weißt du, Susan, ich hab' eine Schwäche für starke, schweigsame Frauen.«

Die anderen drei Männer lachten.

Hatch meinte: »Sicher möchtest du wissen, was gespielt wird. Gib es doch zu. Flittchen sind nicht nur geil, sondern auch neugierig.«

Gelächter belohnte seinen Scherz.

»Dein Autounfall, der hat wirklich stattgefunden. Zwei Meilen vor dem Viewtop-Hotel. Der Wagen rollte über eine Böschung und zerschellte an einem Baumstamm. Das ist wahr. Alles andere war natürlich gelogen.«

»Wir sind alle gewissenlose Lügner«, bestätigte Parker gutgelaunt.

»Du bist nicht drei Wochen im Koma gelegen«, fuhr Hatch fort. »Das Krankenhaus war nicht echt. Alles Lüge, Täuschung, ein Spielchen, um mit dir Spaß zu haben.«

Sie ließ sich nicht provozieren, schwieg noch immer.

»Du hattest nicht mal die Chance, im Koma zu liegen. Du bist noch an der Unfallstelle gestorben.«

Quatsch, dachte sie. Was bezwecken sie diesmal?

»Auf der Stelle«, sagte Parker.

Jellicoe kicherte. »Hirnquetschung.«

»Nicht bloß eine kleine Wunde auf der Stirn«, ergänzte Quince.

»Du bist tot, Susan«, sagte Hatch.

»Wie wir«, lachte Parker. »Alle glücklich vereint.«

Nein, nein! Das konnte nicht sein. Das war Wahnsinn.

»Du bist in der Hölle«, sagte Hatch.

»Mit uns.«

»Und wir haben den Auftrag, dich zu unterhalten.«

»Worauf wir uns schon freuen.«

»Sehr freuen. Überaus freuen.«

Gelächter.

NEIN!

»Wir haben eigentlich nie gehofft, du würdest in der Hölle landen.«

»Nicht eine vornehme Lady wie du. Ohne Fehl und Tadel.«

»Du mußt eine Menge geheimer Laster haben.«

»Wir sind ehrlich froh, dich hier begrüßen zu können.«

Hatch sah sie an, mit seinen eisgrauen Augen, prüfend, abschätzend.

»Wir werden ein Fest veranstalten«, sagte Jellicoe.

Und Quince: »Eine Party ohne Ende.«

»Nur wir fünf.«

»Alte Freunde.«

Susan schloß die Augen. Es war nicht wahr, es konnte nicht wahr sein. Es gab keine Hölle. Weder Himmel noch Hölle. Sie hatte weder an einen Himmel noch an eine Hölle geglaubt. Hieß es aber nicht, daß die Ungläubigen in die Hölle kamen?

»Vernaschen wir sie gleich jetzt«, schlug Jellicoe vor.

»Prima«, meint Quince.

Sie öffnete die Augen.

Jellicoe zog den Reißverschluß seiner Hose herunter.

»Nein«, entschied Hatch. »Morgen nacht. Der siebente Jahrestag meines Todes. Sie soll wissen, warum.«

Jellicoe, den Hosenschlitz halb offen, zögerte.

»Außerdem wollen wir's an einem geeigneten Platz tun«, mischte sich Parker ein. »Das hier ist nicht der richtige Platz.«

»Stimmt«, sagte Hatch.

Lieber Gott, laß mich einen Ausweg finden, dachte Susan. Laß mich sterben, wirklich sterben. Ich möchte schlafen, schlafen für immer...

»Raus mit ihr!« sagte Hatch. Er zog sie an ihrem Sweater hoch. »Darauf habe ich lange gewartet.«

Sie versuchte, sich loszureißen.

Er schlug ihr ins Gesicht.

Es war ein harter Schlag; ihr wurde schwarz vor Augen. Sie sank um. Hände griffen nach ihr.

Sie trugen sie aus der Kirche. Zur Ambulanz. Stießen sie ins Innere des Wagens, auf eine Liege. Schnallten sie fest.

Hatch griff nach einer Injektionsspritze.

Noch einmal erwachte sie aus ihrer Lethargie, versuchte einen klaren Gedanken zu fassen. »Wenn wir in der Hölle sind, warum brauchst du eine Injektion, um mich außer Gefecht zu setzen?«

»Weil es mir Spaß macht«, erwiderte Hatch und rammte ihr die Nadel in den Oberarm.

Sie schrie auf vor Schmerz.

Gleich darauf fiel sie in tiefen Schlaf.

33.

Flackerndes Licht.

Eine hohe Decke, dunkel.

Susan lag in einem Bett. Einem Krankenhausbett.

Ihr Arm schmerzte dort, wo Hatch ihr die Nadel ins Fleisch getrieben hatte.

Es war nicht ihr altes Krankenhauszimmer. Der Raum war

kalt, zu kalt für das Zimmer einer Klinik. Unter der Wolldecke war ihr Körper warm, doch ihr Gesicht und ihr Hals waren kalt. Der Raum war feucht und muffig. Es roch nach Moder, und dieser Geruch kam ihr irgendwie bekannt vor.

Als ob sie schon einmal an diesem Platz gewesen wäre!

Die Sicht war verschleiert. Sie blinzelte, konnte aber nichts deutlich erkennen.

Der erfolglose Versuch, sich zu orientieren, ermüdete sie. Sie begann sich im Kreis zu drehen, als ob sie sich in einem Karussell befände und nicht in einem Bett.

Dann schlief sie wieder ein.

Das Geräusch stürzender Wassermassen weckte sie später.

Erst dachte sie, es handle sich um einen verlängerten Traum. Doch dann hörte sie es ganz deutlich. Regnete es immer noch, heftiger noch als früher? Nein, für Regen war der Lärm zu stark. Eine neue Sintflut?

Sie öffnete die Augen, wurde sofort schwindlig, wenn auch nicht so schwindlig wie vorher. Die flackernden Lichter und tanzenden Schatten hatte sie schon einmal gesehen. Jetzt erkannte sie die Ursache: Kerzenlicht im Luftzug.

Sie bewegte ihren Kopf auf dem Kissen und starrte auf die Kerzen. Es waren fast ein Dutzend Wachszylinder, die auf Steinbrocken und Felsvorsprüngen placiert waren.

NEIN!

Sie wandte den Kopf zur anderen Seite, dem Geräusch des brausenden Wassers zu. Doch sie konnte nichts klar erkennen. Das Kerzenlicht reichte nicht weit genug, um den hinteren Teil des Gewölbes sichtbar zu machen.

Die schwarze Decke. Die Kerzen. Der Wasserfall.

Sie befand sich in der Donnerhöhle.

Träumte sie immer noch? Oder lag sie im Fieber, im Delirium?

Wenn sie die Augen schloß, vermochte sie die Kerzen und die Felsen auszuschalten. Aber der modrige Geruch und das Donnern des Wasserfalls ließen sich nicht verbannen.

Sie war doch in Oregon, meilenweit von der Donnerhöhle entfernt.

Wahnsinn.

Oder die Hölle?

Jemand riß ihr die schützende Decke weg. Sie öffnete die Augen, schrie auf.

Ernest Hatch. Er legte eine Hand auf ihren Schenkel. Sie erkannte, daß sie nackt war. Er glitt mit der Hand ihren Schenkel hoch, über ihre Scham, hinauf zu ihren Brüsten.

Seine Berührung ließ sie zu Eis erstarren.

Er lächelte. »Nein, noch nicht. Jetzt noch nicht, meine süße Hurensau. Heute nacht. So hab' ich es immer gewollt. Um die Stunde, als ich im Gefängnis draufgegangen bin. Genau um die Minute, in der der verdammte Nigger mir das Messer in den Hals stach. Doppelter Genuß, verstehst du? Ich in dir, Erlösung findend nach so vielen Jahren. Und gleichzeitig mein Messer in deinem schönen Hals.«

Er nahm die rechte Hand von ihren Brüsten. »Noch nicht jetzt, erst nachts.« In seiner Linken sah sie die Injektionsspritze.

Sie versuchte, sich aufzusetzen.

Da erschien Jellicoe an ihrem Bett und hielt sie nieder.

»Du sollst noch bißchen ruhen«, sagte Hatch. »Schönheitsschlaf. Damit du beim Fest heute nacht in guter Form bist.«

Er lachte und stach wieder roh mit der Nadel zu.

»Weißt du, Carl, was das Schönste an der ganzen Sache ist?«

»Was?« wollte Jellicoe wissen.

»Daß es nicht das Ende ist, sondern erst der Anfang. Da sie nicht mehr sterben kann, habe ich Gelegenheit, sie immer wieder zu töten. Immer wieder...«

Jellicoe kicherte.

Hatch sagte: »Das ist dein Schicksal, meine Süße. So wirst du die Ewigkeit verbringen. Jede Nacht werden wir dich durchziehen, und jede Nacht werden wir dich töten. Freilich jede Nacht anders. Es gibt tausend Arten, jemanden umzubringen, unzählige Methoden. Und du wirst alle am eigenen Leib kennenlernen.«

Wahnsinn!

Sie versuchte, den Sinn von Hatchs Worten zu erfassen, doch dazu war sie nicht mehr imstande.

Betäubt schlief sie ein.

Sie war unter Wasser. Ertrinkend, nach Atem ringend. Doch nein, es war nur das Geräusch des Wasserfalls, das sie zu ersticken drohte.

Sie lag immer noch im Bett, das wußte sie. Aber sie war zu schwach, um sich aufzusetzen. Um aufzustehen, zu fliehen.

Wieviel Zeit war vergangen? Eine Minute, eine Stunde?

Eine Stimme rief. Zärtlich, lockend.

»Susan...«

Sie öffnete die Augen. Ein Gesicht im ungewissen Kerzenlicht.

»Susan...«

Es war Jerry. Das verweste Gesicht. Die Lippen geschwollen, platzend vor Eiter...

»Susan...«

Sie schrie. Das Bett begann herumzuwirbeln. Schleuderte sie in einen Abgrund...

Als sie später erwachte, hatte sie einen erstaunlich klaren Kopf. Die Wirkung des Schlafmittels war beinahe verflogen.

Doch sie hatte Angst, die Augen zu öffnen. Sie wünschte, sie wäre nie aufgewacht. Warum ließ man sie nicht in Ruhe sterben?

»Susan!«

Das war nicht die Stimme von Jerry. Sie klang nicht zärtlich und lockend, sondern böse und drohend.

Sie lag reglos, stellte sich schlafend.

Hatch zog ihr Augenlid hoch. Er grinste. »Versuch mich nicht zu täuschen, dumme Kuh. Ich weiß, daß du wach bist.«

Sie war benommen. Derart benommen, daß sie nicht einmal imstande war, Angst zu haben. Gut so. Vielleicht war absolute Gefühllosigkeit ihre beste, ihre einzige Waffe.

»Die Zeit ist gekommen«, sagte Hatch. »Ich bin der erste, aber meine Freunde warten schon. Du wirst sie doch nicht enttäuschen, eine tolle Frau wie du?«

War das alles Wirklichkeit? Ein Krankenhausbett inmitten

einer Höhle? Irreal! Der Terror, die unverhohlene Gewalt, die toten Männer...

Es mußte ein Traum sein.

Doch es gab einen Gegenbeweis. Die schmerzenden Stiche an ihrem Arm. Das war Realität!

Hatch riß wieder die Bettdecke weg. Sie lag nackt.

»Schweinehund!« Ihre Stimme war so schwach, daß sie nicht wußte, ob er sie hören konnte.

»Wollen wir beginnen?« fragte Hatch liebenswürdig. »Sag, Baby, freust du dich darauf genauso wie ich?«

Sie schloß die Augen, fühlte seine Hände nach ihr greifen...

»HATCH!«

Da hörte sie die Stimme von McGee, der den Namen ihres Peinigers rief.

Sie öffnete die Augen. Sah, wie Hatch sich von ihr abwandte. Verblüfft fragte er: »Was tun *Sie* denn hier?«

Susan war zu schwach, um sich aufzusetzen, aber sie hob den Kopf, und sie sah Jeff McGee. Er stand nicht weit vom Bett entfernt; die flackernden Kerzen warfen seinen Schatten schwankend an die Höhlenwand. In der Hand hielt er eine Pistole mit verlängertem Lauf, und sie war auf Hatch gerichtet.

Hatch rief: »Was zum Teufel fällt Ihnen ein?«

McGee schoß ihm ins Gesicht.

Hatch stand einen Augenblick ganz still, dann fiel er nach hinten, aus Susans Blickwinkel. Doch sie hörte deutlich, wie er auf dem Steinboden aufschlug.

Der Schuß selbst war nicht allzu laut gewesen, nicht lauter als das Plop einer entkorkten Weinflasche. Susan begriff, daß der verlängerte Lauf ein Schalldämpfer war.

Sekundenlang sah sie noch Hatchs Gesicht vor sich, das sich blitzschnell in seine Bestandteile aufgelöst hatte. Das war keine surreale Gewalt wie die, der sie in den letzten Tagen unterworfen war – der Schuß und Hatchs Ende hatten nichts Traumhaftes an sich. Es war Tod, kalter, harter, rascher Tod.

McGee trat jetzt an den Rand ihres Bettes.

Sie blickte auf die Pistole in seiner Hand. Sie war verwirrter denn je, fühlte sich am Rand eines Abgrunds taumeln.

Leise fragte sie: »Bin jetzt ich an der Reihe?«

34.

Statt einer Antwort steckte er die Pistole in seine Manteltasche.

In seiner linken Hand trug er einen Kissenüberzug, der mit verschiedenen Utensilien vollgestopft war. Er ließ ihn neben das Bett fallen.

»Schnell«, sagte er, »wir müssen hier raus.«

Er begann Kleidungsstücke aus dem Kissenüberzug zu ziehen. Unterwäsche. Schwarze Nietenhosen. Einen weißen Sweater. Ein paar Sportschuhe.

Auf dem Boden des Überzugs sah sie ein großes, rundes Objekt, das sie mit wachsender Furcht betrachtete. Einen Augenblick lang war die Erinnerung an die Halluzinationen stärker als das Gefühl der Realität; sie glaubte sicher zu sein, das letzte Stück im Überzug würde sich als Jerry Steins Kopf entpuppen.

»Nein«, flüsterte sie, »nein...«

Er zog das Ding heraus. Es ware ihre Jacke aus Kord, zu einem Ball zusammengerollt.

Es war nicht der Kopf eines Toten, doch das beruhigte sie noch nicht. Ihre Verwirrung war zu groß, sie konnte sich in der ungewohnten Welt der Realität nicht zurechtfinden.

»Was willst du von mir?« flüsterte sie. »Laß mich in Frieden. Ich mach' da nicht mehr mit...«

Er warf einen seltsamen Blick auf sie, dann begann er zu verstehen. »Du glaubst, das ist nur eine Fortsetzung der Komödie?«

»Ich bin so müde...«

»Du irrst dich. Das ist jetzt kein Spiel mehr, sondern blutiger Ernst.«

»Es muß ein Ende haben. Ich will nicht mehr.«

»Hör zu, sie haben dich mit Drogen vollgepumpt. Aber bald wirst du wieder munter sein.«

»So geht doch...«

Sie konnte den Kopf nicht länger oben halten. Er fiel auf das Kissen zurück.

Ihr war es egal, daß sie nackt war. Sie versuchte gar nicht, die Decke über sich zu ziehen. Scham war nach all dem, was man mit ihr gemacht hatte, bedeutungslos. Auch die Kälte war ihr im Augenblick nicht wichtig.

»Susan, ich bitte dich... Natürlich kannst du nicht begreifen, was geschehen ist. Ich werde alles später erklären. Jetzt mußt du mir vertrauen.«

»Ich habe dir einmal vertraut«, flüsterte sie. »Ich habe fest an dich geglaubt.«

»Und ich bin hier, um dich zu retten. Verstehst du denn nicht? Ich will dich retten.«

»Wovor?«

»Vor der Hölle«, sagte er ernst. »Das war doch das letzte Element, mit dem sie dich gefüttert haben. Der Schlußpunkt des Programms.«

»Was für ein Programm?«

Er seufzte. »Wir haben jetzt keine Zeit für lange Erklärungen. Du mußt mir einfach vertrauen.«

»Geh zum Teufel!«

Er legte einen Arm um sie und richtete sie auf. Er griff nach dem Sweater und versuchte, ihre Arme in die Ärmel zu stecken. Sie sträubte sich dagegen. »Genug damit... genug...«

»O Gott, was soll ich nur tun?« Er legte sie auf das Kissen zurück. »Hörst du den Wasserfall?«

Sie nickte. »Wir sind in der Donnerhöhle.«

»Nein, das sind wir nicht. Ob du's glaubst oder nicht, ich werde den Wasserfall verschwinden lassen.«

Er zog eine Stablampe aus der Manteltasche, knipste sie an und verschwand in der Dunkelheit.

Susan sah ihm nicht nach. Vielleicht würde man sie endlich in Ruhe lassen. Oder mit ihr Schluß machen. Wie mit Hatch. Es war ihr gleich.

Sie schloß die Augen, schicksalsergeben.

Das Rauschen des Wasserfalls verstummte.

Die Donnerhöhle wurde zu einer Grotte des Schweigens.

Sie öffnete die Augen, verwirrt. Einen Augenblick dachte sie, sie wäre taub geworden.

McGee hatte versprochen, den Wasserfall verschwinden zu lassen. Das Rauschen war mit einem Mal nicht mehr zu hören. Wie war das möglich?

Er tauchte aus der Dunkelheit auf. »Glaubst du mir jetzt? Es ist nur ein Tonband gewesen, mit vier Lautsprechern. Kein Tropfen Wasser.« Er kam näher, knipste die Taschenlampe aus. »Und diese Höhle? Ein billiger Trick. Papiermaché, Pappe und Kleister. Eine Kulisse. Deshalb haben sie so wenig Kerzen angezündet; würdest du weiter sehen können, würdest du gleich merken, daß alles eine Kulisse ist. Aufgebaut in einer großen Sporthalle, damit du den Eindruck eines riesigen Gewölbes hast. Ich würde die elektrische Beleuchtung einschalten und dir alles zeigen, aber ich will keine Aufmerksamkeit erregen. Die Fenster sind zwar geschwärzt und dicht verhängt, aber auch der kleinste Lichtstrahl könnte uns verraten.«

»Aber der muffige Geruch?«

»Stamm aus einer Konserve. Ein Spray, im Laboratorium entwickelt. Um Speläologen – Höhlenforscher – daran zu gewöhnen, bevor sie Stunden oder Tage in Höhlen verbringen.«

Obwohl sie fürchtete, immer noch eine Figur in einem Schachspiel zu sein, wurde sie instinktiv neugierig. Sie fragte: »Was ist Willawauk?«

»Ich werde dir alles im Wagen erklären«, erwiderte er. »Jetzt haben wir keine Zeit dazu. Du mußt mir einfach vertrauen.«

Immer noch zögerte sie.

»Wenn du mir jetzt nicht vertraust, wirst du nie herausfinden, was Willawauk ist.«

Sein drohender Ton überzeugte sie schneller, als es sein Zureden getan hatte. »Also gut...«

»Ich hab' ja gewußt, daß du Schneid hast«, sagte er lächelnd.

»Ich brauche Hilfe.«

»Ich bin bei dir.«

Sie ließ sich von ihm ankleiden. Sie fühlte sich in ihre Kindheit zurückversetzt, als er ihr Höschen anzog und Jeans und den Sweater. Bei den Socken und den Sportschuhen konnte sie ihm bereits helfen.

»Aber ich glaube, ich kann noch nicht gehen...«

»Macht nichts. Kannst du wenigstens die Taschenlampe halten?«

Sie nickte. Er hob sie hoch. »Leicht wie eine Flaumfeder. Eine große Feder, zugegeben. Leg den freien Arm um meinen Hals.«

Sie knipste die Lampe an und dirigierte den Lichtstrahl nach seinen Angaben. Er trug sie aus der Höhle aus Papiermaché hinaus, über den Korridor des Sportzentrums. Sie kamen an einem Faustballnetz vorbei und an einem Korbballtor. Dann ging es einige Stufen hinauf und durch eine Tür, die McGee offengelassen hatte.

Im großen Ankleideraum brannte Licht. Jellicoe und Parker lagen auf dem Boden. Jellicoe hatte nur mehr ein halbes Gesicht, Parker zwei große Löcher in der Brust. Quince saß auf einer Bank, vornübergebeugt; aus einer Wunde an seinem Nacken tropfte Blut.

Sie waren tot, unzweifelhaft. Keine Dämonen, die aus Gräbern aufgestiegen waren, sondern Menschen aus Fleisch und Blut, denen man das Lebenslicht ausgeblasen hatte.

Außer Atem stellte McGee sie jetzt auf die Beine. Von ihm kräftig gestützt, vermochte sie zu gehen.

»Es ist nicht mehr weit. Halte durch!«

Sie gingen an den Duschräumen vorbei, gelangten in eine geräumige Halle, die ebenfalls beleuchtet war. Auf dem Boden lag ein unbekannter Mann in einer ihr unbekannten Uniform.

»Wer ist das?«

»Ein Wachtposten.«

Dann kamen sie durch Doppeltüren aus Metall. Daneben lag ein weiterer toter Posten.

»Mach die Lampe aus.«

Sie gehorchte. McGee stieß die letzte Tür auf, dann standen sie im Freien. Es war eine kalte, klare Nacht. Der Parkplatz lag im Dunkeln, niemand war zu sehen. McGee schleppte sie zu einer blauen Limousine, riß die Wagentür auf und legte sie, so zart er es in der Eile konnte, auf den Beifahrersitz. Mit letzter Kraft richtete sie sich auf, preßte den Rücken gegen die Lehne.

McGee schloß die Tür, lief um den Wagen herum, setzte sich hinter das Lenkrad. Der Motor sprang an, er schaltete die Scheinwerfer ein. Ein unbeleuchtetes Auto würde mehr Aufsehen erregen als eines mit Lichtern, das schnell, aber nicht allzu schnell durch die Straßen des Städtchens fuhr.

Susan erkannte die Kirche, die Hauptstraße. Dann waren sie durch. Sie sprachen kein Wort, bis sie die letzten Häuser des Ortes hinter sich gelassen hatten. Vor ihnen lag grünes, bewaldetes Land. McGee beschleunigte das Tempo. Susan atmete auf. Mit jeder Sekunde entfernten sie sich immer mehr vom unheimlichen Städtchen und dem vorgetäuschten Krankenhaus. Aber wohin fuhren sie?

Sie war auf dem Beifahrersitz zusammengesunken. Versuchte sich wieder aufzurichten. Sah auf Jeff McGee, dessen angespannte Züge im grünen Licht des Armaturenbretts einen ungewohnten Eindruck machten. Es war nicht der charmante, liebenswürdige Jeff, den sie kannte. In diesen Momenten erschien er ihr fremd. Fremd, aber nicht drohend oder gefährlich.

Trotzdem – durfte sie ihm trauen?

Sie mußte Gewißheit haben.

»Jetzt kannst du sprechen«, sagte sie.

»Ja. Aber wo beginnen?«

»Egal. Beginn mit der Milestone Corporation dort oben.«

»Dort oben? Auch, du beziehst dich auf die Steinplatte auf dem Rasen, die du vom Pontiac aus sehen konntest. Die hat nichts zu sagen. Man hat sie bloß aufgestellt, um dich durcheinander zu bringen. Du solltest keinen klaren Gedanken fassen, dich nicht orientieren können.«

»Die Klinik ist also ein echtes Krankenhaus?«

»Unter anderem. Das wahre Milestone-Institut befindet sich in Newport Beach.«

»Und ich arbeite dort?«

»Jaja, soweit stimmt alles. Nur war es nicht der echte Philip Gomez, mit dem du telefoniert hast, sondern jemand in Willawauk, der vorgab, Gomez zu sein.«

»Und was mache ich bei Milestone?«

»Milestone ist ein Forschungszentrum. Es ist als Industrieunternehmen getarnt, aber in Wirklichkeit eine geheime Denkfabrik unter der direkten Kontrolle des Pentagon und des Präsidenten. Nicht einmal der Kongreß ist über seine wahre Beschaffenheit informiert. Bei Milestone hat man zwei Dutzend der besten Wissenschaftler mit der erlesensten Datenbank und den fortgeschrittensten Computersystemen der Welt ausgerüstet. Jeder Mitarbeiter von Milstone ist ein brillanter Spezialist auf seinem Feld.«

»Bin ich einer von diesen Spezialisten?« fragte sie. Sie konnte sich immer noch nicht an Milestone erinnern.

»Du bist einer von zwei Fachleuten, die das meiste über Teilchenbeschleuniger wissen. Du und Irving Breckenridge.«

»Ich erinnere mich nicht.«

»Natürlich nicht. Aber ich weiß es.«

35.

Während sie durch die dunklen Wälder fuhren, erzählte ihr McGee alles, was er über Milestone wußte.

»Das Projekt Milestone war auf ein einziges Ziel ausgerichtet: die Entwicklung einer elementaren Waffe – ein aus Teilchen bestehender Strahl, eine neue Art Laser –, die die bisherigen Nuklearwaffen nicht nur als altmodisch, sondern als nutzlos ausrangieren würde.

Die Regierung befürchtete seit langem, die Sowjetunion würde nicht nur atomare Überlegenheit anstregen, sondern spiele auch mit dem Gedanken, in solchem Fall durch einen tödlichen Erstschlag einen schnellen Sieg zu erringen. Um diese Gefahr auszuschalten, entschlossen sich das Pentagon und der Präsident Mitte der siebziger Jahre, eine Wunderwaffe zu entwickeln, die das russische Arsenal ausstechen und der Menschheit einen nuklearen Holocaust ersparen sollte.

Milestone war die geheime Hoffnung der Vereinigten Staaten. Um das Interesse ausländischer Agenten nicht zu erwecken, wurde das Projekt nicht als militärische Geheimsache eingestuft. Allerdings wußten die einzelnen Abteilungen von Milestone nichts von den Forschungszielen der anderen; die Zusammensetzung der Einzelergebnisse zu einem Gesamtbild war einer Dreiergruppe in Washington vorbehalten. Du und Breckenridge, ihr hattet zum Beispiel keine Ahnung, worin das Endziel der Teilchenbeschleunigungsvarianten bestand, mit denen ihr euch Monate und Jahre hindurch beschäftigt habt.

Jahrelang war das streng gehütete Geheimnis von Milestone auch dem Nachrichtendienst der Sowjetunion unbekannt. Als der KGB schließlich davon Kenntnis bekam, fürchtete Moskau, seine gesamte Kriegsmaschinerie könnte mit einem Schlag unwirksam werden. So entstand der Plan, einen der Wissenschaftler von Milestone in die Hand zu bekommen und einem wochenlangen Verhör zu unterziehen.«

»So wurde beschlossen, mich zu entführen?«

»Ja. Der Partikelstrahl – das fand man heraus – war der Kern der künftigen Waffe. Und du warst das naheliegendste Opfer. Dazu kommt, daß du dich des öfteren ungeniert gegen die unbeschränkte Aufrüstung ausgesprochen hast. Du hast sogar erwogen – und mit Breckenridge und Gomez darüber gesprochen –, deinen Posten bei Milestone aufzugeben.«

»Seltsam – mir ist, als ob du von einer völlig fremden Frau sprichst«, wandte Susan ein. »Warum kann ich mich an nichts erinnern, was mit meiner Tätigkeit in Newport zusammenhängt?«

»Ich werde es dir erklären«, sagte er. »Aber erst müssen wir noch ein Hindernis überwinden. Ein sehr ernstes...«

Er verlangsamte die Fahrt. Sie kamen jetzt aus den Wäldern heraus; vor ihnen lag eine langgestreckte Ebene. Quer durch die Landschaft lief ein hoher Metallzaun, und wo die Straße die Umzäunung kreuzte, erhob sich eine Straßensperre.

»Was ist das?«

»Ein Kontrollpunkt. Dort verlassen wir das militärische Sperrgebiet.« Während er mit einer Hand steuerte, entnahm er seiner Manteltasche verschiedene Legitimationspapiere. »Das sind Sonderausweise. Tu, als ob du schläfst. Halt die Augen geschlossen. Und kein Wort, bitte. Nicht ein einziges Wort, sonst sind wir verloren. Schließlich habe ich nicht weniger als sechs Leichen zurückgelassen.«

Sie tat, was ihr geheißen. Sie sah noch, daß der Kontrollpunkt hell erleuchtet war. Rechts und links von einer hohen Metallschranke standen zwei Hütten, aus denen Wachsoldaten traten. Sie trugen die ihr unbekannten Uniformen, die ihr schon bei den beiden Toten im Sportzentrum aufgefallen waren.

»Nicht ein Wort! Was auch immer geschieht – keine Silbe!«

»Versprochen.«

Jetzt hielt sie die Augen fest geschlossen und ließ den Mund offen herabhängen wie in tiefem Schlaf.

McGee bremste, hielt an und kurbelte das Wagenfenster herunter. Schwere Schritte traten an das Auto heran. Ein Mann sprach in einer ihr unbekannten Sprache. McGee antwortete. Zu Susans Überraschung sprach er diese Sprache genau so fließend wie Englisch.

Die Männer unterhielten sich, sie hörte das Rascheln von Papieren. McGee schien einen Scherz gemacht zu haben, denn der andere lachte.

Jetzt glaubte sie zu verstehen warum sie – obwohl McGee Sonderausweise besaß – sich schlafend stellen und schweigen mußte. Sie hätte Englisch gesprochen, und das wäre – warum auch immer – verderblich gewesen.

McGee gab sich gelassen, aber sie spürte förmlich die Spannung, in der er sich befand. Das Warten erschien ihr endlos, aber schließlich hörte sie, wie das Wagenfenster wieder hochgekurbelt wurde. Grußworte verhallten, metallisches Klappern. Der Weg war frei, der Wagen setzte sich in Bewegung.

Langsam öffnete sie die Augen, aber sie wagte nicht zurückzublicken.

»Wo sind wir?« fragte sie.

»Hast du die Sprache nicht erkannt?«

»Nein. Noch nie gehört.«

»Es war Russisch.«

Sie war sprachlos.

Er fuhr fort: »Wir sind nur mehr 30 Meilen vom Schwarzen Meer entfernt.«

»Du meinst – vom Pazifik?«

»Nein. Ich sagte: vom Schwarzen Meer. Dort fahren wir hin.«

»Sind wir in Rußland? Das ist doch nicht möglich.«

»Unglaublich, aber wahr. Agenten des KGB haben dich entführt, als du in Oregon Ferien gemacht hast.«

»Kein Autounfall?«

»Nein. Der Unfall, an den du glauben solltest, war Teil des Programms. Du bist nie im Koma gelegen, Gott sei Dank. Aber man hat dich in dieser Zeit betäubt und aus den Vereinigten Staaten in die Sowjetunion geflogen.« Er lächelte grimmig. »Als Diplomatengepäck.«

»Ich kann mich an nichts erinnern«, seufzte sie.

»Natürlich nicht. Alle Erinnerungen sind mit chemischen und hypnotischen Mitteln aus deinem Gedächtnis getilgt worden.«

»Gehirnwäsche?«

»Genau. Sie versuchten alles, was sie wissen wollten, mit den üblichen Tricks aus dir herauszubekommen, aber es gelang ihnen nicht. Je mehr Psychopharmaka sie in dich hineinpumpten, desto mehr bist du ihnen entglitten. Dein Unterbewußtsein hat eine effektive Abwehrtaktik entwickelt. Du hast jede Erinnerung an Milestone und deine dortige Tätigkeit verloren. Partielle Amnesie.«

»An der leide ich immer noch.«

»Richtig. Es muß verblüffend gewesen sein. Obwohl die Drogen dich – wie erwartet – willig gemacht hatten, alles zu sagen, was du wußtest, konntest du es nicht tun, weil dein Erinnerungsvermögen ausgesetzt hat. Sie haben dich fünf Tage lang bearbeitet, ununterbrochen, bevor sie merkten, was mit dir geschehen war.«

Er unterbrach sich und reduzierte das Tempo. Sie näherten sich einer Ortschaft von etwa 100 Häusern, aber sie glich in keiner Weise Willawauk. Es war unzweifelhaft kein amerikanisches Städtchen. Es sah aus wie aus einem anderen Jahrhundert. Die Häuser waren niedrig und viereckig, die Fenster klein. Manche Dächer waren aus Stroh.

»Ein russisches Dorf«, erklärte McGee. »Diese Gegend ist noch nicht industrialisiert. Hier gibt es noch keine Wohnsilos für die Massen.«

»Du wolltest mir erklären, warum ich eine partielle Amnesie hatte.«

»Das hängt mit dem Milestone-Projekt zusammen. Äußerste Sicherheitsmaßnahme. Jeder, der dort angestellt wird, muß sich einer bestimmten hypnotischen Prozedur unterziehen, die es ihm unmöglich macht, mit jemandem außerhalb des Projekts über seine Arbeit zu sprechen. Eine sogenannte Sperre. Ein Mechanismus, der den Angestellten von Milestone, wenn sie zum Sprechen gezwungen werden, automatisch ihr Erinnerungsvermögen blockiert.«

Jetzt verstand sie, warum sie sich an alles in ihrem früheren Leben erinnern konnte, nur nicht an Milestone. »Aber irgendwo muß mein ganzes Wissen doch gespeichert sein.«

»In deinem Unterbewußtsein. Wenn es uns gelingt, aus Rußland heil herauszukommen, wird man in Milestone zweifellos Methoden kennen, die automatische Sperre aufzuheben und dir dein Gedächtnis zurückzugeben. Diese Methoden sind zweifellos ein Geheimnis von Milestone – so wie nur der Hypnotiseur selbst das Codewort kennt, das bei seinem Opfer die auferlegte Sperre lösen kann. In Moskau kannte man freilich das Codewort nicht, deshalb entwickelte man das Willawauk-Programm, um deinen Block mit einer Serie von brutalen psychologischen Schocks zu sprengen.«

Sie rasten durch die Nacht. Das Land war jetzt flach wie ein Bügelbrett. Keine Hügel, nur wenige Bäume. Der Mond stand hell am Himmel und überstrahlte die Landschaft mit einem fahlen Glanz.

»Ein Erinnerungsblock kann auf verschiedenen Emotionen basieren«, fuhr er fort. »Liebe, Haß, Angst. Aber Angst ist das stärkste Gefühl, es löst die stärksten Reize aus. Darauf beruht die in Milestone errichtete Sperre. Im Unterbewußtsein warst du überzeugt, du würdest einen qualvollen Tod erleiden, wenn du ausländischen Agenten nur das geringste Detail verrätst. Der Angstblock ist fast nicht zu sprengen – zumindest nicht mit den üblichen Methoden.«

»Aber sie haben einen Weg gefunden. Oder haben es geglaubt.«

»Die Spezialisten vom KGB, Fachleute der Gehirnwäsche, meinten, deinen Block sprengen zu können, wenn sie dich mit einer Angst konfrontierten, die größer war als die in Newport aufoktroyierte. Nun, es ist nicht leicht, ein Angstgefühl hervorzurufen, das größer ist als die Angst vor dem Tod. Aber als der KGB das sorgfältig erarbeitete Dossier über dich durchforschte, glaubten sie, deinen schwachen Punkt gefunden zu haben. Ein Ereignis in deiner Vergangenheit, aus dem sich ein Alptraum entwickeln ließ, dessen Wirkung entsetzlicher wäre als Todesangst.«

»Die Donnerhöhle«, flüsterte sie. »Ernest Hatch.«

»Das war der Schlüssel zum Willawauk-Programm. Man wußte, daß du eine wissenschaftlich orientierte Frau bist, die alles Irrationale haßt und ablehnt. So entschloß man sich, dich in eine irrationale Alptraumwelt zu versetzen, in der die Toten aus den Gräbern stiegen und dich bedrohten und quälten. Sie wollten dich an den Rand des Wahnsinns bringen. Vergewaltigung und Torturen der toten Männer sollten deinen Kollaps herbeiführen.«

Sie erschauderte.

»Was haben sie sich davon versprochen? Was hätten sie von einer brabbelnden Wahnsinnigen gehabt?«

»Die Sperre wäre gesprengt gewesen, deine Erinnerungen zurückgekehrt. Man hätte dich beruhigen können, dir versprechen, die Qualen würden ein Ende haben. Du hättest alles ausgeplaudert, bereitwillig, fügsam wie ein Lamm.«

»Aber die Vorbereitungen für ein solches Programm hätten eine längere Zeit erfordert als eine Woche. Ich bin doch erst vor einer Woche entführt worden...«

Er reagierte nicht gleich.

»Oder nicht?«

»Nein. Du bist seit über einem Jahr in der Sowjetunion.«

»Das kann nicht sein. Das kann ich nicht glauben.«

»Man hat dich – wie der Fachausdruck lautet – auf Eis gelegt. In der Zelle einer Nervenheilanstalt. Daran kannst du dich freilich nicht erinnern. Die Erinnerung daran wurde gelöscht, bevor man dich nach Willawauk brachte.«

Ihre Verwirrung wich unkontrolliertem Zorn. Sie setzte sich auf, ballte die Fäuste, die letzte Injektion hatte in der Zwischenzeit ihre Wirkung verloren. »Gelöscht? Gelöscht? Du sprichst von mir, als sei ich ein Bandaufnahmegerät. Jesus, ich verbrachte ein Jahr in einer stinkenden Zelle, und man hat mir dieses Jahr gestohlen. Und man hat mich foltern lassen, von Hatch und seinen Kumpanen...« Die Wut erstickte ihre Stimme, sie konnte nicht weitersprechen.

McGee, den Blick auf die Straße vor ihm gerichtet, vermied es, sie anzusehen. »Du hast das Recht, wütend zu sein. Aber bitte sei nicht zornig mit mir. Ich wußte nichts von dir – erst als man dich in den Flügel der Klinik für Verhaltensforschung brachte, den man für deinen Aufenthalt umgebaut hatte. Und dann mußte ich mit viel Geduld den Zeitpunkt abwarten, an dem deine Befreiung eine Chance hatte.«

Einige Minuten blieben beide still. Susan gewann langsam ihre Selbstbeherrschung zurück. Sie fuhren einen Hügel hinauf, und plötzlich lag vor ihnen das mondbeschienene Meer.

Die Straße führte jetzt in einer langgezogenen Kurve nach Süden. Auf dieser Strecke gab es einigen Verkehr, doch es begegneten ihnen kaum Privatwagen, meistens Lastwagen.

Schließlich platzte sie heraus. »Aber welche Rolle hast du bei der ganzen Sache gespielt?«

Er antwortete nicht gleich.

Dann stellte sie die entscheidende Frage: »Wer bist du?«

»Ich bin wirklich Arzt«, sagte er leise. »Aber mein richtiger Name ist nicht McGee. Ich heiße Dimitri Nikolnikow.«

36.

Ungläubig starrte sie ihn an.

»Du bist Russe?«

»Ja. In Leningrad geboren, vor 37 Jahren. Mein Vater war Arzt, meine Mutter Mathematiklehrerin. Jeff McGee ist mein Willawauk-Name.«

»Was bedeutet das? Was zum Teufel ist Willawauk?« Und dann, mit Skepsis und Mißtrauen: »Erzähl mir nicht, daß man in einem Jahr eine ganze Stadt wie Willawauk bauen konnte. Und schon gar nicht zu dem ausschließlichen Zweck, mich gefügig zu machen.«

»Da hast du natürlich recht«, erwiderte er. »Willawauk ist in den fünfziger Jahren gebaut worden. Es sollte das perfekte Abbild einer typischen amerikanischen Kleinstadt sein und wurde seit damals ständig auf den neuesten Stand gebracht.«

»Aber warum? Wozu eine amerikanische Modellstadt inmitten der Sowjetunion?«

»Willawauk wurde als Trainingszentrum entworfen. Dort wurden russische Top-Agenten als waschechte Amerikaner ausgebildet. Dort hat man sie von Jugend auf erzogen, wie Amerikaner zu denken, wie Amerikaner zu leben. Man hat sie zu authentischen Amerikanern gemacht.«

»Davon habe ich noch nie gehört...«

»Natürlich nicht. Es ist ein streng gehütetes Geheimnis.«

Er umfuhr vorsichtig einen großen russischen Lastwagen, der die halbe Straße versperrte, und fuhr fort: »Jedes Jahr wurden drei- bis vierhundert Kinder mit überdurchschnittlichem Intelligenzquotienten ausgewählt und nach Willawauk gebracht. Sie wurden ihren Eltern fortgenommen, die ihre Kinder nie wieder sahen, und Zieheltern in Willawauk übergeben. Dort hat man sie erstens zu fanatischen Bolschewiken erzogen. Politischer Unterricht bei Tag und unterbewußte Beeinflussung bei Nacht, indem man ihnen, während sie schliefen, Propaganda-Tonbänder vorspielte.«

Verwirrt sagte Susan: »Das klingt, als ob man eine ganze Armee von kindlichen Robotern aufgestellt hätte.«

»Genau das war der Zweck der Übung. Kinder-Roboter,

Agenten-Roboter. Gleichzeitig wurden sie zu echten Amerikanern geformt, ja, sie mußten sich als patriotische Amerikaner tarnen können, ohne ihren unterschwelligen sowjetischen Fanatismus zu verraten. In Willawauk wurde nur Englisch gesprochen, mit amerikanischem Akzent. Diese Kinder wuchsen auf, ohne ein Wort Russisch zu kennen. Alle Bücher waren amerikanische. Ebenso alle Filme und alle Fernsehprogramme, die aus den Moskauer Archiven stammten. Praktisch wuchsen sie nicht anders auf als amerikanische Kinder. Wenn sie dann 18 oder 19 Jahre alt waren, stattete man sie mit den entsprechenden Legitimationen aus und placierte sie in Highschools und Universitäten in den USA. Nach abgeschlossener Ausbildung fanden sie dann Stellungen in der Industrie und in der Staatsverwaltung. Sie arbeiteten sich hoch, oft 10 oder 15 Jahre lang, bis sie einflußreiche Positionen erreichten. Sie hatten strikten Auftrag, sich untadelig aufzuführen und erstklassige Arbeit zu leisten; nicht der Schatten eines Verdachts durfte auf sie fallen.

Bis zu dem Zeitpunkt, da sie von Moskau den Befehl bekamen, ihre ideologische Zugehörigkeit zu beweisen, mit der sie in ihrer Kindheit indoktriniert worden waren. Von diesem Moment an waren sie erstklassige Spione und Saboteure.«

»Mein Gott«, rief Susan, »die Kosten eines solchen Programms sind doch kaum auszudenken. Ist denn die enorme Anstrengung der Mühe wert?«

»Die Sowjetregierung glaubt daran. Und es gab schon erstaunliche Erfolge. Es gibt Willawauk-Absolventen in der amerikanischen Armee, Marine, Luftwaffe. Und vor allem in der Flugzeugindustrie. Nicht sehr viele, aber einige schafften es, wichtige Kommandoposten zu erhalten. Und viele einflußreiche Politiker sind Willawauk-Leute, unter ihnen ein Senator und zwei Abgeordnete des Repräsentantenhauses.«

»Guter Gott!«

Zorn und Angst waren momentan vergessen, als sie sich des ungeheuerlichen Komplotts bewußt wurde.

»Es passierte nur ganz selten, daß jemand von den Willawauk-Leuten ein Doppelagent wurde und schließlich für die Amerikaner arbeitete. Sie waren zu fanatisch, zu gut programmiert, um Überläufer zu werden. Die Willawauk-Klinik, in die man dich gebracht hat, ist ein glänzend ausgestattetes Zentrum für Verhaltensforschung und Gedankenkontrolle.«

»Und du hast dort gearbeitet?«

Er nickte.

»Ich war einer der ersten Jugendlichen, die in Willawauk geschult worden sind. Damals dauerte das übliche Training nur vier oder fünf Jahre. Ich war 14, als ich nach Willawauk kam. Später erst rekrutierten sie Kinder von vier oder fünf Jahren.« Er atmete tief durch. »Und ich bin einer der wenigen, die auf die andere Seite übergegangen sind. Aber das wissen sie noch nicht. Nicht bis jetzt.«

»Sie werden die Leichen finden.«

»Bis dahin sind wir längst auf hoher See.«

»Du bist sehr optimitisch.«

Er grinste grimmig. »Ich muß es sein. Die Alternative wäre der sichere Tod von uns beiden.«

Wieder mußte Susan die einzigartige Kraft und Entschlossenheit dieses Mannes bewundern. Habe ich mich deshalb in ihn verliebt, fragte sie sich? Liebe ich ihn überhaupt noch?

Ja.

Nein.

Vielleicht.

»Du hast dein Training vor fast 20 Jahren absolviert? Warum hat man dich nicht in die USA geschickt? Wieso warst du in Willawauk tätig, als ich eingeliefert worden bin?«

Bevor er antworten konnte, kam der Verkehr vor ihnen zum Stehen. Die Bremslichter des vor ihnen fahrenden Lasters flammten auf. McGee hielt.

Susan wurde unruhig. »Was ist los?«

»Eine Kontrollstation nördlich der Stadt Batum. Dort wollen wir an Bord eines Schiffes gehen, das in türkische Gewässer fährt.«

»Du sprichst, als gingen wir auf eine Ferienreise.«

»Das wird es auch sein. Das muß es sein. Denn wenn nicht...«

Er sprach nicht weiter.

Es ging im Schrittempo vorwärts. Jedes Fahrzeug wurde

aufgehalten, jeder Fahrer mußte seine Papiere zeigen. Neben dem uniformierten Beamten stand ein Soldat mit einer Maschinenpistole. Ein dritter Mann, anscheinend ein Zollbeamter, leuchtete mit einer Laterne in das Innere der Lastwagen.

»Was suchen sie?«

»Wahrscheinlich Schmuggelware.«

»Und wenn sie uns suchen?«

»Kaum. Ich hoffe, man wird nicht vor Morgengrauen herausbekommen, daß wir aus Willawauk geflüchtet sind. Würden sie uns suchen, würden sie die Wagen nicht so flüchtig kontrollieren, und es würden sich Patrouillen des KGB auf jedes Fahrzeug stürzen. Du bist ihnen sehr wichtig, Susan. Du kennst Willawauk, du weißt zuviel.«

»Und du? Du hast sechs Leichen zurückgelassen!«

Er biß sich auf die Lippen. »Wenn sie dahinterkommen, daß ich ein Verräter bin, werden sie mich genauso liquidieren wie dich.«

Jetzt hatten sie die Kontrolle erreicht. McGee kurbelte das Wagenfenster herunter und zeigte dem Beamten die Sonderausweise. Dieser warf nur einen Blick darauf und reichte sie ihm zurück, aber der Zollbeamte ließ sich die linke Wagentür öffnen, hob den Sitz im Fond hoch und leuchtete in den Hohlraum darunter.

Der Hohlraum war leer. Weder Schmuggelware befand sich dort, noch ein Flüchtling. Sie durften weiterfahren.

Auf einer Umgehungsstraße, die durch die Vororte von Batum führte, näherten sie sich dem Hafen.

Susan wiederholte ihre Frage. »Warum hat man dich vor 19 Jahren nicht nach den Vereinigten Staaten geschickt?«

»Man hat mich geschickt. Ich habe meine Examina an einer Universität im Mittelwesten gemacht, spezialisierte mich auf Verhaltensforschung und bekam einen Job bei einem Regierungsinstitut, das vom Verteidigungsministerium finanziert wurde. Doch in jener Zeit war ich kein loyaler Sowjetbürger mehr. Ich hatte 14 Jahre in Leningrad gelebt, bevor ich nach Willawauk gekommen bin. So konnte ich ziemlich objektiv das Leben in der Sowjetunion und in den Staaten und die beiden Systeme miteinander vergleichen. Es fiel mir nicht

schwer, Partei zu ergreifen und das Leben in Freiheit vorzu-
ziehen. Und ich zog die Konsequenzen.«

»Welche?«

»Ich ging zum FBI und erzählte ihnen alles über mich und
über Willawauk. Sie gingen sehr vorsichtig zu Werk. Ein paar
Jahre benutzten sich mich nur, falsche Daten nach Moskau
zu schicken, um das sowjetische Informationspotential
durcheinander zu bringen. Dann, vor fünf Jahren, entschlossen sie sich, mich als Doppelagenten nach Rußland zurück-
zuschicken. Meine Reise nach Moskau wurde sehr sorgfältig
vorbereitet. Ich wurde zum Schein verhaftet. Man insze-
nierte einen großen Prozeß, in dessen Verlauf ich mich weigerte, auch nur ein einziges Wort zu sprechen. Die Zeitungen
nannten mich den ›Stummen Spion‹.«

»Ich erinnere mich daran. Es war eine ziemliche Sensa-
tion.«

»Die Angelegenheit wurde bewußt hochgespielt. Obwohl
es hieß, ich wäre bei der Übergabe geheimer Informationen
ertappt worden, gab ich nicht einmal preis, woher ich gekommen war. Im ganzen Prozeß wurde die Sowjetunion
nicht einmal erwähnt. Ich spielte meine Rolle anscheinend
sehr gut. Der KGB war hoch zufrieden.«

»Was die Absicht gewesen war.«

»Natürlich. Ich wurde zu 20 Jahren verurteilt, aber blieb
nicht lange im Gefängnis. Moskau wollte mich möglichst
schnell zurückhaben. Ich wurde gegen einen amerikanischen Agenten, der in Wladiwostok verhaftet worden war,
ausgetauscht. Man begrüßte mich als Helden, der das Geheimnis von Willawauk nicht preisgegeben hatte. Ich war der
berühmte ›Stumme Spion‹. Und man schickte mich, wie das
FBI gehofft hatte, an das Forschungszentrum nach Willawauk zurück.«

»Und seither schickst du Informationen in die andere
Richtung?«

»Ja, aus Willawauk nach Washington.«

»Aber wie?«

»Mit Hilfe von Georgiern, die die russische Zentralregie-
rung hassen. In Georgien hat es immer wieder Unruhen ge-

geben, die gegen Moskau gerichtet waren. Mit solchen so-
wjetfeindlichen Georgiern setzte ich mich in Verbindung.
Hier in Batum leben georgische Fischer, die eigene Boote besitzen. Auf hoher See treffen sie türkische Fischer von der
anderen Seite des Schwarzen Meeres und übergeben ihnen
Nachrichten, die sie von mir erhalten. Die Türken geben sie
dann an amerikanische Stellen in Trapezunt weiter, gegen
gute Bezahlung natürlich. Und wir beide sollen heute nacht
den gleichen Weg gehen wie sonst meine geheimen Dokumente.«

Jetzt hatte er den Stacheldrahtzaun erreicht, der den Hafen von Batum in weitem Bogen umschloß.

Er hielt an und schaltete die Scheinwerfer aus.

»Steigen wir aus?« fragte Susan.

»Ja. Und das war das letzte Wort Englisch, das du gesprochen hast, bevor wir an Bord der KORMORAN sind.«

37.

Das Areal des Hafens war nicht sehr gut beleuchtet, nur die
überwachten Zugänge waren in helles Scheinwerferlicht getaucht. Doch die Kontrolle war nicht scharf, die uniformierten Beamten saßen in ihren geheizten Bretterhütten und ließen sich die Papiere durch ein Schalterfenster reichen.
McGee und Susan konnten ohne Schwierigkeiten passieren.

Sie gingen durch eine Reihe von dunklen Lagerhäusern
zum Kai. Nach kurzem Suchen fand McGee die KORMO-
RAN, sie war eines der wenigen beleuchteten Boote. Der
Motor tuckerte, das Schiff war bereit auszulaufen.

»Nun – ist nicht alles glatt gegangen?« fragte er.

»Ja«, erwiderte sie. »*Zu* glatt für meinen Geschmack.«
Denn sie mußte an ihre Flucht aus der Klinik denken, die ihr
anfangs auch überraschend einfach erschienen war.

»Du bist eine unheilbare Pessimistin«, sagte McGee und
half ihr über das schwankende Fallreep an Bord. Er geleitete
sie an zwei Matrosen vorbei, die mit den Leinen beschäftigt

waren und ihnen nur einen flüchtigen Blick zuwarfen. Eine Eisentreppe führte ins Innere des Bootes.

In einer einfachen Kabine erwartete sie Golodkin, ein stämmiger Mann in einem dicken, schwarzen Seemannspullover. Er war unrasiert. Nichts deutete darauf hin, daß er der Kapitän des Schiffes war.

McGee und Golodkin begrüßten sich mit einem Handschlag wie alte Bekannte. Sie wechselten einige Worte, die Susan nicht verstehen konnte. Später erklärte ihr McGee, daß er nicht – wie gewohnt – eine Kiste Wodka mitgebracht hatte, dafür aber Dollarnoten.

Golodkin steckte das Geld ein und lächelte Susan zu. In gebrochenem Englisch hieß er sie an Bord willkommen.

Auf dem Tisch lagen Seekarten, und daneben stand ein Glas mit einer hellen Flüssigkeit. Seitlich sah man die Bettnische, die von einem Vorhang abgetrennt war. Auf einem Wandbrett lagen Geschirr und Gläser.

Der Kapitän bot seinen Gästen Platz und einen Trunk zur Stärkung an. Susan war gezwungen, in dem kleinen Raum dicht neben McGee zu sitzen. Er staunte, als sie aus Golodkins Hand ein volles Glas entgegennahm und das scharfe Getränk ohne Hemmung in sich hineinschüttete.

»Du wirst betrunken werden«, warnte er.

»Tut nichts. Es macht warm.« Sie erschauderte, dann nahm sie noch einen Schluck.

In diesem Moment sah sie, wie die Vorhänge der Bettnische sich teilten. Ein Mann sprang in die Kabine. Es war Dr. Viteski. Er lächelte. In seiner Hand hielt er eine Pistole.

Erschrocken starrte sie auf McGee. Der war aufgesprungen und hatte in seine Manteltasche gegriffen. Doch bevor er noch die Waffe ziehen konnte, hatte der Kapitän seine Hand umklammert.

»Gib deine Pistole Golodkin«, befahl Viteski.

McGee blieb nichts anderes übrig, als zu gehorchen.

Er überschüttete den Kapitän mit einem russischen Wortschwall, zornig, anklagend.

»Du darfst dem armen Leonid keine Vorwürfe machen«, sagte Viteski. »Er hatte keine Wahl, als mit uns zu kooperieren. Er ist ein fanatischer Georgier und haßt es, die Rolle eines Doppelagenten zu spielen. Aber es ist ihm – wie ich schon sagte – keine andere Wahl geblieben. Besser ein Fischerboot als ein Exekutionskommando.« Golodkin biß die Zähne zusammen und schwieg.

Viteski lächelte noch immer. »Wir haben schon eine ganze Weile über dich Bescheid gewußt«, sagte er zu McGee. »Dann war es natürlich einfach herauszubringen, daß du die KORMORAN als Kurierschiff benützt. Golodkin und seine Mannschaft haben Familie in Batum. Muß ich dir mehr sagen?«

»Aber die Papiere, die ich Golodkin übergeben habe...«

»...sind sämtlich in die Türkei gekommen. Bloß mit einer kleinen Verspätung. In diesem Zeitraum wurden sie – sagen wir – in unserem Sinne bearbeitet.«

»Verdammt!« fluchte McGee.

Viteski goß sich vergnügt ein Glas ein und nahm einen kräftigen Schluck.

»Aber wenn ihr gewußt habt, daß ich Susan zu retten versuchen würde, warum habt ihr es soweit kommen lassen?«

»Du bist uns bloß etwas zuvorgekommen«, erwiderte Viteski. »Heute abend wurde in Moskau endgültig entschieden, das Willawauk-Programm fallen zu lassen. Fachleute hatten entschieden, daß Susan Thorton uns nicht von Nutzen sein kann. Ihre Sperren können nicht durchbrochen werden. Alle Achtung, meine Liebe, Sie haben sich brav geschlagen. Es hätte keinen Sinn gehabt, Sie länger zu quälen. Daher wurde beschlossen, auf das Reserveprogramm zurückzugreifen.«

»Was für ein Reserveprogramm?« fragte Susan ängstlich.

Viteski, statt zu antworten, gab dem Kapitän einige Anweisungen. Golodkin nickte und verließ die Kabine.

»Was hat er vor?« wollte Susan wissen.

McGee schüttelte den Kopf, er wußte es nicht. Er streckte seine Hand nach ihr aus, und sie ergriff sie. Er lächelte ihr ermunternd zu. Aber es überzeugte sie nicht. Hinter seinem Lächeln erkannte sie Angst. Ehe sie noch einen klaren Gedanken fassen konnte, wurde die Kabinentür geöffnet. Der

Kapitän kam zurück. Und hinter ihm traten zwei Personen ein.

Eine von ihnen war Jeff McGee.

Die andere war Susan Thorton.

Zwei Doppelgänger.

Sie trugen sogar die gleiche Kleidung wie Jeff und Susan.

Eiskalt lief es Susan den Rücken hinunter. Fassungslos starrte sie auf die Frau, die ihr gegenüberstand.

Die Ähnlichkeit war verblüffend, unheimlich. Die falsche Susan sagte liebenswürdig zur echten: »Es ist faszinierend, Miß Thorton, mit Ihnen endlich im selben Raum zu sein und plaudern zu können.«

Atemlos stammelte Susan: »Sie spricht genau wie ich...«

Worauf der falsche McGee mit Jeffs Stimme bemerkte: »Wir haben fast ein Jahr mit Tonbändern gearbeitet, auf denen eure Stimmen aufgenommen waren.«

»Das Reserveprogramm war seit langem vorbereitet worden«, erklärte Viteski McGee, »obwohl wir dir natürlich nichts davon gesagt haben.« Er betrachtete die beiden Doppelgänger mit beinahe väterlichem Stolz. Dann fügte er gelassen hinzu: »Ihr beide werdet erschossen und über Bord geworfen. Statt dessen werden diese beiden in die Vereinigten Staaten zurückkehren. Und unsere Susan Thorton wird wieder bei Milestone arbeiten. Sie ist eine der besten Physikerinnen aus unserer sibirischen Gelehrtenstadt. Mit der Zeit wird sie uns alle Informationen geben, die die echte uns vorenthalten hat. Vielleicht noch bessere, nämlich Daten über die neueste Entwicklung. Und Dr. McGee wird sich sicher im Militärbereich der Verhaltensforschung bewähren.«

»Sie werden sich verraten«, rief McGee wütend.

»Sicher nicht«, entgegnete Viteski ruhig. »Meinst du, durch ihre Fingerabdrücke? Daran haben wir natürlich auch gedacht. Wir haben unsere Leute in der daktyloskopischen Abteilung des Geheimdienstes. Eure Fingerabdrücke werden mit denen eurer Doppelgänger vertauscht.«

Er stellte sein Glas ab und erhob sich, die Pistole immer noch auf McGee gerichtet. Er befahl dem Kapitän, die beiden Gefangenen zu fesseln. Golodkin ließ sie aufstehen und band ihnen die Hände hinter dem Rücken zusammen. Dann befahl ihm Viteski, die beiden sicher im untersten Laderaum zu verstauen.   .

»Eure Doppelgänger werden euch nachher besuchen und befragen«, sagte Viteski. »Wir wollen eine Menge Details aus eurem Privatleben wissen, damit die Imitation überzeugend wirken wird. Ich rate euch, alle Fragen wahrheitsgemäß zu beantworten, denn einige werden Fangfragen sein, um eure Wahrheitsliebe zu überprüfen. Und wenn ihr nicht spurt, werden eure Doppelgänger Methoden anwenden, die euch überzeugen werden, daß Kooperation in eurem eigenen Interesse liegt.«

Unwillkürlich blickte Susan auf den falschen McGee. Er lächelte freundlich, aber es war nicht das Lächeln des echten. Es fehlte jede Wärme, jede Spur von Empfindsamkeit. Dieser Mann war wohl imstande, seine Opfer zu foltern, bis sie gehorchten.

»Jetzt möchte ich mich verabschieden«, sagte Viteski. »Ich muß das Schiff verlassen, bevor es ausläuft.« Bevor er die Kabine verließ, winkte er Susan und McGee noch freundschaftlich zu. »Gute Reise!«

Dann wies der Kapitän die beiden an, ihm zu folgen. Er führte sie in die Laderäume hinunter. Susan wäre die schmale Stiege hinuntergestürzt, wenn Golodkin sie nicht gehalten und ihr über die Stufen geholfen hätte. McGee sprach ihn mehrere Male auf russisch an, doch der Kapitän reagierte nicht darauf. Es war, als hätte er ihn nicht gehört.

Die Laderäume stanken nach Fisch. Golodkin führte sie in ein Gelaß, in dem aufgespulte Trossen und Ankertaue aufbewahrt waren. Dazwischen lagen, unordentlich gestapelt, Ersatzteile von Maschinen. An den Wänden hingen verschiedene Geräte, Fischhaken und Spieße.

Sie mußten sich auf die eiskalten Holzplanken setzen. Golodkin band jetzt ihre Füße zusammen und prüfte noch einmal McGees Fesseln. Dann schaltete er die Beleuchtung aus, die aus einer einzigen von der Decke baumelnden Birne bestand. Klirrend ließ er die Eisentür hinter sich zufallen.

Dunkelheit. Absolute Finsternis.

Susan dachte an ihr Ende in den kalten Wassern des Schwarzen Meeres. Noch vor kurzem hatte sie gewünscht, zu sterben und nicht mehr leiden zu müssen.

Jetzt würde ihr Wunsch in Erfüllung gehen.

38.

»Jeff!« rief sie leise.

Er antwortete nicht. Doch sie hörte, wie er sich bewegte, wie er an seinen Fesseln zerrte.

»Jeff...«

Er keuchte. Er schien gegen ein unsichtbares Hindernis anzukämpfen. Er atmete hart.

»Was tust du?«

»Sei still!«

Sie verstand nicht. Was konnte sie in ihrer Situation noch gefährden? Plötzlich fühlte sie, wie Hände über ihren Körper glitten. Beinahe hätte sie aufgeschrien; dann wurde ihr klar, daß es McGees Hände waren. Er hatte sich befreit, und jetzt tastete er nach ihren Fesseln. Während er die Knoten löste, hauchte er in ihr Ohr: »Golodkin hat meine Fesseln nicht zugezogen. Im Gegenteil, er hat sie *gelockert*.«

Ihre Hände waren jetzt frei. Sie rieb sich die schmerzenden Handgelenke. »Wird er uns weiterhelfen?«

»Sicher nicht, solange unsere Doppelgänger an Bord sind«, erwiderte er grimmig. Er bewegte sich von ihr fort und tappte im Dunkeln herum, bis er den Lichtschalter fand. Bevor es noch hell wurde, begriff Susan, was er vorhatte, und ihr graute davor.

Wie sie vorausgesehen hatte, holte er zwei Fischerhaken von der Wand und reichte ihr einen. Die scharfen Spitzen glänzten im trüben Licht.

»Ich kann nicht«, flüsterte sie.

»Du mußt.«

»O Gott, nein...«

»Ihr Leben oder unseres.«

Zögernd griff sie nach einem der Haken, den er ihr anbot. »Du wirst es können«, sagte er, »und es wird nicht schwierig sein. Sie erwarten keinen Angriff, und sicher vermuten sie nicht, daß uns Golodkin in einer Waffenkammer eingeschlossen hat.«

Er stellte sich seitlich von der Tür auf und wies ihr ihren Platz an.

Dann löschte er das Licht.

Es wurde ein langes, qualvolles Warten in der Dunkelheit. Das Zittern unter ihren Füßen wurde stärker, die Maschinen begannen auf vollen Touren zu laufen. Die KORMORAN begann aus dem Hafen von Batum auszulaufen.

Ein raschelndes Geräusch.

»Jeff – was ist das?«

»Nur eine Ratte.«

Sie sagte nichts.

»Hast du Angst vor Ratten?«

»Ja. Aber nicht heute.«

Etwa eine Viertelstunde verging, und sie mußten den Hafen bereits verlassen und das offene Meer erreicht haben, ehe sie das erste Geräusch an der Tür hörten.

McGee hob seinen Fischerhaken.

Die Tür wurde aufgestoßen. Die beiden Doppelgänger standen im Licht des angrenzenden Laderaums. McGee und Susan, die im Dunkeln standen, waren für ihre Gegner nicht zu sehen. Jeff trat einen Schritt vor, schwang den Haken und durchbohrte seinen Doppelgänger, als dieser gerade nach dem Lichtschalter griff. Entsetzt über das, was er tat oder zu tun gezwungen war, drehte er den Haken im Inneren des Mannes herum und riß ihn dann heraus. Der aufgespießte McGee brach zu Füßen des wirklichen zusammen und schlug mit Armen und Beinen um sich.

Die Frau hielt jetzt ein Pistole mit Schalldämpfer in ihrer Hand. Sie konnte McGee nur in Umrissen sehen, aber sie schoß.

Verfehlte ihn. Er sprang aus der Schußlinie. Sie feuerte nochmals, ohne zu zögern. Die Kugel streifte seinen Ärmel.

Da trat Susan in Aktion. Die Gefahr, in der Jeff schwebte,

und ihr Zorn verliehen ihr Mut. Die Frau hörte ein drohendes Geräusch von der anderen Seite und fuhr herum, aber da hatte ihr Susan schon mit dem Haken die Kehle durchbohrt. Ihre Augen traten aus den Höhlen, die Waffe fiel zu Boden. Ein Blutstrom ergoß sich aus ihrem Hals, aus der Kehle tönte ein gräßliches Röcheln...

Dann sank die falsche Susan auf die Knie, und sie kippte nach vorn. Ein Zucken ging durch ihren Körper, dann lag sie still.

McGee starrte auf sein regloses Ebenbild hinunter. Er hatte das beklemmende Gefühl, Zeuge seines eigenen Todes zu sein. Schlimmer noch erging es ihm beim Anblick der anderen Leiche. Susans Körper, den er liebte und begehrte, in seinen letzten Zuckungen! Der schmale Nacken durchbohrt, blutüberströmt...

Er packte Susan, die umzusinken drohte, derb am Arm und riß sie mit sich, hinaus aus der Abstellkammer, hinaus aus dem Frachtraum, nach oben, an die frische Luft.

Auf Deck holten sie beide tief Atem. Der Seewind blies ihnen ins Gesicht.

Die russische Küste war nicht mehr in Sicht.

Später stand Susan in der Kajüte, die für die beiden Doppelgänger vorgesehen gewesen war. Sie war klein und primitiv eingerichtet. Kein Stuhl, kein Tisch. Zwei hölzerne Bettstellen und ein schmales, tellergroßes Waschbecken.

Susan ließ das Wasser über ihre Hände fließen. Obwohl längst nichts mehr zu sehen war, hatte sie das Gefühl, die Blutflecken nicht loswerden zu können.

McGee trat ein. Seine Nähe gab ihr Mut und Zuversicht. Sie drehte den Hahn ab, zwang sich zu glauben, daß ihre Hände sauber waren.

»Kommen sie mit in die Türkei?« fragte sie.

Er schüttelte den Kopf. »Nein. Weder Golodkin noch seine Leute sind dazu bereit. Sie wollen ihre Familien nicht im Stich lassen.«

»Aber wenn der KGB herausbekommt, daß nicht wir, ich und du, über Bord geworfen wurden....«

»Sie werden es nie erfahren.«

»Wie meinst du das?«

Zum ersten Mal, seit sie an Bord gekommen waren, zeigte sich McGee wieder locker und überlegen.

»Wir werden sie mit ihren eigenen Waffen schlagen. Es ist dir doch klar, daß wir – wenn wir erst in Washington sind – einer Reihe komplizierter Tests unterworfen werden, bevor man sicher sein kann, daß wir die richtigen sind.«

»Ja, das muß wohl sein. Aber dann...«

»Dann wird man den KGB im Glauben lassen, es sei ihm gelungen, seine Leute an unserer Statt einzuschleusen. Dafür wird das FBI schon sorgen.«

»Wie?«

Er grinste. »Susan Thorton und Jeff McGee werden über bekannte Kanäle hochinteressante Daten nach Moskau schicken. Monatelang, jahrelang. Nur daß die geheimen Daten – wie Viteski es so trefflich formuliert hat – vorher ›bearbeitet‹ worden sind.« Triumphierend fügte er hinzu: »Meine Revanche für das, was man mit meinen Informationen getan hat, die über Golodkin liefen.«

Nachdenklich sagte sie: »Es kommt mir vor, als ob böse Buben sich gegenseitig Streiche spielten.«

Er zuckte die Achseln. »So kann man es auch sehen. Eine Art Schachspiel. Geheimdienst gegen Geheimdienst. Zug um Gegenzug, Finte gegen Falle. Ein Spiel ohne Ende, nur daß es – im Unterschied zu Schach – nie ein entscheidendes Matt gibt.«

»Für ein im Grunde sinnloses Spiel erscheinen mir die Einsätze unverhältnismäßig hoch«, erklärte sie. »Es muß doch enorme Mühe kosten, perfekte Doppelgänger zu schaffen.«

»Sie haben eine erstaunliche Technik entwickelt. Die Daten von Hatch und den anderen waren kein Geheimnis. Man suchte Männer entsprechenden Alters aus, die vom Körperbau her eine Ähnlichkeit mit den vier Amerikanern hatten. Plastische Chirurgie und geschicktes Make-up taten ein übriges. Und Fernsehaufnahmen vom Prozeß haben ihre Stimmen festgehalten.«

»Aber Hatchs Augen!?«

»Spezielle Kontaktlinsen.«

»Wie für einen Film?«

»Genau. Die Visagisten und Maskenbildner in Moskau stehen denen von Hollywood in nichts nach. Und was die Leiche von Jerry Stein betrifft – die könnte aus einem beliebigen Gruselfilm stammen.«

Sie unterdrückte ein Zittern und seufzte. »Ein Glück, daß die Amerikaner nicht so skrupellos sind wie die Russen.«

Darauf erwiderte er sehr ernst. »Da würde ich nicht so sicher sein, Susan.«

Sie lächelte. »Immerhin haben sie dich beauftragt, mich heil nach Hause zu bringen.«

Er schüttelte den Kopf, sehr ernst. »Da irrst du dich. Das war nicht mein Auftrag.«

»Sondern?«

Er preßte die Lippen zusammen. »Mein Auftrag war, dich umzubringen. Nur tote Wissenschaftler können keine Geheimnisse verraten. Sicher ist sicher.«

Alles Blut war aus ihrem Gesicht gewichen. »Mich – zu töten?«

Er nickte. »Bevor man dich in Willawauk zum Sprechen bringen konnte. Als dein behandelnder Arzt hatte ich viele Möglichkeiten. Bei solchen Experimenten kommt es oft vor, daß der Patient sanft entschläft und seinen Henkern entkommt – sozusagen durch die Hintertür...«

Sie sah ihm in die Augen. Ihre Lippen bebten, als sie ihn fragte. »Und – und warum hast du deinen Auftrag nicht erfüllt?«

Er antwortete leichthin: »Sehr einfach, Susan. Weil ich mich in dich verliebt habe.«

38.

Obwohl sie sich in Sicherheit wußte, schlief Susan in dieser Nacht sehr unruhig. Sie wälzte sich auf der harten Bettstelle hin und her. Wirre Träume plagten sie.

Als sie schließlich mit einem Schrei aus dem Schlaf fuhr, saß McGee am Rand ihrer Pritsche. Er nahm sie in seine Arme und preßte sie an sich.

»Ruhig, mein Schatz. Ich bin bei dir...«

»Aber die Matrosen...«

»Welche Matrosen?«

»Die Männer von Kapitän Golodkin. Ich habe sie erkannt.«

»Wen hast du erkannt?«

»Hatch und Quince. Jellicoe und Parker. Sie tragen Seemannskleidung, aber...«

»Du hast geträumt.«

»Nein, nein«, rief sie in panischer Angst. »Ich habe sie deutlich gesehen. Sie haben gelacht. Während sie aus einem großen Netz Fische an Bord fallen ließen, haben sie gelacht.«

»Das Spiel ist zu Ende, Susan. Für immer zu Ende.«

Er konnte sie nicht beruhigen. Obwohl sie sich erst sträubte, zwang er sie, mit ihm durch das ganze Schiff zu gehen und jedes einzelne Mitglied der Besatzung genau anzuschauen. Erst dann war sie überzeugt, daß sich weder Hatch noch einer seiner Kumpane an Bord befand.

Doch die Angst hielt sie in ihren Klauen. Auch nachdem sie auf ein türkisches Boot übergesetzt hatten, beäugte sie die türkischen Fischer mit Mißtrauen. Und ebenso die Mitglieder des amerikanischen Konsulats in Trapezunt.

Auch als Gast des amerikanischen Botschafters in Ankara fühlte sie sich noch nicht sicher. Es war drei Uhr früh, als ihr Schrei durch das weitläufige Gebäude hallte.

Zwei Sicherheitsbeamte stürzten erschrocken in ihr Zimmer. Susan schrie: »Hinaus mit euch! Ich erkenne euch auch in eurer Verkleidung.«

Der Botschafter und seine Frau versuchten sie vergeblich zu beruhigen. Das gelang erst McGee, der im Schlafrock herbeigeeilt kam.

Sie klammerte sich an ihn, zitternd. »Ich kann niemandem trauen.«

»Aber Susan – keiner sieht auch im entferntesten wie Hatch aus.«

»Ich habe noch nicht alle gesehen. Auch in der Klinik gab es viele, die unverdächtig aussahen, bis Hatch auftauchte...«

Der Botschaftsarzt wollte ihr eine Beruhigungsspritze geben, aber sie weigerte sich, ihn an ihr Bett zu lassen. Sie schlief erst wieder ein, als die anderen gegangen waren und McGee ein Sofa vor ihre Tür schob und Wache hielt.

Am nächsten Morgen entschuldigte sie sich verlegen. Der Botschafter zeigte sich verständnisvoll und erbot sich, ihr seinen gesamten Stab vorzustellen, damit sie sicher sein konnte, daß an der Botschaft weder tote Männer noch sowjetische Doppelgänger beschäftigt waren.

Sie dankte und lehnte lächelnd ab. »Bei Tag bin ich vernünftig und habe keine Angst mehr. Aber bei Nacht – wenn ich aus meinen Alpträumen erwache...«

»Es wird sich geben«, tröstete sie McGee. »Aber das kann eine Weile dauern.«

»Vielleicht mein Leben lang«, flüsterte sie.

Doch sie irrte sich. Die Angstträume hörten zwar nicht auf, aber ihr Impakt wurde von Nacht zu Nacht schwächer.

Schließlich kamen sie in Washington an. Die Regierung hatte im besten Hotel zwei Zimmer für sie reserviert, aber sie begnügten sich mit einem Doppelzimmer.

Zum ersten Mal gingen sie gemeinsam zu Bett. Aufflammende Leidenschaft und die folgende Entspannung ließen ihre schrecklichen Erlebnisse verblassen.

Ihren nackten Körper an den ihres Liebhabers gepreßt, schlief Susan ruhig, glücklich und traumlos.

Schattenfeuer

Dieses Buch ist
Dick und Ann Laymon
gewidmet.
Sie sind einfach unglaublich nett.
Mein besonderer Gruß gilt
Kelly.

Ein Fall von Not,
ein plötzlicher Tod –
und die Geschichte beginnt.

Das Buch Gezählten Leids

ERSTER TEIL

Dunkelheit

Wenn man die Dunkelheit kennt, liebt man das
Licht und den Morgen – und denkt an die kommende Nacht, mit großen Sorgen.

Das Buch Gezählten Leids

1. Kapitel
Schock

Helles Schimmern erfüllte die Luft, fast so greifbar wie Regen. Es strich über die Fenster, bildete bunte Lachen auf dem Blech geparkter Wagen, verlieh den Blättern der Bäume und dem Chrom des regen Verkehrs einen feuchten Glanz. Miniaturabbilder der kalifornischen Sonne glitzerten auf allen spiegelnden Flächen, und das Geschäftsviertel von Santa Ana war in das klare Licht eines Morgens im späten Juni getaucht.

Als Rachael Leben das Bürogebäude verließ und auf den Bürgersteig trat, fühlte sich der Sonnenschein wie warmes Wasser auf ihren Armen an. Für einige Sekunden schloß sie die Augen und neigte den Kopf in den Nacken.

»Du lächelst so, als seiest du überglücklich, als hätte dir nichts Besseres geschehen können«, sagte Eric mürrisch, als er Rachael nach draußen folgte und beobachtete, wie sie die Sommerwärme genoß.

»Bitte«, erwiderte sie, ohne ihn anzusehen. »Laß uns jetzt nicht streiten.«

»Du hast mich dort drin zum Narren gemacht.«

»Das ist doch Unsinn.«

»Was, zum Teufel, willst du überhaupt beweisen?«

Darauf gab sie keine Antwort. Rachael war entschlossen, sich von ihm nicht die Stimmung verderben zu lassen. Der Tag war viel zu schön. Sie drehte sich um und ging los.

Eric trat vor sie und versperrte ihr den Weg. Für gewöhnlich blickten seine blaugrauen Augen kühl, doch jetzt loderte es geradezu in ihnen.

»Sei doch nicht kindisch«, sagte Rachael.

»Du gibst dich nicht damit zufrieden, mich einfach zu verlassen. Nein, du mußt der ganzen Welt zeigen, daß du weder mich brauchst noch das, was ich dir geben könnte.«

»Nein, Eric. Es ist mir gleich, was die Welt von dir hält – so oder so.«

»Du willst mich erniedrigen.«

»Das ist nicht wahr, Eric.«

»Doch«, beharrte er. »Und ob. Du hast mich gedemütigt, und jetzt triumphierst du.«

Plötzlich sah ihn Rachael aus einer anderen Perspektive: Erics Selbstmitleid stand in einem auffallenden Kontrast zu ihrem bisherigen Bild von ihm. Sie hatte ihn immer für einen starken Mann gehalten, sowohl in körperlicher und emotionaler als auch in intellektueller Hinsicht. Darüber hinaus war er rechthaberisch, unnahbar und manchmal regelrecht kalt. Er konnte grausam sein. Aber während ihrer siebenjährigen Ehe hatte er nie schwach oder mitleiderregend gewirkt.

»Du sprichst von Demütigung?« fragte Rachael überrascht. »Eric, ich habe dir einen enormen Gefallen getan. Jeder andere Mann würde eine Flasche Champagner kaufen, um zu feiern.«

Sie kamen gerade aus dem Büro der Rechtsanwälte, die Eric vertraten, und die Problemlosigkeit der Scheidungsvorbereitungen hatte bis auf Rachael alle überrascht. Sie erstaunte sie, indem sie ohne einen eigenen Anwalt kam und auf die meisten der Rechte verzichtete, die ihr die kalifornischen Gesetze zugestanden. Als man ihr ein erstes Angebot machte, das ihr zu großzügig erschien, nannte sie einige Zahlen, die sie für angemessener hielt.

»Champagner? Du wirst allen Leuten sagen, daß du dich mit zwölfeinhalb Millionen Dollar weniger begnügst, als dir eigentlich zustehen, um die Scheidung möglichst rasch durchzubringen und mich loszuwerden – und darüber soll ich auch noch froh sein? Lieber Himmel!«

»Eric...«

»Du konntest es gar nicht *abwarten*, mich loszuwerden. Hättest deinen rechten Arm dafür gegeben. Und jetzt erwartest du auch noch, daß ich meine eigene Demütigung feiere.«

»Es ist eins meiner Prinzipien, nicht mehr zu nehmen, als...«

»Du sprichst von Prinzipien? Meine Güte!«

»Eric, du weißt doch, daß ich niemals...«

»Alle Leute werden mit dem Finger auf mich zeigen und sagen: Der Kerl muß wirklich unerträglich gewesen sein, wenn seine Frau bereit ist, auf zwölfeinhalb Millionen Dollar zu verzichten, um sich von ihm zu trennen!«

»Ich habe nicht die Absicht, irgend jemandem von unserer Übereinkunft zu erzählen«, erwiderte Rachael.

»*Natürlich* nicht.« Eric lachte zynisch.

»Wenn du glaubst, daß ich irgendwelche Gerüchte über dich in die Welt setze, kennst du mich noch weniger, als ich bisher dachte.«

Der zwölf Jahre ältere Eric war fünfunddreißig und vier Millionen Dollar schwer gewesen, als Rachael ihn geheiratet hatte. Jetzt, sieben Jahre später, belief sich sein Vermögen auf mehr als dreißig Millionen, und nach dem kalifornischen Recht konnte sie bei der Scheidung Anspruch auf die Hälfte dessen erheben, was er während ihrer Ehe dazuverdient hatte: dreizehn Millionen. Statt dessen begnügte sie sich mit ihrem Mercedes 560 SL und fünfhunderttausend Dollar, lehnte Unterhaltszahlungen ab. Das Geld versetzte sie in die Lage, sich Zeit bei der Entscheidung zu lassen, was sie mit dem Rest ihres Lebens anfangen sollte.

Rachael spürte die neugierigen Blicke einiger Passanten auf sich ruhen und fügte leiser hinzu: »Ich habe dich nicht wegen deines Geldes geheiratet.«

»Was du nicht sagst«, erwiderte Eric bitter. Derzeit war sein ausdrucksvolles Gesicht alles andere als attraktiv. Der Zorn verwandelte seine Züge in eine Fratze.

Rachael sprach ganz ruhig. Es kam ihr nicht darauf an, ihn zurechtzuweisen oder auf irgendeine Weise zu verletzen. Sie wollte sich nicht rächen, empfand nur vages Bedauern. »Ich *will* deine Millionen überhaupt nicht, Eric. Du hast sie verdient, nicht ich. Es war dein Genie, deine eiserne Entschlossenheit, deine lange und anstrengende Arbeit im Büro und in den Laboratorien. Du hast es ganz allein geschafft, Eric, und nur du verdienst es, in den Genuß dessen zu kommen, was du besitzt. Du bist ein wichtiger Mann, Eric, vielleicht sogar eine Berühmtheit in deinem Fach, und ich bin nur ich: Rachael. Ich will mir nicht anmaßen, den Anschein zu erwekken, als hätte ich irgend etwas mit deinen Triumphen zu tun.«

Bei diesen Komplimenten vertieften sich die Falten der Wut in Erics Miene. Er war es gewöhnt, bei allen Beziehungen die beherrschende Rolle zu spielen, sowohl in beruflicher als auch in privater Hinsicht. Aufgrund seiner absolut dominanten Stellung verlangte er, daß sich andere Leute bedingungslos seinen Wünschen fügten. Und wer nicht dazu bereit war, wer Widerstand leistete, den räumte Eric aus dem Weg. Freunde, Angestellte und Geschäftspartner verhielten sich immer so, wie es Eric Leben von ihnen erwartete – oder sie wurden zu namenlosen Statisten. Entweder ordneten sie sich ihm unter, oder er vernichtete sie. Eine andere Wahl blieb ihnen nicht. Eric liebte es, Macht zu haben und sie zu gebrauchen. Wenn er sich bei einem häuslichen Streit durchsetzte, empfand er die gleiche Genugtuung wie beim Abschluß von Verträgen, die ihm weitere Millionen einbrachten.

Sieben Jahre lang hatte Rachael Erics persönlichen Absolutismus ertragen, doch sie war nicht bereit, ihr ganzes Leben auf diese Weise zu verbringen.

Eine Ironie des Schicksals: Mit ihrer Sanftmut und ihrer Vernunft war es Rachael gelungen, ihrem Mann die Macht zu nehmen, auf der sein Leben basierte. Vermutlich hatte er sich auf eine längere Auseinandersetzung gefreut, bei der es um die Aufteilung des Vermögens ging, doch Rachael gab sich mit nur fünfhunderttausend Dollar zufrieden. Sie vermied einen Streit um Unterhaltszahlungen, indem sie jede Unterstützung ablehnte – und das versetzte Eric einen weiteren Schlag. Bestimmt hatte er damit gerechnet, den entscheidenden Kampf im Gerichtssaal zu führen und vor den Augen der Öffentlichkeit einen endgültigen Sieg über seine Frau zu erringen, sie dazu zu zwingen, sich mit weniger abzufinden, als ihr eigentlich zustand. Doch Rachael ließ keinen Zweifel daran, daß ihr sein Reichtum nichts bedeutete – und eliminierte auf diese Weise die einzige Macht, die Eric noch über sie hatte. Damit war sie ihm gleichrangig geworden, wenn nicht sogar überlegen.

»Nun«, sagte sie, »ich sehe die Sache folgendermaßen: Ich habe sieben Jahre verloren, und dafür möchte ich angemessen entschädigt werden. Ich bin jetzt neunundzwanzig, fast dreißig, und eigentlich fängt mein Leben gerade erst an. Ich beginne eben später als andere Leute. Mit der gerade getroffenen Übereinkunft habe ich einen ausgezeichneten Start. Und wenn ich auf die Nase falle, wenn ich irgendeines Tages bedaure, nicht all die Millionen akzeptiert zu haben – tja, das wäre *mein* Pech, nicht deins. Wir haben das doch schon alles besprochen, Eric. Laß uns endlich einen Schlußstrich ziehen.«

Rachael wich zur Seite und wollte an ihm vorbeigehen, doch er hielt sie am Arm fest.

»Bitte laß mich los«, sagte sie.

Eric starrte sie wütend an. »Wie habe ich mich nur so in dir täuschen können? Ich hielt dich für ein nettes Mädchen, ein wenig scheu zwar, aber ehrlich und aufrichtig. In Wirklichkeit aber bist du eine durchtriebene und heimtückische Schlange!«

»Du willst mich unbedingt beleidigen, nicht wahr?« Rachael seufzte. »Doch du würdigst dich damit nur selbst herab. Laß mich jetzt gehen.«

Erics Hand schloß sich noch fester um ihren Arm. »Es ist alles nur Taktik, nicht wahr? Um deine Verhandlungsposition zu verbessern. Stimmt's? Wenn die Dokumente aufgesetzt sind, wenn wir uns am nächsten Freitag im Büro einfinden, um sie zu unterzeichnen... Dann änderst du plötzlich deine Meinung und verlangst mehr. Habe ich recht?«

»Nein. Von solchen Spielchen halte ich nichts.«

Eric lächelte dünn und humorlos. »Ich wette, genau das ist deine Absicht. Wenn wir uns zu einer solchen Regelung bereitfinden, wenn wir uns mit einer so lächerlich geringen Zahlung an dich einverstanden erklären und die Papiere vorbereiten, lehnst du es ab, sie zu unterschreiben – und vor Gericht gibst du sie als Beweis dafür aus, daß wir dich reinlegen wollten. Bestimmt erklärst du, es sei *unser* Angebot gewesen und wir hätten Druck auf dich ausgeübt, um dich zu einer entsprechenden Übereinkunft zu bewegen. Würde mich in eine ziemlich üble Lage bringen. Ja, dann sähe man in mir wirklich einen hartherzigen Mistkerl. Na? Habe ich richtig getippt?«

»Ich sagte es schon: Solche Dinge liegen mir nicht. Ich meine es ernst.«

Eric bohrte seine Finger in ihren Oberarm. »Die Wahrheit, Rachael.«

»Hör auf.«

»Das ist deine Strategie, nicht wahr?«

»Du tust mir weh.«

»Und da wir gerade dabei sind: Warum erzählst du mir nicht von Ben Shadway?«

Rachael zwinkerte überrascht. Sie hatte nicht geahnt, daß Eric von Benny wußte.

Sein Gesichtsausdruck schien sich im warmen Sonnenschein zu verhärten, und die Zornesfurchen bildeten dunkle Schattenmuster. »Wie lange hat er dich gebumst, bevor du die Entscheidung trafst, mich zu verlassen?«

»Du bist abscheulich«, erwiderte Rachael – und bereute diese scharfen Worte sofort, als sie sah, mit welcher Zufriedenheit er darauf reagierte, endlich eine Bresche in ihre Fassade der Gelassenheit gerissen zu haben.

»Wie lange?« wiederholte Eric und drückte noch fester zu.

»Ich habe Benny erst sechs Monate nach unserer Trennung kennengelernt«, antwortete Rachael und bemühte sich, möglichst ruhig zu sprechen.

»Wie lange hast du mich mit ihm betrogen, Rachael?«

»Wenn du über Benny Bescheid weißt, so hast du mich überwachen lassen. Und dazu hattest du kein Recht.«

»Es wäre dir lieber gewesen, deine schmutzigen kleinen Geheimnisse für dich zu behalten, nicht wahr?«

»Wenn derjenige, der mich beobachtete, auf deiner Lohnliste steht, so solltest du eigentlich wissen, daß ich seit etwa fünf Monaten mit Benny zusammen bin. Laß mich jetzt endlich los. Du tust mir noch immer weh.«

Ein junger, bärtiger Passant blieb stehen, zögerte und trat auf sie zu. »Brauchen Sie Hilfe?« wandte er sich an Rachael.

Zorn blitzte in Erics Augen, als er den Fremden ansah. »Verschwinden Sie, Mister!« knurrte er. »Dies ist meine Frau, und unser Streit geht Sie nichts an.«

Rachael versuchte vergeblich, sich aus Erics Griff zu befreien.

»Es ist also Ihre Frau«, sagte der Bärtige. »Aber das gibt Ihnen nicht das Recht, sie so zu behandeln.«

Eric ließ Rachael los und ballte die Fäuste.

Rachael sah ihren Beistand an und versuchte, eine unmittelbare Konfrontation zwischen den beiden Männern zu verhindern. »Es ist alles in Ordnung, danke. Machen Sie sich keine Sorgen um mich. Nur eine Meinungsverschiedenheit, weiter nichts.«

Der junge Mann zuckte mit den Schultern, ging weiter und blickte noch einmal zurück.

Der Zwischenfall machte Eric klar, daß er mehr Aufmerksamkeit erregte, als einem Mann in seiner Stellung lieb sein konnte. Doch seine Wut war noch immer nicht verraucht. Rote Flecken hatten sich auf seinen Wangen gebildet, und die Lippen formten zwei blutleere Striche.

»Ich hoffe das Beste für dich, Eric«, sagte Rachael. »Du hast viele Millionen Dollar deines Vermögens und einen nicht unerheblichen Betrag an Anwaltsgebühren gespart. Zwar mußt du darauf verzichten, mich vor Gericht in den Schmutz zu ziehen, aber der Sieg gehört trotzdem dir. Genieß ihn.«

»Du verdammte Hure!« zischte Eric mit einem Haß, der Rachael geradezu schockierte. »An dem Tag, als du mich verlassen hast, war ich versucht, dich zu Boden zu schleudern und dein blödes Gesicht einzutreten. Ich wünschte, ich hätte mich damals nicht zurückgehalten. Aber ich dachte, du würdest zu mir zurückgekrochen kommen, und deshalb habe ich mich beherrscht. Wie sehr ich das jetzt bedaure!« Er hob die Hand wie zum Schlag. Doch als sich Rachael aus einem Reflex heraus duckte, holte Eric tief Luft und ließ den Arm wieder sinken. Mit einem Ruck drehte er sich um und eilte fort.

Rachael sah ihm nach und begriff, daß sein Bedürfnis, andere Leute zu beherrschen, fast schon pathologisch war. Indem sie ihm die Macht nahm, die er bisher über sie ausgeübt hatte, indem sie sowohl ihn selbst als auch sein Geld zurückwies, machte sie sich ihm nicht nur ebenbürtig: In gewisser Weise fühlte er sich dadurch *entmannt*. Eine andere Erklärung gab es nicht für seine Reaktion, für den Umstand, daß er beinah gewalttätig geworden wäre.

Während der vergangenen Monate hatte sich in Rachael die Abneigung ihrem Mann gegenüber verstärkt, eine Antipathie, zu der auch eine dumpfe Furcht gehörte. Aber erst jetzt begriff sie das Ausmaß und die Intensität der Wut, die tief in ihm brodelte. Erst jetzt kam ihr zu Bewußtsein, wie gefährlich Eric war.

Das Licht war noch immer so hell, daß Rachael zwinkerte, und nach wie vor spürte sie die Wärme des Sonnenscheins. Trotzdem aber schauderte sie – und fühlte tiefe Erleichterung darüber, daß sie Eric verlassen und die Scheidung eingereicht hatte, daß sie mit den blauen Flecken an ihrem Oberarm davonkam.

Sie beobachtete, wie er sich vom Bürgersteig abwandte und die Straße betrat. Und jähes Entsetzen stieg in ihr empor.

Eric näherte sich seinem schwarzen Mercedes, der an der gegenüberliegenden Straßenseite parkte. Vielleicht machte ihn sein Zorn tatsächlich blind. Möglicherweise war es auch nur der grelle Glanz der Sonne, der sich überall widerspiegelte, ein Schimmern und Gleißen, das ihn blendete. Was auch immer der Grund sein mochte: Er überquerte die Straße, ohne auf den Verkehr zu achten – und von rechts kam ein Wagen der städtischen Müllabfuhr, etwa sechzig Stundenkilometer schnell.

Rachael rief eine Warnung – zu spät.

Der Fahrer trat die Bremse bis zum Anschlag durch. Reifen quietschten, und nur einen Sekundenbruchteil später erklang das dumpfe Pochen des Aufpralls.

Eric flog einige Meter weit durch die Luft, fiel auf den harten Asphalt der anderen Fahrbahn, rollte mehrmals um die eigene Achse und blieb mit dem Gesicht nach unten liegen.

Ein gelber Subaru hupte, rutschte mit blockierten Rädern auf den reglosen Mann zu. Nur einen halben Meter vor Eric kam der Wagen zum Stehen. Ein Chevrolet dicht hinter dem Subaru fuhr auf und schob die japanische Limousine bis auf einige wenige Zentimeter an die Gestalt heran, die auf der Straße lag und sich noch immer nicht rührte.

Rachael war die erste, die Eric erreichte. Das Herz pochte ihr bis zum Hals empor, und sie rief seinen Namen, als sie neben ihm niederkniete und nach dem Nacken des Reglosen tastete, um seinen Puls zu fühlen. Sie spürte warmes Blut, und ihre Finger glitten über feuchte Haut, als sie nach der Halsschlagader suchte.

Dann sah sie, daß der heftige Aufprall Erics Schädel verformt hatte. Die ganze rechte Seite über dem zerfetzten Ohr war eingedrückt, bis hin zur Schläfe. Von ihrer gegenwärtigen Position aus konnte Rachael nur ein Auge sehen: weit aufgerissen, der Blick gebrochen. Viele kleine Knochensplitter mußten in sein Gehirn eingedrungen sein und einen sofortigen Tod verursacht haben.

Abrupt stand Rachael auf und würgte einige Male. Benommen taumelte sie ein paar Schritte und lehnte sich an den Subaru.

»Ich konnte nichts machen«, sagte der Fahrer des Müllwagens dumpf.

»Ich weiß«, antwortete Rachael.

»Überhaupt nichts. Er lief mir direkt vor die Kühlerhaube. Sah weder nach rechts noch nach links. Ich habe gebremst, aber...«

Rachael versuchte, möglichst gleichmäßig zu atmen. Um sie herum erklangen die Stimmen anderer Fahrer, die ihre Wagen einfach auf der Straße stehenließen und ausstiegen. Irgend jemand fragte sie, ob sie wohlauf sei, und sie nickte nur. Andere Leute erkundigten sich, ob sie einen Arzt brauchte, und daraufhin schüttelte sie stumm den Kopf.

Ganz zu Anfang ihrer Beziehung hatte sie Eric geliebt – vor einer halben Ewigkeit. Im Verlauf der Jahre war es ihr sogar schwergefallen, ihn zu *mögen*. Deutlich erinnerte sie sich an seinen Haß kurz vor dem Unfall, und irgendeine Stimme in Rachael flüsterte, eigentlich solle sein Tod sie nicht sonderlich treffen. Trotzdem war sie bis zur Grundfeste ihres Ichs erschüttert.

In der Ferne heulten Sirenen.

Allmählich fand Rachael in die Wirklichkeit zurück und schlug die Augen auf. Das helle Sonnenlicht wirkte plötzlich nicht mehr klar und rein. Die Dunkelheit des Todes verfinsterte den Tag, hinterließ einen gelblichen Glanz, den Rachael nicht mit Honig assoziierte, sondern mit stinkendem Schwefel.

Das Schrillen der Sirenen verklang. Rote und blaue Blinklichter blitzten. Ein Einsatzfahrzeug der Polizei kam heran, gefolgt von einem Krankenwagen.

»Rachael?«

Sie drehte sich um und sah Herbert Tuleman, Erics persönlichen Anwalt, dem sie gerade erst einen Besuch abgestattet hatten. Rachael mochte Herb, und er erwiderte ihre Sympathie. Er war ein großväterlicher Mann mit buschigen, grauen Augenbrauen.

»Einer meiner Mitarbeiter, der gerade ins Büro zurückkehrte, sah den Unfall«, sagte Herbert. »Er gab mir sofort Bescheid. Mein Gott...«

»Ja«, erwiderte Rachael tonlos.

»Mein Gott, Rachael.«

»Ja.«

»Es ist... verrückt.«

»Ja.«

»Aber...«

»Ja«, sagte sie nur.

Und sie wußte, was Herbert dachte. Während der vergangenen Stunde hatte sie ihm erklärt, sie beanspruche keinen großen Teil von Erics Vermögen, begnüge sich mit einer Summe, die man vergleichsweise für ein Almosen halten konnte. Jetzt aber ... Eric hatte keine Kinder aus erster Ehe, und das bedeutete, daß sie nicht nur die gesamten dreißig Millionen Dollar erbte, sondern auch seinen Anteil des Unternehmens.

2. *Kapitel*
Gespenstisch

Das Knistern und Knacken aus den Lautsprechern der Polizeifunkgeräte erfüllte die heiße und trockene Luft, und Rachael nahm den Geruch des in der sommerlichen Hitze weich gewordenen Asphalts wahr.

Die Ärzte aus dem Krankenwagen konnten Eric Leben nur noch ins städtische Leichenschauhaus bringen, wo sein Körper in einer Kühlbox liegen würde, bis der Gerichtsmediziner Zeit zu einer Untersuchung fand. Da Eric durch einen Unfall ums Leben gekommen war, mußte eine Autopsie durchgeführt werden.

»In vierundzwanzig Stunden wird der Leichnam freigegeben«, wandte sich einer der Polizisten an Rachael.

Sie hatte im Fond des Streifenwagens gesessen, während die Beamten ein Berichtsformular ausfüllten. Jetzt stand sie wieder im Sonnenschein.

Sie fühlte sich nicht mehr elend. Nur noch benommen.

Einige in weiße Kittel gekleidete Männer hoben die Bahre mit dem Toten an. Rote Flecken hatten sich auf dem Tuch gebildet.

Herbert Tuleman versuchte, Rachael zu trösten und schlug ihr mehrmals vor, mit ihm ins Büro zurückzukehren. »Sie haben einen Schock erlitten und brauchen Zeit und Ruhe, um wieder zu sich zu finden«, sagte er freundlich und legte ihr die Hand auf die Schulter.

»Ich bin in Ordnung, Herb. Glauben Sie mir.«

»Ein Brandy könnte nicht schaden. Ich habe eine Flasche in meiner Bürobar.«

»Nein, danke. Ich schätze, ich muß mich um die Formalitäten der Beerdigung kümmern.«

Die beiden Ärzte aus dem Krankenwagen schlossen die Heckklappe und stiegen ruhig ein. Keine Sirenen, keine Blinklichter. Für Eric kam jede Hilfe zu spät.

»Wenn Sie keinen Brandy möchten...« sagte Herb. »Wie wär's mit einem Kaffee? Und überhaupt: Kommen Sie einfach mit mir und ruhen Sie sich ein wenig aus. Sie sollten sich jetzt nicht sofort ans Steuer setzen.«

Rachael berührte kurz seine ledrige Wange. Herbert Tuleman segelte am Wochenende, und nicht etwa das Alter hatte seine Haut rauh werden lassen, sondern die vielen Stunden auf dem Meer. »Machen Sie sich keine Sorgen um mich, Herb. Mir fehlt nichts. Lieber Himmel, es beschämt mich fast, wie gut ich damit fertigwerde... Ich spüre überhaupt keinen Kummer.«

Herb hielt ihre Hand. »Ich weiß, wie Sie jetzt empfinden. Eric war mein Klient, Rachael, und daher ist mir klar, daß er... sehr schwierig war.«

»Ja.«

»Er gab Ihnen keinen Anlaß, ihn zu betrauern.«

»Trotzdem erscheint es mir seltsam, so... wenig zu fühlen. Fast gar nichts.«

»Nun, Eric war nicht nur schwierig, Rachael. Er stellte sich auch als Narr heraus, denn er begriff nicht, was für einen Schatz er in Ihnen hatte, und unternahm nicht den geringsten Versuch, Sie zurückzugewinnen.«

»Das ist sehr lieb von Ihnen.«

Der Krankenwagen mit der Leiche fuhr los und ließ die Unfallstelle hinter sich zurück. Rachael glaubte, eine eigentümliche Kühle wahrzunehmen, so als wehe plötzlich ein eisiger Wind heran.

Herb führte sie durch den dichten Kordon der Schaulustigen, vorbei am Bürogebäude zum roten Mercedes. »Ich könnte Erics Wagen von jemandem nach Hause fahren und in der Garage abstellen lassen«, bot sich Herb an.

»Das wäre sehr nett«, erwiderte Rachael.

Als sie am Steuer saß und sich angeschnallt hatte, beugte sich Herb zum Seitenfenster herab. »Wir sollten bald über die Vermögenswerte sprechen.«

»In ein paar Tagen.«

»Und auch das Unternehmen.«

»Ich glaube, für einige Tage läuft alles seinen gewohnten Gang, nicht wahr?«

»Natürlich. Heute ist Montag. Was halten Sie davon, wenn Sie Freitagmorgen zu mir kommen? Dann haben Sie vier Tage Zeit, um sich ... an Ihre neue Situation zu gewöhnen.«

»Einverstanden.«

»Zehn Uhr?«

»In Ordnung.«

»Und es geht Ihnen wirklich gut?«

»Ja«, sagte Rachael. Auf dem Heimweg kam es zu keinem Zwischenfall, obwohl sie wie im Traum fuhr.

Sie wohnte in einem malerischen Bungalow in Placentia, einem Haus mit drei Schlafzimmern, einer breiten Veranda, einem aus alten Ziegeln bestehenden Kamin und vielen anderen Dingen, die eine Atmosphäre der Gemütlichkeit entstehen ließen. Die Nachbarschaft bestand aus freundlichen Leuten der Mittelschicht. Rachael war vor einem Jahr eingezogen, kurz nach der Trennung von Eric, sah darin ein Symbol der Unabhängigkeit.

Sie zog die blutbefleckte Bluse aus, wusch sich Gesicht und Hände, kämmte sich das Haar und trug neues Make-up auf. Nach und nach beruhigte sie sich. Ihre Hände hörten auf zu zittern, und sie schauderte nicht mehr – obgleich tief in ihrem Innern eine sonderbare Kühle verblieb.

Nachdem sie sich umgezogen hatte – sie wählte ein pechschwarzes Kostüm mit weißer Bluse, eine Aufmachung, die sich nicht besonders gut für einen warmen Sommertag eignete –, rief sie Attison Brothers an, ein bekanntes Bestattungsunternehmen. Sie vergewisserte sich, daß man sie dort sofort empfangen konnte, verließ ihr Haus und machte sich auf den Weg.

Es waren nicht die ersten Beerdigungsformalitäten, um die

sie sich kümmerte, aber es überraschte sie festzustellen, daß sie diesmal eine Art makabre Belustigung empfand. Paul Attison gab sich betont ernst und meinte, er »fühle mit ihr« – was vermutlich sogar den Tatsachen entsprach, denn Rachael spürte nichts weiter als eine seltsame Art von tauber Gelassenheit. Zwar hatte Rachael einen besonderen Sinn für schwarzen Humor, aber sie konnte nicht lachen, als sie zweieinhalb Stunden später die Niederlassung des Bestattungsunternehmens verließ und wieder in ihren roten Mercedes stieg. Ihre emotionale Apathie gründete sich nicht etwa auf Kummer oder Trauer, auch nicht auf einen Schock. Während sie nach Hause zurückkehrte, versuchte sie, die Ursache für ihre sonderbar gedrückte Stimmung zu ergründen.

Später dann, am Nachmittag, nachdem sie Erics Freunde und Geschäftspartner angerufen und ihnen die Nachricht von seinem Tod übermittelt hatte, konnte sie sich nichts mehr vormachen. Sie begriff plötzlich, daß sie Angst hatte. Sie gab sich alle Mühe, nicht an das zu denken, was nun bald geschehen mußte, aber tief in ihrem Herzen war kein Platz für Zweifel. Sie wußte Bescheid, war völlig sicher.

Rachael schritt durchs Haus und vergewisserte sich, daß alle Türen und Fenster verschlossen waren. Dann ließ sie die Rolläden herab.

Um halb sechs schaltete Rachael den automatischen Anrufbeantworter ein. Es hatten sich bereits mehrere Journalisten bei ihr gemeldet, um mit der Witwe des berühmten Eric Leben zu sprechen, und derzeit sah sie sich außerstande, die Fragen der Reporter zu beantworten.

Es war ein wenig zu kühl im Haus, und deshalb stellte sie die Klimaanlage neu ein. Abgesehen vom leisen Flüstern hinter den Belüftungsgittern und dem gelegentlichen Klingeln des Telefons, bevor der Anrufbeantworter reagierte, herrschte in den Zimmern die gleiche bedrückende Stille wie im düsteren Büro Paul Attisons.

An diesem besonderen Tag konnte Rachael keine völlige Stille ertragen – sie verstärkte das Unbehagen in ihr. Deshalb schaltete sie die Stereoanlage ein und wählte einen Sender, der leichte Musik brachte. Einige Sekunden lang blieb sie mit geschlossenen Augen vor den großen Lautsprechern stehen und lauschte. Dann drehte sie den Regler so weit auf, daß die Musik im ganzen Haus zu hören war.

In der Küche holte sie eine Tafel Schokolade aus dem Schrank, brach einen Riegel ab, öffnete eine kleine Flasche Champagner und brachte sie zusammen mit einem Glas ins Bad.

Im Radio sang Sinatra gerade ›Days of Wine and Roses.‹

Rachael ließ heißes Wasser ins lange Becken, fügte einige Spritzer eines Badeöls hinzu, das nach Jasmin duftete, und entkleidete sich. Gerade als sie in die Wanne steigen wollte, beschleunigte sich jäh der Pulsschlag der Furcht, der bisher leise und dumpf in ihr gepocht hatte. Sie versuchte, sich zu beruhigen, in dem sie die Augen schloß und tief durchatmete. Ohne Erfolg.

Nackt ging sie ins Schlafzimmer und holte die Pistole Kaliber 32 aus der obersten Schublade des Nachtschränkchens. Sie prüfte das Magazin, um sicherzustellen, daß die Waffe geladen war. Dann legte sie beide Sicherungsbügel um, kehrte mit der 32er ins Bad zurück und legte sie griffbereit neben die Flasche Champagner und den Schokoladenriegel.

Andy Williams sang ›Moon River‹.

Rachael verzog erschrocken das Gesicht, als sie die Fußspitze ins heiße Wasser tauchte. Vorsichtig nahm sie Platz und ließ sich tiefer sinken, so daß der Schaum bis zu ihren Brüsten emporreichte. Schon nach kurzer Zeit gewöhnte sie sich an die hohe Temperatur. Die Hitze tat ihr gut, drang bis in ihre Knochen vor und verdrängte die Kälte, die ihr seit dem Tod Erics ein ständiger Begleiter gewesen war.

Sie biß ein kleines Stück vom Riegel ab, kaute nicht, wartete darauf, daß die Schokolade auf der Zunge schmolz.

Sie versuchte, nicht nachzudenken, nicht zu grübeln, gab sich alle Mühe, ihre Gedanken einfach treiben zu lassen, sich ganz der wohligen Wärme hinzugeben.

Rachael lehnte sich in der Wanne zurück, streckte die

Beine, genoß den Geschmack der Schokolade und den aromatischen Jasminduft.

Nach einigen Minuten schlug sie die Augen auf und schenkte sich ein Glas Champagner ein. Das Prickeln an ihrem Gaumen stand in einem angenehmen Kontrast zum Geschmack der Schokolade und zu Sinatras Stimme, die das nostalgische und melancholische Lied ›It was a Very Good Year‹ anstimmte.

Für Rachael stellte dieses entspannende Ritual einen wichtigen Bestandteil der Tagesroutine dar, vielleicht sogar den wichtigsten. Manchmal knabberte sie nicht an einem Schokoladenriegel, sondern an einem harten Stück Käse – und trank dazu Wein anstatt Champagner. Gelegentlich genehmigte sie sich eine eiskalte Flasche Bier und eine kleine Tüte mit gesalzenen Erdnüssen. Doch ganz gleich, was sie auch wählte: Sie nahm alles ganz langsam zu sich, in kleinen Happen und Schlucken, um alle Geschmacks- und Duftnuancen auszukosten.

Rachael war eine Person mit ›Gegenwartsfokus‹.

Benny Shadway, der Mann, den Eric für Rachaels Liebhaber gehalten hatte, vertrat die Ansicht, es gebe vier unterschiedliche Typen: Leute mit Vergangenheits-, Gegenwarts-, Zukunfts- und Omnifokus. Diejenigen, die hauptsächlich an die Zukunft dachten, brachten kaum Interesse für das Gegenwärtige oder Vergangene auf. Es handelte sich oft um Personen, die sich Sorgen machten und deshalb nach vorn blickten, um festzustellen, welche Krisen oder unlösbaren Probleme das Schicksal für sie bereithalten mochte – oder auch um ruhelose Träumer, die aus irgendeinem Grund glaubten, die Zukunft bringe ihnen die Chance, auf die sie ihr ganzes Leben lang gewartet hatten. Andere wiederum waren Arbeitssüchtige, ehrgeizige Männer und Frauen, die meinten, Zukunft und Erfolg seien Synonyme.

Rachael war sicher, Eric diesem Typ zuordnen zu können. Er hatte immer gegrübelt und ständig die Bereitschaft gezeigt, neue Herausforderungen sofort anzunehmen – ein Mann, für den die Vergangenheit keine interessanten As-

23

pekte aufwies, der ungeduldig das Schneckentempo beobachtete, mit dem sich so oft die Ereignisse der Gegenwart entwickelten.

Jemand mit Gegenwartsfokus hingegen konzentrierte den größten Teil seiner Energien und Leidenschaften auf die Freuden und den Kummer des Augenblicks. Manche Leute dieses Typs waren nichts weiter als Faulpelze, zu träge, um sich auf das Morgen vorzubereiten oder auch nur einen Gedanken daran zu verschwenden. Aus diesem Grund kamen Pechsträhnen überraschend, denn derartigen Personen fiel es schwer sich vorzustellen, daß angenehme Phasen irgendwann auch einmal zu Ende gehen konnten. Und wenn sie in Schwierigkeiten gerieten, verzweifelten sie oft, weil sie sich außerstande sahen, einen Ausweg aus verfahrenen Situationen zu finden, die Lösung ihrer Probleme zu planen. Andererseits gehörte zu dieser Klasse auch der fleißige Arbeiter, der sich voll und ganz der jeweils aktuellen Aufgabe widmete und somit besondere Tüchtigkeit offenbarte. Ein guter Tischler zum Beispiel mußte einen Gegenwartsfokus aufweisen, um nicht voller Ungeduld den Zusammenbau der einzelnen Teile herbeizusehen. Statt dessen mußte er seine Aufmerksamkeit einzig und allein auf die Formung der hölzernen Komponenten bestimmter Möbelstücke richten.

Menschen mit Gegenwartsfokus, so meinte Benny, fiel es für gewöhnlich leichter, auf der Hand liegende Problemlösungen zu finden, weil sie sich nicht darum kümmerten, was *war* und was *sein wird*. Darüber hinaus waren es Personen mit einem besonders ausgeprägten Sinn für die Realitäten des Lebens, und bestimmt hatten sie weitaus mehr Spaß als die meisten Leute mit Vergangenheits- oder Zukunftsorientierungen.

»Du bist die beste Frau mit Gegenwartsfokus, die ich bisher kennengelernt habe«, hatte ihr Benny einmal gesagt. »Du bereitest dich auf die Zukunft vor, verlierst dabei aber nicht den Blick für das *Jetzt*. Und du weist die erstaunliche Fähigkeit auf, Vergangenes ruhen zu lassen.«

Eigentlich lag Benny damit gar nicht so falsch. Nach der

Trennung von Eric hatte Rachael fünf Wirtschafts- und Verwaltungskurse belegt, weil sie beabsichtigte, ein kleines Geschäft zu eröffnen. Vielleicht eine Boutique – einen Laden, in dem man nicht nur gut einkaufen, sondern auch Spaß haben konnte, der zu einer Art Begegnungs- und Erfahrungsstätte werden sollte. In diesem Zusammenhang kam ihr das Studium der Theaterwissenschaften zugute, daß sie kurz vor der ersten Begegnung mit Eric abgeschlossen hatte. Zwar war sie nicht am Schauspielern interessiert, wohl aber an Kostümen und Design, was sie eigentlich in die Lage versetzen sollte, ein ansprechendes Dekor zu schaffen und die richtigen Waren einzukaufen.

Rachael lag in der dampfenden Wanne, seufzte und atmete den Jasminduft tief ein.

Sie summte leise, als Johnny Mathis ›I'll Be Seeing You‹ sang.

Sie knabberte erneut an der Schokolade und trank einen Schluck Champagner.

Sie versuchte weiterhin, sich zu entspannen, einfach nur zu *sein*, sich in der besten kalifornischen Tradition treiben zu lassen.

Eine Zeitlang gab sie vor, vollkommen in sich zu ruhen, und sie begriff erst, daß sie sich selbst etwas vormachte, als es an der Tür klingelte. Das Läuten übertönte die Musik, und Rachael richtete sich ruckartig und mit klopfendem Herzen auf, griff so jäh nach der Pistole, daß sie dabei das Champagnerglas umstieß.

Rasch stieg sie aus der Wanne, zog ihren blauen Bademantel an und hielt die Pistole fest in der rechten Hand, den Lauf nach unten gerichtet. Die Vorstellung, die Tür zu öffnen, erfüllte sie mit Entsetzen. Gleichzeitig aber fühlte sie sich auf seltsame Weise davon angezogen, so als ginge von dem Läuten eine hypnotische Wirkung aus.

Rachael blieb an der Stereoanlage stehen und schaltete sie aus. Unheimliche Stille schloß sich an.

Dicht vor dem Eingang verharrte sie wieder, streckte ganz langsam die Hand aus und berührte den Knauf. Die Tür wies weder ein Fenster noch einen Spion auf. Rachael starrte stumm auf das dunkle Eichenholz und begann zu zittern.

Sie wußte nicht, warum sie mit solchem Schrecken auf die Ankunft eines Besuchers reagierte.

Nun, das entsprach nicht ganz der Wahrheit. Tief in sich begriff sie, warum sie sich so sehr fürchtete. Doch es widerstrebte ihr, sich den Grund für ihre Angst einzugestehen.

Es klingelte erneut.

3. *Kapitel*
Gerade verschwunden

Als Ben Shadway auf dem Rückweg von seinem Büro in Tustin die Nachrichten im Radio hörte, erfuhr er von dem plötzlichen Tod Dr. Eric Lebens. Er wußte nicht so recht, was er davon halten sollte. Einerseits fühlte er sich schokkiert, doch andererseits empfand er kein Bedauern. Leben mochte brillant gewesen sein, und an seinem Genie konnte kein Zweifel bestehen. Aber Ben wußte auch um Erics Arroganz, um seine Überheblichkeit. Und vielleicht hatte er sogar eine Gefahr dargestellt.

Eigentlich war Ben erleichtert. Er hatte befürchtet, daß Eric seiner Frau irgend etwas antun könnte, wenn ihm schließlich klar würde, daß sie nicht die geringste Absicht hatte, zu ihm zurückzukehren. Jener Mann haßte nichts mehr, als auf der Verliererseite zu stehen. In seinem Innern lauerte ein finsterer Zorn, der für gewöhnlich in der Arbeit ein Ventil fand. Doch wenn er sich durch Rachaels Ablehnung gedemütigt gefühlt hätte, wäre Eric durchaus fähig gewesen, ihr gegenüber gewalttätig zu werden.

Ben verfügte über ein Autotelefon in seinem Wagen – einem sorgfältig restaurierten Thunderbird aus dem Jahre 1956 –, und versuchte sofort, sich mit Rachael in Verbindung zu setzen. Sie hatte den Anrufbeantworter eingeschaltet und meldete sich nicht, als er seinen Namen nannte.

Vor der Ampel an der Kreuzung siebzehnte Straße und Newport Avenue hielt er kurz an und bog dann nach links ab, anstatt nach Orange Park Acres weiterzufahren. Vielleicht war Rachael derzeit nicht zu Hause, aber sie würde sicher bald heimkehren, und dann konnte sie gewiß Zuspruch gebrauchen. Er machte sich auf den Weg zu ihrem Haus in Placentia.

Helles Sonnenlicht fiel durch die Windschutzscheibe des Thunderbird und bildete komplexe Fleckenmuster, als Ben an einigen Bäumen mit überhängenden Zweigen vorbeikam. Nach einer Weile schaltete er das Radio aus und legte eine Glenn Miller-Kassette ein. Die Melodien von ›String of Pearls‹ erklangen, und plötzlich fiel es Ben Shadway schwer sich vorzustellen, daß an einem so schönen Tag jemand sterben konnte.

Nach seinem eigenen System der Persönlichkeitseinschätzung war Benjamin Lee Shadway ein Mann mit starkem Vergangenheitsfokus. Er zog alte Filme den neueren vor. De Niro, Streep, Gere, Field, Travolta und Penn faszinierten ihn nicht annähernd so wie Bogart, Bacall, Gable, Lombard, Tracy, Hepburn, Cary Grant, Willam Powell und Myrna Loy. Seine Lieblingsbücher stammten aus den zwanziger, dreißiger und vierziger Jahren: Hard-boiled-Krimis von Chandler, Hammett und James M. Cain, auch die frühen Nero Wolfe-Romane. Was Musik anging, bevorzugte er Swing: Tommy und Jimmy Dorsey, Harry James, Duke Ellington, Glenn Miller, den unvergleichlichen Benny Goodman.

Zur Entspannung baute er funktionsfähige Lokomotivmodelle, und er sammelte Dinge, die mit der Eisenbahn in Zusammenhang standen – für eine vergangenheitsorientierte Person gab es kein nostalgischeres Hobby.

Natürlich lebte Ben Shadway nicht nur im Gestern. Als Vierundzwanzigjähriger hatte er eine Maklerlizenz bekommen, und sieben Jahre später machte er sich selbständig.

Jetzt, mit siebenunddreißig, besaß er sechs Büros, in denen dreißig Angestellte für ihn tätig waren.

Abgesehen von seiner Arbeit gab es noch eine andere Sache, die Ben von Eisenbahnen, alten Filmen, Swing-Musik und seinem allgemeinen Vergangenheitsfokus ablenken konnte: Rachael Leben. Die tizianrote, grünäugige, langbeinige und überaus reizende Rachael Leben.

Irgendwie war sie wie das Mädchen von nebenan – und gleichzeitig eine der eleganten Schönheiten aus einem Film der dreißiger Jahre, eine Mischung aus Grace Kelly und Carole Lombard. Ben erinnerte sich an ihre erste Begegnung. Rachael hatte sich an seine Agentur gewandt, um ein Haus zu finden, doch ihre Beziehung beschränkte sich nicht nur auf seine Rolle als Makler. Seit inzwischen fünf Monaten trafen sie sich regelmäßig. Zuerst war Ben so von ihr fasziniert gewesen wie jeder Mann von einer besonders attraktiven Frau. Er fragte sich, wie ihre Lippen schmeckten, wie sich ihr Körper an seinem anfühlen mochte, wie es war, mit den Fingerkuppen über ihre Brüste und Schenkel zu streichen. Kurz darauf aber fand er Rachaels scharfen Verstand und ihr großzügiges Wesen mindestens ebenso reizvoll.

Ben liebte Rachael, und eigentlich zweifelte er nicht daran, daß sie seine Gefühle erwiderte. Trotzdem hatten sie noch keine Nacht unter der gleichen Bettdecke verbracht. Zwar war Rachael eine gegenwartsorientierte Frau und wies die beneidenswerte Fähigkeit auf, alles Angenehme eines gegebenen Zeitpunkts voll auszukosten, doch das bedeutete nicht, daß sie die Bereitschaft mitbrachte, häufig den Partner zu wechseln. Sie sprach nicht offen von ihren Empfindungen, aber vermutlich wollte sie, daß sich ihr Verhältnis in kleinen Schritten entwickelte, langsam und stetig. Eine ruhige Romanze gab ihr Zeit genug, sich über ihre eigenen Gefühle klarzuwerden und sie zu genießen, das stabiler werdende Band zwischen ihnen auf schwache Stellen zu untersuchen.

Ben Shadway hatte nichts dagegen, daß sich Rachael soviel Zeit nahm. Er spürte Tag für Tag, wie ihr Bedürfnis nach einander zunahm, und er freute sich bereits auf ihre erste Nacht, auf die zu erwartende Intensität ihrer körperlichen Liebe. Das sexuelle Verlangen kumulierte allmählich, und wenn sich diese angestauten Energien entluden, mußte das letztendlich zu einer ganz besonderen und einzigartigen Erfahrung führen.

Außerdem war Ben aufgrund seiner Vorliebe für vergangene Werte in dieser Hinsicht ausgesprochen altmodisch. Er hielt nichts davon, mit einer Frau, die ihm gefiel, sofort ins Bett zu hüpfen und flüchtige Befriedigung zu suchen. Statt dessen zog er es vor zu warten, bis sich eine geeignete Gelegenheit ergab, bis in dem Gewebe der emotionalen Verbindung zwischen Rachael und ihm nur noch ein letzter Faktor fehlte: der Liebesakt.

Ben parkte seinen Thunderbird auf der Zufahrt vor Rachaels Haus, direkt neben ihrem roten Mercedes, den sie nicht in der Garage abgestellt hatte.

Dichte Bougainvillea wuchs an der einen Wand des Bungalows, mit Hunderten von roten Blüten, und einige Ranken reichten bis zum Dach empor. Mit Hilfe des Gitters formten die Pflanzen eine lebende, grüne und scharlachrote Markise über der Veranda.

Ben stand im kühlen Schatten unter dem Blätterdach, klingelte mehrmals und überlegte mit wachsender Besorgnis, warum Rachael nicht die Tür öffnete.

Im Innern des Hauses ertönte Musik – und verklang abrupt.

Als Rachael schließlich aufmachte, hatte sie die Sicherheitskette vorgelegt und blickte argwöhnisch und auch ein wenig furchtsam durch den Spalt zwischen Tür und Rahmen. Sie lächelte erleichtert, als sie ihn sah. »Oh, Benny. Ich bin ja so froh, daß du es bist.«

Sie löste die Kette und ließ ihn eintreten. Rachael war barfuß und trug einen blauen Bademantel. Und in der rechten Hand hielt sie eine Pistole.

»Was willst du denn damit anfangen?« fragte Ben verwirrt.

»Ich wußte nicht, daß du es warst«, erwiderte sie, betätigte die beiden Sicherungsbügel und legte die Waffe auf den kleinen Tisch im Flur. Dann sah sie, wie Ben die Stirn runzelte, und sie begriff, daß ihre Erklärung nicht ausreichte. »Ach, ich weiß nicht. Ich schätze, ich bin nur ein wenig... durcheinander.«

»Ich habe im Radio von Eric gehört. Vor einigen Minuten.«

Rachael schmiegte sich an ihn. Ihr Haar war feucht, und die Haut duftete nach Jasmin. Offenbar hatte sie gerade ein Bad genommen.

Ben hielt sie fest und spürte ihr Zittern. »In der Meldung hieß es, du seiest am Unglücksort gewesen.«

»Ja.« Rachael holte tief Luft. »Es war schrecklich, Benny.« Sie schlang die Arme um ihn. »Ich werde nie das Geräusch des Aufpralls vergessen. Oder wie Eric durch die Luft geschleudert wurde und über das Straßenpflaster rollte.« Sie schauderte.

»Ganz ruhig«, sagte Ben und preßte seine Wange an ihr feuchtes Haar. »Du brauchst jetzt nicht darüber zu sprechen.«

»Doch, ich muß«, entgegnete Rachael. »Die ganze Sache ist wie ein Alptraum, und ich werde ihn nur los, wenn ich darüber reden kann.«

Ben hauchte ihr einen Kuß auf die Lippen und stellte fest, daß sie nach Schokolade schmeckten.

»In Ordnung«, sagte er. »Setzen wir uns. Und dann erzählst du mir, was geschehen ist.«

»Verriegle die Tür.«

»Mach dir keine Sorgen.« Ben führte Rachael durch den Flur.

Die junge Frau blieb ruckartig stehen. »Schließ die Tür ab«, beharrte sie.

Verwirrt kam er ihrer Aufforderung nach.

Und er beobachtete erstaunt, wie Rachael die Pistole vom Tisch nahm.

Irgend etwas stimmte nicht. Ben ahnte, daß es um mehr ging als nur Erics Tod...

Im Wohnzimmer war es dunkel, denn Rachael hatte die Rolläden heruntergelassen. Seltsam. Für gewöhnlich liebte sie die Sonne, genoß ihren hellen und warmen Schein ebenso wie eine Katze, die sich auf der Fensterbank zusammenrollte, um ein Nickerchen zu machen.

»Nein, bitte nicht«, sagte Rachael, als Ben Anstalten machte, die Fenster zu öffnen.

Sie schaltete die Stehlampe neben dem pfirsichfarbenen Sofa ein. Der Raum war recht modern eingerichtet, und braune und blaue Tönungen überwogen.

Rachael legte die Pistole auf die Ablage neben dem Sofa. Griffbereit.

Ben holte den Champagner und die Schokolade aus dem Bad, und anschließend besorgte er sich ein Glas aus der Küche.

Als er neben Rachael Platz nahm, sagte sie: »Ich glaube, es ist nicht richtig. Der Champagner und die Schokolade, meine ich. Es sieht fast so aus, als feiere ich seinen Tod.«

»Das wäre gar nicht so falsch. Immerhin war Eric ein ziemlicher Mistkerl.«

Rachael schüttelte den Kopf. »Nein. Wenn es um Tod geht, gibt es nichts zu feiern, Benny. Nie. Ganz gleich, wie die Umstände sind.«

Doch unbewußt strich sie mit den Fingerspitzen über die blasse, bleistiftdicke und etwa sieben Zentimeter lange Narbe, die sich in Höhe ihres rechten Unterkiefers zeigte. Vor einem Jahr, während eines Wutanfalls, hatte Eric sein Glas Scotch nach ihr geworfen. Es zersplitterte an der Wand, doch ein größeres Bruchstück prallte ab und traf Rachael an der Wange. Nur dem Geschick eines Facharztes war es zu verdanken, daß keine deutlicher sichtbare Narbe zurückblieb. Nun, an jenem Tag hatte Rachael ihren Mann endgültig verlassen. Jetzt konnte Eric ihr nichts mehr anhaben, und vielleicht reagierte sie zumindest auf einer unterbewußten Ebene mit Erleichterung auf seinen Tod.

Mit knappen Worten berichtete die junge Frau vom Gespräch in der Anwaltskanzlei, schilderte dann auch den

Streit auf dem Bürgersteig. Detailliert beschrieb sie den Unfall und den gräßlichen Zustand der Leiche. Es war fast, als müsse sie alle Einzelheiten nennen, um sich von dem Schrekken zu befreien. Sie erwähnte auch ihren Abstecher zum Bestattungsunternehmen, und während sie sprach, ließ das Zittern ihrer Hände allmählich nach.

Ben saß ganz dicht neben ihr, sah sie an und legte ihr die eine Hand auf die Schulter. Dann und wann massierte er ihren Nacken und strich über Rachaels kupferbraunes Haar.

»Dreißig Millionen Dollar«, sagte er, als sie schließlich schwieg. Er lächelte schief und schüttelte den Kopf. Eine Ironie des Schicksals, dachte er. Rachael wollte sich mit wenig begnügen, und nun bekam sie alles.

»Eigentlich möchte ich das Geld gar nicht«, erwiderte sie. »Ich habe bereits daran gedacht, es irgendeiner Stiftung zu überlassen. Zumindest den größten Teil.«

»Es gehört dir – du kannst damit machen, was du willst. Doch ich gebe dir einen guten Rat: Laß dich jetzt zu keinen Entscheidungen hinreißen, die du später vielleicht bedauerst.«

Rachael starrte in ihr Champagnerglas. »Er geriete natürlich ganz außer sich, wenn ich es verschenkte«, sagte sie leise.

»Wer?«

»Eric.«

Es verwunderte Ben, daß sich Rachael Gedanken darüber machte, was Eric von ihrem Beschluß gehalten hätte. Offenbar stand sie noch immer unter der Wirkung des Schocks. »Du solltest dir genug Zeit nehmen, um dich an deine neue Lage zu gewöhnen.«

Sie seufzte und nickte. »Wie spät ist es?«

Ben sah auf seine Uhr. »Zehn vor sieben.«

»Heute nachmittag habe ich einige Leute angerufen und ihnen von dem Unfall und der bevorstehenden Beerdigung erzählt. Aber bestimmt gibt es noch dreißig oder vierzig andere, die ich ebenfalls benachrichtigen sollte. Eric hatte keine nahen Verwandten, nur einige Vettern und Kusinen. Und eine Tante, die er verabscheute. Die Liste seiner Freunde ist ebenfalls nicht sonderlich lang. Er war kein Mann, dem viel an Freundschaften lag. Dafür sind seine Geschäftspartner um so zahlreicher.«

»Ich könnte dir mit dem Autotelefon in meinem Wagen helfen«, bot Ben an. »Zusammen werden wir schneller fertig.«

Rachael lächelte dünn. »Würde sicher einen prächtigen Eindruck machen: Der Geliebte der Ehefrau, der ihr dabei hilft, die Bestattung des Ehemanns vorzubereiten...«

»Die anderen Leute brauchen nicht zu wissen, wer ich bin. Ich sage einfach, ich sei ein Freund der Familie.«

»Und das wäre auch nicht gelogen«, erwiderte Rachael. »Immerhin besteht die Familie jetzt nur noch aus mir. Du bist mein bester Freund, Benny.«

»Mehr als nur ein Freund.«

»O ja.«

»Viel mehr, hoffe ich.«

»Ich ebenfalls«, sagte sie.

Rachael gab ihm einen zärtlichen Kuß.

Nacheinander riefen sie die vielen Geschäftspartner Erics an, und um halb neun stellte Rachael plötzlich fest, daß sie Hunger hatte. »An einem solchen Tag, und nach allem, was ich heute erlebte... Mein Appetit scheint darauf hinzudeuten, daß ich ziemlich abgebrüht bin.«

»Ganz und gar nicht«, widersprach Ben. »Das Leben geht weiter.«

Rachael überlegte kurz. »Ich fürchte, ich kann dir kein großartiges Abendessen anbieten. Ich habe nur die Zutaten für einen Salat im Haus. Und vielleicht könnten wir uns einige Rigatoni kochen und ein Glas Ragù-Soße aufmachen.«

»Ein königliches Mahl.«

Rachael nahm die Pistole mit und legte sie neben den Mikrowellenherd.

Auch in der Küche waren die Rolläden geschlossen. Ben trat an eins der rückwärtigen Fenster heran und streckte die Hand aus, um die Lamellen der Blende aufzuklappen.

»Bitte nicht«, sagte Rachael rasch. »Ich möchte... ungestört bleiben.«

»Vom Hinterhof aus kann uns niemand sehen. Die Mauern dort sind recht hoch.«

»Bitte.«

Ben zuckte mit den Schultern und ließ die Blende geschlossen.

»Wovor hast du Angst, Rachael?«

»Angst? Da täuschst du dich.«

»Und die Pistole?«

»Ich sagte es doch schon: Ich wußte nicht, wer an der Tür war, und nach allem, was heute geschehen ist...«

»Jetzt weißt du, daß ich geklingelt habe.«

»Ja.«

»Und du brauchst keine Waffe, um mich in Schach zu halten. Ich begnüge mich mit der Aussicht auf den einen oder anderen Kuß von dir.«

Rachael lächelte. »Ich schätze, ich sollte sie ins Schlafzimmer zurückbringen. Macht sie dich nervös?«

»Nein. Aber ich...«

»Ich lege sie ins Nachtschränkchen, sobald das Essen fertig ist«, sagte Rachael. Doch ihr Tonfall machte deutlich, daß ihre Worte eigentlich gar kein Versprechen darstellten, sondern nur Hinhaltetaktik.

Verwirrt und besorgt entschloß sich Ben zu diplomatischem Verhalten und ließ das Thema fallen.

Rachael setzte einen großen Topf mit Wasser auf, und in einem kleineren erhitzte sie die Soße für die Nudeln. Gemeinsam bereiteten sie den Salat zu.

Bei ihrer Unterhaltung ging es in erster Linie um die italienische Küche. Aber das Gespräch war nicht so locker und natürlich wie sonst; vielleicht versuchten sie zu angestrengt, alle Gedanken an die schrecklichen Ereignisse dieses Tages zu verdrängen.

Rachael hielt ihren Blick starr auf das Gemüse gerichtet, konzentrierte sich ganz auf ihre gegenwärtige Aufgabe, um alles andere zu vergessen. Ihre Schönheit lenkte Ben ab, und er schenkte der jungen Frau mindestens ebensoviel Aufmerksamkeit wie dem Schneiden der Tomaten und Zwiebeln. Sie war fast dreißig, sah aber kaum älter aus als zwanzig – und hatte die Eleganz und Anmut einer *grande dame*. Ben bewunderte sie. Ihr Anblick erregte ihn nicht nur. Rachael schien irgendeine Art von sonderbarer Magie auszustrahlen, die er nicht ganz verstand, und mit dieser Aura entspannte sie ihn. Sie ließ das Gefühl in ihm entstehen, als sei mit der Welt alles in Ordnung, erfüllte Ben mit der Hoffnung, ihn erwarte ein glückliches Leben.

Ganz plötzlich legte er das Messer beiseite, faßte Rachael an den Schultern, drehte sie zu sich um und küßte sie. Jetzt schmeckten ihre Lippen nicht mehr nach Schokolade, sondern nach Champagner. Noch immer ging ein schwacher Jasminduft von ihr aus. Langsam strich Ben mit den Händen über ihren Rücken, bis hinab zum Gesäß, und durch den weichen und dünnen Stoff des Bademantels fühlte er ihren herrlich festen und runden Körper. Sie trug keine Unterwäsche. Bens warme Hände wurden heiß – und dann noch heißer –, als sich Rachaels Körperwärme mit der seinen vereinte.

Fast verzweifelt hielt sie sich an ihm fest, so als sei sie eine Schiffbrüchige in einem sturmgepeitschten Meer, als böte ihr nur Ben Halt. Ihre Hände zitterten, und die Finger bohrten sich ihm tief in die Haut. Nach einigen Sekunden entspannte sie sich, und ihre Hände wanderten über Bens Rücken, berührten seine Schultern, die Oberarme, drückten sanft zu. Ihr Mund öffnete sich weiter, und der nächste Kuß war besonders leidenschaftlich. Rachaels Atemrhythmus beschleunigte sich.

Ben spürte ihre vollen Brüste, und wie eigenständige Wesen machten sich seine Finger auf die Suche, begannen damit, den Leib der jungen Frau eingehender zu erkunden.

Das Telefon klingelte.

Ben erinnerte sich sofort daran, daß sie nach den letzten Anrufen vergessen hatten, wieder den Anrufbeantworter einzuschalten.

»Verdammt«, sagte Rachael und wich von ihm zurück.

»Ich gehe ran.«

»Wahrscheinlich irgendein neugieriger Reporter.«

Ben nahm den Hörer des Wandtelefons neben dem Kühlschrank ab, doch es meldete sich nicht etwa ein Journalist, sondern ein gewisser Everett Kordell, Gerichtsmediziner von Santa Ana. Er telefonierte vom städtischen Leichenschauhaus. Es habe sich ein ernstes Problem ergeben, meinte er, und aus diesem Grund bat er darum, mit Mrs. Leben sprechen zu können.

»Ich bin ein Freund der Familie«, sagte Ben, »und derzeit nehme ich alle Anrufe entgegen.«

»Aber ich muß mit ihr persönlich sprechen«, beharrte Kordell. »Dringend.«

»Sie verstehen sicher, daß Mrs. Leben einen sehr schwierigen Tag hinter sich hat. Wenn ich Ihnen weiterhelfen kann...«

»Sie sollte sofort hierher kommen«, sagte Kordell in einem klagenden Tonfall.

»Zu Ihnen? Ins Leichenschauhaus, meinen Sie? Jetzt sofort?«

»Ja. Auf der Stelle.«

»Warum?«

Kordell zögerte. Dann: »Es ist eine sehr peinliche Angelegenheit, und ich versichere Ihnen, früher oder später werden wir die Sache klären. Wahrscheinlich schon recht bald. Nun... äh, Eric Lebens Leiche wird vermißt.«

Ben glaubte, den Gerichtsmediziner nicht richtig verstanden zu haben. »Vermißt?«

»Ja«, bestätigte Kordell nervös. »Vielleicht wurde sie mit einer anderen Leiche verwechselt und im falschen Fach untergebracht.«

»Vielleicht?«

»Oder man hat sie... gestohlen.«

Ben hörte noch eine Zeitlang zu, legte dann auf und sah Rachael an.

Sie hatte die Arme um sich geschlungen, so als sei ihr kalt. »Das Leichenschauhaus?«

Ben nickte. »Offenbar haben die verdammten Bürokraten Erics Leichnam verloren.«

Rachael erbleichte, und in ihren Augen flackerte Angst und Panik. Seltsamerweise aber schien sie nicht überrascht zu sein.

Ben gewann plötzlich den Eindruck, daß die junge Frau schon seit einer ganzen Weile auf diesen Anruf gewartet hatte.

4. Kapitel
Unten, wo die Toten liegen

Als Rachael das Büro des Gerichtsmediziners sah, kam sie sofort zu dem Schluß, daß sich Everett Kordell durch ein obsessiv-zwanghaftes Wesen auszeichnete. Auf dem Schreibtisch lagen weder Bücher noch irgendwelche Dokumente oder Akten. Stifte, Kugelschreiber, Brieföffner, die in silberne Rahmen eingefaßten Bilder seiner Familie – alles war sorgfältig angeordnet, in exakter Symmetrie. In den Regalen hinter dem Schreibtisch standen zwei- oder dreihundert Bücher, und ihre makellosen Reihen wirkten fast wie das Bild eines übergroßen Prospekts. An der anderen Wand waren das Diplom des Mediziners und zwei Anatomiekarten befestigt. Vielleicht, so überlegte Rachael, überprüfte Kordell jeden Morgen mit Lot und Lineal, ob sie auch wirklich gerade hingen.

Kordells ausgeprägter Ordnungssinn kam auch in seinem Erscheinungsbild zum Ausdruck. Er war etwa fünfzig Jahre alt, hochgewachsen und auffallend hager, und er hatte ein schmales, asketisches Gesicht mit klaren, runden Augen. In seinem ergrauenden, kurzgeschnittenen Haar stand keine einzige Strähne ab, und das weiße Hemd erweckte den Eindruck, als sei es gerade erst gebügelt worden. Die Falten in der dunkelbraunen Hose waren so deutlich ausgeprägt, daß sie im Neonlicht wie zwei völlig geradlinige Striche glänzten.

Als Rachael und Benny in zwei Sesseln mit waldgrünem Lederbezug Platz genommen hatten, setzte sich Kordell hinter seinen Schreibtisch.

»Die ganze Sache ist mir höchst unangenehm, Mrs. Leben. Ich bedaure es sehr, Sie noch weiter belasten zu müssen, und ich möchte diese Gelegenheit nutzen, um mich noch einmal bei Ihnen zu entschuldigen und Ihnen mein Beileid auszusprechen. Geht es Ihnen nicht gut? Soll ich Ihnen ein Glas Wasser bringen?«

»Mit mir ist alles in Ordnung«, erwiderte Rachael, obgleich sie sich noch nie zuvor so elend gefühlt hatte.

Benny beugte sich vor und drückte kurz ihre Hand. Der liebe und verständnisvolle Benny. Rachael war froh, daß er sie begleitet hatte. In physischer Hinsicht konnte man ihn nicht gerade als eindrucksvoll bezeichnen. Ben maß gut eins siebzig und wog etwa fünfundsiebzig Kilo. Er schien ein Mann zu sein, der in der Menge verschwinden konnte und bei Partys nicht weiter auffiel. Aber wenn er mit seiner sanften Stimme sprach oder sich mit der für ihn typischen Geschmeidigkeit bewegte, wenn er einen nur ansah, bemerkte man sofort seine Intelligenz und Feinfühligkeit. Mit seiner ruhigen Gelassenheit konnte er ebensolche Aufmerksamkeit erregen wie das Brüllen eines Löwen. Bennys Anwesenheit machte für Rachael alles leichter.

»Was ist überhaupt geschehen?« wandte sich die junge Frau an den Gerichtsmediziner.

Doch sie fürchtete, daß sie die Antwort auf diese Frage bereits kannte.

»Ich möchte ganz offen zu Ihnen sein, Mrs. Leben«, sagte Kordell. »Es hat keinen Sinn, jetzt nach Ausflüchten zu suchen.« Er seufzte, schüttelte den Kopf und richtete seinen Blick auf Benny. »Sie sind nicht zufällig der Anwalt Mrs. Lebens?«

»Nein, nur ein alter Freund.«

»Bestimmt?«

»Ich habe sie begleitet, um ihr moralische Unterstützung zu gewähren.«

»Nun, ich hoffe, wir können auf Rechtsanwälte verzichten«, meinte Kordell.

»Ich beabsichtige nicht, Klage zu erheben«, versicherte ihm Rachael.

Der Gerichtsmediziner nickte betrübt, nicht sonderlich überzeugt. »Für gewöhnlich halte ich mich um diese Zeit nicht in meinem Büro auf«, sagte er. Es war halb zehn abends, am Montag. »Wenn sich unerwartete Arbeit ergibt und noch eine späte Autopsie durchgeführt werden muß, so überlasse ich sie einem meiner Assistenten. Eine Ausnahme wird nur dann gemacht, wenn es sich bei dem Verstorbenen um einen Prominenten handelt – oder aber das Opfer eines besonders außergewöhnlichen Mordfalls. Nun, wenn die Medien oder Politiker interessiert sind, ziehe ich es vor, die Untersuchung selbst vorzunehmen, auch wenn sie Stunden dauern sollte. Ihr Mann, Mrs. Leben, gehörte zweifellos zur erstgenannten Kategorie.«

Er schien auf eine Antwort zu warten, und deshalb nickte Rachael. Seit sie vom Verschwinden des Leichnams gehört hatte, rumorte dumpfe Furcht in ihr, und sie spürte jetzt, wie sie sich erneut in Panik zu verwandeln drohte.

»Die sterblichen Überreste Ihres Gatten wurden heute mittag um 12.14 Uhr hierher ins Leichenschauhaus gebracht«, fuhr Kordell fort. »Da wir bereits hinter dem normalen Zeitplan zurücklagen und ich am Nachmittag noch einen Termin wahrnehmen mußte, beauftragte ich meine Assistenten, die Autopsien in der Reihenfolge der Eintragungen durchzuführen. Ich nahm mir vor, Ihren Mann um sechs Uhr dreißig heute abend zu untersuchen. Als ich hierher zurückkehrte und mit den Vorbereitungen begann, wies ich einen meiner Mitarbeiter an, Dr. Lebens Leiche zu holen. Doch sie konnte nirgends gefunden werden.«

»Vielleicht hat man sie im falschen Kühlfach untergebracht«, vermutete Benny.

»So etwas ist während meiner Amtszeit nur sehr selten passiert«, sagte Kordell in einem Anflug von Stolz. »Und bei jenen wenigen Gelegenheiten gelang es uns immer innerhalb von fünf Minuten, den verschwundenen Leichnam zu entdecken.«

»Im Gegensatz zu heute abend«, stellte Benny fest.

»Wir haben fast eine Stunde lang gesucht«, sagte Kordell kummervoll. »Überall. Die Sache ist mir ein Rätsel. Gibt überhaupt keinen Sinn. Eine Leiche kann sich schließlich nicht einfach in Luft auflösen.«

Rachael merkte, daß sie die Handtasche auf ihrem Schoß so fest umklammerte, daß ihre Knöchel weiß hervortraten.

»Dr. Kordell«, hörte sie Bennys Stimme wie aus weiter Ferne, »wäre es denkbar, daß Dr. Lebens Leichnam durch ein Versehen in eine private Leichenhalle transportiert wurde?«

»Man informierte uns vor einigen Stunden, daß die Attison Brothers mit der Beerdigung beauftragt seien, und deshalb setzten wir uns mit ihnen in Verbindung, als unsere Suche erfolglos blieb. Wir vermuteten, sie hätten den Leichnam ohne Genehmigung abholen lassen, vor der nach dem Gesetz notwendigen Autopsie. Aber das Bestattungsunternehmen teilte uns mit, man habe auf unsere Freigabe gewartet. Mit anderen Worten: Die Attison Brothers wissen ebenfalls nicht, was aus Dr. Lebens Körper geworden ist.«

»Meine Frage zielte in eine andere Richtung«, sagte Benny. »Wäre es möglich, daß Dr. Lebens Leiche mit einer anderen verwechselt wurde, die zur Abholung bereitlag?«

»Das haben wir ebenfalls überprüft. Nach 12.14 Uhr, dem Einlieferungszeitpunkt Dr. Lebens, gelangten vier Leichen zur Auslieferung. Wir schickten Angestellte zu den Bestattungsunternehmen, um die entsprechenden Identitäten zu überprüfen und festzustellen, ob eine Verwechslung mit den sterblichen Überresten Dr. Lebens vorlag. Das war nicht der Fall.«

»Was kann dann mit seiner Leiche geschehen sein?« fragte Benny verwundert.

Rachael schloß die Augen und lauschte dem makabren Gespräch. Nach einer Weile schien es ihr, als kämen die Stimmen aus den Tiefen ihres eigenen Ichs, als lösten sie sich von den Bildern des Alptraums, die nach wie vor an ihren inneren Pupillen vorbeizogen.

Kordell räusperte sich verlegen. »So verrückt das auch klingen mag: Wir müssen davon ausgehen, daß der Leichnam gestohlen wurde.«

»Was ist mit der Polizei?« erkundigte sich Benny.

»Wir haben sie sofort verständigt, als wir zu dem Schluß gelangten, daß Diebstahl die einzige Erklärung ist«, erwiderte der Gerichtsmediziner. »Die Beamten sind unten, in der Leichenhalle, und natürlich würden sie gern mit Ihnen sprechen, Mrs. Leben.«

»Sind Ihre Sicherheitsmaßnahmen so unzureichend, daß einfach jemand von der Straße hereinschlendern und eine Leiche fortbringen kann?« fragte Benny scharf.

»Natürlich nicht«, sagte Kordell. »So etwas ist noch nie geschehen. Nun, eine fest entschlossene Person wäre vielleicht in der Lage, eine Lücke in unserem Sicherheitsnetz zu finden. Doch das erforderte minuziöse Vorbereitungen und eine Menge Zeit. Und der Dieb könnte keineswegs sicher sein, Erfolg zu haben.«

»Aber diese Möglichkeit läßt sich nicht ganz ausschließen«, brummte Benny.

Rachael hatte noch immer die Augen geschlossen und versuchte, die Entsetzensbilder aus sich zu verdrängen, ihre Farben mit der Gräue des Vergessens verblassen zu lassen.

»Ich möchte Ihnen vorschlagen, mich in die Leichenhalle zu begleiten«, sagte Everett Kordell. »Dann sehen Sie selbst, wie ernst wir es mit der Sicherheit nehmen und wie schwierig es wäre, eine Leiche zu stehlen. Mrs. Leben? Fühlen Sie sich stark genug, um mit mir zu kommen?«

Rachael schlug die Augen auf und begegnete den besorgten Blicken Bennys und Kordells. Sie nickte.

»Sind Sie ganz sicher?« fragte der Gerichtsmediziner. Er stand auf und trat hinter seinem Schreibtisch hervor. »Ich bestehe keineswegs darauf. Ich würde mich nur sehr über die Gelegenheit freuen, Ihnen zu zeigen, mit welchem Verantwortungsbewußtsein wir hier unsere Pflichten wahrnehmen.«

»Ich bin okay«, sagte Rachael.

Kordell lächelte und hielt auf die Tür zu.

Als sich die junge Frau erhob, um dem Gerichtsmediziner zu folgen, schwindelte sie plötzlich und schwankte.

Benny hielt sie fest. »Du solltest besser hierbleiben.«

»Nein«, widersprach Rachael. »Ich möchte es mit eigenen Augen sehen. Das ist mir sehr wichtig.«

Benny bedachte sie mit einem sonderbaren Blick, und sie senkte den Kopf. Er wußte, daß irgend etwas nicht stimmte, daß es nicht nur Erics Tod war, der sie so sehr bedrückte.

Schweigend verließen sie das Büro und gingen nach unten, dorthin, wo die Toten lagen.

Der breite und mit hellgrauen Fliesen ausgelegte Korridor endete an einer schweren Stahltür. Ein Aufseher, gekleidet in eine weiße Uniform, saß rechts daneben an einem Nischenschreibtisch. Als er Kordell, Rachael und Benny sah, stand er auf und holte ein Schlüsselbund aus der Jackentasche.

»Dies ist der einzige interne Zugang zur Leichenhalle«, sagte der Gerichtsmediziner. »Die Tür bleibt ständig geschlossen. Alles in Ordnung, Walt?«

Der Aufseher nickte. »Möchten Sie rein, Dr. Kordell?«

»Ja.«

Als Walt den Schlüssel ins Schloß schob, sah Rachael einen kleinen Funken statischer Elektrizität.

»Hier hält sich ständig ein Wächter auf«, erklärte Kordell. »Entweder Walt oder einer seiner Kollegen, vierundzwanzig Stunden am Tag, sieben Tage in der Woche. Ohne seinen Schlüssel kann niemand die Leichenhalle betreten. Außerdem wird eine Liste über alle Besucher geführt.«

Walt öffnete die breite Tür, und Kordell passierte sie zusammen mit seinen beiden Begleitern. Die kühle Luft roch nach Desinfektionsmitteln und Tod. Hinter ihnen schloß sich die Stahltür mit einem leisen Klacken, das im ganzen Leib Rachaels widerzuhallen schien.

Zwei offenstehende Doppeltüren führten rechts und links in große Räume. Am Ende des Korridors sah die junge Frau ein weiteres Stahlportal, das dem ähnelte, durch das sie gerade eingetreten waren.

»Jetzt möchte ich Ihnen den einzigen externen Zugang zeigen, vor dem die Wagen der Bestattungsunternehmen halten«, sagte Kordell und führte sie durch den Gang.

Rachael folgte ihm zögernd. Allein der Umstand, daß sie sich nun an dem Ort aufhielt, wo bis vor kurzer Zeit Erics Leiche gelegen hatte, ließ sie schaudern.

»Einen Augenblick«, sagte Benny. Er wandte sich der Tür hinter ihnen zu und betätigte die Klinke. Kurz darauf sah er Walt, der gerade wieder hinter seinem Schreibtisch Platz nahm. Shadway ließ das Portal wieder zufallen und sah den Gerichtsmediziner an. »Zwar ist die Tür von außen verschlossen, aber nicht von innen.«

»Ja, das stimmt«, bestätigte Kordell. »Es würde zuviel Mühe machen, den Aufseher auch jedesmal dann zu rufen, wenn jemand die Leichenhalle verlassen will. Darüber hinaus soll das Risiko vermieden werden, daß jemand während eines Notfalls – zum Beispiel bei einem Feuer oder einem Erdbeben – eingeschlossen wird.«

Ihre Schritte hallten gespenstisch laut von den gekachelten Wänden wider, als sie den Weg durch den Korridor fortsetzten und sich dem äußeren Zugang näherten. In der linken Kammer sah Rachael mehrere Leute, die weiße Kittel trugen und sich leise unterhielten. Ihr Blick fiel auch auf drei Leichen, reglose Körper unter Leinenlaken, in stählernen Ablaufmulden.

Am Ende des Ganges stieß Everett Kordell die breite Metalltür auf, trat nach draußen und winkte.

Rachael und Benny folgten ihm. Zwar hatten sie jetzt das Gebäude verlassen, befanden sich aber noch immer nicht ganz draußen. Vor ihnen erstreckte sich das unterste Geschoß einer Tiefgarage, die an das Leichenschauhaus grenzte – die gleiche Garage, in der Rachael zuvor ihren roten Mercedes geparkt hatte.

Und während die junge Frau ihren Blick über die abgestellten Wagen schweifen ließ, gewann sie den Eindruck, daß sich zwischen ihnen irgend etwas verbarg und sie beobachtete.

Benny sah, wie Rachael schauderte, und er legte den Arm um ihre Schultern.

Everett Kordell schloß die schwere Tür und versuchte dann, sie aufzuziehen. Die Klinke ließ sich nicht niederdrükken. »Sie verriegelt sich automatisch. Kranken- oder Leichenwagen fahren von der Straße aus über die Rampe und halten hier. Man kann den Korridor nur erreichen, indem man diesen Knopf drückt.« Der Gerichtsmediziner betätigte eine weiße Taste und beugte sich zum Gitter einer Gegensprechanlage vor. »Walt? Hier ist Dr. Kordell. Wir stehen vor der Außentür. Würden Sie bitte öffnen?«

»Sofort, Sir«, erklang die Stimme des Aufsehers aus dem kleinen Lautsprecher.

Kurz darauf summte es, und Kordell schwang die Tür auf.

»Ich nehme an, der Wächter gewährt nicht allen Leuten Zugang, die sich auf diese Weise bei ihm melden«, sagte Benny.

»Natürlich nicht«, entgegnete Kordell und blieb in der offenen Tür stehen. »Wenn er die Stimme erkennt, drückt er einfach den Entriegelungsknopf. Aber wenn er nicht weiß, wer vor dem externen Portal steht, oder wenn er aus irgendeinem Grund Verdacht schöpft, verläßt er seinen Schreibtisch, geht durch den Korridor und überprüft den Betreffenden.«

Inzwischen hatte Rachael das Interesse an all den Details verloren, konzentrierte ihre Aufmerksamkeit auf die düstere Tiefgarage, die Hunderte von Versteckmöglichkeiten bot.

»Der Aufseher rechnet bestimmt nicht mit einem Überfall«, sagte Benny nachdenklich. »Ein Unbekannter könnte ihn also überwältigen, und anschließend hielte ihn niemand davon ab, die Leichenhalle zu betreten.«

»Theoretisch wäre das möglich«, gestand Kordell ein und runzelte die Stirn. »Aber dazu ist es noch nie gekommen.«

»Die Wächter, die derzeit im Dienst sind, haben Ihnen versichert, daß sich heute nur autorisierte Personen in der Leichenhalle aufhielten?«

»Ja.«

»Und Sie vertrauen ihnen?«

»Unbedingt. All diejenigen, die hier arbeiten, bringen den uns überantworteten Leichen großen Respekt entgegen. Wir wissen, daß es unsere heilige Pflicht ist, die sterblichen Überreste der Verblichenen zu schützen.«

»Vielleicht hat jemand das Schloß geknackt«, vermutete Benny.

»Das ist praktisch ausgeschlossen.«

»Oder jemand schlich sich in die Leichenhalle, während die Außentür für autorisierte Besucher geöffnet wurde, versteckte sich irgendwie, wartete, bis die Luft rein war, und machte sich dann mit der Leiche Dr. Lebens auf und davon.«

»Eine andere Erklärung scheint es nicht zu geben. Aber es ist so unwahrscheinlich, daß...«

»Könnten wir bitte zurückkehren?« warf Rachael ein.

»Selbstverständlich«, sagte Kordell sofort. Er machte ihr Platz.

Rachael betrat den Korridor der Leichenhalle, und trotz des Fichtennadeldufts der Desinfektionsmittel nahm sie in der kühlen Luft erneut einen fauligen Geruch wahr.

5. Kapitel
Unbeantwortete Fragen

Im Lagerraum mit den Kühlfächern war es noch kälter als im Korridor der Leichenhalle. Grelles Neonlicht spiegelte sich auf den Fliesen und stählernen Ablaufmulden wider, auch auf den metallenen Griffen und Angeln der Klappen in den Wänden.

Rachael versuchte, nicht auf die in weiße Tücher gehüllten Körper zu starren und wagte es nicht sich vorzustellen, was in einem der Fächer liegen mochte.

Kordell stellte ihr Ronald Tescanet vor, einen dicken Mann, der eine Madrasjacke trug und die Interessen der Stadt vertrat. Er war extra gekommen, um bei Rachaels Gespräch mit der Polizei zugegen zu sein und mit ihr das seltsame Verschwinden der Leiche Dr. Lebens zu erörtern. Während die Beamten Rachael einige Fragen stellten, wanderte er im Zimmer auf und ab und strich sich immer wieder das dunkle Haar glatt. An seinen fleischigen Händen glitzerten jeweils zwei goldene Ringe mit Diamanten.

Zwei andere und in Zivil gekleidete Männer zeigten der jungen Frau ihre Polizei-Ausweise, und zum Glück hielten sie es nicht für notwendig, Rachael ebenso wortgewaltig ihr Beileid auszusprechen wie zuvor Tescanet.

Der jüngere von ihnen hatte buschige Augenbrauen, war kräftig gebaut und stellte sich als Detektiv Hagerstrom vor. Er schien ein schweigsamer Typ zu sein und überließ das Reden seinem Partner. Im Gegensatz zu Tescanet stand er völlig reglos und beobachtete alles aus kleinen braunen Augen, die Rachael zuerst den Eindruck von Dummheit vermittelten. Nach einer Weile aber kam sie zu dem Schluß, daß Hagerstrom einen überaus scharfen Verstand besaß, seine Intelligenz jedoch geschickt verbarg.

Sie fragte sich, ob Hagerstrom mit seinem fast magischen und für Polizisten charakteristischen sechsten Sinn erkennen konnte, daß sie nicht die ganze Wahrheit sagte, daß sie mehr wußte, als sie zugab.

Der ältere Polizist namens Julio Verdad war ein kleiner Mann, dessen Hautfarbe an die Tönung von Zimt erinnerte. In seinen schwarzen Augen schimmerte ein Hauch von Purpur, wie von reifen Pflaumen. Offenbar legte er Wert auf gute Kleidung: Er trug einen tadellos sitzenden blauen Sommeranzug, ein weißes Hemd, das aus Seide bestehen mochte und an dessen Ärmeln goldene und perlmuttfarbene Manschettenknöpfe glänzten. An seiner burgundroten Krawatte zeigte sich keine Nadel, sondern eine goldene Kette.

Verdad sprach in kurzen Sätze, aber seine Stimme klang sanft und freundlich. Das abrupte Gebaren stand in einem seltsamen Kontrast zu seinem Tonfall. »Sie konnten sich eben ein Bild von den hiesigen Sicherheitsvorkehrungen machen, Mrs. Leben.«

»Ja.«

»Sind Sie zufrieden.«

»Ich denke schon.«

Verdad wandte sich an Benny. »Sie sind...?«

»Ben Shadway. Ein alter Freund von Mrs. Leben.«

»Ein alter Schulfreund?«

»Nein.«

»Ein Geschäftspartner?«

»Nein. Schlicht und einfach ein Freund.«

In den pflaumenfarbenen Augen blitzte es kurz auf. »Ich verstehe.« Und an Rachael gerichtet: »Ich würde Ihnen gern einige Fragen stellen.«

»Und worum geht es dabei?«

Darauf gab Verdad keine Antwort. »Wollen Sie nicht Platz nehmen, Mrs. Leben?«

»Oh, natürlich, ein Stuhl«, entfuhr es Everett Kordell. Zusammen mit dem dicken Tescanet eilte er an den Schreibtisch in der Ecke heran und zog den Sessel dahinter hervor.

Als Rachael sah, daß niemand sonst Anstalten machte, sich zu setzen, blieb sie ebenfalls stehen. »Nein, danke. Bestimmt dauert unsere Unterhaltung nicht sehr lange. Ich möchte diesen Ort so schnell wie möglich wieder verlassen.« Sie richtete den Blick auf Verdad. »Ihre Fragen...«

»Ein ungewöhnliches Verbrechen«, sagte Verdad.

»Leichenraub.« Sie gab vor, angesichts der jüngsten Ereignisse sowohl verblüfft als auch bestürzt zu sein. Das erste Empfinden erforderte eine genaue Kontrolle ihres Mienenspiels, doch das zweite war mehr oder weniger echt.

»Wer käme dafür in Frage?«

»Ich habe nicht die geringste Ahnung.«

»Kennen Sie jemanden, dem etwas daran liegen könnte, Dr. Lebens Leiche zu stehlen?« fragte Verdad.

Rachael schüttelte den Kopf.

»Hatte er Feinde?«

»Mein Mann war nicht nur ein Genie in seinem Fach, sondern auch ein erfolgreicher Geschäftsmann. Genies neigen dazu, die berufliche Eifersucht ihrer Kollegen zu erwecken. Und bestimmt beneidete man ihn auch um sein Vermögen. Einige Leute glaubten, Eric habe sie... um ihre Chancen gebracht, als er die Karriereleiter erklomm.«

»Und stimmt das?«

»Ja, in manchen Fällen schon. Eric war sehr ehrgeizig. Aber ich bezweifle, daß irgendein Feind von ihm Genugtuung darin finden könnte, seine Leiche verschwinden zu lassen.«

»Er war nicht nur ehrgeizig«, meinte Verdad.

»Bitte?«

»Er war rücksichtslos.«

»Warum sagen Sie das?«

»Ich habe über ihn gelesen«, erklärte Verdad. »Rücksichtslos und unbarmherzig.«

»Nun, vielleicht. Und schwierig. Das läßt sich nicht leugnen.«

»Rücksichtslosigkeit schafft erbitterte Feinde.«

»So erbitterte, meinen Sie, daß ein Leichenraub Sinn ergäbe?«

»Möglicherweise. Ich brauche die Namen der Personen, die Grund gehabt haben könnten, Ihren Mann zu hassen.«

»Diese Informationen bekommen Sie sicher von den Leuten, mit denen er bei Geneplan zusammenarbeitete«, sagte Rachael.

»Das ist sein Unternehmen, nicht wahr? Aber Sie sind seine Frau.«

»Von den Geschäften meines Mannes weiß ich nur wenig. Er wollte nicht, daß ich davon erfuhr. Er hatte eigene Vorstellungen in bezug auf den mir... zustehenden Platz. Außerdem lebten wir seit einem Jahr getrennt.«

Verdad wirkte überrascht, aber aus irgendeinem Grund war Rachael sicher, daß er bereits Background-Arbeit geleistet hatte und über ihre Beziehung Bescheid wußte.

»Scheidung?«

»Ja.«

»Verbitterung?«

»Von Erics Seite her, ja.«

»Dann dürfte das die Erklärung sein.«

»Was für eine Erklärung?« fragte Rachael.

»Dafür, daß Sie seinen Tod nicht sehr bedauern.«

Sie hatte bereits vermutet, daß Verdad doppelt so gefährlich war wie der stille und aufmerksame Hagerstrom. Jetzt sah Rachael ihre Annahme bestätigt.

»Dr. Leben behandelte sie ziemlich schlecht«, warf Benny zu ihrer Verteidigung ein.

»Ich verstehe«, sagte Verdad.

»Sie hat keinen Grund, um ihren Mann zu trauern«, fügte Benny hinzu.

»Ich verstehe.«

Benny kniff die Augen zusammen. »Meine Güte, Sie verhalten sich so, als hätten Sie es mit einem Mordfall zu tun.«

»Tatsächlich?« fragte Verdad.

»Sie behandeln Mrs. Leben wie eine Verdächtige.«

»Glauben Sie?«

»Dr. Leben kam bei einem Verkehrsunfall um«, sagte Benny. »Und wenn irgend jemand dafür verantwortlich ist, so er selbst.«

»So hat es den Anschein.«

»Es gibt mindestens ein Dutzend Augenzeugen.«

»Sind Sie Mrs. Lebens Anwalt?« erkundigte sich Verdad ruhig.

»Nein, ich sagte Ihnen doch schon...«

»O ja, ein alter Freund«, unterbrach ihn Verdad und deutete ein dünnes Lächeln an.

»Wenn Sie Rechtsanwalt wären, Mr. Shadway«, warf Ronald Tescanet ein und trat so hastig vor, daß sein Doppelkinn zitterte, »verstünden Sie sicher, warum der Polizei gar keine andere Wahl bleibt, als solche Fragen zu stellen. Sie muß natürlich die Möglichkeit berücksichtigen, daß Dr. Lebens Leiche gestohlen wurde, um eine Autopsie zu verhindern. Mit anderen Worten: um etwas zu *verbergen*.«

»Wie melodramatisch«, sagte Benny spöttisch.

»Aber durchaus denkbar«, erwiderte Tescanet. »Und das würde bedeuten, daß hinter seinem Tod vielleicht mehr steckt als nur ein Verkehrsunfall.«

»Genau«, sagte Verdad.

»Unsinn«, brummte Benny.

»Lieutenant Verdad«, sagte Rachael, »ich glaube, die logischste Erklärung ist folgende: Trotz der Versicherungen Dr. Kordells muß die Leiche irgendwie vertauscht worden sein.« Der dürre Gerichtsmediziner protestierte ebenso heftig wie der dicke Ronald Tescanet. Rachael sprach einfach weiter. »Oder vielleicht haben wir es mit einem Scherz von Collegestudenten zu tun. In diesem Zusammenhang sind schon schlimmere Dinge passiert.«

Benny starrte ins Leere. »Ist es vielleicht möglich, daß Eric Leben überhaupt nicht tot war? Könnte sein Zustand falsch beurteilt worden sein? Vielleicht fiel er in eine Art Koma, erwachte später in der Leichenhalle und verließ sie in Trance...«

»Nein, nein, nein!« sagte Tescanet. Er wurde blaß und begann trotz der Kühle zu schwitzen.

»Völlig ausgeschlossen.« Kordell schüttelte den Kopf. »Ich habe ihn selbst gesehen. Schwere Kopfverletzungen. Nicht die geringsten Lebenszeichen.«

Doch die so absurd klingende Hypothese schien Verdad zu interessieren. »Wurde Dr. Leben unmittelbar nach dem Unfall untersucht?«

»Von den Ärzten des Rettungswagens«, sagte Kordell.

»Qualifizierte und sehr fähige Leute«, fügte Tescanet hinzu und wischte sich mit einem Taschentuch den Schweiß von der Stirn. »Sie würden niemals – ich wiederhole: *niemals* – einen Menschen für tot erklären, wenn sie nicht absolut sicher wären.«

»Erstens: Das Herz schlug nicht mehr«, sagte Kordell. »Das EKG-Gerät im Rettungswagen zeigte eine völlig flache

Linie. Zweitens: keine Atmung. Drittens: stetig fallende Körpertemperatur.

»Tot«, fügte Tescanet hinzu. »Daran kann gar kein Zweifel bestehen.«

Lieutenant Verdad bedachte die beiden Männer mit einem ebenso durchdringenden Blick wie zuvor Rachael. Wahrscheinlich glaubte er nicht, daß Tescanet und Kordell irgend etwas vertuschen wollten, aber aufgrund seines Berufs war er daran gewöhnt, jeden zu verdächtigen.

Kordell räusperte sich kurz und fuhr fort: »Viertens: Im Gehirn fand keine feststellbare elektrische Aktivität statt. Wir haben hier ein EEG-Gerät und setzen es oft bei Unfallopfern ein, als letzten Test gewissermaßen. Diese Sicherheitsmaßnahme ordnete ich unmittelbar nach meinem Amtsantritt an. Kurz nach der Einlieferung wurde Dr. Leben mit dem Apparat verbunden, doch die Anzeige blieb negativ. Nun, jeder Arzt geht davon aus, es mit einer Leiche zu tun zu haben, wenn er Herzstillstand und Hirntod diagnostiziert. Dr. Lebens Pupillen reagierten nicht auf Lichtreize. Und es ließ sich keine Atmung registrieren. Mit allem gebührenden Respekt, Mrs. Leben: Ihr Mann war so tot, wie man nur sein kann. Dafür stehe ich mit meiner Reputation ein.«

Rachael wußte, daß Eric tot gewesen war. Deutlich erinnerte sie sich an seine weit aufgerissenen Augen mit dem gebrochenen Blick, an das Blut, das unter ihm auf dem Asphalt eine große Lache bildete. Sie entsann sich auch an die gräßlich eingedrückte Stelle an seinem Schädel, an die gesplitterten Knochen. Trotzdem war sie erleichtert, daß Benny unwissentlich die Dinge durcheinandergebracht und die beiden Polizisten auf eine falsche Fährte gelockt hatte.

»Ich mache mir nichts vor«, erwiderte sie leise. »Ich habe ihn unmittelbar nach dem Unfall gesehen, und daher bin ich ganz sicher, daß bei der Diagnose kein Fehler gemacht wurde.«

Kordell und Tescanet seufzten zufrieden.

»Dann können wir diese Hypothese wohl fallenlassen«, sagte Verdad und zuckte mit den Schultern. Er führte Rachael an den drei zugedeckten Leichen vorbei und blieb an einer leeren Ablaufmulde stehen, in der ein zerknülltes Tuch lag. Auf dem kleinen Bündel sah die junge Frau einen dünnen Plastikanhänger.

»Mehr ist uns nicht geblieben«, sagte er. »Wir haben nur den Karren, auf dem der Leichnam ruhte, und das ID-Schild, das an Dr. Lebens Fuß befestigt war.« Der Detektiv stand neben ihr und musterte sie mit ausdruckslosem Gesicht. »Ich frage Sie: Warum sollte sich ein Leichenräuber die Zeit nehmen, den Namensanhänger vom Zeh des Toten zu entfernen?«

»Keine Ahnung«, erwiderte Rachael.

»Der Dieb hat bestimmt befürchtet, entdeckt zu werden. Er hatte es eilig. Und die Entfernung des Schildes kostete ihn wertvolle Sekunden.«

»Eine verrückte Sache«, sagte Rachael leise.

»Ja, in der Tat«, bestätigte Verdad.

Die junge Frau starrte auf das blutbefleckte Tuch und stellte sich vor, wie es den kalten und nackten Leichnam ihres Mannes eingehüllt hatte. Sie begann erneut zu zittern.

»Genug damit.« Benny legte ihr den Arm um die Schultern. »Komm, ich bringe dich raus.«

Everett Kordell und Ronald Tescanet begleiteten Rachael und Benny zum Lift in der Tiefgarage und betonten immer wieder, weder das Leichenschauhaus noch die Stadtverwaltung treffe die geringste Schuld im Hinblick auf das Verschwinden der Leiche. Zwar versicherte ihnen Rachael, es läge ihr nichts an einer Auseinandersetzung vor Gericht, doch die beiden so unterschiedlichen Männer blieben skeptisch. Es gab so viele Dinge, über die die junge Frau nachdenken mußte, daß sie nicht die Kraft aufbringen konnte, ihren Zweifel auszuräumen. Sie wollte einfach nur fort und die wichtigeren Aufgaben in Angriff nehmen, die auf sie warteten.

Als sich die Lifttür schloß und Benny und sie von dem hageren Pathologen und dem dicken Repräsentanten der Stadt trennte, sagte Shadway: »Ich glaube, ich an deiner Stelle würde sie verklagen.«

»Besprechungen mit Rechtsanwälten, Vernehmungen, Termine vor Gericht, das Entwickeln von entsprechenden Strategien...« Rachael schüttelte den Kopf. »Eine unangenehme und sehr zeitaufwendige Angelegenheit – für beide Seiten.« Sie öffnete ihre Handtasche, als sich der Aufzug in Bewegung setzte.

»Verdad ist ein ziemlich kaltschnäuziger Mistkerl, was?« meinte Benny.

»Ich schätze, er macht bloß seine Arbeit.« Rachael holte ihre 32er hervor.

Auf der Anzeigefläche leuchtete die 2 auf. Der rote Mercedes parkte eine Etage weiter oben.

»Geh von der Tür fort, Benny«, sagte Rachael.

»Was?« Verblüfft starrte er auf ihre Pistole. »He, zum Teufel auch – woher hast du die Knarre?«

»Hab sie von zu Hause mitgebracht.«

»Warum?«

»Bitte tritt zurück, Benny, rasch«, drängte Rachael und zielte auf die Tür.

Shadway zwinkerte verwirrt und kam der Aufforderung nach. »Was soll das? Du willst doch nicht etwa jemanden umlegen...«

Rachaels Herz klopfte laut und heftig, und das wummernde Pochen in ihrer Brust schien Bennys Stimme zu übertönen.

Sie erreichten den dritten Stock.

Es machte leise *Ping!*, und die Zahl 3 leuchtete auf. Der Lift hielt mit einem sanften Ruck an.

»Antworte mir, Rachael! Was ist mit dir?«

Die junge Frau schwieg. Sie hatte sich die Waffe kurz nach der Trennung von Eric besorgt, um sich sicherer zu fühlen. Als sich die Tür vor ihr öffnete, versuchte sie, sich an den Rat des Verkäufers zu erinnern: den Abzug nicht mit einem Ruck durchziehen, sondern ganz langsam betätigen, um das Ziel nicht zu verfehlen.

Doch es wartete niemand auf sie, zumindest nicht vor dem Aufzug. Rachaels Blick fiel auf einen grauen Betonboden, auf nackte Wände und Säulen, die ebenso aussahen wie die in der untersten Etage. Und auch hier herrschte eine gespenstisch anmutende Stille.

Benny folgte ihr aus dem Lift. »Wovor hast du Angst, Rachael?« fragte er.

»Später. Ich möchte so schnell wie möglich fort von hier.«

»Aber...«

»Später.«

Ihre Schritte hallten dumpf in der Halle wider, und Rachael hatte plötzlich das Gefühl, als ginge sie nicht etwa durch eine gewöhnliche Tiefgarage in Santa Ana, sondern die Kammern eines uralten Tempels, beobachtet von einer völlig fremdartigen Wesenheit.

Es war bereits recht spät, und außer ihrem roten 560 SL standen nur noch zwei andere Wagen in dieser Etage, abseits des Mercedes, den Rachael etwa dreißig Meter vom Aufzug entfernt geparkt hatte. Wachsam machte sie eine Runde um das glänzende Auto. Niemand versteckte sich dahinter, und durch die Fenster sah sie nichts weiter als leere Sitze. Sie öffnete die Tür und stieg rasch ein. Kaum hatte Benny neben ihr Platz genommen, betätigte sie die Zentralverriegelung, ließ den Motor an, legte ruckartig den ersten Gang ein und gab Gas.

Während sie den Wagen über die Rampe lenkte, sicherte sie die Waffe und schob sie in die Handtasche zurück.

Als der Mercedes auf die Straße rollte, sagte Benny: »Okay, und jetzt erzähl mir bitte, was eigentlich los ist.«

Rachael zögerte und bedauerte es, ihn bereits so tief in die Sache verwickelt zu haben. Sie hatte kein Recht, ihn in Gefahr zu bringen.

»Rachael?«

Die Ampel an der Kreuzung Main Street und vierte Straße zeigte auf Rot, und Rachael hielt an. Der warme Sommerwind blies einige Papierfetzen übers Pflaster und ließ sie hin und her wirbeln, bevor er sie fortwehte.

»Rachael?« wiederholte Benny.

Ein in schäbige Lumpen gekleideter und heruntergekommen wirkender Mann stand nur wenige Meter entfernt am Straßenrand. Er war schmutzig, unrasiert und betrunken. In der linken Hand hielt er eine Weinflasche, nur zum Teil in einer braunen Tüte verborgen. Die rechte Hand umklammerte eine alte Taschenuhr. Die Glasabdeckung fehlte, und der Minutenzeiger war abgebrochen. Trotzdem schien der Mann eine Kostbarkeit darin zu sehen. Er bückte sich und starrte aus fiebrig glänzenden und blutunterlaufenen Augen in den Mercedes.

Benny ignorierte ihn und wandte sich erneut an die junge Frau. »Verschließ dich nicht vor mir, Rachael. Was ist los? Sag's mir. Vielleicht kann ich dir helfen.«

»Ich möchte dich nicht hineinziehen.«

»Ich stecke bereits mit drin.«

»Nein. Du weißt überhaupt nichts, und ich halte es für besser, es bleibt dabei.«

»Du hast mir versprochen...«

Die Ampel sprang um, und Rachael trat so jäh aufs Gas, daß Benny an die Rückenlehne des Beifahrersitzes gepreßt wurde.

»Hör mal, Benny«, sagte sie, »ich fahre dich zu mir nach Hause zurück, so daß du deinen Wagen holen kannst.«

»Von wegen.«

»Ich komme auch allein zurecht.«

»*Womit*? Was wird hier eigentlich gespielt?«

»Setz mich nicht unter Druck, Benny. Bitte nicht. Ich muß über vieles nachdenken und einige Dinge erledigen...«

»Klingt ganz so, als hättest du für heute abend noch etwas vor.«

»Es betrifft dich nicht«, sagte Rachael.

»Wohin willst du?«

»Ich möchte etwas... überprüfen.«

Benny sah sie besorgt an. »Hast du etwa vor, jemanden zu erschießen?«

»Natürlich nicht.«

»Warum dann die Pistole?«

Rachael gab keine Antwort.

»Hast du einen Waffenschein?« fragte Benny.

Die junge Frau schüttelte den Kopf. »Nein, nur eine beschränkte Erlaubnis.«

Der Mann an ihrer Seite nickte. »Mit anderen Worten: Du müßtest die Pistole zu Hause lassen.«

Rachael schwieg.

Benny blickte nach hinten, um festzustellen, ob ihnen ein anderes Fahrzeug folgte, und dann beugte er sich rasch zur Seite und riß das Steuer nach rechts.

Reifen quietschten, und Rachael trat so fest auf die Bremse, daß die Räder blockierten und der Mercedes sieben oder acht Meter weit rutschte. Als sie Benny zurief, er solle das Steuer loslassen, zog er die Hände zurück. Das Lenkrad drehte sich mit einem Ruck, aber Rachael hielt es fest, brachte den Wagen wieder unter Kontrolle und lenkte ihn an den Straßenrand. »Bist du übergeschnappt?« fragte sie Benny entgeistert.

»Nein, nur sauer.« Er holte tief Luft. »Ich möchte dir helfen.«

»Das ist unmöglich.«

»Stell mich auf die Probe. *Was* möchtst du überprüfen?«

Rachael seufzte. »Erics Haus.«

»In Villa Park? Warum?«

»Das kann ich dir nicht sagen.«

»Und anschließend?«

»Geneplan. Sein Büro.«

»Warum?«

»Das kann ich dir ebenfalls nicht sagen.«

»Warum nicht?«

»Es ist gefährlich, Benny. Es könnte drunter und drüber gehen.«

»Bin ich etwa aus Porzellan, verdammt? Oder aus Glas? Was hältst du eigentlich von mir, Rachael? Glaubst du etwa, ich zerbräche einfach, wenn mich jemand mit dem Zeigefinger berührt?«

Sie sah ihn an. Der bernsteinfarbene Glanz der Straßenlampen fiel nur durch ihre Hälfte der Windschutzscheibe
und ließ Benny im Dunkeln. Doch sie konnte deutlich das
Blitzen in seinen Augen erkennen. »Du bist wütend«, stellte
sie überrascht fest.

»Rachael, gibt es etwas zwischen uns? Ich glaube schon.
Etwas Besonderes, meine ich.«

»Ja.«

»Meinst du wirklich?«

»Ja, das weißt du doch.«

»Dann gebe ich mich nicht einfach mit einem ›Das kann ich
dir nicht sagen‹ zufrieden. Du brauchst Hilfe, und ich bin
entschlossen, dir zu helfen.«

Rachael musterte ihn und fühlte sich sehr zu ihm hingezogen. Sie wünschte sich, ihn einzuweihen, sich ihm anzuvertrauen, aber gleichzeitig wußte sie, daß sie ihn damit einer
großen Gefahr ausgesetzt hätte.

»Ich meine: Dir ist doch klar, daß ich ein ziemlich altmodi-
scher Bursche bin«, fuhr Benny fort. »Es bleibt mir gar nichts
anderes übrig, als der Frau beizustehen, an der mir etwas
liegt. Verstehst du?«

Rachael schloß die Augen, lehnte sich zurück, unfähig, eine
Entscheidung zu treffen. Nach wie vor hielt sie das Steuer fest,
denn wenn sie die Hände vom Lenkrad gelöst hätte, wäre
Benny sicher auf ihr Zittern aufmerksam geworden.

»Vor was fürchtest du dich, Rachael?« fragte er leise.

Sie blieb stumm.

»Du weißt, was mit der Leiche geschehen ist, nicht wahr?«
hakte er nach.

»Vielleicht.«

»Du weißt, wer sie gestohlen hat.«

»Möglicherweise.«

»Und du hast Angst vor dem Dieb. Wie heißt er, Rachael?
Um Himmels willen, wer könnte sich zu etwas hinreißen lassen? Und aus welchem Grund?«

Sie schlug die Augen wieder auf, legte den Gang ein und
fuhr los. »Na gut, du kannst mich begleiten.«

»Zu Erics Haus? In sein Büro? Was glaubst du, dort zu finden?«

»Irgend etwas«, erwiderte Rachael ausweichend. »Hab noch ein wenig Geduld mit mir.«

Benny schwieg eine Zeitlang.

Dann: »In Ordnung. Nicht mehr als jeweils ein Schritt. Das genügt mir. Vorerst.«

Rachael fuhr nach Norden über die Main Street, bog kurze Zeit später in die Katella Avenue und lenkte ihren Mercedes durch das exklusive Viertel Villa Park. Das Gelände wurde hügeliger, und in den oberen Bereichen von Villa Park waren die luxuriösen Häuser – teilweise hatten sie einen Wert von mehr als einer Million Dollar – hinter hohen Hecken und Büschen verborgen. Erics Anwesen wirkte dunkler als die anderen, ein kalter Ort selbst an einem warmen Juniabend. Die vielen Fenster sahen aus, als bestünden sie aus sonderbarem Obsidian, der kein Licht durchließ, weder in der einen noch in der anderen Richtung.

6. Kapitel
Der Kofferraum

Die lange Zufahrt führte in einem weiten Bogen an der großen Villa Eric Lebens vorbei, die im modernen spanischen Stil gehalten war, und endete an der Garage weiter hinten. Rachael stellte ihren Wagen vor dem Haus ab.

Benny stieg aus und folgte Rachael zu einer dunklen Veranda, wo Fettpflanzen mit gelben Blüten und weiße Azaleen in geradezu riesigen, grauen Tontöpfen wuchsen. Das Anwesen beeindruckte Benny. Er schätzte den eigentlichen Wohnraum auf mindestens drei- oder gar vierhundert Quadratmeter, und umgeben war das Haus von einem sorgfältig gestalteten und gepflegten Garten. Wenn man nach Westen blickte, sah man den größten Teil von Orange County, eine breite Decke aus Licht, die sich fünfzehn Meilen weit bis zum pechschwarzen Ozean erstreckte. Am Tag und bei klarem Wetter reichte der Blick vermutlich bis nach Catalina. Trotz der eher einfachen Architektur war Erics Heim in eine Aura des Reichtums gehüllt. Selbst die Grillen, die im Gras zirpten, schienen anders zu klingen als die in der bescheideneren Nachbarschaft, melodischer, weniger schrill – so als seien sich die winzigen Geschöpfe der Exklusivität ihrer Umgebung bewußt.

Ben wußte natürlich, daß Eric ein sehr reicher Mann gewesen war, doch erst jetzt wurde ihm richtig klar was es bedeutete, dreißig Millionen Dollar zu besitzen. Lebens Vermögen schien sich plötzlich in ein schweres Gewicht zu verwandeln, das sich auf Shadways Schultern senkte. Und er fragte sich, ob Rachael ebenso empfand.

Bevor sie den Mercedes verließ, holte sie ihre Pistole hervor und entsicherte sie. Sie forderte Ben auf, wachsam und vorsichtig zu sein, verweigerte ihm jedoch die Auskunft darüber, mit was für einer Art von Gefahr sie rechnete. Ihre Furcht wurde immer offensichtlicher, und doch lehnte sie es ab, ihre Besorgnis mit Ben zu teilen und sich auf diese Weise Erleichterung zu verschaffen. Eifersüchtig hütete sie ihr Geheimnis, wie schon seit Stunden.

Rachael schob den Schlüssel ins Türschloß, und als ein leises Kratzen erklang, dachte Ben unwillkürlich an zwei Messer, deren scharfe Klingen übereinanderschabten.

Er bemerkte den Kasten einer Alarmanlage neben der Tür, doch offenbar war sie nicht eingeschaltet, denn keine der kleinen Anzeigelampen leuchtete.

Die junge Frau zögerte kurz, bevor sie die Tür aufzog und im Foyer das Licht einschaltete. Als sie das Haus betrat, hielt sie die Pistole schußbereit in der Hand. Ben folgte ihr.

Nichts rührte sich in der Villa. Stille herrschte.

»Ich glaube, wir sind allein«, sagte Rachael.

»Hast du etwas anderes erwartet?« fragte Ben.

Sie gab keine Antwort.

Aber obgleich sich außer ihnen anscheinend niemand im Haus befand, ließ Rachael die Waffe nicht sinken.

Langsam schritten sie von Zimmer zu Zimmer, und Rachael schaltete überall die Lampen ein. Im hellen Schein wirkte das Innere der Villa noch eindrucksvoller. Die Räume waren groß und hoch, wiesen weiße Wände und breite Fenster auf. Mexikanische Fliesen bedeckten den Boden. An einigen Stellen sah Ben wuchtige Kamine aus Stein oder Keramik, und hier und dort fiel sein Blick auf massive Eichenschränke mit kunstvollen Verzierungen. Das Wohnzimmer und die daran angrenzende Bibliothek hätten zweihundert Personen mehr als genug Platz geboten.

Ein großer Teil der Einrichtung war ebenso modern und funktionell wie die allgemeine Architektur, die aufgrund seiner Vergangenheitsorientierung ein gewisses Unbehagen in Ben weckte. Das Sofa und die Polstersessel zeichneten sich durch völlig glatte Konturen aus. Die kleinen und größeren Beistelltische mit den entweder weißen oder schwarzen Glasflächen waren ebenfalls schlicht.

In einem auffallenden Gegensatz zu dem zurückhaltenden Dekor standen einige elektrische Kunstwerke und Antiquitäten, ebenso wertvoll wie einzigartig. Der einfache Hintergrund diente ihnen gewissermaßen als Bühne: Die meisten wurden indirekt beleuchtet, und in einigen Fällen fiel das Licht an der Decke befestigter Minispots auf sie. Über einem Kamin sah Ben ein Fliesenbild von William de Morgan, das, wie Rachael behauptete, einst Zar Nikolaus I. gehört hatte. Hier ein Jackson Pollock-Gemälde, dort eine aus Marmor bestehende römische Büste, die aus dem ersten Jahrhundert vor Christus stammte. Altes vermischte sich mit Neuem, in einer ebenso verwirrenden wie interessanten Anordnung.

Zwar wußte Ben, daß Rachael mit einem sehr reichen Mann verheiratet gewesen und am Morgen dieses Tages zu einer vermögenden Witwe geworden war, aber bisher hatte er noch nicht drüber nachgedacht, was das für ihre Beziehung bedeutete. Ihr neuer Status kam einem Ellenbogenhieb gleich, der ihn in der Seite traf und zusammenzucken ließ. *Reich.* Rachael besaß mehr Geld, als sie jemals ausgeben konnte.

Ben fühlte das Bedürfnis, irgendwo Platz zu nehmen und gründlich darüber nachzudenken, welche Konsequenzen sich aus Rachaels Reichtum für sie beide ergeben mochten. Er nahm sich vor, ganz offen mit ihr darüber zu sprechen. Andererseits: Dies war weder der geeignete Ort noch der richtige Zeitpunkt für eine solche Diskussion, und deshalb beschloß er, sie auf später zu verschieben. Was ihm einige Probleme bescherte: Von einer Summe, die sich auf viele Millionen Dollar belief, ging eine magnetische Anziehung aus, die nicht ohne Wirkung auf die Überlegungen blieb, ungeachtet aller anderen dringenden Angelegenheiten, die Aufmerksamkeit erforderten.

»Du hast hier sechs Jahre lang gelebt?« fragte Ben ungläubig, als sie durch die kühlen, sterilen und alles andere als gemütlichen Zimmer schritten.

»Ja«, bestätigte Rachael. Während sie ihre Besichtigungstour fortsetzten, entspannte sie sich nach und nach. Offenbar drohte in dem Haus keine Gefahr irgendeiner Art. »Sechs lange Jahre.«

Sie sahen sich weitere weiße Zimmer und Räume an, und Ben hielt die Villa immer weniger für ein Heim, verglich sie mit einem Eispalast, in dem alle Gefühle früher oder später erstarren mußten.

»Es ist... unheimlich«, sagte er schließlich.

»Eric hatte nie Interesse an einem gemütlichen Zuhause. Eigentlich wurde ihm seine Umgebung nur selten voll bewußt. Er lebte in der Zukunft, nicht in der Gegenwart. Das Haus sollte ihm nur als Monument für seinen Erfolg dienen – und ich glaube, diesen Zweck erfüllt es auch.«

»Ich hatte erwartet, irgendwo eine Spur von dir zu finden, eine persönliche Note, die du hier hinterlassen hast. Aber man könnte meinen, du hieltest dich jetzt zum erstenmal in dieser Villa auf.«

»Eric erlaubte es mir nicht, die Einrichtung oder das Dekor zu verändern«, sagte Rachael.

»Und damit hast du dich abgefunden?«

»Mir blieb keine andere Wahl.«

»Ich kann mir nicht vorstellen, daß du an einem so frostigen Ort glücklich gewesen bist.«

»Oh, ganz so schlimm war es nicht. Es *gibt* viele wundervolle Dinge in diesem Haus. Und jedes einzelne verdient es, sich eingehend damit zu befassen.«

Rachaels Fähigkeit, selbst unter schwierigen Umständen positive Aspekte nicht aus den Augen zu verlieren, erstaunte Ben immer wieder. Sie gab sich alle Mühe, unangenehmen Faktoren keine Beachtung zu schenken und sich statt dessen ganz auf das zu konzentrieren, was ihr Freude bereitete. Ihre gegenwartsorientierte Persönlichkeit stellte einen überaus wirksamen Schutz vor den Launen des Schicksals dar.

Am Ende des Erdgeschosses, in einem Zimmer, von dem aus man auf den Swimming-pool sehen konnte, entdeckte Ben das größte Schmuckobjekt im Haus: einen langen, mit gewölbten Beinen ausgestatteten Billiardtisch aus dem späten neunzehnten Jahrhundert. In dem dunklen und massiven Teakholz zeigten sich komplexe Verzierungen und Dutzende von glitzernden Halbedelsteinen.

»Eric hat nie Billiard gespielt«, sagte Rachael. »Ihm kam es nur darauf an, daß dieser Tisch mehr als dreißigtausend Dollar kostete. Ein weiteres Statussymbol.«

»Je mehr ich von dem Haus sehe, desto besser verstehe ich ihn«, erwiderte Ben. »Und um so rätselhafter wird es mir, warum du ihn geheiratet hast.«

»Ich war jung und wußte nicht so recht, was ich mit meinem Leben anfangen sollte. Vielleicht suchte ich nach einer Vaterfigur, die ich nie hatte. Eric gab sich ruhig und völlig selbstsicher. Ich sah einen Mann in ihm, der über Macht verfügte, der mir Halt geben konnte. Damals glaubte ich, allein das genüge mir, um glücklich zu sein.«

Rachaels Worte ließen den Schluß zu, daß sie eine schwierige Kindheit und Jugend hinter sich hatte, und Ben sah seinen früheren Verdacht bestätigt. Nur selten erzählte sie von ihren Eltern oder der Schulzeit. Offenbar waren ihre diesbezüglichen Erfahrungen so negativ gewesen, daß Rachael alles Vergangene verabscheute und der Zukunft mißtraute –

eine einleuchtende Erklärung für ihren ausgeprägten Gegenwartsfokus, der in diesem Zusammenhang die Bedeutung eines psychisch-emotionalen Sicherheitsmechanismus gewann.

Ben wollte gerade Anstalten machen, dieses Thema anzusprechen, als sich die Stimmung jäh änderte. Kurz bevor sie das Haus betraten, hatte er das Gefühle einer drohenden Gefahr gehabt – ein Empfinden, das während ihrer Wanderung durch die weißen Zimmer allmählich nachließ, als sie feststellten, daß sich außer ihnen niemand in der Villa aufhielt. Jetzt aber verdichtete sich die Aura der Bedrohung schlagartig. Aus weit aufgerissenen Augen starrte Rachael auf drei deutlich sichtbare Fingerabdrücke an der Armlehne des Sofas: drei kirschrote Flecken auf dem schneeweißen Polster. Blut?

Rachael ging in die Hocke, betrachtete die Abdrücke aus der Nähe und schauderte. Ihre Stimme war kaum mehr als ein Hauch, als sie sagte: »Verdammt, er ist hier gewesen. Das hatte ich befürchtet. O Gott! Irgend etwas geschah hier...« Sie berührte einen der Flecken, zog die Hand sofort wieder zurück und erbebte am ganzen Leib. »Feucht. Mein Gott, sie sind noch *feucht*.«

»*Wer* war hier?« fragte Ben. »Und was ist geschehen?«

Rachael blickte auf ihre Fingerspitze, und ihr Gesicht wurde zu einer Fratze des Entsetzens. Langsam hob sie den Kopf und sah Ben an, der neben ihr stand. Einige Sekunden lang glaubte Shadway, sie sei erschrocken genug, um ihm endlich alles zu sagen und ihn um Hilfe zu bitten. Doch Rachael atmete nur tief durch und beherrschte sich.

»Komm«, forderte sie ihn auf. »Sehen wir uns den Rest des Hauses an. Und sei um Himmels willen vorsichtig.«

Er folgte ihr und stellte fest, daß Rachael die Pistole nun wieder schußbereit in der Hand hielt.

In der großen Küche, die fast ebenso gut ausgestattet war wie die eines Restaurants, entdeckten sie Glassplitter auf dem Boden. In der Tür, die auf den Innenhof führte, fehlte eine Scheibe.

»Ein Alarmsystem nützt nichts, wenn es ausgeschaltet bleibt«, stellte Ben fest. »Ich frage mich, warum Eric fortging, ohne seine Villa zu schützen...«

Rachael antwortete nicht.

»Ein Mann wie er verzichtet doch sicher nicht auf Hausangestellte, oder?«

»Nein«, sagte Rachael. »Ein nettes Pärchen wohnt in einem Apartment über der Garage.«

»Wo sind die Leute jetzt? Hätten sie nicht das Klirren der Scheibe hören müssen?«

»Am Montag und Dienstag haben sie frei«, erklärte Rachael. »Sie fahren oft nach Santa Barbara zur Familie ihrer Tochter.«

»Ein Einbruch«, sagte Ben und deutete auf die Glassplitter. »Sollten wir jetzt nicht die Polizei verständigen?«

»Laß uns oben nachsehen«, entgegnete die junge Frau. Furcht vibrierte in ihrer Stimme. Und noch schlimmer als das: Sie wirkte plötzlich so ernst und grimmig und düster, daß man den Eindruck gewinnen konnte, sie würde nie wieder lachen.

Die Vorstellung einer Rachael, die nicht mehr lachte, empfand Ben als unerträglich.

Vorsichtig stiegen sie die Treppe hoch, schritten wachsam durch den Flur im ersten Stock und sahen sich in den Zimmern um.

Zuerst schien alles in Ordnung zu sein, und sie konnten nichts finden, was auf die Anwesenheit eines Einbrechers hingedeutet hätte. Dann betraten sie das größte Schlafzimmer, in dem absolutes Chaos herrschte. Der Inhalt des Wandschranks – Unterwäsche, Hosen, Hemden, Pullover, Schuhe, Krawatten und viele andere Dinge – bildeten eine wirre Masse. Einige Decken, Laken und Kissen lagen auf dem Boden. Irgend jemand hatte die Matratze von den teilweise gesprungenen Federn gezerrt. Nur noch Splitter erinnerten an zwei schwarze Keramikplatten. Überaus kostbare Gemälde waren von den Wänden gerissen und zerstört worden.

Ben spürte, wie es ihm kalt über den Rücken lief.

Auf den ersten Blick betrachtet hatte er angenommen, der unbekannte Eindringling hätte eine systematische Suche nach Wertgegenständen durchgeführt, doch als er sich das Durcheinander genauer ansah, schüttelte er den Kopf. Alles deutete auf eine Orgie der Wut oder des Hasses hin. Sonderbar. Und gefährlich.

Mit einer Tollkühnheit, die sich ganz offensichtlich auf Furcht gründete, sprang Rachael ins nahe Bad. Von einem Einbrecher keine Spur. Die junge Frau seufzte und kehrte blaß ins Schlafzimmer zurück.

»Erst die zerbrochene Scheibe in der Küche und hier Vandalismus«, sagte Ben. »Soll ich die Polizei anrufen, oder willst du das selbst übernehmen?«

Rachael achtete gar nicht auf seine Frage und zog die Türen des großen Wandschranks auf. Nach einigen Sekunden drehte sie sich um. »Der Safe ist offen und leer.«

»Also nicht nur Einbruch, sondern auch Raub. Jetzt *müssen* wir die Polizei verständigen, Rachael.«

»Nein«, sagte sie.

»Warum nicht?« Ben sah sie groß an.

»Wenn ich die Polizei einschalte, werde ich bestimmt umgebracht.«

Shadway zwinkerte. »Umgebracht? Von wem? Den Polizisten? Lieber Himmel, drück dich doch endlich klarer aus!«

»Nein, nicht von den Polizisten.«

»Von wem dann? Und warum?«

Nervös kaute Rachael auf dem Daumennagel der linken Hand. »Ich hätte dich auf keinen Fall hierher mitnehmen dürfen«, sagte sie schließlich.

»Daran läßt sich jetzt nichts mehr ändern. Rachael, hältst du jetzt nicht den Zeitpunkt für gekommen, mir reinen Wein einzuschenken?«

Sie ignorierte seine Bitte. »Die Garage. Laß uns nachsehen, ob einer der Wagen fehlt.« Unmittelbar im Anschluß an diese Worte sauste sie aus dem Zimmer. Es blieb Ben keine andere Wahl, als ihr zu folgen.

Ein weißer Rolls-Royce. Ein Jaguar, ebenso grün wie Rachaels Augen. Dann zwei leere Boxen. Und auf der letzten Abstellfläche ein verstaubter, zehn Jahre alter Ford mit abgebrochener Antenne.

»Eigentlich müßte auch ein schwarzer Mercedes 560 SEL hier sein«, sagte Rachael. Ihre Stimme hallte hohl von den Wänden der Garage wider. »Eric ist damit in die Stadt gefahren, zur Anwaltskanzlei. Nach dem Unfall, nach Erics Tod, bot mir der Rechtsanwalt Herb Tuleman an, den Wagen zurückfahren und in der Garage abstellen zu lassen. Auf Herb ist Verlaß. Ich bin sicher, der Wagen wurde zurückgebracht. Und jetzt ist er verschwunden.«

»Autodiebstahl«, brummte Ben. »Wie lang muß die Liste der Verbrechen werden, bevor du dich entschließt, die Polizei anzurufen?«

Sie trat an den alten Ford heran und betrachtete ihn im fast grellen Licht einer Neonröhre. »Und dieses Ding gehört überhaupt nicht hierher. Ich sehe den Wagen jetzt zum erstenmal.«

»Wahrscheinlich ist der Einbrecher damit gekommen«, vermutete Ben. »Er hat ihn einfach gegen den Mercedes eingetauscht.«

Rachael hob die Pistole, streckte zögernd die andere Hand aus und öffnete die Fahrertür. Sie quietschte leise, als sie sich öffnete. Die junge Frau bückte sich und warf einen raschen Blick in das Fahrzeug. »Nichts.«

»Was hast du denn erwartet?«

Rachael sah auch in den Fond. Ebenfalls leer.

»Meine Güte, hör endlich mit der Geheimniskrämerei auf und sag mir, was los ist!« entfuhr es Ben.

Rachael öffnete erneut die Tür auf der Fahrerseite, stellte fest, daß die Zündschlüssel steckten, und zog sie ab.

»Verdammt, Rachael.«

In Ihrem Gesicht kamen nicht nur Furcht und Besorgnis zum Ausdruck, sondern auch noch etwas, das Ben als grimmige Entschlossenheit interpretierte. Ihre ruhige Sanftmut war nur noch eine Erinnerung, und erschrockener Kummer regte sich in Shadway, als er daran dachte, daß diese sonderbare Art von Düsternis fortan eine ständige Begleiterin Rachaels sein mochte.

Er trat ebenfalls an den alten Ford heran. »Wonach suchst du?«

Rachael hantierte mit den Schlüsseln. »Der Einbrecher hätte diesen Wagen bestimmt nicht zurückgelassen, wenn man damit seine Identität feststellen könnte. Vielleicht hat er ihn gestohlen.«

Ben nickte. »Aber die Zulassungskarte dürfte wohl kaum im Kofferraum liegen, sondern eher im Handschuhfach.«

Rachael schob einen Schlüssel ins Schloß. »Ich suche nicht nach dem Zulassungsschein.«

»Wonach dann?«

Sie drehte den Schlüssel um. »Ich weiß nicht genau...«

Es klickte, und der Kofferraumdeckel kam einige Zentimeter in die Höhe.

Sie öffnete ihn ganz.

Und sah Blut.

Rachael ächzte leise.

Ben gesellte sich an ihre Seite und kniff beim Anblick des Blutes die Augen zusammen. Ein hochhackiger Frauenschuh lag in der einen Ecke des kleinen Faches, und in der anderen spiegelte sich das Licht der Neonröhre auf den Resten einer zerbrochenen Brille.

»O Gott«, stöhnte Rachael. »Er hat nicht nur den Wagen gestohlen, sondern auch die Frau umgebracht, die ihn fuhr. Anschließend brachte er ihren Leichnam im Kofferraum unter und ließ ihn später irgendwo verschwinden. Es hat begonnen. Und wo wird es enden? Wer kann ihn jetzt noch aufhalten?«

Ben war zutiefst erschüttert, bemerkte aber trotzdem, daß Rachael ›er‹ gesagt hatte. Sie sprach von jemandem, den sie kannte, nicht von irgendeinem Einbrecher. Und ihre Augen starrten grauenerfüllt ins Leere.

7. Kapitel
Schmutzige Spielchen

Zwei schneeflockenartige Motten schwirrten an der Deckenlampe vorbei und stießen immer wieder an die grell leuchtende Röhre. Ihre stark vergrößerten Schatten tanzten unstet über die Wände, den alten Ford, den Rücken der Hand, die sich Rachael vors Gesicht hielt.

Aus dem geöffneten Kofferraum stieg der metallische Geruch von Blut. Ben trat einen Schritt zurück, um sich nicht zu übergeben.

»Woher wußtest du das?« fragte er.

»Was meinst du?« erwiderte Rachael. Sie hatte die Augen noch immer geschlossen, hielt den Kopf nach wie vor gesenkt. Das lange und kupferrote Haar bedeckte einen Teil ihrer maskenhaft starren Züge.

»Du wußtest, was du im Kofferraum finden würdest. Woher?«

»Nein, ich hatte keine Ahnung. Ich befürchtete nur, *irgend etwas* zu finden. Etwas anderes. Nicht dies.«

»Und womit *hast* du gerechnet?«

»Vielleicht mit etwas Schlimmerem.«

»Zum Beispiel?«

»Frag nicht danach.«

»Bitte antworte mir.«

Die weichen Körper der Motten schlugen mit einem leisen *Pock-pock* ans Glas der Neonröhre.

Rachael schlug die Augen auf, schüttelte den Kopf und wandte sich von dem verstaubten Ford ab. »Laß uns gehen.«

Ben hielt sie am Arm fest. »Es bleibt uns jetzt gar nichts anderes übrig, als die Polizei zu verständigen. Und du wirst erklären müssen, was du von den jüngsten Ereignissen weißt. Es hat also keinen Sinn, wenn du weiterhin versuchst, mir etwas vorzumachen.«

»Keine Polizei«, sagte die junge Frau und mied Bens Blick.

»Rachael, es geht jetzt nicht mehr nur um einen Einbruch, sondern um einen *Mord*!«

»Keine Polizei«, beharrte sie.

»Aber es wurde jemand getötet!«

»Es gibt keine Leiche.«

»Lieber Himmel, und was ist mit dem Blut?«

Sie hob den Kopf und sah ihn an. »Benny, bitte. Bitte streite dich nicht mit mir. Dafür haben wir jetzt keine Zeit. Wenn die Leiche der armen Frau im Kofferraum läge, wäre alles anders. Dann könnten wir die Polizei anrufen – weil ein Leichnam einen konkreten Anhaltspunkt darstellt und die Behörden dazu veranlassen würde, weitaus schneller zu arbeiten. Doch ohne den Körper bekämen wir es nur mit einer endlosen Fragerei zu tun. Vermutlich wären die Beamten nicht bereit, meinen Antworten zu glauben. Mit anderen Worten: Sie verschwendeten nur ihre Zeit. Aber es kommt jetzt gerade darauf an, keine Zeit zu verlieren, denn bestimmt muß ich bald mit dem Besuch gewisser Leute rechnen... sehr *gefährlicher* Leute.«

»Wen meinst du?«

»Vielleicht suchen sie sogar schon nach mir. Wahrscheinlich wissen sie noch nichts davon, daß Erics Leiche spurlos verschwunden ist, doch wenn sie davon erfahren, werden sie sofort hierher kommen. Wir müssen fort.«

»Wer?« fragte Ben verzweifelt. »Von wem sprichst du? Worauf haben sie es abgesehen? Was wollen sie? Um Himmels willen, Rachael, erklär mir doch endlich, was hier gespielt wird!«

Sie schüttelte den Kopf. »Das entspricht nicht unserer Vereinbarung. Du durftest mich begleiten, aber ich bin nicht verpflichtet, dir zu antworten.«

»Ich habe dir nicht versprochen, dir keine Fragen zu stellen.«

»Verdammt, Benny: Für mich geht es um Leben und Tod.«

Sie meinte es ernst, wirklich ernst. Rachael fürchtete um ihr Leben, und angesichts dieser Erkenntnis fügte sich

Benny. Dennoch sagte er fast beschwörend: »Die Polizei könnte dich schützen.«

»Nicht vor den Leuten, die möglicherweise hinter mir her sind.«

»Das klingt so, als würdest du von Dämonen verfolgt.«

»Könnte durchaus sein.«

Sie umarmte ihn kurz und hauchte ihm einen Kuß auf die Lippen.

Sie fühlte sich gut an in seinen Armen. Die Vorstellung eines Lebens ohne sie erfüllte Ben mit Schrecken.

»Du bist super, Benny«, sagte Rachael. »Ich finde es einfach toll, daß du mir helfen möchtest. Aber kehr jetzt nach Hause zurück. Misch dich nicht ein. Überlaß alles mir.«

Sie wich von ihm zurück und hielt auf die Tür zu, die ins Haus führte.

Eine Motte flog von der Neonröhre fort und schwirrte vor Bens Gesicht hin und her, so als seien seine Gefühle für Rachael zumindest vorübergehend heller und strahlender als das Glühen der Lampe. Unwillig schlug er nach dem Insekt.

Mit einem Ruck schloß er den Kofferraum des alten Ford und versuchte, nicht mehr an das Blut darin zu denken, den süßlichen Gestank zu vergessen.

Er folgte Rachael.

Am Ende der Garage, nahe der Tür, durch die man in die Villa gelangen konnte, blieb Rachael stehen und beobachtete etwas auf dem Boden. Als Ben zu ihr aufschloß, sah er in einer Ecke einige Kleidungsstücke, die ihm bisher nicht aufgefallen waren. Sein Blick fiel auf weiße Vinylschuhe mit weichen Gummisohlen und dicken Schnürbändern, eine bauschige, hellgrüne Leinenhose und ein weites, kurzärmliges Hemd in der gleichen Farbe.

Verblüfft hob er den Kopf, und als er Rachael ansah, stellte er fest, daß ihr Gesicht nicht länger wächsern war, sondern aschfahl.

Erneut starrte Ben auf die Kleidung. Sie erinnerte ihn an die Aufmachung, in der Chirurgen Operationen durchführten, doch sie wurde auch von Ärzten und Krankenpflegern getragen. Und von den Pathologen und ihren Assistenten im Leichenschauhaus.

Rachael holte zischend Luft, schüttelte sich und betrat das Haus.

Ben zögerte, den Blick nach wie vor auf das knittrige Bündel in der Ecke gerichtet. Die hellgrüne Tönung widerte ihn an, und von dem komplexen Faltenmuster schien eine fast hypnotische Wirkung auszugehen. Seine Gedanken rasten, und das Herz pochte heftig, als er versuchte, die Bedeutung dieser Entdeckung zu erfassen.

Schließlich gelang es ihm, sich aus dem seltsamen Bann zu befreien, und er kehrte ebenfalls ins Haus zurück. Als er bei Rachael anlangte, merkte er, daß Schweiß auf seiner Stirn perlte.

Viel zu schnell fuhr Rachael zur Geneplan-Niederlassung in Newport Beach. Sie erwies sich als erfahrene und geübte Fahrerin, aber Ben war trotzdem froh, sich angeschnallt zu haben. Nach einer Weile fragte er: »Möchtest du deshalb darauf verzichten, die Polizei einzuschalten, weil du in irgendwelchen Schwierigkeiten bist? Ist das der Grund?«

»Glaubst du, ich hätte Angst davor, die Cops würden mich irgendwie festnageln?«

»Besteht eine solche Möglichkeit?«

»Nein«, sagte Rachael in einem aufrichtigen Tonfall.

»Selbst wenn du dich mit den falschen Leuten eingelassen haben solltest: Es ist nie zu spät, sich von ihnen zu trennen.«

»Nein, nichts dergleichen.«

»Gut. Freut mich, das zu hören.«

Der matte Schein der Instrumentenbeleuchtung reichte gerade aus, um ihr Gesicht zu erhellen, genügte jedoch nicht, um die Anspannung in ihren Zügen zu offenbaren. Sie sah jetzt genauso aus, wie sie sich Ben immer dann vorstellte, wenn sie nicht zusammen waren: atemberaubend.

»Ich habe mir nichts zuschulden kommen lassen, Benny.«

»Da bin ich völlig sicher.«

»Deine Worte eben deuteten an...«

»Ich mußte dir eine solche Frage stellen.«

»Sehe ich deiner Meinung nach wie eine Kriminelle aus?«

»Nein, wie ein Engel.«

»Es besteht keine Gefahr, daß ich im Gefängnis lande. Schlimmstenfalls ende ich als Opfer.«

»Und ich bin fest entschlossen, das zu verhindern.«

»Du bist wirklich lieb«, sagte Rachael. Sie drehte kurz den Kopf, sah Ben an und rang sich ein Lächeln ab.

Es blieb auf ihre Lippen beschränkt und erstreckte sich nicht auf den Rest ihres Gesichts. In ihren Augen glänzte noch immer dumpfe Furcht. Und ganz gleich, für wie lieb sie ihn auch halten mochte: Sie war nach wie vor nicht bereit, ihr Geheimnis mit ihm zu teilen.

Sie erreichten Geneplan eine halbe Stunde vor Mitternacht.

Es handelte sich um ein vierstöckiges Gebäude aus Glas und Beton, das sich im teuren Geschäftsviertel an der Jamboree Road in Newport Beach erhob. Die sechs unterschiedlich langen Kanten entsprachen einem besonders eleganten Baustil, und die modernistisch anmutende Tordurchfahrt war in Marmor eingefaßt. Für gewöhnlich hielt Ben nichts von Bauwerken dieser Art, doch er mußte widerstrebend eingestehen, daß sich die Geneplan-Zentrale durch eine gewisse architektonische Kühnheit auszeichnete. Breite und lange Anpflanzungen mit blühenden Geranien unterteilten den großen Parkplatz. Daran schlossen sich ausgedehnte Grünflächen mit geschmackvoll angeordneten Palmen an. Selbst zu dieser späten Stunde wurden sowohl die Bäume als auch das Gebäude von Scheinwerfern angestrahlt, was dem Ort ein dramatisches Flair von Wichtigkeit und Bedeutung verlieh.

Rachael lenkte ihren roten Mercedes in Richtung der rückwärtigen Front, wo eine kurze Rampe bis an eine bronzefarbene Tür heranreichte. Offenbar gestattete sie Lieferwagen den Zugang ins Kellergeschoß, wo sie be- und entladen werden konnten. Sie fuhr bis ganz nach unten und hielt vor dem Tor an. Rechts und links ragten graue Wände in die Höhe. »Für den Fall, daß jemand auf den Gedanken kommt, mich hier bei Geneplan zu suchen und nach meinem Wagen Ausschau zu halten...«

Ben stieg aus und spürte, daß die Nacht in Newport Beach, nicht so weit vom Meer entfernt, wesentlich kühler und angenehmer war als in Santa Ana oder Villa Park.

Neben dem größeren Zugang sah er eine kleinere Tür, die ebenfalls Zutritt zum Kellergeschoß gewährte. Sie wies zwei Schlösser auf.

Während der Ehe mit Eric hatte Rachael manchmal kleinere Aufträge für ihren Mann erledigt, und aus diesem Grund besaß sie Schlüssel. Damit öffnete sie das stählerne Portal, trat vor und schaltete das Licht ein. An der Wand hing ein Alarmkasten, und die junge Frau betätigte einige Tasten. Zwei rote Lampen erloschen, und eine grüne Anzeige wies auf die Desaktivierung des Kontrollsystems hin.

Ben folgte ihr zum Ende der Kammer, die aus Sicherheitsgründen vom Rest des Kellergeschosses abgeschirmt war. Neben der nächsten Tür hing ein anderer Alarmkasten, und Ben beobachtete, wie Rachael erneut einen Code eingab.

»Der erste basiert auf Erics Geburtstag«, sagte sie, »und dieser hier auf meinem. Aber es gibt noch weitere Überwachungssysteme.«

Sie gingen im Schein der Taschenlampe weiter, die Rachael aus dem Haus in Villa Park mitgenommen hatte. Sie wollte kein Licht einschalten, das von draußen gesehen werden konnte.

»Aber du hast doch das Recht, hier zu sein«, sagte Ben. »Ich meine: Du bist seine Witwe und hast praktisch alles geerbt.«

»Ja, doch wenn die falschen Leute in der Nähe sind und das Licht bemerken, vermuten sie bestimmt, daß ich mich hier umsehe. Und dann kommen sie herein, um mich zu suchen.«

Ben wünschte sich nichts sehnlicher, Rachael entschiede sich endlich dazu, ihm zu erklären, was es mit den ›falschen Leuten‹ auf sich hatte. Aber er hütete sich davor, eine entsprechende Frage zu stellen. Die junge Frau schritt rasch aus, eifrig darauf bedacht, das zu finden, was den Grund für ihren Abstecher nach Geneplan darstellte. Ben begriff, daß ihr seine Fragen hier ebenso unwillkommen waren wie in der Villa.

Während er sie durch den Rest des Kellergeschosses und dann in den ersten Stock begleitete, wurde er immer wieder auf das außergewöhnliche Sicherheitssystem aufmerksam. Um den Kellerbereich mit Hilfe des Lifts zu verlassen, mußte ein dritter Schutzkreis ausgeschaltet werden. Als sie den Aufzug in der ersten Etage verließen, gelangten sie in eine Empfangshalle, bei deren Einrichtung man ebenfalls Probleme der Sicherheit berücksichtigt hatte. Im Licht der Taschenlampe, die Rachael hin und her schwenkte, sah Ben einen dicken, beigefarbenen Teppich, einen beeindruckend wirkenden Schreibtisch aus braunem Marmor und Bronze, hinter dem tagsüber die Empfangsdame saß, kleine Teetische aus Glas und Messing, und drei große Gemälde, die von Martin Green stammen mochten. Doch selbst in völliger Finsternis wären ihm die blutroten Kontrolleuchten der Alarmanlage aufgefallen. Man konnte die Lobby durch zwei glänzende Messingtüren verlassen – die im Innern vermutlich mit Stahl verstärkt waren, so daß sie nicht einfach aufgebrochen werden konnten –, und neben ihnen glühten scharlachfarbene Anzeigen.

»Dies ist gar nichts im Vergleich mit den Sicherheitsmaßnahmen im zweiten und dritten Stock«, ließ sich Rachael vernehmen.

»Was befindet sich dort oben?«

»Sowohl die Computer als auch die wissenschaftlichen Datenbanken. Jeder Zentimeter wird von Infrarot-, Schall- und optischen Detektoren überwacht.«

»Müssen wir hoch?«

»Nein, zum Glück nicht. Und wir brauchen auch nicht nach Riverside County zu fahren, Gott sei Dank.«

»Riverside?«

»Dort wurden die eigentlichen Forschungslaboratorien eingerichtet. Die ganze Anlage ist unterirdisch, nicht nur wegen der biologischen Isolation, sondern auch als Schutz vor Industriespionage.«

Ben wußte, daß Geneplan zu den führenden Unternehmen einer sich schnell entwickelnden und besonders profitablen Industrie gehörte. Die Konkurrenz schlief nicht, und alle waren bestrebt, neue Produkte als erste auf den Markt zu bringen. Dieser niemals endende Wettlauf um Marktanteile machte es notwendig, Handelsgeheimnisse und Produktionsverfahren mit einer Sorgfalt zu schützen, die bereits an Paranoia grenzte. Dennoch fühlte sich Ben verwirrt angesichts der Belagerungsmentalität, die in der Struktur der elektronischen Kontrollsysteme Geneplans zum Ausdruck kam.

Dr. Eric Leben war ein Spezialist für rekombinante DNS gewesen, einer der besten Experten der neuen Gentechnik, die immer mehr an Bedeutung gewann. Geneplan hatte während der späten siebziger Jahre mit der Arbeit begonnen und galt heute als eine der wichtigsten Firmen im vielversprechenden Biogeschäft.

Eric Leben und Geneplan besaßen wertvolle Patente in Hinsicht auf eine Vielzahl von Mikroorganismen, die mit Hilfe genetischer Verschmelzung geschaffen worden waren. Unter anderem ging es dabei um eine Mikrobe, die einen sehr wirksamen Hepatitis-Impfstoff produzierte, der gegenwärtig von der FDA, der staatlichen Überwachungsorganisation für Arnzei- und Lebensmittel, geprüft wurde und vielleicht schon im nächsten Jahr vermarktet werden konnte; eine weitere vom Menschen geschaffene ›Bakterienfabrik‹, die einen Super-Impfstoff gegen alle Arten von Herpes herstellte; eine neue Kornart, die selbst unter Salzwassereinfluß wuchs und gedieh (und somit auch in trockenen Zonen angebaut werden konnte, vorausgesetzt, der Ozean war nahe genug, um Meerwasser heranzupumpen); eine neue Gruppe von Orangen und Zitronen, die keine Fruchtfliegen mehr anlockten, was zur Einsparung einer großen Menge von Pestiziden führte. Jedes einzelne dieser Patente mochte viele hundert Millionen Dollar wert sein, und unter diesem Gesichtspunkt hielt Ben die Paranoia Geneplans durchaus für angebracht: Das Unternehmen war vorsichtig genug, ein kleines Vermögen für den Schutz der Forschungsdaten auszugeben, die als Grundlage für die Entwicklung jener lebenden Goldminen dienten.

Rachael trat auf eine der Türen zu, gab einen neuen Code ein, um die Alarmanlage auszuschalten, nahm die Schlüssel zur Hand und entriegelte das Schloß.

Als Ben die Tür hinter sich zudrückte, stellte er fest, daß sie enorm schwer war. Sie ließ sich nur bewegen, weil man sie perfekt ausbalanciert hatte. Vermutlich hing sie an Angeln mit speziellen Kugellagern, dachte er.

Rachael führte ihn durch einige dunkle und stille Korridore, und nach einer Weile erreichten sie Erics private Zimmerflucht. Dort näherte sich die junge Frau erneut einem Schaltkasten und betätigte mehrere Tasten. Anschließend eilte sie leise über einen rosa- und beigefarbenen Teppich und verharrte vor dem breiten Schreibtisch ihres verstorbenen Mannes. Er war ebenso ultramodern wie der in der Empfangshalle, mußte aber noch weitaus teurer gewesen sein: Er bestand aus kostbarem Marmor und poliertem Malachit.

Der Lichtkegel der Taschenlampe tanzte unstet durch den Raum und gewährte Ben nur flüchtige Blicke auf einzelne Aspekte des Dekors. Das Zimmer schien noch wesentlich moderner zu sein als die Einrichtung in der Villa, geradezu futuristisch.

Rachael legte Pistole und Handtasche auf den Schreibtisch und trat an die eine Wand heran, wo sich Ben zu ihr gesellte. Dort richtete sie die Taschenlampe auf ein Gemälde, das rund einen Quadratmeter groß sein mochte: Shadway erblickte gelbe und düstere Grautöne, hier und dort einige dünne, kastanienbraune Linien. Wie Blutspritzer...

»Noch ein Rothko?« fragte er.

»Ja. Und die Funktion dieses Bildes beschränkt sich nicht nur darauf, ein Kunstwerk zu sein.«

Rachael schob die Finger unter den matt schimmernden Rahmen und tastete an der unteren Kante entlang. Irgend etwas klickte, und das große Gemälde schwang von der Wand fort. Dahinter kam ein Safe mit runder Klappe zum Vorschein. Ben starrte auf das Metall, den Kombinationsknauf, den glänzenden Griff.

»Banal«, brummte er.

»Keineswegs. Es handelt sich nicht um einen gewöhnlichen Wandsafe. Die Stahleinfassungs ist zehn Zentimeter dick, und Klappe und Gehäuse weisen sogar eine Stärke von fast dreizehn Zentimetern auf. Der Safe ist nicht nur in die Wand eingelassen, sondern mit den Stahlträgern des Gebäudes verschweißt. Um ihn zu öffnen, sind zwei Kombinationen erforderlich.« Sie lächelte dünn. »Man könnte ihn nur mit Hilfe einer Kanone und panzerbrechenden Geschossen aufbrechen – und damit würde man hier vermutlich alles in Schutt und Asche legen.«

»Was bewahrt Eric denn darin auf?« fragte Ben verwundert. »Den Sinn des Lebens?«

»Wahrscheinlich ein wenig Bargeld, wie auch im Safe der Villa«, erwiderte Rachael und reichte Ben die Taschenlampe. Sie drehte den Kombinationsknauf. »Und wichtige Papiere.«

Ben beleuchtete die Klappe. »Darauf hast du es also abgesehen? Auf das Geld?«

»Nein. Einen Aktenordner. Oder vielleicht ein Ringbuch mit Notizen.«

»Was für Notizen?«

»Die grundlegenden Daten eines wichtigen Forschungsprojekts. Mehr oder weniger eine Übersicht, die in groben Zügen alle bisherigen Entwicklungen darstellt und zu der auch Kopien der regelmäßigen Berichte von Morgen Lewis gehören. Lewis ist der Projektleiter. Und wenn wir Glück haben, befindet sich hier drin außerdem Erics persönliches Arbeitstagebuch, in dem er alle seine Überlegungen in bezug auf die praktischen und philosophischen Bedeutungen des Entwicklungsprogramms festhielt.«

Es überraschte Ben, daß Rachael seine Frage beantwortete. War sie endlich bereit, ihn zumindest in einen Teil ihres Geheimnisses einzuweihen?

»Was für ein Entwicklungsprogramm?« hakte er nach. »Um was geht es dabei?«

Die junge Frau blieb stumm und wischte sich ihre schweißfeuchten Finger an der Bluse ab, bevor sie das Rad zur ersten Zahl der zweiten Kombination zurückdrehte.

»Was hat es damit auf sich?« drängte Ben.

»Ich muß mich konzentrieren, Benny«, sagte Rachael. »Wenn ich eine falsche Nummer wähle, bleibt mir nichts anderes übrig, als noch einmal ganz von vorn anzufangen.«

Nur der Hinweis auf die Akte – mehr nicht. Shadway war nicht bereit, sich damit zufriedenzugeben. »Es gibt doch bestimmt Hunderte von Unterlagen, die viele verschiedene Projekte betreffen. Wenn Eric es für nötig hielt, diesen einen Ordner hier aufzubewahren, so steht er sicher im Zusammenhang mit der wichtigsten Sache, an der Geneplan derzeit arbeitet.«

Rachael konzentrierte sich ganz auf den Safe.

»Eine wirklich bedeutende Angelegenheit«, sagte Ben.

Die junge Frau blieb still.

»Oder es handelt sich um einen Forschungsauftrag der Regierung, des Militärs vielleicht.«

Rachael gab die letzte Ziffer ein, zog am Griff und öffnete die Klappe. »Verdammt!«

Das Fach war leer.

»Sie sind vor uns hier gewesen«, sagte sie.

»Wer?« fragte Ben.

»Offenbar ahnten sie, daß ich Bescheid weiß.«

»Wer ahnte etwas?«

»Andernfalls hätten sie es nicht so eilig gehabt, die Akte zu holen«, fügte Rachael hinzu.

»Wer?« wiederholte Ben.

»Überraschung«, ertönte hinter ihnen eine Stimme.

Rachael schnappte erschrocken nach Luft, und Ben wirbelte um die eigene Achse, richtete den Lichtkegel der Taschenlampe auf einen hochgewachsenen und kahlköpfigen Mann, der einen lohfarbenen Anzug und ein Hemd mit grünen und weißen Streifen trug. Auf seinem Schädel zeigte sich nicht einmal die Andeutung eines Haars. Das Gesicht war kantig, der Mund breit, die Nase lang – slawisch anmutende Züge, graue Augen, wie schmutziges Eis. Der Unbekannte stand auf der anderen Seite des Schreibtisches, wie ein Spiegelbild des Filmproduzenten Otto Preminger. Ganz offensichtlich intelligent. Und möglicherweise gefährlich. Er hatte Rachaels Pistole an sich genommen.

Aber was noch schlimmer war: In der einen Hand hielt der Kahlköpfige eine Smith & Wesson Combat Magnum, Modell 19. Ben kannte diesen Revolver – und hatte einen Heidenrespekt davor. Es handelte sich um eine der gefährlichsten Handfeuerwaffen überhaupt: Vielleicht ließ sich mit den großkalibrigen Geschossen sogar ein Elefant erlegen.

In den grauen Augen des Mannes blitzte es seltsam.

»Licht an«, sagte er und hob die Stimme dabei ein wenig. Offenbar reagierte ein akustischer Sensor, denn unmittelbar darauf schalteten sich automatisch die Lampen im Zimmer ein.

»Stecken Sie die Waffe ein, Vincent«, sagte Rachael.

»Ich fürchte, diesen Wunsch kann ich Ihnen nicht erfüllen«, erwiderte der Kahlköpfige.

»Gewaltanwendung ist nicht notwendig«, beharrte Rachael.

Vincent lächelte dünn, was seinem Gesicht einen boshaften Ausdruck verlieh. »Ach, wirklich nicht? Dann ist Ihre Pistole wohl nur ein Schmuckstück, wie?« Er zeigte ihr die 32er, die er vom Schreibtisch genommen hatte.

Ben wußte, daß der Rückschlag einer S&W Combat Magnum zweimal so stark war wie der einer 45er; aus diesem Grund verfügte sie über einen besonders großen und stabilen Griff. Zwar stellte sie eine Präzisionswaffe dar, doch das nützte nichts, wenn sie von einem ungeübten Schützen eingesetzt wurde. Angenommen, der Kahlköpfige hatte keine Erfahrung im Umgang mit der Magnum: In einem solchen Fall konnte Ben mit ziemlicher Sicherheit davon ausgehen, daß sich die ersten Kugeln in die Wand bohren würden, hoch über ihnen. Und das gab ihm vielleicht Zeit genug, den Mann zu erreichen und ihn außer Gefecht zu setzen.

»Eigentlich glaubten wir, Eric sei nicht so dumm, Ihnen von Wildcard zu erzählen«, sagte Vincent. »Aber offenbar täuschten wir uns in dem armen Narren, denn sonst wären Sie nicht hier, um im Safe nachzusehen. Ganz gleich, wie schlecht er Sie auch behandelte, Rachael: Er hatte trotzdem eine Schwäche für Sie.«

»Er war zu stolz«, erwiderte die junge Frau. »Er liebte es, mit seinen Leistungen zu prahlen.«

»Die meisten Angehörigen des Mitarbeiterstabs von Geneplan haben keine Ahnung vom Wildcard-Projekt«, fuhr Vincent fort. »Glauben Sie mir, Rachael: Sie mögen ihn gehaßt haben, aber Eric hielt Sie für etwas Besonderes. Nur Ihnen vertraute er sich an.«

»Ich haßte ihn nicht«, sagte Rachael. »Ich bemitleidete ihn. Jetzt noch mehr als jemals zuvor. Vincent, wußten Sie, daß Eric die wichtigste Regel brach?«

Vincent schüttelte den Kopf. »Ich erfuhr erst... heute abend davon. Ich verstehe nicht, wieso er sich zu so etwas hinreißen lassen konnte.«

Ben beobachtete den Kahlköpfigen wachsam und kam widerstrebend zu dem Schluß, daß er alles andere als ein unerfahrener Schütze war. Er hielt die Waffe nicht locker in der Hand, sondern hatte die Finger fest um den Griff geschlossen. Sein rechter Arm war lang und gerade ausgestreckt, und die Mündung der Magnum deutete auf eine Stelle zwischen Rachael und Ben. Vincent brauchte den Revolver nur einige Zentimeter weit nach rechts oder links zu bewegen, um einen von ihnen zu erschießen.

»Vergessen Sie die verdammte Knarre«, wandte sich Rachael an den Mann vor ihnen. »Wir brauchen keine Waffen, Vincent. Wir sitzen alle im gleichen Boot.«

»Nein«, widersprach der Kahlköpfige. »Wir sehen die Sache aus einer anderen Perspektive. Sie gehören nicht zu uns, hätten überhaupt nichts erfahren dürfen. Wir trauen Ihnen nicht, Rachael. Und was Ihren Freund angeht...«

Vincent sah Ben an, und der Blick seiner grauen Augen war kalt und durchdringend. Ben schauderte unwillkürlich.

Offenbar begriff Vincent nicht, daß Ben keineswegs so harmlos war, wie es den Anschein haben mochte, denn er musterte ihn nur einige Sekunden lang und richtete seine Aufmerksamkeit dann wieder auf Rachael. »Er hat mit der ganzen Sache überhaupt nichts zu tun. Und wenn wir schon ablehnen, Sie daran zu beteiligen, so rücken wir bestimmt nicht zur Seite, um *ihm* Platz zu machen.«

Für Ben klang diese Bemerkung ebenso unheilvoll wie ein Todesurteil, und er hielt den Zeitpunkt für gekommen, rasch zu handeln. »Licht *aus*!« rief er, in der Hoffnung, daß der akustische Sensor auch auf seine Stimme reagierte. Von einem Augenblick zum anderen wurde es dunkel im Zimmer. Ben holte aus und warf die Taschenlampe, aber Vincent duckte sich bereits und legte auf ihn an. Rachael schrie. Shadway hoffte, daß sie geistesgegenwärtig genug war, sich zu Boden fallen zu lassen. Das Licht der Taschenlampe flackerte über die Wände und die Decke des Zimmers, und Ben hoffte, daß der tanzende Schein Vincent wenigstens kurz ablenkte. Nur eine Sekunde, vielleicht auch etwas weniger, dachte er, als er vorsprang, in Richtung des breiten Schreibtischs aus Marmor und Malachit, als er spürte, wie er über die glatte Fläche rutschte, direkt auf den Kahlköpfigen zu. Er wußte, daß es jetzt kein Zurück mehr gab, daß die Ereignisse unaufhaltsam ihren Lauf nahmen. Er nahm alles wahr wie einen Film, der mit zweifacher Geschwindigkeit lief, und gleichzeitig registrierte er das Geschehen mit einem mentalen Zeitlupe-Mechanismus, der subjektiv alles verlangsamte, jede Sekunde zu einer Minute zu dehnen schien. Ein altes Programm übernahm die Kontrolle über Körper und Geist, weckte den Kämpfer in ihm. Viele Dinge passierten zur gleichen Zeit. Rachael schrie noch immer, während Ben über den Schreibtisch rutschte. Der Schein der Taschenlampe wirkte wie ein zitterndes Irrlicht, und die Mündung der Magnum flammte grell auf. Ben spürte ein Geschoß, das dicht über ihn hinwegraste, dabei fast sein Haar berührte, hörte das laute Knallen des Schusses, das dumpfe Zischen und Fauchen der Kugel, fühlte durch sein Hemd die Kühle des Malachits. Das Licht fiel kurz auf Vincent, als er abdrückte, und Ben erreichte ihn und grub ihm die Faust in die Magengrube. Der Kahlköpfige ächzte, und die Taschenlampe prallte ab und fiel zu Boden; ihr Schein erhellte eine fast zwei Meter große, abstrakte Bronzeskulptur. Shadway erreichte das Ende des Schreibtischs, packte seinen Gegner und zerrte ihn auf den Teppich, während die Magnum erneut donnerte und sich die Kugel des zweiten Schusses in die Decke bohrte. In der Dunkelheit rollte sich Ben auf Vincent, war sich dabei der Lage ihrer Körper so bewußt, daß es ihm gelang, ein Knie anzuziehen und es in den Schritt des Kahlköpfigen zu rammen. Vincent brüllte, lauter noch als Rachael, und Ben schlug erneut zu, kannte kein Erbarmen, wagte es nicht, Gnade walten zu lassen. Seine Hand schloß sich um die Kehle des Gegners, erstickte seinen Schrei. Er schmetterte ihm die Faust an die rechte Schläfe, holte immer wieder aus, und als sich die Magnum zum drittenmal entlud, mit einem geradezu ohrenbetäubenden Krachen, schlug Ben noch fester und entschlossener zu – bis Vincent schließlich erschlaffte, bis ihm die Waffe aus der Hand fiel. Shadway zögerte kurz, holte keuchend Luft und sagte: »Licht an!«

Sofort wurde es hell.

Vincent rührte sich nicht mehr, und in seinem verletzten Hals rasselte der Atem.

Es stank nach Schießpulver und heißem Metall.

Ben rollte sich von dem Bewußtlosen herunter und griff nach der Combat Magnum. Tiefe Erleichterung erfüllte ihn, als sich seine Hand um den Griff der Waffe schloß.

Rachael wagte sich langsam hinter dem Schreibtisch hervor und nahm ihre 32er an sich, die Vincent ebenfalls fallengelassen hatte. Sie starrte Ben zugleich erstaunt und ungläubig an.

Shadway wandte sich wieder Vincent zu und untersuchte ihn. Er hob erst das eine Lid, dann das andere, stellte fest, ob die Pupillen geweitet waren – deutliche Anzeichen für eine

Hirnverletzung. Anschließend betrachtete er die rechte Schläfe des Kahlköpfigen, auf die er mehrmals eingeschlagen hatte. Er betastete seine Kehle, vergewisserte sich, daß er nach wie vor einigermaßen regelmäßig atmen konnte, prüfte den Puls.

Nach einer Weile seufzte er. »Er wird nicht sterben, dem Himmel sei dank. Manchmal kann man nur schwer beurteilen, wieviel Kraft genügt, was zuviel wäre. Vincent schwebt nicht in Lebensgefahr. Bestimmt schläft er noch einige Zeit, und wenn er erwacht, muß er behandelt werden. Aber er dürfte eigentlich in der Lage sein, sich selbst an einen Arzt zu wenden.«

Rachael musterte ihn sprachlos.

Ben zog das Kissen von einem nahen Sessel und legte es unter Vincents Kopf – um zu vermeiden, daß der Kahlköpfige an seiner eigenen Zunge erstickte.

Dann durchsuchte er ihn rasch, konnte die Wildcard-Akte jedoch nicht finden. »Vielleicht ist er mit anderen Leuten hierher gekommen. Sie öffneten den Safe, nahmen den Inhalt an sich und machten sich auf und davon. Nur Vincent blieb zurück – um auf uns zu warten.«

Rachael legte ihm die Hand auf die Schulter, und als er zu ihr aufsah, sagte sie: »Meine Güte, Benny, du bist doch nur ein Immobilienmakler!«

»Ja«, bestätigte er und gab vor, nicht zu verstehen, was die junge Frau meinte. »Und zwar ein verdammt guter.«

»Aber... die Art und Weise, in der du mit Vincent fertiggeworden bist... so ungeheuer schnell... mit einem derartigen Geschick...«

Ben empfand so etwas wie grimmige Zufriedenheit, als Rachael begriff, daß sie nicht die einzige war, die Geheimnisse hatte.

Er nahm sich ein Beispiel an ihrem bisherigen Verhalten und ließ sie ebenfalls schmoren. »Komm«, brummte er. »Wir sollten uns jetzt aus dem Staub machen, bevor noch jemand hier auftaucht. Ich bin zwar ganz gut, was diese schmutzigen Spielchen angeht, aber sie gefallen mir nicht besonders.«

8. Kapitel
Müll

Ratten liefen quiekend davon, als ein zerlumpter und betrunkener Vagabund durch die schmale Gasse wankte, einige Kisten aufeinanderstapelte und an einem Müllbehälter emporkletterte, in dem er irgendwelche Schätze zu finden hoffte. Als er die Leiche der Frau sah, erschrak er so sehr, daß er den Halt verlor und fiel.

Der Vagabund hieß Percy. An seinen Nachnamen konnte er sich nicht erinnern. »Ich weiß überhaupt nicht, ob ich jemals einen hatte«, sagte er, als ihn Verdad und Hagerstrom kurze Zeit später in der Gasse befragten.

»Glaubst du, dieser Stinker hat die Frau umgebracht?« wandte sich Hagerstrom an seinen Kollegen – so als könne der Betrunkene sie nur dann hören, wenn er direkt angesprochen wurde.

Verdad musterte Percy, verzog voller Abscheu das Gesicht und antwortete im gleichen Tonfall. »Das halte ich für unwahrscheinlich.«

»Mhm. Und selbst wenn er irgend etwas Wichtiges gesehen hat: Bestimmt weiß er nicht, was es bedeutet. Vermutlich würde er sich ohnehin nicht daran erinnern.«

Lieutenant Verdad schwieg.

Als ein Immigrant, der in einem weitaus weniger reichen und demokratischen Land geboren war als dem Staat, dem er sich jetzt verpflichtet fühlte, hatte er nicht das geringste Verständnis für Aussteiger wie Percy. Verwundert fragte er sich, wie jemand, der von Geburt an die amerikanische Staatsbürgerschaft besaß, so tief sinken und ein Leben in der Gosse *wählen* konnte. Julio wußte, daß er den Leuten gegenüber, die aus freiem Willen am Rande der Gesellschaft lebten, toleranter sein sollte. Vielleicht war Percy durch einen tragischen Schicksalsschlag zu dem Häufchen Elend geworden, als das er sich den beiden Polizisten darbot. Julio hatte an einigen umfangreichen Schulungskursen seines Departments teilgenommen und kannte sich daher in der Psychologie und Soziologie einer philosophischen Betrachtungsweise aus, die Außenseiter als Opfer darstellte.

Doch es wäre ihm wesentlich leichter gefallen, die fremdartigen Gedankengänge eines Marsianers nachzuvollziehen, als sich ein Bild von den Motiven solcher Vagabunden zu machen. Er seufzte resigniert, zupfte an den Ärmeln seines weißen Seidenhemds und rückte die permuttenen Manschetten zurecht, erst die rechte, dann die linke.

»Meine Güte«, brummte Hagerstrom, »manchmal erscheint es mir wie ein Naturgesetz, daß in dieser Stadt alle möglichen Augenzeugen eines Mords betrunken sind und ihr letztes Bad vor mindestens drei Wochen genommen haben.«

»Wenn unser Job leicht wäre«, entgegnete Verdad, »hingen wir nicht so sehr daran, oder?«

»Ich schon. Himmel, der Kerl stinkt so, daß einem übel werden könnte.«

Zwar erinnerte sich Percy nicht mehr an seinen Nachnamen, aber trotz seiner Vorliebe für Alkoholisches hatte er noch genug Verstand, um zu wissen, daß man die Polizei anrufen mußte, wenn man eine Leiche fand. Und obgleich er nicht viel Respekt für das Gesetz aufbrachte, war er sofort aufgebrochen, um die Behörden zu verständigen.

Verdad und Hagerstrom waren zusammen mit den Spezialisten von der Spurensicherung, der Scientific Investigation Division, vor rund einer Stunde eingetroffen und kamen zu dem Schluß, daß sie mit einem Verhör Percys nur ihre Zeit verschwendeten. Während die SID-Leute Kabel auslegten und Scheinwerfer einschalteten, beobachtete Julio eine weitere Ratte, die angesichts des regen Betriebs in der Gasse die Flucht ergriff. Die Assistenten des amtlichen Leichenbeschauers fotografierten die tote Frau von allen Seiten und holten die Leiche dann aus dem Müllbehälter. Verdad achtete gar nicht darauf und sah der Ratte nach.

Er haßte die Biester, mußte sich beherrschen, um nicht die Waffe zu ziehen und auf das Tier zu schießen. Allein der Anblick einer Ratte genügte, um das Bild zu erschüttern, das er während der vergangenen neunzehn Jahre als amerikanischer Bürger und Polizist von sich selbst geschaffen hatte. Wenn er eine Ratte sah, vergaß er schlagartig all das, was in den vergangenen fast zwei Jahrzehnten zu einem Teil seines Wesens geworden war. Dann wurde er wieder zu dem Julio Verdad aus den Slums von Tijuana, fühlte sich zurückversetzt in einen Schuppen, der aus wurmstichigem Holz, Teerpappe und rostigen Blechteilen bestand. Wenn es beim Mietrecht nur auf die Anzahl der Bewohner ankam, so hätten die Ratten Anspruch auf den Schuppen erheben können, denn sie waren weitaus zahlreicher als die siebenköpfige Verdad-Familie.

Während Julio dem Tier nachsah, das aus dem Licht der Scheinwerfer durch den Rinnstein der Gasse floh, glaubte er zu spüren, wie sich seine gute und teure Kleidung in eine Jeans aus dritter Hand verwandelte, ein zerrissenes Hemd, in abgenutzte Sandalen. Er schauderte und war plötzlich wieder fünf Jahre alt, stand an einem heißen Tag im August im stickigen Schatten der Baracke in Tijuana, starrte voller Entsetzen auf die beiden Ratten, die in aller Seelenruhe am Hals seines vier Monate alten Bruders Ernesto knabberten. Alle anderen Mitglieder der Familie befanden sich draußen und saßen am Rande der staubigen Straße. Die Kinder spielten leise und tranken Wasser, und die Erwachsenen erfrischten sich mit dem Bier, das sie für wenig Geld von den beiden jungen *Ladrones* gekauft hatten, die in der vergangenen Nacht ins Lager der Brauerei eingebrochen waren. Der kleine Julio versuchte zu schreien, um Hilfe zu rufen, doch kein Laut kam über seine Lippen. Die schwüle Augustluft schien zu einem dicken Knebel zu werden, der es ihm unmöglich machte, irgendein Wort zu formulieren. Die Ratten spürten seine Anwesenheit, wandten sich ihm frech zu, quiekten leise – und als er sich mutig in Bewegung setzte und nach ihnen trat, wichen sie nur widerstrebend zurück. Eine von ihnen stellte seine Tapferkeit auf die Probe, indem sie ihm in die linke Hand biß. Da konnte der kleine Julio endlich schreien. Wütend verfolgte er die Ratten, schrie noch immer, als seine Mutter eintraf, zusammen mit seiner ältesten Schwester Evalina. Doch für das Baby kam jede Hilfe zu spät.

Reese Hagerstrom – er kannte Julio lange genug, um zu wissen, wie sehr er Ratten verabscheute – legte ihm die breite Hand auf die Schulter. »Ich glaube, wir sollten Percy fünf Dollar geben und ihn auffordern, sich aus dem Staub zu machen«, sagte er, um seinen Partner abzulenken. »Er hat mit dieser Sache nichts zu tun, und ich bezweifle, ob er uns irgendeinen Hinweis geben könnte. Außerdem kann ich seinen Gestank nicht mehr ertragen.«

»In Ordnung«, erwiderte Julio. »Ich bin mit zwei fünfzig dabei.«

Während Reese dem Betrunkenen einige Scheine in die Hand drückte, beobachtete Verdad, wie man die Tote aus dem großen Müllbehälter holte. Er versuchte, einen gewissen Abstand zum Opfer zu wahren, sich einzureden, sie bestünde gar nicht aus Fleisch und Blut, sei überhaupt kein Mensch gewesen, mit Gefühlen, mit Hoffnungen und Wünschen. Aber es gelang ihm nicht so recht. Die Frau wirkte *echt*, und der Geruch des Blutes ließ sich nicht einfach verleugnen. Sie wurde auf ein Tuch gelegt, das man extra zu diesem Zweck auf dem Boden ausgebreitet hatte.

Im Licht der Scheinwerfer machten die Fotografen einige weitere Aufnahmen, und Julio trat ein wenig näher heran. Die Tote war jung, Anfang zwanzig, schwarzhaarig, mit braunen Augen. Der Täter und die gefräßigen Ratten hatten sie übel zugerichtet, aber trotzdem glaubte Verdad, daß sie zumindest attraktiv gewesen war, wenn nicht sogar ausgesprochen hübsch.

Sie trug nur einen Schuh. Wahrscheinlich befand sich der andere noch im Müllbehälter.

Auf Julios Anweisung hin zogen zwei Männer Gummistiefel an, stülpten sich Atemmasken vors Gesicht und begannen mit einer gründlichen Suche im Abfall. Sie fanden die Handtasche der Toten, und Raubmord konnte ausgeschlossen werden, denn die Börse enthielt dreiundvierzig Dollar. Nach den Angaben des Führerscheins war das Opfer Ernestina Hernandez aus Santa Ana, vierundzwanzig Jahre alt.

Ernestina.

Julio schauderte einmal mehr. Die Ähnlichkeit des Namens mit dem seines vor vielen Jahren verstorbenen Bruders Ernesto ließ ihn frösteln.

Ich finde den Mistkerl, versprach er stumm. Du hattest dein ganzes Leben noch vor dir, und wenn es in dieser Welt so etwas wie Gerechtigkeit gibt, kommt dein Mörder nicht ungestraft davon. Ich schwöre dir, daß ich ihn zur Strecke bringen werde!

Zwei Minuten später fanden die beiden Männer einen blutverschmierten Kittel. Auf der Brusttasche war ein Schild mit folgender Aufschrift befestigt: SANTA ANA LEICHEN-SCHAUHAUS.

»Lieber Himmel!« entfuhr es Reese Hagerstrom. »Glaubst du, jemand aus dem Leichenschauhaus hat ihr die Kehle durchgeschnitten?«

Julio Verdad runzelte nachdenklich die Stirn.

Jemand von der Spurensicherung faltete den Kittel vorsichtig zusammen und achtete darauf, daß sich keine Haare oder Fasern lösten, die daran kleben mochten. Er schob das Kleidungsstück in einen Plastikbeutel, den er sorgfältig verschloß.

Nach weiteren zehn Minuten fanden die beiden Männer im Müllbehälter ein scharfes Skalpell, an dessen Klinge sich einige Blutflecken zeigten. Es handelte sich um ein teures und sehr gutes Instrument, das denen ähnelte, die in Operationssälen Verwendung fanden. Oder das die Pathologen bei einer Autopsie benutzten.

Auch das Skalpell kam in einen Kunststoffbeutel und wurde neben die zugedeckte Leiche gelegt.

Sie setzten die Suche bis Mitternacht fort, doch der zweite Schuh des Opfers blieb verschwunden.

9. Kapitel
Plötzlicher Tod

Fast mit Vollgas fuhr Rachael durch die warme Juninacht, und sie hatte mehr als genug Zeit, um gründlich nachzudenken. Die Lichter der südkalifornischen Städte blieben immer weiter hinter dem roten Mercedes zurück und verblaßten schließlich. Weiter vorn erstreckte sich die Wüste, ein dunkles und leeres Land, in dem man hier und dort nur einige zerklüftete Felsformationen oder vereinzelte Josuabäume sehen konnte.

Ben hatte auf dem Beifahrersitz Platz genommen und schwieg die meiste Zeit über, starrte gedankenversunken auf das dunkle Band des Highways vor ihnen. Dann und wann wechselten sie einige knappe Worte, sprachen über Themen, die angesichts der besonderen Umstände geradezu trivial anmuteten. Eine Zeitlang unterhielten sie sich über chinesische Spezialitäten, blieben dann einen Moment still und diskutierten schließlich alte Clint Eastwood-Filme.

Rachael wußte natürlich, was in Ben vor sich ging: Er rächte sich jetzt dafür, daß sie sich bisher geweigert hatte, ihr Geheimnis mit ihm zu teilen. Ihm war klar, wie sehr sie über sein Verhalten in Erics Büro staunte, die Mühelosigkeit, mit der er Vincent Baresco außer Gefecht gesetzt hatte, und bestimmt brannte er darauf, ihr zu erzählen, woher seine entsprechenden Fähigkeiten stammten. Sein Schweigen teilte ihr mit, daß er nur dann etwas preisgeben wollte, wenn auch Rachael ihm einige Informationen anvertraute.

Doch dazu war sie noch nicht bereit. Sie befürchtete, daß sie ihn bereits zu sehr in die ganze Sache hineingezogen hatte, und sie wollte unbedingt vermeiden, ihn noch tiefer darein zu verwickeln – es sei denn, sein Überleben hinge davon ab, daß er genau wüßte, was auf dem Spiel stand.

Als sie von der Interstate 10 auf den State Highway 111 bog, nur noch rund sechzehn Kilometer von Palm Springs entfernt, überlegte sie, ob sie Ben irgendwie daran hätte hindern können, sie in die Wüste zu begleiten. Wahrscheinlich nicht. Nach dem Aufenthalt in der Geneplan-Niederlassung von Newport Beach stellte sich Ben als besonders hartnäckig und stur heraus, und zu versuchen, seine Meinung zu ändern, wäre vollkommen aussichtslos gewesen.

Rachael bedauerte die gespannte Atmosphäre zwischen ihnen. Sie kannten sich jetzt seit fünf Monaten, und es geschah zum erstenmal, daß sich zwischen ihnen eine Barriere des Unbehagens bildete.

Sie hatten Newport Beach um Mitternacht verlassen, und fünfundsiebzig Minuten später erreichten sie Palm Springs. Rachael lenkte den Wagen über den Palm Canyon Drive im Zentrum der Stadt. Etwa hundertfünfzig Kilometer in einer Stunde und fünfzehn Minuten, dachte die junge Frau. Daraus ergab sich eine Durchschnittsgeschwindigkeit von hundertzwanzig Stundenkilometern. Nicht übel. Trotzdem erschien es ihr noch immer, als kröchen sie im Schneckentempo dahin, als verlören sie den Anschluß an die Ereignisse, die sich weitaus schneller entwickelten.

Im Sommer hielten sich in Palm Springs nicht ganz so viele Touristen auf wie während der übrigen Jahreszeiten, und um viertel nach eins nachts herrschte auf der Hauptstraße praktisch kein Verkehr. Rechts und links ragten die Palmen so starr in die Höhe, daß sie wie Skulpturen wirkten, matt erhellt vom Schein der Straßenlampen. Die Bürgersteige leer und verlassen. Die Schaufenster der Geschäfte und Läden – nur dunkle Flächen. Die Ampeln leuchteten nach wie vor, obgleich Rachaels Mercedes der einzige Wagen war, der die Kreuzungen passierte.

Sie hatte fast den Eindruck, durch eine Welt zu fahren, die gerade von einer Katastrophe heimgesucht worden war, eine Stadt, in der niemand mehr lebte. Wenn sie das Radio einschaltete... Vielleich hörte sie dann gar keine Musik, nur das kalte Zischen von Statik.

Seit der Nachricht vom Verschwinden der Leiche Erics wußte Rachael, daß sich etwas Schreckliches manifestiert hatte, und Stunde um Stunde verstärkte sich das in ihr brodelnde Entsetzen. Jetzt erschien ihr sogar eine leere Straße als ein Zeichen nahen Unheils. Eine Überreaktion, fuhr es ihr durch den Sinn. Ganz gleich, was die nächsten Tage bringen – es wird wohl kaum das Ende der Welt sein.

Andererseits, so fügte sie in Gedanken hinzu, könnte es durchaus *mein* Ende bedeuten, das Ende *meiner* Welt!

Sie fuhr durch die Geschäftsviertel, anschließend die Wohnbereiche, vorbei an bescheidenen Häusern und Luxusvillen, und nach einer Weile hielt sie vor einem niedrigen und breiten Stuckhaus an, dem Inbegriff der Wüstenarchitektur. Doch die Anpflanzungen im Garten schienen einer völlig anderen Klimazone zu entsprechen: Benzoebäume und -sträucher, Springkraut, Begonien, Beete mit Ringel- und Samtblumen. Ihre bunten Blüten schimmerten im indirekten Schein versteckter Spotlampen. Von ihnen stammte das einzige Licht: Die Fenster an der vorderen Front des Hauses waren dunkel.

Rachael hatte Benny erklärt, dies sei eine weitere Villa, die Eric gehörte – ihm jedoch verschwiegen, aus welchem Grund sie hierher kamen. Seufzend beugte sie sich vor, und als sie die Scheinwerfer ausschaltete, meinte Ben: »Ein hübsches Wochenendhäuschen.«

Sie schüttelte den Kopf. »Nein. Ein goldener Käfig für Erics Mätresse.«

Er sah sie verblüfft an. »Woher weißt du das?«

»Vor gut einem Jahr, kurz bevor ich mich von meinem Mann trennte, rief sie mich in Villa Park an. Eine gewisse Cindy Wasloff. Eric hatte ihr verboten, sich bei ihm zu melden. Sie sollte nur in einem wirklichen Notfall telefonieren und sich als die Sekretärin eines Geschäftsfreundes vorstellen. Aber Cindy war sauer, weil er sie in der vergangenen Nacht geschlagen hatte, und sie wollte ihn nicht wiedersehen. Um es ihm heimzuzahlen, erzählte sie mir alles.«

»Warst du überrascht?«

»Eigentlich nicht. Ich hatte bereits entschieden, Eric zu verlassen. Nun, ich hörte Cindy aufmerksam zu und notierte mir die Adresse des Hauses. Der Ehebruch kam mir recht gelegen, und ich nahm mir vor, Eric damit unter Druck zu setzen, falls er sich weigern sollte, in die Scheidung einzuwilligen. Glücklicherweise konnte ich darauf verzichten. Es hätte mir überhaupt nicht gefallen, vor Gericht, in aller Öffentlichkeit, Erics schmutzige Wäsche zu waschen... Meine Aussage hätte bestimmt eine Menge Staub aufgewirbelt, denn das Mädchen war erst sechzehn.«

»Wer? Die Geliebte?«

»Ja. Sechzehn. Fast noch ein Kind. Von zu Hause ausgerissen.« Rachael zögerte kurz. »Und offenbar war Cindy nicht die erste.«

»Hatte Eric eine Vorliebe für Teenager?«

»Er fürchtete sich davor, alt zu werden«, sagte Rachael. »Er war erst einundvierzig, als ich ihn verließ, noch immer ein junger Mann, doch seine Geburtstage gaben ihm keine Gelegenheit zum Feiern, sondern zum Trauern. Er schien zu glauben, er brauche nur zu zwinkern, um sich als seniler und gebrechlicher Greis in irgendeinem Altersheim wiederzufinden. Eric hatte eine irrationale Angst davor, alt zu werden und zu sterben, und das kam in vielen Dingen zum Ausdruck. Zum Beispiel wurde im Verlauf der Zeit das *Neue* immer wichtiger für ihn. Jedes Jahr mußte ein neuer Wagen her, so als sei ein zwölf Monate alter Mercedes bereits reif für den Schrotthaufen. Ständig wechselte er seine Garderobe – die alten Sachen raus, neue rein...«

»Moderne Kunst«, warf Ben ein. »Moderne Architektur. Ultramoderne Möbel.«

»Ja. Und die letzten elektronischen Kinkerlitzchen. Ich glaube, die Verhältnisse mit kleinen Mädchen sind ein weiterer Beweis für seine Besessenheit, um jeden Preis jung zu bleiben, dem Tod eins auszuwischen. Wenn er mit ihnen zusammen war, fühlte er sich vielleicht in seine Jugend zurückversetzt. Nun, als ich von Cindy Wasloff und diesem Haus in Palm Springs erfuhr, begriff ich, daß mich Eric auch deswegen geheiratet hatte, weil ich zwölf Jahre jünger war als er. Und als ich älter wurde, als ich mich mehr und mehr meinem dreißigsten Geburtstag näherte, wußte er immer weniger mit mir anzufangen. Deshalb wandte er sich jungem Fleisch zu, Mädchen wie Cindy.«

Rachael öffnete die Tür und stieg aus. Benny folgte ihrem Beispiel und trat an ihre Seite. »Und was suchen wir hier?« fragte er. »Wohl kaum seine letzte Geliebte. Du wärst nicht wie ein Formel 1-Pilot hierher gerast, nur um dir Erics letzte Gespielin anzusehen.«

Rachael wollte – oder konnte – nicht antworten, holte stumm ihren 32er aus der Handtasche und ging auf das Haus zu.

Die Nacht war warm und trocken, und an dem klaren Himmel über der Wüste glänzten Myriaden Sterne. Kein Wind bewegte die Luft, und abgesehen vom Zirpen der Grillen herrschte völlige Stille.

Die Büsche und Sträucher sahen aus wie bedrohliche Schatten. Nervös ließ Rachael ihren Blick über die dichten Hecken und Anpflanzungen schweifen. Zu viele Versteckmöglichkeiten. Sie erzitterte kurz.

Die Eingangstür stand einen Spaltbreit offen – kein gutes Zeichen. Rachael klingelte, wartete einige Sekunden, klingelte erneut. Keine Reaktion.

»Ich nehme an, das Haus gehört jetzt dir«, sagte Ben. »Du hast es geerbt, zusammen mit allen anderen Dingen. Und deshalb darfst du eintreten, ohne um Erlaubnis zu fragen.«

Rachael starrte auf den dunklen Spalt zwischen Tür und Rahmen und argwöhnte eine Falle, die zuschnappen mochte, wenn sie entschied, nach dem Köder zu suchen.

Sie wich einen Schritt zurück, hob das rechte Bein und trat fest zu. Mit einem lauten Krachen prallte die Tür an den Rand der Einfassung und schwang dann wieder zurück.

»Du erwartest also nicht, mit offenen Armen empfangen zu werden«, stellte Ben fest.

Von der kleinen Lampe über dem Eingang ging ein blasser, milchiger Schein aus, der nur die ersten Meter des Flurs erhellte. Rachael konnte erkennen, daß dort niemand auf sie lauerte, doch der größte Teil des Korridors lag im Dunkeln.

Ben wußte noch immer nicht genau, worum es eigentlich ging, und daher sah er sich außerstande, das tatsächliche Ausmaß der Gefahr richtig einzuschätzen. Da er schlimmstenfalls mit einem weiteren bewaffneten Vincent Baresco rechnete, war er kühner als Rachael, trat an ihr vorbei ins Haus und schaltete das Licht ein.

Die junge Frau folgte ihm. »Verdammt, Benny, du solltest vorsichtig sein.«

»Ob du's glaubst oder nicht, Rachael: Ich kann es mit einer Sechzehnjährigen aufnehmen.«

»Meine Besorgnis gilt nicht der Geliebten Erics«, erwiderte sie scharf.

»Wem dann?«

Auf den Zehenspitzen schlich Rachael los, die Pistole schußbereit in der Hand, betätigte alle Lichtschalter, die sie unterwegs entdeckte.

Das hypermoderne Dekor wirkte hier besonders futuristisch und vermittelte den Eindruck unpersönlicher Sterilität. Ein polierter Terrazzoboden, der Glanz so kalt wie Eis. Nirgends ein Teppich. Metallblenden anstelle von Fensterläden. Unbequem aussehende Sessel. Sofas, die riesigen Pilzen ähnelten. Alles weiß, schwarz und maulwurfgrau. Nur die wenigen Schmuckstücke brachten Farbe in die eintönige Umgebung: ein trübes Gelb.

In der Küche schien ein Tollwütiger am Werk gewesen zu sein. Der weißlackierte Frühstückstisch und zwei Stühle lagen auf der Seite. Die beiden anderen Stühle waren an allen erreichbaren Dingen zertrümmert worden. Der Kühlschrank wies mehrere Beulen und dicke Kratzer auf, und Dutzende von scharfkantigen Splittern erinnerten an die dicke Scheibe in der Herdklappe. Im Holz der Wandschränke zeigten sich breite Risse. Irgend jemand hatte Teller, Tassen und Gläser an die Wände geschleudert, und ihre Reste bildeten eine dicke Schicht auf dem Boden. Hier und dort formten die Lebensmittel aus dem Kühlschrank bizarre Haufen: saure Gurken, Milchtüten, Nudelsalat, Senf, Käse, Schinken. Im Gestell neben der Spüle fehlten die Messer. Mit enormer Kraft waren sie in die Bruchsteinwand getrieben worden, einige bis zum Heft.

»Glaubst du, sie haben hier nach etwas gesucht?« fragte Benny.

»Vielleicht.« Rachael akzeptierte das ›sie‹.

»Nein.« Er schüttelte den Kopf. »Das halte ich für unwahrscheinlich. Hier sieht es ebenso aus wie im Schlafzimmer der Villa. Gespenstisch. Unheimlich. Jemand hat seiner Wut Luft gemacht, in einem Tobsuchtsanfall alles zerstört.«

Rachael konnte den Blick nicht von den Messern abwenden, und sie spürte, wie sich in ihrer Magengrube etwas zusammenkrampfte. Furcht schnürte ihr die Luft ab.

Die Waffe in ihrer Hand fühlte sich anders an als noch vor wenigen Sekunden. Zu leicht, zu klein. Fast wie ein Spielzeug. Konnte sie damit überhaupt etwas ausrichten? Gegen einen *solchen* Feind?

Weitaus vorsichtiger setzten sie den Weg durch das stille Haus fort. Der psychopathische Zorn, der sich in der Küche entladen hatte, beeindruckte auch Benny. Er forderte Rachael nicht mehr mit seinem Mut heraus, hielt sich dicht an ihrer Seite, wesentlich wachsamer als zuvor.

Im großen Schlafzimmer herrschte ebenfalls Unordnung, wenn es auch nicht annähernd so ein Chaos war wie in der Küche. Neben dem breiten Doppelbett, das aus schwarzlackiertem Holz und einem glänzenden Stahlrahmen bestand, rutschten Federn aus einem zerrissenen Kissen. Die Laken lagen zerknittert auf dem Boden, und der rasende Unbekannte hatte eine der schwarzen Keramiklampen vom Nachtschränkchen gestoßen. Sie war auseinandergebrochen, der Schirm zerdrückt. Die Bilder an den Wänden hingen schief.

Benny ging in die Hocke, um sich eins der Laken genauer anzusehen. Kleine rote Flecken und ein dicker scharlachfarbener Streifen zeichneten sich mit einer krassen Deutlichkeit auf dem knittrigen Weiß ab.

»Blut«, sagte er.

Rachael spürte, wie ihr der kalte Schweiß ausbrach.

»Nicht viel«, fügte Ben hinzu, richtete sich wieder auf und ließ seinen Blick über die Decken schweifen. »Aber zweifellos Blut.«

Rachael sah den roten Abdruck einer Hand, dicht neben der Tür des Schlafzimmers. Er war recht groß, stammte vermutlich von einem Mann – so als habe sich ein Metzger, erschöpft von seinem gräßlichen Werk, einige Sekunden lang an die Wand gelehnt.

Im Bad brannte Licht. Durch die offene Tür konnte Rachael praktisch alles sehen, entweder direkt oder in den großen Spiegeln: graue Fliesen, Messingarmaturen, die große Wanne, im Boden eingelassen, die Toilette, den Rand des Waschbeckens. Der Raum schien verlassen zu sein, aber als Rachael sich der Schwelle näherte, hörte sie, wie jemand erschrocken nach Luft schnappte. Ihr Pulsschlag beschleunigte sich so jäh, daß ihr das Pochen in der Brust wie ein lautes Trommeln erschien.

Ben blieb dicht hinter ihr stehen: »Stimmt etwas nicht?«

Rachael deutete stumm auf die Duschkabine. Das Glas war so dick und trüb, daß sich unmöglich feststellen ließ, was sich in der kleinen Kammer befand. Nicht einmal ein vager Umriß ließ sich erkennen.

Ben beugte sich vor und lauschte.

Rachael wich an die Wand zurück, den Lauf ihrer 32er auf die Tür der Duschkabine gerichtet.

»Kommen Sie da raus«, sagte Benny scharf und ließ das milchige Glas nicht aus den Augen.

Keine Antwort. Nur das leise, ängstliche Schnaufen.

»Sie sollen rauskommen«, wiederholte Ben.

Plötzlich vernahmen sie ein leises und entsetztes Wimmern, fast so wie das leise Weinen eines Kindes. Rachael setzte sich langsam in Bewegung und näherte sich der Duschkabine.

Ben schob sich an ihr vorbei, streckte die Hand nach dem Messinggriff aus und öffnete die Tür mit einem Ruck. »O mein Gott!«

Rachael sah ein nacktes Mädchen, das in der kleinen Kammer auf dem Boden hockte, den Rücken in die eine Ecke gepreßt. Ein kaum fünfzehn oder sechzehn Jahre altes Kind, im wahrsten Sinne des Wortes die *letzte* Eroberung Erics. Es bebte am ganzen Leib, hatte die Augen weit aufgerissen. Und die Wangen waren bleich, fast so weiß wie Kalk.

Die junge Frau – wenn man sie schon als solche bezeichnen konnte – mochte normalerweise recht hübsch sein, doch jetzt war sie nur noch ein Schatten ihrer selbst. Unter dem rechten Auge zeigte sich ein großer, blauschwarzer Fleck, der immer noch weiter anschwoll. Gelbrote Striemen reichten über die ganze Wange, bis hin zum Unterkiefer. Die Oberlippe war aufgeplatzt, und Blut quoll aus der Wunde, tropfte auf die Kacheln. Auch die Verfärbungen auf den Armen und am linken Oberschenkel deuteten auf eine brutale Behandlung hin.

Ben wandte sich verlegen ab.

Rachael ließ die Pistole sinken und trat auf die Kabine zu. »Wer hat dir das angetan?« fragte sie. »Wer?« Sie kannte die Antwort bereits, fürchtete, sie aus dem Mund des Mädchens zu hören.

Doch es antwortete nicht. Die blutigen Lippen zitterten, als es vergeblich versuchte, verständliche Worte zu formulieren. Es wimmerte erneut, stöhnte. Tränen lösten sich aus den Augen und rollten über die blassen Wangen. Offenbar litt es noch immer an den Nachwirkungen des Schocks und hatte Mühe, in die Wirklichkeit zurückzufinden. Es schien sich der Anwesenheit Rachaels und Bens gar nicht voll bewußt zu werden, war nach wie vor in einem ganz persönlichen Alptraum gefangen. Zwar begegnete es Rachaels Blick, schien sie jedoch gar nicht richtig wahrzunehmen.

Bens Begleiterin bückte sich und streckte die Hand aus. »Es ist alles vorbei«, sagte sie. »Mach dir keine Sorgen mehr. Niemand wird dich verletzen. Du kannst jetzt herauskommen. Wir lassen nicht zu, daß dir jemand etwas antut.«

Das Mädchen starrte an Rachael vorbei und schauderte so heftig, als wehe ein eisiger Wind, dessen kalte Böen nur in seinem Innern zischten und fauchten.

Rachael reichte Ben ihre Pistole, ging neben der Nackten in

die Hocke, sprach beruhigend auf sie ein und berührte sie vorsichtig an den Armen und im Gesicht, strich ihr behutsam das zerzauste blonde Haar glatt. Zuerst zuckte sie immer wieder zusammen, aber Rachaels einfühlsame Fingerspitzen schienen nach und nach den Schreckenskokon zu zerreißen, der die Unbekannte gefangenhielt. Schließlich zwinkerte sie, sah Rachael überrascht an, ließ sich von ihr in die Höhe helfen und aus der Duschkabine führen.

»Wir müssen sie ins Krankenhaus bringen«, sagte Rachael und preßte kurz die Lippen zusammen, als sie die Verletzungen des Mädchens im hellen Licht besser erkennen konnte. An der rechten Hand waren zwei Fingernägel dicht über dem Ansatz abgebrochen und bluteten. Ein Finger schien gebrochen zu sein.

Sie kehrten ins Schlafzimmer zurück, und Rachael nahm mit der Nackten auf der Bettkante Platz, während Ben in den Fächern des Schranks nach passender Kleidung suchte.

Rachael horchte nach verdächtigen Geräuschen im Haus.

Es blieb alles still.

Dennoch lauschte sie weiter.

Außer Strumpfhosen, einer ausgewaschenen Jeans, einer blaukarierten Hose und einem Paar Turnschuhe fand Ben auch noch einige illegale Drogen. Die unterste Schublade des Nachtschränkchens enthielt fünfzig oder sechzig handgerollte Joints, einen kleinen Plastikbeutel mit bunten Tabletten und eine Tüte mit weißem Pulver. »Wahrscheinlich Kokain«, sagte er.

Eric hatte keine Drogen eingenommen, sie verabscheut. Seiner Ansicht nach waren sie nur etwas für die Schwachen, für die Verlierer, die sich im Leben nicht behaupten konnten. Doch diese Einstellung hatte ihn ganz offensichtlich nicht daran gehindert, seine Mätressen mit entsprechendem Nachschub zu versorgen, um sicherzustellen, daß sie willig blieben und sich seinen Wünschen fügten. Rachael verachtete ihn mehr als jemals zuvor.

Als sie das junge Mädchen anzog, entdeckte Ben eine Handtasche, öffnete sie und holte den Ausweis hervor. »Sie heißt Sarah Kiel«, sagte er. »Und sie ist erst vor zwei Monaten sechzehn geworden. Offenbar kommt sie aus dem Westen, von Coffeyville, Kansas.«

Noch eine Durchgebrannte, dachte Rachael. Vielleicht deshalb ausgerissen, weil sie das Familienleben zu Hause nicht mehr ertrug. Oder möglicherweise eine Aufsässige, die nichts von Disziplin hielt und sich der Illusion hingab, glücklich zu werden, wenn sie keine Regeln mehr zu beachten brauchte.

Warum mußte sie ausgerechnet an Eric geraten? dachte Rachael voller Mitleid.

»Hilf mir bitte, sie zum Wagen zu bringen«, wandte sie sich an Ben, nachdem sie das Mädchen angezogen hatte.

Sie mußten Sarah festhalten, denn sie wankte, und mehrmals knickten ihre Knie ein.

Die Nacht duftete nach Jasmin, und eine leichte Brise wehte, bewegte die Büsche und Sträucher, verwandelte sie in unstete Schemen, die raschelten und sich langsam hin und her neigten. Rachael sah sich nervös um.

Sie setzten Sarah in den Wagen und schnallten sie an. Das junge Mädchen lehnte sich zurück, ließ wortlos den Kopf hängen. Der 560 SL bot nicht besonders viel Platz für eine dritte Person, und aufgrund der Statur Bens beschloß Rachael, ihm das Steuer zu überlassen und im engen Fond Platz zu nehmen.

Als der Mercedes von der Zufahrt rollte, näherte sich ein anderer Wagen. Für Sekunden spiegelte sich das Scheinwerferlicht auf dem roten Lack wider. Ben bog auf die Straße – und das andere Fahrzeug beschleunigte jäh, raste direkt auf sie zu.

Rachaels Herz hämmerte, und atemlos brachte sie hervor: »Mein Gott, *sie* sind es!«

Der Wagen kam mit hoher Geschwindigkeit heran, und Ben verlor keine Zeit, reagierte sofort. Er riß das Steuer herum und fuhr in die andere Richtung. Preßte das Gaspedal bis zum Anschlag nieder. Die Reifen quietschten. Der Mercedes schien einen Satz nach vorn zu machen, sauste an den niedrigen, dunklen Häusern vorbei. Vorne endete die Straße an einer Kreuzung, die sie vor die Wahl stellte, sich nach rechts oder links zu wenden. Es blieb Ben nichts anderes übrig, als den Fuß vom Gas zu nehmen. Rachael senkte den Kopf, blickte durch das Rückfenster und sah den anderen Wagen: Ein großer Cadillac, vielleicht Modell Seville, folgte ihnen und näherte sich rasch.

Ben drehte einfach das Lenkrad, und der Mercedes rutschte über den Asphalt, neigte sich so abrupt zur Seite, daß Rachael fast den Halt verloren hätte. Sie hielt sich an der Rückenlehne des Sitzes vor ihr fest, auf dem Sarah Kiel saß, und sie dachte: *Wenn wir uns überschlagen, sind wir erledigt...*

Der 560 SL kippte nicht, raste weiter, durch ein weites Wohnviertel. Ben beschleunigte jetzt wieder. Rachael beobachtete den Cadillac hinter ihnen, der auf der Kreuzung ins Schleudern kam und an eine geparkte Corvette stieß. Funken stoben. Der Caddy prallte von dem Chevrolet ab und schwang einige Male hin und her, doch dann gelang es dem Fahrer, ihn wieder unter Kontrolle zu bringen.

Ben bog erneut ab, jagte den Mercedes durch eine scharfe Kurve, die Hände fest ums Lenkrad geschlossen. Das Quietschen der Reifen klang wie ein unheimliches Schrillen und Heulen. Der Motor brüllte, als Benny Vollgas gab, und der Wagen schien sich in eine Rakete zu verwandeln, röhrte durch die Nacht. Rachael hatte das Gefühl, nach hinten gepreßt zu werden und kaum mehr atmen zu können, rechnete jeden Moment damit, daß sie einfach abhoben und in einen Orbit steuerten. Von einem Augenblick zum anderen trat Ben auf die Bremse und drehte das Steuer schlagartig nach links – für die Verfolger mußte es den Anschein haben, als sei der Mercedes geradezu in die Querstraße *gesprungen*.

Am Lenkrad bewies er ein ebensolches Geschick wie zuvor beim Kampf gegen Vincent Baresco. *Zum Teufel auch, wer bist du überhaupt?* wollte Rachael ihn fragen. *Ein gewöhnlicher Immobilienmakler ist weder ein Experte im Nahkampf noch ein Rennfahrer!* Aber sie wagte es nicht, einen Laut von sich zu geben, aus Furcht, Ben abzulenken. Wenn sie ihn bei dieser Geschwindigkeit in seiner Konzentration störte, mußte das zu einer Katastrophe führen, zu einem verheerenden Unfall – und damit vielleicht zu ihrem Tod.

Ben wußte natürlich, daß der 560 SL wesentlich schneller war als der Cadillac, doch auf den Straßen in der Stadt, angesichts der vielen Kreuzungen, konnte er diesen Vorteil nicht voll ausnutzen. Als sie sich dem Zentrum näherten, wurden die Ampeln immer zahlreicher, und obgleich zu dieser frühen Stunde nur sehr wenig Verkehr herrschte, bestand die Gefahr eines Zusammenstoßes mit einem anderen Auto. Glücklicherweise war die Straßenlage des Mercedes weitaus besser als die des Cadillacs. Die harte Federung ermöglichte wesentlich höhere Kurvengeschwindigkeiten, und deshalb brauchte Ben nicht so oft zu bremsen wie der Verfolger. Jedesmal dann, wenn er abbog, gewann er einen Vorsprung, den der Caddy bei der nächsten geraden Strecke nicht ganz aufzuholen vermochte. In einem waghalsigen Zickzack näherte er sich dem Palm Canyon Drive, und als er nur noch einen Block von der breiten Hauptstraße entfernt war, die ganz Palm Springs durchzog, hatte sich der Abstand zum Cadillac auf mehrere hundert Meter erhöht. Ben war sicher, daß es ihm schließlich gelingen würde, die Mistkerle ganz abzuhängen, wer auch immer sie sein mochten...

Und nur einen Sekundenbruchteil später sah er den Streifenwagen.

Er parkte vor einigen weiteren abgestellten Fahrzeugen, an der Ecke Palm Canyon, und offenbar hatte der Cop den heranrasenden Mercedes im Rückspiegel gesehen. Er schaltete das Blinklicht ein.

»Halleluja!« sagte Ben.

»Nein!« erwiderte Rachael erschrocken und beugte sich vor. »Du darfst dich nicht an die Polizei wenden! Dann wäre uns der Tod sicher.«

Trotzdem machte Ben Anstalten, auf die Bremse zu treten, als sie sich dem Streifenwagen näherten. Rachael hatte ihm bisher verschwiegen, warum sie die Polizei *nicht* um Hilfe bitten durften. Außerdem hielt Shadway nichts davon, das Gesetz in die eigenen Hände zu nehmen, und er zweifelte nicht daran, daß sich die Verfolger aus dem Staub machten, wenn eine Konfrontation mit den Cops drohte.

»Nein!« rief Rachael erneut. »Um Himmels willen, Benny, vertrau mir. Ich flehe dich an! Wir sind so gut wie tot, wenn du anhältst! Dann legen uns die Kerle um – das ist so sicher wie das Amen in der Kirche!«

Der Vorwurf, nicht genügend Vertrauen zu ihr zu haben, schmerzte, war wie ein Schlag unter die Gürtellinie. Ben vertraute ihr sogar blindlings – weil er sie liebte, weil sie ihm alles bedeutete. Doch er *verstand* sie nicht, fragte sich immer immer wieder, was die jüngsten Ereignisse zu bedeuten haten, fühlte sich zur Seite gedrängt, verletzt. Und die bittere Enttäuschung in Rachaels Stimme verstärkte dieses Empfinden. Shadway traf eine rasche Entscheidung, nahm den Fuß von der Bremse und gab wieder Gas, sauste so schnell an dem Streifenwagen vorbei, daß der Schein des Blinklichts nur einmal durch den Mercedes strich – und dann weit hinter ihnen zurückblieb. Aus den Augenwinkeln hatte Ben zwei verblüffte Beamte gesehen. Vielleicht warteten sie noch auf den Caddy, um anschließend beide Wagen zu verfolgen, was ihm nur recht war. Mit den Bullen im Rücken, so überlegte er, würden es die Typen im Cadillac wohl kaum wagen, sie umzupusten.

Doch zu seiner großen Überraschung verloren die Polizisten keine Zeit: Mit heulender Sirene setzte sich der Streifenwagen in Bewegung und hängte sich an den Mercedes. Möglicherweise waren die beiden Cops angesichts der Geschwindigkeit des 560 SL so verwirrt, daß sie dem Cadillac gar keine Beachtung schenkten. Vielleicht begriffen sie nicht einmal, daß die große Limousine mit fast der gleichen Geschwindigkeit durch die nächtliche Stadt raste.

Ben bog nach rechts auf den Palm Canyon Drive – mit der Tollkühnheit eines Stuntman, der einen speziell vorbereiteten Wagen fuhr, ausgestattet mit Überrollbügeln, besonderen Stabilisatoren und anderen technischen Finessen, um die

Gefahr, der er sich aussetzte, auf ein Minimum zu reduzieren. Der einzige Unterschied bestand darin, daß der Mercedes nicht über solche Dinge verfügte. Ben stellte fest, daß er sich verschätzt hatte, daß er ins Schleudern geriet und auf dem besten Wege war, Rachael, Sarah und sich selbst umzubringen... Der 560 SL neigte sich gefährlich weit nach links, und die Räder auf der rechten Seite verloren den Bodenkontakt. Shadway roch verbranntes Gummi, starrte entsetzt auf die Hauswände, die mit einem abrupten Satz heranzukommen schienen, spürte erneut, wie sich die Zeit dehnte, wie Sekunden zu Minuten wurden, während das Quietschen unnatürlich laut in seinen Ohren widerhallte. Und dann, nach einer halben Ewigkeit, fiel der Mercedes mit einem dumpfen Krachen zurück, und es grenzte an ein Wunder, daß alle Reifen heil blieben, keiner von ihnen platzte.

Ben sah den alten Mann im gelben Hemd und den Cocker-Spaniel, kurz bevor die Stoßdämpfer den schwankenden und zitternden Mercedes ausbalancierten. Das seltsame Pärchen überquerte gerade die Straße, als Ben um die Ecke schleuderte, wie ein Besessener, dem es unbedingt darauf ankam, seinen Wagen zu Schrott zu fahren. Mit achtzig oder neunzig hielt er direkt auf sie zu, und beide blieben verblüfft stehen, der Mann ebenso wie der Hund, starrten aus weit aufgerissenen Augen auf das Geschoß aus Stahlblech und Kunststoff. Ein Greis, mindestens neunzig, und der Hund wirkte ebenfalls altersschwach – es ergab überhaupt keinen Sinn, daß sie um zwei Uhr nachts durch die Stadt schlenderten. Sie hätten zu Hause im Bett liegen und von Hydranten und gut sitzenden Gebissen träumen sollen...

»Benny!« rief Rachael.

»Ich weiß, ich weiß!«

Es gab nicht die geringste Hoffnung, den Wagen rechtzeitig zum Stehen zu bringen. Aus diesem Grund trat Ben nicht nur auf die Bremse, sondern drehte auch das Steuer. Die Fliehkraft riß den Mercedes herum. Er drehte sich um hundertachtzig Grad, und das abgeriebene Gummi ließ lange und breite Streifen auf dem Asphalt zurück, bevor die Räder auf der gegenüberliegenden Straßenseite hart an die Bordsteinkante stießen. Shadway zögerte nicht, gab sofort wieder Gas und setzte die Fahrt nach Norden fort, bemerkte, daß sich der alte Mann und sein Hund hastig auf den Bürgersteig zurückgezogen hatten – und die Sirene des Streifenwagens nur zehn Meter hinter ihm heulte.

Im Rückspiegel sah er den Caddy, der nun ebenfalls um die Ecke kam und sie nach wie vor verfolgte, dem Einsatzfahrzeug der Polizei überhaupt keine Beachtung zu schenken schien.

»Die Kerle müssen völlig verrückt sein«, stieß Ben hervor.

»Schlimmer«, sagte Rachael. »Viel schlimmer.«

Sarah Kiel gab einige ächzende Laute von sich, aber offenbar weckte die akute Gefahr keine Furcht in ihr. Statt dessen hatte es den Anschein, als stimuliere die wilde Verfolgungsjagd ihre Erinnerungen an die andere Art von Gewalt, die sie im Haus erlebt hatte.

Ben beschleunigte, als er den roten Mercedes auf dem Palm Canyon Drive nach Norden lenkte, blickte erneut in den Rückspiegel und sah, daß der Cadillac versuchte, den Polizeiwagen zu überholen. Man hätte meinen können, einige übermütige Jugendliche machten die Straße mit einem improvisierten Rennen unsicher. Absurd. Lächerlich. Aber gleich darauf war Ben überhaupt nicht mehr zum Lachen zumute. Plötzlich begriff er, was die Männer im Cadillac wirklich beabsichtigten: Mündungsfeuer blitzte auf, und das laute *Ratatatata* einer automatischen Waffe knallte. Aus einer Maschinenpistole eröffneten sie das Feuer auf den Streifenwagen, so als befänden sie sich nicht in Palm Springs, sondern im Chicago der zwanziger und dreißiger Jahre.

»Sie schießen auf die Cops!« entfuhr es Shadway ungläubig.

Das schwarz und weiß lackierte Fahrzeug brach zur Seite aus, schleuderte über die Bordsteinkante, drehte sich auf dem Bürgersteig und zertrümmerte die Schaufensterscheibe einer eleganten Boutique. Und noch immer beugte sich ein

Mann im Fond des Cadillac aus dem Fenster und feuerte weiterhin auf den Streifenwagen.

»Oh, oh«, machte Sarah, und sie wand sich so hin und her, als wolle sie imaginären Hieben ausweichen. Vermutlich begriff sie gar nicht, in welcher Gefahr sie schwebten, erlebte noch einmal den Schrecken im Haus.

Ben versuchte, das Gaspedal durch den Boden zu pressen, und der Mercedes reagierte wie eine Katze, der man gerade auf den Schwanz getreten hatte. Mit fast hundertachtzig rasten sie über den Palm Canyon Drive, der einige Kilometer weit völlig gerade verlief – was Shadway in die Lage versetzte, den Abstand zum Cadillac zu vergrößern, bevor er hart auf die Bremse trat und abbog. Abwechselnd wandte er sich nach rechts und links, näherte sich dem Stadtrand, kehrte dann in Richtung Zentrum zurück, vorbei an hohen Bäumen, die eine Art dunklen Tunnel zu formen schienen, dann durch Wohnviertel mit niedrigem und spärlichem Buschwerk, das nicht über die Wüste hinwegtäuschen konnte, in der man die Stadt erbaut hatte. Mit jeder Straßenecke, die er hinter sich brachte, wuchs die Entfernung zu den Killern im Caddy.

»Sie haben zwei Polizisten umgebracht, nur weil sie ihnen im Weg waren«, stellte Ben entgeistert fest.

»Sie haben es auf uns abgesehen, wollen uns um keinen Preis entwischen lassen«, erwiderte Rachael dumpf. »Begreifst du jetzt endlich, Benny? Sie meinen es ernst, verdammt ernst!«

Der Cadillac befand sich jetzt zwei Blocks hinter ihnen, und Ben glaubte, daß es ihm nach fünf oder sechs weiteren Kurven gelang, die Verfolger endgültig abzuschütteln. Wenn sie den Mercedes aus den Augen verloren...

»Ja«, brummte Shadway und vernahm dabei in seiner Stimme ein seltsames Vibrieren, das ihm nicht gefiel. »Aber es muß ihnen auch klargewesen sein, daß sie eigentlich gar keine Chance hatten, uns zu stellen. Ihr schwerfälliger Caddy kann es nicht mit dieser tollen Kiste aufnehmen. Das haben sie von Anfang an gewußt. Bestimmt. Ihre Chancen standen eins zu hundert, vielleicht sogar noch schlechter. Und trotzdem erschossen sie die beiden Polizisten!«

Er nahm kurz Gas weg, bog erneut ab und trat das Pedal wieder bis zum Anschlag durch.

»O mein Gott, o mein Gott«, stöhnte Sarah, krümmte sich auf dem Beifahrersitz so weit zusammen, wie es die Gurte erlaubten, und preßte die Arme auf die Brust. Sie nahm die gleiche Haltung ein wie in der Duschkabine.

»Wahrscheinlich glaubten sie, die Beamten hätten die Nummern unserer Kennzeichen notiert, um später die Fahrzeughalter zu identifizieren.«

In der Ferne leuchteten die Scheinwerfer des Cadillac auf; der Abstand hatte sich noch weiter vergrößert. Ben zwang den Mercedes nach links, starrte konzentriert auf die Straße und ignorierte die dunklen Konturen der älteren Häuser, an denen sie vorbeisausten.

»Wenn ich dich vorhin richtig verstanden habe«, sagte Ben, »glaubst du, die Typen im Caddy hätten dich noch schneller am Wickel, wenn du dich an die Polizei wendest.«

»Ja.«

»Und warum wollen sie nicht, daß wir von den Bullen geschnappt werden?«

»Wenn ich mich im Gewahrsam der Polizei befände«, erklärte Rachael, »könnte ich ziemlich leicht festgenagelt werden. Ich hätte praktisch überhaupt keine Chance. Aber in einem solchen Fall würde es mehr Aufsehen erregen, mich umzubringen. Die Leute im Cadillac... und ihre Freunde... Sie ziehen es vor, mich unauffällig aus dem Verkehr zu ziehen. Auch wenn das mehr Zeit und Mühe erfordert.«

Bevor im Rückspiegel einmal mehr das Scheinwerferlicht der Limousine aufschimmerte, riß Ben den Wagen nach rechts. Es konnte nur noch einige Minuten dauern, bis die Verfolger ihre Spur verlören. »Was, zum Teufel, wollen die Mistkerle von dir?«

»Zwei Dinge. Erstens: ein... Geheimnis, von dem sie annehmen, ich wüßte darüber Bescheid.«

»Was jedoch nicht stimmt?«

»Nein.«

»Und zweitens?«

»Ein anderes Geheimnis, in das ich eingeweiht *bin*. Sie kennen es ebenfalls und wollen verhindern, daß ich es verrate.«

»Worin besteht es?«

»Wenn ich dir darauf Antwort gäbe, hätten sie es auch auf dich abgesehen.«

»Ich stecke bereits bis zum Hals in der Sache«, hielt ihr Ben entgegen. »Deine Gegner würden bestimmt nicht zögern, auch mir das Lebenslicht auszublasen. Nur um ganz sicher zu gehen. Also heraus mit der Sprache.«

»Jetzt nicht. Du mußt dich darauf konzentrieren, den Caddy abzuhängen.«

»Mach dir darüber keine Sorgen. Benutze unsere Verfolger bitte nicht als Vorwand, keinen Ton mehr von dir zu geben. Wir haben die Sache bereits überstanden. Noch eine Abzweigung, und die Kerle können uns mal.«

Genau in diesem Augenblick platzte der rechte Vorderreifen.

10. Kapitel
Nägel

Es war eine lange Nacht für Julio und Reese.

Um 00.32 Uhr wurde die Durchsuchung des Müllbehälters abgeschlossen, doch Ernestina Hernandez' blauer Schuh blieb spurlos verschwunden.

Nach dem Abtransport der Toten ins städtische Leichenschauhaus beschlossen die meisten Beamten, nach Hause zurückzukehren und noch einige Stunden lang an der Matratze zu horchen, um für den nächsten Arbeitstag fit zu sein. Nicht so Lieutenant Julio Verdad. Er wußte, daß die Spuren bei einem Mord innerhalb von vierundzwanzig Stunden nach der Entdeckung des Leichnams besonders frisch waren.

Darüber hinaus konnte er unmittelbar nach der Zuweisung eines neuen Falles ohnehin keine Ruhe finden; trotz seiner Erfahrungen war er kein abgebrühter Polizist, kein klinisch-neutraler Beobachter, der die Schrecken eines Gewaltverbrechens mit einem Schulterzucken akzeptierte.

Diesmal fühlte er sich dem Opfer mehr verpflichtet als jemals zuvor. Aus Gründen, die seinen Kollegen banal erscheinen mochten, für ihn jedoch die Qualitäten eherner Prinzipien gewannen, hielt er es für seine wichtigste Aufgabe, den Mörder zur Strecke zu bringen. Es ging nicht nur um einen Routinejob, sondern eine Frage der Ehre.

Sein Partner Reese Hagerstrom leistete ihm trotz der späten Stunde Gesellschaft. Für Julio – für niemanden sonst – war er bereit, rund um die Uhr zu arbeiten, auf Schlaf, Freizeit und regelmäßige Mahlzeiten zu verzichten, jedes Opfer zu bringen, das man von ihm verlangte.

Um 00.41 Uhr benachrichtigten sie Ernestinas Eltern vom Tod ihrer Tochter. Die Familie wohnte einen Block östlich der Main Street, in einem bescheidenen Haus, vor dem zwei Magnolien wuchsen. Julio und Reese klingelten Ernestinas Angehörige aus den Betten und stießen zunächst auf ungläubige Skepsis. Darauf folgte der Schock.

Zwar hatten Juan und Maria Hernandez sechs Kinder, aber Ernestinas Tod traf sie ebenso hart wie Eltern, deren Liebe nur einem galt. Marias Knie gaben nach, und sie nahm auf dem rosafarbenen Sofa im Wohnzimmer Platz. Ihre beiden jüngsten Söhne – beides Teenager – setzten sich neben sie und wischten sich Tränen aus den geröteten Augen. Sie waren viel zu erschüttert, um die Macho-Fassade aufrechtzuerhalten, hinter der sich lateinamerikanische Jungen in ihrem Alter so gern versteckten. Maria hielt ein Foto Ernestinas in den Händen, weinte und erzählte mit schwankender Stimme von den guten Zeiten, die sie mit ihrer Tochter verlebt hatte. Eine andere Tochter, die neunzehnjährige Laurita, saß allein im Eßzimmer, umklammerte einen Rosenkranz und starrte ins Leere. Juan Hernandez schritt unruhig auf und ab, ballte immer wieder die Fäuste und zwinkerte mehrmals, um die

Tränen zurückzuhalten. Als Patriarch erachtete er es als seine Aufgabe, seiner Familie ein Beispiel zu geben, ein Haltepol der Kraft und Unerschütterlichkeit zu bleiben. Doch Ernestinas Tod war zuviel für ihn: Zweimal zog er sich in die Küche zurück und schluchzte leise hinter der geschlossenen Tür.

Julio konnte den Kummer der Hernandez nicht lindern, erfüllte sie jedoch mit Hoffnung auf Gerechtigkeit und machte keinen Hehl aus seiner festen Entschlossenheit, den Täter zu finden.

Von Mr. Hernandez erfuhren Verdad und Hagerstrom, daß Ernestina an diesem Abend zusammen mit ihrer besten Freundin ausgegangen war, einer gewissen Becky Klienstad, die ebenfalls als Kellnerin in einem nahen mexikanischen Restaurant arbeitete. Sie hatten Ernestinas Wagen benutzt: einen hellblauen, zehn Jahre alten Ford Fairlane.

»Ernestina wurde ermordet«, stellte Mr. Hernandez fest. »Und Becky? Vielleicht ist auch ihr etwas zugestoßen, etwas Schreckliches.«

Von der Küche aus riefen Julio die Klienstads an. Becky – eigentlich Rebecca – war noch nicht nach Hause zurückgekehrt. Bisher hatten sich ihre Eltern keine Sorgen gemacht: weil ihre Tochter eine erwachsene Frau sei und einige der Tanzlokale, die sie mit ihrer Freundin besuchte, bis um zwei Uhr nachts geöffnet blieben. Entsetzt nahmen sie die Nachricht vom Tod Ernestinas zur Kenntnis.

1.20 Uhr.

Julio saß am Steuer des zivilen Wagens, der vor dem Haus der Hernandez parkte, und aus trüben Augen blickte er in die nach Magnolien duftende Nacht.

Durch die offenen Fenster hörte er das Rascheln der Blätter im lauen Wind. Es klang irgendwie melancholisch.

Reese benutzte das kleine Computerterminal im Wagen, um eine Fahndung nach Ernestinas hellblauem Ford einzuleiten. Juan Hernandez hatte ihnen die Kennzeichennummer genannt.

»Stell bitte fest, ob irgendwelche Nachrichten für uns eingetroffen sind«, sagte Julio.

Reese gab den Code ein, der ihm Zugriff auf die Datenbanken im Polizeipräsidium gewährte, betätigte einige Tasten und öffnete den elektronischen Postkasten. Auf dem Bildschirm reihten sich grüne Buchstaben zu Worten und Sätzen aneinander: ein Bericht von dem Beamten, der auf Julios Anweisung hin das Leichenschauhaus aufgesucht hatte, um festzustellen, ob das Skalpell und der blutbefleckte Kittel aus dem Müllbehälter mit einem bestimmten Angestellten in Zusammenhang gebracht werden konnten. Zwar wurde bestätigt, daß sowohl ein Skalpell als auch ein Kittel fehlten – außerdem auch noch eine Chirurgenkappe sowie ein Paar antistatische Laborschuhe –, doch für den Diebstahl dieser Dinge ließ sich niemand direkt verantwortlich machen.

Julio wandte den Blick vom Monitor ab und sah aus dem Fenster. »Dieser Mord hat irgend etwas mit dem Verschwinden von Eric Lebens Leiche zu tun.«

»Könnte reiner Zufall sein«, wandte Reese ein.

»Glaubst du an Zufälle?«

Reese seufzte. »Nein.«

Eine Motte flog gegen die Windschutzscheibe.

»Vielleicht hat der Leichendieb auch Ernestina umgebracht«, sagte Julio.

»Aber warum?«

»Genau das müssen wir herausfinden.«

Julio legte den Gang ein und fuhr los.

Fort vom Haus der Hernandez, fort von der Motte und den raschelnden Blättern. Er bog nach Norden ab und ließ das Geschäftsviertel von Santa Ana hinter sich zurück.

Doch obwohl er dem Verlauf der gut beleuchteten Main Street folgte, konnte er nicht der Dunkelheit entkommen, nicht einmal zeitweise. Die Finsternis war *in* ihm.

1.38 Uhr.

Es herrschte kein Verkehr, und deshalb dauerte es nicht lange, bis sie das in einem modernen spanischen Stil erbaute

Haus Eric Lebens erreichten. Völlige Stille: Ihre Schritte hallten laut auf dem mit Platten ausgelegten Weg, und als Julio klingelte, schien das Läuten aus einem tiefen Schacht zu erklingen.

Villa Park gehörte zu einem anderen Bezirk, und das bedeutete, daß Verdad und Hagerstrom hier nicht die geringsten Amtsbefugnisse hatten. Eigentlich stellte Orange County einen einzigen urbanen Komplex dar, eine große Stadt, unterteilt in verschiedene Gemeinden. Viele Verbrechen beschränkten sich nicht nur auf einen Distrikt, und um zu vermeiden, daß ein Straftäter bürokratische Schlupflöcher nutzte, um seine Spuren zu verwischen, hatten es sich die Polizeipräsidien zur Angewohnheit gemacht, sich gegenseitig zu verständigen. Von den Einsatzbeamten erwartete man, daß sie sich mit den lokalen Behörden in Verbindung setzten, eine Genehmigung einholten oder die zuständigen Stellen unterrichteten, damit sie die Ermittlungen fortsetzen konnten.

Doch Julio und Reese hielten sich nicht an dieses Protokoll, um keine Zeit zu verlieren. Sie führten ihre Untersuchungen dort durch, wo es notwendig war, sprachen mit den Leuten, von denen sie sich Hinweise erhofften – und informierten die zuständigen Behörden nur dann, wenn sie etwas Wichtiges entdeckten – oder wenn die Situation brenzlig wurde.

Nur wenige ihrer Kollegen verhielten sich auf diese Weise. Nichtbeachtung der Vorschriften konnte zu strengen Verweisen führen, im Wiederholungsfall sogar zur Suspendierung vom Dienst. Einige entsprechende Einträge in den Personalakten – und selbst die besten Polizisten brauchten nicht mehr mit einer Beförderung zu rechnen. Möglicherweise stand sogar die Pension auf dem Spiel.

Julio und Reese verschwendeten kaum Gedanken an diese Risiken. Natürlich wollten sie befördert werden, und sie waren auch nicht bereit, ohne weiteres auf ihre Pension zu verzichten. Andererseits aber kam es ihnen nicht so sehr auf beruflichen Erfolg und finanzielle Sicherheit an. In erster Linie ging es ihnen darum, Fälle zu lösen und Mörder hinter Gitter zu bringen.

Als niemand auf das Läuten reagierte, drückte Julio die Klinke. Die Tür war verschlossen. Verdad unternahm keinen Versuch, das Schloß zu knacken. Ohne einen regulären Durchsuchungsbefehl durften sie sich nicht gewaltsam Zutritt verschaffen – es sei denn, das Leben unschuldiger Menschen stand auf dem Spiel.

Weiter hinten fanden Julio und Reese das, was sie suchten: eine gesplitterte Scheibe in der Verandatür, die vom Innenhof zur Küche führte. Sie wären pflichtvergessen gewesen, nicht das Schlimmste anzunehmen, mußten davon ausgehen, daß ein bewaffneter Dieb ins Haus eingebrochen war.

Die beiden Beamten zogen ihre Revolver und traten ein. Glasscherben knirschten unter ihren Sohlen.

Sie sahen sich die einzelnen Zimmer an und fanden genug Anhaltspunkte, um ihre Anwesenheit zu rechtfertigen. Die blutigen Fingerabdrücke an der Armlehne des Sofas im Salon. Das Chaos im großen Schlafzimmer. Und in der Garage – Ernestina Hernandez' verstaubter Ford.

Reese sah sich den Wagen genauer an und entdeckte Blutflecken auf dem Rücksitz und den Fußmatten. »Einige sind noch feucht«, teilte er Julio mit.

Verdad öffnete den nicht verriegelten Kofferraum, sah noch mehr Blut, eine zerbrochene Brille – und einen blauen Schuh.

Er gehörte Ernestina, und als Julio ihn betrachtete, krampfte sich in seiner Magengrube etwas zusammen.

Verdad erinnerte sich an die Fotografien, die er im Zimmer der jungen Hernandez gesehen hatte, Bilder, die nicht nur sie selbst zeigten, sondern auch ihre Freundin und Kollegin Becky Klienstadt – mit Brille. Offenbar waren beide Frauen umgebracht und dann in den Kofferraum gelegt worden. Später warf der Täter Ernestina in einen Müllbehälter. Und Beckys Leiche?

»Ruf das hiesige Präsidium an«, sagte Julio. »Es wird Zeit, das Protokoll zu respektieren.«

1.52 Uhr.

Als Reese Hagerstrom vom Wagen zurückkehrte, blieb er kurz stehen und öffnete das Tor, um die Garage zu lüften. Der süßliche Gestank des Blutes war wie eine Patina, die alle Gegenstände bedeckte. Die breite Tür rollte zurück, und nur einen Sekundenbruchteil später bemerkte Reese ein Bündel in der Ecke: Es bestand aus einem hellgrünen Kittel und einem Paar antistatischer Schuhe. »He, Julio, sieh dir das an.«

Verdad trat an seine Seite.

»Ich frage mich, was das zu bedeuten hat«, brummte Reese.

Julia gab keine Antwort.

»Der Abend begann mit einer vermißten Leiche«, sagte Hagerstrom. »Jetzt fehlen zwei – die von Eric Leben und Becky Klienstad. Darüber hinaus haben wir eine dritte gefunden. Wenn irgend jemand Leichen sammelt, warum hat er dann nicht auch die von Ernestina Hernandez behalten?«

Während Julio über die seltsamen Verbindungen zwischen dem Diebstahl von Dr. Lebens Leichnam und der Ermordung Ernestinas nachgrübelte, zog er sich aus einem Reflex heraus die Krawatte zurecht und zupfte an den Manschetten. Im Gegensatz zu einigen anderen Detectives konnte Verdad nicht einmal im heißen Sommer auf Krawatten und langärmelige Hemden verzichten. Seiner Ansicht nach nahmen Polizisten eine heilige Pflicht wahr, ebenso wie Priester. Sie dienten Gott, indem sie für Gerechtigkeit eintraten, dem Gesetz Genüge verschafften, und in Julios Augen wäre weniger förmliche Kleidung ebenso unerhört gewesen wie ein Pfarrer, der in Jeans und T-Shirt zu seiner Gemeinde predigte.

»Sind die hiesigen Jungs bereits unterwegs?« wandte sich Julio an Reese.

»Ja. Und sobald wir ihnen die Situation erklärt haben, sollten wir nach Placentia fahren.«

Verdad zwinkerte. »Nach Placentia? Warum?«

»Es traf gerade eine weitere Nachricht ein, als ich im Wagen saß. Eine wichtige Mitteilung vom Präsidium. Die Polizei von Placentia hat Becky Klienstad gefunden.«

»Wo? Lebend?«

»Tot. In Rachael Lebens Haus.«

Verdad runzelte einige Sekunden lang verwirrt die Stirn. »Zum Teufel auch, was geht hier eigentlich vor sich?«

1.58 Uhr.

Um nach Placentia zu gelangen, fuhren Julio und Reese durch einen Teil von Orange und Anaheim und überquerten den Santa Ana River, der um diese Jahreszeit fast völlig ausgetrocknet war. Sie kamen an hohen Bohrtürmen und Pumpanlagen vorbei, die an überdimensionale, stählerne Gottesanbeterinnen erinnerten und deren Ausleger sich in einem beständigen Rhythmus hoben und senkten.

Für gewöhnlich war Placentia eine der ruhigsten Gemeinden des County, weder arm noch reich, ein Ort zufriedener Gelassenheit, ohne große Probleme. Als einzigen Vorteil gegenüber den anderen Städten konnte man die großen und hübschen Dattelpalmen anführen, die einige der Straßen säumten. Sie wuchsen auch in der Nähe des Hauses, in dem Rachael Leben wohnte. Im flackernden Schein der roten Blitzlichter auf den Streifenwagen schienen die langen und überhängenden Wedel von innen her zu glühen.

Am Vordereingang trafen Julio und Reese auf einen hochgewachsenen uniformierten Beamten der Polizei von Placentia, einen Officer namens Orin Mulveck. Er war blaß, und sein unsteter Blick deutete daruf hin, daß er gerade etwas Schreckliches gesehen hatte. »Eine Nachbarin rief uns an und meinte, sie habe einen Mann beobachtet, der das Haus in aller Eile verließ. Das hielt sie für verdächtig. Als wir hier eintrafen, um nach dem Rechten zu sehen, stand die Tür weit offen. Und das Licht brannte.«

»Mrs. Leben war nicht hier?«

»Nein.«

»Gibt es irgendeinen Hinweis auf ihren gegenwärtigen Aufenthaltsort?«

»Nein.« Mulveck nahm die Mütze ab und strich sich mit einer fahrigen Geste durchs Haar. »Jesus«, sagte er, mehr zu sich selbst. Dann: »Nein, Mrs. Leben ist fort. Aber in ihrem Schlafzimmer fanden wir die Leiche einer anderen Frau.«

Julio schob sich an ihm vorbei und betrat das Haus. »Rebecca Klienstad.«

»Ja.«

Mulveck führte Julio und Reese durch ein gemütlich und geschmackvoll eingerichtetes Wohnzimmer, in dem pflaumenfarbene, weiße und dunkelblaue Töne dominierten.

»Wie haben Sie die Tote identifiziert?« fragte Verdad.

»Sie trug eines jener Medaillons, die medizinische Daten enthalten«, erwiderte Mulveck. »Hatte mehrere Allergien, unter anderem auch gegen Penicillin. Sie kennen die Dinger sicher. Darin befinden sich Name, Adresse und eine Zusammenfassung der Krankengeschichte. Darum wußten wir sofort, um wen es sich handelte. Anschließend gaben wir die Daten in unseren Computer, um eine Überprüfung der Klienstad vorzunehmen. Auf diese Weise erfuhren wir davon, daß Sie in Santa Ana nach ihr suchten, in Zusammenhang mit dem Mordfall Hernandez.«

»Wurde die junge Frau hier umgebracht?« fragte Julio, als sie einem untersetzten Mann von der Spurensicherung auswichen, der damit beschäftigt war, auf den Möbeln nach Fingerabdrücken zu suchen.

»Nein«, erwiderte Mulveck. »Nicht genug Blut.« Erneut fuhr er sich mit der einen Hand durchs Haar. »Der Täter tötete sie woanders – und brachte sie dann hierher.«

»Warum?«

»Das werden Sie gleich sehen.« Er schluckte sichtlich und fügte hinzu: »Verdammt! Der Mörder muß wahnsinnig sein, vollkommen übergeschnappt!«

Julio runzelte verwundert die Stirn und folgte dem Uniformierten durch den Flur ins Schlafzimmer. Bei dem Anblick, der ihn dort erwartete, schnappte er unwillkürlich nach Luft und hielt einige Sekunden lang entsetzt den Atem an.

Hinter ihm keuchte Hagerstrom: »Ach du lieber Himmel!«

Beide Nachttischlampen waren eingeschaltet. An der Peripherie des Zimmers behauptete die Dunkelheit ihre Stellung, doch Rebecca Klienstads Leiche befand sich im hellsten Bereich. Ihr Mund stand offen, und in den blicklos starrenden Augen schien noch immer Grauen zu schimmern. Der Täter hatte sie ausgezogen und an die Wand genagelt, direkt über dem breiten Bett. Nägel durch beide Hände. Weitere Nägel unmittelbar unterhalb der Ellenbogen. In beiden Füßen. Und ein besonders dicker und langer durch den Hals. Es war nicht genau die klassische Position einer Kreuzigung, denn die Beine waren gespreizt, doch es kam der üblichen Vorstellung recht nahe.

Ein Polizeifotograf machte aus verschiedenen Blickwinkeln Aufnahmen von der Leiche. Wenn das Blitzlicht aufflammte, schien sich die Frau an der Wand auf gespenstische Art und Weise zu bewegen.

Julio hatte noch niemals zuvor etwas so Schreckliches gesehen, und doch gewann er sofort den Eindruck, daß der Täter nicht in einem Tobsuchtsanfall gehandelt hatte, sondern aus kühler Berechnung. Ganz offensichtlich war die Frau bereits tot gewesen, als sie gekreuzigt wurde, denn aus den Nagellöchern drang kein Blut. An der Kehle zeigte sich ein breiter Riß – offenbar die tödliche Wunde. Der Mörder hatte erhebliche Zeit darauf verwendet, sich Nägel und einen Hammer zu besorgen (der jetzt in einer Ecke des Zimmers lag), um sein makabres Werk zu vollenden. Der dicke Stift im Hals verhinderte, daß der Kopf des Leichnams nach vorn sank: Die Tote schien auf die Schlafzimmertür zu starren (eine entsetzliche Überraschung für Rachael Leben), und Klebeband hielt die Augen offen.

»Ich verstehe«, sagte Julio leise.

»Ja«, brummte Reese erschüttert.

Mulveck zwinkerte überrascht. Schweißperlen glänzten auf seiner bleichen Stirn, vielleicht nicht nur wegen der Sommerhitze. »Sie scherzen wohl. Sie behaupten, diesen... diesen Wahnsinn zu verstehen? Gibt es denn einen *Grund* dafür?«

Julio räusperte sich. »Ernestina und diese junge Frau wurden in erster Linie deshalb umgebracht, weil der Täter ihren

Wagen brauchte. Doch als er feststellte, wie die Klienstad aussah, brachte er ihre Leiche hierher – als eine Art Botschaft.«

Mulveck strich sich einmal mehr nervös übers Haar. »Aber wenn der Psychopath plante, Mrs. Leben umzubringen, wenn er es vor allen Dingen auf sie abgesehen hatte... Warum wartete er dann nicht auf sie? Warum ließ er diese... Nachricht für sie zurück?«

»Offenbar hatte der Mörder Grund zu der Annahme, daß sich Mrs. Leben nicht zu Hause aufhielt«, sagte Julio. »Vielleicht rief er sogar an.«

Er erinnerte sich an Rachael Lebens Unruhe bei ihrem Gespräch im Leichenschauhaus. Julio Verdad fühlte sich nun in seiner Annahme bestärkt, daß sie etwas verbarg, daß sie sich fürchtete. Vermutlich hatte sie bereits gewußt, daß ihr Gefahr drohte.

Aber vor was fürchtete sie sich, und warum wandte sie sich in diesem Zusammenhang nicht einfach an die Polizei? Was verbarg sie?

»Dem Mörder war klar, daß er keine Möglichkeit besaß, sich Rachael Leben sofort zu schnappen«, fuhr Julio fort. »Deshalb wollte er ihr mitteilen, daß sie später mit ihm rechnen konnte. Es kam ihm – oder ihnen – darauf an, ihr Angst einzujagen, sie in Panik zu bringen. Und als er sich die von ihm ermordete Klienstad genauer ansah, traf er eine Entscheidung.«

»Bitte?« Mulveck starrte ihn groß an. »Was meinen Sie damit?«

»Rebecca Klienstad hatte eine ausgesprochen gute Figur, mit großen Brüsten«, sagte Julio und deutete auf die gekreuzigte Frau. »Ebenso wie Rachael Leben. Von ihrer Statur her ähneln sie sich sehr.«

»Darüber hinaus hat Mrs. Leben fast die gleiche Haarfarbe«, warf Reese ein. »Kupferbraun.«

»Tizianrot«, fügte Julio hinzu. »Und obgleich Rebecca nicht ganz so attraktiv war wie Mrs. Leben, gibt es zwischen ihren Gesichtszügen und denen Rachaels gewisse Parallelen.«

Der Fotograf ließ die Kamera sinken und legte einen neuen Film ein.

Mulveck schüttelte den Kopf. »Wenn ich Sie richtig verstehe... Angenommen, Mrs. Leben wäre nach Hause zurückgekehrt, hätte das Schlafzimmer betreten und die Tote gesehen, die ihr ähnelt... Der Mörder wollte ihr zu verstehen geben, daß seine Absicht eigentlich darin bestand, *sie* an die Wand zu nageln.«

»Ja«, bestätigte Julio. »Ich glaube, das beschreibt seine Motive ziemlich genau.« Auch Reese nickte.

»Herr im Himmel«, entfuhr es Mulveck. »Der Täter muß Mrs. Leben mehr hassen als alles andere in der Welt. Wer auch immer er sein mag: Womit hat Mrs. Leben einen derartigen Haß in ihm geweckt? Was für Feinde hat sie?«

»Ausgesprochen gefährliche«, stellte Julio fest. »Mehr weiß ich noch nicht.«

Er zögerte kurz. »Und wenn wir Rachael nicht rasch finden, geht es ihr wahrscheinlich ebenfalls an den Kragen, im wahrsten Sinne des Wortes.« Er deutete auf den breiten Riß in der Kehle des Leichnams an der Wand.

Das Blitzlicht des Fotografen flackerte.

Und Rebecca Klienstad schien zusammenzuzucken.

11. Kapitel
Gespenstergeschichte

Als der rechte Vorderreifen platzte, nahm Ben Shadway kaum Gas weg. Seine Hände schlossen sich fester um das zitternde Lenkrad, und er brachte noch einen halben Block hinter sich. Der Mercedes schwankte immer wieder, brach jedoch nicht zur Seite aus, rollte gehorsam weiter.

Hinter ihnen flammten keine Scheinwerfer auf. Der sie verfolgende Cadillac hatte noch nicht die zwei Blocks entfernte Abzweigung erreicht. Doch es war nur eine Frage der Zeit...

Ben sah immer wieder nach rechts und links, und Rachael fragte sich, nach was für einer Art von Schlupfloch er Ausschau hielt.

Dann fand Shadway das, was er suchte: ein einstöckiges Stuckhaus, vor dem im hohen, ungemähten Gras ein großes FOR SALE-Schild stand. Mehr als zwei Meter hohe Betonwände schirmten es von den anderen Gebäuden in der Nachbarschaft ab, und auf dem Anwesen wuchsen viele Bäume, Büsche und Sträucher, die dringend beschnitten werden mußten.

»Volltreffer«, sagte Ben.

Er lenkte den Wagen auf die Zufahrt, fuhr über eine Ecke des Rasens und hielt hinter dem Haus an, unter einem Vordach aus Rotholz. Rasch drehte er den Zündschlüssel um und schaltete auch die Scheinwerfer aus.

Dunkelheit wogte heran.

Die heißen Metallteile des Mercedes knackten leise, als sie sich abkühlten.

Das Haus war unbewohnt, und deshalb rührte sich nichts. Niemand kam, um nach dem Rechten zu sehen. Und sowohl die hohen Mauern am Rande des Grundstücks als auch die natürliche Barriere aus Bäumen und Sträuchern verhinderten, daß die Nachbarn Verdacht schöpften.

»Gib mir deine Pistole«, sagte Ben.

Rachael beugte sich vor und reichte sie ihm.

Sarah Kiel beobachtete sie, zitterte noch immer, fürchtete sich nach wie vor. Aber ihre Gedanken verloren sich jetzt nicht mehr in einer Entsetzenstrance. Die wilde Verfolgungsjagd schien sie aus dem Alptraum geweckt, aus dem Gespinst der Erinnerungen an die erlittene Gewalt befreit zu haben.

Ben öffnete die Tür und stieg aus.

»Wohin gehst du?« fragte Rachael besorgt.

»Ich möchte mich vergewissern, daß unsere Verfolger vorbeifahren und nicht wieder zurückkehren. Anschließend besorge ich uns einen anderen Wagen.«

»Wir könnten einfach den Reifen wechseln...«

»Nein. Der rote Mercedes ist zu auffällig. Wir brauchen ein ganz gewöhnliches Fahrzeug.«

»Was hast du vor? Willst du einen Autoverleih anrufen und dir einen Wagen schicken lassen?« In Rachaels Stimme ließ sich ein Hauch von Ironie vernehmen.

»Nein«, sagte Ben. »Ich klaue einen. Bleib hier ruhig sitzen. Ich komme so schnell wie möglich zurück.«

Ben drückte die Tür leise zu, eilte in die Richtung, aus der sie gekommen waren, und verschwand in der Finsternis.

Geduckt hastete Shadway an der Seite des Hauses entlang, und in der Ferne hörte er das dumpfe Schrillen von Sirenen. Auf dem Palm Canyon Drive waren vermutlich noch immer einige Krankenwagen und Einsatzfahrzeug der Polizei unterwegs, zwei oder drei Kilometer entfernt, näherten sich der Boutique mit der zertrümmerten Schaufensterscheibe, dem Auto mit den beiden erschossenen Beamten.

Ben erreichte die Vorderfront des Gebäudes und sah den Cadillac, der langsam über die nahe Straße fuhr. Sofort ging er hinter einem dichten Strauch an der Ecke in Deckung und spähte durch die Zweige des Oleanderbusches, der in voller Blüte stand. Der Caddy rollte wie in Zeitlupe heran, und Shadway erkannte drei Männer in der schweren Limousine. Nur einen von ihnen konnte er deutlich sehen, den Typ auf dem Beifahrersitz: hoher Haaransatz, Oberlippenbart, grobknochiges Gesicht, dünnlippiger Mund.

Natürlich suchten sie nach dem roten Mercedes, und allem Anschein nach waren sie nicht auf den Kopf gefallen: Sie berücksichtigten die Möglichkeit, daß Ben Rachaels Wagen in irgendeinen dunklen Seitenweg gesteuert hatte, um ihnen zu entwischen. Shadway hoffte inständig, daß auf dem Rasen zwischen der Zufahrt und der einen Seite des Hauses keine unübersehbaren Reifenspuren zurückgeblieben waren. Es handelte sich um sehr festes und widerstandsfähiges Hundszahngras, und man hatte den Rasen nicht regelmäßig bewässert, so daß er viele braune Stellen aufwies – eine natürliche Tarnung, die möglicherweise über die Reifenabdrücke hinwegtäuschte. Doch wenn es die Männer im Cadillac verstanden, selbst besonders vage Spuren zu deuten, so ließ sich eine unmittelbare Auseinandersetzung mit ihnen kaum vermeiden.

Ben hockte hinter dem Oleanderbusch und trug noch immer seinen Anzug. In der langen Hose, der Weste, dem weißen Hemd und der Jacke kam er sich geradezu lächerlich vor, und er widerstand der Versuchung, sich die schiefe Krawatte zurechtzurücken. Er fragte sich, ob er wirklich in der Lage sein mochte, es mit den drei Gegnern aufzunehmen. Er arbeitete schon zu lange als Immobilienmakler, hatte nicht mehr die Kondition wie früher. Er war jetzt siebenunddreißig, und sein letzter wirklicher Kampf lag rund sechzehn Jahre zurück. Bei der Konfrontation mit Vincent Baresco hatte er einen großen Eindruck auf Rachael gemacht, und das traf auch auf sein Geschick am Steuer zu. Andererseits aber wußte Shadway, daß seine Reflexe inzwischen zu wünschen übrigließen. Und die Männer im Caddy, die namenlosen Feinde, meinten es ernst.

Ben spürte, wie Angst in ihm zu vibrieren begann.

Die beiden Polizisten im Streifenwagen – kaltblütig erschossen, einfach aus dem Weg geräumt. Jesus!

Welches Geheimnis teilten sie mit Rachael? Was konnte so ungeheur wichtig sein, daß sie jeden umbrachten, sogar Polizisten, um zu verhindern, daß irgend jemand davon erfuhr?

Wenn ich die nächste Stunde überlebe, dachte Ben grimmig, hole ich die Wahrheit aus Rachael heraus. Ich lasse mich nicht länger von ihr hinhalten.

Der Motor des großen Cadillac schnurrte und rasselte, und im Schrittempo rollte der Wagen am Grundstück vorbei. Ben hatte das Gefühl, daß ihm der Typ mit dem Schnurrbart einige Sekunden lang direkt in die Augen sah. Er schien durch die Lücke zwischen den Zweigen zu starren, die Shadway ein wenig auseinanderhielt. Er war versucht, den kleinen Spalt wieder zu schließen, fürchtete jedoch, daß die Männer im Wagen die Bewegung bemerkten. Deshalb beschränkte er sich darauf, den Blick des Bärtigen zu erwidern, rechnete jeden Moment damit, daß der Caddy anhielt, die Türen aufsprangen und eine Maschinenpistole ratterte. Er stellte sich den Kugelhagel vor: Hunderte von Geschossen, die den Busch zerfetzten, hinter dem er sich versteckte, Dutzende von Projektilen, die sich ihm in den Leib bohrten und ihn auf der Stelle töteten. Doch der Wagen fuhr weiter. Ben beobachtete, wie das Glühen der Rücklichter verblaßte, ließ erleichtert den angehaltenen Atem entweichen.

Er richtete sich auf, trat hinter dem Strauch hervor und blieb im Schatten eines hohen Jakarandabaums stehen, dicht am Straßenrand, blickte dem Caddy nach, bis er drei Blocks entfernt war und hinter einer Hügelkuppe verschwand.

Noch immer heulten Sirenen, etwas leiser als vorher. Und aus dem wütenden Schrillen schien ein klagendes Wimmern geworden zu sein.

Shadway hielt die 32er fest in der Hand, eilte über den Bürgersteig und machte sich auf die Suche nach einem Wagen, den er stehlen konnte.

Rachael hatte den engen Notsitz im Fond verlassen und hinterm Steuer Platz genommen. Sie genoß es, die Beine auszustrecken, und außerdem konnte sie von dieser Position aus besser mit Sarah Kiel sprechen. Sie schaltete die kleine Leselampe über der Windschutzscheibe ein und vertraute darauf, daß sich der matte Schein in den dicht an dicht wachsenden Büschen und Sträuchern verlor. Er erhellte einen Teil des Armaturenbretts, die Konsole, Rachaels Gesicht und die immer noch bleichen Züge des jungen Mädchens.

Sarah war endlich aus ihrer Schreckensstarre erwacht und in der Lage, auf Fragen zu antworten. Nach wie vor preßte sie beide Arme auf die Brust, und ihr Anblick erfüllte Rachael mit Mitleid. Sie schauderte, als sie sich vorstellte, was Sarah durchgemacht hatte. Ihr gebrochener Finger war auf groteske Weise angeschwollen, und mit der linken Hand tastete sie behutsam über die dunkle Verfärbung unter dem einen Auge, die Flecken auf ihren Wangen, die aufgeplatzte Lippe. Dann und wann stöhnte sie leise. Sie sagte kein Wort, aber als sie Rachael ansah, ging ihr Blick nicht mehr einfach durch die Frau am Steuer hindurch.

»In einigen Minuten bringen wir dich ins Krankenhaus«, versprach Rachael. »In Ordnung?«

Das Mädchen nickte.

»Hast du eine Ahnung, wer ich bin, Sarah?«

Sie schüttelte den Kopf.

»Ich bin Rachael Leben, Erics Frau.«

Furcht schimmerte in Sarahs blauen Augen.

»Nein, mach dir keine Sorgen, Schatz. Ich stehe auf deiner Seite. Im Ernst. Ich wollte mich von ihm scheiden lassen. Ich wußte von seiner Vorliebe für junge Mädchen, doch das spielt in diesem Zusammenhang keine Rolle. Eric war krank, Sarah. Arrogant, überheblich, grausam – und krank. Ich verachtete ihn. Du brauchst mir gegenüber also kein Blatt vor den Mund zu nehmen. Ich möchte dir helfen, verstehst du?«

Sarah nickte.

Rachael sah in die Dunkelheit der Nacht, beobachtete die schwarzen Schatten der Fenster und Türen des Hauses, die finsteren Schemen der Büsche und Sträucher auf der anderen Seite. Abrupt beugte sie sich vor und betätigte die Zentralverriegelung. Es wurde warm im Wagen, und sie wußte, daß es besser gewesen wäre, die Fenster zu öffnen. Doch sie hielt es für sicherer, sie geschlossen zu lassen.

»Erzähl mir, was du erlebt hast«, wandte sich Rachael wieder an das junge Mädchen. »Erzähl mir alles.«

Sarah versuchte zu antworten, doch ihre Stimme bebte, und sie brachte nur ein heiseres Krächzen hervor. Sie begann zu zittern.

»Ganz ruhig«, sagte Rachael. »Hier droht dir keine Gefahr mehr.« Sie hoffte, das entsprach der Wahrheit. »Du bist jetzt in Sicherheit. Wer hat dir all das angetan?«

Im matten Schein der Leselampe wirkten Sarahs Wangen aschfahl. Sie räusperte sich und flüsterte: »Eric. Er hat mich ... geschlagen.«

Diese Auskunft überraschte Rachael nicht, und doch entstand eisige Kälte tief in ihrem Innern. Einige Sekunden lang war sie sprachlos. »Wann? Wann hat er dich geschlagen?«

»Er kam... eine halbe Stunde nach Mitternacht.«

»Lieber Himmel – und wir trafen nur eine knappe Stunde später ein. Er muß das Haus kurz vor uns verlassen haben.«

Seit dem Verlassen des Leichenschauhauses hoffte Rachael darauf, Eric einzuholen, ihn zu stellen, und eigentlich hätte sie mit einer gewissen Zufriedenheit auf die Erkenntnis reagieren müssen, ihm so dicht auf den Fersen zu sein. Statt dessen aber begann ihr Herz zu hämmern, so heftig und wild, daß sie glaubte, es müsse ihr die Brust zerreißen.

»Er klingelte, und als ich die Tür öffnete, hieb er sofort auf mich ein... schlug immer wieder zu.« Sarah schluckte. »Er schleuderte mich zu Boden und trat nach meinen Beinen...«

Rachael erinnerte sich an die häßlichen, blaugrünen Flecken an Sarahs Oberschenkeln.

»...griff nach meinem Haar...«

Rachael hielt die linke Hand des jungen Mädchens.

»...zerrte mich ins Schlafzimmer...«

»Und dann?«

»...*riß* er mir den Pyjama vom Leib, Sie wissen schon, und... zog weiter an meinem Haar und hieb mit den Fäusten auf mich ein...«

»Hat er dich zuvor jemals geschlagen?«

»N-nein. Er war ein wenig grob, gab mir die eine oder andere Ohrfeige. Das ist alles. Heute nacht aber... heute nacht war er ganz außer sich... so voller Haß.«

»Hat er irgend etwas gesagt?«

»Nicht viel. Er fluchte, bedachte mich mit ziemlich üblen Schimpfworten. Und seine Sprechweise war... irgendwie eigenartig, undeutlich.«

»Wie sah er aus?« fragte Rachael.

»O Gott...«

»Beschreib ihn mir.«

»Einige Zähne waren schief. Überall Quetschungen. Und Schnitte. Schlimm.«

»Wie schlimm?«

»Er war... *grau*.«

»Was ist mit seinem Kopf, Sarah?«

Die Finger des jungen Mädchens schlossen sich fester um Rachaels Hand. »Sein Gesicht war... aschfahl.«

»Und sein Kopf?«

»Er... er trug eine Wollmütze, als er zu mir kam, hatte sie tief heruntergezogen. Doch als er mich schlug... als ich versuchte, mich zur Wehr zu setzen... verrutschte sie...«

Rachael wartete.

Sarah schwitzte, und ein säuerlicher Geruch erfüllte die Luft im Wagen.

»Sein Kopf war... halb zertrümmert«, sagte Sarah schließlich, und ihr Gesicht wurde erneut zu einer Fratze des Entsetzens.

»Die eine Seite seines Schädels?« hakte Rachael nach. »Bist du ganz sicher?«

»Ja. Tief eingedrückt. Es sah... schrecklich aus.«

»Seine Augen. Was ist mit seinen Augen?«

Mit erstickt klingender Stimme setzte Sarah mehrmals zur Antwort an. Sie senkte den Kopf, schloß für einige Sekunden die Augen und gab sich alle Mühe, nicht die Fassung zu verlieren.

Rachael schauderte und hatte plötzlich wieder das Gefühl, daß sich jemand – irgend *etwas* – dem Mercedes näherte. Nervös blickte sie in die Nacht hinaus und gewann den Eindruck, als beginne die Dunkelheit zu pulsieren, als sei die Finsternis bestrebt, in den Wagen zu kriechen, ins nahe Haus.

Als das verprügelte Mädchen aufsah, sagte Rachael: »Bitte erzähl mir von seinen Augen.«

»Sie waren sonderbar. Wirklich eigenartig. Und ihr Blick... irgendwie umwölkt.«

»Seine Bewegungen. Fiel dir daran etwas auf?«

»Manchmal wirkten sie... abrupt, fast spastisch. Doch die meiste Zeit über war er schnell, schneller als ich.«

Rachael nickte langsam. »Und du meintest eben, er habe undeutlich gesprochen.«

»Ja. Manchmal ergaben seine Worte überhaupt keinen Sinn. Gelegentlich hörte er auf, mich zu schlagen, stand einfach nur da und schwankte hin und her, so als sei er verwirrt, als könne er sich plötzlich nicht mehr daran erinnern, wer er war oder wo er sich befand, als habe er mich vergessen.«

Rachael stellte fest, daß sie ebenso heftig zitterte wie Sarah.

»Seine Berührung«, sagte sie leise. »Seine Haut. Wie fühlte sie sich an?«

Sarah musterte sie kurz. »Sie fragen nur, damit ich Ihre Vermutungen bestätige, nicht wahr? Sie wissen bereits Bescheid.«

»Erzähl's mir trotzdem.«

»Kalt. Seine Haut fühlte sich kalt an.«

»Und feucht?« fragte Rachael.

»Ja. Aber nicht etwa, weil er schwitzte.«

»Schmierig«, hauchte Rachael.

Sarah preßte kurz die Lippen zusammen und nickte nur.

Haut, die sich ein wenig schmierig anfühlt, dachte Rachael und spürte, wie sich Grauen in ihr regte. *Das erste Stadium der Verwesung.* Sie sah sich außerstande, diesen Gedanken laut auszusprechen, versuchte die Übelkeit zu verdrängen, die einen Kloß in ihrem Hals zu bilden schien.

»Ich habe heute abend die Elf-Uhr-Nachrichten gesehen«, sagte Sarah nach einer Weile. »Dadurch erfuhr ich von seinem Tod, gestern morgen, bei einem Verkehrsunfall. Ich überlegte, wie lange ich noch im Haus bleiben könnte, bevor jemand kommt, um mich vor die Tür zu setzen, fragte mich, was ich unternehmen, wohin ich mich wenden sollte. Doch kaum eine Stunde später klingelte Eric an der Tür, und zuerst dachte ich, die Meldung in den Nachrichten sei falsch. Dann aber...« Das junge Mädchen schluchzte leise. »Dann begriff ich, daß sie den Tatsachen entsprach, daß er *wirklich* ums Leben gekommen war.«

»Ja.«

Sarah befeuchtete sich vorsichtig die aufgeplatzte Lippe. »Aber irgendwie...«

»Ja.«

»... irgendwie kehrte er zurück.«

»Ja«, sagte Rachael. »Er kam zurück. Oder versucht es jedenfalls. Er hat es noch nicht ganz geschafft, und vielleicht gelingt ihm das nie.«

»Aber wie...«

»Mach dir nichts draus, Sarah. Die Antwort auf diese Frage würde dich nur unnötig belasten.«

»Und wer...«

»Denk nicht darüber nach! Glaub mir, Sarah: Du kannst es dir nicht leisten, mehr zu erfahren. Hör mir jetzt gut zu, Schatz, und versuch zu verstehen, was ich dir sage: Du darfst niemandem von deinen Erlebnissen berichten. Niemandem! Ist das klar? Wenn du etwas verrätst, droht dir große Gefahr. Es gibt Leute, die dich auf der Stelle umbrächten, nur um zu vermeiden, daß du von Erics Auferstehung erzählst. Es geht bei dieser Sache auch noch um viele andere Dinge, von denen du nichts weißt, und die Leute, die ich eben erwähnte, schrecken vor nichts zurück, um das Geheimnis zu wahren.«

Das junge Mädchen lachte leise. Humorlos und sarkastisch. »Es würde mir ohnehin niemand glauben.«

»Genau«, bestätigte Rachael.

»Alle nähmen an, ich sei übergeschnappt. Die ganze Sache ist doch vollkommen verrückt.«

In Sarahs Stimme vibrierte so etwas wie beginnende Hysterie. Rachael wußte, daß die Ereignisse dieser Nacht das junge Mädchen für immer verändert hatten, vielleicht zum Guten, möglicherweise auch zum Schlechten. Sarah würde nie wieder so sein wie noch vor wenigen Stunden. Und die Alpträume mochten sie für den Rest ihres Lebens begleiten.

»In Ordnung«, sagte Rachael. »Wir bringen dich gleich ins Krankenhaus, und mach dir deswegen keine Sorgen: Ich komme für die Rechnungen auf. Darüber hinaus gebe ich dir einen Scheck über zehntausend Dollar. Ich hoffe nur, daß du das Geld nicht einfach aus dem Fenster wirfst und für irgendwelche Drogen ausgibst. Wenn du möchtest, rufe ich deine Eltern in Kansas an und bitte sie, dich abzuholen.«

»Das... das wäre sehr nett.«

»Gut. Es freut mich, daß du zu ihnen zurück willst. Bestimmt haben sich deine Eltern schon Sorgen um dich gemacht.«

»Wissen Sie... Eric hätte mich umgebracht. Ich bin sicher, daß er töten wollte. Nicht unbedingt mich. Irgend jemanden. Es war wie ein Zwang, wie ein dringendes Bedürfnis. Und ich hielt mich im Haus auf. Das kam ihm sehr gelegen.«

»Wie bist du ihm entkommen?«

»Er... Nun, einige Minuten lang schaltete er einfach ab. Wie ich eben schon sagte: Manchmal schien er verwirrt zu sein. Geradezu konfus. Einmal trübte sich sein Blick noch mehr, ging ins Leere, und dann gab er ein sonderbares Schnaufen und Keuchen von sich. Er wandte sich von mir ab und sah sich um, so als könne er sich gar nicht mehr daran entsinnen, wo er sich befand... als sei er völlig durcheinander. Und offenbar wurde er auch schwächer, denn er lehnte sich neben der Badezimmertür an die Wand und ließ den Kopf hängen.«

Rachael dachte an den blutigen Handabdruck.

»Als er nicht mehr auf mich einhieb«, fuhr Sarah fort, »als er abgelenkt war, lag ich auf dem Boden des Badezimmers und konnte mich kaum von der Stelle rühren. Ich schaffte es gerade, in die Duschkabine zu kriechen, und ich war sicher, daß er mir folgen und mich erneut verdreschen würde, wenn er wieder zu sich kam. Doch das war nicht der Fall. Vielleicht vergaß er mich einfach. Er fand in die Wirklichkeit zurück, erholte sich von seinem Schwächeanfall – und entweder entsann er sich nicht mehr an mich, oder er hatte keine Ahnung, wo er nach mir suchen sollte. Etwas später hörte ich, wie er durchs Haus stapfte und damit begann, Einrichtungsgegenstände zu zertrümmern.«

»In der Küche sieht es aus wie auf einem Schlachtfeld«, sagte Rachael. Vor ihrem inneren Auge bildeten sich die Konturen der Messer, die Eric in die Wand hineingetrieben hatte.

Tränen lösten sich erst aus dem unverletzten Auge Sarahs, dann aus dem anderen. »Ich begreife nicht, warum...« setzte sie an.

»Warum was?« fragte Rachael sanft.

»Warum er es ausgerechnet auf *mich* abgesehen hatte.«

»Vermutlich kam er nicht in erster Linie deshalb, um dich umzubringen«, erwiderte Rachael. »Vielleicht befindet sich ein Wandsafe im Haus, und Eric wollte sich nur das Geld darin holen. Nun, wie dem auch sei: Ich glaube, seine Absicht bestand vor allen Dingen darin, einen sicheren Platz zu suchen, einen Ort, an dem er ungestört abwarten könnte, bis der Prozeß... fortschreitet. Als er nach seiner Verwirrungsphase zu sich kam und dich nicht finden konnte, ging er wahrscheinlich davon aus, du seiest geflohen, um Hilfe zu holen, und deshalb ergriff er die Flucht.«

»Möglicherweise machte er sich auf den Weg zu seiner Hütte.«

Rachael sah das junge Mädchen groß an.

»Wissen Sie nichts von seiner Hütte am Lake Arrowhead?« fragte Sarah.

»Nein«, sagte Rachael.

»Nun, eigentlich steht sie nicht direkt am See, sondern befindet sich in den Bergen. Er hat mich einmal dorthin mitgenommen. Er besitzt einige Morgen Wald, und die Hütte...«

Jemand klopfte ans Fenster.

Rachael und Sarah zuckten erschrocken zusammen.

Doch es war nur Ben. Er öffnete die Tür auf der Fahrerseite. »Kommt«, sagte er. »Ich habe uns einen neuen Wagen besorgt. Einen grauen Subaru, der weitaus weniger auffällig ist als diese Kiste hier.«

Rachael zögerte und atmete einige Male tief durch, um sich zu beruhigen. Sie fühlte sich plötzlich in ihre Jugend zurückversetzt, in den flackernden Schein eines nächtlichen Lagerfeuers, an dem sich Kinder Gespenstergeschichten erzählten, um sich gegenseitig Angst einzujagen. Für einen Augenblick verglich sie das Pochen an der Scheibe mit dem leisen *Klack-klack-klack* eines knöchernen Fingers.

12. *Kapitel*
Sharp

Julio konnte Anson Sharp von Anfang an nicht ausstehen, und im Verlaufe der Zeit verstärkte sich seine Antipathie ihm gegenüber.

Sharp stolzierte geradezu in Rachael Lebens Haus in Placentia, zeigte seinen Defense Security Agency-Ausweis so herum, als erwarte er, daß gewöhnliche Polizisten bei diesem Anblick auf die Knie fielen und einem so hochrangigen Bundesagenten huldigten. Er betrachtete die an die Wand genagelte Leiche Becky Klienstads, schüttelte den Kopf und meinte: »Wirklich schade. War ein hübsches Mädchen, nicht wahr?« Mit einer autoritären Forschheit, die offenbar beleidigend wirken *sollte*, verkündete er, die Ermordung der beiden Frauen sei nun ein Fall der Bundesbehörden und ginge die lokalen Polizeidienststellen nichts mehr an – aus Gründen, die er nicht erklären konnte oder wollte. Sharp stellte Fragen und verlangte Antworten, doch wenn man ihn um Auskunft bat, schwieg er schlicht.

Er war ein großer Mann, größer noch als Reese. Brust, Schultern und Arme erweckten den Eindruck, als habe man sie aus einem besonders breiten Baumstamm geschnitzt, und der stiernackige Hals hatte fast den gleichen Durchmesser wie der Kopf darauf. Im Gegensatz zu Reese fand Sharp Gefallen daran, andere Leute mit seiner Größe einzuschüchtern. Er trat immer ganz dicht an seine Gesprächspartner heran und starrte mit einem kaum verhohlenen, ironischen Lächeln auf sie herab. Seine Züge wirkten recht attraktiv, und er machte nicht einmal den Versuch, seine Eitelkeit zu verbergen. Das dichte blonde Haar war kurzgeschnitten, und die grünen, glänzenden Augen teilten stumm mit: *Ich bin besser, klüger und gewitzter als ihr, werde es immer sein.*

Sharp forderte Orin Mulveck und die anderen Polizisten von Placentia auf, das Haus sofort zu verlassen und die Ermittlungen einzustellen. »Alle von Ihnen gefundenen Beweisstücke, Fotografien und Berichte werden unverzüglich meinem Team zur Verfügung gestellt. Ein Streifenwagen mit zwei Beamten bleibt hier – falls meine Leute Hilfe brauchen.«

Ganz offensichtlich hielt Orin Mulveck ebensowenig von Sharp wie Julio und Reese. Mulveck und seinen Jungs gefiel es ganz und gar nicht, daß Sharp sie zu seinen Laufburschen machen wollte.

»Ich muß erst bei meinem Vorgesetzten nachfragen, um Ihre Befugnisse zu überprüfen«, sagte Mulveck.

»Wie Sie wünschen«, erwiderte Sharp. »Aber vorher geben Sie Ihren Leuten bitte die Anweisung, das Haus zu verlassen. Außerdem muß ich darauf bestehen, daß niemand von Ihnen über das spricht, was er hier gesehen hat. Ist das klar?«

»Ich setze mich mit meinem Vorgesetzten in Verbindung«, wiederholte Mulveck. Seine Wangen glühten, und in seinen Augen blitzte es zornig, als er sich umdrehte und ging.

Zwei Männer in dunklen Anzügen begleiteten Sharp. Sie waren fast ebenso groß wie er, zeichneten sich jedoch durch ein zurückhaltenderes Auftreten aus, gaben sich cool und selbstgefällig. Sie blieben rechts und links neben der Schlafzimmertür stehen, wie Tempelwächter, beobachteten Julio und Reese mit offensichtlichem Argwohn.

Julio bekam es nun zum erstenmal mit Beamten von der Defense Security Agency zu tun. Sie unterschieden sich sehr von den FBI-Agenten, mit denen er schon mehrmals zusammengearbeitet hatte, ließen keinen Zweifel daran, daß sie sich für die Elite hielten.

»Ich weiß, wer Sie sind«, wandte sich Sharp an Julio und Reese. »Ich habe einige Nachforschungen angestellt und daher ist mir auch klar, in welchem Ruf Sie stehen. Sie gelten als besonders fähige Spürhunde. Sie verbeißen sich in einen Fall und lassen niemals locker. Für gewöhnlich ist das bewundernswert. Doch in diesem besonderen Fall bleibt Ihnen keine andere Wahl, als einen Rückzieher zu machen. Das kann ich gar nicht oft genug wiederholen. Haben Sie verstanden?«

»Diese Sache fällt in unseren Zuständigkeitsbereich«, erwiderte Julio scharf.

Sharp runzelte die Stirn. »Ich sagte es Ihnen doch gerade: Für Sie ist der Fall erledigt. Aus und Ende. Und was Ihr Department angeht: Es *gibt* gar keinen Mord mehr, der eine polizeiliche Ermittlung erforderlich machte. Die elektronischen Akten in Hinsicht auf Hernandez, Klienstad und Leben sind aus dem Speicher Ihres Computers gelöscht. Von jetzt an kümmern *wir* uns um alles. Mein Spurensicherungsteam ist bereits von Los Angeles aus hierher unterwegs. Mit anderen Worten: Wir brauchen Sie nicht, niemanden von Ihnen. *Comprende, amigo?* Sie sind aus dem Rennen, Lieutenant Verdad. Verstehen Sie? Fragen Sie bei Ihren Vorgesetzten nach.«

»Die Sache gefällt mir überhaupt nicht«, brummte Julio.

»Das spielt keine Rolle«, erwiderte Sharp spitz.

Julio fuhr nur zwei Blocks weit, lenkte den Wagen dann an den Straßenrand und hielt an. »Verdammt!« fluchte er gepreßt. »Sharp ist so verdammt aufgeblasen, daß ich ihm am liebsten an die Gurgel fahren würde!«

Schon seit zehn Jahren arbeitete Reese mit Julio zusammen, aber noch nie zuvor hatte er seinen Partner so zornig gesehen. In Verdads Augen funkelte und gleißte es, und in der rechten Wange zuckte ein nervöser Muskel. Er erweckte den Anschein, als könne er von einem Augenblick zum anderen explodieren.

»Er ist ein Arschloch, klar«, erwiderte Reese. »Aber eben ein Arschloch mit Befugnissen und wichtigen Beziehungen.«

»Führt sich auf wie ein verdammter SA-Typ.«

»Ich nehme an, er macht nur seinen Job.«

»Ja, aber es ist *unsere* Arbeit, die er nun für sich beansprucht.«

»Finde dich damit ab«, sagte Reese.

»Nein.«

»Komm...«

Julio schüttelte den Kopf. »Nein. Dies ist ein ganz besonderer Fall. Ich fühle mich der jungen Hernandez verpflichtet. Bitte mich jetzt nicht darum, das zu erklären. Vielleicht hältst du mich für sentimental, aber... Nun, wie dem auch sei: Wenn es ein gewöhnlicher Fall wäre, ein normaler Mord, würde ich einfach nur mit den Schultern zucken. Bestimmt. Doch dazu bin ich unter den gegebenen Umständen nicht bereit.«

Reese seufzte.

Für Julio stellte fast jeder Fall etwas Besonderes dar. Er *engagierte* sich, fand immer wieder einen Vorwand dafür, dort weiterzuarbeiten, wo andere Polizisten keine Chance mehr sahen. Er gab selbst dann nicht auf, wenn die Ermittlungen ins Stocken gerieten, wenn sich keine Hinweise oder neuen Spuren fanden, die eine baldige Identifizierung des Straftäters in Aussicht stellten. Er war entschlossen, nachgerade verbissen. Manchmal sagte er: »Reese, ich fühle mich diesem Opfer verpflichtet, weil es so jung war, weil es keine Möglichkeit hatte, das Leben kennenzulernen. Es ist einfach nicht *fair*. Ich könnte aus der Haut fahren!« Dann wieder meinte er. »Reese, dieser Fall hat deshalb eine ganz besondere und spezielle Bedeutung für mich, weil das Opfer so alt war, so alt und hilflos. Und wenn keine zusätzlichen Anstrengungen unternommen werden, um die älteren Bürger zu schützen, ist diese Gesellschaft krank.« Julio fühlte sich betroffen, wenn das Opfer hübsch war, wies darauf hin, welch eine Tragödie es sei, Schönheit zu vernichten. Doch er konnte auch *aus der Haut fahren*, wenn es sich um einen häßlichen Toten handelte, beklagte dann die Nachteile, mit denen es solche Leute im alltäglichen Leben zu tun bekamen. Diesmal vermutete Reese, daß sich Julios ›besondere Verpflichtung‹ Ernestina gegenüber auf die Ähnlichkeit ihres Namens mit dem seines verstorbenen Bruders gründete. Die sture Entschlossenheit Julio Verdads machte keine starke Stimulierung notwendig. Der geringste Anlaß genügte. Das Problem war folgendes: Julio verfügte über ein so großes Reservoir an Mitgefühl, daß er oftmals Gefahr lief, sich darin zu verlieren.

Julio saß wie erstarrt am Lenkrad und schlug sich immer wieder mit der Faust auf den Oberschenkel. »Ganz offensichtlich gibt es einen Zusammenhang zwischen dem Diebstahl von Eric Lebens Leiche und dem Tod der beiden Frauen. Aber was für einen? Brachte der Leichendieb Ernestina und Becky um? Und warum? Warum nagelte er die Klienstad an der Wand in Mrs. Lebens Schlafzimmer? Das ist doch grotesk!«

»Denk nicht mehr darüber nach«, sagte Reese.

»Und wo ist Mrs. Leben? Was weiß sie von dieser ganzen Angelegenheit? Als ich sie befragte, spürte ich deutlich, daß sie etwas vor mir verbarg.«

»Julio...«

»Außerdem: Warum wird diese Sache zu einem Problem der nationalen Sicherheit? Warum erfordert sie das Eingreifen Anson Sharps und seiner verdammten Defense Security Agency?«

»Laß es gut sein«, brummte Reese – obgleich er wußte, wie sinnlos der Versuch war, Julios Gedanken in eine andere Richtung zu lenken.

Nicht mehr ganz so wütend fuhr Verdad fort: »Vielleicht hat dies alles etwas mit der Arbeit zu tun, die Eric Lebens Unternehmen für die Regierung erledigte. Irgendein Projekt mit militärischer Bedeutung...«

»Du willst nicht aufgeben und weiter herumschnüffeln, oder?« warf Reese ein.

»Ich sagte es ja schon: Ich fühle mich der armen Ernestina verpflichtet.«

»Mach dir keine Sorgen. Bestimmt finden Sharp und seine Leute ihren Mörder.«

»Sharp? Soll ich mich etwa auf *ihn* verlassen? Der Kerl ist doch ein Idiot. Hast du seine Aufmachung gesehen?« An Julios Kleidung gab es natürlich nie etwas auszusetzen. »Die Ärmel seiner Anzugjacke waren rund zwei Zentimeter zu kurz, und offenbar putzt er seine Schuhe nicht häufig genug.

Sie sahen aus, als hätte er gerade eine längere Wanderung hinter sich. Wie soll der Blödmann Ernestinas Mörder finden, wenn er nicht einmal in der Lage ist, seine Schuhe in Ordnung zu halten?«

»Ich sehe das aus einer anderen Perspektive, Julio. Ich glaube, man wird uns das Fell über die Ohren ziehen, wenn wir nicht die Finger von diesem Fall lassen.«

»Ich bin nicht bereit, jetzt einfach die Hände in den Schoß zu legen«, erwiderte Verdad fest. »Ich mache weiter. Bis ich weiß, was gespielt wird. Aber du kannst aussteigen, wenn du möchtest.«

»Ich bleibe bei dir.«

»Ich setze dich nicht unter Druck.«

»Trotzdem«, beharrte Reese.

»Es ist nicht nötig, daß du mir einen persönlichen Gefallen erweist.«

»Wenn du am Ball bleibst, trifft das auch auf mich zu. Und damit hat sich's.«

Vor fünf Jahren hatte Julio Verdad außergewöhnlichen Mut bewiesen und das Leben von Esther Susanne Hagerstrom gerettet, Reeses einzigem Kind. In der Welt Reese Hagerstroms gab es einen zentralen Mittelpunkt: seine Tochter. Sie war der Inhalt seines Lebens. Und Julio hatte einen Mann getötet und zwei andere angeschossen, um sie vor dem Tod zu bewahren. Aus diesem Grund wäre Reese eher bereit gewesen, eine Erbschaft von einer Million Dollar abzulehnen, als seinen Partner im Stich zu lassen.

»Ich komme auch allein zurecht«, behauptete Julio. »Im Ernst.

»Hast du nicht gehört, was ich sagte?«

»Wir müssen mit einem Disziplinarverfahren rechnen.«

»Ich mache mit.«

»Wirklich?«

»Ja.«

»Bist du ganz sicher?«

»Himmel, ja!«

Julio legte den Gang ein und fuhr los, fort von Placentia.

»Na schön. Wir sind beide ziemlich erledigt und brauchen ein wenig Ruhe. Ich setze dich zu Hause ab. Schlaf ein paar Stunden. Morgen früh um zehn hole ich dich ab.«

»Und was hast du vor?«

»Vielleicht gelingt es mir, ebenfalls ein Nickerchen zu machen«, antwortete Julio.

Reese und seine Schwester Agnes lebten mit Esther Susanne an der East Adams Avenue in der Stadt Orange, in einem gemütlichen Häuschen, das Reese während seiner Freizeit umgebaut hatte. Julios Apartment gehörte zu einem hübschen Wohnkomplex, der im spanischen Stil gehalten und einen Block von der vierten Straße entfernt war, an der östlichen Peripherie von Santa Ana.

Beide Männer erwarteten leere Betten. Julios Gattin war vor sieben Jahren an Krebs gestorben. Reeses Frau, Esthers Mutter, lebte ebenfalls nicht mehr. Sie hatte vor fünf Jahren den Tod gefunden, bei dem Schußwechsel, dem fast auch die damals vierjährige Tochter zum Opfer gefallen wäre.

»Und wenn du nicht schlafen kannst?«

»Gehe ich ins Büro, höre mich ein bißchen um und versuche herauszufinden, ob jemand was über Sharp weiß und warum er so wild darauf ist, die Sache selbst in die Hand zu nehmen. Vielleicht stelle ich hier und dort auch einige Fragen in bezug auf Dr. Eric Leben.«

»Und was unternehmen wir, nachdem du mich morgen früh um zehn abgeholt hast?«

»Das weiß ich noch nicht«, sagte Julio. »Aber bestimmt ist mir bis dahin etwas eingefallen.«

13. Kapitel
Enthüllungen

Ben und Rachael brachten Sarah mit dem gestohlenen grauen Subaru zum Krankenhaus. Rachael erklärte sich bereit, die Kosten der Behandlung zu begleichen, hinterließ für das junge Mädchen einen Scheck über zehntausend Dollar und rief die Eltern in Kansas an. Wenig später verließ sie das Hospital zusammen mit Ben, um sich eine Unterkunft zu suchen.

Um 3.35 Uhr am Dienstagmorgen fand das erschöpfte Paar ein großes Motel am Palm Canyon Drive, das auch während der Nacht geöffnet hatte. In ihrem Zimmer hingen orangefarbene und weiße Gardinen, bei deren Anblick Ben unwillkürlich das Gesicht verzog, und Rachael hielt es für angeraten, die Bettwäsche sicherheitshalber auf Wanzen zu untersuchen. Doch an der Dusche und der Klimaanlage gab es nichts auszusetzen.

Ben ließ Rachael für zehn Minuten allein, fuhr den gestohlenen Subaru vom Motel fort, stellte ihn einige Blocks entfernt auf dem Parkplatz eines Supermarkts ab und kehrte zu Fuß zurück.

Während seiner Abwesenheit besorgte Rachael Eis und Sodawasser. Als Ben das Zimmer betrat, sah er auf dem Tisch einige Dosen Diet Coke, Coca-Cola, Bier und Orangensaft.

»Ich dachte, du hast vielleicht Durst«, erklärte Rachael.

Ben begriff plötzlich daß sie sich mitten in der Wüste befanden und im Verlauf der vergangenen Stunden ziemlich ins Schwitzen gekommen waren. Er griff nach einer Dose mit Orangensaft und leerte sie in zwei Schlucken, trank ein Bier, setzte sich und griff nach einer Diet Coke.

Eine Zeitlang herrschte Stille.

Rachael schien einem enormen Gewicht nachzugeben, das auf ihren Schultern lastete, als sie sich seufzend in einen Sessel sinken ließ und eine Cola wählte. »Nun?«

»Nun was?«

»Willst du mir gar keine Fragen stellen?«

Ben gähnte. Er war so müde, daß ihm baldiger Schlaf verlockender erschien als die Aussicht, über die Hintergründe der jüngsten Ereignisse Aufschluß zu gewinnen. »Was für Fragen?«

»Bist du gar nicht neugierig?«

»Bisher warst du nicht geneigt, mir zu antworten.«

»Nun, das hat sich inzwischen geändert. Es hat jetzt keinen Sinn mehr zu versuchen, dich nicht darein zu verwickeln.«

Rachael machte ein so trauriges und niedergeschlagenes Gesicht, daß Ben innerlich schauderte und sich fragte, ob es ein Fehler gewesen sein mochte, ihr seine Hilfe anzubieten und sich auf etwas enorm Gefährliches einzulassen. Die junge Frau ihm gegenüber sah ihn so an, als sei er bereits tot – als stünden sie *beide* schon mit einem Bein im Grab.

»Wenn du bereit bist, mir alles zu erzählen«, sagte Shadway, »brauche ich gar keine Fragen zu stellen.«

»Du solltest jetzt besonders aufgeschlossen sein, denn was ich dir gleich schildern werde, klingt... seltsam. Vielleicht sogar unglaublich.«

Ben nippte an der Diet Coke. »Meinst du damit Erics Tod – und seine Rückkehr ins Leben.«

Rachael hob überrascht den Kopf und starrte ihn verblüfft an. Sie setzte zu einer Erwiderung an, konnte zunächst jedoch kein Wort hervorbringen.

Schließlich sagte sie: »Aber... aber wie... wann... wieso...«

»Wieso ich Bescheid weiß?« fragte er. »Wann mir alles klarwurde? Wie ich dahinterkam?«

Rachael nickte stumm.

»Zum Teufel auch«, brummte Ben, »wenn jemand die Absicht gehabt hätte, Erics Leiche zu stehlen, wäre er sicher mit seinem eigenen Wagen gekommen. Dazu war es nicht nötig, eine Frau zu ermorden und ihr Auto zu nehmen. Und dann der Kittel und die Schuhe in der Garage der Villa. Außerdem: Seit ich gestern abend an deiner Tür klingelte, bist du geradezu außer dir vor Furcht – und ich glaube kaum, daß man dir leicht Angst einjagen kann.«

»Eric fand bei dem Unfall gestern Mittag tatsächlich den Tod«, sagte Rachael leise. »Es geht nicht nur um eine falsche Diagnose.«

Die bleierne Schwere der Müdigkeit ließ ein wenig nach,

und Ben erwiderte: »Er arbeitete im Bereich der Gentechnik. Eric war zweifellos ein Genie – und besessen davon, jung zu bleiben. Ich nehme also an, es gelang ihm irgendwie, die Gene auszumerzen, die für das Altern und schließlich den Tod verantwortlich sind. Oder er erweiterte seine DNS um ein künstlich geschaffenes Gen, das rasche Heilung und Gewebestasis bewirken sollte – Unsterblichkeit.«

»Du erstaunst mich immer wieder«, hauchte Rachael.

»Ich bin nicht auf den Kopf gefallen.«

Trotz ihrer Erschöpfung wurde die junge Frau immer nervöser, erhob sich und wanderte unruhig auf und ab.

Ben blieb sitzen und nippte an seiner Diet Coke.

»Als Geneplan den ersten ausgesprochen profitablen Mikroorganismus entwickelte und ein Patent darauf anmeldete«, begann Rachael, und ihre Stimme klang dabei fast unheilvoll, »hätte Eric seinen Unternehmensanteil von dreißig Prozent für hundert Millionen Dollar verkaufen können.«

»Hundert Millionen? Lieber Himmel!«

»Seine beiden Partner und drei Angehörige der Forschungsabteilung, die ebenfalls Anteile besaßen, hatten nichts dagegen. Die Aussicht, ebenfalls über Nacht reich zu werden, blieb nicht ohne einen gewissen Reiz für sie. Alle waren dafür – bis auf Vincent Baresco. Eric lehnte ab.«

»Baresco«, sagte Ben. »Der Kerl, der uns heute abend in Erics Büro mit der Waffe bedrohte, den ich bewußtlos schlug – ist er einer der Partner?«

»*Dr.* Vincent Baresco. Er gehört zu den Wissenschaftlern, die Eric höchstpersönlich auswählte, zu den wenigen Leuten, die vom Projekt Wildcard wissen. Nur die sechs eben genannten Personen sind darüber informiert. Und ich. Eric liebte es, vor mir zu prahlen. Wie dem auch sei: Baresco stellte sich auf die Seite Erics, sprach sich gegen einen Verkauf der Anteile aus und überzeugte die anderen. Wenn alles privat bliebe, so meinte er, sei es möglich, selbst größere Summen in neue Projekte zu stecken, ohne sich dafür vor einem Aufsichtsrat rechtfertigen zu müssen.«

»Und bei einer dieser Entwicklungsarbeiten ging es um Unsterblichkeit.«

»Nun, sie hofften nicht darauf, eigentliche Unsterblichkeit zu erreichen – aber Langlebigkeit, körperliche Regeneration. Und es war eine *Menge* Geld notwendig. Geld, auf das Aktionäre als Dividendenzahlungen Anspruch erhoben hätten.«

»Regeneration«, sagte Ben nachdenklich.

Rachael blieb am Fenster stehen, zog vorsichtig den Vorhang zurück und blickte auf den dunklen Parkplatz vor dem Motel. »Ich bin alles andere als eine Expertin in rekombinanter DNS«, fuhr sie fort. »Aber... Sie hofften, ein gutartiges Virus zu schaffen, das als Übertragungsmedium für die Erweiterung der Körperzellen mit neuem Genmaterial dienen, neue Einzelglieder in die Chromosomenketten eingeben sollte. Ein Virus, das man in diesem Zusammenhang mit einem lebenden Skalpell der genetischen Chirurgie vergleichen könnte. Aufgrund seiner mikroskopisch kleinen Ausmaße ist es zu Manipulationen in der Lage, vor denen jedes noch so gute Skalpell kapitulieren müßte. Es läßt sich so ›programmieren‹, daß es gewisse Bestandteile einer Chromosomenkette lokalisiert und sich damit vereint, kann das dort vorhandene Gen entweder eliminieren oder ein neues einfügen.«

»Und *wurde* ein solches Virus geschaffen?«

»Ja. Anschließend ging es darum, die Gene zu identifizieren und zu neutralisieren, die für den Alterungsprozeß verantwortlich sind – *und* um die Entwicklung künstlichen Genmaterials, um die Lücke zu füllen. Die neuen Gene sollen den Vorgang des Alterns aufhalten und das individuelle Immunsystem so sehr verstärken, daß wesentlich mehr Interferon und andere Heilsubstanzen produziert werden. Kannst du mir folgen?«

»Ich denke schon.«

»Eric und die anderen glaubten, dem menschlichen Körper dadurch die Fähigkeit zu verleihen, beschädigtes Gewebe, Knochen und lebenswichtige Organe zu erneuern.«

Rachael blickte noch immer in die Nacht hinaus, und sie

schien erblaßt zu sein. Der Grund dafür war nicht irgend etwas, das sie auf dem Parkplatz sah, sondern die Konsequenzen dessen, was sie Ben schilderte.

Nach einer Weile fuhr sie fort: »Geneplans Patente brachten einen Haufen Geld ein. Eric und seine Freunde gaben Dutzende von Millionen aus, beauftragten einige andere Genetiker, die nicht dem Unternehmen angehörten, mit einzelnen und eher fragmentarischen Forschungsarbeiten und verwandelten ihr Projekt in ein Puzzlespiel, dessen Komponenten sie weit verstreuten, um über ihre tatsächlichen Absichten hinwegzutäuschen. Man könnte die ganze Sache mit einem privat finanzierten Manhattan Projekt vergleichen – das noch geheimer ist als die Entwicklung der Atombombe.«

»Geheim...« wiederholte Ben leise. »Weil sie im Falle eines Erfolgs nur sich selbst in den Genuß eines verlängerten Lebens kommen lassen wollten?«

»Zum Teil, ja.« Rachael zog den Vorhang wieder zu und drehte sich um. »Und indem sie das Geheimnis wahren, indem sie Langlebigkeit nur den Leuten schenken, die sie auswählen, erringen sie eine enorme *Macht*. Es wäre ihnen sogar möglich, eine langlebige und elitäre Herrenrasse zu schaffen, die ihre Existenz ihnen verdankt. Und die Drohung, irgendwelchen einflußreichen Leuten die lebensverlängernde Behandlung vorzuenthalten, würde praktisch alle dazu bringen, mit ihnen zu kooperieren. Eric hat oft davon gesprochen, und ich hörte geduldig zu, hielt alles nur für dummes Gerede – obgleich ich wußte, daß er auf seinem Fachgebiet ein Genie war.«

»Die Männer im Cadillac, die uns verfolgten und die Polizisten erschossen...«

»Von Geneplan«, sagte Rachael. Sie setzte ihre nervöse Wanderung fort. »Ich habe den Wagen wiedererkannt. Er gehört Rupert Knowls. Knowls stellte das erste Risikokapital zur Verfügung, mit dem die Arbeit begann. Nach Eric ist er der wichtigste Anteilseigner.«

»Ein reicher Mann... Und doch riskiert er es, alles zu verlieren, auch seine Freiheit, indem er zwei Polizisten umlegt?«

»Ja. Um sein Geheimnis zu wahren. Er hat keine allzu großen Skrupel. Und angesichts *dieser* Gelegenheit warf er allem Anschein nach auch seine letzten Bedenken über Bord.«

»Hm«, machte Ben. »Sie entwickelten also eine neue Technik, die nicht nur das Leben verlängert, sondern auch die Heilung von verletztem Körpergewebe wesentlich beschleunigt. Und dann?«

Rachaels blasses Gesicht schien noch bleicher zu werden. »Dann... begannen sie mit der praktischen Erprobung an Versuchstieren. Dabei wurden hauptsächlich weiße Mäuse verwendet.«

Ben hob den Kopf und stellte die Dose Diet Coke ab. Rachaels Gebaren wies ihn darauf hin, daß sie nun auf den zentralen Punkt zu sprechen kam.

Die junge Frau zögerte einige Sekunden lang, um sich zu vergewissen, daß die Tür verriegelt war. Dann nahm sie einen Stuhl, kippte ihn auf zwei Beine und schob die Rückenlehne unter den Knauf.

Ben glaubte, daß sie es mit ihrer Vorsicht übertrieb, sich schon fast wie jemand verhielt, der an Paranoia litt. Dennoch erhob er keine Einwände.

Rachael kehrte an den Rand des Bettes zurück. »Sie gaben den Mäusen Injektionen, *veränderten* sie, arbeiteten dabei natürlich mit tierischen Genen und nicht etwa menschlichen. Doch sie nutzten die gleichen Theorien und Techniken, die später angewendet werden sollten, um das Leben von Menschen zu verlängern. Und die Mäuse, eine besonders kurzlebige Art, lebten länger, erst doppelt, dann dreiund schließlich sogar viermal so lang wie ihre unbehandelten Artgenossen. Einige Versuchstiere wurden absichtlich verletzt, und sie erholten sich bemerkenswert schnell, selbst von Wunden, die normalerweise tödlich gewesen wären. Sie überstanden zerquetschte Nieren, von Giftgasen verätzte Lungen. Man zerstach ihnen die Augen, und doch konnten sie bald darauf wieder sehen. Und dann...«

Rachaels Stimme verklang. Sie blickte auf die verbarrikadierte Tür, dann in Richtung Fenster, ließ den Kopf hängen, schloß die Augen.

Ben wartete.

Rachael hielt die Augen nach wie vor geschlossen. »Gemäß dem Standardverfahren töteten Eric und die anderen einige Mäuse, um sie später zu sezieren und genau zu untersuchen. Einige wurden mit Luftinjektionen umgebracht – Embolie. Andere mit tödlichen Formaldehyddosen. An ihrem Exitus konnte nicht der geringste Zweifel bestehen. Doch diejenigen, die man nicht aufschnitt... kehrten ins Leben zurück. Innerhalb weniger Stunden. Sie lagen reglos in den Laborschalen – und plötzlich bewegten sie sich, begannen zu zukken und fiepten. Zuerst waren ihre Augen trüb, aber schon nach kurzer Zeit glänzten sie wie zuvor. Sie wurden *wieder so lebendig wie vorher*, trippelten in ihren Käfigen umher und fraßen. Und damit hatten nicht einmal die besonders Optimistischen gerechnet. Sicher, vor der Tötung wurden die Immunsysteme der betreffenden Tiere enorm verstärkt und bekamen dadurch ein weitaus höheres Heilungspotential; außerdem verlängerte man die Lebensspanne der betreffenden Mäuse um ein Vielfaches. Aber...« Rachael brach erneut ab, schlug die Augen auf und sah Ben an. »Aber wenn die Grenze zum Tod einmal überschritten ist – wer hätte geahnt, daß sich eine *Rückkehr ins Leben* bewerkstelligen läßt?«

Bens Hände begannen zu zittern, und plötzlich lief es ihm eiskalt über den Rücken. Ganz langsam begriff er die ungeheure Bedeutung der Dinge, die ihm Rachael gerade anvertraut hatte.

»Ja«, sagte die junge Frau, so als könne sie Bens Gedanken lesen, als wisse sie genau, was jetzt in ihm vor sich ging.

Tief in seinem Innern brodelte eine seltsame Mischung aus Entsetzen, Ehrfurcht und wilder Freude. Entsetzen angesichts der Vorstellung, daß irgendein Lebewesen – ob Maus oder Mensch – in der Lage war, aus dem Jenseits zurückzukehren. Ehrfurcht, weil es dem menschlichen Genie gelungen sein mochte, das schrecklichste Joch der Natur abzustreifen: die Sterblichkeit. Und wilde Freude bei der Vision von einer Menschheit, die niemals wieder den Verlust von geliebten Personen betrauern, die sich nicht mehr vor Krankheit oder Tod fürchten mußte.

»Vielleicht«, sagte Rachael leise, »wird uns eines Tages nicht mehr das Grab drohen. Vielleicht. Aber noch ist es nicht soweit. Das Projekt Wildcard erzielte keinen vollständigen Durchbruch. Die Mäuse, die wieder lebendig wurden, waren... seltsam.«

»Seltsam?«

»Zuerst dachten die Forscher, das sonderbare Verhalten der Mäuse sei das Resultat einer Hirnschädigung – möglicherweise nicht unbedingt eines Zersetzungsprozesses in den Gehirnzellen, sondern einer Beeinträchtigung der allgemein-chemischen Struktur. Sie hofften, diesen unerwünschten Nebeneffekt mit einer weiteren Verstärkung der Selbstheilungskapazität verhindern zu können. Doch das war nicht der Fall. Die Tiere konnten sich nach wie vor in Labyrinthen orientieren und beherrschten auch die Tricks, die man ihnen vor ihrem Tod beigebracht hatte...«

»Mit anderen Worten: Erinnerungen, Wissen und vermutlich auch das, was wir als Persönlichkeit bezeichnen, überdauern die kurze Phase zwischen Tod und Wiedergeburt.«

Rachael nickte. »Was darauf hindeutet, daß im Gehirn selbst nach dem Sterben noch eine gewisse elektrische Aktivität verbleibt, um Erinnerungen zu erhalten – zumindest für kurze Zeit.«

Bens Müdigkeit war wie fortgewischt. »Na schön«, sagte er. »Die Mäuse fanden sich also wieder in Labyrinthen zurecht. Und? Was ist daran seltsam?«

»Manchmal schienen sie verwirrt zu sein. Kurz nach der Revitalisierung geschah das häufiger: Die Tiere stießen immer wieder an die Wände ihrer Käfige oder rannten im Kreis. Nun, diese Phasen anomalen Verhaltens gingen langsam vorüber. Dafür aber entwickelten die Mäuse eine andere Eigenschaft, die länger andauerte...«

Draußen rollte ein Wagen auf den Parkplatz vor dem Motel und hielt an.

Rachael warf einen alarmierten Blick in Richtung der verbarrikadierten Tür.

Ben richtete sich besorgt auf und spannte unwillkürlich die Muskeln an.

Schritte hallten dumpf durch die stille Nacht. Sie entfernten sich von dem Zimmer, das Rachael und Ben gemietet hatten. In einem anderen Teil des Motels wurde eine Tür geöffnet und dann wieder geschlossen.

Rachael seufzte erleichtert. »Du weißt sicher, daß Mäuse von Natur aus ängstlich sind. Sie stellen sich ihren Feinden nie zum Kampf. Sie überleben, indem sie fliehen, sich irgendwo verstecken. Selbst in ihren eigenen Reihen finden keine Auseinandersetzungen statt, bei denen es um Vorrangstellung oder Revierverteidigung geht. Ja, Mäuse sind sanft und schreckhaft. Doch diese Beschreibung trifft keineswegs auf die Exemplare zu, die starben und dann ins Leben zurückkehrten. Sie rangen miteinander, griffen Mäuse an, die keinen Revitalisierungsprozeß erfahren hatten, versuchten sogar, die Forscher zu beißen, die nach ihnen griffen. Sie hatten Tobsuchtsanfälle, zerkratzten den Boden ihrer Käfige, fügten sich selbst Verletzungen zu, traten nach Gegnern, die nur in ihrer Fantasie existierten. Manchmal dauerten diese eigentümlichen Wutausbrüche weniger als eine Minute, meistens aber so lange, bis die betreffende Maus erschöpft liegen blieb.«

Stille schloß sich an, ein Schweigen, das rasch eine bedrückende Qualität gewann.

Dann sagte Ben: »Und trotz des sonderbaren Verhaltens der Mäuse waren Eric und die anderen Wissenschaftler überaus fasziniert. Lieber Himmel: Sie hofften auf eine Verlängerung der Lebensspanne – und statt dessen besiegten sie den Tod! Aus diesem Grund wollten sie unbedingt von ähnlichen Methoden Gebrauch machen, um die Genstruktur von Menschen zu verändern.«

»Ja«, bestätigte Rachael.

»Obgleich die weißen Mäuse zu Zornesausbrüchen neigten und sich als besonders aggressiv herausstellten.«

»Ja.«

»Vermutlich dachten sie, bei Menschen ließen sich derartige Probleme entweder lösen oder ergäben sich erst gar nicht.«

»Ja.«

Ben nickte. »Also machte die Arbeit langsame Fortschritte – doch Eric konnte sich nicht gedulden. Er wollte jung bleiben, war von der Jugend *besessen*, hatte vor nichts mehr Angst als vor dem Tod. Deshalb beschloß er, nicht auf eine Verbesserung der Technik zu warten.«

»Ja.«

»Das meintest du in Erics Büro, als du Baresco fragtest, ob er wisse, daß dein Mann die wichtigste Regel gebrochen hat. Für Genforscher und andere Spezialisten der biologischen Wissenschaften besteht jene ›wichtigste Regel‹ darin, keine Versuche an Menschen vorzunehmen, solange Experimente mit Tieren Komplikationen ergeben.«

»Genau«, erwiderte Rachael. »Und Vincent hatte keine Ahnung von Erics Entscheidung. Nur *ich* wußte Bescheid. Für die anderen muß es ein ziemlicher Schock gewesen sein, als sie vom Verschwinden der Leiche Erics erfuhren. Als sie diese Informationen erhielten, kamen sie natürlich sofort zu der einzigen möglichen Schlußfolgerung und begriffen, wozu er sich hinreißen ließ.«

»Und jetzt?« fragte Ben. »Wollen sie ihm helfen?«

»Nein. Sie beabsichtigen, ihn zu töten. Ihn endgültig ins Jenseits zu schicken.«

»Warum?«

»Weil er nicht *ganz* zurückkehren wird, nie wieder so werden kann wie zuvor. Das Verfahren war noch nicht *perfekt*.«

»Ergeht es ihm ebenso wie den Versuchstieren?«

»Wahrscheinlich. Er ist gewalttätig und gefährlich.«

Ben erinnerte sich an das Chaos in der Villa, an das Blut im Kofferraum des alten Ford.

»Schon vor seinem Unfalltod war Eric ein sehr rücksichtsloser Mann, mit einer ausgeprägten Tendenz dazu, Gewalt anzuwenden«, stellte Rachael fest. »Im Gegensatz dazu

146

zeichneten sich die Mäuse zunächst durch ein sanftes Wesen aus. Was mag jetzt aus Eric geworden sein? Denk nur daran, was er mit Sarah Kiel machte...«

Vor seinem inneren Auge sah Shadway nicht nur das junge Mädchen, das einem Häufchen Elend gleich in der Duschkabine hockte, sondern auch die verwüstete Küche im Haus von Palm Springs, die Messer in der Wand.

»Und wenn Eric während seiner Tobsuchtsanfälle irgend jemanden umbringt«, fuhr Rachael fort, »muß der Polizei früher oder später klarwerden, daß er noch lebt – und dann fliegt das Projekt Wildcard auf. Aus diesem Grund wollen ihn seine Partner aus dem Verkehr ziehen und sicherstellen, daß es nicht zu einer neuerlichen Auferstehung kommt. Vielleicht planen sie, seine Leiche zu zerstückeln oder zu verbrennen.«

Herr im Himmel! dachte Ben entsetzt. Was ist dies eigentlich? Eine verdammte Horror-Show?

Laut sagte er: »Und sie wollen dich umbringen, weil du von Wildcard weißt?«

»Ja. Aber sie sind nicht nur deshalb bestrebt, mich zu erledigen. Erics ehemalige Freunde haben auch noch zwei andere Motive. Erstens: Offenbar nehmen sie an, ich wüßte, wo sich Eric versteckt.«

»Stimmt das?«

»Nicht direkt. Ich hatte einige Vermutungen. Und Sarah Kiel gab mir einen weiteren Hinweis.«

»Und zweitens?«

Rachael nickte langsam. »Zweitens: Nach Erics Tod bin ich die Erbin von Geneplan, und Baresco und die anderen fürchten, daß ich nicht bereit bin, neue Gelder für die Finanzierung des Projekts zu bewilligen. Wenn sie mich aus dem Weg räumen, bekommen sie die Chance, das ganze Unternehmen zu kontrollieren und Wildcard geheimzuhalten. Wenn es mir gelungen wäre, den Safe vor ihnen zu erreichen und die Projektberichte an mich zu nehmen, hätte ich einen hieb- und stichfesten Beweis für die Existenz des Projekts besessen, eine Art Lebensversicherung für mich. Ohne die Unterlagen aber bin ich verwundbar.«

Ben stand auf, schritt unruhig auf und ab und dachte konzentriert nach.

Irgendwo in der Nacht, weit jenseits der Motelmauern, heulte eine Katze. Das seltsam rhythmische Wimmern klang irgendwie unheimlich.

»Warum verfolgst du Eric?« fragte Ben schließlich. »Warum bist du so verzweifelt bemüht, ihn vor den anderen zu erreichen? Was hast du vor, wenn du ihn findest?«

»Ich will ihn töten«, erwiderte Rachael, ohne zu zögern. Der trübe Glanz in ihren grünen Augen wurde zu einem hellen Schimmern der Entschlossenheit. »Ja, ich werde ihn töten und dafür sorgen, daß er tot bleibt. Wenn mir das nicht gelingt, verkriecht er sich irgendwo, wartet ab, bis er sich erholt hat und besser kontrollieren kann. Und anschließend wird er versuchen, *mich* umzubringen. Als er starb, war er wütend auf mich, so zornig, daß er blindlings vor einen Lkw lief. Ich bin sicher, das Feuer dieses Hasses brannte auch in ihm, als er im Leichenschauhaus ins Leben zurückkehrte. Er wird alles daransetzen, mir den Garaus zu machen.«

Ben wußte, daß Rachael recht hatte, und tiefe Besorgnis regte sich in ihm.

Seine Vergangenheitsorientierung schien sich noch weiter zu verstärken, als er sich einfachere Zeiten herbeisehnte. Die moderne Welt wurde immer verrückter und bizarrer. Des Nachts beherrschten Verbrecher die Straßen der Städte. Der ganze Planet Erde konnte innerhalb einer einzigen Stunde vollkommen vernichtet werden, indem man schlicht einige Knöpfe drückte. Und jetzt... *Jetzt* wurden Tote wieder lebendig. Voller Nostalgie stellte sich Ben eine Zeitmaschine vor, die ihn in eine bessere Epoche zurückbringen konnte, in die frühen zwanziger Jahre zum Beispiel – in eine Ära, deren Menschen die Fähigkeit zum Staunen noch nicht verloren und den positiven Aspekten der menschlichen Natur vertraut hatten.

Und doch... Ben erinnerte sich auch an die wilde Freude in ihm, mit der er auf die Ausführungen Rachaels reagierte, auf die Möglichkeit, dem Tod ein Schnippchen zu schlagen.

Er mochte mit sentimentalen Empfindungen auf die ›gute alte Zeit‹ zurückblicken, doch im Grunde seines Wesens gehörte Shadway zu all denen, die sich von der Wissenschaft faszinieren ließen, von der Möglichkeit, mit diesem Werkzeug eine bessere Zukunft zu gestalten. Vielleicht war er in der modernen Welt nicht annähernd so fehl am Platze, wie er immer wieder annahm. Vielleicht lehrten ihn die jüngsten Ereignisse etwas über Teile seines Wesens, die er bisher geleugnet hatte.

»Könntest du wirklich auf Eric schießen?« fragte er.

»Ja.«

»Da bin ich mir gar nicht so sicher. Wahrscheinlich würdest du angesichts einer unmittelbaren Konfrontation mit den moralischen Bedeutungen eines Mords einfach erstarren.«

»In diesem Fall handelt es sich nicht um Mord«, widersprach Rachael. »Eric ist bereits tot und daher kein Mensch mehr. Ich sehe einen Zombie in ihm, einen wandelnden Toten. Er hat sich *verändert*. Ebenso wie die Mäuse im Laboratorium. Er ist jetzt nur noch ein *Etwas*, ein gefährliches *Ding*, und daher hätte ich nicht die geringsten Bedenken, ihm eine Kugel durch den Kopf zu jagen. Wenn den Behörden die Hintergründe bekannt wären, brauchte ich sicher nicht einmal mit einer Anklage zu rechnen.«

»Offenbar hast du gründlich darüber nachgedacht«, sagte Ben. »Aber warum versteckst du dich nicht? Warum tauchst du nicht irgendwo unter, um abzuwarten, bis Baresco und die anderen Eric ins Jenseits zurückgeschickt haben?«

Rachael schüttelte den Kopf. »Ich kann mich nicht voll und ganz auf ihren Erfolg verlassen. Vielleicht versagen sie. Vielleicht finden sie Eric nicht rechtzeitig und geben ihm dadurch die Möglichkeit, mich aufzustöbern. Wir sprechen von *meinem* Leben, und bei Gott: Ich will nicht sterben.«

Ben schwieg einige Sekunden lang. »Du kannst auf mich zählen.«

»Ich weiß, Benny. Ich weiß. Und dafür bin ich dir dankbar.«

Shadway trat an das Bett heran und nahm neben Rachael Platz. »Wir jagen also einen Toten.«

»Ja.«

»Aber jetzt sollten wir ein wenig schlafen.«

»Ich bin völlig fertig«, sagte Rachael.

»Und morgen?«

»Sarah erzählte mir, daß Eric eine Berghütte hat, in der Nähe des Lake Arrowhead. Scheint ziemlich abgelegen zu sein. Das ideale Versteck, zumindest für die nächsten Tage. Möglicherweise zieht er sich dorthin zurück, um während des Heilungsprozesses ungestört zu sein.«

Ben seufzte. »Nun, vielleicht finden wir ihn dort.«

»Du brauchst mich nicht zu begleiten.«

»Ich komme mit.«

»Du *mußt* nicht.«

»Ich weiß. Aber ich lasse dich nicht im Stich.«

Rachael hauchte ihm einen Kuß auf die Wange.

Ben fühlte sich in einem ganz besonderen Maße zu ihr hingezogen. Wenn sich mehrere Personen der Gefahr des Todes ausgesetzt sahen, so entstand eine spezielle Verbindung zwischen den Betreffenden, ganz gleich, wie nahe sie sich vorher gestanden hatten. Diese Erfahrung machte Ben jetzt nicht zum erstenmal, und er schauderte innerlich, als er an den Krieg in der grünen Hölle des Dschungels zurückdachte.

»Laß uns jetzt unter die Decke kriechen, Benny«, sagte Rachael zärtlich.

»Ja.«

Doch bevor er sich hinlegte und das Licht ausschaltete, nahm Ben die Smith & Wesson Combat Magnum zur Hand, die er vor mehreren Stunden Vincent Baresco abgenommen hatte. Er zog das Magazin heraus und prüfte es. Nur drei Patronen waren übriggeblieben. Nicht viel. Nicht einmal annähernd genug, um Shadway ein Gefühl der Sicherheit zu geben – obgleich auch Rachael über eine Waffe verfügte, ihre 32er. Wie viele Kugeln mochten notwendig sein, um einen Toten zu erschießen? Ben legte die Magnum griffbereit aufs Nachtschränkchen und beschloß, gleich am nächsten Morgen eine Schachtel Munition zu kaufen.

Nein, besser gleich zwei.

14. Kapitel
Wie ein Nachtvogel

Anson Sharp von der Defense Security Agency ließ zwei Männer in Rachael Lebens Haus in Placentia zurück, einen im Anwesen von Villa Park und einige weitere bei Geneplan. Anschließend stieg er in einen Hubschrauber und flog in Begleitung von zwei Beamten über die dunkle Wüste, in Richtung des kleinen Liebesnestes, das sich Eric Leben in Palm Springs eingerichtet hatte.

Der Pilot landete den Helikopter auf einem Parkplatz, nur einen Block vom Palm Canyon Drive entfernt, und in der Nähe stand ein ziviler Wagen der Regierung bereit. Sharp duckte sich unter den umherwirbelnden Rotorblättern hinweg, die trockenen Wüstenstaub aufwirbelten, und nahm in der Limousine Platz.

Fünf Minuten später erreichten sie das Haus, in dem Dr. Leben seine kleinen Mädchen untergebracht hatte. Es überraschte Sharp nicht, daß die Eingangstür offenstand. Er klingelte mehrmals, doch niemand reagierte. Daraufhin zog er seinen Dienstrevolver, eine Smith & Wesson Chief's Special, betrat das Gebäude und suchte nach Sarah Kiel, Erics letzter Liebschaft.

Die Defense Security Agency kannte die besonderen Vorlieben Dr. Lebens, weil sie *alles* über Leute wußte, die im Auftrag des Pentagon an höchst geheimen Projekten arbeiteten. Solche Dinge schienen Zivilisten wie Eric Leben nie ganz begreifen zu können: Wenn sie das Geld des Pentagon akzeptierten und damit überaus wichtige Forschungsprojekte finanzierten, gaben sie gleichzeitig ihre Privatsphäre auf. Sharp war über alle Einzelheiten des persönlichen Hintergrunds Erics informiert: seinen Hang für moderne Kunst, modernes Design, moderne Architektur, auch seine Eheprobleme. Er wußte, welche Speisen Leben bevorzugte, welche Musik er gern hörte, was für Unterwäsche er trug. Und aus diesem Grund waren auch Erics Teenager kein Geheimnis: Sie stellten einen möglichen Ansatzpunkt für Erpressung dar und betrafen somit die nationale Sicherheit.

Als Sharp die Küche betrat, das dortige Chaos und die in der Mauer steckenden Messer sah, zweifelte er daran, Sarah Kiel lebend zu finden. Vermutlich war sie in einem anderen Zimmer an die Wand genagelt, vielleicht sogar an die Decke. Oder der Täter hatte sie zerstückelt und die Einzelteile an Drähten aufgehängt, wie ein Mobile. Man konnte nie wissen, was der nächste Fall bereithielt.

Sharp nahm sich vor, auf alles gefaßt zu sein.

Gosser und Peake, die beiden jungen Agenten, die ihn begleiteten, erblaßten beim Anblick des Durcheinanders in der Küche: eine Verwüstung, die nur das Werk eines Wahnsinnigen sein konnte. Sie wußten ebenso wie Sharp, daß sie nach einem wandelnden Toten fahndeten, daß Eric Leben, durch einen Unfall gestorben, im Leichenschauhaus wiederauferstanden und geflohen war, daß er Hernandez und Klienstad umgebracht und seine Flucht mit ihrem Wagen fortgesetzt hatte. Aus diesem Grund hielten Gosser und Peake ihre Dienstwaffen genauso fest und schußbereit in der Hand wie Sharp seinen Revolver.

Die DSA hatte natürlich Ermittlungen in Hinsicht auf die Arbeit Geneplans angestellt. Es ging dabei um Forschungen auf dem Gebiet biologischer Kriegsführung, die Entwicklung neuer und tödlicher Viren. Doch die Kenntnisse Sharps und seiner Kollegen beschränkten sich nicht nur darauf. Ihnen lagen auch Informationen über andere Dinge vor, und einige Angaben betrafen das Projekt Wildcard – obwohl Leben und seine Partner versucht hatten, in dieser Beziehung absolute Geheimhaltung zu wahren. Sie ahnten nichts von den Bundesagenten und Spitzeln unter ihnen. Und ganz offensichtlich begriffen sie nicht, daß die Regierungscomputer aufgrund einer Überwachung der an andere Unternehmen gerichteten Forschungsaufträge in der Lage gewesen waren, Extrapolationen in bezug auf ihre Zielsetzungen anzustellen.

Zivilisten, dachte Anson Sharp ironisch, machten sich nur selten klar, daß sie nicht nur einen Teil ihres Selbst verkauften, wenn sie Staatsgelder annahmen. Uncle Sam beanspruchte ihre ganze Seele.

Für gewöhnlich fand Sharp Gefallen daran, Leuten wie Eric Leben in diesem Zusammenhang zu einem eher unangenehmen Erkenntnisprozeß zu verhelfen. Sie hielten sich für so ungeheuer wichtig, vergaßen dabei aber, daß es noch wichtigere und einflußreichere Personen gab. Kleine Fische wurden von größeren gefressen, und der größte von allen war ein Leviathan namens Washington. Sharp liebte es zu beobachten, wie überhebliche Hitzköpfe zu schwitzen begannen und klein beigaben. Oftmals versuchten die Betreffenden, ihn zu bestechen oder mit ihm zu diskutieren, und manchmal flehten sie ihn auch an. Aber er konnte sie natürlich nicht vom Haken lassen. Er wäre selbst dann nicht dazu bereit gewesen, wenn er eine entsprechende Möglichkeit gehabt hätte: Er mochte es, sie kriechen zu sehen.

Dr. Eric Leben und seine sechs Kumpane waren nicht bei ihren Forschungsarbeiten gestört worden, die Langlebigkeit zum Ziel hatten. Sharp grinste unwillkürlich, als er sich die Naivität der Wissenschaftler ins Gedächtnis zurückrief. Selbstverständlich hätte die Regierung einen Erfolg des Projekts Wildcard sofort zum Anlaß genommen, mit dem üblichen Hinweis auf eine Gefährdung der nationalen Sicherheit zu intervenieren.

Doch Eric Leben hatte alles vermasselt. Er führte nicht nur eine genetische Manipulation an sich selbst durch, sondern stellte die Behandlung auch noch auf die Probe, indem er vor einen verdammten Müllwagen lief.

Gosser starrte auf das zerbrochene Porzellan und die zertretenen Lebensmittel in der Küche, verzog sein Chorknabengesicht und meinte: »Der Kerl ist ein wahrer Berserker.«

»Sieht aus, als habe sich hier ein Irrer ausgetobt«, fügte Peake hinzu und runzelte die Stirn.

Sharp führte sie auf den Flur, durch den Rest des Hauses ins Schlafzimmer und Bad, wo sie auf deutliche Hinweise weiterer Verwüstungen stießen. Sie fanden auch einige Blutflecken, und einige Sekunden lang betrachtete Sharp den roten Handabdruck an der Wand. Vermutlich stammte er von Leben – eindeutiger Beweis dafür, daß Eric tatsächlich von den Toten auferstanden war.

Nirgends eine Leiche – weder die von Sarah Kiel noch von irgend jemand anders. Sharp war enttäuscht. Die nackte und gekreuzigte Frau im anderen Haus stellte eine willkommene Abwechslung im Vergleich zu den anderen Toten dar, die er so oft zu Gesicht bekam. Mordfälle, bei denen es um Schußwaffen, Messer, Sprengstoff oder Würgedraht ging, gehörten zur üblichen Routine. Im Laufe der Jahre hatte er in diesem Zusammenhang so viele Opfer gesehen, daß ihn ihr Anblick völlig kalt ließ. Ganz anders die Sache mit der an die Wand genagelten jungen Frau. Sharp war neugierig darauf, was dem übergeschnappten und wütenden Eric Leben als nächstes einfiel.

Er überprüfte den verborgenen Safe im Boden des Schlafzimmers und stellte fest, daß man ihn entleert hatte.

Gosser blieb im Haus zurück – falls Eric Leben zurückkehren sollte –, und zusammen mit Peake begab sich Sharp in die Garage. Doch auch dort keine Spur von Sarah Kiel. Nach einer Weile beauftragte er Peake, den Hinterhof mit Hilfe einer Taschenlampe zu kontrollieren, inmitten der Blumenbeete nach einem frischen Grab zu suchen – obgleich Eric aufgrund seines gegenwärtigen Zustands vermutlich gar nicht geistesgegenwärtig genug war, um die Opfer zu verstecken und seine Spuren zu verwischen.

»Fragen Sie in den Krankenhäusern nach, wenn Sie nichts finden«, wandte sich Sharp an Peake. »Vielleicht wurde Sarah gar nicht umgebracht, trotz des Blutes im Haus. Möglicherweise gelang es ihr, zu fliehen und sich an einen Arzt zu wenden.«

154

»Und wenn sie sich in irgendeinem Krankenhaus befindet?«

»Geben Sie mir sofort Bescheid«, erwiderte Sharp. Er mußte unter allen Umständen verhindern, daß Sarah Kiel von Eric Leben berichtete, über seine Rückkehr aus dem Jenseits.

Und wenn das junge Mädchen nicht einmal mit Einschüchterungen und Drohungen zur Vernunft gebracht werden konnte, blieb ihm keine andere Wahl, als es unauffällig aus dem Verkehr zu ziehen.

Außerdem kam es darauf an, auch Rachael Leben und Ben Shadway zum Schweigen zu bringen.

Während sich Peake sofort an die Arbeit machte – und während Gosser nach wie vor im Haus wartete –, stieg Sharp in den zivilen Wagen am Straßenrand und ließ sich vom Fahrer zu dem Parkplatz zurückbringen, auf dem der Hubschrauber stand.

Kurz darauf befand er sich wieder in der Luft, unterwegs zu den Geneplan-Laboratorien von Riverside. Anson Sharp starrte in die Dunkelheit, beobachtete die Konturen der unter ihm hinwegstreichenden Landschaft und kniff die Augen zusammen – wie ein Nachtvogel, der nach Beute Ausschau hielt.

15. Kapitel
Liebe

Bens Träume waren düster und voller Schrecken, erfüllt von einer Finsternis, in der immer wieder sonderbare Blitze aufflackerten, deren greller Schein jedoch nichts erhellte, immerzu feurige Lanzen zu einer formlosen Landschaft hinabschickte. Gräßliche Geschöpfe durchstreiften jene dunkle Welt, und Shadway konnte sich des Eindrucks nicht erwehren, daß ihm irgend etwas durch den Kosmos aus Schemen und Schatten folgte, durch ein endloses Universum, in dem

Kälte und Einsamkeit herrschten. In gewisser Weise fühlte er sich in die grüne Hölle zurückversetzt, in der er mehr als drei Jahre seiner Jugend verbracht hatte, an einen ebenso vertrauten wie entsetzlichen Ort. Der labyrinthische Dschungel sah genauso aus, wie er ihn in Erinnerung hatte – und unterschied sich doch von den Grauenbildern der Vergangenheit, wurde um Komponenten erweitert, die nur ein Alptraum schaffen konnte.

Kurz nach dem Morgengrauen erwachte Ben, schweißüberströmt, zitternd, und Rachael war bei ihm. Sie schlang die Arme um ihn und versuchte, ihn zu trösten, zu beruhigen. Ihre warmen und zärtlichen Berührungen verdrängten die Kälte aus ihm, das Gefühl der Einsamkeit. Das rhythmische Pochen ihres Herzens erschien ihm wie das pulsierende Licht eines Leuchtturms an einer nebligen Küste: Jedes Aufglimmen verlieh neue Hoffnung.

Vermutlich bot ihm Rachael nur einen freundschaftlich gemeinten Beistand an, aber vielleicht war sie zumindest unbewußt bereit, ihm eine bedeutendere Gabe zu schenken: ihre Liebe. In dem tranceartigen Zustand, der unmittelbar auf den Schlaf folgt, sah sich Ben außerstande, eine klare Trennungslinie zwischen Trost und Liebe zu ziehen. Er wußte nur, daß es geschah, und als er ihren nackten Körper an sich zog, spürte er, daß es *richtig* war, mit einer Gewißheit wie noch nie zuvor in seinem Leben.

Endlich befand er sich in ihr, füllte sie aus. Eine wundervolle und auf absurde Weise völlig neue Erfahrung. Trotzdem brauchten sie nicht erst nach einem angemessenen Rhythmus zu suchen, paßten ihre Bewegungen so problemlos aneinander an wie ein Liebespaar, das sich schon seit einem Jahrzehnt kannte.

Zwar sorgte die leise summende Klimaanlage dafür, daß es im Zimmer kühl blieb, aber Ben glaubte dennoch zu spüren, wie die Wüstenhitze durchs Fenster filterte. Das kalte Zimmer kam einer Blase gleich, die außerhalb der Realität schwebte, einem warmen Refugium, das nur Rachael und ihm Platz bot, alle anderen Menschen ausschloß – eine Zuflucht, die abseits des Zeitstroms verharrte, in der Sekunden und Minuten keine Rolle spielten.

Nur eine Scheibe des hohen Milchglasfensters war nicht hinter dem Vorhang verborgen, und dort formte das Licht der aufgehenden Sonne ein immer intensiver werdendes Glühen. Draußen neigten sich Palmwedel in einer sanften Brise hin und her, und ihre diffusen Schatten krochen über zwei nackte Körper, die sich eng aneinanderschmiegten.

Selbst im unsteten Schein konnte Ben Rachaels Gesicht ganz deutlich erkennen. Ihre Augen waren geschlossen, die Lippen geöffnet. Zuerst atmete sie langsam und tief, dann schneller und flacher. Alle Linien in ihren Zügen brachten besondere Sinnlichkeit zum Ausdruck und vermittelten Ben den Eindruck, einen kostbaren Schatz zu berühren. An diesem Empfinden lag ihm weitaus mehr als an Rachaels erotischer Ausstrahlungskraft, denn dabei handelte es sich nicht so sehr um eine körperliche, sondern eine emotionale Reaktion, ein Ergebnis der letzten Monate, die sie zusammen verbracht hatten, ihrer großen Zuneigung ihm gegenüber. Und weil Rachael so etwas Besonderes für ihn darstellte, blieb ihre Vereinigung nicht nur auf einen rein physischen Akt beschränkt, sondern führte auch zu einer Verschmelzung ihrer Seelen.

Rachael spürte seinen Blick auf sich ruhen, öffnete die Augen und sah ihn an. Dieser zusätzliche Kontakt faszinierte Ben noch mehr.

Das von den Palmschatten getrübte Morgenlicht wurde rasch heller, und auch die Farbtönung veränderte sich, von einem matten Zitronengelb zu warmem Gold. Wie eine Decke legte sich dieser Glanz auf Rachaels Gesicht, auf ihren schlanken Hals, die vollen Brüste. Und während sich der Morgen weiter erhellte, wurden ihre Bewegungen kraftvoller und energischer. Ben begann keuchend nach Luft zu schnappen, und Rachael stöhnte leise, dann lauter. Genau in diesem Augenblick lebte draußen der Wind auf, und die Palmschatten tanzten wie wild hin und her. Ben schob sich tief in Rachael hinein und erzitterte ebenfalls, entleerte sich in die junge Frau. Und als sich die letzten Samen in sie ergossen, verausgabte sich auch die Kraft der jähen Bö, flüsterte der Wind weiter, fort von den Palmwedeln, die langsam wieder zur Ruhe kamen.

Nach einer Weile zog sich Ben aus Rachael zurück, und sie blieben nebeneinander liegen, auf der Seite, so daß sie sich ansehen konnten. Sie waren sich so nahe, daß sich ihr Atem vermischte. Keiner von ihnen sprach ein Wort, und innerhalb weniger Minuten schliefen sie ein.

Ben genoß die innere Ausgeglichenheit, die ihn plötzlich erfüllte, die alle Zweifel aus ihm verdrängte und einem wohligen Empfinden wich.

Rachael sank vor ihm in die warme Umarmung des Schlafs zurück, und einige Sekunden lang beobachtete er einen kleinen Speicheltropfen, der ihr über die Lippe rann. Dann spürte er, wie seine Lider immer schwerer wurden. Bevor sie sich schlossen, sah er die dünne Linie der Narbe an ihrem Unterkiefer – eine Erinnerung an das Glas, das Eric nach ihr geworfen hatte.

Während Ben einschlummerte, empfand er fast so etwas wie Mitleid für Eric Leben.

Der Wissenschaftler hatte nie begriffen, welch enge Verwandtschaft zwischen Liebe und Unsterblichkeit herrschte, daß man die Furcht vor dem Tod nur dann überwinden konnte, wenn man jemanden liebte.

16. Kapitel
Im Zombiereich

Während der Nacht lag Eric einige Stunden lang voll angekleidet auf dem Bett in seiner Berghütte am Lake Arrowhead. Sein Zustand ließ sich nicht mit der Ruhe des Schlafs vergleichen, auch nicht mit der physisch-psychischen Erstarrung eines Komas. Die Körpertemperatur sank ständig, und das Herz schlug nur etwa zwanzigmal pro Minute. Das Blut zirkulierte langsam durch Adern und Venen, und der Mann atmete nur flach und unregelmäßig. Gelegentlich setzten sowohl Atem als auch Puls für zehn oder fünfzehn Minuten aus, und während dieser Phasen beschränkte sich sein Leben im reglosen Körper auf die Zellebene. Selbst in diesem Fall konnte man nicht direkt von ›Leben‹ sprechen. Vielmehr handelte es sich um eine seltsame Zwielichtexistenz, die bisher kein anderer Mensch erfahren hatte. Im Verlauf der ›Ruhepausen‹, die man nicht ganz mit dem Begriff ›Scheintod‹ beschreiben konnte, erneuerten sich die Zellen in einem sehr reduzierten Rhythmus und sammelte der Körper Energie für die nächste Periode wachen Bewußtseins und beschleunigter Heilung.

Eric erholte sich tatsächlich, und zwar verblüffend schnell. Stunde um Stunde schlossen sich die vielen Wunden in seinem Leib. Unter dem häßlichen Blau und Schwarz der Quetschungen zeigte sich bereits das helle Gelb des neu wachsenden Gewebes. Wenn er wach war, spürte er Knochenfragmente, die Druck auf sein Gehirn ausübten – obgleich die klassische Wissenschaft behauptete, das Hirn wiese keine Nerven auf und könne somit nichts empfinden. Auf eine Weise, die ihm selbst rätselhaft blieb, fühlte er, wie sein genetisch veränderter Körper die Schädelverletzungen heilte, ebenso methodisch wie die anderen Wunden. Eric wußte, daß er etwa eine Woche lang viel Ruhe brauchte, doch während dieser Zeitspanne rechnete er mit immer kürzer werdenden Phasen der Stasis. In zwei oder drei Wochen dann würde sein körperlicher Zustand nicht schlimmer sein als der eines Mannes, der das Krankenhaus nach einer großen Operation verließ. In rund einem Monat erwartete ihn das Ende des Rekonvaleszenzprozesses.

Doch die geistige Erholung hielt nicht annähernd mit der körperlichen Schritt. Selbst bei vollem Bewußtsein, wenn sich Herzschlag und Atemrhythmus normalen Werten näherten, war Eric nie ganz bei sich. Nur selten standen ihm die vollen intellektuellen Kapazitäten wie vor seinem Tod zur Verfügung, und bei solchen Gelegenheiten begriff er kummervoll, daß er die meiste Zeit über rein mechanisch handelte, wie ein Roboter, daß sich sein Geist häufig in einem Labyrinth des Hasses verlor.

Seltsame Gedanken gingen ihm durch den Kopf.

Manchmal glaubte er, wieder ein junger Mann zu sein, der gerade vom College kam, und dann wieder wurde ihm bewußt, daß er schon über vierzig war. Gelegentlich wußte er nicht genau, wo er sich befand. Das geschah insbesondere, wenn er auf der Straße mit einem Wagen unterwegs war, wenn sich seinen Blicken keine klaren Bezugspunkte zum ersten Leben darboten. In solchen Fällen stieg die plötzliche Angst in ihm empor, für immer die Orientierung zu verlieren, und er mußte am Straßenrand halten, bis er der Panik Herr wurde. Er spürte, daß er ein großes Ziel anstrebte, eine wichtige Mission zu Ende bringen wollte, aber er sah sich außerstande, sich ein deutliches Bild von seiner Bestimmung zu machen. Hin und wieder glaubte er, er sei tot und wandele durch die ersten Ebenen einer Hölle, die der Fantasie Dantes entsprungen sein mochte. Dann und wann erinnerte er sich vage daran, Menschen getötet zu haben, konnte sich jedoch nicht einmal an ihre Gesichter erinnern. Ab und zu ertappte er sich bei der Überlegung, wie aufregend und angenehm es wäre, zu morden, irgend jemanden umzubringen, denn im Grunde seines Wesens wußte er, daß man ihn verfolgte, es auf ihn abgesehen hatte. Die verdammten Mistkerle waren erneut hinter ihm her, und es spielte keine Rolle, wie sie hießen. Es kam nur darauf an, daß sie diesmal mit einer noch größeren Entschlossenheit vorgingen. Manchmal dachte er besorgt: *Denk an die Mäuse, die Mäuse, konfusen Mäuse, die immer wieder gegen die Wände ihrer Käfige liefen und sich im Kreis drehten.* Des öfteren sprach er es auch laut aus: »Denk an die Mäuse, die Mäuse.« Aber er hatte keine Ahnung, was diese Worte bedeuteten. Was für Mäuse? Wo? Wann?

Er sah auch seltsame Dinge.

Gelegentlich erblickte er Personen, die gar nicht zugegen sein konnten: seine vor vielen Jahren verstorbene Mutter, einen verhaßten Onkel, der ihn mißbraucht hatte, als er noch ein kleiner Junge gewesen war, einen Rüpel aus der Nachbarschaft, lange Zeit sein Schrecken in der Schule. Hin und wieder starrte er auf Geschöpfe, die an den Wänden umherkrochen, Schlangen, Spinnen und noch gräßlichere Wesen – so als litte er am Delirium tremens eines chronischen Alkoholikers.

Einige Male war er völlig sicher, einen Pfad aus pechschwarzen Steinplatten zu sehen, der in ein Reich der Finsternis führte. Immer verspürte er den sonderbaren Zwang, dem Verlauf jenes Weges zu folgen, der sich dann jedoch als Illusion herausstellte, als ein Trugbild, geformt von einer morbiden und makabren Fantasie.

Von all den Erscheinungen, die nicht nur die Wahrnehmung heimsuchten, sondern auch sein gestörtes Bewußtsein, empfand Eric die Schattenfeuer als besonders erschreckend. Von einem Augenblick zum anderen flackerten sie auf, knisterten und prasselten auf eine Weise, die er sowohl hören als auch *fühlen* konnte, direkt in seinen Knochen. Wenn er irgendwo unterwegs war, seine Aufmerksamkeit auf die Umgebung konzentrierte, die Welt der Lebenden durchstreifte und sich als einer von ihnen ausgab, wenn es ihm besser ging, als er zu hoffen wagte... entstand plötzlich ein Feuer im dunklen Winkel eines Zimmers oder im Schatten unter einem Baum. Und dann leckten die Flammen nach ihm, blutrot im Kern, silbrig am Rand. Wenn er genauer hinsah, stellte er fest, daß überhaupt nichts brannte, daß die Flammen durch leere Luft züngelten und weder Holz noch Kohle verzehrten. Dann hatte es den Anschein, als nähre sich das Feuer von den substanzlosen Schatten und Schemen. Und wenn die Flammen erloschen, blieb überhaupt nichts zurück, keine Asche, keine verkohlten Fragmente, keine Rauchflecken.

Zwar hatte sich Eric während seines ersten Lebens nie vor dem Feuer gefürchtet, hielt jedoch an der pyrophobischen Vorstellung fest, daß ihn das Ende in Form von Flammen erwartete. Daher versuchte er sich einzureden, die Illusion der Schattenfeuer entspringe aus den Tiefen seines Unterbewußtsein, vielleicht einer übermäßigen Stimulation der Synapsen in seinem geschädigten Hirn – elektrische Impulse, die sich nicht mehr auf festgelegten Bahnen bewegten, sondern im zumindest teilweise destruktierten Gewebe von Neuronen und Synapsen. Darüber hinaus sagte er sich, die Trugbilder jagten ihm vor allen Dingen deshalb einen Schrecken ein, weil er ein Intellektueller war, ein Mann, der sich Zeit seines Lebens auf das Geistige konzentrierte und daher das *Recht* hatte, sich Sorgen zu machen, wenn er es mit deutlichen Anzeichen für Bewußtseinsstörungen zu tun bekam. Er zweifelte nicht an einer endgültigen Heilung des Hirngewebes, und dann brauchte er die Schattenfeuer nicht länger zu fürchten. Doch während der weniger klaren Phasen, wenn die Welt finster und gespenstisch wurde, wenn sich ein Kokon der Verwirrung um ihn schloß und sich Panik in ihm regte, blickte er in namenlosem Entsetzen auf die roten und silbrigen Flammen und erstarrte manchmal vor Angst, weil er glaubte, jenseits des tanzenden Flackerns irgend etwas zu erkennen.

Als das erste Schimmern des neuen Tages mit großer Beharrlichkeit die Reste der Dunkelheit von den Hängen der Berge vertrieb, erwachte Eric Leben aus der Stasis, stöhnte erst leise, dann lauter – und kam wieder zu sich. Vorsichtig stemmte er sich in die Höhe und blieb auf der Bettkante sitzen. Sein Gaumen war trocken, und der widerwärtige Geschmack im Mund ähnelte dem von Asche. Dumpfer Schmerz pochte hinter der Stirn. Behutsam tastete er über die eingedrückte Stelle und vergewisserte sich, daß sein Schädel nicht auseinanderzubrechen drohte.

Ein trüber Schein filterte durch die Scheiben zweier Fenster, und außerdem brannte eine kleine Lampe. Das Licht reichte nicht aus, um alle Schatten aus dem Schlafzimmer zu vertreiben, genügte jedoch, um Erics empfindsame Augen zu blenden. Sie tränten und brannten, erinnerten ihn daran, daß sich alle anderen Organe besser an sein zweites Leben anpaßten, das in der Kälte des Leichenschauhauses begonnen hatte. Dieser Umstand ließ sich so interpretieren, als sei die Dunkelheit sein eigentliches Zuhause, als gehöre er nicht in eine Welt, die von Sonnenschein oder Lampen erhellt wurde.

Einige Minuten lang konzentrierte sich Eric darauf, gleichmäßig zu atmen. Dann nahm er ein Stethoskop und prüfte seinen eigenen Herzschlag. Ziemlich schnell. Vielleicht stand ihm nicht so bald eine neue Periode der körperlichen und geistigen Starre bevor.

Außer dem Stethskop verfügte er auch noch über einige andere Instrumente, mit denen er kontrollierte, welche Fortschritte der Erholungsprozeß machte, und sowohl die Ergebnisse als auch seine ganz persönlichen Beobachtungen hielt er in einem Notizbuch fest. Häufig trübte sich Erics Bewußtsein, aber er vergaß nie, daß er der erste Mensch war, der die Grenze des Todes von der anderen Seite her überschritten hatte, daß er Geschichte machte und seine Aufzeichnungen nach der vollständigen Rekonvaleszenz einen ungeheuren Wert gewannen.

Denk an die Mäuse, die Mäuse...

Verärgert schüttelte er den Kopf, so als sei dieser Gedanke ein lästiges Insekt, das *in* seinem Kopf hin und her schwirrte. *Denk an die Mäuse, die Mäuse:* Er hatte überhaupt keine Ahnung, was diese Worte bedeuteten, aber sie wiederholten sich ständig, verlangten immer beharrlicher nach einer Aufmerksamkeit, die er ihnen nicht schenken wollte. Irgendein Teil seines Ichs befürchtete vage, daß er wußte, was es mit den Mäusen auf sich hatte, daß er entsprechende Überlegungen nur verdrängte, um nicht erneut in Panik zu geraten. Doch wenn er sich auf dieses Thema konzentrierte, wenn er die Botschaft des mentalen Hinweises zu ergründen versuchte, spürte er nur, wie er innerlich zu zittern begann und sich sein Denken verwirrte.

Nach der Selbstanalyse schlug Eric das Notizbuch auf, und sein Blick fiel auf fast leere Seiten. Er machte keine Anstalten, die Resultate der gerade beendeten Untersuchung einzutragen. Einerseits fiel es ihm nach wie vor schwer, sich lange genug zu konzentrieren, um lesbare Zeichen zu Papier zu bringen. Andererseits schürte der Anblick der krakligen Schrift das Feuer der Wut und des Hasses in ihm, an dem er sich selbst zu verbrennen drohte.

Denk an die Mäuse, die Mäuse, die gegen die Wände ihrer Käfige rennen, im Kreis laufen... die Mäuse, die Mäuse...

Eric preßte sich beide Hände an die Schläfen, als könne er sich auf diese Weise von den unerwünschten Gedanken befreien, stand auf und schwankte. Er mußte seine Blase entleeren, und außerdem hatte er Hunger. Zwei gute Zeichen, zwei deutliche Beweise dafür, daß er lebte.

Er setzte sich in Bewegung, hielt auf das Badezimmer zu – und blieb abrupt stehen, als in der einen Ecke des Raums etwas zu brennen begann. Ein Schattenfeuer: blutrote Flammenzungen mit silbernen Rändern. Sie prasselten laut, verschlangen die Schemen, aus denen sie herauswuchsen, doch die dunklen Zonen schrumpften nicht zusammen. Eric zwinkerte und verspürte einmal mehr den eigentümlichen Zwang, in die Flammen zu starren, in denen er seltsame Konturen zu erkennen glaubte, gespenstische Gestalten, die sich hin und her wanden, ihm zuwinkten...

Zwar hatte er geradezu panische Angst vor den Schattenfeuern, aber irgendein überaus perverser Aspekt seines Wesens sehnte sich danach, die Hände nach den Flammen auszustrecken, sie zu durchschreiten wie eine Tür, festzustellen, was sich hinter ihnen befand...

Nein!

Als er fühlte, daß sich der Wunsch in ein dringendes Bedürfnis zu verwandeln begann, wandte sich Eric abrupt vom Feuer ab, wankte und versuchte, nicht das Gleichgewicht zu verlieren. Sein destabiles Bewußtsein verwandelte Verwirrung und Furcht zuerst in Wut und dann in Haß. Alles schien darauf hinauszulaufen, auf Haß, so als sei dieses Empfinden das unvermeidliche Destillat aller anderen Gefühle.

Eine aus Metall und Zinn bestehende Bodenlampe mit trübem Glasschirm stand dicht neben Eric. Mit beiden Händen griff er danach, hob sie hoch über den Kopf und schleuderte sie durchs Zimmer. Der Lampenschirm zersprang an der

Wand, und die Splitter sahen aus wie winzige Eisbrocken. Der metallene Fuß schlug an den weißlackierten Kleiderschrank, prallte mit einem dumpfen Krachen daran ab und fiel polternd zu Boden.

Die Befriedigung, die Eric daran fand, Dinge zu zerstören, kam in ihrer düsteren Intensität sexuellem Sadismus gleich, war fast so angenehm wie ein Orgasmus. Vor seinem Tod war er jemand gewesen, der zielstrebig baute, ehrgeizig schuf und Reichtümer ansammelte, doch sein zweites Leben machte ihn zu einem Zerstörer.

Die Hütte war ausgesprochen modern eingerichtet und enthielt auch einige dekorative Kunstgegenstände – wie zum Beispiel die Stehlampe, die Eric gerade zertrümmert hatte. Eigentlich eignete sich ein derartiges Dekor nicht sonderlich für ein fünf Zimmer großes Wochenendhaus in den Bergen, doch es entsprach Erics Vorliebe für Neues, in dem er ein Synonym für Jugend sah. In zorniger Raserei trat er die Tür ein, hob einen Lehnstuhl so mühelos an, als wiege er nur wenige Pfund, und zerschmetterte damit den großen Spiegel, der hinter dem Bett an der Wand hing. Das Glas zersprang in Hunderte von kleinen Fragmenten, die zusammen mit dem Stuhl aufs Bett fielen. Eric schnaufte und keuchte, ergriff den Fuß der Bodenlampe, hielt ihn wie eine Keule und schlug damit auf eine Bronzeskulptur neben dem Kleiderschrank ein, hämmerte sie mit wütenden Hieben zur Seite, schmetterte den improvisierten Streitkolben an den Spiegel des Schranks, schwang ihn kraftvoll herum und ließ ihn auf die Wand neben der Badezimmertür knallen, auf ein Bild, das dort hing, zerfetzte es, als es vom Haken rutschte. Er fühlte sich gut, einfach prächtig, so *lebendig*. Er gab sich ganz der Berserker-Raserei hin, genoß den Tobsuchtsanfall, fauchte, zischte und knurrte unartikuliert, und während er schrie und brüllte, konnte er nur ein Wort deutlich formulieren, einen Namen: »Rachael«, brachte er haßerfüllt hervor. »Rachael, Rachael.« Erneut hob er den schweren Lampenfuß, ließ ihn auf den kleinen Beistelltisch neben dem Sessel herabsausen, holte immer wieder aus, bis von dem Tisch nur noch splittrige Trümmer übrig waren. »Rachael, Rachael.« Eric traf die kleinere Lampe auf dem Nachtschränkchen und stieß sie zu Boden. Die Zornesadern am Hals und an den Schläfen schwollen dick an, und das Blut sang in seinen Adern, als er auch auf das Nachtschränkchen einhieb. Nachdem die Griffe der Schubladen abgebrochen waren, ließ er seine heiße Wut an der Wand aus. »Rachael«, knurrte er, bearbeitete die Bogenlampe so lange, bis sie schrottreif war, warf sie achtlos beiseite, griff nach den Vorhängen, zerrte sie von den Leisten, zerriß ein weiteres Bild. »Rachael, Rachael, Rachael.« Schnaufend taumelte er durchs verwüstete Zimmer, ruderte mit den Armen, drehte sich im Kreis – und blieb abrupt stehen, als ihm der Atem stockte, als es ihm plötzlich immer schwerer fiel, Luft zu holen. Das Pulsieren des Wahnsinns wich aus seinem Leib, und der Zerstörungsdrang verringerte sich rasch. Eric ließ sich auf den Boden sinken, auf die Knie, streckte sich lang aus, drehte sich auf die Seite und keuchte. Und während sich seine Gedanken verwirrten, während sich die grauen Augen, deren Anblick im Spiegel er nicht ertragen konnte, weiter trübten, während die dämonische Energie aus ihm heraussickerte, hatte er noch Kraft genug, jenen besonderen Namen zu murmeln: »Rachael, Rachael, Rachael . . .«

ZWEITER TEIL

Finsternis

Es können gedeutet werden die Muster der
Nacht, weniger von den Lebenden, als von der
Toten Macht.

Das Buch Gezählten Leids

17. Kapitel
Leute in Bewegung

Anson Sharp erreichte die unterirdisch angelegten bakteriologischen Laboratorien Geneplans kurz vor Morgengrauen. Das dort auf ihn wartende Begrüßungskomitee bestand aus sechs DSA-Agenten, vier US-Marshals und acht Deputies, die einige Minuten zuvor eingetroffen waren. Unter dem Vorwand, die nationale Sicherheit sei gefährdet, wandten sie sich an Geneplans Nachtwächter, zeigten ihnen ihre Ausweise und den richterlich genehmigten Durchsuchungsbefehl, betraten das Gelände und versahen alle Forschungsakten und Computer mit Siegeln. Im Büro des Forschungsleiters Dr. Vincent Baresco richteten sie ihr provisorisches Hauptquartier ein.

Als der Morgen dämmerte und die Dunkelheit der Nacht lichtete, ließ sich Anson Sharp in Barescos großen Ledersessel sinken, trank schwarzen Kaffee und nahm telefonische Berichte von Untergebenen entgegen, die an verschiedenen Orten Südkaliforniens tätig waren. Auf diese Weise stellte er fest, daß alle Mitverschwörer Eric Lebens unter Hausarrest standen. Dr. Morgen Eugene Lewis, Koordinator des Forschungsprojekts Wildcard, hielt sich in seinem Haus in North Tustin auf. Dr. J. Felix Geffels befand sich in Riverside und hatte ebenfalls DSA-Besuch bekommen. Weitere Mitarbeiter Sharps fanden Dr. Vincent Baresco, verantwortlich für den gesamten Wissenschaftsbereich, in der Newport Beach-Niederlassung von Geneplan: Er lag bewußtlos in Eric Lebens Büro, und alles deutete darauf hin, daß dort ein Kampf stattgefunden hatte, bei dem auch Schußwaffen verwendet worden waren.

Sharps Leute brachten Baresco nicht etwa in ein öffentliches Krankenhaus, wo sie nur eingeschränkte Kontrolle auf ihn ausüben konnten, sondern transportierten den kahlköpfigen und stämmigen Forschungsleiter zur US Marine Corps Air Station bei El Toro, wo er von Marineärzten in der Basis untersucht wurde. Einige harte Schläge an die Kehle machten es ihm unmöglich, verständliche Worte zu formulieren, und aus diesem Grund benutzte Baresco Kugelschreiber und Papier, um den DSA-Agenten mitzuteilen, er sei von Ben Shadway angegriffen worden, Rachael Lebens Freund. Er behauptete, Ben dabei überrascht zu haben, wie er Erics Büro durchstöberte. Er verzog verärgert das Gesicht, als Sharps Mitarbeiter nicht glauben wollten, er habe die ganze Wahrheit gesagt, und er war regelrecht schockiert, als er erfuhr, daß die Beamten sowohl von dem Projekt Wildcard als auch Erics Rückkehr von den Toten wußten. Er griff erneut nach dem Kugelschreiber und verlangte schriftlich, in ein ziviles Hospital gebracht zu werden, mit seinem Rechtsanwalt sprechen zu können und zu erfahren, welche Anklage man gegen ihn erhob. Natürlich wurden alle drei Anliegen abgelehnt.

Rupert Knowls und Perry Seitz, die beiden Geldgeber, die es Geneplan vor rund einem Jahrzehnt ermöglicht hatten, mit der Arbeit zu beginnen, konnten auf dem zehn Morgen großen Anwesen Knowls in Havenhurst, Palm Springs, lokalisiert werden. Drei Einsatzagenten der Defense Security Agency trafen mit Haft- und Durchsuchungsbefehlen ein und entdeckten eine modifizierte Uzi-Maschinenpistole – zweifellos die Waffe, mit der einige Stunden zuvor in Palm Springs zwei Polizisten erschossen worden waren.

Knowls und Seitz erhoben keine Einwände gegen die Anweisung, die Villa in Havenhurst nicht zu verlassen. Sie wußten, woher der Wind wehte, rechneten damit, bald ein alles andere als attraktives Angebot zu bekommen, das sie aufforderte, alle Rechte an dem Wildcard-Unternehmen der Regierung zu überlassen, ohne daß man ihnen dafür eine angemessene Gegenleistung in Aussicht stellte. Bestimmt würde man ihnen nahelegen, weder etwas über das Projekt noch Eric Lebens Auferstehung verlauten zu lassen. Darüber hinaus erwarteten sie, dazu gezwungen zu werden, Mordgeständnisse zu unterschreiben, die ihr Schweigen gewährleisten sollten. Zwar gab es nicht die geringste legale Basis für ein solches Angebot – und in diesem Zusammenhang setzte sich die DSA über alle Grundsätze der Demokratie hinweg und brach gleich Dutzende von Gesetzen –, aber Knowls und Seitz blieb trotzdem nichts anderes übrig, als sich mit der neuen Lage abzufinden. Sie standen mit beiden Beinen fest auf dem Boden und wußten, daß man sie unauffällig aus dem Weg räumen würde, wenn sie sich weigerten, zu kooperieren – oder wenn sie versuchten, ihre verfassungsmäßigen Rechte geltend zu machen.

Jene fünf Männer teilten vermutlich das wichtigste Geheimnis in der ganzen menschlichen Geschichte. Sicher, noch war das Unsterblichkeitsverfahren nicht perfekt, aber irgendwann mochte es gelingen, die derzeitigen Probleme zu lösen. Und wer dann Wildcard kontrollierte, beherrschte die Welt. Angesichts der Tatsache, daß ungeheuer viel auf dem Spiel stand, hielt sich die Regierung nicht damit auf, die dünne Trennlinie zwischen moralischem und unmoralischem Verhalten zu beachten.

Nachdem Sharp den Bericht über Seitz und Knowls entgegengenommen hatte, legte er den Telefonhörer auf, erhob sich und wanderte in dem unterirdischen Büro auf und ab. Dann und wann hob und senkte er seine breiten Schultern und rieb sich den Nacken.

Zu Anfang standen acht Namen auf seiner Liste – acht mögliche Lecks, die es zu stopfen galt. Inzwischen stellten fünf Personen keine Gefahr mehr dar. Sharp war recht zufrieden, nicht nur darüber, wie sich die Ereignisse im allgemeinen entwickelten, sondern in besonderem Maße auch mit sich selbst. Einmal mehr sah er seine professionelle Kompetenz bestätigt.

Bei solchen Gelegenheiten wünschte er sich, seinen Triumph jemandem mitteilen zu können, einem ihn bewundernden Assistenten zum Beispiel. Doch er durfte sich keine engeren Beziehungen zu seinen Mitarbeitern leisten. Sharp war stellvertretender Direktor der Defense Security Agency, der zweite Mann in der Hierarchie – fest entschlossen dazu, früher oder später den ersten Platz einzunehmen. Um dieses

Ziel zu erreichen, sammelte er schon seit geraumer Weile Material, das den gegenwärtigen Direktor Jarrod McClain belastete – um ihn zu zwingen, den Abschied zu nehmen und sich mit ganzem Herzen für die Ernennung Sharps zu seinem Nachfolger einzusetzen. McClain behandelte Sharp wie einen Sohn, weihte ihn in alle Geheimnisse der DSA ein. Tatsächlich besaß Sharp bereits genügend Unterlagen, um McClains Karriere ein Ende zu setzen. Aber als vorsichtiger Mann wollte er erst dann aktiv werden, wenn nicht mehr das geringste Risiko eines Fehlschlags bestand.

Nachdem Sharp die Steifheit aus Schultern und Nacken vertrieben hatte, kehrte er hinter den Schreibtisch zurück, setzte sich wieder, schloß die Augen und dachte an die drei Personen, die sich noch immer auf freiem Fuß befanden und so schnell wie möglich unschädlich gemacht werden mußten: Eric Leben, Mrs. Leben, Ben Shadway. Im Gegensatz zu den fünf anderen konnte ihnen kein Angebot unterbreitet werden. Wenn es möglich war, Eric ›lebend‹ zu fassen, würde man ihn irgendwo einsperren und wie ein Versuchstier studieren. Rachael und Ben Shadway hingegen mußten sterben, auf eine Art und Weise, die wie ein Unfall wirkte.

Es gab mehrere Gründe für Sharp, ihren Tod zu wünschen. Zum einen legten sie beide großen Wert auf ihre Unabhängigkeit, und sie waren hartnäckig und ehrlich – eine gefährliche Mischung, in diesem Fall geradezu explosiv. Vielleicht ließen sie sich dazu hinreißen, aus purem Idealismus das ganze Wildcard-Projekt publik zu machen, und dann hätte sich für Sharp auf absehbare Zeit keine Chance mehr ergeben, McClains Platz zu beanspruchen. Die anderen – Lewis, Geffels, Baresco, Knowls und Seitz – würden sich aus reinem Selbstinteresse fügen, aber in Hinsicht auf Rachael Leben und Ben Shadway konnte man nicht darauf zählen, daß sie in erster Linie an sich dachten. Außerdem hatten sie sich weder eines Verbrechens schuldig gemacht noch ihre Seelen an die Regierung verkauft. Mit anderen Worten: Es schwebte kein Damoklesschwert über ihren Häuptern; es gab keine Drohungen, um sie einzuschüchtern und unter Kontrolle zu bringen.

Vor allen Dingen aber verabscheute Sharp die Vorstellung, daß Rachael Leben Shadways Geliebte war, daß Ben etwas an ihr lag. Er freute sich bereits darauf, die junge Frau zuerst zu töten, direkt vor Ben. Und Shadways Tod würde ihm einen besonderen Genuß bereiten, denn er haßte ihn schon seit siebzehn Jahren.

Sharp befand sich allein in dem großen, unterirdischen Büro, schloß die Augen, lächelte und fragte sich, was Shadway unternommen hätte, wenn ihm bekannt gewesen wäre, daß sein alter Feind Anson Sharp Jagd auf ihn machte. Sharp fieberte der unvermeidlichen Konfrontation entgegen, war ganz versessen darauf, das Erstaunen in Shadways Gesicht zu sehen, zu beobachten, wie der verdammte Hurensohn endlich ins Gras biß.

Jerry Peake, der junge DSA-Agent, der von Anson Sharp den Auftrag erhalten hatte, Sarah Kiel zu finden, suchte hinter Eric Lebens Haus in Palm Springs noch immer nach einem frischen Grab. Er benutzte einen starken Scheinwerfer und ging sehr gründlich zu Werke, zertrampelte Blumenbeete, bahnte sich einen Weg durch Sträucher und Büsche, deren Dornen ihm die Hose zerrissen – doch er konnte nichts entdecken.

Er schaltete die Beleuchtung des Pools ein und rechnete fest damit, daß im Wasser die Leiche einer Frau schwamm, doch auch diese Erwartung erfüllte sich nicht. Daraufhin kam er zu dem Schluß, zu viele Kriminalromane gelesen zu haben. In solchen Werken waren Swimming-pools immer voller Leichen; die Realität hingegen sah völlig anders aus.

Seit dem zwölften Lebensjahr verschlang Jerry Peake Kriminalromane und hatte unbedingt Detektiv werden wollen. Schon als Heranwachsender kam es ihm nicht darauf an, später als einfacher Polizist zu arbeiten. Nein, ihm stand der Sinn danach, für die CIA, das FBI oder die DSA tätig zu werden, als ein Agent im Stile von John Le Carré, William F.

Buckley oder Frederick Forsythe. Peake wünschte sich nichts sehnlicher, als schon zu Lebzeiten zu einer Legende zu werden. Erst seit gut vier Jahren gehörte er zur DSA und hatte sich noch keinen besonderen Ruf erworben. Doch das störte ihn nicht weiter. Peake brachte die Bereitschaft mit, sich in Geduld zu fassen. Niemand wurde in gut vier Jahren zu einer Legende. Zuerst mußte man die Dreckarbeit erledigen, zum Beispiel durch Blumenbeete stapfen und sich dabei den besten Anzug ruinieren.

Als Sarah Kiels Leiche verschwunden blieb, machte sich Peake auf den Weg, um die einzelnen Krankenhäuser zu kontrollieren, um festzustellen, ob während der letzten Stunden ein junges Mädchen eingeliefert worden war, auf das Sarahs Beschreibung paßte. Bei den ersten beiden Hospitälern hatte er kein Glück. Schlimmer noch: Obgleich er seinen DSA-Ausweis zeigte, begegneten ihm Krankenschwestern und Ärzte mit ausgeprägtem Mißtrauen. Sie gaben ihm zwar die gewünschten Auskünfte, schienen jedoch zu argwöhnen, er sei ein Schwindler und Aufschneider mit zweifelhaften Absichten.

Peake wußte, daß er für einen DSA-Agenten zu jung aussah. Auf ihm lastete der Fluch eines viel zu glatten und offenen Gesichts. Und wenn er Fragen stellte, gab er sich nicht ganz so aggressiv, wie es eigentlich der Fall sein sollte. Diesmal aber war er sicher, daß das Problem nicht in jugendlichen Zügen oder seiner eher sanften Art bestand. Statt dessen basierte die Skepsis, mit der er es zu tun bekam, auf seinen schmutzigen Schuhen. Zwar hatte er versucht sie mit einem Tuch zu reinigen, doch sie waren noch immer verschmiert. Und dann die Hose: Beulen und knittrige Falten erinnerten an die vormals nassen Stellen. Nein, sagte sich Peake niedergeschlagen, man konnte nicht damit rechnen, ernst genommen zu werden, wenn man den Eindruck erweckte, gerade aus einem Schweinestall zu kommen.

Doch trotz seiner Aufmachung, die sehr zu wünschen ließ, landete Peake eine Stunde nach Morgengrauen einen Volltreffer – beim dritten Krankenhaus, dem Desert General. Sarah Kiel war während der Nacht eingeliefert worden und wurde nach wie vor behandelt.

Die Oberschwester Alma Dunn, eine kräftig gebaute, weißhaarige und etwa fünfundfünfzig Jahre alte Frau, blieb gelassen, als Peake ihr seinen Dienstausweis zeigte, ließ sich nicht beeindrucken. Sie warf einen kurzen Blick ins Zimmer Sarah Kiels und kehrte dann zur Station zurück, wo Peake wartete: »Das arme Mädchen schläft. Es bekam vor einigen Stunden ein Beruhigungsmittel, und bestimmt dauert es noch eine Weile, bis es aufwacht.«

»Bitte wecken Sie Sarah. Es handelt sich um eine sehr dringende Angelegenheit, die die nationale Sicherheit betrifft.«

»Kommt überhaupt nicht in Frage«, erwiderte Schwester Dunn. »Sie wurde verletzt und braucht Ruhe. Gedulden Sie sich.«

»Meintwegen. Ich warte in ihrem Zimmer.«

Schwester Dunn schob das breite Kinn vor, und in ihren sonst so gutmütig blickenden blauen Augen funkelte es kalt. »Von wegen! Wenn Sie unbedingt warten möchten – dort drüben, im Aufenthaltsraum für Besucher.«

Peake wußte, daß es keinen Sinn hatte zu versuchen, Druck auf Alma Dunn auszuüben. Sie ähnelte Jane Marple, der unbeugsamen Amateurdetektivin Agatha Christies. Und wer so aussah wie Miß Marple, ließ sich bestimmt nicht einschüchtern. »Hören Sie«, sagte er. »Wenn Sie sich weiterhin weigern, meinen Forderungen nachzukommen, muß ich mich an Ihren Vorgesetzten wenden.«

»Von mir aus . . .« erwiderte Schwester Dunn und warf einen tadelnden Blick auf Peakes schmutzige Schuhe. »Ich hole Dr. Werfell.«

Anson Sharp hielt sich nach wie vor in Vincent Barescos unterirdischem Büro auf, streckte sich auf der Couch aus und schlief eine Stunde. Anschließend duschte er nebenan im kleinen Badezimmer, öffnete seinen Koffer, den er seit Beginn der Operation bei sich führte, und wählte einen neuen Anzug. Sharp hatte die beneidenswerte Fähigkeit, praktisch auf der Stelle einschlafen zu können und sich schon nach einem kurzen Nickerchen frisch und ausgeruht zu fühlen.

Kurze Zeit später nahm er den Telefonhörer ab und sprach mit den Beamten, deren Aufgabe darin bestand, die verschiedenen Geneplan-Partner und Wissenschaftler zu überwachen. Des weiteren nahm er Berichte von anderen Agenten entgegen, die sich in den Geneplan-Büros von Newport Beach, auf Eric Lebens Anwesen in Villa Park und in Rachaels Placentia-Haus umgesehen hatten.

Von den Mitarbeitern, die Baresco in der US Marine Air Station bei El Toro Gesellschaft leisteten, erfuhr Sharp, daß Ben Shadway inzwischen eine Smith & Wesson Combat Magnum besaß. Die Einsatzbeamten in Placentia teilten ihm mit, daß Rachael Leben über eine 32er Halbautomatik verfügte.

Es erfreute Sharp, von den Waffen zu erfahren, die sowohl Ben als auch Rachael bei sich führten – und er beabsichtigte, dies als einen Vorwand für die Ausstellung eines Haftbefehls zu nutzen. Außerdem: Wenn es ihm gelang, sie in die Ecke zu treiben, konnte er sie einfach über den Haufen schießen – und später behaupten, in Notwehr gehandelt zu haben.

Während Jerry Peake in der Station darauf wartete, daß Alma Dunn mit Dr. Werfell zurückkehrte, entfalteten sich im Krankenhaus die routinemäßigen Aktivitäten des Tages. Schwestern eilten durch die Korridore, brachten Patienten die ihnen verschriebene Medizin, schoben Rollstühle und fahrbare Liegen und begannen in Begleitung einiger Ärzte mit der üblichen Visite.

Nach zehn Minuten kam Alma Dunn zur Station zurück, zusammen mit einem hochgewachsenen Mann, der einen weißen Kittel trug. Er hatte ein scharfgeschnittenes Gesicht, graumeliertes Haar und einen gepflegten Oberlippenbart. Er wirkte irgendwie vertraut, obgleich Peake den Grund dafür nicht genau bestimmen konnte. Alma Dunn stellte ihn als Dr. Hans Werfell vor, den für die Morgenschicht verantwortlichen Chefarzt.

Dr. Werfell betrachtete erst die zerknitterte Hose Peakes,

dann die schmutzigen Schuhe und sagte: »Miß Kiels körperlicher Zustand ist keineswegs besorgniserregend, und ich glaube, wir können sie heute oder morgen entlassen. Andererseits aber hat sie ein erhebliches emotionales Trauma erlitten, und deshalb braucht sie möglichst viel Ruhe. Derzeit schläft sie.«

Verdammt, dachte Peake, warum starrt der Kerl dauernd auf meine Schuhe? »Doktor«, erwiderte er, »ich verstehe, daß Sie in erster Linie an die Patientin denken, aber es handelt sich um eine sehr dringende Angelegenheit, die im Zusammenhang mit der nationalen Sicherheit steht.«

Werfell hob wie zögernd den Blick und runzelte skeptisch die Stirn. »Lieber Himmel, was hat ein sechzehn Jahre altes Mädchen mit der nationalen Sicherheit zu tun?«

»Das ist geheim, streng geheim«, antwortete Peake und gab sich alle Mühe, in seinem jugendlichen Gesicht angemessenen Ernst zum Ausdruck zu bringen.

»Es hat ohnehin keinen Sinn, sie zu wecken«, sagte Werfell. »Sie steht noch immer unter der Wirkung des Sedativs und könnte Ihre Fragen vermutlich gar nicht richtig verstehen.«

»Wäre es nicht möglich, ihr irgendein Gegenmittel zu geben?«

Dr. Werfell bedachte ihn mit einem abweisenden Blick. »Mr. Peake, dies ist ein Krankenhaus. Unsere Aufgabe besteht darin, Menschen zu helfen. Wir erwiesen Miß Kiel sicher keinen guten Dienst, wenn wir sie voller Drogen pumpten, nur um die Wirkung von Beruhigungsmitteln aufzuheben und einen ungeduldigen Regierungsbeamten zufriedenzustellen.«

Peake fühlte, wie ihm das Blut ins Gesicht schoß. »Ich habe nicht von Ihnen verlangt, ärztliche Prinzipien zu verletzen.«

»Gut.« Das ruhige und gelassene Gebaren Dr. Werfells war der Diskussion keineswegs förderlich. »Dann warten Sie, bis Miß Kiel aufwacht.«

Enttäuscht dachte Peake darüber nach, aus welchem Grund Werfell einen so vertrauten Eindruck erweckte. »Wir glauben, sie könnte uns einen Hinweis auf den Aufenthaltsort einer Person geben, nach der wir fahnden.«

»Nun, ich bin sicher, sie wird alle Ihre Fragen beantworten, wenn sie wach ist.«

»Und wann kommt sie wieder zu sich, Doktor?«

»Oh, ich schätze, in... vier oder fünf Stunden.«

»Was? Wieso dauert das denn so lange?«

»Der Arzt der Nachtschicht gab ihr ein leichtes Sedativ, das ihr jedoch nicht genügte. Als er es ablehnte, ihr ein stärkeres Mittel zu verabreichen, nahm sie eins aus dem eigenen Vorrat.«

»Aus dem eigenen Vorrat?«

»Wir stellten erst später fest, daß ihre Handtasche Drogen enthielt: einige Benzedrin-Tabletten. Nun, wie dem auch sei: Jetzt schläft sie tief und fest, und das kann sicher nicht schaden. Die restlichen Drogen haben wir natürlich beschlagnahmt.«

Peake seufzte. »Ich warte in ihrem Zimmer.«

»Nein«, widersprach Werfell.

»Dann eben auf dem Flur.«

»Ich fürchte, das ist nicht möglich.«

»Und hier in der Station?«

»Hier wären Sie nur im Weg«, sagte Werfell. »Warten Sie im Aufenthaltsraum für Besucher. Wir geben Ihnen Bescheid, wenn Miß Kiel erwacht.«

»Ich warte hier«, beharrte Peake, kniff die Augen zusammen und versuchte, so stur und entschlossen zu wirken wie die Helden der Romane, die ihn besonders beeindruckt hatten.

»Im Aufenthaltsraum«, sagte Werfell fest. »Und wenn Sie ihn nicht sofort aufsuchen, alarmiere ich die hausinternen Sicherheitsbeamten.«

Peake zögerte und wünschte sich, aggressiver sein zu können. »Na gut. Aber benachrichtigen Sie mich *unverzüglich*, wenn Sarah Kiel erwacht.«

Wütend wandte er sich von Werfell ab, marschierte durch den Flur und suchte nach dem Aufenthaltsraum, viel zu verlegen, um zu fragen, wo sich das Zimmer befand. Als er zu Dr. Werfell zurückblickte, stellte er fest, daß der Arzt gerade mit einem anderen und ebenfalls in einen weißen Kittel gekleideten Mann sprach. Und plötzlich fiel ihm der Grund für das vertraute Flair ein. Werfell sah fast genauso aus wie Dashiell Hammett, der berühmte Pinkerton-Detektiv und Kriminalschriftsteller. Kein Wunder, daß er in eine so dichte Aura der Autorität gehüllt war. Dashiell Hammett – lieber Himmel! Bei diesem Gedanken fand es Peake nicht mehr ganz so schlimm, sich ihm gefügt zu haben.

Ben und Rachael schliefen zwei weitere Stunden, erwachten fast gleichzeitig und liebten sich erneut. Diesmal fand die junge Frau noch mehr Gefallen daran als zuvor: weniger Hektik, eine noch intensivere Harmonie, ein eleganter und anmutiger Rhythmus.

Anschließend blieben sie eine Zeitlang eng aneinandergeschmiegt liegen, zufrieden, erfüllt von einer Ruhe, die jedoch bald neuerlicher Nervosität wich. Zuerst konnte Rachael nicht genau bestimmen, was sie störte, doch dann begriff sie, daß es das Bewußtsein einer nach wie vor drohenden Gefahr war.

Sie drehte den Kopf, beobachtete das sanfte Lächeln Bens, betrachtete die weichen Züge seines Gesichts, blickte in seine Augen – und hatte plötzlich Angst, ihn zu verlieren.

Sie versuchte, sich davon zu überzeugen, daß es sich bei dieser jähen Furcht nur um die natürliche Reaktion einer dreißigjährigen Frau handelte, die nach einer gescheiterten Ehe wie durch ein Wunder den richtigen Mann gefunden hatte. Das Ich-verdiene-es-gar-nicht-so-glücklich-zu-sein-Syndrom. Wenn das Leben endlich einmal mit einer angenehmen Überraschung aufwartet, sucht man immer nach einem Haken.

Gleichzeitig aber wußte Rachael, daß die Angst wesentlich tiefer in ihr verwurzelt war. Sie erzitterte, so als striche ihr ein kalter Wind über den Rücken.

Nach einer Weile wandte sich die junge Frau von dem

Mann neben ihr ab, schlug die Decke zurück und stand auf, nackt wie sie war.

»Rachael?« fragte Ben.

»Wir sollten wieder los«, erwiderte sie besorgt und hielt auf das Badezimmer zu, schritt durch das goldene Licht, das durchs Fenster fiel, durch die hin und her schwankenden Schatten der Palmwedel.

»Was ist denn los?« brummte er.

»Wir sind hier Zielscheiben. Oder könnten es werden. Wir müssen unbedingt weiter, in der Offensive bleiben. Es kommt darauf an, ihn zu finden, bevor er uns entdeckt. Oder bevor uns jemand anders lokalisiert.«

Ben stand ebenfalls auf, trat zwischen die Badezimmertür und Rachael, legte ihr die Hände auf die Schultern. »Es wird alles in Ordnung kommen.«

»Sag das nicht.«

»Bestimmt.«

»Fordere das Schicksal nicht heraus.«

»Zusammen sind wir stark«, behauptete Ben. »Stärker als alle anderen.«

»Bitte«, stieß Rachael hervor und berührte seine Lippen mit dem Zeigefinger, um ihn zum Schweigen zu bringen. »Bitte nicht. Ich... ich könnte es nicht ertragen, dich zu verlieren.«

»Und ich habe nicht die geringste Absicht, dich jemand anders zu überlassen«, sagte Ben.

Doch als sie ihn ansah, entstand das schreckliche Gefühl in ihr, daß sie ihn bereits verloren hatte, der Schatten des Todes schon seine Züge verdunkelte.

Das Ich-verdiene-es-gar-nicht-so-glücklich-zu-sein-Syndrom.

Oder vielleicht eine echte Vorahnung.

Rachael wußte nicht, welche Erklärung zutraf.

Die Suche nach Dr. Eric Leben blieb ergebnislos.

Anson Sharp empfand die düstere Aussicht eines Fehlschlags wie einen unangenehmen Druck, der auf ihm lastete, immer mehr zunahm und ihn langsam zu zerquetschen drohte. Er konnte die Vorstellung einer Niederlage nicht ertragen. Er war ein Gewinner, hatte immer den letztendlichen Sieg errungen, fühlte sich allen anderen Leuten überlegen. Nur dieses Bild von sich selbst akzeptierte er: Er sah sich als den Angehörigen einer überlegenen Rasse, und auf diese Weise rechtfertigte er sein Verhalten, alle Entscheidungen, die er traf. Anson Sharp lehnte es entschieden ab, die moralischen und ethischen Prinzipien gewöhnlicher Menschen als Selbstbeschränkungen hinzunehmen.

Doch ständig trafen von seinen Mitarbeitern negative Berichte ein: nirgends auch nur eine Spur von dem wandelnden Toten. Sharp wurde immer zorniger und nervöser. Vielleicht lagen ihnen doch nicht genügend Informationen über Eric Leben vor. Vielleicht war der Genetiker weitsichtiger gewesen, als sie bisher annahmen. Möglicherweise hatte er für einen Fall wie diesen einen geheimen Schlupfwinkel vorbereitet, ein Versteck, in dem er sich eine Zeitlang verbergen konnte, ein Refugium, von dem nicht einmal die DSA etwas ahnte. Wenn diese Annahme stimmte, würde man die vergebliche Suche nach Eric Leben als ein persönliches Versagen Sharps interpretieren.

Dann schließlich erhielt er eine gute Nachricht. Jerry Peake meldete, es sei ihm gelungen, Sarah Kiel, die letzte minderjährige Geliebte Erics, in einem Krankenhaus von Palm Springs zu finden. »Aber die verdammten Ärzte und Krankenschwestern weigern sich, mich zu ihr zu lassen«, klagte Peake.

Manchmal fragte sich Sharp, ob die Vorteile, sich mit schwächeren – und daher weniger gefährlichen – jungen Agenten zu umgeben, von den Nachteilen ihrer Unfähigkeit aufgehoben wurden. Eins stand fest: Niemand von ihnen stellte ein Risiko für ihn dar, wenn er erst einmal den Platz des Direktors einnahm. Andererseits aber durfte er auch nicht damit rechnen, daß sie jene Art von Eigeninitiative entwickelten, die auch ihn in einem günstigen Licht erscheinen ließ.

»Ich bin bei Ihnen, bevor die Wirkung des Sedativs nachläßt«, sagte Sharp.

Die Durchsuchung der Geneplan-Laboratorien konnte auch ohne ihn fortgesetzt werden. Die angestellten Wissenschaftler und Techniker, die vor kurzer Zeit eingetroffen waren, um ihre tägliche Arbeit zu beginnen, hatten nach Hause zurückkehren müssen – mit dem imperativen Hinweis, auf weitere Anweisungen zu warten. Computerspezialisten der DSA befaßten sich inzwischen mit den elektronischen Akten in den Datenbänken von Geneplan, aber ihre Arbeit erforderte Expertenwissen, und deshalb besaß Sharp gar keine Möglichkeit, sie zu überwachen.

Er führte einige Telefongespräche mit verschiedenen Regierungsstellen in Washington und bekam die gewünschten Informationen über das Desert General Hospital und Dr. Hans Werfell – Hinweise, die ihm vielleicht einen Ansatzpunkt gaben. Dann stieg er in den wartenden Hubschrauber und flog über die Wüste nach Palm Springs zurück, erleichtert darüber, daß es endlich weiterging.

Rachael und Ben fuhren mit einem Taxi zum Flughafen von Palm Springs, mieteten sich einen neuen Ford und kehrten rechtzeitig genug in die Stadt zurück, um die ersten Kunden eines Bekleidungsgeschäftes zu sein, das um halb zehn öffnete. Rachael kaufte lohfarbene Jeans, eine hellgelbe Bluse, dicke, weiße Socken und Turnschuhe. Benny wählte eine Bluejeans, ein weißes Hemd und ähnliche Schuhe. In einer öffentlichen Toilette am nördlichen Ende des Palm Canyon Drive zogen sie sich um. Da sie keine Zeit mit dem Frühstück verlieren wollten und fürchteten, erkannt zu werden, machten sie einen kurzen Abstecher zu McDonald's, kauften Hamburger und Kaffee und aßen unterwegs.

Rachael hatte Ben mit ihren finsteren Ahnungen von drohendem Unheil angesteckt, mit der fast hellseherischen Erkenntnis, daß die Zeit knapp wurde. Ben versuchte erst, sie zu beruhigen, doch sein Unbehagen schien von Minute zu Minute zuzunehmen. Sie waren wie zwei Tiere, die unabhängig voneinander einen Sturm witterten, der sich rasch näherte.

Rachael lehnte sich auf dem Beifahrersitz zurück und knabberte ohne große Begeisterung an ihrem Hamburger, während Ben über die State Route 111 fuhr, dann nach Westen abbog, auf die Interstate 10. Wenn sich eine entsprechende Gelegenheit bot, drückte er das Gaspedal bis zum Anschlag durch, doch der Motor des Wagens war nicht annähernd so leistungsfähig wie der des roten Mercedes. Rachael schätzte, daß sie Erics Hütte am Lake Arrowhead nicht vor dreizehn Uhr erreichen konnten.

Sie hoffte inständig, daß sie nicht zu spät kamen.

Und sie versuchte, alle Gedanken daran zu verdrängen, auf welche Weise Eric sie erwarten mochte. Vorausgesetzt, er hielt sich wirklich in der Hütte auf.

18. Kapitel
Zombieblues

Die Glut der haßerfüllten Raserei erlosch langsam, und Eric Leben kam wieder zu Sinnen – soweit man davon sprechen konnte – und sah sich in dem verwüsteten Schlafzimmer der Hütte um. Ein scharfer und pochender Schmerz zuckte durch seinen Schädel, und in den Muskeln pulsierte eine dumpfere Pein. Die Gelenke fühlten sich angeschwollen und steif an, und die Augen waren wäßrig und brannten, vermittelten ihm ein trübes und körniges Bild der Umgebung.

Eric machte diese Erfahrung nicht zum erstenmal: Nach jedem Wutanfall reduzierten sich die inneren und äußeren Welten auf matte Gräue, in der es keine Farben und kaum Geräusche gab, in der die Konturen von Objekten verschwammen und jede Lichtquelle, ganz gleich, wie hell sie auch strahlte, düster wirkte. Der Zorn schien ihn zu verausgaben, und während der sich daran anschließenden Phasen senkte sich offenbar der physisch-psychische Energiepegel drastisch ab. Eric bewegte sich unsicher und schwerfällig, taumelte und stolperte, konnte kaum einen klaren Gedanken fassen.

Er hoffte, daß die Perioden des Komas und der Gräue nach dem Abschluß des Heilungsprozesses ein Ende fänden. Aber diese Aussicht hob seine Stimmung nicht. Aufgrund der mentalen Trägheit war es problematisch für ihn, sich eine bessere Zukunft vorzustellen. Er empfand seinen eigenen Zustand als gespenstisch, als unangenehm und sogar erschreckend. Er fühlte, daß es ihm an Einfluß auf sein eigenes Schicksal mangelte, sah sich als Gefangenen in seinem Körper, gebunden an halbtotes Fleisch.

Er taumelte ins Bad, nahm sich Zeit für die Dusche, putzte sich die Zähne. Die Hütte enthielt eine vollständige Garderobe, ebenso wie das Haus in Palm Springs, und deshalb brauchte er nie einen Koffer mitzunehmen. Eric entschied sich für eine khakifarbene Hose, ein rotkariertes Hemd, Wollsocken und lederne Stiefel. Infolge der grauen Benommenheit dauerte die Morgenroutine länger als üblich: Nur mühsam konnte er die Armaturen in der Dusche bedienen, um die richtige Temperatur einzustellen, und die Zahnbürste rutschte ihm immer wieder aus dem Mund. Er verfluchte seine steifen Finger, als er versuchte, das Hemd zuzuknöpfen. Und als er Anstalten machte, die Ärmel hochzukrempeln, widersetzte sich ihm der Stoff so, als zeichne er sich durch ein sonderbares Eigenleben aus.

Außerdem wurde Eric von den Schattenfeuern abgelenkt. Mehrmals beobachtete er aus den Augenwinkeln, wie plötzlich Flammen aus dunklen Ecken loderten. Nur elektrische Kurzschlüsse in seinem sehr geschädigten Hirn – in einem Hirn, das jedoch heilte. Trugbilder, hervorgerufen von noch fehlerhaften Interaktionen zwischen Synapsen und Neuronen. Weiter nichts. Und dennoch: Wenn sich Eric umdrehte und direkt in die Schattenfeuer sah, verblaßte ihr Glanz nie, brannten sie noch heller.

Obgleich weder Rauch noch Hitze von den Flammen ausgingen und sie auch gar nichts verbrannten, reagierte Eric mit immer größer werdender Furcht auf sie. Zum einen deswegen, weil er in – oder hinter – ihnen seltsame Gestalten zu erkennen glaubte, bei deren Anblick sich Entsetzen in ihm regte. Zwar versuchte er sich nach wie vor einzureden, es handele sich dabei nur um Produkte einer ausufernden Fantasie, doch das milderte seine Angst nicht. Noch immer hatte er keine Ahnung, was die Schattenfeuer bedeuteten und ob sie eine echte Gefahr für ihn darstellten. Manchmal, wenn er von ihnen geradezu hypnotisiert war, hörte er sich leise wimmern.

Nahrung. Zwar wies sein genetisch veränderter Körper die Fähigkeit zur Selbstregeneration und beschleunigter Heilung auf, aber er wollte richtig ernährt werden – mit Vitaminen, Mineralstoffen, Kohlehydraten und Proteinen. Daraus bezog er seine Energie, um zerfetztes Gewebe neu zu strukturieren. Zum erstenmal seit seinem Erwachen im Leichenschauhaus war Eric regelrecht hungrig.

Er wankte in die Küche und sah im großen Kühlschrank nach.

Am Rande seines Gesichtsfeldes bemerkte er eine Bewegung: Irgend etwas schien aus einer Steckdose herauszukriechen, etwas Langes und Dünnes. Irgendein insektenhaftes und abscheuliches Geschöpf. Aber Eric wußte, daß es sich nur um ein weiteres Trugbild handelte, ein neuerliches Symptom seiner Hirnverletzung. Er beschloß, das illusorische Wesen einfach zu ignorieren, sich davon keinen Schrecken einjagen zu lassen – obwohl er ganz deutlich hörte, wie winzige Hornbeine über den Boden kratzten. Er widerstand der Versuchung, den Kopf zu drehen. *Verschwinde.* Nach wie vor starrte er in den Kühlschrank und biß die Zähne zusammen. *Fort mit dir.* Und als er sich umwandte, sah er nur eine ganz gewöhnliche leere Steckdose.

Dafür saß jetzt sein vor vielen Jahren verstorbener Onkel Barry auf dem Kühlschrank und grinste. Als Kind war Eric oft mit Onkel Barry Hampstead, der ihn mißbraucht hatte, allein gewesen. Er erinnerte sich an seine Drohungen, ihm den Penis abzuschneiden, wenn er jemandem etwas verriet, und damals zweifelte Eric nicht daran, daß es sein Onkel ernst meinte. Barry kletterte herunter, machte einige Schritte, lehnte sich an den Tisch und meinte: »Komm her, mein Süßer. Laß uns ein wenig Spaß haben.« Eric *hörte* die Stimme, ebenso deutlich wie vor fünfunddreißig Jahren. Und es fiel ihm immer schwerer zu glauben, daß weder der Mann noch die Stimme echt waren. Er hatte die gleiche Angst vor Barry Hampstead wie damals.

Er schloß die Augen und versuchte, das Trugbild mit der Kraft seines Willens zu vertreiben. Ein oder zwei Minuten lang stand er schwankend vor dem Kühlschrank und wollte die Augen erst dann wieder öffnen, wenn es keinen Zweifel mehr daran geben konnte, daß die Erscheinung verschwunden war. Nach einer Weile aber begann er sich vorzustellen, wie Onkel Barry die gute Gelegenheit nutzte, um sich an ihn heranzuschleichen und ihn zwischen die Beine zu fassen...

Ruckartig kamen seine Lider in die Höhe.

Das Phantom Barry Hampstead existierte nicht mehr.

Erleichtert ließ Eric den angehaltenen Atem entweichen, holte einige vorbereitete Sandwiches aus dem Gefrierfach und erwärmte sie im Backofen, konzentrierte sich ganz auf diese Aufgabe. Mit geduldiger Schwerfälligkeit setzte er eine Kanne Kaffee auf, nahm anschließend am Tisch Platz, beugte sich zitternd vor und aß und trank.

Eine Zeitlang schien sein Appetit unersättlich zu sein, und allein der Vorgang des Essens gab ihm das Gefühl, noch nie so lebendig gewesen zu sein wie jetzt. Er biß ab und kaute, schmeckte und schluckte – und diese Erfahrungen integrierten ihn in die Welt der Lebenden. Für eine gewisse Zeit genoß er fast so etwas wie Frohsinn.

Dann merkte er, daß die Wurst nicht ganz so lecker war wie vor seinem Unfall, daß er keinen rechten Gefallen an ihr finden konnte. Er senkte den Kopf und schnupperte an dem Fleisch, nahm aber nicht das würzige Aroma wahr, an das er sich erinnerte. Eric starrte auf seine kühlen, aschgrauen und feuchten Hände, die das Brötchen mit dem Würstchen hielten, und das dampfende Stück Schweinefleisch wirkte weitaus lebendiger als er.

Plötzlich erschien ihm die Situation geradezu lächerlich: ein Toter, der am Tisch saß und frühstückte, der verzweifelt versuchte, sich als ein Lebender zu geben, so als genügten gute schauspielerische Fähigkeiten, um den Tod zu betrügen, als könne man ins Leben zurückkehren, indem man sich auf genügend profane Aktivitäten konzentrierte. Andererseits: Eric *konnte* gar nicht tot sein, denn weder im Himmel noch in der Hölle gab es Bockwürstchen und Instantkaffee – in diesem Punkt war er ziemlich sicher. Ja, er lebte, weil er den Kühlschrank und den Herd benutzte. Zwar hatten solche Geräte inzwischen eine weite Verbreitung gefunden, doch an den Ufern des Flusses Styx gab es keine Supermärkte. Oder?

Schwarzer Humor, sicher, ziemlich schwarzer sogar – aber Eric lachte trotzdem laut auf. Bis er das Echo seiner Stimme hörte. Sie klang heiser und rauh und kalt. Es war kein echtes Lachen, sondern nur eine armselige Imitation; es hörte sich an, als keuche und schnaufe ein asthmatischer Greis, als litte er an Atemnot. Eric schauderte plötzlich und begann zu schluchzen. Er ließ das Brötchen mit der Wurst fallen, stieß Teller und Tasse zu Boden, sank nach vorn, legte die Arme auf den Tisch und stützte den Kopf darauf ab. Seine Schultern zitterten und bebten, während er weinte, und eine Zeitlang gab sich Eric ganz seinem Selbstmitleid hin.

Die Mäuse, die Mäuse, denk an die Mäuse, stell dir vor, wie sie an die Wände ihrer Käfige stoßen . . .

Noch immer begriff er nicht, was diese Worte bedeuteten, konnte sich an keine Mäuse erinnern. Gleichzeitig aber gewann er den Eindruck, daß er sich immer mehr dem Verständnis dieser Warnung näherte. Unmittelbar jenseits seiner bewußten Gedanken warteten unheilvolle Reminiszenzen.

Die emotionale Gräue in ihm verdüsterte sich, und seine Wahrnehmung wurde noch schlechter.

Nach einigen Sekunden begriff er, daß er in die finstere

Umarmung eines Komas sank. Es begann eine neuerliche Scheintodphase, während der sich Herzschlag und Atemrhythmus dramatisch verlangsamten, was seinen Körper in die Lage versetzen sollte, weitere Gewebeschäden zu reparieren und wieder neue Kraft zu sammeln. Eric glitt vom Küchenstuhl auf den Boden, zog die Beine an und blieb in der Fötusstellung liegen.

Bei Redlands bog Ben von der Interstate 10 ab und setzte die Fahrt über die State Route 30 fort. Die Entfernung zum Lake Arrowhead betrug nur noch gut vierzig Kilometer.

Die zweispurige Straße, die durch die San Bernardino Mountains führte, war uneben und wies viele Schlaglöcher auf, und aus diesem Grund kamen sie nur langsam voran.

In der vergangenen Nacht hatte Rachael Ben ihre Geheimnisse enthüllt, ihm alle Einzelheiten über das Projekt Wildcard und Erics Zwänge geschildert – sicher auch in der Erwartung, von Ben einige Erklärungen zu hören. Doch bisher wußte sie nicht, wieso er imstande gewesen war, mit Vincent Baresco fertig zu werden, warum er so gut mit Autos und Waffen umgehen konnte. Trotz ihrer Neugier sprach Rachael ihn nicht darauf an. Sie spürte, daß sich *seine* Geheimnisse durch eine weitaus persönlichere Natur auszeichneten, daß er über Jahre hinweg Barrieren errichtet hatte, die er nun nicht so einfach beiseite schieben konnte. Sie wußte, daß er sich ihr dann anvertrauen würde, wenn er den Zeitpunkt für gekommen hielt.

Als sie über die Route 330 fuhren und die Entfernung zum Lake Arrowhead auf etwas mehr als dreißig Kilometer zusammenschrumpfte, brach Ben plötzlich das Schweigen. Sie befanden sich inzwischen hoch in den Bergen, und selbst im klimatisierten Innern des Wagens konnte man spüren, wie die Hitze der Wüste hinter ihnen zurückblieb. Vielleicht war es der Umstand, den natürlichen Backofen verlassen zu haben, der Ben gesprächiger machte. Er lenkte den Wagen durch einen dunklen Tunnel aus Pinienschatten und begann:

»Im Alter von achtzehn Jahren trat ich in die Marine ein

und meldete mich freiwillig für den Krieg in Vietnam. Ich war kein Pazifist, wie damals viele meiner Altersgenossen, aber ich sprach mich auch nicht direkt für den Krieg aus. Ich hielt es schlicht und einfach für richtig, meiner Heimat zu dienen. Wie sich herausstellte, wies ich gewisse Fähigkeiten auf, die mich für die Elitetruppe des Corps prädestinierten, die Marine Reconnaissance, das Gegenstück zu den Army Rangers oder Navy Seals. Man wurde schon recht bald auf mich aufmerksam und stellte mir eine Sonderausbildung in Aussicht. Nun, ich nahm das Angebot an – und innerhalb kurzer Zeit verwandelte ich mich in einen mit allen Wassern gewaschenen Einzelkämpfer. Ganz gleich, welche Waffe man mir auch in die Hand drückte – ich verstand damit umzugehen. Selbst mit bloßen Händen war ich imstande, Gegner so schnell umzubringen, daß sie gar nicht wußten, wie ihnen geschah. Ich flog nach Vietnam und wurde einer Aufklärungseinheit zugeteilt, was bedeutete, daß ich mit einer Menge Action rechnen konnte. Einige Monate lang ging es mir prächtig; tatsächlich genoß ich es, immer dabeizusein, wenn es richtig losging.«

Ben behielt nach wie vor die Straße im Auge, aber Rachael stellte fest, daß er langsam den Fuß vom Gas nahm, als ihn seine Erinnerungen nach Südostasien zurückversetzten.

Er zwinkerte, als einige Sonnenstrahlen durch das Nadeldach über der Straße filterten und über die Windschutzscheibe glänzten. »Doch wenn man einige Monate lang immer nur durch Blut watet und beobachtet, wie die Kameraden einer nach dem anderen sterben, wenn man selbst mehrmals nur knapp dem Tod entgeht und miterleben muß, wie Zivilisten niedergemetzelt werden, wie kleine Kinder im Napalmchaos verbrennen... Nun, dann entstehen erste Zweifel. Und ich wurde immer nachdenklicher.«

»O mein Gott, Benny, es tut mir leid. Ich wußte nicht, daß du so etwas durchgemacht hast, ein derartiges Entsetzen...«

»Du brauchst mich nicht zu bemitleiden. Ich kam durch und konnte mein ziviles Leben fortsetzen. Aber viele von uns blieben auf der Strecke, verrotteten irgendwo im Dschungel.«

Lieber Himmel, dachte Rachael. Und wenn du nicht zurückgekehrt wärst? Dann hätte ich dich nie kennengelernt, nicht erfahren, was mir entging.

»Wie dem auch sei...« fuhr Ben fort. »Ich begann zu zweifeln, und für den Rest des Jahres war ich ziemlich durcheinander. Ich kämpfte, um die gewählte Regierung von Südvietnam zu schützen, doch im Regierungsapparat herrschte eine schamlose Korruption. Ich kämpfte, um die vietnamesische Kultur vor der Vernichtung durch den Kommunismus zu bewahren, aber eben jene Kultur war das Opfer einer erbarmungslosen Amerikanisierung.«

»Wir wollten Frieden und Freiheit für Vietnam«, sagte Rachael. »So hieß es jedenfalls.« Ihr Altersunterschied zu Ben betrug sieben Jahre. Unter anderen Umständen nicht weiter von Bedeutung. In diesem besonderen Fall aber handelte es sich um sieben sehr wichtige Jahre. Der Krieg in Vietnam war nicht *ihr* Krieg gewesen. »Es ist doch nicht falsch oder verwerflich, sich für Frieden und Freiheit einzusetzen.«

»Nein«, bestätigte Ben dumpf. »Aber wir schienen den Frieden dadurch anzustreben, indem wir uns bemühten, alle umzubringen und das ganze verdammte Land zu verheeren. Ich fragte mich: Wurden die Geschicke meines Landes von einem unfähigen Präsidenten bestimmt? Stand ich auf der falschen Seite? Gehörte ich vielleicht zu den Bösen und nicht zu den Guten, wie ich bis dahin angenommen hatte? Oder war ich trotz der Marineausbildung zu jung und zu naiv, um alle Hintergründe zu verstehen?« Shadway schwieg einige Sekunden lang, steuerte den gemieteten Ford erst durch eine scharfe Rechts- und dann eine enge Linkskurve. »Als meine Dienstzeit endete, hatte ich noch immer keine Antworten auf diese Fragen gefunden. Und deshalb verpflichtete ich mich erneut.«

»Du bist in Vietnam geblieben, obwohl du nach Hause zurückkehren konntest?« fragte Rachael überrascht. »Trotz deiner Bedenken?«

»Ich mußte der Sache auf den Grund gehen«, erwiderte Ben. »Es blieb mir keine andere Wahl. Ich meine: Ich hatte viele Leute getötet, weil ich mich, mein Land, im Recht glaubte, und ich wollte unbedingt herausfinden, ob ich von den richtigen Voraussetzungen ausging. Ich konnte mich nicht aus dem Staub machen, mein früheres Leben fortsetzen und den Krieg und seine Greuel vergessen. Nein. Ich mußte feststellen, ob ich ein anständiger Mann war, vielleicht sogar ein Held – oder ein kaltblütiger Mörder. Aber es gab auch noch einen anderen Grund dafür, daß ich blieb. Versuch bitte, mich zu verstehen, Rachael: Ich war damals sehr jung und idealistisch, hielt Patriotismus für das wichtigste Prinzip überhaupt. Ich liebte mein Land, *glaubte* daran, vertraute ihm blindlings. Das alles konnte ich nicht so einfach von mir abstreifen wie... wie eine Schlange ihre Haut.«

Sie kamen an einem Schild vorbei, das die Entfernung nach Running Springs mit vierundzwanzig und die zum Lake Arrowhead mit neunundzwanzig Kilometern angab.

»Du bliebst also noch ein weiteres Jahr in Vietnam?« fragte Rachael.

Ben seufzte. »Sogar zwei...«

Eric Leben lag in seiner Hütte hoch über dem Lake Arrowhead, und für eine Zeitspanne, die er nicht abschätzen konnte, driftete sein Bewußtsein durch ein sonderbares Zwielichtstadium. Er schlief nicht, aber er war auch nicht wach. Er lebte nicht, doch eine Rückkehr in den Tod blieb aus. Die genetisch veränderten Zellen erhöhten die Produktion von Enzymen, Proteinen und anderen Substanzen, die den Heilungsprozeß förderten. Im dunklen Geist Erics flakkerten die Lichter kurzer Träume und vager Entsetzensbilder – abscheuliche Gestalten, die sich im blutroten Schein von Talgkerzen bewegten.

Als er endlich aus seinem tranceartigen Zustand erwachte, jetzt wieder voller Energie, wurde ihm plötzlich klar, daß er sich bewaffnen und vorbereiten mußte. In seinem Verstand verblieb ein Rest von Benommenheitsgräue. Die Erinnerung wies große Lücken auf, und deshalb wußte er nicht genau, wer ihn verfolgte. Doch der Instinkt warnte ihn davor, daß es jemand auf ihn abgesehen hatte.

Meine Verfolger brauchen nur mit Sarah Kiel zu sprechen, um einen Hinweis auf diese Hütte zu bekommen, fuhr es ihm durch den Sinn.

Dieser Gedanke bestürzte ihn, da er sich nicht an eine Sarah Kiel entsinnen konnte. Eric stand in der Küche, hielt sich mit der einen Hand an der Arbeitsplatte fest, schwankte hin und her und versuchte, sich das ins Gedächtnis zurückzurufen, was sich hinter dem Namen verbarg.

Sarah Kiel...

Plötzlich fiel es ihm ein, und er verfluchte sich dafür, das verdammte Mädchen hierhergebracht zu haben. Die Hütte war als geheime Zuflucht geplant gewesen. Er hätte niemandem davon erzählen dürfen. Eins seiner Probleme bestand darin, daß er junge Mädchen brauchte, um sich ebenfalls jung zu fühlen, und er versuchte immer, sie zu beeindrucken. Bei Sarah war ihm das auch gelungen. Sie hatte die Hütte bewundert, die fünf Zimmer, ausgestattet mit allen nur denkbaren Annehmlichkeiten, den mehrere Morgen großen privaten Wald, die herrliche Aussicht auf den weiter unten gelegenen See. Vor seinem inneren Auge sah Eric eine bestimmte Szene, beobachtete, wie sie sich draußen liebten, auf einer Decke, unter den weit ausladenden Zweigen und Ästen einer großen Kiefer, erinnerte sich jetzt auch an das herrlich intensive Gefühl der Jugend. Jetzt aber wußte Sarah von seinem Refugium, und durch sie konnten die anderen davon erfahren, die Verfolger, deren Identität er nicht zu bestimmen vermochte.

Mit einem Ruck stieß sich Eric von der Arbeitsplatte ab und näherte sich der Tür, die von der Küche in die Garage führte. Er bewegte sich weniger steifbeinig als zuvor, kraftvoller und sicherer, und er empfand das helle Licht auch nicht mehr als so grell. Diesmal züngelten keine Flammen aus schattigen Ecken, und er wurde auch nicht von anderen Trugbildern abgelenkt. Offenbar hatte das letzte Koma seine geistige Stabilität verbessert. Aber als Eric die Hand nach dem Türknauf ausstreckte, verharrte er abrupt.

Sarah kann niemanden von dieser Hütte erzählen, dachte er. Sie ist tot. Ich habe sie selbst umgebracht, vor einigen Stunden...

Neues Grauen durchzog den inneren Kosmos Erics, und er hielt sich so an dem Knauf fest, als müsse er sich irgendwo verankern, um zu verhindern, daß ihn die Flutwelle des Entsetzens fortspülte, ihn in einen Ozean aus immerwährender Finsternis zerrte, in ein Meer des Wahnsinns. Plötzlich entsann er sich an seinen Abstecher zum Haus in Palm Springs, daran, das Mädchen, das nackte Mädchen geschlagen zu haben, hart und erbarmungslos. Er beobachtete, wie er mit den Fäusten immer wieder auf Sarah einhieb, sah ihr fleckiges und blutiges Gesicht, in Entsetzen verzerrt. Ein Kaleidoskop des Grauens schimmerte in seinem zerrissenen Bewußtsein. Aber er fragte sich, ob er Sarah wirklich umgebracht hatte. Nein. Nein, er war ziemlich sicher, daß sie noch lebte. Es gefiel ihm, Frauen grob zu behandeln, ja, das gestand er sich selbst gegenüber ein. Er liebte es, ihnen Ohrfeigen zu versetzen und zu erleben, wie sie vor ihm krochen – mehr nicht. Er war jemand, der die Gesetze achtete, ein sozialer und ökonomischer Gewinner, kein irrer Psychopath. Und bei diesem Gedanken formten sich andere Erinnerungskonturen in ihm: ein Eric, der Sarah im Schlafzimmer von Rachaels Haus in Placentia an die Wand nagelte, der die nackte Sarah über dem Bett kreuzigte, als Warnung für Rachael. Und er schauderte und zitterte, begriff, daß es sich nicht um Sarah handelte, sondern eine andere Frau, deren Namen er nicht einmal kannte, eine Fremde, die eine gewisse Ähnlichkeit mit Rachael aufwies. Absurd, lächerlich, einfach unmöglich: Er hatte keine *zwei* getötet, nicht einmal eine. Doch der Blick seiner inneren Pupillen fiel auf einen großen Müllbehälter, eine schmale und dunkle Gasse. *Noch* eine Frau, eine dritte, ein hübsches, lateinamerikanisches Mädchen, die Kehle von einem Skalpell aufgeschlitzt, die Leiche inmitten stinkender Abfälle...

Nein. Mein Gott, was habe ich aus mir selbst gemacht?

dachte Eric. Er spürte, wie sich in seiner Magengrube etwas zusammenkrampfte. Ich bin sowohl Forscher als auch Versuchsobjekt. Schöpfer und Schöpfung, und vielleicht ist das ein Fehler, ein schrecklicher Fehler. Bin ich zu meinem eigenen... Frankenstein-Ungeheuer geworden?

Für einige entsetzliche Sekunden klärte sich der Dunst in seinem Bewußtsein, und inmitten der grauenerfüllten Überlegungen schimmerte die Wahrheit so hell wie ein Fanal.

Heftig schüttelte er den Kopf und gab vor, sich von den letzten Nebelschwaden in seinem Geist befreien zu wollen. In Wirklichkeit aber ging es ihm darum, die gräßliche Erkenntnis aus sich zu verdrängen. Aufgrund seiner umfassenden Hirnschädigungen und des bedenklichen körperlichen Zustandes fiel es ihm leicht, die Wahrheit zu ignorieren. Die ruckartigen Bewegungen des Kopfes brachten die Benommenheit zurück, behinderten die mentalen Prozesse, weckten Verwirrung und Desorientierung in ihm.

Die toten Frauen... falsche Erinnerungen, ja, Trugbilder wie die Schattenfeuer. Er war kein kaltblütiger Mörder. Die Reminiszenzen mußten ebenso illusorisch sein wie die Manifestationen seines Onkels Barry und die seltsamen Insekten, die er manchmal sah.

Denk an die Mäuse, die Mäuse, die in wütender Raserei durch ihre Käfige laufen, sich im Kreis drehen und in den eigenen Schwanz beißen...

Welche Mäuse? Was hatten aggressive Mäuse mit ihm zu tun?

Vergiß die verdammten Mäuse.

Wichtig war nur eins: Er konnte niemanden ermordet haben. Nein, völlig unmöglich. Nicht er, Eric Leben. Sein Gedächtnis spielte ihm einen Streich. Fehlerhafte Verbindungen zwischen Synapsen und Neuronen, sagte er sich zum wiederholten Male. Kurzschlüsse in seinem zerfetzten Hirngewebe, das noch immer nicht vollständig restrukturiert war. Bestimmt würden sich solche Halluzinationen bis zum Ende des Heilungsprozesses wiederholen. Bis dahin mußte er sie ignorieren, wenn er nicht riskieren wollte, an seinen

Sinnen zu zweifeln. Und angesichts seines destabilen geistigen Gleichgewichts kostete ihn Selbstzweifel nur wertvolle Energie.

Er zitterte und schwitzte, zog die Tür auf, trat in die Garage und schaltete das Licht ein. Sein schwarzer Mercedes 560 SEL stand dort, wo er ihn am vergangenen Abend abgestellt hatte.

Als Erics Blick auf den Wagen fiel, sah er plötzlich das Erinnerungsbild eines anderen Autos, das wesentlich älter und nicht annähernd so luxuriös war, entsann sich des Kofferraums, in dem er eine Leiche unterbrachte...

Nein. Trugbilder. Illusionen. Weiter nichts.

Vorsichtig preßte er eine feuchte Hand an die kühle Wand, stützte sich einige Sekunden lang ab und sammelte Kraft. Als er kurz darauf den Kopf hob, wußte er nicht mehr, aus welchem Grund er sich in der Garage befand.

Allmählich entstand wieder das instinktive Gefühl in ihm, verfolgt zu werden. Er ahnte, daß es jemand auf ihn abgesehen hatte und er sich bewaffnen mußte. Innerhalb seines grauen und farblosen Gedankenkosmos formten sich keine deutlichen Bilder derjenigen, die seinen Spuren folgten, doch das änderte nichts an der Erkenntnis, in Gefahr zu sein. Eric stieß sich von der Wand ab, taumelte am Wagen vorbei und näherte sich der Werkbank.

Er bedauerte es, keine Waffe mitgenommen zu haben. Jetzt mußte er sich mit einer Holzaxt begnügen, die er aus dem Wandgestell löste und an der einige Spinnweben klebten. Für gewöhnlich diente dieses Werkzeug dazu, Feuerholz zu zerkleinern, und die Schneide war sehr scharf.

Zwar glaubte Eric, nicht zu einem kaltblütigen Mord in der Lage zu sein, aber er konnte töten, um sein eigenes Leben zu schützen. Zwischen Selbstverteidigung und Mord gab es einen großen Unterschied. Das Recht zur Notwehr war sogar gesetzlich legitimiert.

Er wog die Axt in der Hand und nickte zufrieden. Anschließend holte er mehrmals mit der improvisierten Waffe aus, um ein Gefühl dafür zu bekommen.

Seine unbekannten Gegner würden kein leichtes Spiel mit ihm haben.

Als sie noch etwa einundzwanzig Kilometer vom Lake Arrowhead entfernt waren, bog Ben von der Straße ab und hielt in einer Parkbucht, die zwei Picknicktische und einen Mülleimer aufwies. Einige große Kiefern in der Nähe spendeten angenehmen Schatten. In den Bergen herrschte keine solche Hitze wie in der Wüste, und Rachael empfand die kühle Brise, die durch den Wagen flüsterte, als erfrischend, roch den Duft wilder Blumen und Pinien.

Sie fragte nicht, warum Ben anhielt, denn der Grund dafür erschien ihr offensichtlich: Es lag ihm sehr daran, daß sie die Schlußfolgerungen verstand, zu denen er in Vietnam gekommen war, daß sie sich darüber klarwurde, zu welcher Art von Mann ihn der Krieg gemacht hatte.

Ben erzählte ihr von seinem zweiten Jahr in der Dschungelhölle. Es begann mit Verwirrung und Verzweiflung, mit der niederschmetternden Erkenntnis, daß er an keinem *gerechten* Krieg teilnahm – wenn es so etwas überhaupt gab. Mit jedem verstreichenden Monat brachte ihn seine Aufklärungseinheit tiefer in die Kampfzone. Des öfteren überquerten sie die Frontlinie und führten auf gegnerischem Territorium geheime Operationen durch. Dabei ging es nicht nur darum, den Feind zu stellen und ihm empfindliche Schläge zu versetzen. Eine große Rolle spielten darüber hinaus Kontakte zur Zivilbevölkerung. Bei diesen Gelegenheiten lernte Ben die besondere Grausamkeit des Gegners kennen und gelangte schließlich zu der Einsicht, daß der Krieg beide Seiten dazu zwang, zwischen unterschiedlichen moralischen Maßstäben zu wählen. Einerseits war es unmoralisch, mit der Waffe in der Hand zu kämpfen und am allgemeinen Zerstörungswerk teilzunehmen, zu töten und zu vernichten. Andererseits aber war es in moralischer Hinsicht noch verwerflicher, sich abzuwenden und fortzugehen, denn der politische Massenmord, der auf den Fall von Südvietnam und Kambodscha folgen mußte, mochte weitaus mehr Menschen umbringen als der eigentliche Krieg.

Mit düster klingender Stimme erklärte Shadway: »Unsere Unternehmungen in Vietnam verursachten unvorstellbares Leid, aber nach einer Weile begriff ich, daß der Abzug unserer Truppen die Situation nicht etwa verbessert, sondern wesentlich verschlimmert hätte. Nach uns ein Blutbad. Millionen von Hinrichtungen oder Deportationen in Arbeitslager. Nach uns... die Sintflut, das Chaos.«

Ben sah Rachael bei diesen Worten nicht an, starrte durch die Windschutzscheibe und ließ seinen Bick über die bewaldeten Hänge der San Bernardino Mountains schweifen.

Die junge Frau schwieg und wartete.

Schließlich fuhr Shadway fort: »Es gab keine Helden. Ich war damals erst knapp einundzwanzig Jahre alt, und daher fiel es mir sehr schwer, mich zu dieser Einsicht durchzuringen. Ich machte mir klar, nicht etwa ein Held zu sein, sondern nur das geringere von zwei Übeln. Für gewöhnlich sind einundzwanzig Jahre junge Leute idealistisch und optimistisch, aber ich begriff, daß ein großer Teil des Lebens von solchen Entscheidungen bestimmt wird, davon, zwischen verschiedenen Übeln zu wählen.«

Ben sog sich die durchs offene Fenster hereinwehende Bergluft tief in die Lungen, hielt den Atem einige Sekunden lang an und ließ ihn dann seufzend entweichen.

Rachael schwieg noch immer, wollte den merkwürdigen Bann nicht brechen, bevor er ihr alles gesagt hatte. Die Tatsache, daß er Berufssoldat gewesen war, überraschte sie sehr und zwang sie dazu, ihn aus einer ganz neuen Perspektive zu betrachten.

Bisher hatte sie sich ihn als einen herrlich unkomplizierten Mann vorgestellt, einen gewöhnlichen Makler, und diesen Umstand erachtete sie als eine willkommene Abwechslung im Vergleich mit den Extravaganzen eines Eric Leben. Sie empfand die wesensmäßige Schlichtheit Bens als tröstlich. Sie vermittelte ihr den Eindruck von Ruhe, Zuverlässigkeit und Vertrauen. Sie verglich Ben mit einem träge dahinfließenden Fluß, einem Pol der Gelassenheit. Seine Interessen für Eisenbahnen, alte Bücher und Musik aus den vierziger Jahren schien die Annahme zu bestätigen, daß es in seinem bisherigen Leben zu keinem ernsten Trauma gekommen war. Wenn er sich mit solchen Dingen der Vergangenheit beschäftigte, wirkte er wie ein staunendes Kind, so unschuldig und rein, daß der Gedanke an Kriegserfahrung und das damit zusammenhängende Entsetzen absurd erschien.

»Meine Kameraden starben«, sagte Ben leise. »Nicht alle, aber viel zu viele. Sie kamen bei Gefechten ums Leben, weil Heckenschützen auf sie feuerten oder unter ihnen Minen explodierten. Manche wurden regelrecht zerfetzt, andere verstümmelt. Doch die inneren Wunden waren noch viel schlimmer als die äußerlich sichtbaren. Wir zahlten einen verdammt hohen Preis dafür, für keine ehrenhafte Sache zu kämpfen, nur für das geringere von zwei Übeln, einen *verdammt* hohen Preis. Aber die einzige Alternative – die Rückkehr nach Hause – hätte darin bestanden, die Augen vor der Tatsache zu verschließen, daß es Übel mit verschiedenen Wertigkeiten gibt.«

»Und deshalb hast du dich für ein drittes Jahr verpflichtet«, sagte Rachael.

»Ja. Ich blieb in Vietnam. Und überlebte. Ich war nicht glücklich, nicht stolz, erfüllte nur meine Pflicht. Und dann ... dann traf die Regierung die Entscheidung, die Truppen abzuziehen. Ich werde das niemals vergessen, denn meine Kameraden ließen nicht nur die Vietnamesen im Stich, sondern auch *mich*. Ich wußte, worum es bei dem Krieg ging, und ich war bereit, ein Opfer darzubringen. Doch mein Land, an das ich so fest glaubte, zwang meine Kameraden und mich zur Rückkehr, was dem größeren Übel den Sieg ermöglichte – so als hätten wir nicht die geringste Ahnung von den moralischen Problemen unseres Kampfes in Südostasien, als sei alles nur ein *Spiel* gewesen, bei dem wir die Figuren waren. Figuren, die weder denken noch fühlen konnten.«

Noch niemals zuvor hatte Rachael einen solchen Zorn in Bens Stimme gehört – Wut, so hart wie Stahl, so kalt wie Eis.

»Für einen Einundzwanzigjährigen war es ein enormer Schock zu erfahren, daß ihm das Leben keine Chance gab, zu einem wahren Helden zu werden«, fuhr Ben fort. »Daß ihn das Vaterland dazu zwang, sich *falsch* zu verhalten. Nach unserem Abzug brachten der Vietkong und die Roten Khmer in Vietnam und Kambodscha drei bis vier Millionen Menschen um, und mehr als fünfhunderttausend versuchten, mit hastig zusammengeflickten Booten übers Meer zu fliehen. In gewisser Weise fühle ich mich für den Tod all jener Männer, Frauen und Kinder verantwortlich. Ihr Schicksal lastet wie eine schwere Bürde auf mir, und manchmal glaube ich, ihr Gewicht nicht mehr aushalten zu können.«

»Du bist zu hart mit dir selbst.«

»Nein, keineswegs.«

»Ein einzelner Mann kann nicht die ganze Welt auf den Schultern tragen«, sagte Rachael.

Ben schüttelte den Kopf. »Vermutlich bin ich aus diesem Grund auf die Vergangenheit orientiert. Ich mußte begreifen, daß die Welten, in denen ich lebe – sowohl die gegenwärtige als auch die zukünftige –, nicht sauber und rein sind, es niemals sein werden, daß sie uns nicht die Wahl lassen zwischen Gut und Böse. Wenigstens aber kann man sich der Illusion hingeben, in der Vergangenheit sei alles besser gewesen.«

Rachael hatte Bens Verantwortungsbewußtsein und seine unerschütterliche Aufrichtigkeit immer bewundert, aber nun stellte sie fest, daß diese charakterlichen Eigenschaften noch weitaus tiefer in ihm verankert waren – vielleicht sogar zu tief. Selbst derartige Tugenden konnten zur Besessenheit werden.

Nach einer Weile drehte Ben den Kopf und begegnete ihrem Blick. In seinen Augen glänzte kummervolle Melancholie, ein Schimmern, das Rachael jetzt zum erstenmal in ihnen beobachtete.

»Gestern nacht und heute morgen«, sagte er. »Nachdem wir uns liebten... Nun, zum erstenmal seit dem Krieg sah ich eine Chance, zwischen Weiß und Schwarz wählen zu können, ohne irgendwelche Grautöne berücksichtigen zu müssen.«

»Was für eine Wahl meinst du?« fragte Rachael.

»Ich kann mich entscheiden, das Leben mit dir zu verbringen – oder aber ohne dich«, erwiderte Ben. »Die erste Möglichkeit ist die richtige Wahl, ohne irgendeine Einschränkung. Und andererseits: Es wäre falsch, mich von dir zu trennen, vollkommen falsch. In diesem Punkt bin ich völlig sicher.«

Schon seit Wochen, vielleicht sogar seit Monaten, wußte Rachael, daß sie Ben liebte. Doch sie hatte versucht, ihre Gefühle zu kontrollieren und nicht an die Konsequenzen einer längeren Beziehung zu denken, um keine Enttäuschung zu erleben. Ihre Kindheit und Jugend waren von Einsamkeit geprägt worden, der schrecklichen Gewißheit, nicht geliebt zu werden, und aufgrund jener gräßlichen Jahre sehnte sie sich nach Zuneigung. Gerade das Bedürfnis, Liebe zu empfangen, hatte sie für Eric Leben zu einem leichten Opfer gemacht und sie veranlaßt, in eine Ehe einzuwilligen, die sich schon nach kurzer Zeit als eine Katastrophe erwies. Erics Besessenheit in bezug auf Jugend im allgemeinen und sie im besonderen erschien ihr wie Liebe, doch im Verlaufe der nächsten sieben Jahre reifte die Erkenntnis in ihr heran, daß sie sich getäuscht, sich selbst etwas vorgemacht hatte. Aus diesem Grund war sie jetzt vorsichtig, fürchtete sich davor, emotional verletzt zu werden.

»Ich liebe dich, Rachael.«

Mit klopfendem Herzen wollte Rachael daran glauben, daß sie von einem so gutherzigen Mann wie Ben geliebt werden konnte, fürchtete sich aber gleichzeitig davor, seine Worte als unumstößliche Wahrheit zu akzeptieren. Sie versuchte, den Blick von ihm abzuwenden, denn wenn sie länger in seine Augen sah, drohte sie, die Kontrolle über sich zu verlieren. Dann mochte der Kokon unnahbarer Kühle platzen, in den sie sich gehüllt hatte. Doch sie konnte den Kopf nicht drehen. Und gleichzeitig spürte sie, wie in ihr eine Mischung aus ängstlichem Elend, vorsichtiger Freude und hell glänzendem

Glück zu entstehen begann. »Verstehe ich deine Worte richtig?«

»Für was hältst du sie denn?«

»Für einen Antrag.«

»Dies ist eigentlich weder der richtige Ort noch ein geeigneter Zeitpunkt, oder?«

»Nein, wohl kaum.«

»Trotzdem: Du hast ins Schwarze getroffen. Ich wünschte nur, die Umstände wären ein wenig romantischer.«

»Nun...«

»Champagner, Kerzenlicht, Violinen.«

Rachael lächelte.

»Als Baresco uns mit dem Revolver bedrohte«, sagte Ben nachdenklich, »als wir gestern abend über den Palm Canyon Drive rasten und versuchten, den Cadillac abzuhängen... Ich hatte nicht in erster Linie Angst davor, zu sterben. Nein, ich fürchtete, ums Leben zu kommen, *bevor sich eine Gelegenheit für mich ergab, dir meine Gefühle zu offenbaren.* Darum hole ich das jetzt nach. Ich möchte immer bei dir sein, Rachael. Immer.«

»Und ich möchte mein Leben mit dir zusammen verbringen, Benny«, erwiderte Rachael – erstaunt darüber, wie leicht ihr diese Worte von den Lippen kamen.

Er berührte sie an der Wange.

Sie beugte sich vor und hauchte ihm einen Kuß auf die Lippen.

»Ich liebe dich«, sagte Ben.

»Himmel, ich dich auch.«

»Willst du mich heiraten, wenn wir dies alles mit heiler Haut überstehen?«

»Ja«, sagte Rachael und fröstelte plötzlich. »Verdammt, Benny: Das *wenn* in deiner Frage stört mich.«

»Vergiß es.«

Aber das konnte sie nicht. Rachael erinnerte sich an ihre düsteren Vorahnungen im Motelzimmer, an die unheilvolle Präsenz des Todes, die sie zutiefst erschüttert und mit dem Verlangen erfüllt hatte, aufzubrechen und in *Bewegung* zu bleiben – als drohe ihnen ein gräßliches Schicksal, wenn sie längere Zeit an einem Ort verharrten. Dieses finstere Gefühl kehrte nun zurück.

»Laß uns weiterfahren«, sagte sie.

Ben nickte und verstand offenbar, was sie empfand. Vielleicht erging es ihm nicht anders.

Er ließ den Motor an und lenkte den Wagen auf die Straße zurück. Nach der nächsten Kurve sahen sie ein Hinweisschild mit der Aufschrift: LAKE ARROWHEAD – 20 KILOMETER.

Eric betrachtete die Werkzeuge in der Garage und suchte nach einem weiteren Instrument für sein Arsenal. Er entdeckte nichts, was sich für seine Zwecke eignete.

Kurze Zeit später kehrte er ins Haus zurück. In der Küche legte er die Axt auf den Tisch, zog Schubladen auf und fand einige Messer. Er wählte zwei aus: Das eine verfügte über eine lange und breite Klinge, das andere über eine schmalere, die spitz zulief.

Die Axt und die beiden Messer verliehen ihm das Gefühl, einem Nahkampf auf angemessene Weise gewappnet zu sein. Nach wie vor bedauerte er es, keine Schwußwaffe zu besitzen, aber jetzt konnte er sich wenigstens verteidigen. Er war seinen Verfolgern nicht mehr schutzlos ausgeliefert, hatte die Möglichkeit, ihnen schwere Wunden zuzufügen, bevor sie ihn überwältigten. Diese Vorstellung bereitete ihm eine solche Genugtuung, daß er sogar lächelte.

Die Mäuse, die Mäuse, die beißenden, verwirrten und tobsüchtigen Mäuse…

Verdammt! Eric schüttelte unwillig den Kopf.

Die Mäuse, Mäuse, Mäuse; sie kratzen mit ihren kleinen Krallen, wütend und aggressiv…

Immer wieder fuhr ihm dieser Gedanke durch den Sinn, erschreckte ihn, jagte ihm Angst ein. Und als Eric versuchte, sich darauf zu konzentrieren, ihn in seinen geistigen Fokus zu bringen, senkte sich erneut Benommenheit auf sein Bewußtsein herab und machte es ihm unmöglich, die Bedeutung der Warnung zu erfassen.

Die Mäuse, Mäuse, Mäuse... Blutunterlaufene Augen, zitternde Muskeln; immer wieder rennen sie gegen die Wände ihrer kleinen Käfige...

Als sich Eric weiterhin bemühte, den vagen Erinnerungsbildern deutliche Konturen zu verleihen, entstand ein dumpfes und schmerzhaftes Pochen in seinem Schädel, dessen Rhythmus sich rasch verstärkte und in allen Winkeln seines Ichs widerhallte.

Daraufhin trachtete er danach, die Mäuse zu vergessen, aber der Schmerz wurde noch intensiver, kam einem Vorschlaghammer gleich, der direkt hinter seinen Augen auf die Fragmente seines Selbst einhieb. Er mußte die Zähne zusammenbeißen, um nicht laut zu schreien, begann zu schwitzen. Und mit dem Schweiß kam der Zorn. Das Feuer der Wut loderte erneut in ihm empor, und die Flammen verbrannten den Schmerz, leckten zunächst nach keinem besonderen Ziel. Doch schon nach wenigen Sekunden wuchsen sie in die Länge, prasselten heißer und entschlossener. »Rachael, Rachael«, knurrte Eric. Seine rechte Hand schloß sich fest um den Griff des Fleischermessers. »Rachael...«

19. Kapitel
Sharp und Der Felsen

Als Anson Sharp das Krankenhaus von Palm Springs erreichte, räumte er sofort das Hindernis zur Seite, an dem Jerry Peake gescheitert war. Innerhalb von zehn Minuten verwandelte er Schwester Alma Dunns so unerschütterlich wirkende Hartnäckigkeit in unterwürfige Nervosität, zerschmetterte die ruhige und gelassene Autorität Dr. Werfells, machte sie beide zu unsicheren, respektvollen und kooperativen Bürgern. Zwar fügten sie sich nur widerwillig, aber sie zeigten sich schließlich bereit, den Wünschen der DSA zu genügen. Peake war zutiefst beeindruckt. Sarah Kiel stand noch immer unter der Wirkung der Beruhigungsmittel, doch Werfell erklärte, er wolle von allen notwendigen Mitteln Gebrauch machen, um sie zu wecken.

Wie immer beobachtete Peake seinen Vorgesetzten aufmerksam und versuchte herauszufinden, womit Sharp seine Wirkung erzielte. Zum einen nutzte Sharp seine Größe, um andere Leute einzuschüchtern. Er trat immer ganz dicht an seine Gesprächspartner heran, starrte düster auf sie herab und spannte die Muskeln seiner breiten Schultern. Aber die stumme Drohung, Gewalt anzuwenden, wurde nie in die Tat umgesetzt. Darüber hinaus lächelte Sharp häufig. Natürlich handelte es sich auch dabei um eine Waffe, die er wohlüberlegt einsetzte: Sein Lächeln war ein wenig zu breit und völlig humorlos, sah fast so aus, als fletsche er die Zähne.

Eine weitaus größere Bedeutung kam den Tricks zu, die jeder hochrangige Regierungsagent anwenden konnte. Bevor Sharp die Geneplan-Niederlassung in Riverside verließ, führte er mehrere Telefongespräche mit verschiedenen Regierungsstellen in Washington, machte auf seine Amtsbefugnisse aufmerksam und holte Informationen über das Desert General Hospital und Dr. Hans Werfell ein – Informationen, die ihn in die Lage versetzten, Druck auf den Chefarzt auszuüben.

Im großen und ganzen gab es am Desert General nichts auszusetzen. Es wurde darauf geachtet, daß die im Krankenhaus arbeitenden Ärzte, Schwestern und Techniker den hohen Erfordernissen ihrer Arbeit gerecht wurden. Die letzte Klage gegen das Hospital lag bereits neun Jahre zurück, und damals war es nicht einmal zu einem Prozeß gekommen. Ganz gleich, um welche Krankheiten und Leiden es sich auch handelte: Die Rekonvaleszenzquote lag ein ganzes Stück über dem Landesdurchschnitt. Der einzige Schandfleck, der sich im Verlaufe von zwanzig Jahren an der reinen und sauberen Fassade des Desert General ergeben hatte, stammte vom Fall der entwendeten Pillen. Diese Bezeichnung wählte

Peake, als ihn Sharp unmittelbar nach seiner Ankunft unterrichtete, kurz vor der Begegnung mit Dunn und Werfell. Sharp hielt nichts von einer solchen Titulierung, denn er las keine Kriminalromane, und daher mangelte es ihm an dem abenteuerlich-romantischen Empfinden Peakes. Doch das störte den jungen DSA-Agenten nicht weiter. Er erfuhr folgendes: Vor knapp einem Jahr hatte man drei Krankenschwestern dabei ertappt, wie sie die Ankaufs- und Bestandslisten der pharmazeutischen Abteilung manipulierten, und die nachfolgende Ermittlung ergab, daß sie schon seit drei Jahren Medikamente stahlen. Aus purer Boshaftigkeit beschuldigten die Angeklagten sechs ihrer Vorgesetzten, darunter auch Schwester Dunn, doch die Polizei stellte schließlich fest, daß Dunn und die anderen keine Schuld traf. Das Desert General Hospital wurde auf die ›schwarze Liste‹ der Drug Enforcement Agency gesetzt, und Alma Dunn fürchtete noch immer um ihren guten Ruf.

Diesen schwachen Punkt nutzte Sharp aus. In der Station führt er ein diskretes Gespräch mit Alma Dunn, bei dem nur Peake zugegen war. Sharp stellte der Frau eine öffentliche Wiederaufnahme der Untersuchungen in Aussicht, diesmal auf Bundesebene. Dadurch gelang es ihm, sie zur Zusammenarbeit zu bewegen. Alma Dunn brach fast in Tränen aus, was den jungen Peake besonders erstaunte: Er verglich sie noch immer mit Agatha Christies Miß Marple, jener Amateurdetektivin, die sich immer völlig in der Gewalt hatte.

Zunächst hatte es den Anschein, als sei Dr. Werfell ein wesentlich härterer Brocken. Sein persönlicher und fachlicher Hintergrund als Arzt war makellos. Bei seinen Kollegen genoß er großen Respekt, konnte stolz auf mehrere Auszeichnungen hinweisen und arbeitete sechs Stunden in der Woche in einem öffentlichen Institut für Körperbehinderte. Er schien in jeder Beziehung ein Heiliger zu sein – nun, in *fast* jeder. Vor fünf Jahren war er der Steuerhinterziehung bezichtigt worden und hatte den Prozeß verloren. Sein einziges Vergehen bestand darin, nicht gemäß der Vorschriften Buch geführt zu haben, doch allein das genügte für ein Verfahren.

Sharp stellte Werfell in einem leerstehenden Krankenzimmer zur Rede und drohte ihm mit einer neuen und weitaus gründlicheren Steuerprüfung. Werfell schien völlig sicher zu sein, daß seine Unterlagen diesmal völlig in Ordnung waren, doch andererseits wußte er, wieviel Zeit und Mühe ein neuer Prozeß kostete – ein Verfahren, das bestimmt seine Reputation beeinträchtigte, selbst wenn es mit einem Freispruch endete. Mehrmals sah er Peake an und bat stumm um Gnade – er wußte genau, daß er von Sharp kein Erbarmen zu erwarten hatte –, doch der junge DSA-Agent gab sich alle Mühe, die Gleichgültigkeit seines Vorgesetzten nachzuahmen. Als intelligenter Mann begriff Werfell nach einigen Minuten, daß es besser für ihn war, Sharps Wünschen zu entsprechen – selbst wenn er Sarah Kiel gegenüber seine ärztlichen Prinzipien verletzte.

»Machen Sie sich keine Gedanken über berufliche Ethik, Doktor«, sagte Sharp und klopfte dem Arzt kurz auf die Schulter. »Die Sicherheit unseres Staates steht immer an erster Stelle. Niemand käme auf den Gedanken, das in Frage zu stellen und Ihnen vorzuwerfen, die falsche Entscheidung getroffen zu haben.«

Als ihn Sharp berührte, wich Dr. Werfell nicht zurück, verzog jedoch das Gesicht. Und er bedachte Peake mit einem finsteren Blick.

Peake zuckte unwillkürlich zusammen.

Werfell führte sie aus dem leeren Zimmer, durch den Korridor, vorbei an der Schwesternstation – von der aus Alma Dunn ihnen betroffen nachsah – in Richtung des Raums, in dem Sarah Kiel schlief. Unterwegs bemerkte Peake, daß Werfell, den er zuvor mit Dashiell Hammett verglichen hatte, irgendwie geschrumpft zu sein schien und nicht mehr annähernd so imposant wirkte. Sein Gesicht war grau, und er schien innerhalb weniger Minuten um Jahre gealtert zu sein.

Zwar bewunderte Peake Anson Sharps Fähigkeit, die Dinge in die Hand zu nehmen, aber er bezweifelte plötzlich, ob er imstande war, sich seine Methoden zu eigen zu machen. Peake wollte nicht nur ein erfolgreicher Agent werden, sondern auch eine Legende – und um das zu erreichen, mußte man tüchtig und geschickt sein – und auch *fair*. Tatsächlich sah er einen großen Unterschied zwischen Niedertracht und Legende – eine Feststellung, die auf der aufmerksamen Lektüre von mindestens fünftausend Kriminalromanen basierte.

In Sarah Kiels Zimmer herrschte Stille, und man konnte nur den leisen Atem des jungen Mädchens hören. Von der kleinen Lampe auf dem Nachtschränkchen ging ein matter Schein aus. Ein sanftes Glühen am Rande der zugezogenen Vorhänge deutete auf die heiße Wüstensonne hin, die hinter den Gardinen brannte.

Die drei Männer traten ans Bett heran. Dr. Werfell und Sharp blieben auf der einen Seite stehen, Peake auf der anderen.

»Sarah«, sagte Werfell leise. »Sarah?« Als sie nicht antwortete, wiederholte der Arzt ihren Namen und berührte sie behutsam an der Schulter.

Das junge Mädchen stöhnte leise, erwachte jedoch nicht.

Werfell hob ein Lid, betrachtete die Pupille, tastete dann nach dem Puls und sah auf die Uhr. »Ich schätze, sie wird in etwa einer Stunde zu sich kommen.«

»Ich will *jetzt* mit ihr sprechen«, sagte Anson Sharp ungeduldig. »Das hatten wir doch schon besprochen.«

»Ich verabreiche ihr ein Gegenmittel, das die Wirkung des Sedativs aufhebt«, bot sich Werfell an und steuerte auf die geschlossene Tür zu.

»Sie bleiben hier«, sagt Sharp. Er deutete auf den Rufknopf am Rande des Bettes. »Lassen Sie sich das, was Sie brauchen, von einer Schwester holen.«

»Es handelt sich um eine recht fragwürdige Behandlung«, wandte der Arzt ein. »Ich möchte keine Schwester in Gewissenskonflikte bringen.« Er ging hinaus, und hinter ihm fiel die Tür leise ins Schloß.

Sharp sah auf das schlafende Mädchen herab. »Zum Anbeißen«, brummte er.

Peake zwinkerte überrascht.

»Ein echter Leckerbissen«, fügte Sharp hinzu, ohne den Blick von Sarah abzuwenden.

Peake beobachtete die Schlafende und versuchte vergeblich, sie mit den Augen seines Vorgesetzten zu sehen. Das blonde Haar war zerzaust, und einzelne, schweißnasse Strähnen klebten an der Stirn und dem Hals. Die Haut unter dem rechten Auge war dunkel und angeschwollen, und einige dünne Blutkrusten deuteten auf langsam heilende Risse in der Haut hin. Auf der rechten Wange zeigte sich ein langer, purpurner Striemen, der bis zum Unterkiefer reichte, und die Unterlippe war aufgeplatzt. Das Laken bedeckte sie bis zum Kinn, und nur ihr dünner, rechter Arm ragte darunter hervor: Ein gebrochener Finger steckte in einer speziellen Halterung. Blutige Reste erinnerten an die ausgerissenen Nägel, und die Hand selbst sah nicht etwa wie die eines jungen Mädchens aus, sondern ähnelte der langgliedrigen, knöchernen Klaue eines Vogels.

»Sie war fünfzehn, als sie Eric Leben kennenlernte«, sagte Sharp ruhig. »Jetzt ist sie sechzehn.«

Jerry Peake wandte den Blick von der Schlafenden ab und musterte seinen Vorgesetzten, dessen Aufmerksamkeit nach wie vor Sarah Kiel galt. Eine jähe Erkenntnis bildete sich in dem DSA-Agenten, und der damit einhergehende Schock ließ ihn taumeln. Er begriff plötzlich, daß Anson Sharp, stellvertretender Direktor der Defense Security Agency, ein Sadist war.

Perverse Gier funkelte in den grünen Augen des großen Mannes, und sein Gesicht verzerrte sich zu einer wollüstigen Fratze. Ganz offensichtlich hielt er Sarah Kiel nicht etwa aufgrund einer besonderen Attraktivität für einen Leckerbissen, sondern weil sie erst sechzehn und arg mitgenommen war. Sein entzückter Blick glitt über die Blutkrusten und blauen Flecken, die auf ihn eine ebenso erotische Wirkung hatten wie volle Brüste auf einen normalen Mann. Ein Sadist, der es verstand, sich unter Kontrolle zu halten, ein perverser Mistkerl, der seine kranke Libido zu unterdrücken vermochte – und sich dadurch ein Ventil verschaffte, indem er mit aggressivem Ehrgeiz Karriere machte.

In Peake regte sich eine Mischung aus Verblüffung und Entsetzen. Er war nicht etwa in erster Linie deshalb erstaunt, weil er plötzlich Sharps wahres Wesen erkannte. Vielmehr machte es ihn geradezu perplex, überhaupt zu einer solchen Einsicht imstande zu sein. Zwar wünschte er sich nichts sehnlicher, als eine Legende zu werden, aber Jerry Peake wußte auch, daß er trotz seiner siebenundzwanzig Jahre und der Tätigkeit für die DSA ausgesprochen naiv war und dazu neigte, nur die äußere Fassade von Menschen zu sehen, nicht etwa das, was wirklich ihr Denken und Fühlen bestimmte. Manchmal kam er sich vor, als sei er noch immer ein kleiner Junge – oder als sei der kleine Junge in ihm ein zu großer Faktor seines Charakters. Während er Anson Sharp anstarrte, der Sarah Kiel mit seinen Blicken zu verschlingen schien, zitterte plötzlich Aufregung in ihm. Er fragte sich, ob er jetzt endlich begann, erwachsen zu werden.

Sharp betrachtete die verletzte rechte Hand des jungen Mädchens, und in seinen grünen Augen funkelte es. Ein dünnes Lächeln umspielte seine Lippen.

Mit einem plötzlichen Ruck öffnete sich die Tür, und Dr. Werfell kehrte zurück. Sharp zwinkerte und schien Mühe zu haben, in die Wirklichkeit zurückzufinden. Wie in Trance wandte er sich vom Bett ab und sah zu, wie Werfell dem jungen Mädchen eine Injektion gab.

Nach einigen Minuten schlug Sarah Kiel die Augen auf und sah sich verwirrt um. Sie konnte sich nicht daran erinnern, wo sie sich befand, wie sie ins Krankenhaus gekommen war und was der Grund für ihren Zustand sein mochte. Mehrmals fragte sie Werfell, Sharp und Peake danach, wer sie seien, und der Arzt antwortete ihr geduldig, während er ihren Puls fühlte, den Herzschlag überprüfte und in ihre Pupillen sah.

Anson Sharp wurde immer unruhiger. »Doktor, haben Sie ihr eine ausreichend starke Dosis verabreicht, um sie wieder ganz zu sich zu bringen?«

»Es dauert noch eine Weile«, erwiderte Werfell kühl.

»Wir haben keine Zeit«, sagte Sharp.

Kurz darauf schwieg Sarah und schauderte, als sie sich an alles entsann. »Eric!« entfuhr es ihr.

Ihr Gesicht wurde noch blasser, als es ohnehin schon war, und sie erbebte am ganzen Leib.

Sharp trat rasch ans Bett heran. »Das wär's, Doktor.«

Werfell runzelte die Stirn. »Wie soll ich das verstehen?«

»Ich meine, sie ist jetzt wach, und wir können sie befragen. Wir brauchen Sie nicht mehr. Klar?«

Dr. Werfell bestand darauf, im Zimmer zu bleiben, um Sarah zu helfen, falls sich durch die Injektion irgendwelche Komplikationen ergaben. Daraufhin wurde Sharps Tonfall noch schärfer, und er machte erneut von seiner Autorität Gebrauch. Werfell gab nach, doch bevor er das Zimmer verließ, ging er aufs Fenster zu, um die Vorhänge beiseite zu ziehen. Sharp forderte ihn auf, sie geschlossen zu lassen. Und als Werfell die Hand nach dem Lichtschalter ausstreckte, schüttelte der stellvertretende DSA-Direktor den Kopf. »Der helle Schein würde das arme Mädchen blenden«, sagte er – wobei ganz deutlich wurde, daß seine Sorge um Sarah nur gespielt war.

Unbehagen entstand in Peake. Er befürchtete, daß Sharp bereit war, bei dem Mädchen besonders hart durchzugreifen, es fast zu Tode zu erschrecken. Selbst wenn ihnen Sarah alles erzählte, was sie wissen wollten: Vermutlich würde Sharp ihr trotzdem Angst einjagen, nur aus Spaß. Wahrscheinlich hielt er eine geistige und emotionale Vergewaltigung für zumindest teilweise befriedigend und für eine in sozialer Hinsicht akzeptable Alternative zu den Dingen, nach denen ihm tatsächlich der Sinn stand: Sicher wäre er am liebsten über sie hergefallen, um sie zu schlagen und dabei einen Orgasmus zu bekommen. Das Zimmer sollte deshalb dunkel bleiben, weil Schatten die Atmosphäre der Bedrohung verstärkte, die der verdammte Mistkerl schaffen wollte.

Als Werfell das Zimmer verließ, wandte sich Sharp dem jungen Mädchen zu und nahm auf der Bettkante Platz. Er griff nach der unverletzten linken Hand Sarahs, drückte sie kurz und bedachte die Sechzehnjährige mit einem aufmunternden Lächeln. Er nannte ihr seinen Namen, erklärte ihr, warum er sich mit ihr unterhalten mußte. Und während er sprach, glitt eine seiner großen Hände über Sarahs Arm hoch und runter, kroch unter den kurzen Ärmel des Nachthemds.

Peake wich in eine Ecke des Zimmers zurück, in die Dunkelheit. Einerseits wußte er, daß es gar nicht seine Aufgabe war, dem Mädchen irgendwelche Fragen zu stellen, und andererseits wollte er vermeiden, daß Sharp sein Gesicht sah. Zwar hatte sich ihm gerade eine der wichtigsten Erkenntnisse seines Lebens offenbart, die ihn innerhalb kurzer Zeit völlig verändern würde, aber noch war er nicht standfest und sicher genug, um seine Abscheu vor Sharp zu verbergen.

»Darüber kann ich nichts sagen«, erwiderte Sarah Kiel gerade. »Mrs. Leben hat mich gebeten, niemandem etwas zu verraten.«

Sharp hielt noch immer ihre linke Hand, hob den rechten Arm und strich mit den Fingerknöcheln sanft über die linke Wange des Mädchens, auf der sich keine Kratzer und Flecken zeigten. Es schien eine zärtliche Geste zu sein, doch Peake wußte, daß dieser Eindruck täuschte.

»Mrs. Leben ist eine Kriminelle, nach der gefahndet wird, Sarah«, sagte Sharp. »Es gibt einen Haftbefehl gegen sie. Ich habe ihn selbst ausstellen lassen. Wir suchen nach ihr, weil sie eine Gefahr für die nationale Sicherheit darstellt. Vielleicht ist sie sogar eine Spionin und hat die Absicht, den Sowjets wichtige Informationen zu liefern. Du möchtest doch bestimmt keine Hochverräterin schützen, hm?«

»Sie war nett zu mir«, entgegnete Sarah mit zittriger Stimme.

Peake beobachtete, wie sie versuchte, der Hand auszuweichen, die ihr Gesicht berührte, gab sich dabei jedoch alle Mühe, abrupte Bewegungen zu vermeiden. Offenbar war sie noch nicht ganz sicher, ob Sharp sie bedrohte.

»Mrs. Leben bezahlte meinen Krankenhausaufenthalt, gab mir etwas Geld und rief meine Eltern an«, fuhr sie fort. »Sie... sie war so freundlich, forderte mich auf, niemandem etwas zu sagen. Und ich fühle mich ihr verpflichtet. Deshalb werde ich mich an das Versprechen halten.«

»Interessant«, brummte Sharp, schob seine Hand unter ihr Kinn und zwang Sarah dazu, zu ihm aufzusehen. »Wirklich interessant, daß auch eine kleine Hure wie du Prinzipien hat.«

Sie starrte ihn schockiert an. »Ich bin keine Hure. Ich habe nie...«

»O doch«, unterbrach Sharp sie und schloß die Hand fester um ihr Kinn, so daß sie den Kopf nicht zur Seite drehen konnte. »Vielleicht bist du zu verdammt stur, um die Wahrheit zu begreifen. Oder die Drogen benebeln deinen Verstand. Wie dem auch sei: Du bist nichts anderes als eine kleine Hure, eine junge Nutte, die gerade erst damit begonnen hat, sich zu verhökern.«

»Was erlauben Sie sich?«

»Schätzchen, dir gegenüber erlaube ich mir alles, was ich will.«

»Sie sind ein Polizist, irgendeine Art von Polizist, und das bedeutet, Sie stehen im *öffentlichen Dienst*. Sie dürfen mich nicht behandeln, als sei ich...«

»Halt die Klappe, du kleines Miststück«, knurrte Sharp. Das Licht von der Nachttischlampe fiel nur auf die eine Seite seines Gesichts, erhellte manche Züge, während es andere im dunkeln ließ. Das matte Glühen verlieh seiner Miene einen deformierten Eindruck, einen teuflischen Aspekt. Er grinste, was den Effekt noch weiter verstärkte. »Du machst deinen dreckigen kleinen Mund zu und öffnest ihn erst dann wieder, wenn du bereit bist, meine Fragen zu beantworten.«

Das Mädchen schluchzte erschrocken, und Tränen quollen ihm aus den Augen. Peake sah, daß Sharp Sarahs linke Hand zusammenpreßte.

Eine Zeitlang sprach die Sechzehnjährige, um nicht weiter gequält zu werden. Sie erzählte von dem Besuch, den ihr Eric am vergangenen Abend abgestattet hatte, von der großen Delle in seinem Kopf, schilderte, wie grau seine Haut war, wie kalt und schmierig sie sich angefühlt hatte.

Doch als sich Sharp danach erkundigte, wohin sich Eric Leben nach dem Verlassen des Hauses gewendet haben könnte, schwieg sie wieder. »Komm schon«, sagte der Mann neben ihr. »Du hast bestimmt eine Ahnung.« Und erneut schlossen sich seine kräftigen Finger um ihre linke Hand.

Übelkeit stieg in Peake empor. Er verspürte den Wunsch, dem Mädchen irgendwie zu helfen, wußte aber, daß er nichts unternehmen konnte.

Sharp verringerte den Druck ein wenig, und Sarah antwortete hastig: »Bitte ... Das ist der wichtigste Punkt. Ich habe Mrs. Leben mein Ehrenwort gegeben, niemandem darüber Auskunft zu geben.«

»Das Ehrenwort einer kleinen Hure«, sagte Sharp abfällig. »Daß ich nicht lache. Hör endlich auf damit, mir und dir selbst etwas vorzumachen. Ich habe keine Lust, noch mehr Zeit mit dir zu vergeuden. Heraus mit der Sprache! Du kannst dir eine Menge Ärger ersparen, indem du mir sagst, was ich wissen will.« Er drückte wieder zu, und die andere Hand tastete zu Sarahs Hals herab, kroch dann weiter zu ihren Brüsten, die er durch den dünnen Stoff des Nachthemds berührte.

Peake stand nach wie vor in der dunklen Zimmerecke, so schockiert, daß er kaum mehr atmen konnte. Er wünschte sich fort von diesem Ort, ertrug es nicht zu beobachten, wie Sharp das junge Mädchen demütigte. Dennoch sah er sich außerstande, den Blick vom Bett abzuwenden.

Peake hatte gerade erst damit begonnen, die vorherige Erkenntnis zu verarbeiten, und schon erwartete ihn eine zweite und vielleicht noch bedeutendere Überraschung. Bisher war er immer davon überzeugt gewesen, Polizisten – zu denen er auch die DSA-Agenten zählte – seien die Verkörperung des Guten, tapfere Ritter, die das Banner von Recht und Ordnung trugen. Doch dieses strahlende Bild trübte sich, wenn ein Mann wie Sharp ein sehr angesehenes Mitglied jener ehrenwerten Bruderschaft sein konnte. Natürlich war Peake nicht so dumm anzunehmen, es gebe keine schlechten Polizisten und DSA-Agenten, aber aus irgendeinem Grund hatte er immer vermutet, die schlechten Beamten kämen nicht über das frühe Stadium ihrer Karrieren hinaus, besäßen keine Möglichkeit, in der allgemeinen Hierarchie wirklich wichtige Posten einzunehmen. Er glaubte fest daran, nur die Tugend werde belohnt. Darüber hinaus war er sicher, den Gestank der Korruption sofort zu riechen, wenn er einen Cop sah, der sich in die Kategorie der ›Schlechten‹ einordnen ließ. Die Vorstellung, daß ein *Perverser* seine Krankheit verbergen und zum stellvertretenden Direktor der DSA werden konnte, entsetzte ihn geradezu. Vielleicht gelang es den meisten Leuten, sich lange vor ihrem siebenundzwanzigsten Geburtstag von solchen Illusionen zu befreien, doch auf Jerry Peake traf das nicht zu. Erst jetzt, als er beobachtete, wie Anson Sharp das sechzehnjährige Mädchen quälte wie ein Halunke aus der Gosse, wie ein Barbar dem es an den geringsten moralischen Bedenken mangelte, begriff er, daß die Welt nicht in Schwarz und Weiß geteilt war, daß es zwischen diesen beiden Polen einen ausgedehnten Bereich mit vielen unterschiedlichen Grautönen gab.

Sharp preßte weiterhin Sarahs linke Hand zusammen, und das Mädchen gab einen schmerzerfüllten Schrei von sich. Mit der anderen Hand knetete der stellvertretende DSA-Direktor ihre Brüste, drückte sie fest aufs Bett. Er forderte sie auf, still zu sein, sich zu beruhigen, und sie versuchte, ihm zu gehorchen und hielt die Tränen zurück. Dennoch ließ Sharp ihre linke Hand nicht los. Peake war nahe daran einzugreifen, seine Karriere aufzugeben, die Zukunft bei der DSA über Bord zu werfen. Er ertrug es nicht mehr, stummer Zeuge der Brutalität zu sein, und schließlich brachte er genug Mut auf, um sich in Bewegung zu setzen. Er war erst einen Schritt weit gekommen, als sich plötzlich die Tür öffnete und *Der Felsen* eintrat. So erschien ihm der Fremde von der ersten Sekunde an: wie ein hoch aufragender, unerschütterlicher Felsen.

»Was geht hier vor?« fragte der Felsen mit einer tiefen, ruhigen und fast sanften Stimme. Dennoch ließ sein Tonfall keinen Zweifel daran, daß er unverzüglich eine Antwort verlangte.

Der Mann war knapp eins achtzig groß und damit etwas kleiner als Anson, und er mochte etwa hundertsiebzig Pfund wiegen, fünfundzwanzig Kilo weniger als Sharp. Doch als er durch die Tür trat, wirkte er wie ein Riese, wie ein lebendiges Bollwerk – selbst als Sharp sich von Sarah abwandte, aufstand und fragte: »Wer, zum Teufel, sind Sie?«

Der Felsen schaltete die Deckenlampen ein und schritt in die Mitte des Zimmers. Hinter ihm schloß sich die Tür. Peake schätzte den Unbekannten auf etwa vierzig Jahre, aber seine Züge wirkten älter, waren voller Weisheit. Er hatte kurzgeschnittenes, dunkles Haar und eine wettergegerbte Haut, und das Gesicht sah aus, als habe man es aus einem Granitblock gemeißelt. Die blauen Augen ähnelten denen Sarahs, blickten direkt und durchdringend. Als der Felsen den jungen DSA-Agenten ein oder zwei Sekunden lang musterte, verspürte Peake die Versuchung, sich irgendwo zu verkriechen und zu verstecken. Ein massiger und sehr muskulöser Mann. Und obgleich er etwas kleiner war als Sharp, schien er wesentlich stärker zu sein.

»Bitte verlassen Sie das Zimmer und warten Sie im Flur«, sagte der Felsen ruhig.

Verblüfft trat Sharp einige Schritte auf ihn zu und richtete sich vor ihm zu seiner ganzen Größe auf. »Ich habe gefragt, wer Sie sind.«

Die Hände des Felsens paßten irgendwie nicht zu seiner Statur: lange, dicke Finger, breite Knöchel; alle Sehnen und Adern zeichneten sich deutlich ab. Es hatte den Anschein, als seien sie ebenfalls das Werk eines Bildhauers mit einem besonderen Sinn fürs Detail. Peake ahnte, daß die Hände aufgrund harter Arbeit so enorm groß geworden waren. Vielleicht verdiente sich der Mann seinen Lebensunterhalt in einem Steinbruch. Nein, dachte Peake. Die stark gebräunte Haut deutete darauf hin, daß er auf einem Bauernhof arbeitete. Nicht etwa auf einer der modernen Farmen, ausgestattet mit allen Errungenschaften der Technik, sondern einer eigenen, belastet mit vielen Hypotheken. Peake dachte an einen steinigen und staubigen Boden, an schlechtes Wetter und Stürme, die die auf den Felsen wachsenden Früchte bedrohten. Ja, er glaubte einen Mann zu erkennen, der sich im Schweiße seines Angesichts einen Traum erfüllt und viele Schicksalsschläge überstanden hatte.

»Ich bin Sarahs Vater, Felsen Kiel.«

Peake riß erstaunt die Augen auf. Der Mann *hieß* sogar Felsen...

»Daddy...« brachte Sarah hervor, mit einer Stimme, in der Furcht und neue Hoffnung vibrierten.

Der Felsen machte Anstalten, sich an Sharp vorbeizuschieben und seiner Tochter zu nähern, die sich im Bett aufrichtete und die Arme nach ihm ausstreckte.

Sharp versperrte ihm den Weg und beugte sich zu ihm vor. »Sie können sie sprechen, wenn wir mit dem Verhör fertig sind.«

Der Felsen sah gelassen und unbeeindruckt zum stellvertretenden DSA-Direktor auf, und Peake stellte voller Verwunderung und Aufregung fest, daß sich *dieser* Mann nicht von Sharp einschüchtern ließ. »Verhör? Was gibt Ihnen das Recht, meine Tochter zu verhören?«

Sharp holte seine Brieftasche hervor und zeigte ihm den DSA-Ausweis. »Ich bin Bundesagent und gerade mit sehr wichtigen Ermittlungen beschäftigt, bei denen es um ein Problem der nationalen Sicherheit geht. Ihre Tochter besitzt Informationen, die ich dringend benötige. Leider aber war sie bisher nicht besonders hilfsbereit.«

»Wenn Sie sich in den Flur zurückziehen, spreche ich mit ihr«, schlug der Felsen vor. »Ich bin sicher, meine Tochter will Ihre Untersuchungen gar nicht bewußt behindern. Sie hat einige Probleme, das schon, und sie geriet vom rechten Weg ab, aber im Grunde ihres Wesens ist sie ein gutes Mädchen. Ich unterhalte mich mit ihr, finde heraus, was Sie wissen wollen und gebe Ihnen anschließend Bescheid.«

»Nein«, sagte Sharp. »*Sie* begeben sich auf den Flur und warten dort.«

»Bitte machen Sie jetzt den Weg frei«, sagte der Felsen.

»Hören Sie, Mister«, knurrte Sharp, trat noch dichter an

den Felsen heran und blickte auf ihn herab. »Wenn Sie unbedingt auf Schwierigkeiten aus sind . . . Die können Sie bekommen. Mehr als Ihnen lieb ist. Sie widersetzen sich einem Bundesagenten und geben ihm damit Anlaß, mit allen Mitteln gegen Sie vorzugehen.«

Der Felsen hatte Ansons Namen auf dem Dienstausweis gelesen und erwiderte: »Mr. Sharp, letzte Nacht weckte mich ein Anruf von Mrs. Leben, die mir mitteilte, meine Tochter brauche mich. Auf diese Nachricht hab ich schon seit langer Zeit gewartet. Derzeit wächst das Korn auf den Feldern, und es gibt eine Menge zu tun . . .«

Himmel, dachte Peake, er ist *wirklich* ein Farmer. Ich habe mich nicht geirrt!

»Trotzdem zog ich mich nach dem Anruf sofort an, fuhr mitten in der Nacht hundertfünfzig Kilometer weit nach Kansas City, flog von dort aus nach Los Angeles, dann mit einer anderen Maschine hierher, nahm ein Taxi . . .«

»Ihr Reisebericht interessiert mich nicht die Bohne«, warf Sharp kühl ein und machte keine Anstalten, zur Seite zu treten.

»Mr. Sharp, ich bin todmüde und kann es gar nicht abwarten, mit meiner Tochter zu sprechen. Sie sieht so aus, als habe sie gerade geweint, und das gefällt mir überhaupt nicht. Nun, ich bin von Natur aus ein eher gutmütiger Mensch, und es liegt mir nichts daran, Stunk zu machen. Trotzdem: Ich weiß nicht, zu welchen Reaktionen ich fähig wäre, wenn Sie mich weiterhin so anmaßend behandeln und daran zu hindern versuchen, mit meiner Tochter zu reden.«

Sharps Gesicht verzog sich zornig. Er wich gerade weit genug zurück, um eine Hand auf die breite Brust des Felsens zu legen.

Peake wußte nicht genau, ob sein Vorgesetzter beabsichtigte, den kräftig gebauten Mann aus dem Zimmer zu führen oder an die Wand zu stoßen. Und seine unausgesprochene Frage blieb unbeantwortet. Der Felsen griff nach Sharps Handgelenk, und es schien ihm nicht die geringste Mühe zu bereiten, Ansons Arm nach unten zu drücken. Offenbar übte er einen wesentlich stärkeren Druck aus als Sharp einige Minuten zuvor auf Sarahs Finger, denn der stellvertretende Direktor wurde plötzlich blaß, und die roten Flecken der Wut auf seinen Wangen verschwanden.

Der Felsen ließ Sharps Hand los. »Ich weiß, daß Sie Bundesagent sind, und ich habe den größten Respekt vor dem Gesetz. Vielleicht gab ich Ihnen gerade einen Grund dafür, mich zu verhaften und mir Handschellen anzulegen. Aber ich bin der Ansicht, damit erwiesen Sie weder sich selbst noch der DSA einen guten Dienst, denn immerhin habe ich vorhin angeboten, meine Tochter zur Zusammenarbeit mit Ihnen zu ermutigen. Was meinen Sie?«

Peake fühlte sich versucht, ihm zu applaudieren. Doch er war wie gelähmt.

Sharp atmete schwer und zitterte, schien verschiedene Möglichkeiten gegeneinander abzuwägen. »Na schön«, sagte er schließlich. »Mir kommt es nur auf die Informationen an. Ich möchte sie so schnell wie möglich, und das Wie ist mir gleich.«

»Vielen Dank, Mr. Sharp. Geben Sie mir eine halbe Stunde Zeit...«

»Fünf Minuten!«

»Nun, Sir«, meinte der Felsen ruhig, »ich muß wenigstens die Gelegenheit haben, meine Tochter zu begrüßen, sie zu umarmen. Sie ist seit anderthalb Jahren fort, und bestimmt vermag sie ihre Geschichte nicht mit einigen wenigen Sätzen zu erzählen. Erst nachdem sie mir berichtet hat, in welchen Schwierigkeiten sie steckt, kann ich damit beginnen, ihr Fragen zu stellen.«

»Eine halbe Stunde ist zu verdammt lang«, sagte Sharp. »Wir fahnden nach einem sehr gefährlichen Mann und...«

»Ich könnte einen Anwalt anrufen und beauftragen, die Rechte meiner Tochter wahrzunehmen, und es würde bestimmt *einige* Stunden dauern, bis er hier einträfe...«

»Eine halbe Stunde«, wandte sich Sharp an den Felsen. »Und keine verdammte Minute länger. Ich warte auf dem Flur.«

Erst vor kurzer Zeit hatte Peake entdeckt, daß der stellvertretende Direktor der DSA ein Sadist war, der Erics Vorliebe für kleine Mädchen teilte. Dabei handelte es sich um eine überaus wichtige Erkenntnis. Jetzt machte er eine weitere Feststellung: Im Grunde seines Wesens war Sharp ein Feigling. Er mochte fähig sein, jemanden in den Rücken zu schießen, sich von hinten an einen Gegner heranzuschleichen und ihm die Kehle durchzuschneiden – ja, solche Dinge entsprachen durchaus seinem Charakter. Aber bei einer unmittelbaren Konfrontation, wenn genug auf dem Spiel stand, neigte er dazu, einen Rückzieher zu machen. Und dieses Wissen, so überlegte Peake, ist noch bedeutsamer.

Als Sharp zur Tür ging, blieb der junge DSA-Agent einige Sekunden lang reglos stehen, den Blick nach wie vor starr auf den Felsen gerichtet.

»Peake!« sagte Sharp und zog die Tür auf.

Jerry gab sich einen Ruck und setzte sich in Bewegung, blickte jedoch mehrmals zu Felsen Kiel zurück. Bei Gott, dieser Mann *war* eine Legende.

20. Kapitel
Krankfeiernde Polizisten

Detektiv Reese Hagerstrom ging um vier Uhr am Dienstagmorgen zu Bett, nach der Rückkehr von Mrs. Lebens Haus in Placentia. Um halb elf erwachte er wie gerädert, denn während des Schlafs hatten ihn immer wieder Alpträume heimgesucht. Blutige Leichen in Müllbehältern. Tote Frauen, an Wände genagelt. Bei den meisten Schreckensvisionen ging es um Janet, Reeses vor Jahren verstorbene Frau. Mehrmals beobachtete er, wie sie sich an der Tür des blauen Chevy festhielt, und er hörte ihren Schrei: »Sie haben Esther! Sie haben Esther!« Und voller Entsetzen sah er, wie einer der Typen im Wagen den Revolver hob und auf sie schoß, wie ein großkalibriges Projektil das hübsche Gesicht Janets zerfetzte ...

Reese stand auf, duschte heiß und wünschte sich, es wäre ihm möglich gewesen, einfach seinen Kopf abzuschrauben und die gräßlichen Alptraumbilder herauszuschütteln.

Seine Schwester Agnes hatte einen Zettel mit einer knappen Nachricht an den Kühlschrank geklebt: Sie war mit Esther zum Zahnarzt gegangen.

Hagerstrom stand an der Spüle, blickte durchs Fenster auf die große Hovenie im Hinterhof, nippte an seinem Kaffee und aß einen Pfannkuchen. Agnes wäre sicher ganz außer sich geraten, wenn sie gesehen hätte, was für ein Frühstück Reese einnahm. Als er an sie dachte, glaubte er ihre vorwurfsvolle Stimme zu vernehmen:

»Schwarzer Kaffee und fettige Pfannkuchen«, sagte sie. »Das eine führt zu Magengeschwüren, und das andere verkleistert deine Arterien mit Cholesterol. Zwei langsame Methoden, Selbstmord zu begehen. Wenn du dich unbedingt umbringen willst ... Es gibt mindestens hundert Möglichkeiten, das weitaus schneller und weniger schmerzhaft zu bewerkstelligen.«

Er dankte dem Himmel für Agnes – obgleich sie die Angewohnheit hatte, ihn ständig zu tadeln. Ohne sie wäre es ihm vermutlich nicht gelungen, den Schock von Janets Tod zu überwinden.

Reese genehmigte sich eine zweite Tasse Kaffee und entschied, Agnes ein Dutzend Rosen und eine Pralinenschachtel mitzubringen, wenn er nach Hause zurückkehrte. Es lag ihm nicht, offen über seine Gefühle zu sprechen, und deshalb machte er denen, die ihm am Herz lagen, dann und wann kleine Geschenke. Agnes freute sich über die banalsten Überraschungen, selbst dann, wenn sie von ihrem Bruder kamen. Untersetzte und kräftig gebaute Frauen mit breiten und knochigen Gesichtern bekamen nur selten etwas geschenkt.

Das Leben war nicht nur unfair, sondern häufig sogar

grausam. Dieser Gedanke fuhr Reese nicht zum erstenmal durch den Sinn. Bereits vor dem Tod seiner Frau Janet gelangte er zu dieser wichtigen Einsicht: Als Polizist wurde man oft mit dem Abschaum der Menschheit konfrontiert und mußte schon nach kurzer Zeit die Erfahrung machen, daß Gewalt und Unbarmherzigkeit zu den Triebfedern menschlichen Verhaltens gehörten. Und der einzige Schutz davor bestand in der Liebe der Familie und der Freunde.

Reeses bester Freund, Julio Verdad, traf ein, als er sich seinen Becher zum drittenmal füllte. Er holte eine weitere Tasse aus dem Schrank, reichte sie Julio und nahm am Küchentisch Platz.

Verdad erweckte gar keinen übernächtigten Eindruck, und wahrscheinlich war nur Reese imstande, die subtilen Anzeichen der Erschöpfung zu erkennen. Wie gewöhnlich war Julio tadellos gekleidet. Er trug einen dunkelblauen Anzug, ein frisch gebügeltes weißes Hemd und eine mit kastanienbraunen und blauen Streifen gemusterte Krawatte, an der die übliche goldene Kette baumelte. Er wirkte so wach und aufmerksam wie immer, doch unter seinen Augen zeigten sich die ersten Andeutungen dunkler Ringe.

»Die ganze Nacht auf den Beinen gewesen?« fragte Reese.

»Ich habe ein wenig geschlafen.«

»Wie lange? Eine Stunde? Oder zwei? Mehr bestimmt nicht.« Reese seufzte. »Ich mache mir Sorgen um dich. Irgendwann bist du so fertig, daß du einfach umfällst.«

»Dies ist ein besonderer Fall.«

»Für dich stellen alle Fälle etwas Besonderes dar.«

»Ich fühle mich dem Opfer verpflichtet, der jungen Frau namens Ernestina.«

»Sie ist bereits das *tausendste* Opfer, dem du dich verpflichtet fühlst«, stellte Reese fest.

Julio zuckte mit den Schultern und trank einen Schluck Kaffee. »Sharp hat nicht geblufft.«

»In welcher Beziehung?«

»Er hat uns tatsächlich aus dem Rennen geworfen. Die Akten enthalten nur noch die Namen der Opfer: Ernestina Hernandez und Rebecca Klienstad. Und den Vermerk, die Bundesbehörden hätten den Fall übernommen, aus Gründen der ›nationalen Sicherheit‹. Als ich mich heute morgen an Folbeck wandte und ihn um die Erlaubnis bat, zusammen mit dir Sharp und seinen Jungs bei den Ermittlungen zu helfen, reagierte er ziemlich schroff. Er meinte: ›Um Himmels willen, Julio, machen Sie keinen Scheiß. Lassen Sie die Finger davon. Das ist ein verdammter Befehl!‹«

Folbeck war Hagerstroms und Verdads Vorgesetzter, ein frommer Mormone, der es in Hinsicht auf Flüche mit den wortgewaltigsten Leuten im Department aufnehmen konnte, jedoch nur dann Gott, den Himmel und andere heilige Institutionen beschwor, wenn er es wirklich ernst meinte. Dort zog er einen klaren Trennungsstrich. Trotz seiner Vorliebe für deftige Ausdrücke kam es nicht selten vor, daß er seine Mitarbeiter vor Blasphemie warnte. In diesem Zusammenhang hatte er sich einmal an Reese gewandt: »Hagerstrom, bitte sagen Sie in meiner Gegenwart nie wieder ›Gottverdammich‹ oder ›heiliger Himmel‹ oder etwas in der Art. Ich kann den Mist nicht ausstehen und bin nicht länger bereit, mir solchen verdammten Dreck anzuhören.« Wenn Nick Folbeck bei seiner Antwort Ausdrücke wie ›um Himmels willen‹ und ›Scheiß‹ verwendet hatte, so ließ sich daraus nur ein Schluß ziehen: Die Aufforderung an das Department, die Ermittlungen einzustellen, stammte nicht von Anson Sharp, sondern kam von weiter oben.

»Was ist mit dem Diebstahl von Eric Lebens Leiche?« fragte Reese.

»Die gleiche Sache«, sagte Julio. »Fällt nicht mehr in unseren Zuständigkeitsbereich.«

Das Gespräch mit Verdad lenkte Hagerstrom von den Alptraumvisionen ab, die ihm immer wieder das Bild der sterbenden Janet bescherten, und zumindest ein Teil eines gesunden Appetits kehrte zurück. Er stand auf, holte einen zweiten Pfannkuchen und bot auch Julio einen an. Doch Verdad schüttelte den Kopf.

»Und sonst?« fragte Reese.

»Nun, ich bin in der Bibliothek gewesen und habe mich gründlich über Dr. Eric Leben informiert.«

»Ein reicher Mann, ein wissenschaftliches Genie, auch ökonomisch sehr erfolgreich. Grausam und rücksichtslos. Zu dumm, um zu begreifen, was für eine tolle Frau er hatte. Genügt das als Beschreibung?«

»Darüber hinaus war er besessen«, sagte Julio.

»Das sind Eierköpfe meistens.«

»In seinem besonderen Fall ging es um Unsterblichkeit.«
Reese runzelte die Stirn. »Bitte?«

»Nach dem Abschluß seines Studiums arbeitete er als einer der besten Genetiker auf dem Fachgebiet rekombinanter DNS und verfaßte mehrere Artikel, in denen es um die verschiedenen Aspekte einer Verlängerung des menschlichen Lebens ging. Er kann in diesem Zusammenhang auf eine wahre *Flut* an Veröffentlichungen zurückblicken.«

»Konnte«, verbesserte Reese. »Denke an den Unfall.«

»Nun, selbst die trockensten und wissenschaftlichsten Artikel bringen eine gewisse *Leidenschaft* zum Ausdruck, eine Begeisterung, der man sich nicht verschließen kann«, sagte Julio. Er zog ein Blatt Papier aus der Tasche und entfaltete es. »Dies ist ein Auszug aus einem Beitrag, der in einem populärwissenschaftlichen Magazin erschien, und darin beschränkt sich Eric nicht nur auf rein technische Angaben: ›Letztendlich ist der Mensch vielleicht in der Lage, sich in genetischer Hinsicht eine neue Gestalt zu geben, auf diese Weise den Tod zu überwinden und noch länger zu leben als Methusalem. Möglicherweise vereint er dann die Fähigkeiten von Jesus und Lazarus in sich und bringt *sich* selbst aus dem Jenseits zurück.‹«

Reese zwinkerte. »Komisch, was? Erics sterbliche Überreste wurden aus dem Leichenschauhaus gestohlen, und das könnte man tatsächlich als eine Art ›Rückkehr aus dem Jenseits‹ bezeichnen – obwohl er sich darunter bestimmt etwas anderes vorgestellt hat.«

Julio bedachte ihn mit einem sonderbaren Blick. »Vielleicht ist es nicht annähernd so komisch, wie du glaubst. Vielleicht wurde die Leiche gar nicht gestohlen.«

Reese spürte, wie es ihm plötzlich kalt über den Rücken lief. »Du meinst doch nicht etwa...«

»Eric war ein Genie und verfügte über nahezu unerschöpfliche Ressourcen. Der beste Experte für rekombinante DNS – und besessen davon, jung zu bleiben und dem Tod ein Schnippchen zu schlagen. Wäre es unter diesen Umständen so absurd, sich vorzustellen, er sei im Leichenschauhaus wieder lebendig geworden und einfach fortgegangen?«

Reese hatte das Gefühl, als schnüre ihm irgend etwas die Kehle zu. »Das ist doch verrückt!« platzte es aus ihm heraus. »All die Verletzungen, die er bei dem Unfall erlitt...«

»Vor einigen Jahren hätte ich so etwas als völlig unmöglich erachtet«, sagte Julio. »Aber wir leben heute im Zeitalter der Wunder – zumindest aber in einer Epoche der unbegrenzten Möglichkeiten.«

»Aber... wie?«

»Das gehört zu den Dingen, die wir erst noch herausfinden müssen. Ich habe die Universität angerufen und einen Termin mit Dr. Easton Solberg vereinbart, auf dessen Arbeiten sich Eric in einigen seiner Artikel bezieht. Eric kannte Solberg, schätzte ihn als eine Art Mentor, und eine Zeitlang standen sie sich ziemlich nahe. Solberg hielt viel von Eric und meinte, es überrasche ihn überhaupt nicht, daß er es mit Hilfe der DNS-Forschung zu einem Vermögen brachte. Er fügte jedoch hinzu, Eric Lebens Wesen wiese eine dunkle Seite auf. Und er ist bereit, mit uns zu sprechen.«

»Was für eine dunkle Seite?«

»Das wollte er am Telefon nicht erklären. Wir sind um eins mit ihm verabredet.«

Als Julio den Stuhl zurückschob und aufstand, fragte Reese: »Wie sollen wir in dieser Angelegenheit weitere Untersuchungen anstellen, ohne Schwierigkeiten mit Nick Folbeck zu bekommen?«

»Ich bin krank gemeldet«, erwiderte Julio. »Und solange das der Fall ist, führe ich keine offiziellen Ermittlungen. Ich handle nur aus persönlicher Neugier.«

»Damit kommst du nicht durch, wenn es hart auf hart

geht. Angesichts der derzeitigen Situation gilt persönliche Neugier als schwerer Fehler.«

»Nun, solange ich krankfeiere, besteht keine Gefahr. Niemand wird mir über die Schulter blicken. Ich habe Folbeck sogar gesagt, ich wolle mit der ganzen Sache nichts mehr zu tun haben. Meinte, es sei wahrscheinlich besser, einige Tage zu verschwinden – falls irgendwelche Journalisten beabsichtigten, sich an mich zu wenden und mir einige unangenehme Fragen zu stellen. Nick war einverstanden.«

Auch Reese erhob sich. »Dann melde ich mich ebenfalls krank.«

»Das habe ich bereits für dich erledigt«, sagte Julio.

»Oh, prächtig. Dann können wir los.«

»Doch wenn du das Risiko scheust, dir die Finger zu verbrennen...«

»Ich bin dabei, Julio.«

»Bist du ganz sicher?«

»Klar«, sagte Reese und seufzte.

Und er dachte: Du hast meine Esther gerettet, meine kleine Tochter. Du hast die verdammten Mistkerle im Chevy verfolgt und Esther befreit, warst dabei wie ein Besessener. Die Typen müssen geglaubt haben, ein Dämon sei ihnen auf den Fersen. Ja, du hast dein Leben aufs Spiel gesetzt, um Esther zu retten, und das werde ich nie vergessen.

Trotz seiner Schwierigkeit, tiefe Gefühle zum Ausdruck zu bringen, wollte Reese seinem Partner Julio mitteilen, wie dankbar er war. Doch er schwieg, denn er wußte, daß er Verdad damit in Verlegenheit gebracht hätte. Julio kam es auf die Loyalität eines Freundes an. Durch wortreich formulierte Dankbarkeit wäre eine Barriere zwischen ihnen entstanden, die nur beiderseitiges Unbehagen zur Folge haben konnte und Julio in eine Position der Überlegenheit bringen mußte.

Während ihrer täglichen Arbeit nahm Julio ohnehin eine dominante Stellung ein. Er entschied über fast jeden einzelnen Schritt bei den Ermittlungen in bezug auf einen neuen Mordfall. Doch seine Kontrolle war nicht offensichtlich, und gerade das machte den kleinen, aber feinen Unterschied. An-

dernfalls wäre Reese nicht bereit gewesen, sich Julios Anweisungen einfach so zu fügen. Er ordnete sich ihm deshalb freiwillig unter, weil Verdad in gewisser Weise klüger und ein-
fallsreicher war als er.

»Ich bin dabei«, wiederholte Reese und stellte die Tassen in
die Spüle. »Wir sind einfach nur zwei krankfeiernde Polizisten, die sich zusammen erholen. Können wir jetzt endlich
los?«

21. *Kapitel*
Lake Arrowhead

In der Nähe des Sees entdeckte Ben einen Laden, der Sport-
artikel anbot. Das Gebäude war im Stil eines großen Block-
hauses errichtet, und ein rustikal wirkendes Holzschild über
der Tür verkündete: KÖDER, ANGELN, HAKEN, BOOTS-
VERMIETUNG.

Drei Wagen standen auf dem Parkplatz, und das Licht der
Nachmittagssonne spiegelte sich glitzernd auf den Chromlei-
sten und Fenstern wider.

»Waffen«, sagte Ben, als er das Geschäft sah. »Vielleicht
werden dort auch Waffen verkauft.«

»Wir haben bereits welche«, wandte Rachael ein.

Ben fuhr über den Parkplatz, steuerte den Wagen vom Asphalt herunter und hörte, wie grober Kies unter den Reifen
knirschte. Schließlich hielt er im Schatten einer großen Kiefer. Jenseits der Bäume sah er einen Teil des Sees, einige
Boote, die im Wasser dümpelten, und in der Ferne ragte das
gegenüberliegende Ufer steil in die Höhe.

»Deine Zweiunddreißiger ist doch kaum mehr als ein
Spielzeug«, erwiderte Ben und drehte den Zündschlüssel
um. Das Brummen des Motors verklang. »Wesentlich besser
steht's mit der Magnum, die ich Baresco abnahm. Eine verdammt gute Knarre, fast schon eine Kanone. Aber mit einer
Schrotflinte würde ich mich sehr viel sicherer fühlen.«

»Eine Schrotflinte? Klingt so, als wolltest du erneut in den Krieg ziehen.«

»Ich habe gehört, wandelnde Tote seien ziemlich zähe Burschen«, sagte Ben und versuchte vergeblich, seiner Stimme einen scherzhaften Klang zu verleihen. Der Glanz in Rachaels Augen trübte sich, und sie schauderte.

»He«, brummte Ben. »Es kommt schon alles in Ordnung, verlaß dich drauf.«

Sie stiegen aus dem gemieteten Wagen, blieben einige Sekunden lang daneben stehen und atmeten die frische und aromatische Bergluft tief ein. Es war warm und völlig windstill. In den Wipfeln der Bäume um sie herum rührte sich nichts, so als hätten sich ihre Äste und Zweige in Stein verwandelt. Auf der Straße herrschte kein Verkehr, und nirgends zeigte sich eine Menschenseele.

Ben glaubte, in dieser Stille etwas Unheilvolles und Düsteres zu erkennen. Sie erschien ihm wie ein Omen, eine Warnung, das Bergland unverzüglich zu verlassen und zu zivilisierteren Orten zurückzukehren, in die Welt des Lärms und der Bewegung, in der man im Notfall andere Personen um Hilfe bitten konnte.

Offenbar regte sich in Rachael ein ähnliches Unbehagen. »Vielleicht ist das alles Unsinn«, sagte sie leise. »Vielleicht sollten wir von hier verschwinden und uns irgendwo verstecken.«

»Und darauf warten, bis sich Eric ganz von seinen Verletzungen erholt hat?«

»Möglicherweise hat der Genesungsprozeß seine Grenzen.«

»Aber wenn das nicht der Fall ist, wird er sich auf den Weg machen und dich suchen.«

Rachael seufzte und nickte.

Sie überquerten den Parkplatz und betraten den Laden, in der Hoffnung, dort ein Gewehr und Munition kaufen zu können.

Etwas Seltsames geschah mit Eric – ein Prozeß, der noch sonderbarer war als seine Rückkehr von den Toten. Es begann mit neuerlichen Kopfschmerzen, einer der vielen Migränen, an denen er seit seiner Auferstehung litt, und zuerst merkte er nicht, daß es einen Unterschied gab. Er kniff einfach die Augen zusammen, um vom hellen Licht nicht mehr so stark geblendet zu werden, und versuchte, das erbarmungslose Hämmern in seinem Schädel zu ignorieren.

Dann schob er einen Sessel an eins der Wohnzimmerfenster heran, nahm darin Platz und begann mit der Wache. Er blickte über den bewaldeten Hang hinweg, beobachtete die staubige Straße, die von den etwas dichter besiedelten Vorbergen in der Nähe des Sees heraufführte. Wenn seine Verfolger kamen, würden sie zumindest teilweise dem Verlauf des Weges folgen, bevor sie sich davon abwandten und durch den Wald schlichen. Erics Plan war ganz einfach: Sobald er sah, an welcher Stelle sie der Straße den Rücken kehrten, wollte er die Hütte durch die Hintertür verlassen, von hinten an die Fremden herankriechen und sie überraschen.

Als er sich in den großen Sessel sinken ließ, hoffte er, daß der heftige Kopfschmerz zumindest ein wenig nachließ. Statt dessen aber wurde er noch intensiver. Es fühlte sich fast so an, als... als bestünde sein Schädel aus weichem Ton, der mit kraftvollen Hieben in eine neue Form gepreßt wurde. Eric biß die Zähne zusammen, dazu entschlossen, diesem neuen Gegner nicht nachzugeben.

Vielleicht verschlimmerte sich das Pochen hinter seiner Stirn deshalb, weil er sich sehr konzentrieren mußte, um die schattige Straße im Auge zu behalten. Wenn der Schmerz unerträglich wurde, blieb ihm keine andere Wahl, als sich eine Zeitlang hinzulegen – obwohl er die Vorstellung verabscheute, seinen Posten zu verlassen. Die Aura einer drohenden Gefahr verdichtete sich immer mehr.

Sowohl die Axt als auch die beiden Messer lagen griffbereit neben dem Sessel. Jedesmal dann, wenn Eric den Kopf zur Seite neigte und die Klingen betrachtete, fühlte er sich nicht nur beruhigt, sondern spürte auch, wie so etwas wie freudige Aufregung in ihm entstand. Sollten die Verfolger nur kommen.

Zwar wußte er noch immer nicht genau, wer es auf ihn abgesehen haben mochte, doch aus irgendeinem Grund zweifelte er nicht daran, daß seine Besorgnis begründet war. Nach einer Weile fielen ihm einige Namen ein: Baresco, Seitz, Geffels, Knowls, Lewis. Ja, natürlich – seine Geneplan-Partner. Ihnen mußte klar sein, was er getan hatte. Bestimmt beabsichtigten sie, ihn so rasch wie möglich aufzustöbern und unschädlich zu machen, um das Geheimnis von Wildcard zu wahren. Doch Erics Furcht bezog sich nicht nur auf sie. Es gab noch andere Personen... schattenhafte Gestalten, die vor seinem inneren Auge keine klaren Konturen gewannen, die über weitaus mehr Macht verfügten als die Männer von Geneplan.

Einige Sekunden lang hatte Eric das Gefühl, als gelinge es ihm endlich, die Barriere des mentalen Dunstes zu durchstoßen und eine geistige Lichtung zu erreichen. Er spürte, wie sich seine Gedanken klärten, wie sich in allen Einzelbereichen seiner intellektuellen und memorialen Kapazität Aktivität zu regen begann. Unwillkürlich hielt er den Atem an und beugte sich erwartungsvoll vor. Er stand unmittelbar davor, alles zu verstehen: die Identität der anderen Verfolger, die Bedeutung der Mäuse und des schrecklichen Bildes der an die Wand genagelten Frau...

Dann schleuderte ihn das gnadenlose Pochen in seinem Schädel in die Zone der Benommenheit zurück. Der helle Schein in seinem gedanklichen Universum trübte sich, als schiebe sich eine gewaltige Dunkelwolke aus interstellarem Staub vor die Galaxis seiner Überlegungen. Eric gab ein enttäuschtes Krächzen von sich.

Aus den Augenwinkeln bemerkte er eine Bewegung im Wald. Eric zwinkerte einige Male, schob sich noch näher an das große Fenster heran und ließ seinen Blick wachsam über den Hang und den Weg gleiten, auf dem die Schatten komplexe Muster bildeten. Weit und breit war niemand zu sehen. Die Bewegung stammte von einer lauen Brise, die über Äste und Zweige hinwegstrich, die die sommerliche Stille beendete und in Büschen und Zweigen raschelte.

Eric wollte sich gerade zurücklehnen, als ein Blitz aus sengendheißer Pein durch sein Bewußtsein zuckte. Der Schmerz ließ ihn einige Sekunden lang erstarren, lähmte ihn geradezu, so daß er weder schreien noch atmen konnte. Schließlich schaffte er es, tief Luft zu holen, und ein heiseres Kreischen entrang sich seiner Kehle.

Er fürchtete, der immer intensiver werdende Schmerz könne auf eine plötzliche Umkehrung des Heilungsprozesses hinweisen, und zitternd hob er die eine Hand und betastete seinen Kopf. Er berührte das rechte Ohr, das inzwischen wieder ganz angewachsen war. Einige Borken, hier und dort ein wenig Schorf, weiter nichts.

Warum machte die Genesung so enorme Fortschritte? Er hatte erwartet, daß sie einige Wochen dauerte, nicht nur ein paar Stunden.

Eric brachte die Hand weiter in die Höhe und fühlte die lange Delle an der rechten Seite seines Schädels. Sie war noch immer dort, aber nicht mehr ganz so tief wie zuvor. Außerdem wirkten die Knochen an der betreffenden Stelle nicht mehr weich und gummiartig, sondern fest und stabil. Verwundert verstärkte er den Druck, den seine Finger auf die Wunde ausübten, vergewisserte sich, daß es keine offenen Risse mehr gab. Überall frisches Gewebe auf einer restrukturierten Knochenbasis. Keine Spur mehr von Splittern. Die schweren Schädelverletzungen waren innerhalb eines knappen Tages verheilt – eine ebenso unmögliche wie absurde Feststellung.

Verblüfft beugte sich Eric zurück. Er erinnerte sich daran, daß die Veränderung seiner Gene beschleunigte Heilung und eine Verjüngung der Zellen bewirken sollte, entsann sich jedoch nicht, dabei an eine solche Geschwindigkeit gedacht zu haben. Klaffende Wunden, die sich innerhalb von Stunden schlossen? Fleisch, Arterien und Venen, bei deren Neubildung man fast zusehen konnte? Extensives Knochenwachstum in weniger als einem Tag? Lieber Himmel – nicht einmal unkontrolliert wuchernde Krebszellen konnten damit Schritt halten!

Eine Zeitlang gab er sich der triumphierenden Vorstellung hin, bei seinen Experimenten einen noch wesentlich größeren Erfolg erzielt zu haben, als er zu hoffen gewagt hatte. Dann fiel ihm ein, daß er noch immer nicht klar denken konnte und sein Erinnerungsvermögen nach wie vor zu wünschen übrigließ – obgleich das verletzte Hirngewebe inzwischen bestimmt ebenso gründlich verheilt war wie die Schädelknochen. Mußte er damit rechnen, selbst nach dem Abschluß der Rekonvaleszenz nicht sein ganzes rationales und emotionales Potential zurückzuerhalten? Dieser Gedanke erschreckte ihn. Und als er den Kopf drehte, sah er wieder seinen vor vielen Jahren verstorbenen Onkel Barry Hampstead, der in der einen Ecke des Zimmers stand, dicht neben einem prasselnden Schattenfeuer.

Zwar war ihm die Rückkehr aus dem Jenseits gelungen, aber vielleicht würde er für immer ein Toter bleiben, zumindest teilweise – trotz der veränderten Genstruktur.

Nein. Eric wehrte sich gegen diese Vorstellung. Sie hätte bedeutet, daß seine ganze Arbeit umsonst gewesen war.

Onkel Barry lächelte und sagte: »Komm und küß mich, Eric. Zeig mir, wie sehr du mich liebst.«

Vielleicht handelte es sich beim Tod um mehr als nur das Ende körperlicher und geistiger Aktivität. Möglicherweise ging beim Sterben eine andere Qualität verloren – ein mentaler Aspekt, der nicht so leicht restimuliert werden konnte wie die Körper- und Hirnfunktionen.

Wie ein eigenständiges Wesen setzte sich die noch immer erhobene Hand erneut in Bewegung, tastete an der einen Kopfseite entlang zur Braue, zum Zentrum der Schmerzexplosion, die er vor einigen Minuten erlebt hatte. Er spürte etwas Seltsames. Die Stirn schien nicht mehr glatt zu sein, sondern wies einige kleine Buckel auf.

Eric vernahm ein entsetztes Ächzen – und er brauchte eine Weile, bis er begriff, daß dieser Laut von ihm selbst stammte.

Die Knochenwülste über den Augen waren weitaus breiter, als es eigentlich der Fall sein sollte.

Und an der rechten Schläfe hatte sich ein dicker, fast zweieinhalb Zentimeter hoher Knorpelknoten gebildet.

Wie? Mein Gott, wie?

Während Eric die obere Hälfte seines Gesichts betastete, in der Art und Weise eines Blinden, der sich ein Bild vom Aussehen eines Fremden zu machen versuchte, formten sich tief in seinem Innern imaginäre Kristalle aus kaltem Grauen.

In der Mitte der Stirn berührte er einen schmalen, knorrigen Auswuchs, der bis zum Nasenrücken reichte.

Er fühlte dicke und pulsierende Adern an seinem Haaransatz, dort, wo sich bei einem normalen Menschen gar keine Arterien befanden.

Eric wimmerte, und heiße Tränen quollen ihm aus den Augen.

Trotz seiner Benommenheit wurde ihm sofort die schreckliche Wahrheit klar. In rein technischer Hinsicht war sein genetisch veränderter Körper durch den Zusammenprall mit dem Müllwagen getötet worden. Doch auf zellularer Ebene verblieb ein Rest von Aktivität, und die modifizierten Gene, denen nur noch ein Bruchteil der Lebenskraft zur Verfügung stand, schickten Dringlichkeitsimpulse durch das abkühlende Gewebe, um so schnell wie möglich die Produktion der Substanzen zu veranlassen, die für eine Regenerierung und Verjüngung gebraucht wurden. Doch nach der erfolgten Heilung sorgten die Gene nicht für eine Beendigung des enorm beschleunigten Zellteilungsrhythmus. Irgend etwas stimmte nicht. Erics Körper stellte noch immer weiteres Fleisch und neue Knochen her. Zwar war das entsprechende Gewebe sicher völlig gesund, aber der Prozeß ließ sich mit einer Krebswucherung vergleichen.

Der Leib nahm eine neue Gestalt an.

Was für eine?

Erics Herz klopfte wie rasend, und kalter Schweiß brach ihm aus.

Mit einem Ruck stand er auf. Ein Spiegel, dachte er. Ich muß mein Gesicht sehen.

Er fürchtete sich davor, sein Ebenbild zu betrachten. Neuerliches Entsetzen entstand in ihm, als er daran dachte, was für ein Anblick ihn erwarten mochte. Doch gleichzeitig verspürte er den unwiderstehlichen Drang herauszufinden, in welche Art von Ungeheuer er sich verwandelte.

Im Sportartikelgeschäft am See entschied sich Ben für ein halbautomatisches Remington-Gewehr – eine verheerende Waffe, wenn man richtig damit umzugehen verstand. Und das war bei Shadway der Fall. Außerdem kaufte er Munition, sowohl für das Gewehr als auch die Combat Magnum und Rachaels 32er.

Zwar erforderte der Erwerb von Handfeuerwaffen keine besondere Erlaubnis, aber Ben mußte trotzdem ein Formular ausfüllen, trug Name, Adresse und Sozialversicherungsnummer ein und legte seinen Führerschein vor. Während er damit beschäftigt war, entschuldigte sich der Mann hinter dem Tresen – »Nennen Sie mich Sam«, hatte er gesagt, als er ihnen seinen Waffenbestand zeigte – und trat auf einige Angler zu, die sich für neue Ruten interessierten.

Der zweite Verkäufer beriet einen anderen Kunden, stand dicht vor der Südwand des langen Raums und erklärte geduldig die Vorzüge verschiedener Schlafsackausführungen.

Hinter dem Tresen stand ein Radio im Regal, justiert auf einen Sender in Los Angeles. Als Ben und Rachael das Gewehr auswählten, ertönte nur Popmusik aus dem Lautsprecher, dann und wann unterbrochen von einem kurzen Werbespot. Jetzt aber begannen die 12.30 Uhr-Nachrichten, und plötzlich hörte Ben seinen Namen.

»... ist auf Bundesebene die Fahndung nach Ben Shadway und Rachael Leben eingeleitet worden. Mrs. Leben ist die Frau des erfolgreichen Unternehmers Eric Leben, der gestern bei einem Verkehrsunfall den Tod fand. Nach der Auskunft eines Sprechers des Justizministeriums werden Shadway und Mrs. Leben im Zusammenhang mit dem Diebstahl streng geheimer Forschungsunterlagen gesucht, *bei denen es um verschiedene, vom Verteidigungsministerium finanzierte Entwicklungsprojekte der Geneplan Corporation geht. Darüber hinaus stehen sie in dem Verdacht, gestern abend im Verlauf einer nächtlichen Verfolgungsjagd zwei Polizisten aus Palm Springs erschossen zu haben.«*

Rachael starrte Ben groß an. »Das ist doch verrückt!«

Shadway legte ihr die eine Hand auf den Arm, um sie zu beruhigen, blickte sich nervös um und stellte fest, daß die beiden Verkäufer noch immer mit den anderen Leuten sprachen. Er wollte unbedingt vermeiden, daß sie auf die Nachrichten achteten. Der Mann namens Sam hatte sich bereits Bens Führerschein angesehen, bevor er ihm das Formular reichte. Daher wußte er, wie sein Kunde hieß. Und wenn er den Namen im Radio hörte, würde er sicher sofort reagieren.

Für Rachael und Ben hatte es keinen Sinn, ihre Unschuld zu beteuern. Bestimmt wäre Sam trotzdem entschlossen gewesen, die Polizei anzurufen. Vielleicht lag irgendwo ein Revolver hinter dem Tresen bereit, unter der Kasse etwa, und möglicherweise hätte Sam Ben und Rachael damit bis zum Eintreffen der Cops in Schach gehalten.

»Jarrod McClain, Direktor der Defense Security Agency, koordiniert die Ermittlungen und die Fahndung nach Shadway und Mrs. Leben. Vor einer Stunde gab er in Washington eine Pressekonferenz und bezeichnete die Angelegenheit als ein ›ernstes Problem, von dem man mit vollem Recht behaupten kann, es betreffe die nationale Sicherheit...‹«

Sam stand vor dem Gestell mit den Angelruten, lachte über den Scherz eines Kunden – und kehrte in Richtung Kasse zurück. Einer der anderen Männer folgte ihm. Sie unterhielten sich angeregt und schenkten den Radiomeldungen keine bewußte Aufmerksamkeit.

»Zwar wurde bestätigt, daß Shadway und Mrs. Leben der Staatssicherheit schweren Schaden zufügten, aber weder McClain noch der Sprecher des Justizministeriums waren bereit, genauere Angaben über die Forschungsarbeiten zu machen, die Geneplan im Auftrag des Pentagon durchführt.«

Sam und sein Begleiter waren noch etwa sechs Meter entfernt und in ein Gespräch vertieft, bei dem es um Ruten und Köder aus künstlichen Fliegen ging.

Rachael warf einen besorgten Blick in ihre Richtung, und Ben gab ihr einen unauffälligen Stoß, um sie abzulenken. Angesichts ihres furchtsamen Gesichtsausdrucks bestand die Gefahr, daß Sam und der Kunde auf die Nachrichtensendung aufmerksam wurden.

»... *rekombinante DNS als Hauptgeschäft der Geneplan Corporation* ...«

Sam trat auf die Kasse zu, und der andere Mann folgte ihm.

»Alle Polizeipräsidien in Kalifornien und den Staaten im Südwesten haben Fotografien und Beschreibungen von Benjamin Shadway und Rachael Leben erhalten. Darüber hinaus wies man die zuständigen Stellen darauf hin, daß die gesuchten Personen bewaffnet und daher sehr gefährlich sind.«

Sam und der Angler erreichten die Kasse, und Ben richtete seine Aufmerksamkeit wieder auf das Formular.

Der Nachrichtensprecher verlas eine andere Meldung.

Ben war überrascht und erleichtert, als er hörte, wie Rachael mit dem Angler zu plaudern begann. Es handelte sich um einen großen und stämmigen, etwa fünfzig Jahre alten Mann, der ein schwarzes T-Shirt trug, das seine muskulösen Arme und die blauroten Tätowierungen darauf gut zur Geltung brachte. Rachael gab vor, sich sehr für solche Tätowierungen zu interessieren, und der Angler reagierte wie die meisten Männer, fühlte sich geschmeichelt. Niemand, der Rachael auf diese Weise erlebte, würde vermuten, daß sie gerade einen Nachrichtensprecher gehört hatte, der sie als flüchtige Mordverdächtige bezeichnete.

Die gleichgültig aus dem Lautsprecher des Radios plärrende Stimme berichtete von einem Bombenanschlag im Nahen Osten. Sam drehte sich um und schaltete das Gerät ab. »Ich hab's satt, immerzu von den verdammten Arabern zu hören«, wandte er sich an Ben.

»Mir ergeht es ebenso«, erwiderte Shadway und füllte die letzte Rubrik aus.

»Wenn es nach mir ginge ...« brummte Sam. »Ich würde

einfach ein paar Atombomben abwerfen und den arabischen Stall gründlich ausmisten.«

»Klar«, pflichtete ihm Ben bei. »Ab in die Steinzeit.«

Sam nickte, legte eine Kassette ins Abspielfach des Radio-recorders und schaltete das Gerät wieder ein. »Das würde für die Beduinen wohl kaum einen großen Unterschied machen. Sie leben ja bereits in der verdammten Steinzeit.«

»Dann zurück mit ihnen in die Epoche der Dinosaurier«, sagte Ben, als die Melodien der Oak Ridge Boys erklangen.

Rachael gab lautstark ihrem Erstaunen Ausdruck, als ihr der alte Angler erzählte, die Tätowierungsnadeln müßten durch alle drei Hautschichten gestochen werden.

»In die Epoche der Dinosaurier« bestätigte Sam. »Sollen die Terroristen doch mal versuchen, einen Tyrannosaurus zu erschrecken, hm?«

Ben lachte und reichte ihm das vollständig ausgefüllte For-mular.

Er hatte bereits mit seiner Kreditkarte bezahlt, und Sam legte die Quittung in den Beutel mit der Munition. »Besuchen Sie uns bald wieder.«

»Das mache ich bestimmt«, sagte Shadway.

Rachael verabschiedete sich von dem tätowierten Angler, und anschließend verließen sie den Laden.

Als sich die Tür hinter ihnen schloß, hörte Ben die leise Stimme des Tätowierten, der zu Sam sagte: »Was für eine Frau!«

Du ahnst nicht einmal, wie recht du damit hast, dachte Shadway und lächelte. Als er den Kopf hob, fiel sein Blick auf einen Streifenwagen der Polizei. Und knapp drei Meter vor ihnen stand ein Vertreter des Sheriffs von Riverside County.

Helles Neonlicht spiegelte sich auf den grünen und weißen Fliesen, hell genug, um alle schrecklichen Einzelheiten zu of-fenbaren.

Auf dem in Messing eingerahmten Badezimmerspiegel zeigten sich nicht die geringsten Flecken, und das Bild darin war klar, *zu* klar.

Der Anblick seines Spiegelbildes überraschte Eric nicht sonderlich, denn im Wohnzimmer hatte er sein Gesicht abgetastet und dabei zumindest eine vage Vorstellung von den physiognomischen Veränderungen gewonnen. Doch die visuelle Bestätigung seiner Befürchtungen kam trotzdem einem Schock gleich – und war gleichzeitig eine der faszinierendsten Erfahrungen seines Lebens.

Vor rund einem Jahr hatte er sich selbst zum Versuchsobjekt des Wildcard-Experiments gemacht und seine genetische Struktur verändert. Seit jenem Tag litt er nicht mehr an Erkältungen oder Grippe, ebensowenig wie an Magenbeschwerden und Kopfschmerzen. Woche um Woche verstärkte sich seine Überzeugung, daß die genetische Modifizierung zu den gewünschten Ergebnissen führte, ohne irgendwelche Nebenwirkungen.

Nebenwirkungen.

Fast hätte Eric laut aufgelacht. Fast.

Entsetzt starrte er in den Spiegel, als sei er ein Fenster zur Hölle, hob eine zitternde Hand und berührte sich erneut an der Stirn. Zögernd betastete er den schmalen Knorpelhöcker, der von der Nasenwurzel bis zum Haaransatz reichte.

Die verheerenden Wunden, die er gestern durch den Verkehrsunfall davongetragen hatte – sie stellten eine weitaus intensivere Stimulierung des Regenerationspotentials dar als etwa Grippeviren. Die Gene steigerten die Aktivität der Körperzellen um ein Vielfaches, so daß sie Interferon produzierten, ein breites Spektrum infektionsbekämpfender Antikörper, und außerdem lief der innere Motor zur Herstellung von Proteinen und Hormonen auf Hochtouren. Aber aus irgendeinem Grund dauerte die Flut dieser Substanzen an – obgleich der Heilungsprozeß im großen und ganzen abgeschlossen war und entsprechende chemische Reaktionen nicht mehr benötigt wurden. Erics Körper ersetzte nicht mehr nur beschädigtes Gewebe, sondern formte in einem beeindruckend schnellen Rhythmus neue Zellkomplexe ohne sichtbare Funktion.

»Nein«, sagte Eric langsam. »Nein.« Er versuchte zu leugnen, was sich seinen Blicken darbot. Doch es war eine Realität, die er unter seinen Fingerkuppen spüren konnte. Der seltsame Knochenbuckel beschränkte sich nicht nur auf die Stirn, sondern setzte sich über den Kopf fort, bis hin zum Nacken. Als Eric mit den Fingerspitzen darüber hinwegstrich, glaubte er fast zu fühlen, wie er weiterhin wuchs.

Entweder blieb die Veränderung seines Körpers dem Zufall überlassen, oder sie geschah aufgrund eines bestimmten Entwicklungsprogramms, das sich seinem Verständnis entzog. Was auch immer zutreffen mochte: Eric wußte nicht, wann und wo der Prozeß zum Stillstand kam. Vielleicht nie. Vielleicht erfolgte das Wachstum in einem endlosen Kreislauf immer neuer Modifizierungen – eine permanente Metamorphose, die ihn zu einem Ungeheuer machte, ihn in ein Wesen verwandelte, das nichts Menschliches mehr an sich hatte.

Eric betastete den dicken Knochenrücken über seinen Augen. Er erinnerte an den Stirnwulst eines Neandertalers – aber bei Neandertalern gab es keinen Knorpelhöcker, der vom Nasenrücken ausging, sich über den ganzen Kopf erstreckte und erst über dem Nacken endete. Und Eric konnte sich an keine Vorfahren des modernen Homo sapiens erinnern, die dicht unterhalb des Haaransatzes dick angeschwollene und pulsierende Blutgefäße aufwiesen.

Die mentale Trägheit Erics dauerte an. Nach wie vor wallte Benommenheitsdunst durch die finsteren Gewölbe seiner Gedanken, und es fiel ihm noch immer schwer, sich zu erinnern, alle Schubladen seines Gedächtnisses zu öffnen. Dennoch begriff er die volle Tragweite dieser Entdeckung. Er konnte nicht damit rechnen, jemals wieder ein vollwertiges Mitglied der menschlichen Gemeinschaft zu werden. Ganz offensichtlich war er sein eigenes Frankensteinmonster und hatte sich zu einem ewigen Außenseiter gemacht.

Plötzlich erschien ihm seine Zukunft so finster wie die schwärzeste Nacht. Vielleicht gelang es seinen Gegnern irgendwann, ihn zu überwältigen und ihn irgendwo in ein Laboratorium zu stecken, wo er zum Opfer wissenschaftlicher

Neugier werden mochte. Er stellte sich vor, wie namenlose Forscher endlose Tests an ihm durchführten, die sie für wichtige und bedeutsame Experimente hielten, für Eric jedoch wie eine Folter wären. Oder er floh in die Wildnis, durchstreifte die Wälder und Berge und ernährte sich von Beeren, Insekten und kleinen Tieren, wodurch die Legende von einem neuen Ungeheuer entstünde – bis er irgendwann durch Zufall einem Jäger begegnete, der ihn erschösse. Ganz gleich, welches Schicksal die Zukunft für ihn bereithielt: In jedem Fall erwartete ihn immerwährend Furcht, eine Angst, die sich nicht etwa auf Leute bezöge, die ihm nachstellten, sondern vielmehr auf den Veränderungsprozeß seines Körpers.

Doch in dem emotionalen Chaos aus Verzweiflung und namenlosem Schrecken gab es auch einen ruhigen Punkt, der Eric Linderung verschaffte – jene Art von profunder Neugier, die ihn zu einem berühmten Wissenschaftler gemacht hatte. Mit nicht unerheblicher Faszination starrte er auf sein Spiegelbild, auf die deutlichen Anzeichen der von ihm selbst bewirkten genetischen Katastrophe – sich der Tatsache bewußt, daß er Zeuge eines einzigartigen Vorgangs wurde. Diese Erkenntnis ließ Aufregung in ihm vibrieren, und sie schien seiner Existenz einen neuen Sinn zu verleihen. In gewisser Weise strebte jeder Forscher danach, wenigstens einen kurzen Blick auf die großen und dunklen Mysterien zu werfen, die sich hinter dem Begriff ›Leben‹ verbargen. Erics Beobachtungen aber beschränkten sich nicht nur auf einen Teilaspekt, sondern auf alle Faktoren der menschlichen Entwicklung: Er konnte dem Wachstum so lange zusehen, wie er den dazu notwendigen Mut aufbrachte.

Der Gedanke an Selbstmord huschte kurz durch seinen mentalen Fokus und verflüchtigte sich dann wieder. Die Möglichkeit, zu neuen und überaus wichtigen Einsichten zu gelangen, war viel wichtiger als das körperliche und geistige Leid, das er fortan ertragen mußte. Eric verglich seine Zukunft mit einer sonderbaren Landschaft, in der die Schatten aus Furcht bestanden, das Licht aus Schmerz. Und doch verspürte er das eigentümliche Bedürfnis, jene neue Welt zu durchwandern, in Richtung eines fernen Horizonts, den er noch nicht zu erkennen vermochte. *Er wollte unbedingt herausfinden, in was er sich verwandelte.*

Außerdem hatte sich seine Todesfurcht trotz der jüngsten Ereignisse nicht verringert. Tatsächlich glaubte er, dem Grab jetzt näher zu sein als jemals zuvor, und dieser Umstand verstärkte seine Nekrophobie. Es spielte keine Rolle, was für ein Leben ihn erwartete: Er mußte dem Verlauf des Weges folgen, der sich vor ihm erstreckte. Sicher, die gegenwärtige Metamorphose erfüllte ihn mit Grauen, aber die einzige Alternative zum Leben – der Tod – entsetzte ihn noch mehr.

Während er in den Spiegel blickte, begann erneut der Kopfschmerz zu pochen.

Er glaubte, ein neues Schimmern in seinen Augen zu erkennen und beugte sich vor.

Mit seinen Pupillen stimmte irgend etwas nicht. Sie erschienen ihm seltsam, anders als noch vor einigen Minuten, aber er sah sich außerstande, den Unterschied zu bestimmen.

Das Hämmern hinter seiner Stirn wurde immer heftiger. Das Neonlicht blendete Eric, und er kniff die Augen zusammen.

Er richtete die Aufmerksamkeit auf den Rest seines Gesichts, und plötzlich gewann er den Eindruck, daß sich auch an seiner rechten Schläfe etwas veränderte, ebenso wie in Höhe des Wangenbeins und des Jochbogens am und unter seinem rechten Auge.

Einmal mehr flackerte das Feuer der Furcht in ihm, und sein Pulsschlag beschleunigte sich jäh.

Der stechende Schmerz erweiterte sich auch auf große Teile des Gesichts.

Abrupt wandte sich Eric vom Spiegel ab. Es fiel ihm schon schwer genug, die monströsen Auswüchse nach ihrer Formung zu betrachten, aber er konnte kaum die Kraft aufbringen, den Verwandlungsprozeß zu beobachten, *während* er fortschritt.

Eric starrte auf seine großen Hände und rechnete fast damit, dunkles Haar zu sehen, das sich aus den Poren schob. Angesichts dieser Vorstellung lachte er kurz auf, lauschte dem heiseren, rauhen und völlig humorlosen Klang seiner Stimme und begann zu schluchzen.

Kopf und Gesicht wurden zu einem Nährboden, auf dem nichts anderes gedieh als nur intensive Pein. Selbst die Lippen schmerzten. Eric wankte aus dem Bad, stolperte an die Spüle, stieß gegen den Türpfosten und wimmerte leise – eine monotone Symphonie der Angst und des Leids.

Der Vizesheriff von Riverside County trug eine dunkle Sonnenbrille, hinter der seine Augen verborgen blieben, und deshalb fiel es Ben schwer, ihn einzuschätzen. Seine Körperhaltung ließ jedoch auf eine gewisse Gelassenheit schließen. Nichts deutete darauf hin, daß er Shadway und Rachael als gesuchte Verbrecher erkannte.

Ben griff nach dem Arm der jungen Frau und ging weiter. Während der letzten Stunden hatten alle Polizeipräsidien in Kalifornien und den Staaten des Südwestens Beschreibungen und Fotografien erhalten – doch das bedeutete nicht, daß die Fahndung nach den beiden angeblichen Hochverrätern den ersten Platz auf der Dringlichkeitsliste eines jeden Cops einnahm.

Der Polizist schien sie argwöhnisch zu beobachten.

»Entschuldigen Sie bitte«, sagte der Beamte.

Ben blieb stehen und spürte, wie sich Rachael versteifte. Er rang sich ein Lächeln ab, versuchte, ganz ruhig zu bleiben. »Sir?«

»Der Chevy dort drüben... Gehört er Ihnen?«

Ben zwinkerte. »Äh... nein.«

»Eins der Rücklichter ist gesplittert«, stellte der Beamte fest und nahm die Sonnenbrille ab. In seinen Augen glänzte kein Mißtrauen.

»Wir fahren einen Ford«, entgegnete Ben und deutete in die entsprechende Richtung.

»Wissen Sie, wer mit dem Chevy unterwegs ist?«

Ben schüttelte den Kopf. »Nein. Vermutlich einer der Kunden im Laden.«

»Nun, ich wünsche Ihnen noch einen angenehmen Tag«, sagte der Hilfssheriff. »Genießen Sie den Aufenthalt in unseren prächtigen Bergen.« Er schritt an Ben und Rachael vorbei und betrat das Geschäft.

Shadway gab sich alle Mühe, nicht zum Ford zu *laufen*, und offenbar mußte Rachael ebenfalls einer solchen Versuchung widerstehen. Sie setzten sich wieder in Bewegung und schlenderten fast auffallend langsam über den Parkplatz.

Die gespenstische Stille, die sie bei ihrer Ankunft erwartet hatte, existierte nicht mehr, und der Tag war voller Aktivität. Auf dem See brummte ein Außenbordmotor wie ein großer Hornissenschwarm. Lauer Wind wehte, strich über das blaue Wasser, flüsterte in den Baumwipfeln und bewegte das Gras und die wild wachsenden Blumen. Einige Wagen fuhren über die Staatsstraße, und aus einem der Autos dröhnten Hardrockklänge.

Sie erreichten den gemieteten Ford, der im kühlen Schatten der Kiefern stand.

Rachael nahm auf dem Beifahrersitz Platz, schloß die Tür und verzog bei dem lauten Klacken das Gesicht – als fürchte sie, dieses Geräusch könne den Polizisten alarmieren und erneut auf sie aufmerksam machen. Der Blick ihrer grünen Augen war unstet und besorgt. »Laß uns von hier verschwinden.«

»Nichts lieber als das«, erwiderte Ben und startete den Motor.

»Wir suchen uns irgendeine abgelegene Stelle, wo du das Gewehr auspacken und laden kannst.«

Shadway lenkte den Ford auf die zweispurige Straße, die ganz um den See herumführte, und fuhr nach Norden. Immer wieder sah er in den Rückspiegel. Niemand folgte ihnen. Seine Befürchtung, die Verfolger seien ihnen unmittelbar auf den Fersen, war irrational und paranoid, aber trotzdem ging sein Blick immer wieder in den Spiegel.

Links von ihnen erstreckte sich der glänzende See, und

rechts ragten die Berge in die Höhe. Hier und dort standen Gebäude auf gerodeten Lichtungen. Einige von ihnen wirkten wie Villen im Countrystil, und bei anderen handelte es sich um hübsche Wochenendhäuschen. Manchmal gehörte das Terrain entweder der Regierung oder war zu steil, um als Baugrund zu dienen, und in den entsprechenden Bereichen bildeten dicht an dicht wachsende Büsche und Sträucher ein dorniges Dickicht. Schilder warnten davor, offene Feuer zu entzünden – im Sommer und Herbst herrschte in ganz Südkalifornien akute Waldbrandgefahr. Die Straße wand sich in engen Kurven durch das Bergland, führte abwechselnd durch schattige Pinientunnel und golden glitzernden Sonnenschein.

Nach einigen Minuten sagte Rachael: »Sie können doch wohl nicht im Ernst glauben, wir hätten Staatsgeheimnisse gestohlen.«

»Nein«, bestätigte Ben.

»Ich meine, ich wußte nicht einmal, daß Geneplan für das Verteidigungsministerium arbeitete.«

»Darum geht es überhaupt nicht. Die ganze Sache ist nur ein Vorwand.«

»Und *warum* will man uns unbedingt aus dem Verkehr ziehen?«

»Weil wir wissen, daß Eric… zurückgekehrt ist.«

»Glaubst du, die Regierung weiß ebenfalls darüber Bescheid?« fragte Rachael.

»Du hast mir erzählt, das Projekt Wildcard sei ein gut gehütetes Geheimnis gewesen. Die einzigen Eingeweihten waren Eric, seine Partner von Geneplan – und du.«

»Ja, das stimmt.«

»Aber wenn Geneplan sich andere Forschungsprojekte vom Pentagon finanzieren ließ, so kannst du sicher sein, daß die Regierung umfassende Informationen über die Leiter des Unternehmens und die an den Entwicklungsarbeiten teilhabenden Wissenschaftler einholte. Es ist unmöglich, einerseits höchst lukrative Aufträge mit hohem Sicherheitsstatus zu akzeptieren und andererseits zu hoffen, zumindest Teilbereiche der Privatsphäre zu wahren.«

»Das ergibt einen gewissen Sinn«, gestand Rachel ein. »Vielleicht hat Eric diese Möglichkeit nicht berücksichtigt. Er glaubte immer, er sei allen anderen Leuten überlegen.«

Ein Hinweisschild warnte vor Straßenschäden. Ben trat auf die Bremse, und der Ford rumpelte durch die Schlaglöcher. Die Stoßdämpfer quietschten und knarrten; Blech rasselte.

Als der Asphalt wieder glatt und eben war, sagte Shadway: »Das Pentagon wußte also genug über Wildcard, um die richtigen Schlüsse zu ziehen, als die sterblichen Überreste Erics aus dem Leichenschauhaus verschwanden. Jetzt will es das Geheimnis hüten und vermeiden, daß etwas an die Öffentlichkeit gerät. Wahrscheinlich hält die Regierung das Projekt für eine potentielle Waffe oder eine Quelle enormer Macht.«

»Macht?«

»Wenn das Verfahren perfektioniert wird, bedeutet es Unsterblichkeit für diejenigen, die sich der Behandlung unterziehen. Mit anderen Worten: Der Wildcard kontrolliert, entscheidet darüber, wer ewig lebt und wer sterben muß. Kannst du dir ein besseres Mittel vorstellen, um vollständige politische Macht über die ganze verdammte Welt zu erringen?«

Rachael schwieg eine Zeitlang. »Lieber Himmel!« entfuhr es ihr schließlich. »Ich bin so auf die persönlichen Aspekte konzentriert gewesen, auf Wildcards Bedeutung für *mich*, daß ich die Sache bisher nicht aus dieser Perspektive gesehen habe.«

»Aus diesem Grund wird nach uns gefahndet«, stellte Ben fest.

»Das Pentagon will verhindern, daß wir das Geheimnis ausplaudern, bevor das Wildcard-Verfahren sicher ist. Wenn die Sache vorher platzte, könnten die Entwicklungsarbeiten nicht mehr ungestört fortgesetzt werden.«

»Genau. Du erbst die größten Anteile Geneplans, und deshalb glaubt die Regierung möglicherweise, sie könne dich zur Zusammenarbeit überreden, zum Nutzen des Staates – und zu deinem eigenen Vorteil.«

Rachael schüttelte den Kopf. »Nein, unmöglich. In dieser

Hinsicht bin ich zu keinen Kompromissen bereit. Wenn es sich mit Hilfe der Gentechnik tatsächlich bewerkstelligen ließe, die menschliche Lebenserwartung bedeutend zu erhöhen und das individuelle Heilungspotential zu steigern, sollten die Forschungsarbeiten veröffentlicht werden, so daß *alle* in den Genuß einer entsprechenden Behandlung kommen könnten. Es ist unmoralisch, sie auf einige wenige zu beschränken.«

»Ich dachte mir schon, daß du es so siehst«, erwiderte Ben und lenkte den Ford durch eine scharfe Rechtskurve.

»Außerdem könnte mich nichts in der Welt dazu bringen, die Forschungsarbeiten des Wildcard-Projekts in der bisherigen Richtung weiterzuführen. Ich spüre ganz deutlich, daß die Wissenschaftler den falschen Weg wählten.«

Ben nickte.

»Zugegeben: Ich weiß nur wenig von Genetik. Aber ich spüre, daß sich Eric und die anderen auf etwas sehr Gefährliches eingelassen haben. Denk an die Mäuse, von denen ich dir erzählte. Und ... an das Blut im Kofferraum des Wagens, den wir in der Garage der Villa fanden.«

Ben erinnerte sich daran – einer der Gründe, warum er ein Gewehr gekauft hatte.

»Wenn ich die Leitung von Geneplan übernähme«, sagte Rachael, »könnte ich mich durchaus dazu bereitfinden, die Langlebigkeitsforschungen fortzusetzen. Aber ich würde darauf bestehen, das Wildcard-Projekt fallenzulassen und ganz von vorn zu beginnen.«

Ben nickte erneut. »Ich kenne deine Einstellung, und vermutlich ist sie auch der Regierung nicht unbekannt. Daher bezweifle ich, ob das Pentagon nur versuchen möchte, dich zur Kooperation zu bewegen. Die Leute, die die Fahndung nach uns veranlaßt haben ... Ich bin sicher, sie wissen alles über dich. Als Erics Ehefrau haben sie bestimmt auch Informationen über dich gesammelt, und deshalb muß ihnen klarsein, daß du dich nicht bestechen läßt, auch nicht mit Drohungen eingeschüchtert werden kannst. Aus diesem Grund haben sie vermutlich ganz etwas anderes vor.«

»Es ist meine katholische Erziehung«, sagte Rachael mit einem Hauch von Ironie. »Ich komme aus einer sehr religiösen Familie.«

Ben hob überrascht die Brauen.

»Meine Eltern schickten mich auf eine Mädchenschule, die von Nonnen geleitet wurde«, fuhr Rachael fort. »Schon nach kurzer Zeit verabscheute ich die endlosen Messen, die Demütigung der Beichte, bei der ich meine so trivialen Sünden offenbaren mußte. Aber ich nehme an, jene Zeit hatte auch ihre Vorteile, gab meinem Charakter den richtigen Schliff.«

Ben wandte den Blick kurz von der Straße ab und musterte die junge Frau an seiner Seite. Die sich rasch verändernden Schattenmuster der Bäume machten es ihm unmöglich, ihren Gesichtsausdruck zu deuten.

Rachael seufzte: »Wie dem auch sei: Wenn die Regierung weiß, daß sie mich nicht dazu zwingen kann, gegen mein Gewissen zu handeln... Warum läßt sie dann unter irgendeinem Vorwand nach uns fahnden?«

»Du sollst umgebracht werden.«

»*Was?*«

»Das Pentagon will dich aus dem Weg räumen, um anschließend mit Erics Partnern zu verhandeln, mit Knowls, Seitz und den anderen, die bereits bewiesen haben, wie korrupt sie sind.«

Rachael war schockiert, und ihre Reaktion stellte keine Überraschung für sie dar. Sie glaubte nicht, übermäßig naiv zu sein, aber sie wies einen ausgeprägten Gegenwartsfokus auf und verschwendete kaum einen Gedanken an die komplexe Welt um sie herum, die sich ständig veränderte, wurde nur darauf aufmerksam, wenn der dauernde Wandel mit ihrem Bestreben kollidierte, bestimmte Augenblicke voll auszukosten. Aus Zweckmäßigkeitsgründen akzeptierte sie eine Vielzahl von Mythen, um ihr Leben dadurch übersichtlicher zu gestalten. Ein besonders wichtiger Mythos bestand in der Überzeugung, der Regierung liege nichts mehr am Herzen als die Wahrnehmung ihrer Interessen, ganz gleich, um was es sich dabei handelte: Kriegserklärungen, Reformen des Justizwesens oder Steuererhöhungen. Rachael war politisch neutral und interessierte sich nicht dafür, wer bei Wahlen gewann. Infolge dieser Einstellung fiel es ihr leicht, an die guten Absichten derjenigen zu glauben, die so versessen darauf waren, der Öffentlichkeit zu dienen.

Einige Sekunden lang starrte sie Ben aus weit aufgerissenen Augen an.

»Mich umbringen? Nein, nein, Benny. Die Regierung der USA ist doch kein totalitär-faschistischer Staat, der im Stile Pinochets Todesschwadronen einsetzt, um mißliebige Zivilisten zu exekutieren. Das ist völlig absurd!«

»Ich meine nicht die ganze Regierung, Rachael. Senat, Präsident und Kabinettssekretäre haben bestimmt nicht über das Problem diskutiert, das du darstellst. Nein, es handelt sich nicht um eine Verschwörung, an der Dutzende oder gar Hunderte von Personen beteiligt sind. Aber irgend jemand im Pentagon, in der DSA oder im CIA kam zu dem Schluß, daß du die nationalen Interessen in erhebliche Gefahr bringst und das Wohlergehen von Millionen Bürgern bedrohst. Und wenn die Zukunft vieler Millionen Menschen dem Schicksal weniger Personen gegenübersteht, so fällt es kollektivistischen Denkern nicht schwer, eine rasche Entscheidung zu treffen. Solche Leute sind immer bereit, den einen oder anderen Mord zu rechtfertigen – sogar den Tod *Tausender* –, wenn es um das sogenannte Wohlergehen der Massen geht. Sie sehen die Sache aus dieser Perspektive. Obwohl sie immer wieder behaupten, wie wichtig das Individuum sei. Sie befehlen ihren Handlangern, einige bestimmte Personen umzubringen – und bekommen nicht einmal Gewissensbisse.«

»Meine Güte...« erwiderte Rachael dumpf. »In was habe ich dich nur hineingezogen, Benny?«

»Du konntest mich nicht heraushalten«, stellte Shadway richtig. »Ich wollte unbedingt dabeisein. Und ich bedaure es nicht.«

Rachael schüttelte stumm und erschüttert den Kopf.

Voraus zweigte ein Weg links von der Hauptstraße ab,

und auf einem Schild stand: ZUM SEE – ANLEGESTELLEN FÜR BOOTE.

Ben steuerte den gemieteten Ford über den groben Kies der Nebenstraße. Nach einem knappen halben Kilometer blieben die Bäume hinter ihnen zurück, und sie erreichten eine zwanzig Meter breite und hundert Meter lange Lichtung am Ufer. Der Sonnenschein spiegelte sich hell auf dem Wasser des Sees wider.

Mehr als ein Dutzend Autos, Kleinlieferwagen und Camper parkten am gegenüberliegenden Rand der Lichtung, und hier und dort standen Anhänger mit Booten. Mehrere Personen saßen an Picknicktischen, und zwei Jungen spielten Football. Etwas weiter entfernt standen Angler am Ufer und hantierten mit ihren Ruten.

Alle erweckten einen ruhigen und entspannten Eindruck. Wenn irgend jemand von ihnen ahnte, daß sich jenseits dieses Friedens Unheil anbahnte, so ließ sich der Betreffende nichts anmerken.

Ben fuhr auf den Parkplatz, stellte den Ford jedoch dicht vor dem Waldrand ab, so weit wie möglich von den anderen Wagen entfernt. Er drehte den Zündschlüssel herum, kurbelte das Fenster herunter und schob den Sitz ganz zurück, um Platz genug zu haben. Dann griff er nach der langen Schachtel mit dem Gewehr, öffnete sie und holte die Waffe hervor.

»Paß auf die Leute auf«, wandte er sich an Rachael. »Gib mir sofort Bescheid, wenn sich jemand nähert. Ich möchte vermeiden, daß jemand das Gewehr sieht und Verdacht schöpft. Die Jagdsaison hat noch nicht begonnen.«

»Was hast du vor, Benny?«

»Wir haben doch einen Plan, nicht wahr?« Mit dem Wagenschlüssel ritzte er die Kunststoffumhüllung der Waffe auf. »Wir suchen Erics Hütte und stellen fest, ob er sich dort aufhält.«

»Aber die Fahndung nach uns... der Umstand, daß man es auf uns abgesehen hat... Das ändert doch alles, oder?«

»Nein, nicht viel.« Ben zerknüllte das Plastik, warf es auf

den Rücksitz und setzte die Waffe zusammen. Das Gewehr verlieh ihm ein Gefühl der Sicherheit. »Unsere ursprüngliche Absicht bestand darin, Eric zu finden und ihn zu erledigen – bevor er sich soweit erholt, um *dich* aufs Korn zu nehmen. Vielleicht sollten wir diesen Punkt revidieren. Möglicherweise wäre es besser, ihn gefangenzunehmen...«

»Lebend?« fragte Rachael. Diese Vorstellung gefiel ihr nicht sonderlich.

»Lebt er überhaupt? Nun, ganz gleich, in welchem Zustand er sich auch befindet: Ich glaube, wir sollten ihn überwältigen, fesseln und ihn irgendwohin bringen – zum Beispiel ins Büro der *Los Angeles Times*. Und dort veranstalten wir dann eine Pressekonferenz. Wird für einige Typen ein ziemlicher Schock sein.«

»Nein, Benny, nein, nein. Das geht nicht.« Rachael schüttelte den Kopf. »Unmöglich. Wir müssen damit rechnen, daß Eric gewalttätig ist, vor nichts zurückschreckt. Ich habe dir doch von den Mäusen erzählt. Um Himmels willen: Du hast das Blut im Kofferraum gesehen, die verwüsteten Zimmer, die Messer in der Wand. Denk daran, wie wir Sarah fanden. Wir dürfen es nicht riskieren, ihm zu nahe zu kommen. Mach dir nichts vor: Von dem Gewehr läßt er sich bestimmt nicht einschüchtern. Vielleicht beachtet er es nicht einmal. Wenn du an ihn herantrittst, reißt er dir nicht etwa die Waffe aus der Hand, sondern versucht, deinen Kopf zu zerschmettern. Außerdem: Wir wissen gar nicht, ob er ebenfalls bewaffnet ist. Nein, nein. Wenn wir ihn sehen, müssen wir sofort auf ihn schießen, ohne zu zögern, ihm solche Wunden zufügen, daß sich sein Körpergewebe nicht noch einmal regenerieren kann.«

Ein Hauch von Panik zitterte in Rachaels Stimme, und sie sprach immer schneller, als sie versuchte, Ben zu überzeugen.

Selbst wenn man an die besondere Situation dachte, mit der sie jetzt konfrontiert waren, an das dämonische Wesen des Mannes, den sie verfolgten – Rachaels Furcht schien übertrieben zu sein. Shadway dachte an ihre ultrareligiöse

Erziehung und fragte sich, ob sie der Grund für eine derartige Reaktion sein mochte. Vielleicht hatte sie nicht nur deshalb solche Angst vor Eric, weil er sich von einem Augenblick zum anderen in einen Berserker verwandeln konnte und ein wandelnder Toter war, ein Zombie, sondern weil er es wagte, die Macht eines Gottes zu beanspruchen, indem er den Tod besiegte.

Ben wandte den Blick vom Gewehr ab und griff nach Rachaels Händen. »Ich werde schon mit ihm fertig, Schatz. Ich habe es mit weitaus schlimmeren Dingen zu tun bekommen...«

»Sei nicht so optimistisch! Sonst machst du einen Fehler und fällst ihm zum Opfer.«

»Ich bin für den Kampf ausgebildet...«

»*Bitte!*«

»Und während der vergangenen Jahre habe ich darauf geachtet, in Form zu bleiben. Man brachte mir bei, immer bereit zu sein – und nur mir selbst und meinen besten Freunden zu vertrauen. Ich *bin* bereit, Rachael. Und bestens ausgerüstet.« Er klopfte kurz auf das Gewehr. »Es bleibt uns überhaupt keine Wahl, Rachael. Wenn wir Eric einfach umbringen, wenn wir ihn voll Blei pumpen, ihn erschießen und dafür sorgen, daß er diesmal tot *bleibt*, können wir nichts beweisen. In einem solchen Fall hätten wir nur eine Leiche. Und wer würde uns glauben, wenn wir sagen, Eric sei zuvor von den Toten wiederauferstanden?«

»Eine Laboranalyse seiner veränderten Zellstruktur«, schlug Rachael vor. »Eine genaue Untersuchung seines Genmusters. Die Ergebnisse wären Beweis genug...«

»Doch bis dahin vergingen mehrere Wochen. Zeit genug für die Regierung, den Leichnam zu beschlagnahmen, uns aus dem Weg zu räumen und die Testresultate zu manipulieren.«

Rachael setzte zu einer Erwiderung an, überlegte es sich dann aber anders, als sie zu der Einsicht gelangte, daß Ben recht hatte.

»Unsere einzige Chance, mit dem Leben davonzukommen

und den vom Pentagon ausgeschickten Häschern zu entgehen, besteht darin, einen hieb- und stichfesten Beweis für die Existenz des Projekts Wildcard zu finden und die ganze Sache an die Öffentlichkeit zu bringen. Man will uns nur deshalb töten, um das Geheimnis zu wahren. Und wenn Wildcard kein Geheimnis mehr ist, wäre unser Tod völlig sinnlos. Da wir keine Unterlagen in der Hand haben, weder Akten noch Forschungsberichte, brauchen wir Eric – als lebenden Beweis für unsere Behauptungen.«

Rachael schluckte und nickte. »Na schön. Du hast recht. Aber trotzdem: Ich habe Angst.«

»Du kannst stark sein. Und darauf kommt es jetzt an.«

»Ich weiß, ich weiß. Und doch...«

Ben beugte sich vor und gab ihr einen Kuß.

Rachaels Lippen waren eiskalt.

Eric stöhnte und schlug die Augen auf.

Er merkte, daß sich sein Bewußtsein erneut in einem Koma verloren hatte und spürte, wie sich seine Gedanken langsam wieder verdichteten. Er lag auf dem Boden des Wohnzimmers, umgeben von mindestens hundert verstreuten Schreibmaschinenblättern. Der pochende und stechende Kopfschmerz war nur noch eine Erinnerung, aber dafür empfand Eric nun ein seltsames Brennen, das seinen ganzen Schädel erfaßte, vom Nacken bis zum Kinn reichte, in fast allen Muskeln und Gelenken spürbar wurde und auch Schultern, Arme und Beine erfaßte. Es handelte sich weder um ein störendes noch ein angenehmes Gefühl, nur eine neutrale Mitteilung seiner Sinne.

Es ist, als bestünde ich aus Schokolade, die im warmen Sonnenschein langsam schmilzt, von *innen her.*

Eine Zeitlang blieb er einfach ruhig liegen und fragte sich, woher jener sonderbare Gedanke stammte. Er war verwirrt und benommen. Sein mentaler Kosmos ähnelte einem ausgedehnten Sumpf, und er verglich seine Gedanken mit Blasen aus stinkendem Gas, die an der Oberfläche des schlammigen Wassers zerplatzten. Nach einer Weile wurde das

Wasser ein wenig klarer, und der Schlamm gewann eine festere Konsistenz.

Eric setzte sich auf, starrte auf die vielen Blätter in der Nähe und überlegte, was sie darstellten. Er griff nach einem davon und versuchte, die Schrift zu lesen. Zunächst zerfaserten die Konturen der Buchstaben immer wieder, reihten sich dann wie widerwillig zu Worten aneinander, die jedoch keine verständlichen Sätze formten. Einige Minuten später, als Eric den Sinn einiger Wortfolgen zu erfassen vermochte, begriff er, daß es sich um die dritte Kopie der Wildcard-Akte handelte.

Abgesehen von den Projektdaten in den Computern Geneplans existierten drei entsprechende Ausdrucke: Einer befand sich in Riverside, der zweite im Safe des Büros von Newport Beach – und die dritte Kopie hatte Eric in seiner Berghütte untergebracht. Eine Sicherheitsmaßnahme in bezug auf Seitz und Knowls, falls sie einmal versuchen sollten, mit Hilfe wohlüberlegter finanzieller Schachzüge die Kontrolle des Unternehmens an sich zu reißen. Ein derartiger Verrat war eher unwahrscheinlich, denn sie brauchten ihn, benötigten sein Genie – auch nach der Perfektionierung Wildcards. Andererseits jedoch: Eric verabscheute es, irgendwelche Risiken einzugehen.

Ganz offensichtlich hatte er vor dem letzten Koma das Badezimmer verlassen, den Keller der Hütte aufgesucht und die Aktenkopie aus dem Safe genommen. Aus welchem Grund? Um eine Erklärung für das zu finden, was derzeit mit ihm geschah? Um nach einer Möglichkeit zu suchen, den gegenwärtigen Verwandlungsprozeß aufzuhalten und rückgängig zu machen?

Das ergab doch gar keinen Sinn. Niemand hatte mit einer derart monströsen Metamorphose gerechnet. In den Unterlagen gab es nicht die geringsten Hinweise auf die Möglichkeit eines umfassenden physischen Strukturwandels.

Für eine Weile kniete er inmitten der verstreuten Blätter, konzentrierte sich besorgt auf das seltsame Brennen in seinem Leib und versuchte festzustellen, was es bedeutete. An manchen Stellen – am Rückgrat, auf dem Kopf, am Halsansatz und im Bereich der Hoden – empfand er nicht nur sonderbare Hitze, sondern auch ein gespenstisch anmutendes Prickeln.

Schließlich stand er auf, und ohne jeden Anlaß regte sich jäher Zorn in ihm. Er trat wütend aus und fegte einige Blätter davon.

Unter der Oberfläche seines Gedankensumpfes brodelte ein ihn selbst erschreckender Wahn, und trotz der Benommenheit spürte Eric, daß sich jene Raserei von den vorherigen Wutausbrüchen unterschied. Sie war noch... ursprünglicher, wies weder einen besonderen Fokus noch *menschliche* Aspekte auf, ähnelte eher dem irrationalen und instinktiven Zorn eines *Tiers*. Er hatte den Eindruck, als erwache eine rassenspezifische Erinnerung in ihm, als werde irgendein uralter genetischer Faktor aktiv, der aus prähistorischen Zeiten stammte. Er dachte an die evolutionäre Epoche, während der Menschen nur Primaten gewesen waren, primitive Affen – das Feuer der Intelligenz in ihnen nur erst ein Funken, der gerade erst zu glimmen begann. Oder eine noch ältere Ära: amphibische Wesen, die an vulkanische Ufer krochen und zum erstenmal atmeten, Geschöpfe, aus denen sich viele Millionen Jahre später vernunftbegabte Wesen entwickeln sollten. Die animalische Wut schien dem genetischen Urgedächtnis zu entspringen, war nicht mehr heiß, sondern kalt wie das Zentrum der Arktis, irgendwie... reptilienartig. Ja, so fühlte es sich an, wie eine eisige Reptilienwut. Und als Eric ihren Bedeutungsinhalt zu erfassen begann, schreckte er innerlich vor den möglichen Konsequenzen zurück und hoffte inständig, diese Empfindungen beherrschen zu können.

Der Spiegel.

Er zweifelte nicht daran, daß der Veränderungsprozeß während des letzten Komas weitere Fortschritte gemacht hatte, und er überlegte, ob er ins Bad gehen und sich im Spiegel betrachten sollte. Neuerliches Entsetzen durchflutete ihn bei der Vorstellung, das jüngste Stadium seiner Metamorphose zu beobachten, und er sah sich außerstande, auch nur einen Schritt weit in jene Richtung zu gehen.

Statt dessen beschloß er, einen weiteren Braille-Test durchzuführen. Das Ertasten der physiognomischen Modifikationen bereitete ihn zumindest teilweise auf den Schock seiner visuellen Konfrontation vor. Zögernd hob Eric die Arme, um sein Gesicht zu befühlen, erstarrte jedoch sofort, als er sah, daß sich auch die *Hände* veränderten.

Es handelte sich nicht mehr um die Gliedmaßen, die er kannte. Die Finger waren rund zwei Zentimeter länger und dünner, wirkten an den Kuppen breiter und fleischiger. Und die Nägel: gelblich, dicker und härter, spitzer als gewöhnliche Fingernägel. Sie wirkten wie Klauen, und wenn sich die Metamorphose weiter fortsetzte, wuchsen sie vermutlich zu langen, gekrümmten und rasiermesserscharfen Krallen heran. Der Umwandlungsprozeß erfaßte auch die Knöchel: Sie waren größer, sahen aus wie dicke, arthritische Knoten.

Eric rechnete unwillkürlich mit einer gewissen Steifheit seiner Hände, stellte jedoch überrascht fest, daß er sie problemlos bewegen konnte. Versuchsweise krümmte er die langen Finger, die sich durch eine erstaunliche Flexibilität auszeichneten.

Er wußte, daß die körperliche Umwandlung noch immer mit verblüffender Geschwindigkeit fortschritt. Zwar war es unmöglich, das Wachstum der Knochen und des Fleisches direkt und unmittelbar zu beobachten, aber in nur wenigen Stunden mochte die Veränderung der Hände noch weitaus offensichtlicher sein.

Dieser Vorgang unterschied sich grundlegend von der anscheinend ziellosen und zufallsgesteuerten Knorpelbildung auf dem Kopf und an der Stirn. Die Hände waren nicht einfach das Ergebnis einer übermäßigen Produktion von Hormonen und Proteinen. Ganz im Gegenteil: Ihre Metamorphose erfolgte zielgerichtet. Eric beobachtete sie erneut und bemerkte, daß sich zwischen Daumen und Zeigefinger, unterhalb der ersten Knöchel, eine transparente Membran zu bilden begann.

Reptilienartig. Wie die kalte Wut, die in weiteren Tobsuchtsanfällen zu resultieren drohte – wenn es ihm nicht gelang, sie im Zaum zu halten. Reptilienartig.

Eric ließ die Hände sinken, konnte ihren Anblick nicht länger ertragen.

Er brachte nicht genügend Mut auf, um sein Gesicht zu betasten. Und allein der Gedanke daran, es im Spiegel zu betrachten, erfüllte ihn mit Grauen.

Das Herz klopfte ihm bis zum Hals empor, und jedes Pochen schien Furcht und Panik durch seinen Leib zu pumpen.

Einige Sekunden lang war er völlig orientierungslos. Er wandte sich nach links, dann nach rechts, und die Blätter der Wildcard-Kopie knisterten wie welkes Laub unter seinen Sohlen. Unsicher blieb er wieder stehen und ließ den Kopf hängen, neigte die Schultern unter dem Gewicht der Verzweiflung...

...bis sowohl das seltsame Brennen in seinem Körper als auch das eigentümliche Prickeln im Bereich des Rückgrats und der Hoden einem neuen Gefühl wichen: Hunger. Sein Magen knurrte, und die Knie begannen zu zittern. Die Lippen bewegten sich, als er mehrmals schluckte, als er spürte, daß sein Körper nach Nahrung *verlangte*. Eric machte sich auf den Weg zur Küche, und die rumorende Leere in ihm ließ ihn erschauern, verdrängte alle anderen Empfindungen. Die Konturen seiner Umgebung verschwammen, und Erics Gedanken konzentrierten sich nur noch darauf zu essen. Die makabren Veränderungen seines Körpers erforderten eine Menge Energie: Altes Gewebe mußte aufgelöst, neues gebildet werden. Der Metabolismus übte die Funktion eines Brennofens aus, eines Reaktors, der neuen Brennstoff brauchte, mehr und immer mehr. Als Eric die Küche erreichte und die Schränke aufriß, als er Konserven mit Suppe und Fleisch aus den Regalen nahm, schnaufte und keuchte er, gab er unartikulierte Laute von sich. Er knurrte und fauchte wie ein wildes Tier. Seine Unfähigkeit, den eigenen Appetit unter Kontrolle zu halten, erfüllte ihn mit einer Mischung aus Kummer und Elend, und der Teil seines Ichs, der mit Abscheu darauf reagierte, wurde zu einem unbeteiligten Beobachter, während der Rest seines rational-emotionalen Selbstkomplexes nur daran dachte, zu essen, essen, essen...

Ben hielt sich an die Richtungsangaben Sarah Kiels, bog von der State Route ab und folgte dem Verlauf einer schmalen Nebenstraße. Sie führte an einem steilen Hang empor, tiefer in den Wald hinein. Die Laubbäume wichen großen Kiefern und Fichten. Fast einen Kilometer legten sie zurück und kamen dann und wann an den breiten Zufahrten verschiedener Wochenendhäuser vorbei. Die meisten verbargen sich hinter dichten Barrieren aus Büschen und Sträuchern.

Immer weniger Sonnenlicht filterte durch die Wipfel der Bäume, und Rachaels Stimmung verdüsterte sich im gleichen Rhythmus wie ihre Umgebung. Sie hielt ihre 32er griffbereit im Schoß, starrte durch die Windschutzscheibe und beobachtete den Wald.

Der Asphalt endete, aber die Nebenstraße setzte sich als Kiesweg fort. Ben fuhr jetzt langsamer, und nach einer Weile sah er vor sich ein geschlossenes Tor. Es bestand aus Stahlrohren, war himmelblau gestrichen und wies ein großes Vorhängeschloß auf. Ein schwarzrotes Schild davor warnte:

KEINE DURCHFAHRT
PRIVATES GELÄNDE

»Genau wie Sarah sagte«, brummte Ben.

Auf der anderen Seite des Tors befand sich das geheime Refugium Eric Lebens. Die Hütte war noch nicht zu sehen: Sie mochte etwa einen halben Kilometer entfernt sein, stand weiter oben am Hang.

»Es ist noch nicht zu spät umzukehren«, sagte Rachael.

»Doch, das ist es«, widersprach Ben.

Die junge Frau biß sich auf die Lippe und entsicherte ihre Waffe.

Mit einem elektrischen Dosenöffner löste Eric den Deckel von einer Konserve, die Gemüsesuppe enthielt. Er dachte kurz daran, sie in einem Topf zu erwärmen, aber der Hunger wurde schier unerträglich, und darum setzte er die Dose an die Lippen, trank ihren kalten Inhalt und warf den kleinen Behälter anschließend achtlos beiseite. Es gab keine frischen Lebensmittel in der Hütte: Die Vorräte bestanden nur aus einigen eingefrorenen Speisen und Konserven. Eric öffnete eine zweite Dose, die Rindfleisch enthielt, schlang den Inhalt kalt herunter, so gierig, daß er sich mehrmals verschluckte und hustete.

Er genoß es, das Fleisch mit seinen Zähnen zu zerreißen. Es war eine seltsame Art von Freude, die aus den dunkelsten Winkeln seines Ichs stammte – ein primitives Empfinden, das ihn einerseits entzückte, andererseits den beobachtenden Teil seines Selbst erschreckte.

Das Fleisch war fertig zubereitet und brauchte eigentlich nur erhitzt zu werden. Es enthielt Gewürze und Konservierungsmittel, aber Eric schmeckte trotzdem die wenigen Blutreste. Sie bildeten einen verschwindend geringen Anteil des Doseninhalts, und doch nahm Eric ihr Aroma nicht etwa als vage wahr, sondern als einen geradezu überwältigenden Geruch, als eine Köstlichkeit, die seinen Appetit noch weiter stimulierte und die Speicheldrüsen zu gesteigerter Aktivität veranlaßte.

Innerhalb weniger Minuten leerte er den Behälter mit dem Rindfleisch, genehmigte sich eine Dose mit Chili und dann noch eine mit Nudelsuppe. Langsam ließ das in ihm rumorende Hungergefühl ein wenig nach. Er schraubte den Deckel eines Glases mit Erdnußbutter ab, tauchte den Finger in die weiche Masse und leckte ihn ab. Sie schmeckte nicht annähernd so gut wie das Fleisch, doch er wußte, daß sie wichtige Nährstoffe enthielt, die sein auf Hochtouren laufender Metabolismus brauchte. Er aß mehr davon, warf das Glas fort, als es leer war, blieb einige Augenblicke lang ruhig stehen und schnappte nach Luft.

Das unheimliche und schmerzlose Feuer brannte noch immer in ihm, doch der Hunger war nur noch ein konturloser Schatten.

Aus den Augenwinkeln sah er seinen Onkel Barry, der auf

einem Stuhl am kleinen Küchentisch saß und grinste. Diesmal ignorierte Eric ihn nicht einfach, sondern drehte sich um und trat einige Schritte auf ihn zu. »Was willst du hier, du verdammter Mistkerl?« fuhr er die Erscheinung an. Seine Stimme klang völlig anders, rauh und belegt. »Warum grinst du so blöd, du perverses Arschloch? Verschwinde von hier!«

Onkel Barrys Gestalt löste sich auf – was Eric nicht weiter erstaunte. Schließlich handelte es sich bei ihm nur um ein Trugbild, hervorgerufen von geschädigten Hirnzellen.

Illusorische Flammen, die sich von dunklen Schemen nährten, züngelten in der Finsternis jenseits der Kellertür. Eric beobachtete die Schattenfeuer. Wieder schien ein geheimnisvoller Ruf von ihnen auszugehen, der Furcht in ihm bewirkte. Doch da es ihm gelungen war, Onkel Barry zu verjagen, schöpfte er neuen Mut und näherte sich den roten und silbrigen Flammen – entschlossen dazu, sie ebenfalls zu verscheuchen oder endlich herauszufinden, was sich in und hinter ihnen befand.

Dann erinnerte er sich an den Sessel im Wohnzimmer, das Fenster, an seinen Wachposten. Einige Dinge hatten ihn von der wichtigen Aufgabe abgelenkt, den Weg zu beobachten und nach seinen Verfolgern Ausschau zu halten: die ungewöhnlich heftigen Kopfschmerzen, die Veränderungen im Gesicht, das gräßliche Spiegelbild, die Wildcard-Akte, der wilde Hunger, Onkel Barrys Manifestation – und jetzt die eingebildeten Feuer hinter der Kellertür. Es war ihm nicht möglich, sich längere Zeit auf eine Sache zu konzentrieren, und er stöhnte leise, als er daran dachte, daß sein Hirn noch immer nicht wunschgemäß funktionierte.

Eric drehte sich um, verließ die Küche, nahm im Sessel am Wohnzimmerfenster Platz und starrte nach draußen.

Riiieeeh, riiieeeh, riiieeeh ... Das monotone Zirpen der Zikaden hallte fast schrill durch den dichten Wald.

Ben stand neben dem gemieteten Ford, behielt die Umgebung wachsam im Auge und lud sowohl das Gewehr als auch die Combat Magnum. Rachael leerte ihre Tasche und stopfte dann drei Munitionsschachteln hinein, jeweils eine für ihre unterschiedlichen Waffen. Mehr als genug Patronen, dachte Shadway.

Er hielt das Gewehr so in der Hand, daß er es innerhalb eines Sekundenbruchteils auf ein Ziel richten und abdrücken konnte. Die Magnum hätte ihn nur belastet, und darum gab er sie Rachael.

Sie wandten sich von dem Kiesweg ab, gingen am geschlossenen Tor vorbei und kehrten jenseits davon auf den Pfad zurück.

Die breiten Zweige der Kiefern und Fichten ragten über die Straße hinweg. In den schmalen Gräben rechts und links hatten sich trockene Nadeln angesammelt. Zweihundert Meter voraus knickte der Weg nach rechts ab, und von ihrem gegenwärtigen Standort aus konnten sie den weiteren Verlauf des Pfades nicht überblicken. Sarah Kiel hatte ihnen mitgeteilt, er führe direkt zur Hütte, die noch einmal zweihundert Meter von der scharfen Kurve entfernt war.

»Hältst du es für klug, einfach so über die Straße zu gehen? Man könnte uns schon von weitem sehen.« Rachael flüsterte, obwohl niemand in der Nähe war, der sie hätte belauschen können.

»Bis zur Kurve droht nicht die Gefahr einer vorzeitigen Entdeckung«, erwiderte Ben ebenso leise.

Die junge Frau machte ein skeptisches Gesicht.

»Vielleicht hält er sich nicht einmal in der Hütte auf«, sagte Shadway.

»Er ist dort«, stellte Rachael fest.

»Möglicherweise...«

»Bestimmt«, beharrte sie und deutete auf die undeutlichen Reifenspuren im Staub.

Ben nickte. Er hatte sie bereits bemerkt.

»Er wartet«, sagte Rachael.

»Nicht unbedingt.«

»Er wartet. Auf uns.«

»Vielleicht hat er sich noch nicht ganz erholt.«

»Nein.«

»Vielleicht kann er sich überhaupt nicht wehren.«

»Nein. Er ist bereit.«

Vermutlich hatte Rachael auch in diesem Punkt recht. Ben empfand ebenso wie die junge Frau: Er spürte nahes Unheil.

Zwar standen sie im Schatten der Bäume, aber die für gewöhnlich kaum sichtbare Narbe an Rachaels Unterkiefer zeichnete sich klarer ab als jemals zuvor. Ben gewann fast den Eindruck, als glühe sie von innen heraus, als reagiere sie auf die Nähe des Mannes, der sie verursacht hatte – so wie arthritische Gelenke mit dumpfem Schmerz auf einen bevorstehenden Wetterwechsel hinwiesen.

Langsam setzte sich Ben in Bewegung, und Rachael folgte ihm.

Während sie sich der Kurve näherten, sah Shadway immer wieder nach rechts und links. Das Unbehagen in ihm verstärkte sich. Der dunkle Wald am Berghang bot Dutzende von ausgezeichneten Verstecken für jemanden, der ihnen auflauern wollte.

Die Luft war erfüllt vom Geruch der Kiefern und Fichten, vom zarten Aroma trockener Nadeln und dem muffigen Duft des vermodernden Unterholzes.

Riiieeeh, riiieeeh, riiieeeh...

Eric erinnerte sich an den Feldstecher im Schlafzimmerschrank, holte ihn rasch und setzte sich wieder vors Wohnzimmerfenster. Nur wenige Minuten später wurde er auf eine Bewegung im Bereich der etwa zweihundert Meter entfernten scharfen Kurve aufmerksam. Er drehte das Einstellrädchen, und trotz der dunklen Schatten in jenem Bereich des Weges erkannte er ganz deutlich zwei Personen: Rachael und Shadway, der verdammte Hurensohn, mit dem sie es trieb.

Eric hatte nicht genau gewußt, mit wem er rechnen sollte – abgesehen von Seitz, Knowls und den anderen Leuten von Geneplan. Aber das Eintreffen Rachaels und Shadways verblüffte ihn. Er fragte sich, woher seine Frau von der Berghütte wußte – und ahnte gleichzeitig, daß er sich diese Frage hätte beantworten können, wenn mit seinen Hirnfunktionen alles in Ordnung gewesen wäre.

Sie duckten sich hinter einige Büsche und Sträucher, mußten sich jedoch ein wenig dahinter hervorwagen, um einen Blick auf die Hütte werfen zu können. Und das gab Eric die Gelegenheit, sie durch seinen Feldstecher zu beobachten.

Rachaels Anblick erzürnte ihn. Sie war die einzige Frau, die ihn zurückgewiesen hatte, eine Hure, nichts weiter als eine verdammte, undankbare *Hure*. Im miasmatischen Sumpf seines verwirrten Bewußtseins kam *ihr* die Verantwortung für seinen Tod zu. Sie hatte ihn auf besonders hinterhältige Art und Weise getötet, durch einen Streit, der ihn in Wut brachte und ablenkte, der ihn dazu veranlaßte, die Straße zu betreten, ohne nach rechts und links zu sehen, der es ihm unmöglich machte, den herankommenden Müllwagen rechtzeitig zu bemerken. Vielleicht war Rachael sogar so durchtrieben gewesen, alles sorgfältig zu planen. Ja, warum nicht? Und jetzt kam sie mit ihrem Liebhaber, um ihn endgültig ins Jenseits zu schicken.

Sie wichen hinter die Kurve zurück, doch nach einigen Sekunden wurde Eric auf Bewegungen im Dickicht links neben der Straße aufmerksam. Rachael und Shadway näherten sich der Hütte nicht auf direktem Wege, sondern schlichen sich heran.

Eric ließ den Feldstecher sinken, stemmte sich in die Höhe und schwankte. Das in ihm lodernde Feuer des Zorns gewann solche Ausmaße, daß er seine Gedanken fast zu mentaler Asche verbrannt hätte. Stählerne Klammern schienen seine Brust zerquetschen zu wollen, und für einige Sekunden konnte er nicht atmen. Dann gab der Druck jäh nach, und Eric schnappte nach Luft. »O Rachael, Rachael...« kam es von seinen Lippen – eine Stimme, die aus irgendeinem tiefen Gewölbe zu erklingen schien, einer Gruft. »Rachael, Rachael...«

Er griff nach der Axt neben dem Sessel und nahm auch das große Fleischmesser zur Hand.

Einige Sekunden lang überlegte er. Dann beschloß Eric, die

Hütte durch die Hintertür zu verlassen, durchs Unterholz zu kriechen und sich Rachael und Shadway von hinten zu nähern. Er zweifelte nicht daran, seine beiden Verfolger überraschen zu können.

Als er durchs Wohnzimmer in Richtung Küche eilte, formte sich eine bestimmte Szene vor seinem inneren Auge. Er sah sich selbst, beobachtete, wie er das Messer tief in Rachaels Leib bohrte, wie er es in der Wunde herumdrehte und ihren Bauch aufschlitzte. Erwartungsvolle Vorfreude regte sich in ihm, und in seinem hastigen Bestreben, die Hintertür zu erreichen, wäre er fast über die leeren Konservendosen in der Küche gestolpert. Ja, er würde mit dem Messer zustoßen, immer wieder. Und wenn sie mit der Klinge im Bauch zu Boden fiel, wollte er die Axt heben und auf sie einschlagen, erst mit der stumpfen Seite. Eric dachte daran, wie er ihre Knochen zerschmetterte, die Arme und Beine, wie er sein blutiges Werk anschließend mit der scharfen Seite vervollständigte.

Als er die Hintertür aufriß und nach draußen trat, erfüllte ihn wieder die reptilienartige Wut, die er bereits zuvor gespürt hatte – ein kalter und berechnender Zorn, der den genetischen Erinnerungen von Geschöpfen entstammte, die keine menschlichen Wesenszüge besaßen. Er gab der animalischen Raserei nach. Und stellte überrascht fest, wie *gut* es sich anfühlte.

22. *Kapitel*
Warten auf den Felsen

Jerry Peake war die ganze Nacht auf den Beinen gewesen und hätte im Stehen einschlafen können. Doch der Anblick eines gedemütigten Anson Sharp erfrischte ihn mehr als ein achtstündiger Schlaf.

Zusammen mit Sharp stand er im Flur vor Sarah Kiels Zimmer und wartete darauf, daß Felsen Kiel den Raum verließe und ihnen alle notwendigen Informationen gäbe. Peake mußte sich sehr beherrschen, um nicht schallend zu lachen, als sein Vorgesetzter mit einer rachsüchtigen Tirade begann.

»Wenn er kein nichtsahnender und völlig verblödeter Mistwühler wäre, würde ich ihn so gründlich durch die Mangel drehen, daß er noch in einem Jahr wie eine Frikadelle aussieht«, sagte Sharp. »Aber hat das irgendeinen Sinn, hm? Er ist doch nur ein verdammter Dickschädel aus Kansas, der es einfach nicht besser weiß. Es hat keinen Zweck, sich mit einer Betonwand auseinanderzusetzen. Betonwände haben keinen Verstand.«

»Genau«, bestätigte Peake.

Sharp wanderte vor Sarahs Tür auf und ab und bedachte die Schwestern, die durch den Flur gingen, mit finsteren Blicken. »Wissen Sie Peake, die Bauern in Kansas werden seltsam, weil es bei ihnen zuviel Inzucht gibt. Dauernd heiraten Vettern und Kusinen, und dadurch ist jede Generation dümmer als die vorherige. Und nicht nur dümmer, mein lieber Peake. Die verdammte Inzucht macht die Kerle so stur wie Maulesel.«

»Mr. Kiel scheint tatsächlich ziemlich stur zu sein«, sagte Peake.

»Er ist nichts weiter als ein verblödeter Mistwühler«, wiederholte Sharp. »Warum also sollte man seine Energie mit dem Versuch verschwenden, ihm eine Lektion zu erteilen? Er würde ohnehin nichts begreifen.«

Peake riskierte es nicht, darauf eine Antwort zu geben. Es kostete ihn fast übermenschliche Kraft, ein Lächeln zu unterdrücken.

Während der nächsten halben Stunde sagte Sharp sechs- oder siebenmal: »Außerdem verlieren wir nicht soviel Zeit, wenn wir es *ihm* überlassen, die Antworten aus dem Mädchen herauszuholen. Sarah ist ebenfalls nicht ganz dicht, eine drogenverkorkste kleine Hure, die sich wahrscheinlich längst Aids geholt hat. Vermutlich würde es Stunden dauern, um eine Aussage von ihr zu bekommen, mit der sich irgend etwas anfangen ließe. Aber als der Mistwühler ins Zimmer kam und ich hörte, wie die kleine Nutte so süß und reizend ›Daddy‹ sagte, wußte ich gleich, daß sie sofort bereit wäre, ihm all das auszuplaudern, was wir wissen wollen. Soll er unseren Job erledigen, dachte ich mir.«

Jerry Peake bewunderte die Kühnheit des stellvertretenden Direktors, die Dinge aus dieser Perspektive zu betrachten und damit die jüngsten Erlebnisse und Beobachtungen seines Untergebenen in Frage zu stellen. Aber vielleicht versuchte Sharp nur, den Gedanken zu leugnen, eine Niederlage erlitten zu haben. Er war durchaus dazu imstande, seine eigenen Lügen zu glauben.

Einmal legte Sharp Peake die Hand auf die Schulter. Es handelte sich nicht um eine kameradschaftliche Geste: Er wollte nur sicherstellen, daß ihm die Aufmerksamkeit des kleineren Mannes galt. »Hören Sie, Peake: Machen Sie sich bloß keine falschen Vorstellungen über die Art und Weise, in der ich mit der kleinen Hure umsprang. Die deftigen Ausdrücke, die ich benutzte, die Drohungen, die, äh, anderen Dinge. Das alles hat überhaupt nichts zu bedeuten. Nur eine Verhörtechnik, wissen Sie. Eine gute Methode, um rasche Antworten zu erhalten. Wenn es nicht um ein Problem der nationalen Sicherheit ginge, hätte ich davon keinen Gebrauch gemacht. Nun, manchmal werden wir durch besondere Situationen gezwungen, uns auf eine Weise zu verhalten, die wir unter normalen Umständen verabscheuen. Verstehen Sie?«

»Ja, Sir, natürlich.« Peake war überrascht, wie leicht es ihm fiel, Naivität und Bewunderung zu spielen, und er fügte hinzu: »Es wundert mich, daß Sie sich in dieser Hinsicht Sorgen machen. Als Sie das Verhör begannen... Nun, ich begriff, welche Taktik Sie verfolgten. Respekt, Sir. Sie sind wirklich ein sehr fähiger Mann. Ich sehe diesen Fall als eine gute Gelegenheit, Sir. Ich meine: Die Chance, mit Ihnen zusammenzuarbeiten, gibt mir die Möglichkeit, eine Menge zu lernen.«

Einige Sekunden lang musterte Sharp seinen Untergebe-

nen skeptisch. Dann kam er offenbar zu dem Schluß, die
Worte seien ehrlich gemeint. Der stellvertretende Direktor
entspannte sich ein wenig. »Gut. Es freut mich, daß Sie die
Dinge aus diesem Blickwinkel sehen, Peake. In unserem Geschäft bleibt es nicht aus, daß man sich manchmal die Hände
schmutzig macht. Dann und wann sind unsere Pflichten alles
andere als angenehm, und man muß immer daran denken,
daß wir zum Wohle des Staates handeln.«

»Ja, Sir. Das vergesse ich nie.«

Sharp nickte und setzte seine nervöse Wanderung fort.

Peake beobachtete ihn unauffällig. Er wußte, wie sehr es
seinem Vorgesetzten gefallen hatte, Sarah Kiel Angst einzujagen und sie zu *berühren*. Sharp konnte ihm keinen Sand
mehr in die Augen streuen. Er war ein Sadist, dessen sexuelle
Neigungen sich auf Kinder konzentrierten – daran konnte
nach den Geschehnissen im Krankenzimmer überhaupt kein
Zweifel mehr bestehen. Ganz gleich, welche Lügen er seinem Untergebenen aufzutischen versuchte: Peake würde die
Wahrheit niemals vergessen. Die neuen Erkenntnisse in Hinsicht auf den Charakter des stellvertretenden Direktors gaben Peake einen großen Vorteil – auch wenn er noch nicht
wußte, wie er einen Nutzen daraus ziehen sollte.

Darüber hinaus hatte Peake in Erfahrung gebracht, daß
Sharp im Grunde seines Wesens ein Feigling war. Trotz der
schroffen Art und seines beeindruckenden körperlichen Erscheinungsbildes neigte Anson dazu, sich selbst vor einem
kleineren Mann als dem Felsen zu ducken, wenn der Betreffende keinen Zweifel an seiner Entschlossenheit ließ. Sharp
hegte nicht die geringsten Bedenken, Gewalt anzuwenden,
wenn er glaubte, Rückendeckung von der Regierung zu erhalten – oder wenn er es mit einem schwachen und unsicheren Gegner zu tun hatte. Aber er machte sofort einen Rückzieher, wenn die geringste Gefahr bestand, selbst verletzt zu
werden. Auch dieses Wissen erachtete Peake als einen wichtigen Aktivposten.

Irgendwann, so überlegte er, ergab sich bestimmt eine
Chance für ihn, von seinen neuen Einsichten Gebrauch zu

machen. Gerade darauf kam es an, wenn man eine Legende werden wollte: auf die sorgfältige Verarbeitung von Erfahrungen, ihre Extrapolation.

Sharp marschierte weiterhin auf und ab und ahnte nichts von den subversiven Gedankengängen Peakes.

Der Felsen hatte verlangt, eine halbe Stunde lang mit seiner Tochter allein sein zu können. Als die dreißig Minuten verstrichen waren, blickte Sharp immer häufiger auf seine Armbanduhr.

Nach fünfunddreißig Minuten trat er mit schweren Schritten an die Tür heran, um sie aufzustoßen, zögerte dann aber und wandte sich wieder ab. »Zum Teufel auch – geben wir ihm noch fünf zusätzliche Minuten. Ist bestimmt nicht einfach, vernünftige Antworten von einer ausgelutschten Nutte zu bekommen, die ihr Gehirn längst verkokst hat.«

Peake gab ein zustimmendes Brummen von sich.

Sharp wanderte noch nervöser umher und warf immer wütendere Blicke in Richtung Tür. Als sie bereits vierzig Minuten lang warteten, versuchte Anson, seine Furcht vor einer Konfrontation mit dem Farmer zu verbergen, indem er sagte: »Ich muß einige wichtige Telefongespräche führen und benutze den öffentlichen Apparat in der Empfangshalle.«

»Ja, Sir.«

Sharp ging einige Schritte weit, blieb noch einmal stehen und sah zurück. »Wenn der verdammte Mistwühler aus dem Zimmer kommt, so wird er auf mich warten müssen, ganz gleich, wie lange es auch dauert. Und es ist mir völlig schnurz, wie sehr ihn das nervt.«

»Ja, Sir.«

»Er kann die Zeit nutzen, um sein erhitztes Temperament ein wenig abzukühlen«, fügte Sharp hinzu und marschierte stolz davon. Er hob und senkte die Schultern, sah aus wie ein sehr wichtiger Mann – offenbar davon überzeugt, seine Würde bewahrt zu haben.

Jerry Peake lehnte sich an die Wand und beobachtete die Krankenschwestern. Die hübscheren von ihnen bedachte er mit einem freundlichen Lächeln, flirtete kurz mit denen, die sich nicht ganz so geschäftig gaben.

Sharp blieb etwa zwanzig Minuten lang fort und gab dem Felsen somit eine ganze Stunde für die Unterredung mit Sarah. Als er von seinen angeblich so wichtigen Telefongesprächen zurückkehrte – die wahrscheinlich nur in seiner Einbildung existierten –, befand sich der Felsen noch immer im Krankenzimmer. Selbst ein Feigling kann in die Luft gehen, wenn man ihn zu sehr in die Enge treibt. Und genau das war bei Sharp der Fall.

»Dieser lausige und dreimal verfluchte Bauerntölpel! Der nach Jauche stinkende Mistkerl kann doch nicht einfach hierherkommen und *meine* Ermittlungen behindern!«

Er wandte sich von Peake ab und der Tür zu.

Und er war erst zwei Schritte weit gekommen, als der Felsen auf den Flur trat.

Peake hatte sich gefragt, ob Felsen Kiel bei der zweiten Begegnung einen ebenso imposanten Eindruck erwecken mochte wie bei der ersten. Überaus zufrieden stellte er fest, daß Sarahs Vater sogar noch eindrucksvoller wirkte. Das breite und wettergegerbte Gesicht. Die geradezu riesenhaften und an harte Arbeit gewöhnten Hände. Eine Aura unerschütterlicher Selbstsicherheit. Peake spürte, wie sich so etwas wie Ehrfurcht in ihm regte, während er den Mann beobachtete – so als erwache ein großer Granitblock plötzlich zum Leben.

»Es tut mir leid, daß ich Sie warten ließ, meine Herren. Aber meine Tochter und ich hatten eine Menge zu besprechen. Das verstehen Sie sicher.«

»Und *Ihnen* ist hoffentlich klar, daß es um ein sehr dringendes Problem der nationalen Sicherheit geht«, erwiderte Sharp. Seine Stimme klang nicht ganz so scharf wie zuvor in Sarahs Zimmer.

»Meine Tochter meinte, Sie wollten wissen, ob sie irgendeine Ahnung habe, wo sich ein Typ namens Leben versteckt«, sagte der Felsen gelassen.

»Genau«, preßte Sharp hervor.

»Sarah sprach in diesem Zusammenhang von einem lebenden Toten oder etwas in der Art. Ziemlich wirres Zeug. Vielleicht Nachwirkungen der Drogen. Was meinen Sie?«

»Ja, die Drogen«, brummte Sharp.

»Nun, Sarah weiß möglicherweise, wo sich dieser Leben derzeit aufhält«, fuhr der Felsen fort. »Sie meinte, er habe eine Berghütte am Lake Arrowhead. Sie beschrieb sie als eine Art geheimen Zufluchtsort.« Sarahs Vater zog einen Zettel aus der Hemdtasche. »Ich habe ihre Richtungsangaben notiert.« Er reichte das Blatt Peake – Peake und nicht etwa Anson Sharp.

Der junge DSA-Agent blickte auf die klare und saubere Handschrift des Felsens und gab den Zettel dann an seinen Vorgesetzten weiter.

»Wissen Sie«, sagte der Felsen, »bis vor etwa drei Jahren war meine Sarah ein gutes Mädchen, in jeder Hinsicht eine vorbildliche Tochter. Dann geriet sie unter den Einfluß einer kranken Person, die ihr Drogen gab und Flausen in den Kopf setzte. Damals war sie erst dreizehn, leicht zu beeindrucken und recht hilflos.«

»Mr. Kiel, wir haben keine Zeit für…«

Zwar war Felsen Kiels Blick nach wie vor auf Sharp gerichtet, aber er gab vor, dessen Einwand gar nicht zu hören. »Meine Frau und ich versuchten herauszufinden, wer unsere Tochter zu ihrem Nachteil verändert hatte. Wir vermuteten, es handele sich um einen älteren Jungen in der Schule, aber wir konnten ihn nicht identifizieren. Ein Jahr lang herrschte bei uns zu Hause die Hölle, und eines Tages dann verschwand Sarah. Sie machte sich auf den Weg nach Kalifornien, um das ›Leben richtig auszukosten‹, wie sie in der kurzen Nachricht schrieb, die sie uns hinterließ. Ja, sie meinte, sie wolle das Leben genießen und bezeichnete uns als schlichte Leute vom Lande, die keine Ahnung von der Welt und komische Anschauungen hätten. Wie zum Beispiel Ehrlichkeit und Selbstachtung, nehme ich an.«

»Mr. Kiel…«

»Wie dem auch sei…« fuhr der Felsen fort. »Kurze Zeit

später erfuhr ich endlich, wer meine Tochter verdorben hatte. Ein Lehrer. Unfaßbar, nicht wahr? Ein *Lehrer*, der doch eigentlich eine Respektperson sein sollte. Der neue, junge Geschichtslehrer. Ich wandte mich an die Schulaufsichtsbehörde und forderte sie auf, ein Ermittlungsverfahren einzuleiten. Die meisten anderen Lehrer stellten sich auf die Seite des Beschuldigten, denn heutzutage scheinen viele von ihnen zu glauben, wir Eltern seien nur dazu da, die Klappe zu halten und mit unseren Steuern ihre Gehälter zu bezahlen.«

»Mr. Kiel«, sagte Sharp fest. »Diese Angelegenheit interessiert uns nicht, und wir...«

»Oh, sie *wird* Sie interessieren, wenn Sie die ganze Geschichte kennen«, erwiderte der Felsen. »Das versichere ich Ihnen.«

Peake wußte, daß der Felsen nicht zum weitschweifigen Faseln neigte und seine Schilderungen einen bestimmten Sinn hatten. Er war neugierig darauf zu erfahren, worauf Sarahs Vater hinauswollte.

»Wie ich eben schon andeutete...« meinte Felsen Kiel. »Zwei Drittel des Lehrkörpers und die Hälfte der Stadt waren gegen mich – so als sei *ich* der Unruhestifter. Es dauerte jedoch nicht lange, bis sich herausstellte, daß der Geschichtslehrer nicht nur Drogen an seine Schüler verkaufte, sondern sich auch noch anderer und weitaus schlimmerer Verfehlungen schuldig gemacht hatte. Als die ganze Sache zu Ende ging, waren praktisch alle Leute froh, ihn loszuwerden. Am Tage nach seiner Entlassung erschien er bei mir auf der Farm, um mir eine Lektion zu erteilen. Er war ein ziemlich großer und kräftig gebauter Bursche, aber er hatte gerade Haschisch oder Marihuana geraucht oder ein noch stärkeres Gift genommen, und deshalb fiel es mir nicht sonderlich schwer, mit ihm fertig zu werden. Zu meinem Leidwesen muß ich eingestehen, daß ich ihm beide Arme brach, was eigentlich gar nicht in meiner Absicht lag.«

Lieber Himmel, dachte Peake.

»Doch damit noch nicht genug. Wie sich herausstellte, hatte der junge Geschichtslehrer einen Onkel, der Direktor der größten Bank unseres Countys war – eben der Bank, von der die Kredite für meine Farm stammten. Nun, jeder Mann, dem es nicht gelingt, persönlichen Groll aus seinen Geschäften herauszuhalten, ist ein Idiot. Der Bankdirektor *war* ein Schwachkopf, denn er versuchte, mich unter finanziellen Druck zu setzen, um seinen Neffen zu rächen. Im Kleingedruckten des Kreditvertrages glaubte er eine Möglichkeit zu finden, die vorzeitige Tilgung der Hypothekenraten zu verlangen. Ich nahm das natürlich nicht einfach so hin, setzte mich zur Wehr, ging vor Gericht und reichte eine Klage ein. Die rechtlichen Auseinandersetzungen zogen sich in die Länge, und erst vor einigen Tagen fiel die Entscheidung. Die Bank wurde dazu verurteilt, einen hohen Schadenersatz zu leisten. Die Summe genügt, um die Hälfte meiner Schulden zu begleichen.«

Damit endete der Bericht des Felsens, und Peake verstand sofort die Bedeutung der Worte.

»Und?« fragte Sharp. »Ich begreife noch immer nicht, was das alles mit mir zu tun hat.«

»Oh, ich glaube, das verstehen Sie durchaus«, hielt ihm der Felsen ruhig entgegen. Er sah Sharp so durchdringend an, daß der stellvertretende Direktor unwillkürlich zusammenzuckte.

Sharp mied den Blick des Felsens, starrte auf den Zettel, las die Notizen, räusperte sich und hob den Kopf. »Die Ortsangaben genügen uns. Ich schätze, weitere Gespräche mit Ihrer Tochter sind nicht erforderlich.«

»Ich bin wirklich erleichtert, das zu hören«, erwiderte der Felsen. »Wir kehren morgen nach Kansas zurück, und ich würde es sehr bedauern, wenn uns dieses kleine Problem bis nach Hause folgte.«

Dann lächelte der Felsen. Aber er sah dabei nicht etwa Sharp an, sondern Peake.

Der stellvertretende Direktor drehte sich abrupt um und marschierte durch den Flur davon. Peake erwiderte das Lächeln des Felsens und folgte dann seinem Vorgesetzten.

23. Kapitel
Die Finsternis des Waldes

Riiieeeh, riiieeeh, riiieeeh... Zuerst fand Rachael Gefallen am dauernden Zirpen der Zikaden, denn es erinnerte sie an die Schulausflüge zu den öffentlichen Parks, an Ferienpicknicks und lange Wanderungen. Doch schon nach kurzer Zeit konnte sie das monotone Schrillen kaum mehr ertragen. Das Dickicht des Waldes dämpfte die Geräusche nicht, und jedes einzelne Molekül der Luft schien im Rhythmus des seltsamen Pfeifens zu vibrieren.

Ihre Reaktion gründete sich zumindest teilweise auf Bens plötzlichen Verdacht, in den nahen Büschen und Sträuchern etwas gehört zu haben, was nicht zu der normalen akustischen Kulisse des Waldes gehörte. Rachael verfluchte die Insekten in Gedanken und forderte sie stumm auf, endlich still zu sein, damit sie besser lauschen konnte. Sie horchte, aber nirgends ließ sich das Knacken eines Zweiges oder ein Rascheln vernehmen, das nicht vom Wind verursacht wurde.

Die Combat Magnum befand sich in ihrer Tasche, und in der rechten Hand hielt sie die 32er. Schußbereit. Den Finger am Abzug.

Sie stand dicht neben Shadway, an den Stamm einer Fichte gelehnt, und durch die dünne Bluse spürte sie deutlich die harte Borke des Baums. Eine Zeitlang rührte sie sich nicht von der Stelle, beobachtete die Schatten und Schemen des Waldes. Dann setzte sich Ben wieder in Bewegung, kletterte am steilen Hang in die Höhe und wandte sich nach rechts, um dem Verlauf eines ausgetrockneten Baches zu folgen. Rachael hielt sich dicht hinter ihm, und braunes Gras strich knisternd über ihre Waden.

Rechts und links des steinigen Pfades wuchs dunkelgrünes Dickicht, zwei Wällen gleich, die das Bett des Baches vom Rest des Waldes abschirmten. Nur hier und dort gab es kleine Lücken, durch die Ben und Rachael in Richtung der Hütte sehen konnten. Aus irgendeinem Grund rechnete die junge Frau fast jeden Augenblick damit, daß Eric heranstürmte und sich auf sie stürzte. Aber inmitten der Büsche und Sträucher gab es viele Dornen, die selbst einen wandelnden Toten wie Eric davon abhalten mochten, aus jener Richtung anzugreifen.

Sie legten knapp fünfzehn Meter zurück, bevor Ben erneut verharrte, in die Hocke ging, um ein kleineres Ziel zu bieten, und das Gewehr hob.

Diesmal hörte es Rachael ebenfalls: das leise Klacken von Kieselsteinen.

Riiieeeh, riiieeeh . . .

Das verhaltene Quietschen lederner Sohlen.

Sie blickte nach links und rechts, beobachtete dann den Hang, machte jedoch keine Bewegung aus.

Ein seltsames Flüstern strich durch den Wald, zielbewußter und entschlossener als die Stimme des Windes.

Sonst geschah nichts.

Zehn Sekunden verstrichen.

Zwanzig.

Während Ben die dunkle Umgebung beobachtete, wirkte er gar nicht mehr wie ein gewöhnlicher Immobilienmakler. In seinem zwar attraktiven, aber nicht besonders auffälligen Gesicht zeigte sich ein völlig anderer Ausdruck. Die Intensität der Konzentration verlieh seinen Zügen einen neuen und wesentlich ausgeprägteren Kontrast. Er schien einen besonderen Sinn für drohende Gefahren entwickelt zu haben, den Überlebensinstinkt eines geborenen Kämpfers.

Die Zikaden.

Der Wind in den Wipfeln der Kiefern und Fichten.

Das gelegentliche Zwitschern eines Vogels.

Sonst nichts.

Dreißig Sekunden.

Rachael dachte daran, daß sie als Jäger gekommen waren, doch plötzlich befürchtete sie, sie könnten sich in Opfer verwandeln. Die Umkehrung der Rollen machte sie zornig – und weckte dumpfe Furcht in ihr. Die Notwendigkeit, völlig still zu sein, zerrte an ihren Nerven, denn sie verspürte den Wunsch, laut zu fluchen, Eric herauszufordern. Sie wollte *schreien*.

Vierzig Sekunden.

Vorsichtig krochen Ben und Rachael weiter am Hang empor.

Sie machten einen weiten Bogen um die große Hütte, bis sie den Waldrand dahinter erreichten. Und die ganze Zeit über wurde Rachael das Gefühl nicht los, daß sie irgend jemand – irgend *etwas* – verfolgte. Unterwegs blieben sie sechsmal stehen, um nach verdächtigen Lauten zu horchen.

Gut zehn Meter hinter der Hütte, unmittelbar am Rand der Baumlinie, deren purpurne Schatten sie verbargen, duckten sie sich hinter einige Granitblöcke, die den gesplitterten Zähnen eines Titanen gleich aus dem Boden ragten. »Offenbar gibt es hier viele Tiere«, hauchte Ben. »Die Geräusche, die wir hörten, stammen bestimmt von ihnen.«

»Was für Tiere?« fragte Rachael leise.

»Eichhörnchen, Füchse. Und in dieser Höhe... Vielleicht sogar Wölfe. Es kann unmöglich Eric gewesen sein. Nein, das ist ausgeschlossen.« Ben schüttelte den Kopf. »Er hat nicht das Überlebenstraining, um sich so gut und so lange zu verstecken. Wenn es Eric gewesen wäre, hätte ich ihn früher oder später entdeckt.«

»Tiere«, sagte Rachael skeptisch.

»Genau. Tiere.«

Die junge Frau drehte sich um, preßte den Rücken an den harten Stein hinter ihr, sah an den borkigen Baumstämmen vorbei und beobachtete alle Schatten im Wald. Hier und dort schienen sich die Schemen zu seltsamen Gestalten zu verdichten.

Tiere. Kein zielstrebiger Verfolger. Nur die Geräusche einiger harmloser Bewohner des Waldes. Weiter nichts.

Aber warum hatte sie nach wie vor den Eindruck, als beobachte sie jemand, der sich in der Finsternis des Dickichts verbarg?

»Tiere«, wiederholte Ben. Er gab sich mit dieser Erklärung

zufrieden, stemmte sich behutsam in die Höhe, sah über die zerklüfteten Steine hinweg und betrachtete die Rückwand der Hütte.

Rachael war nicht davon überzeugt, das geheime Refugium Erics sei die einzige mögliche Gefahrenquelle. Deshalb lehnte sie Hüfte und Schulter an den Granitblock und beobachtete abwechselnd die Berghütte und den Wald hinter ihnen.

Das Gebäude erhob sich auf einem ebenen Fundament, das eine Art Sims am Hang bildete, und ein knapp fünfzehn Meter breiter Bereich diente als Hinterhof. Strahlender Sonnenschein erhellte den größten Teil davon. Raigras war ausgesät worden, aber angesichts des steinigen Untergrunds gedieh es nur an wenigen Stellen. Außerdem hatte es Eric ganz offensichtlich versäumt, einen Rasensprenger zu installieren, und das bedeutete, das Wachstum des Grases beschränkte sich auf die kurze Zeitspanne zwischen der Schneeschmelze im Frühling und dem heißen, trockenen Sommer. Inzwischen erinnerten nur noch einige lohfarbene Stellen daran, doch am Rand der breiten und aus Holz bestehenden Veranda gab es mehrere Beete mit blühenden Blumen, die allem Anschein nach regelmäßig bewässert wurden, vielleicht von einem sensorgesteuerten System, das sich automatisch einschaltete, wenn die Bodenfeuchtigkeit unter einen gewissen Wert sank.

Der Architekturstil entsprach dem einer Blockhütte, aber das Gebäude wirkte keineswegs schlicht. Tatsächlich deutete alles darauf hin, daß es Eric einen Haufen Geld gekostet hatte. Das Fundament erweckte den Eindruck, als bestünde es aus normalem Bruchstein, doch bestimmt hätte es ein wesentlich größeres Gewicht tragen können. Zwei breite Fenster waren aus Belüftungsgründen einen Spaltbreit geöffnet. Das dunkle Schieferdach entmutigte sowohl Motten, die an trockenem Holz besonderen Gefallen fanden, als auch Eichhörnchen, die dazu neigten, ihre Nußvorräte zwischen den Spalten einzelner Schindeln anzulegen. Eine kleine Parabolantenne sorgte für guten Fernsehempfang.

Die Hintertür stand weiter offen als die beiden Fenster. Rachael sah in ihr die Klappe einer vorbereiteten Falle, die dann zuschnappen mochte, wenn sie versuchten, ins Innere des Gebäudes zu gelangen.

Was sie natürlich nicht davon abhalten würde, die Hütte zu betreten. Schließlich waren sie nur deshalb gekommen, um Eric zu finden. Dennoch nahm das Unbehagen der jungen Frau zu.

Ben beobachtete das Haus eine Weile. »Wir können uns nicht weiter heranschleichen«, flüsterte er dann. »Auf dem Hinterhof gibt es keine Deckung. Ich schlage vor, wir bringen die Lichtung mit einem Sprint hinter uns und ducken uns hinter die Verandabrüstung.«

»In Ordnung.«

Shadway zögerte. »Was hältst du davon, hier zu warten? Überlaß es mir festzustellen, ob Eric bereits auf der Lauer liegt und nur darauf wartet, uns aufs Korn zu nehmen. Wenn du keine Schüsse hörst, kannst du mir folgen.«

»Du willst mich allein lassen?«

»Selbst im schlimmsten Fall bin ich kaum mehr als ein Dutzend Meter von dir entfernt.«

»Das ist schon weit genug.«

»Und außerdem sind wir nur für eine Minute voneinander getrennt.«

»Genau sechzigmal länger, als ich es ertragen kann«, erwiderte Rachael und sah in den Wald zurück. Die Schatten und Schemen schienen ihre kurze Ablenkung genutzt zu haben, um näher heranzukriechen. »Nein, kommt nicht in Frage. Wir bleiben zusammen.«

Ben seufzte. »Mit einer solchen Antwort habe ich bereits gerechnet.«

Eine warme Brise wehte über die Lichtung, wirbelte Staub auf und neigte die Blumen hin und her.

Ben schob sich an den Rand der Felsen, hielt das Gewehr in beiden Händen und warf noch einmal einen Blick in Richtung der beiden Fenster, um ganz sicher zu sein, daß sich dort kein Beobachter verbarg.

Die Zikaden zirpten nicht mehr.

Rachael runzelte die Stirn und fragte sich, was die plötzliche Stille zu bedeuten hatte.

Bevor sie ihren Begleiter darauf aufmerksam machen konnte, stürzte Ben hinter den Granitblöcken hervor, rannte los und stürmte über den braunen Rasen.

Von einem Augenblick zum anderen war Rachael völlig sicher, daß sich ihr von hinten irgendein teuflisches Wesen näherte, um sie zu packen und in die Dunkelheit des Waldes zu zerren. Sie sprang auf, hastete fort von den Bäumen und Felsen, lief durch hellen Sonnenschein und erreichte die rückwärtige Veranda, als Ben gerade hinter der Brüstung in die Hocke ging.

Atemlos verharrte sie neben ihm und sah zum Waldrand zurück. Sie konnte es kaum fassen: Niemand verfolgte sie.

Mit einer fließenden Bewegung wandte sich Ben um, war mit einigen raschen Schritten neben der offenstehenden Tür, preßte sich daneben an die Wand und lauschte einige Sekunden lang. Als er keine verdächtigen Geräusche hörte, trat er ein, das Gewehr schußbereit erhoben.

Rachael folgte ihm, und kurz darauf befand sie sich in der Küche, die eine bessere Ausstattung aufwies, als sie erwartet hatte. Auf dem Tisch stand ein Teller mit den Resten eines aus Würstchen und Keksen bestehenden Frühstücks, und auf dem Boden lagen sowohl einige Konservendosen als auch ein leeres Glas Erdnußbutter.

Die Kellertür stand offen. Ben schloß sie leise, nachdem er einige Sekunden lang die Stufen beobachtet hatte, die in eine finstere Tiefe führten.

Rachael verlor keine Zeit, nahm einen Stuhl, klemmte die Rückenlehne unter den Knauf und schuf auf diese Weise eine wirkungsvolle Barriere. Sie konnten den Keller erst nach der Durchsuchung der Zimmer im Erdgeschoß aufsuchen, um die Gefahr auszuschließen, dort eingesperrt zu werden.

Ben nickte zufrieden.

Rachael verbarrikadierte auch eine andere Tür, die vermutlich in die Garage führte. Wenn sich Eric dort versteckte, konnte er natürlich durch das Außentor entkommen, aber bestimmt hörten sie, wenn es geöffnet wurde – und hatten dann noch genug Zeit, um nach draußen zu eilen und den lebenden Toten zu stellen.

Für eine Weile blieben sie still stehen und horchten. Rachael hörte nur das Wispern und Raunen des Windes, der über den Fliegenschirm vor dem Küchenfenster strich.

Ben duckte sich, war mit einigen langen Schritten im Wohnzimmer und sah nach rechts und links, als er die Schwelle passierte. Er bedeutete Rachael, es drohe keine Gefahr, und daraufhin verließ sie ebenfalls die Küche.

Die vordere Tür der Hütte war ebenfalls geöffnet, wenn auch nicht so weit wie die in der rückwärtigen Front, und auf dem Boden des ultramodern eingerichteten Wohnzimmers lagen mehr als hundert Blätter verstreut. Darüber hinaus bemerkte Rachael zwei kleine Ringbücher und mehrere Aktendeckel.

Neben einem großen Sessel am Fenster entdeckte sie ein mittelgroßes Messer mit gezackter und spitz zulaufender Klinge. Draußen drückte der Wind einige Äste und Zweige beiseite, und Sonnenschein glitzerte, spiegelte sich funkelnd auf der stählernen Schneide wider.

Ben bedachte das Messer mit einem besorgten Blick und wandte sich dann einer der drei Türen zu, durch die man das Wohnzimmer betreten und verlassen konnte.

Rachael wollte gerade nach einem der Blätter greifen, doch als sich Ben wieder in Bewegung setzte, folgte sie ihm hastig.

Zwei der Türen waren verschlossen, doch diejenige, für die sich Ben entschied, stand einige Zentimeter weit offen. Mit dem Lauf des Gewehrs stieß er sie ganz auf, betrat das Nebenzimmer und sah sich wachsam um.

Rachael blieb dicht vor der Schwelle stehen und nahm somit eine Position ein, von der aus sie sowohl den Durchgang zur Küche als auch die beiden geschlossenen Türen und den Raum sehen konnte, in dem sich Shadway befand. Es handelte sich um ein Schlafzimmer, ebenso verwüstet wie das in der Villa und die Küche des Hauses in Palm Springs – ein klarer Beweis dafür, daß sich Eric in der Berghüte aufgehalten und einen weiteren Tobsuchtsanfall erlitten hatte.

Ben rollte vorsichtig eine Spiegeltür des großen Kleiderschranks beiseite, fand jedoch nichts von Interesse. Daraufhin drehte er sich, näherte sich dem Bad nebenan und geriet nach einigen Metern außer Sicht.

Nervös beobachtete Rachael die vordere Eingangstür, die Veranda, den Durchgang zur Küche, ließ ihren Blick immer wieder über die beiden geschlossenen Türen schweifen.

Draußen lebte der Wind auf, seufzte und stöhnte unter dem überhängenden Dach. Durch die offene Vordertür vernahm Rachael das Rascheln in den hohen Baumwipfeln.

Die Stille im Innern der Hütte wirkte immer unheimlicher und bedrückender, und die Anspannung der jungen Frau nahm weiter mehr zu.

Wo bist du, Eric? dachte sie. Verdammt – wo hast du dich versteckt?

Ben schien bereits seit einer halben Ewigkeit fort zu sein. Rachael spürte, wie Panik in ihr emporkeimte, und sie mußte sich sehr beherrschen, um nicht nach Shadway zu rufen. Schließlich kehrte er aus dem Bad zurück und schüttelte den Kopf, um ihr mitzuteilen, daß er keine Spur von Eric gefunden hatte.

Wie sich herausstellte, führten die beiden anderen Türen in zwei weitere Schlafzimmer, die jedoch nicht mit Betten ausgestattet waren. Zwischen den beiden Räumen gab es ein zweites Bad. Während Ben sich dort umsah, blieb Rachael im Wohnzimmer und beobachtete ihn. Der erste Raum hatte Eric offenbar als eine Art Büro gedient, denn er enthielt Bücherregale mit dicken Bänden, einen Schreibtisch und einen Personal Computer. Das zweite Zimmer war leer.

Als keine Aussicht mehr darauf bestand, Ben in diesem Teil der Hütte aufzustöbern, bückte sich Rachael und nahm einige der auf dem Boden liegenden Blätter zur Hand. Es handelte sich um Fotokopien, und die junge Frau überflog den Text. Als Benny zurückkam, wußte sie, was sie entdeckt hatte. Ihr Pulsschlag beschleunigte sich. »Die Wildcard-

Akte«, sagte sie leise. »Offenbar bewahrte er hier eine Zweit-schrift auf.«

Sie wollte weitere Blätter einsammeln, aber Ben hielt sie am Arm fest. »Zuerst müssen wir Eric finden«, flüsterte er.

Rachael nickte widerstrebend.

Shadway trat an die vordere Eingangstür heran, öffnete den quietschenden Fliegenschirm so leise wie möglich und vergewisserte sich, daß die Veranda leer war. Anschließend begaben sie sich wieder in die Küche.

Rachael schob den Stuhl beiseite, zog die Kellertür vorsich-tig auf und wich rasch einige Schritte zurück. Ben hielt das Gewehr feuerbereit in beiden Händen.

Eric stürmte nicht aus der Dunkelheit hervor.

Kleine Schweißtropfen perlten auf Shadways Stirn, als er an die Schwelle herantrat, eine Hand ausstreckte und das Licht im Treppenhaus einschaltete.

Auch Rachael schwitzte. Doch wie im Falle Bens war der Grund nicht etwa die sommerliche Hitze...

Rachael folgte Shadway nicht, als er die Treppe herabging, um den Keller zu durchsuchen. Vielleicht verbarg sich Eric ir-gendwo draußen und wartete auf eine günstige Gelegenheit, in die Hütte zurückzukehren. Wenn er sie angriff, während sie sich auf der Treppe befanden, gerieten sie in eine sehr schwierige Lage. Aus diesem Grund wartete Rachael auf der Schwelle. Von dort aus konnte sie sowohl die Treppe sehen als auch die Küche, den Durchgang zum Wohnzimmer und die offene Hintertür.

Ben bewies einmal mehr sein Geschick, als er die Stufen der Treppe fast lautlos hinter sich brachte. Einige Geräusche ließen sich natürlich nicht vermeiden: das Knarren einer Diele, hier und dort ein kaum hörbares Kratzen. Unten ver-harrte er, blickte nach links, dann nach rechts. Einige Sekun-den lang beobachtete Rachael seinen Schatten, der aufgrund des von der Seite einfallenden Lichts übergroß und monströs wirkte, aber rasch zusammenschrumpfte, als Shadway wei-terging. Der dunkle Umriß tanzte über die Wände und ver-schmolz kurz darauf mit der Finsternis.

Rachael drehte den Kopf und sah ins Wohnzimmer. Nichts rührte sich dort.

Auf der gegenüberliegenden Seite flatterte ein großer Schmetterling vor dem Fliegenschirm der Verandatür.

Sie starrte auf die Treppe. Kein Ben, kein Schatten.

Der Durchgang. Nichts.

Die Hintertür. Nur der Schmetterling.

Ein leises Knarren im Keller.

»Benny?« fragte die junge Frau leise.

Keine Antwort. Wahrscheinlich hatte er sie nicht gehört.

Der Durchgang, die Hintertür.

Die Treppe. Noch immer keine Spur von Ben.

»Benny«, wiederholte Rachael. Dann bemerkte sie eine schemenhafte Bewegung. Der Schatten wirkte fremdartig und seltsam, und sie hatte das Gefühl, als setze vor Schreck ihr Herzschlag aus. Unmittelbar darauf aber seufzte sie erleichtert: Ben stieg die Treppe hoch.

»Ich habe nur einen offenen Wandsafe hinter dem Boiler gefunden«, sagte er, als er die Küche erreichte. »Er ist leer. Vielleicht hat er dort die Kopie der Wildcard-Akte aufbewahrt.«

Rachael fühlte sich versucht, die Pistole beiseite zu legen, die Arme um Ben zu schlingen und ihn zu küssen – nur weil er lebend aus dem Keller zurückgekehrt war. Sie wollte ihm zeigen, wie glücklich es sie machte, ihn wiederzusehen. Aber dann dachte sie an die Garage. Vielleicht lauerte Eric dort auf sie.

Wortlos griff die junge Frau nach dem Stuhl der improvisierten Barrikade, schob ihn fort und öffnete die Tür. Ben hielt erneut sein Gewehr bereit.

Nichts rührte sich.

Shadway stand auf der Schwelle, tastete nach dem Schalter und betätigte ihn. Das Licht in der Garage war trüb und matt. Ben drückte auf eine andere Taste, und das breite Tor schwang mit einem lauten Rasseln auf. Helles Sonnenlicht flutete herein.

»Schon besser«, brummte Ben und betrat die Garage.

Rachael folgte ihm und sah den schwarzen Mercedes 560 SEL – ein neuerlicher Beweis dafür, daß sich Eric in seiner Hütte aufgehalten hatte.

An der Decke woben Spinnen seidenfeine Netze und warteten auf unvorsichtige Fliegen.

Rachael und Ben gingen vorsichtig um den Wagen herum, blickten durch die Fenster – der Zündschlüssel steckte – und sahen sogar unter dem Fahrzeug nach. Eric blieb verschwunden.

An der hinteren Wand der Garage stand eine breite Werkbank. Darüber hing ein Gestell mit Werkzeugen, und für jedes einzelne Instrument gab es einen ganz bestimmten Platz, gekennzeichnet von den entsprechenden Umrissen. Rachael stellte fest, daß eine Axt fehlte, machte sich aber keine Gedanken darüber, weil sie in erster Linie nach Versteckmöglichkeiten für Eric Ausschau hielt. Schließlich waren sie nicht hier, um eine Inventur durchzuführen.

Nach einigen Minuten stand fest, daß sich niemand in der Garage verbarg. »Ganz offensichtlich ist er hier gewesen«, sagte Ben. Er flüsterte nicht mehr, sprach in einem normalen Tonfall. »Aber ich glaube, inzwischen hat er sich wieder aus dem Staub gemacht.«

»Und der Mercedes?«

»Diese Garage bietet zwei Autos Platz. Vielleicht stand ihm hier noch ein zweites Fahrzeug zur Verfügung, ein Jeep oder ein Geländewagen mit Vierradantrieb. Vielleicht ahnte er, daß die Polizei in Erfahrung bringen könnte, was es mit dem Verschwinden seiner sterblichen Überreste aus dem Leichenschauhaus auf sich hat. Ja, möglicherweise rechnet er mit einer Fahndung nach ihm. Und deshalb setzte er sich mit dem Fahrzeug ab, das hier für ihn bereitstand.«

Rachael starrte auf den schwarzen Mercedes, der wie ein ruhendes Ungetüm aussah. Sie blickte zu den Spinnweben an der Decke hoch, beobachtete den vom Sonnenschein erhellten Kiesweg, der von der Hütte fortführte. Die Stille der Berglandschaft wirkte nun nicht mehr ganz so gespenstisch wie noch vor wenigen Minuten.

»Und wohin fuhr er?« fragte sie.

Ben zuckte mit den Schultern. »Keine Ahnung. Aber wenn ich die Hütte gründlich durchsuche, finde ich vielleicht irgendeinen Hinweis.«

»Bleibt uns denn noch Zeit genug für eine solche Suche? Ich meine: Als wir Sarah Kiel gestern nacht im Krankenhaus zurückließen, wußte ich nicht, daß die Bundespolizei in diesem Fall ermittelt. Ich bat Sarah darum, nicht über ihre Erlebnisse zu sprechen und niemandem etwas von dieser Hütte zu erzählen. Ich dachte, schlimmstenfalls bekäme sie es mit Erics neugierig gewordenen Geschäftspartnern zu tun, und ich war ziemlich sicher, sie könne ihren Versuchen widerstehen, etwas aus ihr herauszubekommen. Aber bestimmt ist sie nicht in der Lage, *den* Regierungsvertretern etwas vorzumachen. Außerdem: Wenn sie glaubt, wir seien Hochverräter, mag sie es für richtig halten, alles auszuplaudern. Mit anderen Worten: Wir müssen damit rechnen, daß die Cops früher oder später hier auftauchen.«

»Ja«, bestätigte Ben, den Blick nachdenklich auf den Mercedes gerichtet.

»Dann sollten wir keine Zeit mehr damit verschwenden, uns Gedanken über Eric zu machen. Auf dem Wohnzimmerboden liegt eine Kopie der Wildcard-Akte. Wir brauchen die Blätter nur einzusammeln – dann haben wir den Beweis, den wir brauchen.«

Shadway schüttelte langsam den Kopf. »Die Unterlagen sind sicher sehr wichtig, aber ich bezweifle, ob sie uns genügen.«

Rachael schritt unruhig auf und ab, hielt ihre Pistole dabei so, daß der Lauf zur Decke zeigte: Wenn sich ein Schuß löste, wollte sie es vermeiden, daß die Kugel vom Betonboden abprallte. »Hör mal, Ben: In der Akte ist die ganze Geschichte dokumentiert, schwarz auf weiß. Wir übergeben sie einfach der Presse ...«

»Bestimmt enthält sie viele technische Angaben – Testresultate, chemische Formeln usw., die kein normaler Journalist versteht. Der betreffende Reporter muß sich also an einen erstklassigen Genetiker wenden, um den Text *übersetzen* zu lassen.«

»Und?«

»Nun, vielleicht ist der Genetiker inkompetent oder vertritt eine besonders konservative Einstellung in Hinsicht auf das Möglichkeitsspektrum seines Forschungsbereichs. In beiden Fällen wird er bezweifeln, ob sich ein derartiges Verfahren tatsächlich konkret verwirklichen ließe. Und dann wendet er sich an den Journalisten und teilt ihm mit, bei den angeblich hochbrisanten Unterlagen handele es sich um nichts weiter als pseudowissenschaftlichen Firlefanz.«

»Dann suchen wir eben einen Genetiker, der...«

»Es könnte noch schlimmer kommen«, warf Shadway ein. »Vielleicht bittet der Reporter einen Genetiker um Hilfe, der im Auftrag des Pentagon arbeitet. Und möglicherweise haben sich bereits Bundesagenten mit vielen auf rekombinante DNS spezialisierten Wissenschaftlern in Verbindung gesetzt, um sie von Medientypen zu warnen, die ihnen gestohlenes Geheimmaterial vorlegen und sie um eine Analyse bitten könnten.«

»Woher soll die Regierung wissen, was ich beabsichtige?« fragte Rachael.

»Wenn man Nachforschungen über dich angestellt hat – und das ist bestimmt der Fall – gibt es inzwischen ein detailliertes Psychoprofil von dir, das Schlußfolgerungen in bezug auf deine Verhaltensmuster zuläßt.«

»Hm«, machte Rachael.

»Jeder vom Pentagon finanzierte Wissenschaftler ist also ganz versessen darauf, die Regierung zufriedenzustellen, um nicht seine Zuschüsse zu verlieren – und deshalb wären solche Leute sofort bereit, Alarm zu schlagen, sobald sie verdächtige Unterlagen in die Hände bekommen.«

Rachael wußte, daß Ben recht hatte. Verzweiflung regte sich in ihr.

Draußen im Wald zirpten die Zikaden.

»Was machen wir jetzt?« fragte die junge Frau leise.

Offenbar hatte Ben bereits darüber nachgedacht, denn er

antwortete prompt: »Wir brauchen nicht nur die Akte, sondern auch Eric. Wenn es uns gelingt, ihn gefangenzunehmen, haben wir außer einem Bündel geheimnisvoller Forschungsunterlagen, die nur wenige Leute verstehen könnten, auch einen *lebenden* Beweis. Himmel, wenn wir der Öffentlichkeit einen wandelnden Toten vorweisen, sind Presse und Fernsehen gewiß bereit, unseren Fall zu prüfen, bevor sie damit beginnen, Expertenmeinungen im Hinblick auf die Akte einzuholen. Und dann gibt es für die Regierung keinen Grund mehr, uns aus dem Verkehr zu ziehen. Wenn Eric auf den häuslichen Mattscheiben und auf den Titelblättern von *Time* und *Newsweek* erscheint, ist der *National Enquirer* auf Jahre hinaus beschäftigt. Wahrscheinlich reißt David Letterman dann jeden Abend irgendwelche Zombiewitze. Und das Pentagon würde sich verdammt hüten, etwas gegen uns zu unternehmen.«

Shadway atmete tief durch, und Rachael ahnte, daß er ihr einen Vorschlag zu machen gedachte, der ihr ganz und gar nicht gefiel.

Ihre Befürchtungen bestätigten sich, als Ben fortfuhr: »Nun, wie ich schon sagte: Ich muß die Hütte gründlich nach einem Hinweis darauf durchsuchen, wohin sich Eric abgesetzt hat. Andererseits aber könnte hier praktisch jeden Augenblick die Polizei eintreffen. Wir dürfen es nicht riskieren, die Eric-Akte zu verlieren, und das bedeutet, du mußt dich allein auf den Weg machen, um die Unterlagen in Sicherheit zu bringen, während ich...«

»Du meinst, wir sollen uns trennen?« fragte Rachael. »O nein.«

»Es bleibt uns gar nichts anderes übrig. Wir...«

»Nein.«

Rachael schauderte bei der Vorstellung, Ben allein zu lassen.

Und ebensowenig ertrug sie den Gedanken, selbst allein zu sein. Auf geradezu schmerzhafte Art und Weise wurde ihr klar, wie fest die Bande zwischen ihnen im Verlauf der letzten vierundzwanzig Stunden geworden waren.

Sie liebte ihn. Himmel, wie sehr sie ihn liebte!

Shadway musterte sie aus seinen so sanft blickenden braunen Augen. »Du bringst die Wildcard-Akte fort von hier«, sagte er, zwar nicht direkt scharf, aber fest genug, um zu verdeutlichen, daß er keinen Widerspruch duldete. »Du fertigst Kopien an, schickst einige davon Freunden in verschiedenen Städten und versteckst die anderen an sicheren Orten. Wenn das geschehen ist, brauchen wir uns über einen möglichen Verlust des Originals keine Sorgen mehr zu machen. Während du damit beschäftigt bist, durchsuche ich die Hütte. Wenn ich irgendeinen Anhaltspunkt finde, treffen wir uns und setzen die Suche nach Eric gemeinsam fort. Wenn ich keinen Hinweis entdecke, tauchen wir irgendwo unter und entwickeln eine neue Strategie.«

Rachael wollte sich nicht von ihm trennen. Vielleicht war Eric noch irgendwo in der Nähe. Und wenn die Polizei entschied, die Berghütte zu kontrollieren... In jedem Fall mochte Ben in Gefahr geraten. Andererseits aber: Seine Argumente ließen sich nicht einfach vom Tisch wischen. Verdammt, er hatte recht.

Trotzdem erwiderte Rachael: »Wenn ich mich allein auf den Weg mache und den Wagen nehme... Wie willst du dann von hier verschwinden?«

Ben warf einen kurzen Blick auf seine Armbanduhr – um Rachael darauf aufmerksam zu machen, daß die Zeit drängte. »Den gemieteten Ford überläßt du mir«, sagte er. »Wir können ihn ohnehin nicht mehr lange benutzen; vielleicht suchen die Cops bereits nach dem Wagen. Nein, du nimmst den Mercedes. Ich fahre mit dem Ford und suche mir unterwegs einen anderen Wagen.«

»Bestimmt steht auch der Mercedes auf der Fahndungsliste.«

»Oh, sicher. Aber die Angaben betreffen einen schwarzen 560 SEL mit diesem Nummernschild, einen Mercedes, der von einem Mann gefahren wird, auf den Erics Beschreibung paßt. Statt dessen sitzt du am Steuer, und das

Kennzeichen tauschen wir einfach aus. Weiter am Hang stehen genug geparkte Fahrzeuge.«

»Ich bin mir nicht sicher, ob...«

»Ich schon.«

Rachael fröstelte. »Und wo treffen wir uns später?«

»In Las Vegas«, sagte Shadway.

Diese Antwort überraschte sie. »Warum ausgerechnet dort?«

»In Südkalifornien wird uns der Boden zu heiß. Ich bezweifle, ob wir uns hier für längere Zeit verstecken könnten. Aber in Las Vegas kenne ich einen guten Unterschlupf.«

»Was für einen?«

»Mir gehört ein Motel am Tropicana Boulevard.«

»Das ist ja 'n Ding!« entfuhr es Rachael. »Der altmodische und konservative Ben Shadway – ein Geschäftemacher in Vegas?«

»Meine Immobilienagentur hat schon mehrfach Grundstücke in Las Vegas angeboten und verkauft. Aber deshalb kann man mich noch nicht als Geschäftemacher bezeichnen. Nach den Maßstäben von Las Vegas ist das Motel eher klein. Es besteht nur aus zwanzig Zimmern, und zu dem Anwesen gehört auch ein Pool. Außerdem befindet es sich nicht im besten Zustand. Derzeit ist es geschlossen. Ich habe es vor zwei Wochen gekauft, und in einem Monat wollen wir es abreißen und ein neues Gebäude errichten, mit sechzig Zimmern und einem Restaurant. Wie dem auch sei: Es gibt noch immer elektrischen Strom im Haus. Das Apartment des Direktors ist zwar ziemlich schäbig, aber voll eingerichtet, ausgestattet mit Telefon und einem funktionierenden Bad. Wenn es notwendig sein sollte, können wir uns dort verstecken und Pläne schmieden. Oder wir warten einfach darauf, daß Eric irgendwo erscheint und so von sich reden macht, daß selbst die Bundesbehörden nichts mehr vertuschen können.«

»Ich soll also nach Vegas fahren?« fragte Rachael.

»Ja, das wäre am besten. Es kommt ganz darauf an, wie entschlossen das Pentagon ist, uns unschädlich zu machen. Nun, wenn ich daran denke, was auf dem Spiel steht, müssen wir mit dem Schlimmsten rechnen. Vermutlich werden bereits alle wichtigen Flughäfen überwacht. Nimm die Staatsstraße, die am Silverwood Lake vorbeiführt, dann die Interstate Fünfzehn. Wenn du nicht aufgehalten wirst, müßtest du heute abend in Las Vegas eintreffen. Ich folge dir in einigen Stunden.«

»Und wenn hier die Cops auftauchen?«

»Wenn ich mir keine Sorgen mehr um dich zu machen brauche, fällt es mir bestimmt nicht schwer, ihnen zu entwischen.«

»Hältst du sie etwa für unfähig?« fragte Rachael spitz.

»Nein. Ich glaube nur, *fähiger* zu sein als sie.«

»Weil du für so etwas ausgebildet wurdest. Doch das alles liegt schon mehr als anderthalb Jahrzehnte zurück.«

Ben lächelte dünn. »Ich habe fast das Gefühl, der Krieg sei erst gestern zu Ende gegangen.«

Und außerdem war er nach wie vor in Form. Das konnte Rachael nicht bestreiten.

»Rachael?« Ben sah erneut auf die Uhr.

Sie begriff, daß sie nur dann eine gute Chance hatten, mit dem Leben davonzukommen und sich eine gemeinsame Zukunft zu sichern, wenn sie sich Bens Wünschen fügte.

»Na schön«, sagte sie. »In Ordnung. Wir trennen uns. Aber ich mache mir Sorgen, Benny. Ich glaube, ich habe einfach nicht genug Mumm für eine solche Sache. Es tut mir leid: Ich habe Angst, regelrechte Angst.«

Shadway trat auf sie zu und gab ihr einen Kuß. »Deshalb brauchst du dir keine Vorwürfe zu machen. Nur Irre und Verrückte fürchten sich nicht.«

24. Kapitel
Besondere Furcht vor der Hölle

Dr. Easton Solberg war um ein Uhr mittags mit Julio Verdad und Reese Hagerstrom verabredet, aber er verspätete sich um fünfzehn Minuten. Sie warteten vor dem verschlossenen Büro, und nach einer Viertelstunde sahen sie ihn kommen. Mit einigen unter den Arm geklemmten Büchern und Ordnern hastete er durch den breiten Korridor, wirkte dabei nicht so sehr wie ein sechzigjähriger, gemütlicher Professor, sondern wie ein zwanzig Jahre junger Student, der befürchtete, den Beginn einer wichtigen Vorlesung verpaßt zu haben.

Solberg trug einen zerknitterten, braunen Anzug, der ihm mindestens eine Nummer zu groß war, ein blaues Hemd und eine mit grünen und orangefarbenen Streifen versehene Krawatte, die auf Julio den Eindruck machte, als stamme sie aus einem Scherzartikelladen.

Selbst mit speziellem Wohlwollen konnte man Solberg nicht als einen attraktiven Mann bezeichnen. Er war klein und untersetzt, und in seinem runden Gesicht fiel eine winzige und flache Nase auf. Hinter den fleckigen Gläsern der Brille blinzelten wäßrige, graue und kurzsichtige Augen. Der überaus breite Mund verlieh seinen Zügen etwas Groteskes.

Er begrüßte die beiden Polizisten im Flur vor dem Büro, entschuldigte sich wortreich für seine Verspätung und bestand darauf, Julio und Reese die Hand zu schütteln. Was dazu führte, daß immer wieder Bücher unter seinen Armen hervorrutschten und zu Boden fielen. Verdad und Hagerstrom bückten sich mehrmals und hoben sie auf.

In Solbergs Arbeitszimmer herrschte das reinste Chaos. Dicke Leinenbände und wissenschaftliche Zeitschriften lagen in den Regalen und auf dem Teppich, formten hohe Stapel in den Ecken und auf Möbelstücken. Auf dem breiten Schreibtisch bildeten Aktendeckel, Karteikarten und gelbe

Tabletts ein unentwirrbares Durcheinander. Der Professor nahm einige Papierbündel von den beiden Stühlen und forderte Julio und Reese auf, sich zu setzen.

»Was für eine prächtige Aussicht, nicht wahr?« entfuhr es ihm glücklich. Er blieb abrupt am Fenster stehen und starrte nach draußen – so als sehe er jetzt zum erstenmal, was sich jenseits der Bürowände befand.

Zum Campus der Universität von Kalifornien gehörten weite Rasenflächen mit Bäumen und langen Blumenbeeten. Unter dem im ersten Stock gelegenen Büro Dr. Solbergs erstreckte sich ein breiter Pfad, der an rot, purpurn und rosafarben blühendem Springkraut vorbeiführte und unter den Zweigen von Jakaranda- und Eukalyptusbäumen verschwand.

»Meine Herren, wir können uns glücklich schätzen, hier zu sein, in diesem herrlichen Land, in einer Region ewigen Sonnenscheins, die Teil einer reichen und freien Nation ist.« Solberg trat dicht an das Fenster heran und breitete die Arme aus, so als wolle er sich ganz Südkalifornien an die Brust drücken. »Und die Bäume, insbesondere die Bäume. Es gibt einige wundervolle Exemplare auf dem Campus. Ach, ich liebe Bäume. Sie sind mein Hobby: Ich untersuche und kultiviere sie, und sie stellen für mich eine willkommene Abwechslung in bezug auf menschliche Biologie und Genetik dar. Bäume sind so majestätisch, so *erhaben*. Und Bäume geben uns viel: Früchte, Schönheit, Schatten, Holz, Sauerstoff – ohne irgendeine Gegenleistung zu verlangen. Wenn ich mich dazu durchringen könnte, an die Reinkarnation zu glauben, würde ich mir wünschen, als Baum wiedergeboren zu werden.« Er sah Julio und Reese an. »Was meinen Sie? Hielten Sie es nicht ebenfalls für großartig, als Baum zurückzukehren, das herrliche Leben einer Eiche oder Riesenfichte zu führen und zu spüren, wie Ihnen dicke Äste wachsen, fest genug, um Kindern Halt zu bieten?« Solberg zwinkerte, überrascht von seinem eigenen Monolog. »Aber natürlich sind Sie nicht hierhergekommen, um über Bäume und Reinkarnation zu sprechen, oder? Bitte entschuldigen Sie ... Es ist die *Aussicht*, verstehen Sie? Weckt immer wieder Begeisterung in mir.«

Trotz des breiten und fleischigen Gesichts, des fast heruntergekommen wirkenden Erscheinungsbildes, der offensichtlichen Unordentlichkeit und seiner Neigung, sich zu verspäten, wies Easton Solberg drei zweifellos positive Eigenschaften auf: Er war außerordentlich intelligent, liebte das Leben an sich und vertrat eine betont optimistische Einstellung. In einer Welt, in der die Hälfte der Intellektuellen immer wieder den Teufel an die Wand malte und fast sehnsüchtig auf den Jüngsten Tag wartete, empfand Julio die Art und Weise Solbergs als erfrischend. Er fand den Professor auf Anhieb sympathisch.

Solberg schob sich hinter seinen Schreibtisch und nahm in einem großen Sessel Platz. Julio beugte sich ein wenig vor, um ihn über die großen Aktenhaufen hinweg zu mustern. »Sie meinten, in Eric Lebens Wesen habe es auch einen dunklen Aspekt gegeben, über den Sie am Telefon nicht sprechen wollten...«

»In der Tat«, bestätigte der Professor. »Ich erachte diese Angelegenheit als streng vertraulich, und ich erwarte Diskretion von Ihnen.«

»Selbstverständlich«, erwiderte Julio. »Aber wie ich Ihnen schon sagte: Wir führen sehr wichtige Ermittlungen, bei denen es um mindestens zwei Morde und möglicherweise sogar um Hochverrat geht.«

»Soll das heißen, es steckt mehr hinter Erics Tod?«

»Nein«, sagte Julio. »Es war ein Unfall, weiter nichts. Die Morde betreffen andere Personen. Sie verstehen sicher, daß ich Ihnen keine Einzelheiten nennen darf. Nur soviel: Bevor dieser Fall abgeschlossen ist, sterben vielleicht noch weitere Menschen. Aus diesem Grund hoffen Detektiv Hagerstrom und ich, daß Sie uns helfen und offen Auskunft geben.«

»Natürlich, natürlich«, entgegnete Easton Solberg. »Ich weiß nicht genau, ob Erics emotionale Probleme in irgendeinem Zusammenhang mit Ihren Untersuchungen stehen, aber ich fürchte, das könnte durchaus der Fall sein. Wie ich bereits erwähnte: Es gab eine dunkle Seite seines Ichs.«

Doch bevor Solberg mit der Beschreibung dieser geheimnisvollen ›dunklen Seite‹ begann, nahm er sich eine Viertelstunde Zeit, um den toten Genetiker in höchsten Tönen zu loben. Offenbar sah er sich außerstande dazu, schlecht über ihn zu reden, ohne zuvor alle seine Vorzüge genannt zu haben. Eric sei ein Genie gewesen, meinte der Professor. Ein überaus fähiger Wissenschaftler, der hart zu arbeiten verstand und seinen Kollegen großzügige Unterstützung gewährte. Darüber hinaus betonte Solberg Erics subtilen Sinn für Humor, beschrieb ihn als einen Kunstliebhaber, als einen Mann mit gutem Geschmack. Und er habe Hunde gemocht, fügte der Professor hinzu.

Schließlich sagte Solberg: »Aber Eric hatte auch einige ernste Probleme. Eine Zeitlang war er mein Student – obwohl ich schon bald zu dem Schluß gelangte, daß der Schüler Anstalten machte, den Lehrer zu überrunden. Auch später, als Kollegen, blieben wir in Verbindung. Nicht unbedingt als Freunde – Eric schreckte davor zurück, Beziehungen zu anderen Menschen so sehr zu vertiefen, daß man von wahrer Freundschaft sprechen kann. Doch immerhin standen wir uns so nahe, daß ich im Verlauf der Jahre von seiner... Besessenheit in Hinsicht auf junge Mädchen erfuhr.«

»Wie jung?« fragte Reese.

Solberg zögerte. »Ich komme mir fast so vor, als... als verriete ich ihn.«

»Wahrscheinlich sind uns in diesem Zusammenhang bereits die meisten Dinge bekannt«, warf Julio ein. »Sie bestätigen nur das, was wir schon wissen.«

»Im Ernst? Nun... Eins der Mädchen hatte gerade erst seinen vierzehnten Geburtstag hinter sich. Eric war damals einunddreißig.«

»Mit anderen Worten: Geneplan existierte noch nicht.«

Solberg nickte. »Zu jener Zeit führte Eric einen Forschungsauftrag für die Universität von Los Angeles durch.

Er war noch nicht reich, aber wir wußten, daß ihm eine steile Karriere bevorstand.«

»Ein Professor, der respektiert werden will, brüstet sich bestimmt nicht damit, es mit vierzehnjährigen Mädchen zu treiben«, sagte Julio. »Wie erfuhren Sie davon?«

»Es geschah an einem Wochenende«, fuhr Dr. Solberg fort. »Sein Rechtsanwalt war nicht in der Stadt, und Eric brauchte jemanden, der die Kaution für ihn hinterlegte. Er vertraute nur mir, befürchtete, seine anderen Bekannten hätten nicht über die abscheulichen Hintergründe der Verhaftung geschwiegen.«

Während Dr. Solberg sprach, sank er immer tiefer in seinen Sessel, als versuche er, sich hinter den Dokumentenstapeln auf dem Schreibtisch zu verbergen. An jenem Samstag vor elf Jahren setzte sich Eric von einem Polizeipräsidium in Hollywood aus mit dem Professor in Verbindung, und als Solberg dort eintraf, sah er einen völlig anderen Dr. Leben: einen nervösen und unsicheren Mann, beschämt und hilflos. In der vorherigen Nacht war Eric von einer Streife der Sitte verhaftet worden, in einem Stundenhotel, das den Straßenmädchen von Hollywood als billige Absteige diente. Man erwischte ihn mit einer Vierzehnjährigen und warf ihm Vergewaltigung vor.

Zuerst erklärte Eric, das Mädchen habe wesentlich älter ausgesehen, keineswegs wie eine Minderjährige. Dann aber packte er aus, entwaffnet von der Freundlichkeit und der Besorgnis Solbergs. Er erzählte ihm von seiner besonderen Besessenheit im Hinblick auf junge Mädchen. Dem Professor lag nicht sonderlich viel an der Rolle eines Beichtvaters, hörte Eric aber aus reinem Mitgefühl zu.

»Es handelte sich nicht nur um eine sexuelle Orientierung auf minderjährige Mädchen«, wandte sich Solberg an Julio und Reese. »Es war eine wirkliche Besessenheit, ein Drang, ein *Bedürfnis*, dem er sich nicht widersetzen konnte.«

Selbst als Einunddreißigjähriger fürchtete Eric nichts mehr, als zu altern und zu sterben. In beruflicher Hinsicht war er bereits voll und ganz auf die Langlebigkeitsforschung fixiert. Doch er strebte nicht nur mit Hilfe der Wissenschaft eine Lösung dieses Problems an. In seinem privaten Leben verursachte es zutiefst emotionale und irrationale Reaktionen. Er hatte das Gefühl, irgendwie die vitalen Energien der jungen Mädchen aufzunehmen, mit denen er ins Bett ging. Er wußte natürlich, wie lächerlich diese Vorstellung war, fast abergläubisch, doch trotzdem setzte er den einmal eingeschlagenen Weg fort. Es handelte sich bei ihm nicht um einen Kindesverführer im klassischen Sinne. Er drängte sich keinen Kindern auf, wählte nur diejenigen, die eine gewisse Bereitschaft zeigten – für gewöhnlich Mädchen, die von zu Hause ausgerissen waren und als Prostituierte über die Runden zu kommen versuchten.

»Und manchmal«, fügte Easton Solberg hinzu, »behandelte er sie . . . ziemlich grob. Er schlug sie nicht etwa zusammen, nein, das nicht, gab ihnen nur die eine oder andere Ohrfeige. Als er sich mir anvertraute, gewann ich den Eindruck, daß er zum erstenmal danach trachtete, eine Erklärung für diese besondere Verhaltensweise zu finden. Die Mädchen waren so jung, daß sie noch nicht die spezielle Arroganz der Jugend von sich abgestreift hatten – eine Arroganz, die sich auf die feste Überzeugung gründet, ewig zu leben. Eric spürte das, und indem er ihnen weh tat, lehrte er sie Furcht vor dem Tod. Er ›stahl ihnen ihre Unschuld‹, wie er sich selbst ausdrückte, ›die Kraft ihrer jugendlichen Unschuld‹. Und er gab sich der Illusion hin, dadurch jünger zu werden, die geraubte Unschuld irgendwie absorbieren zu können.«

»Ein Psychovampir«, sagte Julio voller Unbehagen.

»Ja, genau«, pflichtete ihm Solberg bei. »Ein Psychovampir, der glaubte, mit der Jugend jener Mädchen ewig jung zu bleiben. Gleichzeitig aber war ihm klar, daß er sich selbst etwas vormachte. Er *wußte*, daß er weiterhin älter wurde, trotz der Mädchen, daß er krank war, konnte sich aber nicht von seiner Besessenheit befreien.«

»Was wurde aus der Vergewaltigungsklage?« fragte Reese. »Soweit ich weiß, hat man ihn nie verurteilt. Es gibt keine Vorstrafen.«

»Man überantwortete das Mädchen dem Jugendamt und wies es in eine normale Erziehungsanstalt ein«, sagte Solberg. »Es floh und tauchte in der Stadt unter. Wie sich später herausstellte, hatte es einen falschen Namen genannt, und es gab keine Möglichkeit, es ausfindig zu machen. Ohne das Mädchen konnte die Anklage gegen Eric nicht aufrechterhalten werden, und deshalb wurde das Verfahren eingestellt.«

»Haben Sie ihn aufgefordert, sich an einen Psychiater zu wenden?« fragte Julio.

»Ja. Aber er beherzigte diesen Rat nicht. Eric war ein ungewöhnlich intelligenter Mann, daran gewöhnt, sich selbst zu beobachten und zu analysieren. Er glaubte zu wissen, welche Ursache seine besondere sexuell-psychische Fixierung hatte.«

Julio beugte sich vor. »Und worin bestand sie – seiner Meinung nach?«

Solberg räusperte sich, setzte zu einer Erwiderung an und schüttelte dann stumm den Kopf. Einige Sekunden lang schien er zu überlegen, wo er beginnen sollte. Ganz offensichtlich war ihm das Gespräch alles andere als angenehm.

»Eric erzählte mir, als Kind sei er von einem Onkel sexuell mißbraucht worden«, sagte der Professor schließlich und blickte dabei in Richtung Fenster. »Der Mann hieß Hampstead. Die ganze Sache begann, als Eric erst vier Jahre alt war, und sie setzte sich fort, bis er neun wurde. Er hatte furchtbare Angst vor seinem Onkel, konnte andererseits jedoch nicht den Mut aufbringen, sich jemandem anzuvertrauen. Er schämte sich, weil seine Familie so religiös war. Das ist ein sehr wichtiger Punkt, wie sich gleich herausstellen wird. Ja, die Familie Leben zeichnete sich durch hingebungsvolle Frömmigkeit aus. In dieser Hinsicht duldete sie keine Kompromisse. Sie lehnte sowohl Musik als auch Tanz ab, ließ nur Platz für eine graue Religion, die jede Freude verbot. Natürlich kam sich Eric aufgrund der Dinge, die sein Onkel mit ihm anstellte, wie ein Sünder vor, und deshalb wagte er es nicht, sich an seine Eltern zu wenden.«

»Das übliche Muster«, stellte Julio fest. »Es existiert auch in

Familien, die nicht religiös sind. Das Kind gibt sich die Schuld für die Verbrechen des Erwachsenen.«

»Barry Hampstead, der Onkel, entsetzte den jungen Eric«, fuhr Solberg fort. »Die Angst des Knaben nahm immer mehr zu, Woche um Woche, Monat um Monat. Und als er neun war, erstach er Hampstead.«

»Als Neunjähriger?« brachte Reese erstaunt hervor. »Gütiger Himmel!«

»Hampstead lag auf dem Sofa und schlief«, sagte der Professor. »Eric brachte ihn mit einem Fleischermesser um.«

Julio überlegte, welche Folgen dieses Trauma für einen neunjährigen Jungen haben mochte, dessen emotionale Struktur durch fortgesetzte Mißhandlungen bereits nachhaltig gestört war. In seiner Vorstellung sah er den Knaben mit einem großen Messer in der Hand, beobachtete, wie der junge Eric immer wieder zustach, wie sich sein Gesicht in eine Fratze des Grauens verwandelte.

Julio schauderte.

»Anschließend wurde dem Rest der Familie natürlich klar, was über all die Jahre hinweg geschehen war«, sagte Solberg. »Aber Erics Eltern sahen in ihrem Sohn trotzdem nur einen Sünder, der Unzucht getrieben und jemanden ermordet hatte. Sie begannen einen psychologischen Vernichtungsfeldzug, um die Seele des Knaben davor zu bewahren, in der Hölle zu schmoren. Tag und Nacht mußte er Predigten über sich ergehen lasen. Sie straften ihn, zwangen ihn dazu, laut aus der Bibel vorzulesen – bis der Junge so heiser war, daß er kaum mehr sprechen konnte. Selbst als er das dunkle und lieblose Heim verließ, das College besuchte und mit seinem Studium begann, selbst nach den ersten Erfolgen, die ihn zu einem geachteten Wissenschaftler machten, glaubte er immer noch an die Hölle und die ihm bevorstehende Verdammnis.«

Plötzlich begriff Julio, worauf Solberg hinauswollte, und es lief ihm eiskalt über den Rücken. Er sah kurz seinen Partner an: Reeses Züge spiegelten seine Empfindungen wider, brachten unverkennbares Grauen zum Ausdruck.

Der Professor blickte noch immer auf den Campus der Universität, als er fortfuhr: »Sie wissen bereits, mit welchem Engagement Eric seine Langlebigkeitsforschungen betrieb und von Unsterblichkeit träumte – die er mit Hilfe der Gentechnik zu erringen hoffte. Aber vielleicht verstehen Sie jetzt auch, warum er so besessen davon war, dieses unrealistische – besser gesagt: irrationale – Ziel zu erreichen. Trotz der umfassenden Ausbildung und seiner enormen Intelligenz wandte er sich in dieser Hinsicht von den geraden Pfaden der Logik ab. Tief in seinem Innern glaubte er, nach seinem Tod drohe ihm die Hölle, nicht nur wegen der Dinge, die sein Onkel mit ihm anstellte, sondern auch deshalb, weil er Barry Hampstead umgebracht hatte. Einmal sagte er mir, er fürchte sich davor, seinem Onkel in der Hölle wiederzubegegnen und für alle Ewigkeit der Wollust Hampsteads ausgeliefert zu sein.«

»Mein Gott«, brummte Julio leise und erschüttert.

Solberg drehte den Kopf und sah die beiden Polizisten an. »Für Eric war die Unsterblichkeit auf Erden also nicht nur ein Ziel, das er aus Freude am Leben anstrebte, sondern infolge einer besonderen Furcht vor der Hölle. Und diese Motivationen mußten dazu führen, daß er zu einem Besessenen wurde.«

Julio nickte langsam.

»Besessen von jungen Mädchen, davon, eine Möglichkeit zu finden, das menschliche Leben zu verlängern und dem Tod ein Schnippchen zu schlagen«, fügte Solberg hinzu. »Im Verlaufe der Jahre verschlimmerte sich sein Zustand. Nach dem Wochenende vor elf Jahren brach er den Kontakt zu mir ab – vermutlich bedauerte er es, mich in seine Geheimnisse eingeweiht zu haben. Wahrscheinlich erzählte er nicht einmal seiner Frau von Barry Hampstead. Nun, wie dem auch sei: Trotz der wachsenden Distanz zwischen uns hörte ich oft genug von Eric, um zu dem Schluß zu gelangen, daß sich seine Angst vor Tod und Verdammnis immer mehr verstärkte. Nach seinem vierzigsten Geburtstag schien er kaum mehr an irgend etwas anderes denken zu können. Ich bedaure es sehr, daß er gestern starb. Eric war ein sehr fähiger Mann, dazu in der Lage, der Menschheit bedeutende Dienste zu erweisen. Doch vielleicht ist sein Tod sogar ein Segen, denn...«

»Ja?« fragte Julio.

Solberg begann plötzlich zu schwitzen. »Nun, manchmal fragte ich mich, wozu sich Eric hätte hinreißen lassen können, wenn ihm ein Durchbruch bei seinen Forschungen gelungen wäre. Wenn er die Möglichkeit gefunden hätte, mit einer genetischen Manipulation die eigene Lebensspanne drastisch zu verlängern, wäre er vielleicht töricht genug gewesen, mit einem unerprobten Verfahren an sich selbst zu experimentieren, sich selbst zu einem Versuchskaninchen zu machen.«

Sieh mal einer an, dachte Julio. Was würden Sie wohl sagen, wenn ich Ihnen mitteilte, daß Erics sterbliche Überreste gestern abend aus dem Leichenschauhaus verschwunden sind?

25. *Kapitel*
Allein

Rachael und Ben versuchten nicht, die einzelnen Blätter der Wildcard-Akte in die richtige Reihenfolge zu bringen, sammelten sie einfach ein und stopften sie in einen Müllsack, den Shadway aus der Küche holte. Er band ihn mit einem plastikummantelten Eisendraht zu und legte ihn in den Mercedes, unmittelbar hinter den Fahrersitz.

Anschließend fuhren sie über den Kiesweg zum Tor, hinter dem der gemietete Ford stand. Ihre Hoffnung wurde nicht enttäuscht: Der unter dem Lenkrad des schwarzen 560 SEL baumelnde Schlüsselbund enthielt auch einen Schlüssel, mit dem sich das Tor öffnen ließ.

Ben holte den Ford, und Rachael fuhr den Mercedes einige Meter weiter.

Nervös wartete die junge Frau in dem schwarzen Wagen, die 32er in der einen Hand. Immer wieder ließ sie ihren Blick über den nahen Waldrand schweifen.

Ben ging zu Fuß weiter und geriet nach wenigen Minuten außer Sicht. Er näherte sich der Stelle, wo die drei Fahrzeuge parkten, die sie zuvor auf dem Weg zur Hütte gesehen hatten. Als er zurückkehrte, trug er zwei Nummernschilder, die er rasch gegen die Kennzeichen des Mercedes austauschte.

Dann stieg er ein und nahm auf dem Beifahrersitz Platz. »Wenn du in Vegas bist, ruf von einer öffentlichen Telefonzelle aus einen gewissen Whitney Gavis an. Die Nummer müßte im Verzeichnis stehen.«

»Whitney Gavis?«

»Ein alter Freund von mir. Er arbeitet für mich, kümmert sich um das Motel, von dem ich dir bereits erzählte, das Golden Sand Inn. Er war es, der mich auf das Anwesen aufmerksam machte. Er hat Schlüssel und kann dir Zutritt verschaffen. Sag ihm einfach, daß du im Apartment des Direktors unterkommen möchtest und ich dir bald folge. Übrigens: Du brauchst ihm gegenüber kein Blatt vor den Mund zu nehmen. Wenn wir ihn schon in die Sache verwickeln, sollte er wenigstens wissen, worum es dabei geht und welche Gefahren drohen.«

»Was ist, wenn er bereits von der Fahndung nach uns gehört hat?«

»Das spielt für Whitney keine Rolle. Er hält uns bestimmt nicht für Mörder oder russische Agenten. Whit ist nicht auf den Kopf gefallen und hat einen Riecher für Unsinn. Du kannst ihm vertrauen.«

»Wenn du meinst...«

»Hinter dem Motelbüro gibt es eine Garage, die zwei Autos Platz bietet. Stell den Wagen unmittelbar nach deiner Ankunft darin ab. Aus den Augen, aus dem Sinn.«

»Dein Vorschlag gefällt mir noch immer nicht besonders.«

»Ich würde es ebenfalls vorziehen, wir hätten eine andere Wahl«, erwiderte Shadway. »Aber das ist nicht der Fall.

Und das weißt du auch.« Er strich ihr mit den Fingerkuppen über die Wange und gab ihr einen Kuß.

»Nach der Durchsuchung der Hütte machst du dich sofort auf den Weg?« fragte Rachael kurze Zeit später. »Ganz gleich, ob du einen Hinweis auf das neue Ziel Erics gefunden hast oder nicht?«

»Ja. Ich verschwinde, bevor die Cops hier auftauchen.«

»Und wenn du einen Anhaltspunkt entdeckst... Versprichst du mir, ihm nicht allein zu folgen?«

»Habe ich das nicht gesagt?«

»Ich möchte es noch einmal hören.«

»Zuerst komme ich zu dir nach Las Vegas«, erwiderte Ben. »Allein hefte ich mich nicht an Erics Fersen. Wir stellen ihn gemeinsam.«

Rachael blickte ihm tief in die Augen und wußte nicht genau, ob er sie anlog oder die Wahrheit sagte. Aber selbst wenn er ihr etwas vormachte: Sie konnte nichts unternehmen, denn die Zeit wurde knapp. Sie durften nicht länger zögern.

»Ich liebe dich«, sagte Shadway.

»Ich liebe dich auch, Benny. Und ich werde es dir nie verzeihen, wenn du dich umbringen läßt.«

Er lächelte. »Du bist eine einzigartige Frau, Rachael. Du wärst dazu in der Lage, in einem Felsen Leidenschaft zu wekken. Ich bin nicht geneigt, aus dem Leben zu scheiden, bevor ich einige Jahrzehnte mit dir verbracht habe. Mach dir darüber keine Sorgen. Und jetzt... Verriegle die Türen, wenn ich draußen bin.«

Er hauchte ihr einen zweiten Kuß auf die Lippen, stieg aus dem Mercedes, ließ die Beifahrertür ins Schloß fallen und beobachtete, wie Rachael die Zentralverriegelung betätigte.

Die junge Frau fuhr los, lenkte den Wagen über den Kiesweg und sah immer wieder in den Rückspiegel. Nach wenigen Sekunden konnte sie Ben nicht mehr sehen: Er blieb hinter der Kurve zurück.

Ben steuerte den gemieteten Ford in Richtung der Hütte und

stellte ihn vor dem Gebäude ab. Einige große, weiße Wolken zogen über den Himmel, und ihre faserigen Schatten krochen über das Blockhaus. Mit dem Gewehr in der einen und der Combat Magnum in der anderen Hand – Rachael hatte nur ihre 32er mitgenommen – ging Ben die Stufen zur Veranda hoch und fragte sich, ob Eric ihn beobachtete.

Shadway erinnerte sich daran, Rachael gegenüber behauptet zu haben, Eric sei geflohen, um sich an einem anderen Ort zu verstecken. Vielleicht stimmte das sogar. Einige Dinge sprachen dafür. Doch es bestand nach wie vor die, wenn auch vage, Möglichkeit, daß sich der lebende Tote irgendwo in der Nähe verbarg, im dunklen Wald.

Riiieeeh, riiieeeh...

Ben klemmte sich die Magnum hinter den Gürtel, hob das Gewehr und betrat die Hütte durch den vorderen Eingang. Erneut sah er sich nacheinander alle Zimmer an.

Er hatte Rachael nicht angelogen: Es war tatsächlich wichtig, die Hütte noch einmal gründlich zu durchsuchen, doch dazu brauchte er keine Stunde. Wenn er innerhalb der nächsten fünfzehn Minuten nichts fand, wollte er das Haus verlassen und am Rande der Rasenfläche nach Fußspuren Ausschau halten. Und wenn er damit Erfolg hatte, beabsichtigte er, Eric in den Wald zu folgen.

Ben bedauerte es ein wenig, Rachael im Hinblick auf diesen Teil seines Plans die Unwahrheit gesagt zu haben, aber sonst wäre sie nicht nach Las Vegas gefahren. Wenn er durch den Wald schlich, hätte die junge Frau nur eine Behinderung für ihn dargestellt. Im Dickicht bewegte sie sich nicht annähernd so sicher und geschickt wie er, und er wollte unbedingt vermeiden, sie in Gefahr zu bringen.

Die Geräusche im Wald... Ben hatte versucht, Rachael Mut zu machen, indem er sie darauf hinwies, die Laute stammten von Tieren. Nun, vielleicht. Aber nach dem Aufenthalt in der leeren und verlassenen Hütte argwöhnte Shadway, daß Rachaels Befürchtungen nicht ganz so grundlos gewesen waren. Es gab durchaus die Möglichkeit, daß Eric sie die ganze Zeit über beschattet hatte...

Während Rachael den Mercedes erst über den Kiespfad steuerte und dann den asphaltierten Weg bis hin zur Staatsstraße, die um den ganzen See herumführte, war sie mehr oder weniger davon überzeugt, daß Eric jederzeit aus dem Gebüsch hervorspringen konnte. Von Wahnsinnigen hieß es, sie besäßen übermenschliche Kräfte. Vielleicht hätte es der lebende Tote sogar geschafft, ein Wagenfenster zu zertrümmern.

Doch Eric zeigte sich nicht.

Auf der Staatsstraße in unmittelbarer Nähe des Sees galt Rachaels Sorge nicht mehr Eric, sondern in erster Linie der Polizei und den Bundesagenten. Jedes Fahrzeug, das sie von weitem kommen sah, hielt sie zuerst für einen Streifenwagen.

Las Vegas schien zehntausend Kilometer weit entfernt zu sein.

Rachael hatte das Gefühl, Ben im Stich gelassen zu haben.

Als Peake und Sharp den Flughafen von Palm Springs erreichten, mußten sie die Feststellung machen, daß ihr Helikopter, Modell Bell Jet Ranger, einen Maschinenschaden aufwies. Nach der demütigenden Begegnung mit dem Felsen war der stellvertretende Direktor der DSA so wutgeladen, daß er den Piloten des Hubschraubers am liebsten grün und blau geschlagen hätte – so als fliege der arme Kerl nicht nur die Maschine, sondern sei auch für Entwurf, Konstruktion und Wartung verantwortlich.

Hinter Sharps Rücken zwinkerte Peake dem Piloten zu.

Es stand kein anderer Helikopter zur Verfügung, und deshalb traf Sharp widerstrebend die Entscheidung, mit einem Wagen von Palm Springs zum Lake Arrowhead zu fahren. Die dunkelgrüne Regierungslimousine traf mit blitzendem Blinklicht ein. Die Lampe befand sich normalerweise im Kofferraum, konnte aber innerhalb weniger Sekunden auf dem Dach befestigt werden. Außerdem gehörte auch eine Sirene zur Ausstattung. Sharp schaltete sie ein, um die anderen Wagen zu veranlassen, ihnen Platz zu machen. Peake raste über den Highway 111 nach Norden und setzte die Fahrt dann über die I-10 nach Redland fort. In einer Stunde legten sie rund hundertfünfzig Kilometer zurück, und aus dem gleichmäßigen Brummen des Motors wurde ein rauh klingendes Grollen.

Anson Sharp schien keine Gedanken an eine mögliche Panne zu verschwenden, beklagte statt dessen das Fehlen einer Klimaanlage und verfluchte den warmen Wind, der durch die geöffneten Seitenfenster wehte.

Als sie auf der State Route 330 die San Bernardino Mountains erreichten, mußten sie angesichts der vielen Kurven die Geschwindigkeit verringern. Sharp schwieg und grübelte. Schon seit einer ganzen Weile hatte er keinen Ton mehr von sich gegeben. Sein Zorn war verraucht, und er schmiedete nun neue Pläne.

Die unsteten Muster aus hellem Sonnenschein und Waldschatten tanzten über die Windschutzscheibe und erfüllten das Wageninnere mit gespenstischem Leben, als Sharp schließlich sagte: »Peake, vielleich wundert es Sie, daß nur wir beide hierhergekommen sind. Vielleicht fragen Sie sich, warum ich nicht die Polizei verständigt oder Verstärkung angefordert habe.«

»Ja, Sir«, erwiderte Peake. »Darüber habe ich schon nachgedacht.«

Sharp musterte ihn eine Zeitlang. »Sind Sie ehrgeizig, Jerry?«

Sei jetzt bloß auf der Hut, Jerry! fuhr es Peake durch den Sinn. Der Umstand, daß Sharp ihn mit seinem Vornamen ansprach, war bestimmt kein gutes Zeichen.

»Nun, Sir«, anwortete er, »ich möchte meine Arbeit ordentlich erledigen und ein guter Einsatzagent sein.«

»Hoffen Sie auf Beförderungen, auf mehr Befugnisse, eine Chance, selbst Ermittlungen zu leiten?«

Peake argwöhnte, daß Sharp eine Bedrohung in jungen Beamten sehen mochte, die zu ehrgeizig waren, und deshalb ließ er seinen Traum unerwähnt, zu einer DSA-Legende zu werden. Statt dessen sagte er: »Nun, ich habe mir immer gewünscht, es irgendwann einmal zum stellvertretenden Chef des kalifornischen Büros zu bringen und einen gewissen Einfluß auf die Operationen zu bekommen. Zuerst aber muß ich noch eine Menge lernen.«

»Das ist alles?« fragte Sharp. »Ich halte Sie für einen klugen und fähigen Mann, und ich hätte eigentlich erwartet, daß Sie höhere Ziele anstreben.«

»Ich danke Ihnen, Sir, aber es gibt bei uns viele kluge und fähige Männer, die älter sind als ich. Und wenn ich es *trotz* dieser Konkurrenz zum stellvertretenden Sektionsleiter bringen könnte, wäre ich sehr froh.«

Sharp schwieg eine Zeitlang, aber Peake wußte, daß das Gespräch noch nicht beendet war. Er nahm den Fuß vom Gas, als er vorne eine scharfe Rechtskurve sah, trat kurze Zeit später erneut auf die Bremse: ein Waschbär trippelte über den Asphalt. Schließlich sagte Sharp: »Jerry, ich beobachte Sie schon seit einer ganzen Weile, und ich bin sehr mit Ihnen zufrieden. Sie haben das Zeug, es in der Defense Security Agency zu etwas zu bringen. Wenn Sie nach Washington möchten: Bestimmt ist im Hauptquartier der eine oder andere Posten frei.«

Plötzlich hatte Jerry Peake Angst. Sharps Schmeicheleien waren übertrieben, sein Wohlwollen bestimmt nur gespielt. Er wollte etwas von dem jungen Agenten, und Peake sollte seinerseits etwas von ihm kaufen, zu einem Preis, der vielleicht viel zu hoch für ihn war. Doch wenn er den Handel ablehnte, machte er sich den stellvertretenden Direktor für den Rest seines Lebens zu einem erbitterten Feind.

»Das, was ich Ihnen jetzt sage«, fuhr Sharp fort, »ist streng vertraulich, und ich bitte Sie ausdrücklich, es für sich zu behalten: Im Laufe der nächsten beiden Jahre wird der Direktor in den Ruhestand treten und mich als seinen Nachfolger vorschlagen.«

Peake zweifelte nicht daran, daß Sharp es ernst meinte. Gleichzeitig aber fragte er sich voller Unbehagen, ob Jarrod McClain, Direktor der DSA, schon etwas von seiner bevorstehenden Pensionierung ahnte.

»Wenn das geschieht«, fügte Sharp hinzu, »entlasse ich einige der Männer, die Jarrod in hohen Positionen um sich herum versammelt hat. Ich respektiere den Direktor, aber er gehört zur alten Schule, und die von ihm beförderten Leute sind eher Bürokraten als kompetente Einsatzagenten. Ich brauche jüngere und entschlossenere Männer – wie Sie.«

»Sir, ich weiß gar nicht, was ich sagen soll«, erwiderte Peake.

»Doch meine Leute müssen über jeden Zweifel erhaben sein und meine Perspektive für die DSA teilen. Ich verlange von ihnen, daß sie bereit sind, jedes Risiko einzugehen, Opfer darzubringen und sich voll und ganz für die Defense Security Agency einzusetzen – und natürlich für die Interessen des Staates. Bestimmt werden sie dann und wann mit Situationen konfrontiert, die es erforderlich machen, zum Wohle unseres Landes und der DSA Gesetze zu brechen. Wenn man es mit Terroristen und sowjetischen Spionen zu tun bekommt, kann man sich nicht immer strikt an die allgemeinen Spielregeln halten. Wir wollen *gewinnen*, Jerry. Genau zu diesem Zweck hat die Regierung unsere Organisation geschaffen. Sie sind noch jung, aber Sie haben sicher genügend Erfahrungen gesammelt, um zu verstehen, was ich meine.«

»Ich glaube schon«, sagte Jerry. Ihm wurde immer unbehaglicher zumute.

Sie kamen an einem Hinweisschild vorbei: LAKE ARROWHEAD – 16 KM.

»Nun gut, Jerry. Ich will ganz offen zu Ihnen sein und hoffe, daß ich mich nicht in Ihnen täusche, daß Sie tatsächlich so zuverlässig sind, wie ich glaube. Ich habe deshalb keine Verstärkung angefordert, weil von Washington die Anweisung kam, Mrs. Leben und Benjamin Shadway aus dem Weg zu räumen. Und wir sollten sie auf möglichst diskrete Art und Weise unschädlich machen, ohne Zeugen.«

»Unschädlich machen?«

»Sie müssen sterben, Jerry. Wenn wir sie in der Hütte finden, zusammmem mit Eric Leben, versuchen wir, den Genetiker gefangenzunehmen, so daß man ihn unter Laborbedingungen untersuchen kann. Doch Shadway und die Frau müssen eliminiert werden. Diese Aufgabe könnten wir nur mit großen Schwierigkeiten bewältigen, wenn die Polizei da ist. Es bliebe uns nichts anderes übrig, sie solange zu schonen, bis wir mit Shadway und Mrs. Leben allein sind. Wenn uns andere DSA-Agenten begleiteten, hätten wir zwar weitaus bessere Aussichten, den Job zu erledigen, aber es bestünde die Gefahr, daß etwas zu den Medien durchsickert. Wir können von Glück sagen, die Chance zu haben, diesen Auftrag allein durchzuführen. Das versetzt uns in die Lage, alles hinter uns zu bringen, bevor Polizisten und Reporter eintreffen.«

Peake war entsetzt: Die Defense Security Agency hatte nicht das Recht, Zivilisten umzubringen. Er versuchte, ruhig zu bleiben, als er erwiderte: »Warum sollen Shadway und Mrs. Leben sterben?«

»Das ist streng geheim, Jerry. Tut mir leid.«

»Der Haftbefehl, der ihnen Spionage und die Ermordung von zwei Polizeibeamten in Palm Springs vorwirft... Das ist doch nur ein Vorwand, nicht wahr? Um die lokalen Cops zu veranlassen, uns bei der Suche zu helfen.«

»Ja«, bestätigte Sharp. »Aber bei diesem Fall gibt es viele Dinge, die Sie nicht kennen, Jerry. Mir liegen Informationen vor, die ich leider nicht mit Ihnen teilen kann – obgleich ich Sie bitte, mich bei einer Sache zu unterstützen, die Ihnen in höchstem Maße illegal und vielleicht sogar unmoralisch erscheinen mag. Als stellvertretender Direktor der DSA versichere ich Ihnen, daß Shadway und Mrs. Leben *wirklich* eine enorme Gefahr für unser Land darstellen. Sie dürfen keine Gelegenheit erhalten, sich an die Medien zu wenden oder mit den lokalen Behörden zu sprechen.«

Was für ein ausgemachter Unfug, dachte Peake, schwieg jedoch und fuhr weiter. Die blaugrünen Zweige von Fichten und Kiefern reichten über die Straße hinweg.

»Ich habe die Entscheidung, Shadway und Mrs. Leben aus dem Verkehr zu ziehen, nicht allein getroffen. Die Anordnung kommt aus Washington, Jerry. Und nicht etwa von Jarrod McClain, sondern von oben, von *ganz* oben.«

Quatsch, dachte Peake. Soll ich dir etwa abnehmen, der Präsident habe die kaltblütige Ermordung zweier Zivilisten angeordnet, die ohne eigenes Verschulden zu einem Sicherheitsrisiko geworden sind?

Dann begriff er, daß er vor seinen Erkenntnissen im Krankenhaus von Palm Springs naiv genug gewesen wäre, Sharp jedes Wort zu glauben. Anson konnte natürlich nichts davon wissen, aber der neue Jerry Peake, erwachsen geworden aufgrund der Art und Weise, in der Sharp Sarah Kiel behandelt und auf den Felsen reagiert hatte, war nicht mehr so einfältig wie der alte.

»Von *ganz oben*, Jerry.«

Peake befürchtete, daß Anson Sharp sehr persönliche Gründe dafür hatte, Shadways und Rachael Lebens Tod zu wünschen, daß Washington überhaupt nichts von seinen Plänen wußte. Er konnte nicht genau bestimmen, warum er in diesem Punkt so sicher war. Eine Ahnung. Legenden – und Leute, die dazu werden wollten – mußten sich auf ihre Ahnungen verlassen.

»Sie sind bewaffnet, Jerry – und gefährlich. Zwar haben sie nicht die Verbrechen begangen, die wir beim Antrag auf Ausstellung eines Haftbefehls anführten, aber sie machten sich anderer Verfehlungen schuldig. Ich bedaure es sehr, Ihnen keine genaueren Angaben machen zu können. Die Sache ist streng geheim, wie ich schon sagte. Nun, eins steht fest: Wir erschießen nicht gerade zwei aufrechte und anständige Bürger.«

Es verblüffte Peake, wie gut sein innerer Blödsinndetektor inzwischen funktionierte. Gestern noch hatte er voller Ehrfurcht zu seinem Vorgesetzten aufgesehen und wäre nicht imstande gewesen, den fauligen Geruch der Lüge wahrzunehmen. Jetzt empfand er den Gestank als überwältigend.

»Und wenn sie sich ergeben, Sir?« fragte er. »Machen wir sie trotzdem... unschädlich?«

»Ja.«

»Wir sind also gleichzeitig Gericht, Geschworene und Henker?«

Ein Hauch von Ungeduld vibrierte in Sharps Stimme, als er erwiderte: »Verdammt noch mal, Jerry, glauben Sie etwa, ich hätte *Spaß* daran? Ich habe im Krieg getötet, in Vietnam, für mein Land, aber es gefiel mir nicht sonderlich, obwohl es sich um einen leicht zu identifizierenden Feind handelte. Kommunisten sind immer die Bösen, nicht wahr? Erst recht dann, wenn sie nichts von einer Amerikanisierung halten. Noch unangenehmer ist es mir, Shadway und Mrs. Leben umzupusten, die auf den ersten Blick betrachtet weitaus weniger den Tod verdienen als die Vietcong. Andererseits aber gewährte man mir Einblick in streng geheimes Material, aus dem ganz eindeutig hervorgeht, daß die beiden genannten Personen eine gewaltige Gefahr für unser Land darstellen. Außerdem habe ich von *höchster Stelle* den Befehl erhalten, sie zu eliminieren. Und ich weiß, wozu ich verpflichtet bin. Ich mag die Vorstellung nicht, sie umzubringen. Um ganz ehrlich zu sein: Der Gedanke daran macht mich krank. Niemand findet sich gern mit der Tatsache ab, daß man manchmal eine unmoralische Entscheidung treffen muß, daß das moralische Spektrum der Welt nicht nur aus Schwarz und Weiß, sondern auch aus vielen Grautönen besteht. Nein, die Sache gefällt mir nicht, aber mir bleibt keine Wahl.«

Was für eine blöde Faselei, dachte Peake. Du freust dich bereits darauf, Shadway und Rachael Leben ins Jenseits zu schicken, kannst es gar nicht abwarten, sie voll Blei zu pumpen.

»Was halten Sie davon, Jerry? Kann ich auf Sie zählen?«

Im Wohnzimmer der Hütte fand Ben etwas, das Rachael und er zuvor übersehen hatten: einen Feldstecher neben dem Sessel am Fenster. Als Shadway ihn vor die Augen hob, konnte er weiter unten am Hang ganz deutlich die Kurve sehen, hinter der er mit Rachael stehengeblieben war, um das Blockhaus zu beobachten. Vor seinem inneren Auge formte sich ein bestimmtes Bild: Eric, der im Sessel saß und den Kiesweg im Auge behielt...

In weniger als fünfzehn Minuten durchsuchte Ben den

Rest des Wohnzimmers und die drei Schlafräume. Als er im letzten Zimmer aus dem Fenster sah, bemerkte er einige abgeknickte Zweige im Dickicht, das sich an die Rasenfläche anschloß – ein ganzes Stück von der Stelle entfernt, an der Rachael und Ben den Wald verlassen hatten. Eine deutliche Spur... Shadway erinnerte sich erneut an die seltsamen Geräusche unterwegs, und die Vermutung, daß sie von Eric stammten, verdichtete sich immer mehr.

Wahrscheinlich verbarg er sich noch immer irgendwo dort draußen und lag auf der Lauer.

Shadway holte tief Luft. Es wurde Zeit, ihm nachzustellen.

Er verließ den Schlafraum, durchquerte das Wohnzimmer und betrat die Küche. Als er Anstalten machte, die Hintertür zu öffnen, sah er aus den Augenwinkeln eine Axt: Sie lehnte an der Seite des Kühlschranks.

Eine *Axt?*

Ben wandte sich von der Tür ab, runzelte verwirrt die Stirn und betrachtete die scharfe Schneide. Er entsann sich nicht daran, eine Axt bemerkt zu haben, als er die Hütte zusammen mit Rachael betreten hatte.

Plötzlich fröstelte er.

Nach der ersten Durchsuchung des Hauses hatten sie sich in die Garage begeben, um dort darüber zu sprechen, was es als nächstes zu unternehmen galt. Anschließend kehrten sie ins Haus zurück und schritten durch die Küche ins Wohnzimmer, um dort alle Blätter der Wildcard-Akte einzusammeln. Kurze Zeit später suchten sie erneut die Garage auf, stiegen in den Mercedes und fuhren zum Tor. Weder bei der ersten noch bei der zweiten Gelegenheit kamen sie an *dieser* Seite des Kühlschranks vorbei. War er so unaufmerksam gewesen, die Axt zu übersehen?

Ein kaltes Etwas schien sich an Bens Rücken zu pressen und langsam zu seinem Nacken emporzukriechen.

Es gab nur zwei mögliche Erklärungen für die Axt. Erstens: Vielleicht hielt sich Eric in der Küche auf, während Rachael und Ben sich in der Garage befanden und ihre nächsten Schritte berieten. Vielleicht hatte er das Beil hoch erhoben in

der Hand gehalten, um sie bei der Rückkehr ins Haus anzugreifen und zu überraschen. Das bedeutete: Sie waren nur
um Haaresbreite dem Tod entkommen. Eric hörte ihr Gespräch, entschied sich gegen einen Überfall, entwickelte statt
dessen einen anderen Plan und legte die Axt beiseite.

Oder...

Oder Eric betrat die Hütte erst später, nachdem er beobachtet hatte, wie sie mit dem Mercedes fortfuhren. Er stellte
die Axt ab, weil er glaubte, es drohe ihm nun keine Gefahr
mehr – und kurz darauf, als Ben mit dem Ford zurückkehrte,
floh er überstürzt.

Welche dieser beiden Möglichkeiten traf zu? Von der Antwort auf diese Frage hing eine Menge ab.

Wenn sich Eric schon früher in der Hütte aufgehalten
hatte, als Rachael und Ben in der Garage weilten – warum
war es dann nicht zu einem Angriff gekommen?

Im Blockhaus herrschte völlige Stille. Ben lauschte und versuchte festzustellen, ob sich in der Lautlosigkeit eine andere
Präsenz verbarg.

Nicht das geringste Geräusch. Nur das profunde Schweigen der Einsamkeit.

Eric befand sich nicht in der Hütte.

Ben blickte durch den Fliegenschirm und beobachtete den
Wald jenseits der braunen Rasenfläche. Zwischen den Bäumen, Büschen und Sträuchern rührte sich nichts, und Shadway gewann den Eindruck, daß sich der lebende Tote auch
dort nicht versteckte.

»Eric?« fragte er laut, ohne mit einer Antwort zu rechnen.
»Wohin, zum Teufel, bist du verschwunden, Eric?«

Ben ließ das Gewehr sinken, war völlig sicher, daß keine
unmittelbare Konfrontation mit Eric drohte.

Die Stille dauerte an.

Eine Stille, die bedrückend wirkte, sich wie ein schweres
Gewicht auf Ben senkte.

Shadway kniff die Augen zusammen, spürte plötzlich, daß
er vor einer wichtigen Erkenntnis stand. Er hatte einen Fehler
gemacht, einen schweren, fatalen Fehler, der nicht mehr kor-

rigiert werden konnte. Aber was für einen? Er starrte auf die Axt neben dem Kühlschrank, verzweifelt bemüht, zu verstehen...

Dann hielt er unwillkürlich den Atem an.

»Mein Gott«, flüsterte er. »Rachael.«

LAKE ARROWHEAD – 5 KM.

Peake schloß zu einem Camper auf und wagte es angesichts der vielen Kurven nicht, das wesentlich langsamere Fahrzeug zu überholen. Sharp machte sich offenbar keine Sorgen darüber, Zeit zu verlieren: Er war ganz darauf konzentriert, Peakes Einverständnis für die geplante Ermordung Shadways und Mrs. Lebens zu bekommen.

»Wenn Sie irgendwelche Bedenken haben, so überlassen Sie die Sache mir, Jerry. Natürlich erwarte ich von Ihnen, daß Sie mir im Notfall helfen – das gehört schließlich zu Ihrem Job. Aber wenn es uns ohne Schwierigkeiten gelingt, Shadway und die Frau zu entwaffnen, kümmere ich mich um den Rest.«

Trotzdem mache ich mich der Komplizenschaft bei einem Mord schuldig, dachte Peake.

Aber laut sagte er: »Nun, Sir, ich möchte Sie nicht im Stich lassen.«

»Es freut mich, das zu hören, Jerry. Ich wäre sehr enttäuscht, wenn Sie kneifen würden. Ich meine: Ich entschied mich deshalb für Sie als Assistenten, weil ich Sie für einen verantwortungsbewußten Mann halte, dem es nicht an Mut mangelt. Und in diesem Zusammenhang möchte ich noch einmal betonen, wie dankbar unser Land und die DSA für Ihre bedingungslose Unterstützung sein werden.«

Du hast ja nicht mehr alle Tassen im Schrank, fuhr es Peake zornig durch den Sinn. Du bist ja völlig ausgerastet.

»Sir«, sagte er, »ich möchte mich keineswegs auf eine Weise verhalten, die den Interessen unseres Landes zuwiderliefe – oder zu irgendeinem nachteiligen Eintrag in meine Personalakte führen könnte.«

Sharp lächelte, interpretierte diese Antwort als Kapitulation auf der ganzen Linie.

Ben schritt langsam durch die Küche und starrte zu Boden. Hier und dort glänzten Brühereste auf den Fliesen, die aus den verstreuten Konservendosen mit Suppe und Fleisch stammten. Während ihres Aufenthalts in der Küche hatten Rachael und er sorgfältig darauf geachtet, die entsprechenden Stellen zu meiden, und Shadway war sicher, daß ihm bei der ersten Durchsuchung des Hauses Fußspuren aufgefallen wären.

Jetzt konnte man sie ebensowenig übersehen wie ein helles Fanal in finsterster Nacht: ein Abdruck in einer breiigen Nudelmasse, ein weiterer, nicht ganz so groß, inmitten eines breiten Flecks aus Erdnußbutter. Hervorgerufen von den großen Stiefeln eines Mannes.

Zwei weite Fußspuren zeigten sich in unmittelbarer Nähe des Kühlschranks. In seinem inneren Fokus sah Ben einen Eric, der die Axt beiseite legte – und sich versteckte. Die Schlußfolgerung erfüllte ihn mit kaltem Grauen. Als er zusammen mit Rachael aus der Garage in die Küche zurückkehrte, um im Wohnzimmer die Blätter der Wildcard-Akte einzusammeln, hockte Eric neben dem Kühlschrank.

Mit klopfendem Herzen wandte sich Ben um und eilte auf die Verbindungstür zu, die in die Garage führte.

LAKE ARROWHEAD.
Sie waren da.
Der langsame Camper bog von der Hauptstraße ab, hielt auf dem Parkplatz vor einem Sportartikelgeschäft und gab Peake den Weg frei. Der junge DSA-Agent trat, ohne zu zögern, aufs Gas.

Sharp warf einen kurzen Blick auf den Zettel, den der Felsen ihm gegeben hatte. Er überflog die Richtungsangaben und sagte: »Genau richtig. Folgen Sie dem Verlauf der State Route weiter nach Norden. Nach ungefähr sechs Kilometern müßte rechts ein Weg abzweigen. Dicht daneben sind zehn Briefkästen angebracht, und einer davon ist mit einem rot-weißen Eisenhahn geschmückt.«

Während Peake weiterfuhr, sah er aus den Augenwinkeln,

wie sich Sharp einen schwarzen Aktenkoffer auf den Schoß schob und ihn öffnete. Er enthielt zwei Pistolen vom Kaliber achtunddreißig. Eine legte er auf die Konsole zwischen ihnen.

»Was soll das?« fragte Peake.

»Das ist die Knarre, die Sie bei dieser Operation verwenden.«

»Ich habe meine Dienstwaffe dabei.«

»Die Jagdsaison hat noch nicht begonnen, und deshalb können wir nicht einfach so herumballern, Jerry. Wir müssen vermeiden, daß Nachbarn neugierig werden und herumschnüffeln – oder irgendein Hilfssheriff, der zufällig in der Gegend ist, auf uns aufmerksam wird.« Sharp nahm einen Schalldämpfer zur Hand und schraubte ihn an den Lauf seiner eigenen Pistole. »Bei Revolvern bliebe uns keine andere Wahl, als auf solche Dinger zu verzichten. Und wir wollen doch nicht gestört werden, bis alles vorbei ist...«

Himmel, auf was lasse ich mich hier ein? dachte Peake betroffen, als er die Limousine durch scharfe Rechts- und Linkskurven steuerte und nach einem rot-weißen Eisenbahn Ausschau hielt.

Rachael fuhr über eine andere Straße, die State Route 138, und ließ den Lake Arrowhead hinter sich zurück. Sie näherte sich dem Silverwood Lake, einem Bereich, in dem die Berglandschaft der San Bernardino Mountains noch beeindruckender wirkte.

Von Silverwood aus führte die 138 fort von den Bergen, bis sie im Westen auf die Interstate 15 traf. Dort wollte Rachael tanken und den Weg anschließend nach Norden und Osten fortsetzen, in Richtung Las Vegas. Mehr als dreihundert Kilometer weit ging es durch die Wüste – eine lange Reise.

Ich wünschte, du wärst bei mir, Benny, dachte sie.

Sie kam an einem Baum vorbei, den bei irgendeinem Gewitter ein Blitz getroffen hatte. Schwarze Zweige und Äste streckten sich stumm und anklagend dem Himmel entgegen.

Weit oben verdichten sich die Wolken, und einige von ihnen waren nicht mehr weiß.

In der leeren Garage fand Ben weitere Fußspuren. Er ging in die Hocke und schnupperte, war sicher, daß er sich den vagen Rindfleischgeruch nicht nur einbildete.

Er stand wieder auf, wanderte wachsam umher und suchte nach anderen Hinweisen. Schon nach wenigen Sekunden entdeckte er einen kleinen, braunen Tropfen, und als er ihn berührte und den Zeigefinger unter die Nase hielt, roch er Erdnußbutter. Erics verschmierte Stiefel... Der lebende Tote hatte sich hier aufgehalten, während Ben und Rachael im Wohnzimmer weilten und die Blätter der Wildcard-Akte in einen Müllsack stopften.

Als sie anschließend zurückkehrten, war Shadway sehr in Eile gewesen, darauf bedacht, die Hütte so schnell wie möglich zu verlassen – bevor Eric auftauchte oder die Polizei eintraf. Aus diesem Grund übersah er die Fußabdrücke. Es gab auch gar keinen Anlaß für ihn, dort nach Spuren Ausschau zu halten, wo sie erst vor wenigen Minuten gesucht hatten. Wie konnte ein Mann mit verheerenden Hirnverletzungen zu einer derartigen Schläue fähig sein? Ben dachte an die Mäuse im Laboratorium, an die verwirrten, geistig und emotional destabilen Versuchstiere... Nein, es gab keinen Grund, sich irgendeinen Vorwurf zu machen. Unter den gegebenen Umständen war die Entscheidung richtig gewesen, Rachael mit dem Mercedes fortzuschicken. Er hatte nicht wissen können, daß sich außer ihr noch jemand im Wagen befand...

Shadway stellte sich vor, wie Eric in der Küche wartete, bewaffnet mit einer Axt, wie er ihr Gespräch in der Garage belauschte und zu dem Schluß gelangte, endlich eine Chance zu bekommen, mit Rachael abzurechnen. Ben nickte langsam. Der... Zombie hatte sich neben dem Kühlschrank versteckt, bis sie das Wohnzimmer erreichten, schlich rasch in die Garage, nahm den Schlüsselbund an sich, öffnete den

Kofferraum, schob den Zündschlüssel wieder ins Schloß, stieg ins Gepäckfach des Wagens und ließ die Klappe zufallen.

Wenn unterwegs ein Reifen platzte und Rachael den Kofferraum öffnete...

Oder wenn Eric irgendwo in der Wüste beschloß, die hintere Trennwand zu lösen und in den Fond zu klettern...

Panik rumorte in Shadway und ließ ihn am ganzen Leib erbeben. Mit einem jähen Ruck drehte er sich um, verließ die Garage und stürmte zum gemieteten Ford vor der Hütte.

Jerry Peakes Blick fiel auf einen rot-weißen Eisenhahn, der auf einem Gerüst mit insgesamt zehn Briefkästen befestigt war. Daraufhin nahm er den Fuß vom Gas, bog von der Hauptstraße ab und setzte die Fahrt über einen steil am Hang emporführenden Weg fort.

Sharp hatte unterdessen beide 38er mit Schalldämpfern versehen und nahm zwei volle Ersatzmagazine aus dem Aktenkoffer. Das eine steckte er selbst ein, und das zweite legte er neben die Pistole auf der Mittelkonsole. »Ich bin wirklich froh, daß ich bei dieser Sache auf Sie zählen kann, Jerry.«

Peake fühlte sich innerlich hin und her gerissen. Nichts lag ihm ferner, als einen kaltblütigen Mord zu begehen. Doch andererseits... Wenn er Sharp aufzuhalten versuchte, war seine Karriere in der DSA beendet, bevor sie noch richtig begonnen hatte.

»Gleich müßte der Asphaltweg in Kies übergehen«, sagte Sharp und sah erneut auf den Zettel, der von Sarah Kiels Vater stammte.

Trotz seiner jüngsten Erkenntnisse und des Vorteils, den er von ihnen erwartete, wußte Peake nicht, wie er sich jetzt verhalten sollte. Er sah keinen Ausweg, der es ihm erlaubte, sowohl die Selbstachtung zu wahren als auch seine berufliche Laufbahn zu schützen. Als er den Wagen am Hang emporsteuerte, tiefer hinein in den dunklen Wald, verwandelte sich das Unbehagen in ihm in Furcht. Zum erstenmal seit Stunden fühlte er sich hilflos.

»Kies«, stellte Anson Sharp fest und deutete nach vorn. »Jetzt ist es nicht mehr weit.« Er beugte sich vor und starrte durch die Windschutzscheibe.

Nach einer Weile fügte der hochgewachsene Mann hinzu: »Und dort... das Tor. Himmel, es steht offen! Parken Sie davor.«

Jerry Peake hielt an und schaltete den Motor aus.

Es schloß sich nicht die Stille an, mit der er gerechnet hatte. Als das Brummen erstarb, vernahm er ein donnerndes Röhren von weiter oben.

»Ein anderer Wagen nähert sich«, knurrte Sharp, griff nach seiner Pistole und stieß die Beifahrertür auf. Etwa zweihundert Meter weiter vorn kam ein blauer Ford in Sicht und raste ihnen mit hoher Geschwindigkeit entgegen.

Während der Mann im fleckigen Overall den Tank des Mercedes mit unverbleitem Super füllte, schob Rachael einige Meter entfernt Münzen in den Eingabeschlitz eines Getränkeautomaten und wählte eine Coke.

»Nach Vegas unterwegs?« fragte der Tankwart.

»Ja.«

»Dachte ich mir schon. Ich tippe fast immer richtig, wenn's um die Reiseziele meiner Kunden geht. Sie haben ein gewisses Vegas-Flair. Hören Sie: Sie sollten es dort einmal mit dem Roulette versuchen. Vierundzwanzig. Diese Zahl fällt mir ein, wenn ich Sie ansehe. Okay?«

»Na schön. Vierundzwanzig.«

Er hielt die Coke, während Rachael ihre Handtasche öffnete und Geld hervorholte. »Wenn Sie gewinnen, erwarte ich natürlich die Hälfte. Aber wenn sie verlieren... Tja, dann haben Sie schlicht und einfach Pech gehabt.«

Er beugte sich zum Seitenfenster herab, als die junge Frau eingestiegen war und losfahren wollte. »Seien Sie vorsichtig in der Wüste. Es kann dort ziemlich unangenehm werden.«

»Ich weiß«, sagte sie.

Rachael lenkte den Mercedes auf die I-15 und fuhr nach Nordosten weiter, in Richtung Barstow. Sie fühlte sich schrecklich einsam und allein.

26. *Kapitel*
Ein Mann auf Abwegen

Ben zwang den Ford durch die Kurve und beschleunigte. Nur einen Sekundenbruchteil später sah er die dunkelgrüne Limousine unmittelbar hinter dem Tor. Er trat auf die Bremse, und der Wagen kam auf dem Kiesweg ins Schleudern. Das Lenkrad ruckte hin und her, und fast hätte er die Kontrolle über das Fahrzeug verloren. Etwa fünfzig Meter vor dem Tor kam der Ford inmitten einer wallenden Staubwolke zum Stehen.

Zwei Männer in dunklen Anzügen stiegen aus der Limousine. Der eine blieb neben ihr stehen, und der andere – größer und kräftiger gebaut – rannte am Hang in die Höhe und kam schnell näher.

Die gelblichen Staubwolken wirkten wie eine massive Barriere, filterten das Sonnenlicht und bewirkten ein unbeständiges Muster aus Helligkeit und grauen Schatten. Trotz der dreißig Meter, die ihn noch von dem Mann trennten, sah Ben ganz deutlich die Waffe in seiner Hand, den dicken Schalldämpfer vor dem Lauf.

Weder Polizeibeamte noch Bundesagenten benutzten Schalldämpfer. Und Erics Geschäftspartner hatten mitten in Palm Springs mit einer Maschinenpistole gefeuert – ein Beweis dafür, daß sie keinen sonderlichen Wert auf Diskretion legten.

Dann erkannte Ben das grinsende Gesicht des Hochgewachsenen, und er war gleichzeitig erstaunt, verwirrt und besorgt. Anson Sharp. Zum letztenmal hatte er ihn vor sechzehn Jahren gesehen, in Vietnam, doch an seiner Identität bestand nicht der geringste Zweifel. Frühling und Sommer

1972... Ben wäre nicht sonderlich überrascht gewesen, von Sharp hinterrücks erschossen zu werden – der verdammte Mistkerl war zu allem fähig. Aber Ben hatte sich ihm gegenüber keine Blöße gegeben.

Und jetzt tauchte Sharp ganz plötzlich wieder auf, kaum verändert – als habe ihn ein Zeitsprung sechzehn Jahre in die Zukunft gebracht, in Bens Gegenwart.

Was, zum Teufel, führte ihn ausgerechnet hierher, mehr als anderthalb Jahrzehnte später? Gab es irgendeinen Zusammenhang zwischen Sharp und dem ganzen Wildcard-Durcheinander?

Knapp zwanzig Meter entfernt blieb Anson stehen, hob die Pistole und drückte ab. Der Schuß war nicht zu hören, und Shadway vernahm nur ein leises Klacken, als die Kugel dicht neben seinem Kopf die Windschutzscheibe durchschlug.

Shadway legte den Rückwärtsgang ein, drehte sich halb um und trat aufs Gas. Ein zweites Geschoß traf den Wagen, und Ben glaubte zu spüren, wie es nur wenige Zentimeter an seiner Stirn vorbeiraste. Dann hatte er die Kurve hinter sich gebracht und geriet aus Sharps Blickfeld.

Er fuhr bis zur Hütte zurück, hielt davor an, zerrte den Schaltknüppel in die Leerstellung und zog die Handbremse. Unmittelbar im Anschluß daran stieg er aus, legte sowohl das Gewehr als auch die Combat Magnum auf den Boden, beugte sich noch einmal in den Wagen, griff nach der Handbremse und blickte über den Hang.

Zweihundert Meter weiter unten rollte der große Chevy durch die Kurve und wurde schneller. Der Fahrer trat auf die Bremse, als er den blauen Ford vor der Hütte sah, hielt jedoch nicht an. Ben wagte es, noch einige Sekunden länger zu warten, bevor er die Handbremse löste und zurücktrat.

Der Mietwagen gehorchte den Gesetzen der Schwerkraft, setzte sich sofort in Bewegung und rollte den Weg herab. Der Kiespfad war so schmal, daß die grüne Limousine nicht ganz zur Seite ausweichen konnte.

Der Fahrer des Chevrolets hielt an und kehrte in die Richtung zurück, aus der er kam, aber das starke Gefälle steigerte die Geschwindigkeit des Ford immer mehr. Nur wenige Sekunden später krachte es laut, als die beiden Fahrzeuge zusammenstießen. Zu Bens Bedauern war die Kollision nicht annähernd so heftig, wie er gehofft hatte. Der rechte Kotflügel des Ford traf auf das Gegenstück des Chevys, und dann rutschte der blaue Wagen nach links. Zuerst erweckte er den Anschein, als wolle er sich um hundertachtzig Grad drehen, aber nach wenigen Sekunden blieben die Hinterräder im Straßengraben stecken.

Der Kiesweg war blockiert.

Der beschädigte Chevrolet rollte etwa dreißig Meter weit zurück und entging dabei nur knapp dem Graben auf der anderen Seite – bis der Fahrer schließlich bremste und die Limousine anhielt. Beide Türen öffneten sich. Anson Sharp stieg links aus, sein Begleiter rechts, und keiner von ihnen schien verletzt zu sein. Eine weitere Enttäuschung für Shadway.

Ben griff nach dem Gewehr und der Magnum, wandte sich ab und eilte um die Hütte herum. Er lief über den braunen Rasen und erreichte kurz darauf die aus dem Boden ragenden Granitblöcke. Dort verharrte er einige Augenblicke lang, beobachtete den nahen Wald und hielt nach irgend etwas Ausschau, was sich als Deckung eignete. Nach kurzem Zögern stürmte er weiter, hastete an einigen Fichten, Kiefern und Sträuchern vorbei und folgte dem Verlauf des ausgetrockneten Baches. Hinter ihm, in der Ferne, rief Sharp seinen Namen.

Jerry Peake war noch immer in der Spinnwebe seines moralischen Dilemmas gefangen, blieb einige Meter hinter Sharp zurück und ließ seinen Vorgesetzten nicht aus den Augen.

Der stellvertretende Direktor hatte in der Sekunde den Kopf verloren, als er Shadway im blauen Ford sah. Er rannte sofort los und schoß, obwohl es kaum eine Chance gab, den Fahrer zu treffen. Darüber hinaus sah Peake, daß die Frau nicht im Wagen saß: Wenn sie Shadway umbrachten, ohne ihm zuvor einige Fragen zu stellen, fanden sie vielleicht nie heraus, wo Mrs. Leben steckte. Mit anderen Worten: Anson Sharp machte einen schwerwiegenden Fehler, und Jerry Peake war entsetzt.

Der hochgewachsene Mann marschierte am Rande des Hinterhofs entlang und fauchte wie ein wütender Stier, so aufgeregt und zornig, daß er offenbar keinen Gedanken an die Gefahr verschwendete, in die er sich begab. Hier und dort schob er sich einige Meter weit ins Dickicht und versuchte, die Dunkelheit des Waldes mit seinen Blicken zu durchdringen.

Auf drei Seiten neigte sich das Terrain nach unten, und die Büsche, Sträucher und Bäume boten zahllose Versteckmöglichkeiten. Peake begriff, daß sie vorerst keine Chance mehr hatten, Shadway zu finden. Er hielt es für angebracht, Verstärkung anzufordern, um zu verhindern, daß der Gesuchte entkam. Er konnte nur mit einer großangelegten Suche aufgestöbert werden.

Aber Sharp war nach wie vor entschlossen, Shadway zu töten. Bestimmt achtete er nicht auf die Stimme der Vernunft.

Anson starrte in den Wald und rief: »Regierung der Vereinigten Staaten, Shadway. Defense Security Agency. Hören Sie mich? DSA. Wir möchten mit Ihnen sprechen, Shadway.«

Sharp wanderte am Waldrand entlang und drang erneut einige Schritte weit ins Dickicht vor. »Shadway! Ich bin's, Shadway. Anson Sharp. Erinnern Sie sich an mich, Shadway?«

Jerry Peake blieb ruckartig stehen und zwinkerte verblüfft. Um Himmels willen. Sharp und Shadway *kannten* sich. Und das Gebaren des stellvertretenden Direktors machte deutlich, daß sie erbitterte Gegner waren. Es handelte sich um eine persönliche Auseinandersetzung zwischen ihnen – was Peakes letzte Zweifel darüber ausräumte, ob jemand *ganz oben* den Befehl gegeben hatte, Shadway und Mrs. Leben zu eliminieren. Für diese Entscheidung war allein Sharp verantwortlich. Doch diese Erkenntnis änderte nichts an Peakes Situation. Er mußte sich nach wie vor darüber klarwerden, ob er seinem Vorgesetzten helfen oder ihn an dem geplanten Doppelmord hindern sollte. Ganz gleich, welche Möglichkeit er auch wählte: Kompromisse in Hinsicht auf seine Selbstachtung und die erhoffte Karriere bei der DSA ließen sich nicht vermeiden.

Sharp marschierte tiefer in den Wald hinein und kletterte am Hang herab, duckte sich unter den Zweigen von Pinien hinweg. Er sah zurück, verlangte mit lauter Stimme von Peake, sich ihm anzuschließen, machte einige weitere Schritte und wiederholte seine Aufforderung.

Widerstrebend setzte sich der junge DSA-Agent in Bewegung. Das hohe Gras war teilweise so trocken und spröde, daß sich die Stacheln gleich durch seine Socken bohrten. Kletten hafteten an seinen Hosenbeinen fest. Als er sich an einen Baumstamm lehnte, ertastete er klebriges Harz. Er stolperte über Ranken, und Dorne zerrissen den Stoff des Anzugs. Die mit Leder besohlten Schuhe rutschten über moosbewachsene Steine, fanden nirgends festen Halt. Einmal kletterte er über einen modrigen Baumstumpf, und auf der anderen Seite trat er in einen Ameisenhaufen. Zwar wich er rasch zur Seite und streifte die Insekten vom Fuß ab, doch einige von ihnen krochen am Bein empor und bissen ihn in die Wade.

»Für eine Verfolgungsjagd durch den Wald sind wir nicht richtig gekleidet«, sagte Peake, als er zu Sharp aufschloß.

»Seien Sie still«, erwiderte Sharp und strich einen niedrigen Zweig mit Dutzenden von langen Dornen beiseite.

Peake rutschte erneut aus und konnte nur mit Mühe das Gleichgewicht wahren. »Hier brechen wir uns noch das Genick.«

»*Still!*« flüsterte Sharp wütend, sah über die Schulter und bedachte Peake mit einem zornigen Blick. Sein Gesicht glich einer Fratze: die blitzenden Augen weit aufgerissen, die Zähne regelrecht *gefletscht*, die Wangenmuskeln angespannt. Peake sah seine Vermutung bestätigt, daß Sharp beim Anblick Shadways übergeschnappt war. Haß brodelte in ihm, und er dachte nur noch daran, Ben den Garaus zu machen.

Sie schoben sich durch eine schmale Lücke im Dickicht, er-

reichten eine kleine Rinne, in der während der Schneeschmelze ein Bach fließen mochte – und sahen Shadway. Der
Flüchtling war etwa fünfzehn Meter entfernt und kletterte
hangabwärts, bewegte sich geduckt und mit auffallendem
Geschick. In der einen Hand hielt er ein Gewehr.

Peake ging sofort in die Hocke, um ein möglichst kleines
Ziel zu bieten.

Sharp hingegen blieb hochaufgerichtet stehen, als hielte er
sich für ebenso unverwundbar wie Superman, rief Shadways
Namen und schoß mehrmals. Die Verwendung eins Schall-
dämpfers beeinträchtigt die Zielgenauigkeit einer Waffe, und
angesichts der Entfernung hätte Sharp den Mann vor ihm
nur durch Zufall treffen können. Die erste Kugel zerfetzte die
Borke eines Baums am Rande der Bachrinne, zwei Meter
links von Shadway, und die zweite prallte als Querschläger
von einem Felsen ab. Unmittelbar darauf verschwand Shadway dort, wo sich das Bett des ausgetrockneten Baches nach
rechts neigte, aber Sharp feuerte seine Pistole noch drei weitere Male ab, obgleich er sein Ziel gar nicht mehr sah.

Selbst der beste Schalldämpfer nutzt sich ziemlich rasch
ab, und das dumpfe Knallen der Schüsse wurde jedesmal ein
wenig lauter. Die fünfte und letzte Entladung hallte Hunderte von Metern weit durch den Wald.

Als das Echo verklang, lauschte Sharp einige Sekunden
lang, drehte sich dann abrupt um und kehrte in die Richtung
zurück, aus der sie gekommen waren. »Jetzt schnappen wir
uns den Mistkerl, Jerry.«

Peake gesellte sich an die Seite seines Vorgesetzten. »Hier
im Wald können wir ihn nicht weiter verfolgen. Er ist besser
ausgerüstet als wir.«

»Wir verlassen den verdammten Wald«, sagte Sharp. »Ich
wollte nur dafür sorgen, daß er in Bewegung bleibt und sich
nicht irgendwo versteckt. Ich bin sicher, er ist jetzt in Richtung der Straße am See unterwegs, um dort zu versuchen, irgendeinen Wagen zu klauen. Mit ein wenig Glück erwischen
wir den verfluchten Hurensohn dabei.«

Peake mußte die Feststellung machen, daß Sharp trotz seines Hasses nicht den Verstand eingebüßt hatte. Er war wütend, ja, aber nicht völlig irrational. Nach wie vor stellte er eine große Gefahr dar.

Ben lief um sein Leben und machte sich gleichzeitig große Sorgen um Rachael. Mit dem schwarzen Mercedes fuhr sie nach Nevada und wußte nicht, daß Eric im Kofferraum lag. Irgendwie mußte es Shadway gelingen, sie einzuholen, doch mit jeder verstreichenden Minute wurde ihr Vorsprung größer – und verringerte sich seine Hoffnung, zu ihr aufschließen zu können.

Rachael, allein in der Wüste, während die Dunkelheit des Abends heranzog ... ein sonderbares Geräusch im Kofferraum ... der lebende Tote, der die Trennwand eintrat, die hintere Sitzbank aus der Verankerung riß und in den Fond kletterte ...

Diese Vorstellung erschreckte Ben so sehr, daß er es nicht wagte, genauer darüber nachzudenken.

Er verließ die Bachrinne und eilte über einen Wildpfad, der etwa vierzig Meter weit nach unten führte und sich dann zwischen zwei Fichten in eine andere Richtung fortsetzte. An jener Stelle wandte sich Ben von dem schmalen Weg ab, und die Büsche und Sträucher wuchsen so dicht an dicht, daß er wesentlich langsamer vorankam. Mehr als einmal wünschte er sich, seine Turnschuhe gegen feste Wanderstiefel eintauschen zu können.

Anson Sharp.

Es war kaum zu fassen.

Während des zweiten Jahrs im Vietnam führte Ben als Lieutenant eine eigene Aufklärungseinheit an, die zum Kommando des Captains Olin Ashborn gehörte. Zusammen mit seinen Kameraden unternahm er einige erfolgreiche Vorstöße in feindliches Territorium. Sein Sergeant George Mendoza fiel im Verlauf einer Mission, bei der es um die Befreiung einiger amerikanischer Gefangener ging, und als Ersatz für ihn stieß Anson Sharp zu der Gruppe.

Sharp war Ben auf Anhieb unsympathisch. Es handelte sich um eine instinktive Reaktion, denn zunächst schien mit ihm im großen und ganzen alles in Ordnung zu sein. Anson konnte es zwar nicht mit Mendoza aufnehmen, aber er stellte sich trotzdem als recht kompetenter Mann heraus. Im Gegensatz zu den meisten anderen Soldaten nahm er keine Drogen und hielt auch nichts von Alkohol. Vielleicht genoß er seine Macht zu sehr und sprang mit den Männern unter ihm zu hart um. Wenn er von Frauen sprach, machte er deutlich, daß er nicht allzuviel von ihnen hielt – eigentlich kaum mehr als das übliche Gerede von manchen Männern. Zuerst hatte Ben das nicht zum Anlaß genommen, sich Sorgen zu machen. Hinzu kam noch etwas anderes. Sharp gehörte immer zu den ersten, die von einem Angriff auf den Feind abrieten, und wenn es zu einem Kampf kam, war er bei den geringsten Schwierigkeiten bereit, sofort zum Rückzug zu blasen. Während der ersten Tage und Wochen genügte das jedoch nicht, um ihn zu einem Feigling zu stempeln. Dennoch wurde Ben wachsam und argwöhnisch – und fühlte sich deshalb schuldig, weil er keinen konkreten Grund sah, Sharp zu mißtrauen.

Sharps Mangel an Überzeugung weckte besonderes Unbehagen in Ben. Anson schien in Hinsicht auf die Dinge, die seine Altersgenossen bewegten, keine eigene Meinung zu haben, vertrat immer einen völlig neutralen – und gleichgültigen – Standpunkt. Er war weder für noch gegen den Krieg. Es kümmerte ihn nicht, wer gewann, und er machte keinen Unterschied zwischen dem korrupten Süden und dem totalitären Norden. Er hatte sich in der Marine verpflichtet, um nicht zum Heer eingezogen zu werden, verspürte nicht den Ledernacken-Stolz seiner Kameraden. Er strebte eine militärische Karriere an, aber seine Motive bestanden nicht etwa aus Pflichtbewußtsein oder Vaterlandsliebe. Es kam ihm einzig und allein darauf an, möglichst schnell befördert zu werden, eine einflußreiche Position einzunehmen und sich in etwa zwanzig Jahren vorzeitig in den Ruhestand zurückzuziehen – mit einer guten Pension. Er konnte stundenlang über Pensionen und Rentenzuschläge sprechen.

Er interessierte sich nicht für Musik, Kunst, Bücher, Sport,

Jagen und Fischen – nur für sich selbst. Im Zentrum seiner Welt stand nur Anson Sharp. Er war nicht in dem Sinne ein Hypochonder, achtete jedoch mit spezieller Aufmerksamkeit auf seinen Gesundheitszustand und schilderte ausschweifend Verdauungsprobleme und imaginäre Schwierigkeiten beim morgendlichen Stuhlgang. Jemand anders hätte einfach gesagt: »Ich habe rasende Kopfschmerzen.« Doch wenn Anson Sharp ein solches Leiden zu beklagen hatte, beschrieb er mit mindestens zweihundert Worten detailliert Ausmaß und Art des Schmerzes. Er verbrachte viel Zeit damit, sich das Haar zu kämmen, schaffte es sogar unter Gefechtsbedingungen, immer tadellos rasiert zu sein. Er betrachtete sich gern im Spiegel und legte großen Wert auf Bequemlichkeit.

Es fiel schwer, einen Mann zu mögen, der nur sich selbst mochte.

Anson Sharp war weder gut noch schlecht gewesen, als er sich auf den Weg nach Vietnam machte – nur einfach langweilig und egozentrisch –, doch der Krieg formte den weichen Ton seiner Persönlichkeit und verwandelte ihn nach und nach in ein Ungeheuer. Es dauerte nicht lange, bis Ben von Gerüchten hörte, die besagten, Anson nehme an umfangreichen Schwarzmarktgeschäften teil, und bei einem kurz darauf eingeleiteten Ermittlungsverfahren fanden sich Beweise für eine erstaunliche kriminelle Karriere. Sharp unterschlug Nachschubmaterial für einzelne Truppenteile und verschacherte es an Hehler, die zur Unterwelt Saigons gehörten. Weitere Untersuchungen ergaben, daß Sharp zwar weder Drogen konsumierte noch direkt verkaufte, aber den Rauschgifthandel zwischen der vietnamesischen Mafia und den US-Soldaten zumindest erleichterte. Doch damit nicht genug: Wie Ben feststellte, hatte Sharp mit einem Teil der Einnahmen aus seinen illegalen Geschäften eine Absteige im verrufensten Viertel Saigons gekauft und beschäftigte dort einen üblen vietnamesischen Schläger, der ihm als eine Mischung aus Hausdiener und Kerkermeister diente und ein elfjähriges Mädchen namens Mai Van Trang bewachte.

Es führte das Leben einer Sklavin, und Sharp vergewaltigte es bei jeder sich ihm bietenden Gelegenheit.

Das unvermeidliche Kriegsgerichtsverfahren endete nicht so, wie Ben hoffte. Er wollte dafür sorgen, daß Sharp für mindestens zwanzig Jahre in irgendein Militärgefängnis gesteckt wurde. Aber bevor die Verhandlung begann, starben Zeugen wie die Fliegen oder schienen sich einfach in Luft aufzulösen. Zwei Unteroffiziere – Dealer, die sich bereit erklärten, gegen Sharp auszusagen, um Strafmilderung zu bekommen – wurden tot aufgefunden: Irgend jemand hatte ihnen die Kehle aufgeschlitzt. Einen Lieutenant erwischte es im Schlaf – die Explosion einer Handgranate zerfetzte ihn. Sowohl der vietnamesische Schlägertyp als auch Mai Van Trang verschwanden spurlos. Als man die Verhandlung anberaumte, beteuerte Sharp seine Unschuld – und es gab niemanden mehr, der ihm irgend etwas zur Last legen konnte. Sein Wort stand gegen das Bens und derjenigen Offiziere, die gegen den Angeklagten ermittelt hatten. Es existierten nicht genug Beweise, um eine Verurteilung zu rechtfertigen, doch die Indizien genügten, um seine militärische Karriere zu beenden. Man degradierte Sharp zum einfachen Soldaten und entließ ihn unehrenhaft.

Er war noch einmal mit einem blauen Auge davongekommen, aber selbst das empfand Sharp als einen schweren Schlag. Angesichts seiner tiefen und alles andere ausschließenden Eigenliebe konnte er es einfach nicht ertragen, bestraft zu werden. Bei allen seinen Überlegungen spielte das persönliche Wohlergehen eine zentrale – vielleicht sogar die einzige – Rolle, und er schien es als ganz selbstverständlich zu erachten, daß ihn das Schicksal zu einem Auserwählten machte, ihm das Glück immer hold blieb. Bevor er aus Vietnam abreiste, ließ er alle seine Beziehungen spielen, um Ben noch einen kurzen Besuch abzustatten. Ganz deutlich erinnerte sich Shadway an seine Worte: »Hören Sie, Sie verdammtes Arschloch: Wenn sie in die Staaten zurückkehren, so denken Sie daran, daß ich dort auf Sie warte. Ich werde erfahren, wann Sie eintreffen, und dann halte ich eine nette Überraschung für Sie bereit.«

Ben nahm die Drohung nicht ernst. Vor dem Kriegsgerichtsverfahren wurde Sharps Furcht auf dem Schlachtfeld immer deutlicher, und manchmal hätte er sich fast dazu hinreißen lassen, Befehlen direkt zuwiderzuhandeln, um seine kostbare Haut zu retten. Er war ein Feigling, und deshalb glaubte Ben nicht, daß er den Mumm aufbrachte, sich wirklich an ihm zu rächen. Außerdem machte sich Shadway gar keine Sorgen darüber, was nach seiner Heimkehr geschehen mochte: Er hatte sich längst dazu entschlossen, den Krieg bis zum Ende durchzustehen. Das bedeutete, daß er mit großer Wahrscheinlichkeit in einem Sarg nach Hause gebracht wurde – als Toter, der sich nicht darum scherte, ob jemand Vergeltung an ihm üben wollte oder nicht.

Als er jetzt durch den düsteren Wald kroch und sich der Straße näherte, überlegte er, wie es Anson Sharp trotz Degradierung und unehrenhafter Entlassung gelungen sein mochte, in die DSA aufgenommen zu werden. Für gewöhnlich ging es mit einem Mann auf Abwegen weiterhin bergab, sobald er einmal ins Rutschen gekommen war.

Wie hat er es nur fertiggebracht, eine neue Karriere als Geheimdienstler zu beginnen? fragte sich Shadway.

Ben erwog verschiedene Möglichkeiten, als er über einen Zaun kletterte und vorsichtig an einem zweistöckigen Gebäude aus Stein vorbeieilte. Er nutzte die Deckung der Bäume und Büsche aus: Wenn jemand aus dem Fenster blickte und einen Mann sah, der sowohl mit einem Gewehr als auch einem großkalibrigen Revolver bewaffnet war, würde der Betreffende sicher Verdacht schöpfen und sofort die Polizei verständigen.

Angenommen, Sharp hatte nicht gelogen, als er sich als Einsatzagent der Defense Security Agency ausgab – dann blieb die Frage, welchen Rang er einnahm. Daß ausgerechnet Sharp in einem Fall ermittelte, der seinen alten Gegner Shadway betraf, konnte wohl kaum ein Zufall sein. Vermutlich hatte Sharp die Untersuchung selbst in die Hand genommen

– nach dem Studium der Leben-Akte und der Feststellung, daß Ben und Rachael miteinander liiert waren. Vielleicht sah er eine Chance, mit Ben abzurechnen. Andererseits: Ein einfacher Agent hatte gewiß nicht die Möglichkeit, zwischen verschiedenen Fällen zu wählen. Das bedeutete, Sharp hatte genügend Befugnisse, um selbst zu bestimmen, mit was er sich befaßte. Schlimmer noch: Er bekleidete einen so hohen Posten, daß er ohne jede Vorwarnung das Feuer auf Ben eröffnen konnte und offenbar keine beruflichen Nachteile zu befürchten brauchte, wenn er einen Mord beging.

In der Nähe des dritten Hauses am Berghang wäre Ben fast von vier Jungen überrascht worden, die im Dickicht herumschlichen und Dschungelkrieg spielten. Erst in der letzten Sekunde bemerkte er sie, als einer von ihnen seine Spielzeug-MP losrattern ließ. Von einem Augenblick zum anderen fühlte sich Shadway in die grüne Hölle Vietnams zurückversetzt und reagierte aus einem Reflex heraus. Er ließ sich zu Boden fallen, rollte hinter einige Hornsträucher und blieb still und mit klopfendem Herzen liegen. Es dauerte fast anderthalb Minuten, bis er sich wieder beruhigte.

Keiner der Jungen hatte ihn gesehen, und als sich Ben in Bewegung setzte, kroch er auf dem Bauch von einer Deckung zur anderen.

Fünf Minuten später – fast vierzig Minuten nach dem Verlassen der Hütte – erreichte er den Waldrand und duckte sich in den Graben am Rande der Straße, die um den See herumführte.

Vierzig Minuten, dachte er. Mein Gott...

Wie weit war Rachael in vierzig Minuten gekommen?

Einige Sekunden lang verbarg sich Ben im hohen Gras am Straßenrand und schöpfte Atem. Dann stand er langsam auf und sah in beide Richtungen. Niemand in Sicht. Leer erstreckte sich das Asphaltband nach rechts und links. Er vertraute darauf, einen sich nähernden Wagen rechtzeitig genug zu hören, um sich erneut zu verstecken, als er aus dem Graben kletterte, sich nach Norden wandte und die Suche nach einem Fahrzeug begann, das er stehlen konnte.

27. *Kapitel*
Wieder unterwegs

Um 14.55 Uhr fuhr Rachael durch den El Cajon Paß, sechzehn Kilometer südlich von Victorville und noch fast siebzig Kilometer von Barstow entfernt.

Die letzten Siedlungen vor der Wüste, dachte die junge Frau. Selbst hier – abgesehen von einigen abgelegenen Häusern zwischen Victorville und Hesperia – bestand die Landschaft zum größtenTeil aus weißem Sand, zerklüfteten Felsen und Kakteen. Auf der mehr als zweihundertfünfzig Kilometer langen Strecke zwischen Barstow und Las Vegas gab es nur zwei kleine Orte: die Geisterstadt Calico (mit einigen Restaurants, Tankstellen und dem einen oder anderen Motel) und Baker, das Tor zum Death Valley National Monument, einige wenige Gebäude in der heißen Leere. Rachael entsann sich auch an Halloran Springs, Cal Neva und Stateline, aber man konnte sie eigentlich nicht als richtige Ortschaften bezeichnen, denn dort lebten nicht mehr als jeweils höchstens fünfzig Menschen.

Wenn Rachael nicht so sehr um Ben besorgt gewesen wäre, hätte sie vielleicht den weiten Blick über die endlos erscheinende Mohavewüste genossen. Doch immer wieder kehrten ihre Gedanken zu ihm zurück. Sie wünschte sich, ihn nicht allein gelassen zu haben, obgleich sie wußte, daß seine Argumente stichhaltig waren.

Einige Sekunden lang überlegte sie, ob sie kehrtmachen und zur Hütte zurückfahren sollte, schüttelte dann aber den Kopf. Wahrscheinlich hatte Ben das Blockhaus längst verlassen, wenn sie dort eintraf. Möglicherweise lief sie dort der Polizei direkt in die Arme.

Acht Kilometer südlich von Victorville bemerkte Rachael ein seltsames Pochen, das seinen Ursprung unterhalb des Wagens zu haben schien. Vier- oder fünfmal klackte es, und dann herrschte wieder Stille. Sie fluchte leise beim Gedanken an eine Panne, nahm den Fuß vom Gas, wartete, bis die Geschwindigkeit auf etwa achtzig Stundenkilometer gefallen war, beschleunigte dann wieder und horchte.

Das Summen der Reifen auf dem Asphalt.

Das gleichmäßige Schnurren des leistungsstarken Motors.

Das sanfte Flüstern und Raunen der Klimaanlage.

Kein Klopfen.

Während der nächsten Viertelstunde blieb Rachael wachsam und unruhig, fürchtete immer noch, der Motor könne ganz plötzlich aussetzen. Sie stellte sich vor, wie ein Reifen platzte, wie sie ins Schleudern geriet, sich der Wagen mehrmals überschlug und auf dem Dach liegen blieb – so sehr beschädigt, daß sie nicht mehr weiterfahren konnte, in der Wüste festsaß, mutterseelenallein. Aber nichts dergleichen geschah. Nach einer Weile entspannte sich Rachael und dachte wieder an Ben.

Zwar war der grüne Chevrolet bei der Kollision mit dem Ford beschädigt worden – Kotflügel und Kühlergrill eingebeult, ein Scheinwerfer gesplittert –, doch er funktionierte nach wie vor. Peake fuhr über den Kiespfad zurück, steuerte die große Limousine dann über den asphaltierten Weg bis zur Hauptstraße. Sharp saß auf dem Beifahrersitz neben ihm und beobachtete den Wald, die Pistole mit dem Schalldämpfer schußbereit im Schoß.

Der junge DSA-Agent setzte die Fahrt am See entlang fort, bis er eine Stelle fand, an der sechs Wagen parkten. Vermutlich gehörten sie Anglern, die an einem nur schwer zugänglichen Uferbereich auf reiche Fischbeute hofften. Sharp glaubte, daß Shadway weiter südlich den Hang herunterkam und sich an die abgestellten Fahrzeuge erinnerte. Vielleicht kroch er durch den Graben, um nicht entdeckt zu werden, oder er bahnte sich einen Weg durch den Wald, parallel zur Straße. Peake hielt hinter dem letzten Auto an, einem recht alten Dodge-Kombi, fuhr ganz dicht heran – um zu verhindern, daß Shadway die grüne Limousine bemerkte, wenn er sich von Süden her näherte.

Anschließend kauerte er sich hinter dem Lenkrad zusammen, so daß er gerade noch durch die Windschutzscheibe und die Fenster der weiter vorn geparkten Fahrzeuge sehen konnte. Sie waren bereit, sofort zu handeln, wenn Shadway versuchte, einen der Wagen vor ihnen aufzubrechen. Zumindest traf das auf Sharp zu. Peake wußte noch immer nicht genau, wie er sich verhalten sollte.

Es raschelte in den Baumwipfeln, als der Wind auflebte. Eine bunt schillernde Libelle flog vorbei.

Die Uhr im Armaturenbrett tickte leise, und Peake hatte plötzlich das Gefühl, auf einer Zeitbombe zu sitzen.

»Er wird innerhalb der nächsten fünf Minuten auftauchen«, sagte Sharp.

Hoffentlich nicht, dachte Peake.

»Und dann erledigen wir den verdammten Mistkerl«, fügte Sharp hinzu.

Damit will ich nichts zu tun haben, dachte Peake.

»Sicher rechnet er damit, daß wir auf der Straße hin und her fahren und nach ihm Ausschau halten. Er dürfte ziemlich überrascht sein festzustellen, daß wir hier auf ihn warten. Er wird direkt in die Falle tappen.«

Mein Gott, ich hoffe nicht, dachte Peake. Ich hoffe, er wendet sich nach Süden anstatt nach Norden. Vielleicht überquert er den Berg, klettert am anderen Hang herab und kommt nicht einmal in die *Nähe* dieser Straße.

»Mir scheint, er ist recht gut bewaffnet«, sagte Peake laut. »Ich meine, ich habe das Gewehr gesehen. Das sollten wir berücksichtigen.«

»Er wird nicht auf uns schießen«, entgegnete Sharp.

»Warum nicht?«

»Weil er ein zimperlicher Moralist ist. Ein *sensibler* Typ. Macht sich zu viele Gedanken über seine verdammte Seele. Jemand wie Shadway kann nur dann töten, wenn er in einem Krieg kämpft – in einem Krieg, den er für *richtig* hält. Oder wenn er aus Notwehr handelt.«

»Ja, aber wenn wir auf ihn schießen, bleibt ihm wohl gar nichts anderes übrig, als das Feuer zu erwidern, oder?«

»Sie verstehen ihn nicht, Peake. Dies ist kein verdammter

Krieg. Wenn Shadway die Möglichkeit hat, die Beine in die Hand zu nehmen und zu fliehen, wenn er nicht in die Enge getrieben wird, entscheidet er sich zweifellos gegen den Kampf und versucht statt dessen, sich aus dem Staub zu machen. Er trifft immer die moralisch bessere Wahl – weil er sich allen anderen Leuten für moralisch überlegen hält. Draußen im Wald gibt es eine Vielzahl von Versteckmöglichkeiten für ihn. Nun, wenn wir ihn aufs Korn nehmen und treffen, ist der Fall erledigt. Aber wenn wir ihn verfehlen, wird er nicht auf uns schießen, sondern einfach weglaufen. Und damit gibt er uns eine neuerliche Chance, ihn zu verfolgen und zu stellen. Das ist ein ganz wichtiger Punkt: Man darf ihn nie in eine Ecke treiben, muß ihm immer eine Gelegenheit lassen, sich zurückzuziehen. Wenn er flieht, können wir ihn von hinten abknallen, was in jeder Hinsicht das Beste wäre. Shadway gehörte zu einer Aufklärungseinheit der Marine und war damals ein verdammt fähiger Einzelkämpfer, mit allen Wassern gewaschen. Und er scheint in Form geblieben zu sein. Er könnte Ihnen mit bloßen Händen den Kopf abreißen, wenn er wollte.«

Diese Hinweise erfüllten Peake mit dumpfem Schrecken. Er konnte nicht genau bestimmen, was ihn mehr entsetzte: der Umstand, daß Sharp aus ganz persönlichen Gründen bestrebt war, einen unschuldigen Mann umzubringen, der sich streng an seine moralischen Prinzipien hielt, ihn *von hinten* zu erschießen – oder die Tatsache, daß Shadway selbst ohne das Gewehr eine tödliche Waffe gewesen wäre, eine Art Rambo mit Gewissen. Peake hatte seit fast vierundzwanzig Stunden nicht mehr geschlafen und fühlte sich erschöpft und ausgelaugt, aber seine Augen beobachteten wachsam den Waldrand. Er wagte es nicht einmal für einige wenige Sekunden, die Lider zu schließen.

Plötzlich beugte sich Sharp vor, so als habe er Shadway entdeckt. Aber gleich darauf entspannte er sich wieder und ließ den angehaltenen Atem entweichen.

Er ist ebenso nervös wie zornig, dachte Peake.

Der junge DSA-Agent sammelte Mut, um eine Frage zu

stellen, die seinen Vorgesetzten verärgern mochte. »Sie sind ihm schon einmal begegnet, Sir?«

»Ja«, antwortete Sharp mürrisch.

»Wo?«

»An einem anderen Ort.«

»Und wann?«

»Vor langer Zeit«, sagte Sharp, und sein Tonfall machte deutlich, daß er keine weiteren Fragen beantworten wollte. »Vor langer, langer Zeit«, fügte er nachdenklich hinzu.

Heller Sonnenschein glänzte auf dem schwarzen Lack des Mercedes, und im Kofferraum wurde es immer heißer. Eric Leben hatte sich auf der einen Seite zusammengerollt und empfand auch noch eine andere Art von Wärme: Sie ging von dem besonderen und fast angenehmen Feuer aus, das in ihm brannte, von den Flammen, die seiner menschlichen Struktur eine andere Form gaben.

Die hohe Temperatur, die Dunkelheit, die Bewegungen des Wagens und das fast hypnotische Summe der Reifen machten ihn schläfrig, bewirkte einen tranceartigen Zustand. Für eine Weile vergaß er, wer und wo er war, warum er sich an diesem Ort befand. Die Gedanken trieben wie träge Schlieren durch sein benommenes Bewußtsein, zerfaserten wie Nebelschwaden, die ein sanfter Wind langsam auflöste. Manchmal flackerten die inneren Lichter bestimmter Reminiszenzen in ihm auf: Er sah Rachaels geschmeidigen Leib, spürte die weiche Haut Sarahs und anderer Frauen, fühlte den Pelz des Teddybärs, mit dem er als kleiner Junge geschlafen hatte. Fragmentarische Szenen von Filmen, einzelne Melodien von Kinderliedern. Onkel Barry, der ihn angrinste und winkte. Eine unbekannte Tote, die in einem Müllbehälter lag. Eine andere Frau, an die Wand eines Schlafzimmers genagelt, nackt, die blicklosen Augen weit aufgerissen. Die düstere Kapuzengestalt des Todes, die ihm aus den Schatten entgegentrat. Das deforme Gesicht in einem Spiegel. Seine Arme, die aus irgendeinem Grund in seltsam monströsen Händen endeten...

Einmal hielt der Wagen an, und die Unterbrechung des sanften Schaukelns weckte Eric aus seiner Trance. Rasch orientierte er sich, und die kalte, reptilienartige Wut flutete in ihn zurück. Erwartungsvoll ballte er die Hände zu Fäusten, freute sich bereits darauf, die langen, klauenartigen Finger um Rachaels Hals zu legen und sie langsam, ganz langsam zu erdrosseln. Sie hatte ihn zu einem Narren gemacht, ihn zurückgewiesen, ihn in den Tod geschickt. Eric hätte sich fast dazu hinreißen lassen, aus dem Kofferraum zu klettern, doch dann hörte er die Stimme eines Mannes und zögerte. Die Geräusche deuteten darauf hin, daß der Mercedes an einer Tankstelle stand, und an solchen Orten herrschte für gewöhnlich ein ständiges Kommen und Gehen. Eric begriff, daß er sich keinen anderen Menschen zeigen durfte, und er beschloß, eine bessere Gelegenheit abzuwarten.

Er hatte bereits festgestellt, daß sich die Rückwand des Kofferraums ganz leicht lösen ließ, und das gab ihm die Möglichkeit, innerhalb weniger Sekunden den Fond des Wagens zu erreichen. Er zweifelte nicht daran, Rachael überraschen zu können. Sie ahnte nichts.

Während der Tankwart mit der Zapfpistole hantierte, hob Eric vorsichtig die Hand, betastete sein Gesicht und glaubte, Anzeichen für weitere Veränderungen zu fühlen.

An einer Stelle... schuppige Kühle.

Voller Abscheu und Elend preßte er die Lippen zusammen.

Er wagte es nicht, die Untersuchung fortzuführen.

Er überlegte, in was er sich verwandelte.

Und fürchtete sich gleichzeitig vor der Antwort auf diese Frage.

Er mußte Bescheid wissen.

Und konnte es nicht ertragen, Gewißheit zu haben.

Trübe Gedanken formten graue Muster der Besorgnis. Vielleicht hatte die Manipulation seiner Genstruktur ein Ungleichgewicht in bezug auf unbekannte Lebenskräfte geschaffen, die Variablen einer vitalen Gleichung verändert. Die plötzliche Differenz zwischen zuvor ausgeglichenen

Werten machte sich erst nach Erics Tod bemerkbar, und daraufhin entfalteten die veränderten Zellen eine völlig neue Art von Aktivität, leiteten einen umfassenden Heilungsprozeß ein, der mit unnatürlicher Geschwindigkeit ablief. Die überwältigende Flut regenerierender Hormone und Proteine erschütterte die Basis genetischer Stabilität und zerstörte das biologische Kontrollzentrum, das die zellulare Evolution bremste. Jetzt erfolgte die Entwicklung in einem geradezu hektischen Rhythmus. Aber Erics Körper stieg nicht etwa weitere Stufen der evolutionären Leiter in die Höhe, sondern kletterte in die Tiefe, machte Anstalten, eine der vielen Gestalten anzunehmen, die als Programme im Dutzende von Millionen Jahren umfassenden Rassengedächtnis gespeichert waren. Er wußte, daß sein Intellekt zwischen dem modernen Verstand Eric Lebens und den exotisch anmutenden Bewußtseinen weitaus primitiverer Entwicklungsstadien der menschlichen Spezies hin und her wanderte. Wenn er sich bei diesen mentalen Fluktuationen genügend weit von der ihm vertrauten Erfahrungswelt entfernte, zurücksank in die dunklen Tiefen einer völlig fremdartigen Vorzeit, endete seine Identität als Eric Leben. Jähe Furcht vibrierte in ihm, als er sich vorstellte, wie seine Persönlichkeit zersplitterte und in eine affen- oder reptilienartige Gedankensphäre einging.

Es war alles nur *ihre* Schuld. Rachael hatte ihn umgebracht und mit seinem Tod die Metamorphose ausgelöst. Erics sehnlichster Wunsch bestand darin, Rache zu nehmen, ihren Körper regelrecht zu zerfetzen...

Er schauderte, als das Verlangen in ihm immer stärker wurde – eine Mischung aus animalischer Gier und menschlicher Vorfreude.

Nachdem Rachael den Tankwart bezahlt hatte, kehrte sie auf den Highway zurück, und für Eric begann eine neuerliche tranceartige Phase. Diesmal waren seine Gedanken noch sonderbarer als vorher. Vor seinem inneren Auge sah er sich selbst: Er stand inmitten einer eigentümlichen Landschaft, nicht etwa hoch aufgerichtet wie ein Mensch, sondern geduckt. Am fernen Horizont spien Vulkane Rauch und Feuer, und der Himmel war dunkelblau, viel klarer als der, den Eric kannte. Dennoch erschien er ihm ebenso vertraut wie die glänzende Vegetation. Kurz darauf eine weitere Veränderung der Erfahrungswelt: Er stand nicht mehr auf zwei Beinen, sondern kroch bäuchlings über einen weichen und warmen Untergrund, zog sich an einem modrigen Baumstamm hoch, kratzte die Borke mit Klauenzehen ab und entdeckte ein großes Madennest, in das er hungrig seine Schnauze grub...

Die primitive Aufregung löste einen Reflex in ihm aus, und mit dem einen Fuß trat Eric mehrmals an die Seitenwand des Kofferraums. Die Bewegung – das Geräusch, das er damit verursachte – befreite ihn von den düsteren Visionen und den damit einhergehenden Empfindungen. Er begriff, daß er imstande war, Rachael auf sich aufmerksam zu machen, und deshalb zog er die Beine an und blieb wieder ganz still liegen.

Der Wagen wurde langsamer, aber kurz darauf beschleunigte er wieder – Rachael hatte das Pochen falsch gedeutet –, und im mentalen Fokus Erics formten sich einmal mehr primordiale Erinnerungsbilder.

Während er gedanklich an irgendeinem fernen Ort weilte, machte der Veränderungsprozeß rasche Fortschritte. Der dunkle Kofferraum kam einem warmen Mutterschoß gleich, in der ein entstelltes Kind heranwuchs und immer neue Gestalten annahm. Es vereinte das Neue mit dem Alten. Einerseits war seine Zeit längst verstrichen, doch andererseits begann sie gerade erst.

Ben vermutete, seine Gegner rechneten damit, daß er sich an die im westlichen Bereich der State Route geparkten Wagen erinnerte, und wahrscheinlich hatten sie dort eine Falle für ihn vorbereitet. Des weiteren mochten sie annehmen, er wende sich nach Norden, wenn er die Straße erreichte. Die Möglichkeit, geduckt durch den Straßengraben zu eilen um sich im hohen Gras zu verbergen, lag auf der Hand. Shadway lächelte dünn, als er sich für eine völlig andere Taktik entschied, um Anson Sharp zu überraschen. Bestimmt erwartete er nicht, daß Ben die Straße überquerte, in den Wald auf der westlichen Seite (am Uferbereich) vordrang, den Weg *von dort aus* nach Norden fortsetzte und sich den geparkten Wagen von hinten näherte.

Er traf die richtige Entscheidung. Als er eine Zeitlang nach Norden gegangen war – die Straße rechts und der See links von ihm – und nach Süden blickte, sah er nicht nur die am Rande der State Route abgestellten Wagen, sondern auch die beiden Männer im Chevrolet. Die grüne Limousine stand dicht hinter einem alten Dodge, und er wäre bestimmt nicht auf sie aufmerksam geworden, wenn er sich von Süden her genähert hätte.

Ben schob sich näher heran und ließ sich zu Boden sinken. Die Combat Magnum hinter seinem Gürtel übte einen unangenehmen Druck aus, und schon nach wenigen Sekunden rollte sich Shadway vorsichtig auf die Seite.

Nachdenklich beobachtete er die beiden Männer, die im grünen Chevy auf der Straße weiter oben auf ihn warteten, und er erwog die Möglichkeit, sich einfach an den geparkten Fahrzeugen vorbeizuschleichen und woanders nach einem geeigneten Wagen zu suchen. Vielleicht gelang es ihm, an einem anderen Ort ein Auto zu stehlen und Rachael zu folgen – bevor Anson Sharp und sein Begleiter zu dem Schluß gelangten, daß er sich auf und davon gemacht hatte.

Nein, dachte Ben und schüttelte den Kopf. Sharp würde sich bestimmt nicht sehr lange gedulden. Wenn Ben nicht innerhalb der nächsten Minuten erschien, nahm er vielleicht an, ihn falsch eingeschätzt zu haben. Und wenn er losfuhr und auf der Straße patrouillierte, bestand die Gefahr, daß Ben früher oder später entdeckt wurde.

Derzeit hatte Shadway das Überraschungsmoment auf seiner Seite. Er wußte, wo sich Sharp befand, wohingegen Anson nur auf Vermutungen angewiesen war. Ben entschied, diesen Vorteil auszunutzen.

Zuerst suchte er nach einem faustgroßen Stein, entdeckte einen und wog ihn versuchsweise in der Hand. Er fühlte sich genau richtig an, fest und schwer genug. Dann öffnete Ben sein Hemd, stopfte den Stein hinein und knöpfte es wieder zu.

Mit dem halbautomatischen Remington-Gewehr in der rechten Hand schob er sich weiter, brachte die Böschung hinter sich und kroch nach Süden, bis er sich dicht neben dem Heck der großen Limousine befand. Als er wachsam hochkletterte, stellte er fest, daß er die Entfernung genau richtig abgeschätzt hatte: Die hintere Stoßstange des Chevys glänzte nur wenige Zentimeter neben ihm.

Sharps Fenster war heruntergekurbelt – was Ben nicht weiter erstaunte. Regierungswagen verfügten nur in seltenen Fällen über Klimaanlagen. Er wußte, daß er jetzt nicht das geringste Geräusch verursachen durfte: Wenn Sharp aus dem Fenster sah oder in den Seitenspiegel blickte, würde er sofort bemerken, daß Ben hinter der Limousine hockte.

Ein anderes Geräusch, dachte Shadway, laut genug, um ihn für einige Sekunden abzulenken. Er wünschte sich einen stärkeren Wind, eine Bö, die in den Baumwipfeln ächzte und seufzte, in den Büschen und Sträuchern raschelte.

Besser noch der Motor eines anderen Wagens, der von Norden kam. Ben wartete gespannt, und kurz darauf näherte sich ein grauer Pontiac Firebird. Laute Musik erklang. Jugendliche, die einen Ausflug machen, dachte Ben, die Fenster geöffnet, den Kassettenrecorder voll aufgedreht. Bruce Springsteen sang begeistert von hübschen Mädchen, schnellen Autos und Gießereiarbeitern. Perfekt.

Als der Firebird den parkenden Chevrolet passierte, als das Brummen des Motors und Springsteens Stimme besonders laut waren, als Ben sicher sein konnte, daß Sharp nicht auf den linken Straßenrand achtete, sprang Shadway mit einem jähen Satz von der Böschung fort und duckte sich hinter die grüne Limousine, so tief, daß ihn der DSA-Agent am Steuer nicht im Rückspiegel sehen konnte.

Der Firebird entfernte sich rasch, und die Springsteen-Melodien verklangen in der Ferne. Ben schob sich zur einen Seite, holte tief Luft, richtete sich abrupt auf und feuerte das Gewehr ab. Dutzende von Schrotkörnern bohrten sich in den linken Hinterreifen des Chevrolets. Der Schuß knallte so laut, daß Ben unwillkürlich zusammenzuckte, obgleich er darauf vorbereitet gewesen war, und die beiden Männer im Wagen schrien erschrocken auf. Einer von ihnen rief: »Unten bleiben!« Das Auto neigte sich ein wenig nach links, als die Luft aus dem aufgeplatzten Reifen entwich. Bens Zeigefinger krümmte sich erneut um den Abzug, und es knallte noch einmal. Der zweite Schuß diente nur dazu, den beiden DSA-Agenten Angst einzujagen. Er zielte so dicht über das Dach der Limousine hinweg, daß einige der winzigen Kugeln übers Stahlblech kratzten.

Ben verlor keine Zeit, legte das Gewehr zum drittenmal an und zerschoß den Vorderreifen auf der Fahrerseite. Dann blickte er durchs Rückfenster, vergewisserte sich, daß Sharp und sein Begleiter noch immer hinter dem Armaturenbrett Schutz suchten, und feuerte auf die Scheibe – überzeugt davon, weder Sharp noch den anderen Mann zu verletzen. Es kam ihm nur darauf an, sie so sehr zu erschrecken, daß sie noch eine halbe Minute im Wagen blieben.

Das Echo des letzten Schusses war noch nicht ganz verhallt, als Ben loslief, sich zu Boden warf und unter den Dodge kroch. Sharp sollte glauben, er sei in den Wald rechts oder links von der Straße geflohen, um sein Gewehr dort zu laden und sie erneut aufs Korn zu nehmen, wenn sie sich zeigten. Bestimmt rechneten sie nicht damit, daß er unter dem Wagen vor ihnen lag.

Während er wartete, versuchte Shadway, möglichst ruhig und leise zu atmen und sich nicht von der Stelle zu rühren.

Nach einiger Zeit hörte er leise Stimmen, dann das Klacken einer sich öffnenden Tür.

»Verdammt, Peake, kommen Sie!« sagte Sharp.

Schritte.

Ben drehte den Kopf nach rechts, und sein Blick fiel auf Sharps Schuhe. Auf der linken Seite war nichts zu sehen.

»*Bewegen* Sie sich, Peake!« befahl Sharp mit einem heiseren Flüstern.

Eine zweite Tür öffnete sich, und erneut schloß sich das

Geräusch von Schritten an. Diesmal klangen sie zögernd und unsicher.

Die beiden Männer blieben neben dem Dodge stehen und schwiegen, sahen sich nur still um und lauschten.

»Vielleicht hockt er weiter vorn zwischen zwei Wagen und wartet nur darauf, uns zu durchlöchern«, hauchte Peake.

»Nein, er ist in den Wald zurückgekehrt«, erwiderte Sharp ebenso leise. Er schnaufte verächtlich. »Bestimmt beobachtet er uns und lacht sich ins Fäustchen.«

Der glatte, faustgroße Stein unter Bens Hemd schien sich in seinen Bauch pressen zu wollen. Trotzdem blieb Shadway still liegen, um sich nicht zu verraten.

Schließlich gingen Sharp und Peake weiter, und nach wenigen Sekunden gerieten ihre Schuhe außer Sicht. Vermutlich blickten sie in die geparkten Wagen und sahen in den Zwischenräumen nach.

Aber es war sehr unwahrscheinlich, daß sie sich niederknieten und *unter* den abgestellten Fahrzeugen nach ihm suchten. Sharp mußte die Vorstellung, Shadway könne ein solches Versteck gewählt haben, für völlig absurd halten, denn es gab ihm nicht die Möglichkeit, rasch die Flucht zu ergreifen. Wenn sich Bens Risiko auszahlte, wurde er seine Verfolger los und bekam die Gelegenheit, eins der Fahrzeuge zu stehlen und nach Las Vegas zu fahren. Andererseits: Wenn Sharp ihn für dumm – oder schlau – genug hielt, sich unter dem Dodge zu verkriechen, war Shadway bereits so gut wie tot.

Ben hoffte inständig, daß der Besitzer des Kombis nicht ausgerechnet jetzt zurückkehrte, um fortzufahren.

Sharp und Peake erreichten den vordersten Wagen, und als sie den Gesuchten auch dort nicht fanden, kehrten sie langsam zurück. Sie sprachen jetzt ein wenig lauter.

»Sie haben gesagt, er würde keinesfalls auf uns schießen«, beklagte sich Peake.

»Das hat er auch nicht.«

»Und was ist das dort?« Offenbar zeigte Peake auf das zerstörte Fenster der grünen Limousine.

»Er hat auf den Chevy geschossen.«

»Was macht das für einen Unterschied? Wir saßen im Wagen.«

Erneut blieben sie neben dem Dodge stehen.

Ben blickte nach rechts und links, starrte auf die Schuhe der beiden DSA-Agenten und hoffte, daß er jetzt nicht niesen oder husten mußte.

»Er hat auf die Reifen gezielt, sehen Sie?« sagte Sharp. »Und das wäre sinnlos gewesen, wenn er es auf uns abgesehen hätte.«

»Und die Scheibe?«

»Himmel, ja, er hat auch auf die verdammte Scheibe geschossen. Aber wir duckten uns hinters Armaturenbrett, und er wußte, daß er uns nicht treffen würde. Verstehen Sie jetzt? Shadway ist ein eingebildeter Moralist, der glaubt, er habe die weiße Weste für sich gepachtet. Er ballert nur auf uns, wenn wir ihm keine andere Wahl lassen – und erst dann, wenn wir das Feuer auf ihn eröffnet haben. Er wäre auf keinen Fall bereit, als erster abzudrücken. Hören Sie, Peake: Wenn es seine Absicht gewesen wäre, uns ins Jenseits zu schicken, hätte er den Lauf seiner Flinte einfach durch eins der Seitenfenster gehalten und uns beide umgelegt. Denken Sie mal darüber nach.«

Einige Sekunden lang schwiegen die beiden Männer.

Peake schien den Rat Sharps zu beherzigen.

Ben fragte sich, was Anson jetzt durch den Kopf ging.

»Er hat sich in den verdammten Wald zurückgezogen«, sagte Sharp kurz darauf und wandte sich vom Dodge ab. Shadway sah seine Hacken. »In Richtung See. Und ich wette, er kann uns sehen. Er überläßt uns den nächsten Schachzug.«

»Wir müssen uns einen anderen Wagen besorgen«, meinte Peake.

»Zuerst gehen Sie da runter ins Dickicht und versuchen, ihn aufzuscheuchen.«

»Ich?«

»Ja, Sie«, bestätigte Sharp.

Die veränderte Genstruktur bewirkte einen beschleunigten Heilungsprozeß und hatte es Eric ermöglicht, dem Tod ein Schnippchen zu schlagen – aber es war schlicht und einfach *unmöglich*, daß er sich so rasch von normalerweise tödlichen Schußwunden erholte.

»Stirb, verdammt!« stieß Rachael hervor.

Das Geschöpf schauderte, spuckte etwas in den Schlamm – und sprang mit einem Satz auf.

»Fliehen Sie!« rief Whitney. »Um Himmels willen, Rachael, *laufen* Sie um Ihr Leben!«

Sie war nicht imstande, Whitneys Tod zu verhindern, und es hatte keinen Sinn, zusammen mit ihm zu sterben.

»Rachael«, knurrte das Ungeheuer, und die heisere, rauhe Grabesstimme brachte Zorn, Haß und Gier zum Ausdruck.

Das Magazin der Pistole – leer. Im Mercedes lagen Munitionsschachteln, aber Rachael konnte den Wagen nicht rechtzeitig genug erreichen, um ihre Waffe neu zu laden. Sie ließ die 32er fallen.

»Fliehen Sie!« wiederholte Whitney.

Rachaels Puls raste, als sie losstürmte und in die Garage zurückkehrte. Stechender Schmerz durchzuckte den Knöchel, den sie sich in der Wüste verstaucht hatte, und die Klauenkratzer an der Wade brannten so sehr, als seien es ganz frische Wunden.

Hinter ihr kreischte der Dämon.

Rachael riß ein Stahlgerüst mit Werkzeugen beiseite, hoffte, das Monstrum dadurch ein wenig aufzuhalten – vorausgesetzt, es nahm sofort die Verfolgung auf, ohne zuerst Whitney umzubringen. Kneifzangen, Sägen, Schraubenzieher und Metallregale klapperten hinter ihr, und als die junge Frau die Tür erreichte, hörte sie, wie das *Tier* über das Durcheinander hinwegkletterte. Es hatte Gavis lebend zurückgelassen, dachte offenbar nur noch daran, Rachael zu töten.

Sie sprang über die Schwelle, schlug hinter sich die Küchentür zu – doch bevor sie den Riegel vorschieben konnte, warf sich der Dämon gegen das Hindernis, und Rachael wurde jäh zurückgeschleudert. Sie schwankte und stolperte,

Er hielt das Gewehr in der einen Hand; mit der anderen knöpfte er sein Hemd auf und holte den Stein hervor.

Auf der anderen Seite des Kombis bewegte sich Sharp.

Shadway erstarrte und horchte.

Offenbar ging Anson am Rande der Böschung entlang, um Peake nicht aus den Augen zu verlieren.

Ben wußte, wie wichtig jetzt schnelles Handeln war. Wenn erneut ein Wagen kam, bot er dem Fahrer einen ziemlich spektakulären Anblick: ein Mann in verschmutzter Kleidung, in der einen Hand einen Stein, in der anderen ein Gewehr, einen großkalibrigen Revolver hinter den Gürtel geschoben. Eine Betätigung der Hupe genügte, um Sharp aufmerksam zu machen.

Shadway richtete sich langsam auf, starrte über den Dodge auf Sharps Kopf. Wenn sich Anson jetzt umdrehte, mußte einer von ihnen sterben.

Ben wartete, bis er ganz sicher war, daß Sharps Aufmerksamkeit einzig und allein dem nordwestlichen Teil des Waldes galt. Dann holte er aus und schleuderte den Stein über den Wagen hinweg.

Unmittelbar im Anschluß daran ließ er sich wieder zurücksinken und hörte wenige Sekunden später, wie sein Wurfgeschoß einige Dutzend Meter entfernt einen Busch traf.

»Peake!« rief Sharp. »Hinter Ihnen! Verdammt, hinter Ihnen! Dort drüben. Etwas bewegt sich zwischen den Sträuchern.«

Ben vernahm das laute Krachen von Zweigen, ein deutliches Knistern und Rascheln im Unterholz. Anson Sharp, der seinen Beobachtungsposten aufgab und die Böschung herunterkletterte? Zu schön, um wahr zu sein, dachte er und stemmte sich vorsichtig in die Höhe.

Sharp war tatsächlich verschwunden.

Ben zögerte nicht, nutzte die gute Gelegenheit, eilte an der Reihe geparkter Wagen entlang und überprüfte die Türen. Eine vier Jahre alte Chevette war nicht abgeschlossen – eine häßliche, gelbe Kiste mit giftgrünen Sitzen.

Shadway stieg ein, zog die Magnum hinter dem Gürtel

hervor und legte sie griffbereit auf den Beifahrersitz. Mit dem Kolben des Gewehrs schlug er mehrmals aufs Zündschloß ein, bis es schließlich auseinanderbrach.

Er fragte sich, ob das Knacken und Pochen auch unten am Hang zu hören war, dort, wo sich Sharp und Peake befanden.

Hastig zog er einige Kabel unter dem Armaturenbrett hervor, fand die Zünddrähte, hielt die blanken Enden aneinander und trat versuchsweise aufs Gas.

Der Anlasser wimmerte kurz, und der Motor gab ein asthmatisches Keuchen von sich.

Bestimmt hörte Anson Sharp das Brumen und Wummern, kam sofort zum richtigen Schluß, machte in diesem Augenblick kehrt und stürmte in die Richtung zurück, aus der er gekommen war.

Ben löste die Handbremse, legte den ersten Gang ein und fuhr los. Es blieb ihm nicht genug Zeit zu wenden, und deshalb lenkte er den gestohlenen Wagen nach Süden.

Hinter ihm knallte eine Pistole.

Shadway zuckte zusammen, zog den Kopf ein und sah in den Rückspiegel. Sharp sprang gerade durch die Lücke zwischen dem Dodge und der grünen Limousine, blieb breitbeinig auf der Straße stehen und legte erneut an.

»Zu spät, du Blödmann«, brummte Ben und trat das Gaspedal bis zum Anschlag durch.

Der Wagen schnaufte wie ein altersschwacher Greis.

Eine Kugel prallte an der hinteren Stoßstange ab, und das schrille *Piiiuuuh* klang wie das schmerzerfüllte Klagen der Chevette. Sie ruckelte einige Male, und dann entschlossen sich die Zündkerzen endlich dazu, ihren Dienst zu erfüllen. Eine bläuliche Qualmwolke drang aus dem Auspuff, und das Fahrzeug beschleunigte.

Im Rückspiegel war zu sehen, wie sich Anson Sharps Gestalt hinter dem Rauch zu verflüchtigen schien – ein Dämon, der nun in den Hades zurückkehrte. Vielleicht feuerte er noch immer, doch der Motor der Chevette heulte so laut, daß Ben die Schüsse nicht hören konnte.

Die Straße führte über eine Hügelkuppe hinweg, neigte sich nach unten und wandte sich in einer scharfen Kurve nach rechts. Ben erinnerte sich an den Polizisten beim Sportartikelgeschäft und nahm ein wenig Gas weg. Vielleicht hielt sich der Beamte noch irgendwo in der Nähe auf. Bisher hatte Ben eine Menge Glück gehabt, und er wollte sein Schicksal nicht herausfordern, indem er die Geschwindigkeitsbegrenzung überschritt. Er war völlig verdreckt, trug ein Gewehr und eine Magnum bei sich: Wenn er in eine Verkehrskontrolle geriet, durfte er kaum damit rechnen, daß man ihn einfach weiterwinkte.

Wieder unterwegs, dachte er zufrieden. Der erste Punkt seiner Prioritätenliste: Er mußte weiterfahren, bis er Rachael auf der I-15 oder in Las Vegas einholte.

Beim Gedanken an die Gefahr, die der jungen Frau drohte, krampfte sich in Bens Magengrube etwas zusammen.

Weiße Wolken verdichteten sich am blauen Sommerhimmel, und manche von ihnen wiesen bleigraue Ränder auf.

Rechts und links von der Straße verdunkelte sich der Wald.

28. Kapitel
Wüstenhitze

Rachael erreichte Barstow um 15.40 Uhr am Dienstagnachmittag. Sie dachte daran, die I-15 zu verlassen, um irgendwo ein Sandwich zu essen, denn der Hunger ließ ein flaues Gefühl in ihr entstehen. Außerdem blieben der Frühstückskaffee und die Coke an der Tankstelle nicht ohne Wirkung auf sie: Der Druck in ihrer Blase verstärkte sich immer mehr, war jedoch noch nicht so unangenehm, daß sie unbedingt eine Toilette aufsuchen mußte.

Auf der Straße zwischen Barstow und Las Vegas drohte ihr kaum Gefahr, denn dort fanden nur sehr selten Geschwindigkeitskontrollen statt. Tatsächlich war das Risiko, dort in eine Radarfalle zu geraten und angehalten zu werden, so gering, daß die Durchschnittsgeschwindigkeit hundertzwanzig bis hundertdreißig Stundenkilometer betrug. Sie beschleunigte bis auf hundertzehn, und da sie andere Wagen überholten, war Rachael einigermaßen sicher, nicht von einem Streifenwagen gestoppt zu werden.

Sie erinnerte sich an eine Raststätte, die noch ungefähr fünfzig Kilometer entfernt sein mochte, nahm sich vor, dort die Toilette zu benutzen. Solange hielt sie es bestimmt noch aus. Was das Essen anging: Sie verhungerte wohl kaum, wenn sie die nächste Mahlzeit bis zum Eintreffen in Las Vegas aufschob.

Seit dem El Cajon Paß bemerkte sie, daß sich der Himmel immer mehr bewölkte, und auch über der Mohavewüste ballte sich das seidenartige Weiß zu einem düsteren Grau zusammen. In der weiten Region zwischen Barstow und Las Vegas kam es nur zu wenigen Niederschlägen, aber während des Sommers geschah es dann und wann, daß sich Gewitter bildeten, und der bei solchen Gelegenheiten herabströmende Regen erinnerte an die biblische Sintflut. Der ausgetrocknete Boden konnte solche Wassermassen natürlich nicht aufnehmen. Zum größten Teil führte die Interstate an den breiten Abflußrinnen vorbei, aber hier und dort warnten Schilder vor Überflutungen. Rachael machte sich keine besonderen Sorgen darüber, in ein Unwetter zu geraten, fürchtete nur, dadurch Zeit zu verlieren. Sie wollte Las Vegas um viertel nach sechs oder spätestens um halb sieben erreichen.

Sie konnte sich erst sicher fühlen, wenn sie sich in Bennys Hotel befände, wenn er ebenfalls eingetroffen wäre, sie die Vorhänge zugezogen hätten und die Welt draußen vorübergehend vergessen könnten.

Am Dienstag herrschte nur wenig Verkehr, und die meisten Fahrzeuge, die Rachael sah, waren Lastwagen und Transporter. Von Donnerstag bis Montag pendelten Zehntausende von Personen zwischen Las Vegas und anderen Städten hin und her. Am Freitag und Sonntag nahm der Verkehr auf der Interstate häufig solche Ausmaße an, daß die

Blechschlangen auf der Straße einen eigentümlichen und fast absurden Kontrast zur leeren Öde der Wüste bildeten. Jetzt aber hatte Rachael bei manchen Streckenabschnitten das Gefühl, völlig allein zu sein.

Um 16.10 Uhr sah sie vor sich die Raststätte, an die sie sich zuvor erinnert hatte. Sie nahm den Fuß vom Gas, bog vom Highway ab, steuerte den schwarzen Mercedes auf einen großen Parkplatz und hielt vor einem niedrigen Betongebäude an, in dem es Waschräume für Männer und Frauen gab. Weiter rechts sah sie drei Picknicktische, die unter einem Metalldach standen.

Rachael stieg aus, nahm nur die Zündschlüssel und ihre Tasche mit und ließ sowohl die 32er als auch die Munitionsschachteln unter dem Fahrersitz zurück.

Einige Sekunden lang blickte sie zu den schiefergrauen Wolken empor, die inzwischen neunzig Prozent des Himmels bedeckten. Es war noch immer mehr als dreißig Grad heiß, aber Rachael hatte das Gefühl, daß die Temperatur ein wenig gesunken war.

Auf der Interstate rollten zwei gewaltige, neunachsige Lastzüge nach Osten, und das Dröhnen der Dieselmotoren zerriß das Tuch des Schweigens, das auf der Wüste ruhte. Als das Brummen in der Ferne verklang, legte sich eine noch festere Decke der Stille auf die Landschaft.

Als Rachael auf die Tür der Damentoilette zuschritt, kam sie an einem Schild vorbei, das Reisende vor Klapperschlangen warnte. Vielleicht liebten sie es, auf den Rastplatz zu kriechen und sich auf dem warmen Beton der Gehwege auszustrecken.

Eric erwachte langsam aus einem sehr intensiven und lebhaften Traum – oder einer uralten genetischen Erinnerungsvision –, in dem er kein Mensch gewesen war. Er kroch durch einen unterirdischen Bau, den nicht er selbst gegraben hatte, sondern ein anderes Geschöpf, schob sich nach unten und folgte einer modrig riechenden Spur, in der Überzeugung, irgendwo leckere Eier zu finden. Zwei bernsteinfarben glühende Augen in der Finsternis stellten das erste Anzeichen dafür dar, daß ihn keine problemlose Mahlzeit erwartete. Ein warmblütiges und pelziges Tier, ausgestattet mit spitzen Zähnen und Krallen, eilte ihm entgegen, um sein Nest zu verteidigen, und ganz plötzlich wurde Eric in einen wilden Kampf verwickelt, der gleichzeitig erschreckend und aufregend war. Kalte, reptilienartige Wut erfüllte ihn, ließ ihn den Hunger vergessen, der ihn dazu getrieben hatte, nach Eiern zu suchen. Er spürte, wie ihn sein Widersacher kratzte und biß, und er wich nicht zurück, wehrte sich nach Kräften. Eric zischte, und das Geschöpf vor ihm quiekte und spuckte. Er fügte mehr Wunden zu, als er selbst davontrug, bis er nichts anderes mehr roch als den stimulierenden Duft von Blut, Kot und Urin...

Als Eric in die menschliche Gegenwart zurückkehrte, stellte er fest, daß sich der Wagen nicht mehr bewegte. Er hatte keine Ahnung, wie lange er schon stand – vielleicht erst seit wenigen Minuten, möglicherweise aber auch schon seit Stunden. Er kämpfte gegen die hypnotische Aura der Traumwelt an, aus der sich sein Bewußtsein gerade erst befreit hatte, unterdrückte die Versuchung, in den einfachen und schlichten Kosmos primitiver Bedürfnisse und Vergnügen zurückzukehren, biß sich auf die Unterlippe, um mit der Arznei des Schmerzes seine Gedanken zu klären – und registrierte ohne sonderliche Überraschung, daß seine Zähne spitzer zu sein schienen. Er horchte eine Zeitlang, hörte jedoch weder Stimmen noch andere Geräusche von draußen. War Rachael bereits in Las Vegas eingetroffen? fragte er sich. Parkte der Wagen nun in der Garage des Motels, von dem Shadway erzählt hatte?

Die kalte, unmenschliche Wut seines Traums rumorte noch immer in ihm, galt nun nicht mehr einem kleinen Säugetier mit bernsteinfarbenen Augen, sondern Rachael. Erics Haß auf sie war überwältigend, und er gierte geradezu danach, die Hände nach ihrem Hals auszustrecken, ihr die Kehle zu zerfetzen, den Bauch aufzureißen und die Gedärme herauszuzerren...

In der Finsternis des Kofferraums tastete Eric nach dem Schraubenzieher. Zwar herrschte noch immer völlige Dunkelheit, doch er schien nicht mehr ganz so blind zu sein wie zuvor. Er konnte seine Umgebung nicht direkt *sehen*, sondern *spürte* sie eher, mit einer seltsamen Fähigkeit, die seinen normalen Sinnen eine neue Dimension gab. Es fiel ihm ganz leicht, sich zu orientieren, wußte, daß der Schraubenzieher an der Seitenwand lag, dicht vor seinen Knien. Und als er die Hand ausstreckte, um seine Wahrnehmung zu überprüfen, berührte er den Kunststoffgriff des Werkzeugs.

Er öffnete den Kofferraumdeckel.

Licht fiel herein. Einige Sekunden lang brannten Erics Augen, und dann gewöhnten sie sich an die plötzliche Helligkeit.

Vorsichtig stemmte er sich in die Höhe.

Es überraschte ihn, die Wüste zu sehen.

Eric stieg aus.

Rachael wusch sich die Hände in der Spüle – es gab zwar heißes Wasser, aber keine Seife – und trocknete sie im warmen Luftstrom des Gebläses, das Papierhandtücher ersetzte.

Anschließend verließ sie die Toilette, und als sich die schwere Tür hinter ihr schloß, sah sie, daß keine Klapperschlangen auf den Gehweg gekrochen waren.

Rachael kam drei Schritte weiter, bevor sie bemerkte, daß der Kofferraum des schwarzen Mercedes offenstand.

Ruckartig blieb sie stehen und runzelte die Stirn. Selbst wenn das Gepäckfach nicht abgeschlossen gewesen war: Die Klappe konnte unmöglich einfach so aufspringen.

Plötzlich wußte sie Bescheid: *Eric*.

Nur einen Sekundenbruchteil später sah sie ihn an der Ecke des Gebäudes, etwa fünfzehn Meter von ihr entfernt. Er starrte sie groß an, so als überrasche ihn die Begegnung ebensosehr wie die junge Frau.

Es war Eric – und doch schien er jemand anders zu sein.

Ungläubig und entsetzt beobachtete Rachael die monströse Gestalt, zunächst nicht dazu fähig, die Natur seiner bizarren Metamorphose zu begreifen. Trotzdem spürte sie instinktiv, daß die Veränderungen seiner genetischen Struktur zu einer gespenstischen Verwandlung geführt hatten. Erics Körper wirkte deformiert, doch angesichts der Kleidung ließ sich nur schwer feststellen, was mit ihm geschehen war. Die Kniegelenke und Hüften erweckten einen massiveren Eindruck. Außerdem hatte er jetzt einen Buckel: Das rotkarierte Hemd spannte sich über einem breiten Auswuchs auf dem Rücken. Die Arme waren sieben oder acht Zentimeter länger, und die breiten und muskulösen Hände ähnelten Pranken. Gelbbraune Flecken zeigten sich darauf, und die knorpeligen Finger endeten in Krallen. An einigen Stellen ersetzten glänzende Schuppen die Haut.

Das gräßliche Gesicht weckte besonderen Abscheu in Rachael. Nur noch einige wenige Merkmale erinnerten an die vormals so attraktiven Züge Erics. Knochen hatten sich neu geformt, an einigen Stellen breiter und flacher, schmaler und abgerundeter an anderen. Die Augen lagen tief in den Höhlen, und das vorspringende Kinn ragte aus prognathischen Unterkiefern. Auf der klobigen Stirn sah Rachael einen gezackten Hornwulst, der sich, weniger ausgeprägt, über den ganzen Kopf erstreckte.

»Rachael«, sagte Eric.

Seine Stimme war dunkel und heiser, vibrierte leicht. Sie glaubte, einen kummervollen und melancholischen Klang darin zu vernehmen.

Die junge Frau bemerkte zwei konische Vorsprünge auf der dicken Stirn Erics. Offenbar hatten sie sich noch nicht voll entwickelt, doch sie erinnerten schon jetzt an Hörner. Angesichts der Schuppen, die sowohl auf den Händen als auch an einigen Stellen im Gesicht glitzerten, und der faltigen, schlaffen Haut, die unter dem Kinn einen Kehllappen bildete, ergab das sogar einen gewissen Sinn: Einige Eidechsenarten wiesen Hörner auf, und vielleicht gab es in ferner Vorzeit irgendwelche amphibischen Vorfahren der Spezies Mensch mit solchen Auswüchsen (was Rachael jedoch für unwahrscheinlich hielt). Einige Faktoren des verformten Gesichts deuteten auf einen menschlichen Ursprung hin, und andere wirkten affenartig. Rachael begann zu verstehen: Erics Tod hatte ein Dutzende von Millionen Jahren altes Generbe aktiviert. Die nach wie vor in der DNS-Struktur gespeicherten Entwicklungsprogramme längst ausgestorbener Lebensformen nahmen Einfluß auf das Zellwachstum und versuchten, dem weichen Ton des Gewebes eine neue – beziehungsweise alte, uralte – Form zu geben.

»Rachael«, wiederholte Eric und rührte sich noch immer nicht von der Stelle. »Ich möchte... ich möchte...« Allem Anschein nach fand er nicht die richtigen Worte, um den Satz zu beenden. Oder vielleicht wußte er gar nicht, was er wollte.

Rachael hatte das Gefühl, als klebten ihre Füße am Boden fest. Sie bewegte sich ebenfalls nicht, war vor Entsetzen wie erstarrt – und versuchte gleichzeitig, sich bewußt zu machen, was mit Eric geschah. Die vielen Rassenerinnerungen in seinen Genen zerrten ihn in verschiedene Richtungen, und während er auf eine submenschliche Evolutionsebene zurückfiel, bemühte sich sein moderner Intellekt, die Kontrolle über den Körper zu wahren. Andererseits: Wenn diese Annahmen den Tatsachen entsprachen, sollte eigentlich jede Veränderung ein funktionelles Ziel anstreben und in direkter Verbindung mit der einen oder anderen prähumanen Gestalt stehen. Doch das schien nicht der Fall zu sein. Die pulsierenden Arterien in Erics Gesicht, die knochigen Höcker, hornigen Auswüchse und Schuppenfladen bildeten ein chaotisches Durcheinander und ließen sich in keinen Zusammenhang mit irgendeinem bekannten Geschöpf in der Evolutionshierarchie bringen. Das traf auch auf den Buckel zu. Rachael vermutete, daß die sichtbaren Veränderungen nicht nur auf programmatische Stimulationen aus dem Genpool des biologischen Erbes zurückgingen, sondern auch den Auswirkungen *mutierter* Gene zugeschrieben werden mußten, die einen ziellosen Strukturwandel bewirkten. Möglicherweise wurde Eric zu einem völlig fremdartigen Wesen, das überhaupt nichts Menschliches mehr an sich hatte.

»Rachael...«

Seine Zähne liefen spitz zu.

»Rachael...«

Die graublauen Pupillen seiner Augen waren nicht mehr rund, sondern verformten sich zu vertikalen Ovalen, so wie bei Schlangen. Ganz zweifellos nicht mehr die Augen eines Menschen – obgleich sich noch kein Ende der Metamorphose absehen ließ.

»Rachael...«

Die Nase – wesentlich flacher und breiter als vorher.

»Rachael... bitte... bitte...« Auf mitleiderweckende Art und Weise streckte er ihr eine monströse Hand entgegen, und in seiner rauhen Stimme vibrierten Kummer und Verzweiflung – und ein sehnsüchtiges Verlangen, das nicht nur Rachael überraschte, sondern auch Eric selbst. »Bitte... bitte... ich möchte...«

»Eric«, sagte sie, und die eigene Stimme kam ihr ebenso fremd vor wie die Erics. Grauen und Trauer hielten sich in ihr die Waage. »Was willst du?«

»Ich... ich möchte... möchte... mich nicht...«

»Ja?«

»...fürchten...«

Rachael wußte nicht, was sie sagen sollte.

Eric trat einen Schritt auf sie zu.

Die junge Frau wich sofort zurück.

Der Mann – das *Etwas* – taumelte weiter, und Rachael stellte fest, daß er Probleme mit seinen Füßen hatte. Sie schienen sich ebenfalls verändert zu haben, entsprachen vielleicht nicht mehr der Form der Stiefel.

Rachael wahrte die Distanz zu ihm.

»Ich will... dich...« preßte Eric hervor, keuchte und schnaufte so sehr, als sei es eine Qual, diese Worte zu formulieren.

»Eric«, erwiderte Rachael leise und voller Mitgefühl.

»...dich... dich...«

Drei rasche Schritte, wie kleine Sprünge. Und Rachael konnte es nicht ertragen, ihn näher herankommen zu lassen.

Mit düsterer Grabesstimme sagte Eric: »Weis mich... nicht ab... Rachael... bitte... nicht...«

»Ich kann dir nicht helfen, Eric.«

»Weis mich nicht zurück.«

»Es gibt niemanden mehr, der dir helfen könnte, Eric.«

»Weis mich nicht... *erneut* zurück.«

Rachael besaß keine Waffe, hielt nur die Wagenschlüssel in der einen und die Tasche in der anderen Hand, bedauerte es nun sehr, die Pistole im Mercedes gelassen zu haben. Einmal mehr setzte sie sich in Bewegung und wich fort von Eric.

Er gab ein wütendes Knurren von sich, bei dem es Rachael trotz der Junihitze kalt über den Rücken lief – und stürmte direkt auf sie zu.

Sie warf ihre Handtasche nach ihm, wirbelte um die eigene Achse und hastete in die Wüste hinter dem Rastplatz. Der weiche Sand gab unter ihren Schuhen nach, und mehrmals lief sie Gefahr, sich einen Fuß zu verstauchen. Nur mit Mühe wahrte sie das Gleichgewicht, hastete weiter, spürte, wie die trockenen Zweige von Büschen an ihren Beinen entlangstrichen. Rachael zog den Kopf ein, winkelte die Arme an und rannte, rannte so schnell wie möglich. Der Tod war ihr dicht auf den Fersen.

Als Eric Rachael auf dem Gehweg vor dem Waschraum sah, überraschte ihn seine eigene Reaktion. Beim Anblick ihres hübschen Gesichts, des tizianroten Haars und ihres prächtigen Körpers, neben dem er einst gelegen hatte, entstand Kummer in ihm. Plötzlich bedauerte er es zutiefst, sie nicht besser behandelt zu haben, und das Gefühl des Verlustes war schier unerträglich. Das Feuer des kalten Zorns in ihm erlosch, und menschlichere Empfindungen erschütterten das mentale Fundament seiner Wut. Tränen brannten in seinen Augen. Das Sprechen fiel ihm schwer, nicht nur aufgrund des veränderten Kehlkopfes, sondern vor allen Dingen wegen der Verzweiflung, die alle Winkel seines Ichs ausfüllte.

Aber sie wies ihn erneut zurück und bestätigte damit seinen schlimmsten Verdacht, der sich auf einem Nährboden aus innerer Qual und Selbstmitleid bildete. Wie eine Flutwelle aus schwarzem Wasser und brodelndem Eis kehrte der kalte Zorn einer uralten genetischen Erinnerung in ihn zurück. Der Wunsch, Rachael sanft zu berühren, über ihr Haar zu streichen und sie in die Arme zu schließen – er verschwand abrupt und machte dem wesentlich intensiveren Verlangen Platz, die junge Frau umzubringen. Er wollte ihren Leib zerreißen, seine Schnauze in ihr warmes Fleisch pressen. Primitive Gier erfüllte ihn, als er auf Rachael zustürzte.

Sie ergriff die Flucht, und er folgte ihr.

Sofort erwachten weitere Rassenerinnerungen in Eric, Reminiszenzen, die nicht nur sein Bewußtsein durchzogen, sondern auch im Blut schwammen. Er entsann sich, schon oft Beute gejagt zu haben, und diese Erkenntnis gab ihm einen wichtigen Vorteil. Er zweifelte nicht daran, daß er Rachael irgendwann erwischen würde, früher oder später.

Die junge Frau – das arrogante *Tier* – lief ziemlich schnell, aber das war bei solchen Opfern immer der Fall. Der Überlebensinstinkt mobilisierte alle Kraftreserven und machte sie flink, zumindest für eine Weile. Hinzu kam die Furcht, wie Eric wußte: Sie verhinderte, daß der Gejagte ebenso schlau und listig sein konnte wie der Jäger.

Eric hätte sich am liebsten die Stiefel von den Füßen gezogen, denn sie behinderten ihn jetzt. Doch sein Adrenalinspiegel war so hoch, daß er die Schmerzen in den aneinandergepreßten Zehen und gequetschten Knöcheln betäubte.

Die Beute floh nach Süden, obgleich sich dort nichts befand, was ihr irgendeine Art von Schutz bieten mochte. Zwischen ihnen und den fernen Bergen erstreckte sich eine öde Landschaft, Heimat von Geschöpfen, die krochen und glitten, die bissen und stachen – und manchmal ihre eigenen Jungen verschlangen, um zu überleben.

Schon nach knapp hundert Metern geriet Rachael außer Atem, und ihre Beine waren so schwer wie Blei.

Die Wüstenhitze – sie schien irgendwie Substanz zu gewinnen, eine zähe Konsistenz, und daher hatte Rachael das Gefühl, als liefe sie durch hohes Wasser. Das Glühen ging nicht etwa von der Sonne aus – inzwischen bedeckten die grauen Wolken fast den ganzen Himmel –, sondern vom Boden, und es war, als eile sie über einen Feuerrost.

Einmal blickte sie kurz zurück.

Eric war etwa zwanzig Meter hinter ihr.

Rachael sah wieder geradeaus und rannte noch schneller. Ihre Beine pumpten wie die Kolben eines Motors, als sie die Mauer der Hitze durchbrach – nur um unmittelbar darauf festzustellen, daß es weiter vorn andere gab, eine endlose Folge von Barrieren, die ihr Widerstand boten. Sie sog sich die trockene Luft in die Lungen, bis ihr Hals zu brennen begann und jeder Atemzug schmerzte. Einige Dutzend Meter voraus bemerkte sie eine natürliche Hecke aus kleinen Mesquitsträuchern; sie erstreckte sich zwanzig oder dreißig Meter weit nach rechts und links. Rachael wagte es nicht, zur Seite auszuweichen, fürchtete, daß Eric dadurch die Gelegenheit bekam, zu ihr aufzuschließen. Die Büsche ragten ihr nur bis zu den Knien und schienen nicht besonders dicht und breit zu sein, und deshalb stürmte Rachael einfach weiter. Gleich darauf aber stellte sich heraus, daß das Dickicht Hunderte von Dornen aufwies, die über ihre Jeans schabten, und es blieb ihr nichts anderes übrig, als den Weg wesentlich langsamer fortzusetzen. Eine Ewigkeit schien zu vergehen, bis sie die Hecke hinter sich brachte. Grauen regte sich in ihr: Vielleicht brauchte Eric jetzt nur noch die Klauenhand auszustrecken, um sie am Nacken zu packen. Rachaels Herz klopfte immer heftiger, so wild und ungestüm, daß sie das Gefühl hatte, das rasende Pochen müsse ihr die Brust zerreißen. Sie schob sich am letzten Mesquitstrauch vorbei, taumelte einige Schritte und wurde dann wieder schneller. Salziger Schweiß tropfte ihr von Stirn und Schläfen, verschleierte ihr den Blick. Wenn sie mit dieser Geschwindigkeit weiterlief, drohte ihr eine andere Gefahr: Ihr Körper verlor zu rasch Flüssigkeit. Am Rande ihres Gesichtsfeldes nahm sie bereits farbige Schlieren wahr, und in der Magengrube breitete sich das flaue Gefühl beginnender Übelkeit aus. Benommenheit wallte, einem mentalen Nebel gleich, ihren Gedanken entgegen, eine Gräue, die sich von einer Sekunde zur anderen in die Schwärze einer Ohnmacht verwandeln konnte. Dennoch lief Rachael weiter, rannte über den trockenen und heißen Sand, floh vor einem Ungeheuer, das hinter ihr fauchte und zischte.

Erneut drehte sie den Kopf.

Eric war näher herangekommen, nur noch fünfzehn Meter von ihr entfernt.

Rachael konzentrierte sich auf ihre letzten Kraftreserven. Sie wußte, daß es um ihr Leben ging, und dieser Gedanke spornte sie an.

Kurz darauf schloß sich hartes Gestein an den weichen Sandboden an, und auf dem felsigen Untergrund kam Rachael besser voran. Inzwischen quoll ihr der Schweiß in wahren Strömen aus den Poren, und die Gefahr einer Austrocknung ihres Körpers wurde immer bedrohlicher. Positives Denken, fuhr es ihr durch den Sinn. Darauf kam es jetzt an. Während der nächsten fünfzig Meter versuchte sie, optimistisch zu bleiben und sich einzureden, es gelinge ihr, die Entfernung zu Eric zu vergrößern.

Als sie sich zum drittenmal umsah, gab sie unwillkürlich einen entsetzten Schrei von sich.

Eric war bis auf zehn Meter heran.

Genau in diesem Augenblick stolperte Rachael und stürzte.

Erst im letzten Moment sah sie, daß erneut weicher Sand auf das geborstene Gestein folgte: Ganz plötzlich verlor sie den Halt. Sie versuchte, das Gleichgewicht zu wahren und weiterzulaufen, aber sie war bereits aus dem Rhythmus gekommen, kippte nach links und fiel.

Sie blieb am Rande eines ausgetrockneten Flußbetts liegen, das etwa fünfzehn Meter breit und fast zehn Meter tief sein mochte – ein Graben, der sich dann in einen reißenden Strom verwandelte, wenn es über der Mohavewüste zu einem Wolkenbruch kam. Rachael begriff die Chance, die sich ihr bot, zögerte nicht und stieß sich ab.

Sie rollte am Hang des Grabens herab, prallte unten mit solcher Wucht an einige Felsen, daß ihr für einige Sekunden die Luft wegblieb. Schmerzerfüllt verzog sie das Gesicht, als sie sich wieder in die Höhe stemmte und nach oben starrte.

Eric stand am Rande des tiefen Flußbetts, mehr als neun Meter über ihr, aber in der Vertikale schien diese Distanz weitaus größer zu sein als in der Horizontalen. Rachael hatte das Gefühl, als befinde sie sich auf einer Straße und als sehe Eric vom Dach eines dreistöckigen Gebäudes auf sie herab. Er zögerte, und dadurch gewann Rachael ein wenig Zeit. Wenn er ihr sofort über den Hang gefolgt wäre, hätte er sie jetzt vermutlich erreicht.

Die junge Frau wandte sich nach rechts, folgte dem Verlauf des Grabens und hinkte ein wenig, als sich Dutzende von spitzen Nadeln in ihren verstauchten linken Fuß zu bohren schienen. Sie wußte nicht, wohin das ausgetrocknete Flußbett führte. Aber sie blieb in Bewegung, sah sich immer wieder um und hielt nach einem Versteck Ausschau, nach irgendeiner Möglichkeit, Eric – dem Ungeheuer – zu entkommen, ihr Leben zu retten.

Sie brauchte ein Wunder.

29. Kapitel
Verschiedene Wege

Das Riverside County Sheriff's Department stellte Sharp und Peake einen Wagen zur Verfügung, und ein Beamter fuhr die beiden DSA-Agenten nach Palm Springs zurück, wo sie um 16.30 Uhr am Dienstagnachmittag eintrafen. Sie mieteten zwei Zimmer in einem Motel am Palm Canyon Drive.

Sharp rief Nelson Gosser an, den Beamten, der nach wie vor Eric Lebens Haus in Palm Springs bewachte. Gosser brachte Bademäntel für Peake und Sharp, gab ihre Sachen in eine Wäscherei und kehrte anschließend mit einigen gebratenen Hähnchen und Pommes frites zurück.

Während Sharp und Peake am Lake Arrowhead gewesen waren, hatte man Rachael Lebens roten Mercedes gefunden, hinter einem leerstehenden Haus einige Blocks westlich des Palm Canyon Drive. Der blaue Ford, mit dem Shadway zum See gefahren war, stammte von einem Autoverleih am Flughafen. Natürlich bot keins der Fahrzeuge irgendeinen neuen Anhaltspunkt.

Sharp rief den Flughafen an und sprach mit dem Piloten des Bell Jet Ranger. Die Reparatur des Hubschraubers war nahezu beendet, und die Maschine brauchte praktisch nur noch aufgetankt zu werden. Innerhalb der nächsten Stunde stand sie dem stellvertretenden DSA-Direktor zur Verfügung.

Anson Sharp erledigte noch einige andere Telefonate und nahm die Berichte mehrerer Einsatzagenten entgegen, die in den Geneplan-Laboratorien von Riverside und an verschiedenen Orten im Orange County ermittelten. Mehr als sechzig Leute arbeiteten an diesem Fall. Sharp setzte sich natürlich nicht mit allen in Verbindung, aber eine kurze Unterredung mit sechs von ihnen genügte ihm, ein Bild von der gegenwärtigen Lage zu gewinnen.

Sie traten auf der Stelle.

Es gab viele Fragen – und keine Antworten. Wo befand sich Eric Leben? Wo hielt sich Ben Shadway auf? Warum hatten sich Shadway und Rachael Leben getrennt? Wo war die Frau jetzt? Bestand die Möglichkeit, daß Shadway und Mrs. Leben irgendwelche Unterlagen in die Hand bekamen, die das Geheimnis des Projekts Wildcard bedrohten?

Trotz all der dringenden Probleme und der Tatsache, daß die Operation am Lake Arrowhead zu einer demütigenden Niederlage geführt hatte, offenbarte Anson Sharp einen enormen Appetit. Er aß zwei gebratene Hähnchen und nahm sich anschließend die Kartoffeln vor. Angesichts des Umstandes, daß er seine berufliche Zukunft in Gefahr brachte, indem er bei diesem Fall persönliche Erwägungen – seinen Wunsch, an Ben Shadway Rache zu nehmen – über die Ziele der Defense Security Agency stellte, erschien es eher unwahrscheinlich, daß er sich einfach hinlegen und den unschuldigen und sorgenfreien Schlaf eines Kindes genießen konnte. Doch als er sich auf dem Bett ausstreckte, brauchte er keine Ruhelosigkeit zu befürchten. Er war schon immer in der Lage gewesen, auf der Stelle einzuschlafen, ganz gleich, mit welcher Situation er es zu tun hatte.

Immerhin handelte es sich bei ihm um einen Mann, dessen einziges Interesse ihm selbst galt. Außerdem glaubte er fest daran, allen anderen Leuten überlegen zu sein, und deshalb verlor er nicht gleich den Mut, wenn er auf unerwartete Schwierigkeiten stieß. Er hielt Pech und Enttäuschungen für vorübergehende Erscheinungen, für unbedeutende Anomalien auf einem ansonsten geraden und hindernisfreien Weg zu Erfolg und Anerkennung.

Bevor er zu Bett ging, gab er Nelson Gosser den Auftrag, Peake einige Anweisungen zu übermitteln. Dann telefonierte er mit dem Motelportier, bat darum, nicht gestört zu werden, zog die Vorhänge zu und machte es sich auf der weichen Matratze bequem.

Als er an die dunkle Decke starrte, dachte er an Shadway und lachte leise.

Der arme Ben fragte sich bestimmt, wie es ihm möglich gewesen war, in der DSA Karriere zu machen – obgleich man ihn vor ein Kriegsgericht gestellt und unehrenhaft aus der Marine entlassen hatte. Genau darin bestand das eigentliche Problem Bens: Er ging von der falschen Annahme aus, es gebe verschiedene Verhaltensformen, moralische und unmoralische. Er gab sich der Illusion hin, gute Taten könnten irgendwann mit Belohnung rechnen – und Verfehlungen hätten Strafe zur Folge, Unglück und Kummer.

Anson Sharp hingegen wußte, daß es keine abstrakte Gerechtigkeit gab. Strafe drohte nur dann, wenn man anderen Menschen die *Möglichkeit* gab, Vergeltung zu üben. Altruismus und Fair play wurden keineswegs automatisch belohnt.

Seiner Ansicht nach handelte es sich bei Moral und Verderbtheit um bedeutungslose Begriffe. Im alltäglichen Leben ging es nicht darum, zwischen Gut und Böse zu wählen, sondern zwischen den Dingen, die individuelle Vor- oder Nachteile versprachen. Nur ein Narr konnte Entscheidungen treffen, die nicht in erster Linie dem eigenen Wohl galten.

Diese außerordentlich nützliche Philosophie hatte Anson Sharp in die Lage versetzt, alle Schandflecke seiner Vergangenheit auszuradieren, ohne Gewissensbisse zu bekommen. In diesem Zusammenhang erwiesen sich seine Kenntnisse in Hinblick auf Computer und ihr Leistungsvermögen als recht hilfreich.

In Vietnam war Sharp imstande gewesen, große Nachschublieferungen spurlos verschwinden zu lassen, weil einer seiner Komplizen – Corporal Eugene Dalmet – als Computeroperator im Divisions-Hauptquartier arbeitete. Die elektronische Datenverarbeitungsanlage gab Sharp und Dalmet die Möglichkeit festzustellen, wann und wo die nächste Lieferung erfolgte – und auf der Grundlage dieser Informationen war es nicht weiter schwer, einen geeigneten Zeitpunkt für den Diebstahl zu bestimmen. Später gelang es Dalmet häufig, die entsprechenden Dateien im Rechnerspeicher zu löschen und auf diese Weise alle Spuren zu verwischen.

Nach der unehrenhaften Entlassung kehrte Anson Sharp in die Vereinigten Staaten zurück, fest entschlossen, sein Wissen um die wunderbaren Fähigkeiten von Computern nutzbringend anzuwenden.

Sechs Monate lang befaßte er sich intensiv mit der Computerprogrammierung, arbeitete Tag und Nacht und vergaß alles andere – bis er nicht nur zu einem erstklassigen Operator wurde, sondern auch zu einem ausgezeichneten und überaus fähigen Hacker.

Er kam bei Oxelbine Placement unter, einer Arbeitsvermittlung, die groß genug war, um einen Computerspezialisten zu benötigen, deren Geschäfte jedoch noch nicht solche Ausmaße gewonnen hatten, daß sie eine Rufschädigung befürchten mußte, weil sie einen unehrenhaft entlassenen Ex-

Marine einstellte. Bei Oxelbine ging es nur darum, daß Sharp kein ziviles Vorstrafenregister aufwies und seinen Job verstand.

Oxelbine unterhielt eine direkte Verbindung zum Hauptcomputer der TRW – der bedeutendsten Ermittlungsagentur auf dem Sektor der Kreditwürdigkeit –, und es gelang Sharp schon nach kurzer Zeit, die Personaldateien anzuzapfen. Er benutzte ein selbstentwickeltes Programm, das dazu diente, bestehende Daten zu verändern und neue hinzuzufügen, und das versetzte ihn in die Lage, sein eigenes elektronisches Dossier zu manipulieren. Er löschte den Hinweis auf die unehrenhafte Entlassung, fügte einige Auszeichnungen hinzu und beförderte sich vom Sergeant zum Lieutenant. Anschließend hinterließ er im TRW-Computer die Anweisung, alle existierenden Hardcopies zu vernichten und auf der Grundlage der ›überarbeiteten‹ Sharp-Datei neue anzufertigen.

Ohne das Stigma der Kriegsgerichtsverhandlung bereitete es ihm keine Probleme, eine Anstellung bei General Dynamics zu finden, einer Firma, die gute Beziehungen zum Verteidigungsministerium unterhielt. Von dort aus zapfte er die zentralen Speicher des Marine Corps Office of Personnel (MCOP) an und veränderte auch seine dortige Akte. Zur damaligen Zeit machte sich kaum jemand Sorgen über Hacker und die Gefahr eines unbefugten Eindringens in Datenbereiche mit hohem Sicherheitsstatus, und die auf diesem Sektor herrschende Naivität gab Sharp die Möglichkeit, auch sein FBI-Dossier zu verbessern.

Einige Monate später bewarb er sich bei der Defense Security Agency, um festzustellen, ob er mit seinen Bemühungen den erwünschten Erfolg erzielt hatte. Das war tatsächlich der Fall. Eine routinemäßige FBI-Überprüfung ergab keine Bedenken, und daraufhin nahm man ihn in die DSA auf. Ehrgeiz und eiserne Entschlossenheit stellten die Werkzeuge dar, mit denen Anson Sharp kurz darauf eine steile Karriere begann, unbehindert von irgendwelchen Verfehlungen in der Vergangenheit. Er verzichtete nicht darauf, den DSA-Computer zu benutzen und seine Personaldatei um Belobigungen zu erweitern: Sie stammten angeblich von Senioroffizieren, die bei gefährlichen Einsätzen oder durch natürliche Ursachen ums Leben gekommen waren und die posthumen Anerkennungen somit nicht in Frage zu stellen vermochten.

Sharp wußte, daß die einzige Gefahr für seine berufliche Laufbahn von den wenigen Leuten ausging, die zusammen mit ihm in Vietnam gekämpft und am Kriegsgerichtsverfahren teilgenommen hatten. Er begann sofort mit einer Suche nach den Betreffenden. Drei waren nach seiner Rückkehr in die Vereinigten Staaten gefallen, und ein weiterer Soldat starb bei einem nationalen Desaster, für das Jimmy Carter die Verantwortung trug – dem schlecht geplanten und vorbereiteten Unternehmen, das die Befreiung der amerikanischen Geiseln im Iran zum Ziel hatte. Drei Männer überlebten den Krieg in Südostasien und wechselten von der Marine zum State Department, FBI und ins Verteidigungsministerium. Nach ihrer Lokalisierung machte sich Anson Sharp daran, ihren Tod zu planen und ›Unfälle‹ zu arrangieren.

Es blieben nur vier Personen übrig, die Risikofaktoren für ihn werden konnten, und zu ihnen gehörte auch Ben Shadway. Zum Glück arbeitete niemand von ihnen für irgendwelche Regierungsbehörden, und deshalb erschien es ihm unwahrscheinlich, daß sie von seiner Tätigkeit für die Defense Security Agency erfuhren. Andererseits: Wenn er es schließlich schaffte, zum Direktor der DSA zu werden, mußte er damit rechnen, daß sein Name des öfteren Schlagzeilen machte und landesweit Aufmerksamkeit erregte. Die Konsequenzen lagen auf der Hand: Es blieb ihm keine andere Wahl, als auch Shadway und die drei anderen umzubringen. Als Sharp erfuhr, daß Shadway in den Leben-Fall verwickelt war, sah er in diesem Umstand einen Wink des Schicksals.

Anson Sharp streckte die Beine aus, zog die Bettdecke bis zum Kinn hoch und lächelte zufrieden. Er war entschlossen, alle seine Befugnisse zu nutzen, um Ben Shadway unschädlich zu machen.

Eine Zeitlang wälzte sich Jerry Peake unruhig hin und her.

Schon seit vierundzwanzig Stunden hatte er nicht mehr geschlafen, und angesichts der zurückliegenden Ereignisse war er so sehr erschöpft, daß ihm eigentlich von einer Sekunde zur anderen die Augen zufallen mußten. Dennoch konnte er nicht schlafen.

Er dachte an die Nachricht, die ihm Gosser im Auftrage Sharps übermittelt hatte: Er sollte sich zwei Stunden lang ausruhen und um halb acht abends wieder bereit sein – was ihm nach dem Aufwachen dreißig Minuten Zeit gab, um zu duschen. Zwei Stunden! Er brauchte mindestens zehn.

Außerdem war es ihm noch immer nicht gelungen, einen Ausweg aus dem moralischen Dilemma zu finden, das ihn schon seit einer ganzen Weile plagte. Es gab zwei Alternativen für ihn: Entweder fügte er sich Sharp und wurde zu seinem Komplizen bei einem kaltblütigen Mord – oder er versuchte, seinen Vorgesetzten daran zu hindern, Shadway und Mrs. Leben zu töten. Eigentlich neigte er dazu, sich für die zweite Möglichkeit zu entscheiden. Doch die Sache hatte einen Haken: Wenn er sich Sharp in den Weg stellte, bestand die Gefahr, daß er ebenfalls erschossen wurde.

Was Jerry besonderes belastete, war die sichere Überzeugung, daß ein klügerer Mann längst einen Weg gefunden hätte, aus der derzeitigen Situation Kapital zu schlagen, sie zum eigenen Vorteil zu nutzen. Er träumte schon seit vielen Jahren davon, vom Verlierer zum Gewinner zu werden, von einem Niemand zu einer Legende, und jetzt glaubte er, die Chance dafür sei gekommen. Doch er wußte nicht so recht, wie er sie verwenden sollte.

Er drehte sich auf die rechte Seite, dann auf die linke.

Er schmiedete Pläne gegen Sharp, trat in Gedanken auf die Bühne des Ruhms – nachdem es ihm gelungen war, Shadway und Mrs. Leben zu retten und seinen Vorgesetzten zu entlarven. Aber die Gerüste der Verschwörungen gaben unter dem schweren Gewicht aus Zweifel, Skepsis und Wankelmütigkeit nach. Er wünschte sich nichts sehnlicher, wie Sherlock Holmes oder James Bond handeln zu können, doch er kam sich wie der Kater Sylvester vor, der immer wieder vergeblich versuchte, den Vogel Tweetie zu fangen und zu verspeisen.

Als Jerry Peake endlich einschlief, quälten ihn alptraumhafte Visionen. Er fiel von Leitern und Dächern, und Dornen zerrissen seinen Pelz, während er durchs Dickicht stürmte und versuchte, einen kleinen Kanarienvogel mit dem Gesicht Ansons Sharps zu fangen.

Am Silverwood Lake hielt Ben an und besorgte sich einen anderen Wagen. Es wäre Selbstmord gewesen, die Chevette zu behalten, denn Sharp kannte das Nummernschild und konnte eine Fahndungsmeldung mit genauer Beschreibung herausgeben. Er entdeckte einen schwarzen Merkur, zog die Zündkabel unter dem Armaturenbrett hervor und schloß sie kurz.

Niemand hinderte ihn daran, die Fahrt nach Barstow fortzusetzen, wo er um viertel vor fünf eintraf. Er wußte inzwischen, daß es nicht mehr möglich war, Rachael auf der Straße einzuholen. Die Konfrontation mit Sharp hatte ihn zuviel Zeit gekostet. Als erste dicke Tropfen aus den schiefergrauen Wolken fielen, erwartete Ben eine weitere unangenehme Erkenntnis. Der Mercedes, den Rachael fuhr, zeichnete sich durch eine wesentlich bessere Straßenlage als der Merkur aus, und das bedeutete in bezug auf das bevorstehenden Unwetter, daß er langsamer vorankam. Ben rang sich zu einer raschen Entscheidung durch, bog von der Interstate ab und benutzte eine öffentliche Telefonzelle in Barstow, um Whitney Gavis in Las Vegas anzurufen.

Er wollte Whitney von Eric Leben erzählen, der sich im Kofferraum von Rachaels Wagen versteckte. Mit ein wenig Glück würde Rachael nach Vegas durchfahren und Eric unterwegs keine Möglichkeit geben, sie anzugreifen. Wenn Gavis Bescheid wußte, konnte er sich mit einer Schrotflinte vorbereiten und unmittelbar nach Rachaels Ankunft auf das Heck des schwarzen Mercedes schießen.

Dann war das Problem namens Eric Leben endgültig gelöst.

Ben tippte die Nummer ein, und wenige Sekunden später klingelte im mehr als zweihundertfünfzig Kilometer entfernten Las Vegas Whits Telefon.

Einige Tropfen klatschten an die Fensterscheiben der Telefonzelle, Vorboten des nahen Gewitters.

Whitney Gavis nahm nicht ab.

Geh endlich ran, dachte Ben und preßte die Lippen zusammen.

Aber ganz offensichtlich war Whit nicht zu Hause, und Wunschdenken allein genügte nicht, um ihn an den Apparat zu bringen. Als es zum zwanzigsten Mal klingelte, legte Shadway auf.

Einige Sekunden lang blieb er stehen und überlegte verzweifelt, was er jetzt unternehmen sollte.

In der Ferne zuckten Blitze, doch selbst die Skalpelle aus grellem Licht konnten den bleifarbenen Leib des Unwetters nicht aufschlitzen. Die Regenflut ließ nach wie vor auf sich warten.

Abrupt drehte sich Shadway um und kehrte zum Merkur zurück. Es blieb ihm keine andere Wahl, als nach Las Vegas weiterzufahren und die Hoffnung nicht aufzugeben. Er nahm sich vor, im rund hundert Kilometer entfernten Baker zu halten und von dort aus erneut zu versuchen, sich mit Whit in Verbindung zu setzen.

Vielleicht hatte er dann mehr Glück.

Er *mußte* mit Gavis sprechen, ihn warnen.

Erneut flackerten Blitze am dunklen Himmel.

Donner grollte zwischen den finsteren Wolken und der wartenden Erde.

Die Luft roch nach Ozon.

Ben stieg in den gestohlenen Wagen, schloß die Tür und ließ den Motor an. Als er den Gang einlegte, öffneten sich schlagartig die Schleusen des Wolkenmeers, und viele Millionen Tonnen Wasser stürzten auf die trockene Wüste.

30. *Kapitel*
Klapperschlangen

Rachael folgte dem Verlauf des ausgetrockneten Flußbetts und hatte das Gefühl, schon mehrere Kilometer zurückgelegt zu haben – obgleich sie vermutlich nur einige hundert Meter weit gekommen war. Diese Illusion wurde wahrscheinlich von dem heißen Schmerz hervorgerufen, der in ihrem verstauchten Knöchel pulsierte und nur ganz langsam nachließ.

Es kam ihr vor, als irre sie durch ein Labyrinth, das gar keinen Ausgang aufwies. Auf der rechten Seite des breiten Grabens zweigten schmalere Rinnen ab, und Rachael überlegte, ob sie den Weg durch eine davon fortsetzen sollte, fürchtete sich jedoch davor, in eine Sackgasse zu geraten und schon nach kurzer Zeit umkehren zu müssen.

Weiter links, etwa zehn Meter über ihr, eilte Eric am Rande des Grabens entlang, folgte ihr wie ein Schatten, den sie nicht von sich abzustreifen vermochte, eine Silhouette in einer sich immer mehr verdüsternden Welt. Rachael ließ ihn nicht aus den Augen. Wenn er Anstalten machte, zu ihr herabzurutschen, blieb ihr nichts anderes übrig, als auf der gegenüberliegenden Seite in die Höhe zu klettern. Sie machte sich nichts vor: Wenn er sich auf einer Höhe mit ihr befand, konnte sie ihm nicht entkommen; der verletzte Fuß behinderte sie zu sehr. Ihre einzige Chance bestand darin, irgendwie *über* ihn zu gelangen und Steine auf ihn herabzuschleudern.

Vom Westen her, aus der Richtung Barstow, vernahm sie das Grollen des Donners – erst ein knisterndes Knacken, dann ein dröhnendes Knallen, wie von einer gewaltigen Explosion. Der Himmel über jenem Teil der Wüste war grau und rußschwarz, so als hätten die Wolken zuvor Feuer gefangen, als bestünden sie jetzt nur noch aus Asche. Das ausgebrannte Firmament schien sich nicht mehr ganz so hoch über dem kargen Land zu erstrecken, erweckte den Eindruck, als habe es sich herabgesenkt. Ein warmer Wind flüsterte und raunte stöhnend, ächzte über den Sand hinweg, über scharfkantige Granitblöcke und geborstene Felsen. Einige Böen strichen auch durch den Graben und wehten Rachael Staub entgegen. Der Sturm tobte bereits im Westen, und es war nur eine Frage der Zeit, bis er auch diese Region der Mohavewüste erreichte.

Humpelnd brachte Rachael eine Biegung hinter sich – und verharrte plötzlich, als sie einige Steppenhexen sah, die am Hang des Grabens herabrollten. Der Wind erfaßte sie, trieb sie direkt auf die junge Frau zu. Ein dumpfes Kratzen und Schaben wurde laut, als die seltsam anmutenden Büsche über den Boden strichen: Es klang wie ein leises Zischen und Fauchen, so als handele es sich um lebende Wesen. Rachael versuchte, den dornigen Kugeln auszuweichen, stolperte und fiel der Länge nach in den staubigen Schwemmsand, der den Boden des ausgetrockneten Flußbetts bedeckte.

Noch während sie fiel, hörte sie hinter sich andere Geräusche. Zuerst nahm sie an, sie stammten von weiteren Steppenläufern, die durch den Graben rollten, doch als sie das laute Klacken von Steinen vernahm, wußte sie, daß sie sich irrte. Rachael drehte den Kopf und beobachtete, wie Eric am Hang herunterglitt. Offenbar hatte er die ganze Zeit über darauf gehofft, daß sie den Halt verlor oder es mit einem Hindernis zu tun bekam, und jetzt, da sich seine Erwartungen erfüllten, zögerte er nicht und nutzte den Vorteil ihres Pechs.

Rachael stemmte sich wieder in die Höhe, hastete zur anderen Seite des Grabens, um dort hochzuklettern, blieb jedoch stehen, als sie bemerkte, daß sie die Wagenschlüssel fallen gelassen hatte. Vielleicht fand sie zum Mercedes zurück. Tatsächlich hielt sie es für wesentlich wahrscheinlicher, daß sie sich in der Wüste verirrte oder schließlich Eric zum Opfer fiel, aber wenn ein Wunder geschah, wenn es ihr doch gelang zurückzukehren, brauchte sie die Schlüssel.

Nur noch wenige Meter trennten Eric vom Boden des Grabens, und er rutschte und taumelte weiter, inmitten einer dichten Wolke aus aufgewirbeltem Staub.

Mit wachsender Verzweiflung sah sich Rachael nach den Wagenschlüsseln um, konnte sie zunächst nirgends entdekken. Dann sah sie aus den Augenwinkeln ein metallisches Aufblitzen einige Schritte hinter ihr.

Eric hatte den Hang fast ganz hinter sich gebracht und gab einen seltsamen Laut von sich: einen dünnen, schrillen Schrei, eine Mischung aus heiserem Flüstern und gellendem Kreischen.

Donner grollte, noch näher diesmal.

Der Schweiß strömte ihr nach wie vor aus allen Poren, als Rachael nach Atem rang, und die heiße Luft brannte wie Säure in ihren Lungen. Mit zitternden Knien drehte sie sich um, lief zurück, zerrte die Schlüssel aus dem Sand und schob sie sich in die eine Tasche ihrer Jeans. Dann wandte sie sich sofort wieder dem Hang zu und begann mit dem Aufstieg.

Das unheimliche Knurren und Fauchen Erics wurde lauter.

Rachael wagte es nicht, sich umzusehen.

Noch fünf Meter bis zum Rand des Grabens.

Sie kam nur langsam voran, fühlte sich in einen Alptraum versetzt, in eine Traumwelt mit substanzlosen Barrieren, die alle Bewegungen lähmten. Immer wieder gab der weiche Boden unter ihr nach, und sie benötigte die Hartnäckigkeit einer Spinne, um weiterzuklettern. Entsetzen regte sich in ihr, als sie an die Gefahr dachte, auszurutschen und zurückzurollen, Erics Klauenhänden entgegen.

Noch vier Meter bis zum Rand des ausgetrockneten Flußbetts. Das bedeutete, sie befand sich jetzt über ihrem Verfolger.

»Rachael«, zischte das Eric-Etwas hinter ihr, und der jungen Frau lief es kalt über den Rücken.

Nicht nach unten sehen, fuhr es ihr durch den Sinn. Um Himmels willen: Sieh bloß nicht nach unten...

Vertikale Erosionsrinnen durchzogen den Hang, manche nur wenige Zentimeter schmal, andere bis zu einem halben Meter breit. Rachael achtete darauf, sich von ihnen fernzuhalten, denn an jenen Stellen war das Gestein besonders porös und neigte dazu, unter ihren nach Halt suchenden Fingern und Füßen auseinanderzubrechen.

Zum Glück gab es auch feste und stabile Felsvorsprünge, an denen sie sich in die Höhe ziehen konnte.

»*Rachael*...«

Sie griff nach einem rund dreißig Zentimeter breiten Gesims, das über ihr aus dem Hang ragte, doch gerade in dem Augenblick, als sie die Muskeln anspannte, gab unter ihrem rechten Fuß etwas nach. Aus einem Reflex heraus drehte sie den Kopf und sah zurück. Und dort war es, gütiger Himmel: Das Eric-Ungeheuer, dicht unter ihr. Mit der einen Hand hielt es sich fest, und mit der anderen versuchte es, sie zu packen.

Mit einer übermenschlichen, geradezu animalischen Agilität kletterte Eric empor, *sauste* der jungen Frau hinterher. Seine Gliedmaßen schienen wie Saugnäpfe selbst an losem Gestein festzukleben. Erneut streckte er den Arm aus, und inzwischen war er nahe genug heran, um nicht die Schuhsohle Rachaels zu berühren, sondern die Klauenpranke um ihre Wade zu schließen.

Aber die junge Frau bewegte sich nicht unbedingt wie ein Faultier. Sie war ebenfalls ziemlich schnell, reagierte sofort, als Eric sie zu ergreifen versuchte. Der hohe Adrenalinspiegel in ihrem Blut beschleunigte ihre Reflexe: Sie beugte die Knie, winkelte die Beine an und hielt sich nur noch mit den Händen fest, baumelte hin und her und vertraute ihr ganzes Gewicht dem schmalen Sims an. Und unmittelbar darauf streckte sie die Beine wieder, trat mit aller Kraft zu, traf die mutierten Finger der ausgestreckten Hand.

Eric heulte.

Rachael trat noch einmal zu.

Doch das Ungeheuer unter ihr rutschte nicht etwa in die Tiefe zurück, sondern hielt sich weiterhin fest, stützte sich mit dem Fuß auf einem anderen Felsvorsprung ab, schob sich in die Höhe und gab einen triumphierenden Schrei von sich.

Zum drittenmal streckte Rachael die Beine. Der eine Fuß traf Erics Arm, der andere sein Gesicht.

Sie spürte, wie die Jeans aufriß, und nur einen Sekundenbruchteil zuckte sengender Schmerz durch ihren Leib: Eine Kralle hatte sich in ihr Bein gebohrt.

Das *Etwas* unter ihr brüllte wütend, verlor den Halt und hing über dem Graben, die Klauen nach wie vor in der Jeans. Dann gab der Baumwollstoff nach, und Eric fiel.

Rachael nahm sich nicht die Zeit zu beobachten, wie ihr Verfolger auf den harten Boden prallte, und zog sich am Sims empor. Stechende Pein pulste im Rhythmus ihres rasenden Herzschlags durch die überlasteten Arme. Die junge Frau biß die Zähne zusammen und atmete schnaufend durch die Nase, tastete mit den Füßen nach irgendeiner Stelle, an der sie sich abstützen konnte. Mit einer schier übermenschlichen Anstrengung, angetrieben von grauenerfüllter Angst, gelang es ihr schließlich, sich auf das Gesims zu ziehen.

Noch immer flutete Schmerz durch ihren ausgemergelten Körper, aber Rachael legte keine Pause ein, kletterte weiter, immer weiter, achtete nicht auf das taube Gefühl, das sich wie ein schwächendes Anästhetikum in ihren Muskeln auszubreiten begann, ignorierte die vielen Kratzer und Abschürfungen – und erreichte endlich den Rand des Grabens, rollte sich durch eine Lücke zwischen dornigen Mesquitsträuchern, blieb im Wüstensand liegen.

Blitze zuckten vom Himmel herab, schienen eine grell flackernde Treppe für einen Gott zu bilden, der sich auf die Erde herabbegeben wollte. Das niedrige Gestrüpp in der Nähe warf unstete und kurzlebige Schatten.

Donner grollte und ließ den Boden vibrieren.

Rachael kroch an den Rand des ausgetrockneten Flußbetts zurück und hoffte, daß sie einen Eric sah, der reglos am Boden des Grabens lag, zum zweitenmal tot.

Sie spähte in die Tiefe.

Eric kletterte am Hang hoch, flink wie ein Wiesel, brauchte nur noch wenige Meter zurückzulegen, um den oberen Rand zu erreichen.

Der grelle Schein der Blitze erhellte sein deformiertes Gesicht, spiegelte sich in den Reptilienaugen wider, schimmerte auf den langen und spitz zulaufenden Zähnen.

Rachael sprang auf und trat nach dem losen Geröll in der Nähe. Eric hielt sich am Sims fest, preßte den Kopf darunter, um nicht von den herabfallenden Steinen getroffen zu werden. Rachael sah sich rasch um, entdeckte einige faustgroße Felsbrocken, griff danach und warf sie in die Tiefe. Als die improvisierten Geschosse Erics Klauenhände trafen, ließ er das Gesims los, fand etwas tiefer erneut Halt und duckte sich unter den Vorsprung, so daß sie ihn nicht mehr treffen konnte.

Sie dachte daran, einfach zu warten, bis er wieder zum Vorschein kam, um dann weitere Steine auf ihn herabzuschleudern. Auf diese Weise hätte sie ihn stundenlang in Schach halten können. Doch dadurch ergab sich kein Vorteil für sie, nur ein Patt, das sie noch mehr erschöpfen mußte. Und wenn sie schließlich keine Steine mehr fand, um nach ihm zu werfen, würde er seine Deckung verlassen und die Jagd fortsetzen.

Ein großer Kessel mit brodelndem Himmelsfeuer kippte um, und ein dritter Blitz zuckte von den dunklen Wolken herab, traf wesentlich näher als seine beiden Vorgänger auf die Erde, nur einen knappen halben Kilometer entfernt. Es knallte so laut, als schlüge ein Titan an einen gewaltigen Gong, und das ohrenbetäubende Donnern war die Stimme des Todes, die die Sprache der Elektrizität benutzte.

Unten am Hang schob Eric eine Klauenhand zum Gesims empor, unbeeindruckt vom Gewitter, ermutigt von dem Umstand, daß Rachael ihre Attacken zumindest vorübergehend eingestellt hatte.

Sie trat weiter auf den Rand des Hanges ein, und Staub und Sand strömten einer trockenen Flut gleich in die Tiefe. Eric wich einmal mehr unter den Felsvorsprung zurück. Plötzlich löste sich ein großer Gesteinsbrocken direkt unter Rachael, und sie warf sich hastig zurück, gerade noch rechtzeitig genug, um nicht in die Tiefe gerissen zu werden.

Angesichts der enormen Geröllmasse, die nun am Hang herabstürzte, zögerte Eric vielleicht ein wenig länger, bevor er sich unter dem Gesims hervorwagte, und seine Vorsicht mochte der jungen Frau einige Minuten Zeit geben. Sie wirbelte um die eigene Achse und lief los.

Schmerznadeln durchstachen in unregelmäßigen Abständen ihre überanstrengten Muskeln. Nach wie vor durfte sie den verstauchten Knöchel nicht zu sehr belasten, und bei jedem Schritt schienen Flammen über ihre rechte Wade zu lecken, dort, wo sich ihr Erics Klauen in die Haut gebohrt hatten.

Rachael versuchte, die Pein aus sich zu verdrängen, wußte, daß sie ihr nicht nachgeben durfte. Sie lief weiter, so schnell sie konnte, wenn auch nicht so geschwind wie vorher.

Vor ihr erstreckte sich das Land nicht mehr eben bis zum Horizont. Hügel und Mulden brachten ein wenig Abwechselung in die öde Monotonie. Die junge Frau stürmte an einem Hang empor, jenseits der Kuppe wieder herunter, versuchte, Barrieren zwischen sich und Eric zu bringen, aus seinem Blickfeld zu geraten, bevor er aus dem Graben kletterte. Nach einer Weile wandte sie sich in eine Richtung, die sie für Norden hielt. Die Verfolgungsjagd mochte ihren Orientierungssinn beeinträchtigt haben, aber Rachael glaubte, daß sie ihren Weg erst nach Norden und dann nach Osten fortsetzen mußte, um zum Wagen zurückzukehren – zum Mercedes, der jetzt mindestens anderthalb Kilometer entfernt war.

Das grelle Aufblitzen am Himmel erfolgte in immer kürzeren Abständen.

Ein besonders langlebiger Blitz tauchte die Wüste in einen geisterhaften weißen Glanz, schuf für fast zehn Sekunden eine Brücke aus kochender Elektrizität zwischen den schwarzen Gewitterwolken und den Dünen und Felshügeln – ein gewaltiges Spinnennetz aus purer Energie.

Und dann begann es zu regnen. Die dicken Tropfen waren wie Geschosse, klebten Rachaels Haar an Stirn und Wangen, verwandelten die schwüle Hitze in eine angenehme Kühle. Sie leckte sich über die spröden Lippen, dankbar für die Feuchtigkeit.

Mehrmals blickte sie zurück und fürchtete sich davor, Eric zu sehen. Doch er blieb verschwunden.

Sie war ihm entkommen. Selbst wenn sie Fußspuren im Sand hinterlassen hatte: Der Regen würde sie innerhalb weniger Sekunden verwischen. Vielleicht war Eric aufgrund seiner erschreckenden Metamorphose in der Lage, ihre Witterung aufzunehmen, aber auch in dieser Hinsicht kamen die herabströmenden Fluten einem Segen gleich, denn sie wuschen alle Gerüche fort. Und selbst wenn er mit Hilfe seiner veränderten Augen weitaus besser sehen konnte als ein Mensch: Der Regen schuf einen dichten Vorhang, der die Düsternis noch dunkler machte.

Du hast es geschafft, sagte sich Rachael stumm, als sie nach Norden weiterlief. Du bist in Sicherheit.

Möglicherweise stimmte das sogar.

Aber sie glaubte nicht so recht daran.

Ben war erst einige Kilometer weit gekommen, als der Regen die Welt nicht nur ausfüllte, sondern zu ihrem Synonym wurde. Abgesehen von dem metronomischen Pochen der Scheibenwischer stammten alle Geräusche vom Wasser: das unaufhörliche Klopfen auf dem Dach des Merkur, das unablässige Hämmern der Tropfen auf der Windschutzscheibe, das Zischen und Rauschen der Reifen, deren Profil wahre Fluten verdrängen mußten, um nicht den Kontakt mit dem Asphalt der Straße zu verlieren. Jenseits der beschlagenen Fenster des Wagens verdunkelte sich das Universum, schien alles in ein schwarzes Loch zu stürzen und nur noch Platz für den allgegenwärtigen Regen zu lassen, für Millionen und Abermillionen graue Streifen. Wenn Blitze zuckten, was recht häufig geschah, schimmerten Milliarden Tropfen wie silberne Perlen, und dann konnte man fast den absurden Eindruck gewinnen, als schneie es über der Mohavewüste.

Der Regen wurde immer heftiger, und schon nach kurzer Zeit waren die Wischer nicht mehr in der Lage, Ben klare Sicht zu gewähren. Er beugte sich vor und starrte in das Unwetterchaos, beobachtete die Straße, die sich irgendwo im sintflutartigen Schäumen zu verlieren schien. Er schaltete die Scheinwerfer ein, was jedoch kaum etwas nützte. Das Licht entgegenkommender Fahrzeuge zerfaserte grell im Wasserfilm auf der Windschutzscheibe und blendete ihn.

Ben nahm den Fuß vom Gas, reduzierte die Geschwindigkeit erst auf sechzig und dann auf fünfzig Stundenkilometer. Die nächste Raststätte war noch ein ganzes Stück entfernt, und deshalb blieb Shadway schließlich nichts anderes übrig, als auf dem Seitenstreifen zu halten. Er ließ den Motor laufen und betätigte die Taste der Warnblinkanlage. Da er Whitney Gavis nicht erreicht hatte, dachte er mit besonderer Sorge an Rachael, verfluchte das Wetter, das ihn daran hinderte, die Fahrt fortzusetzen und die Entfernung zum schwarzen Mercedes zu verringern. Es blieb ihm nichts anderes übrig, als so lange zu warten, bis das Gewitter weitergezogen war, und das kostete ihn wertvolle Zeit. Andererseits: Es hatte keinen Sinn, unnötige Risiken einzugehen. Wenn er weiterfuhr und auf der regennassen Straße ins Schleudern geriet, wenn er mit einem der Achtzehnmeterzüge auf der Interstate zusammenstieß und bei dem Unfall ums Leben kam... Als Toter konnte er Rachael in keinster Weise helfen.

Ben wartete zehn Minuten lang und fragte sich, ob er eine Neuauflage der biblischen Sintflut erlebte, ob es bis zum Jüngsten Tag weiterregnete. Er beobachtete, wie schmutzigbraunes Wasser über den Rand des Abflußgrabens neben der Straße wogte. Der Highway war auf einer Art Damm angelegt, und der Wüstenboden zu beiden Seiten befand sich etwa zwei Meter tiefer. Aus diesem Grund konnte das Wasser nicht auf den Asphalt fließen, sondern ergoß sich auf Sand und Felsen. Als Ben aus dem Seitenfenster blickte, sah er eine Bewegung auf der Oberfläche der gelblichen Strömung, und nur wenige Sekunden später wiederholte sie sich an anderen Stellen. Es dauerte einige Zeit, bis Shadway begriff, daß es sich um Klapperschlangen handelte, die ihre überfluteten unterirdischen Nester verließen.

Blitze. Und Donner.

Stroboskopartiges Licht fiel auf die Giftschlangen, die

durch das Brodeln und Schäumen schwammen, auf der Suche nach einem trockenen Ort.

Ben schauderte bei ihrem Anblick, drehte den Kopf und starrte durch die regenüberfluteten Windschutzscheiben. Mit jeder verstreichenden Minute ließ sein Optimismus nach, und aus der Sorge um Rachael wurde nackte Angst.

Der Wolkenbruch verwischte zwar die Spuren, die Rachael zurückließ, brachte ihr jedoch nicht nur Vorteile. Sowohl der dichte Regenvorhang als auch die graue Düsternis des Unwetters führten zu einer starken Behinderung des Orientierungssinns der jungen Frau. Selbst als sie es riskierte, eine der Niederungen zu verlassen und einen Hügel zu erklettern, um sich von der Kuppe aus umzusehen, war sie keineswegs sicher, die richtige Richtung einzuschlagen. Vielleicht entfernte sie sich vom Mercedes, anstatt sich ihm zu nähern. Und die Blitze: Immer häufiger rasten sie zur Erde herab, und Rachael fürchtete, es sei nur noch eine Frage der Zeit, bis sie von einer der Entladungen getroffen und in eine verkohlte Leiche verwandelt würde.

Schlimmer noch: Das ständige Lärmen des Regens – das laute Zischen und Prasseln, das Fauchen und Pochen und Hämmern – übertönte alles andere, und angesichts dieses akustischen Infernos brauchte Eric keine vorzeitige Entdeckung zu befürchten, wenn er sich ihr näherte. Immer wieder sah sich Rachael um, beobachtete die Hänge rechts und links von ihr, die Hügelkuppen, Mulden und Niederungen, durch die sie eilte. Wenn ihr Felsbrocken den Weg versperrten, schob sie sich ganz vorsichtig und langsam an ihnen vorbei, stellte sich vor, daß Eric auf der anderen Seite lauern mochte, bereit dazu, seine gräßlichen Klauenhände nach ihr auszustrecken...

Als sie ihm schließlich begegnete, von einem Augenblick zum anderen, bemerkte er sie nicht. Rachael trat hinter einer der gefürchteten Felsformationen hervor, und Eric war nur knapp zehn Meter von ihr entfernt, kniete in eine Mulde und starrte zu Boden. Die junge Frau wich rasch hinter die Felsen zurück und duckte sich, bevor Eric sie sehen konnte. Sie widerstand der Versuchung, auf der Stelle kehrtzumachen und in die Richtung zu fliehen, aus der sie gekommen war: Das sonderbare Verhalten des lebenden Toten weckte ihr Interesse. Behutsam kroch sie an den Granitblöcken entlang, bis sie eine kleine Spalte entdeckte, die ihr die Möglichkeit gab, Eric zu beobachten.

Er kniete noch immer auf dem Boden, und der Regen prasselte auf seinen breiten Buckel herab. Er schien sich erneut ... verändert zu haben, sah nicht mehr ganz so aus wie bei ihrer ersten Konfrontation auf dem Rastplatz. Es gab irgendeinen subtilen Unterschied – aber welchen? Rachael sah durch den schmalen Riß im Gestein vor ihr und zwinkerte mehrmals. Immer wieder tropfte ihr der Regen in die Augen, und die Düsternis trübte Konturen und Kontraste. Dennoch glaubte sie zu erkennen, daß Eric irgendwie affenartiger aussah.

Eine optische Täuschung, dachte sie. Seine Knochen- und Fleischstruktur kann sich innerhalb von fünfzehn Minuten nicht sichtbar modifiziert haben. Oder doch?

Kurz darauf stieg Übelkeit in Rachael empor, als sie sah, daß Eric eine sich hin und her windende Schlange gepackt hatte. Die eine Hand hielt das Schwanzende, die andere umklammerte den Bereich dicht hinter dem Kopf. Im weit aufgerissenen Rachen des Tiers glänzten lange Giftzähne. Die Schlange versuchte, sich aus dem Griff zu befreien und zuzubeißen. Mit seinen scharfen Zähnen zerfetzte Eric ihren Leib, riß blutige Fleischbrocken los und kaute hingebungsvoll.

Schockiert machte Rachael Anstalten, sich von dem Felsspalt abzuwenden. Sie würgte mehrmals, übergab sich jedoch nicht, fühlte sich von entsetzter Faszination wie gebannt, beobachtete weiterhin das schauderhafte Wesen, das einmal ihr Mann gewesen war.

Wenn ihm so viel daran lag, sie zu erwischen – warum verfolgte er sie dann nicht weiter? Hatte er sie schlicht und einfach vergessen?

Eric war ganz auf die Schlange konzentriert, grub seine spitzen Zähne in ihren zuckenden Leib, *fraß* sie. Als er einmal den Kopf hob, sah Rachael im kurzlebigen Schein eines Blitzes sein Gesicht – eine Fratze animalischer Ekstase.

Regen prasselte, Wind seufzte und ächzte, Donner grollte, weitere Blitze zuckten vom dunklen Himmel herab – und Rachael kam sich plötzlich vor, als starre sie durchs Schlüsselloch der Hölle, als beobachte sie einen Dämon, der die Seelen der Verdammten verschlang, Das Herz klopfte ihr bis zum Hals empor, schien mit dem Rhythmus der pochenden Regentropfen zu wetteifern. Eine innere Stimme forderte sie immer wieder auf zu fliehen, solange sie noch Gelegenheit dazu hatte, doch das Grauen, das sie durch den Felsspalt sah, hypnotisierte und lähmte sie.

Sie beobachtete, wie weitere Schlangen herankrochen und sich Eric näherten. Er kniete vor dem Zugang ihres unterirdischen Baus, eines Nests, das der strömende Regen offenbar überflutet hatte. Die Klapperschlangen wanden sich hin und her, bissen zu, bohrten ihre langen Zähne in die Oberschenkel und Arme des lebenden Toten. Zwar gab Eric keinen Laut von sich, zuckte nicht einmal zusammen, aber Rachael war dennoch sicher, daß das Gift nicht ohne Wirkung auf ihn bleiben konnte.

Er warf die halb verzehrte Schlange beiseite und griff nach einer anderen, gierte nach mehr Fleisch, zerriß den Körper des Tiers. Vielleicht konnte sein veränderter Metabolismus das tödliche Gift der Klapperschlangen neutralisieren, es in harmlose chemische Komponenten zerlegen. Möglicherweise erneuerte sich das destrukturierte Gewebe sofort, ohne daß es zu irgendwelchen organischen Fehlfunktionen kam.

Weitere Blitze flackerten über den bleigrauen und pechschwarzen Himmel, und in dem ebenso unsteten wie grellen Licht schimmerten Erics spitze Zähne wie Spiegelsplitter. Seine gespenstischen Augen schienen von innen heraus zu glühen.

Nach einer halben Ewigkeit gelang es Rachael, sich aus dem unheimlichen Bann zu befreien, wandte sich von den Felsen ab und eilte fort, wählte eine andere Route, um zum Mercedes zurückzukehren.

Es dauerte nicht lange, bis die hügelige Region hinter ihr zurückblieb, und als sie den Weg über die Ebene fortsetzte, wußte sie, daß man sie in diesem Bereich schon von weitem sehen konnte. Sie stellte das höchste Objekt weit und breit dar, und einmal mehr fürchtete sie, von einem Blitz getroffen zu werden. Das Land schien sich im Rhythmus des stroboskopartigen Glühens zu heben und zu senken, als presse irgend etwas Äonen geologischer Aktivität zu einigen hektischen Sekunden zusammen.

Rachael dachte daran, in einen Graben zu klettern, um nicht Gefahr zu laufen, den Blitzen als Entladungspol zu dienen, aber als sie an den Rand herantrat, mußte sie feststellen, daß die Rinne zu zwei Dritteln mit gischtendem Wasser gefüllt war. Ganze Flotten aus Steppenläuferschiffen und Mesquitstrauchbooten tanzten auf den schäumenden Wellen.

Es blieb ihr keine andere Wahl, als die Gräben zu umgehen. Nach einer Zeitspanne, die sie nicht abschätzen konnte, sah sie weiter vorn die Konturen des Rastplatzes. Ihre Handtasche lag noch immer dort, wo sie sie fallengelassen hatte, und der schwarze Mercedes stand auf dem Parkplatz dicht vor dem Betongebäude mit den Waschräumen.

Einige Meter vor dem Wagen blieb Rachael abrupt stehen: Sie erinnerte sich an eine geöffnete Kofferraumklappe, doch jetzt war sie geschlossen. Vor ihrem inneren Auge formten sich neue Schreckensbilder: Eric, der vor ihr zum Rastplatz zurückkehrte, erneut in den Kofferraum kletterte und die Klappe hinter sich schloß.

Rachael zitterte und blieb unschlüssig im strömenden Regen stehen, zögerte, sich dem Wagen weiter zu nähern. Dem Parkplatz mangelte es an Abflußgräben, und daher hatte er sich in einen seichten See verwandelt. Das Wasser reichte der jungen Frau bis zu den Knöcheln.

Die 32er lag unter dem Fahrersitz. Wenn sie die Pistole an sich nehmen konnte, bevor Eric Gelegenheit hatte, aus dem Gepäckfach zu klettern...

Rachael trat einen vorsichtigen Schritt auf den Mercedes zu, blieb unsicher stehen, setzte sich erneut in Bewegung.

Vielleicht verbarg sich Eric nicht im Kofferraum, sondern im Fond. Vielleicht hatte er die Klappe nur geschlossen, um sie zu täuschen. Vielleicht lag er auf der hinteren Sitzbank oder duckte sich auf dem Beifahrersitz. Vielleicht wartete er nur darauf, daß Rachael die Tür öffnete – um sie zu zerfleischen, um ihren Körper ebenso zu zerreißen wie die Klapperschlangen...

Regenwasser strömte vom Dach des Mercedes, floß über die Fenster, verwehrte der jungen Frau den Blick ins Wageninnere.

Rachael hatte Angst davor, sich dem Auto noch weiter zu nähern, wußte aber, daß sie nicht umkehren konnte.

Blitze zuckten, und ihr grelles Licht tanzte über den schwarzen Lack des Mercedes. Rachael fühlte sich plötzlich an einen Leichenwagen erinnert.

Ein langer Lastwagen fuhr mit dröhnendem Dieselmotor über den nahen Highway, und die großen Reifen wirbelten schmutziges Wasser auf.

Rachael erreichte den Mercedes und riß die Fahrertür auf. Das Innere des Wagens – leer. Sofort griff sie unter den Fahrersitz und holte die Pistole hervor. Bevor ihr Mut neuerlicher Furcht wich, trat sie an den Kofferraum heran, zögerte dort nur eine Sekunde, zog die Klappe hoch und hielt die 32er schußbereit in der rechten Hand.

Eric befand sich nicht im Gepäckfach. Der Boden war naß, und an einigen Stellen hatte sich das Regenwasser zu kleinen Pfützen angesammelt. Rachael vermutete, daß der Kofferraum zu Beginn des Unwetters offengestanden hatte – bis eine jähe Windbö die Klappe zuwarf.

Rachael schloß das Gepäckfach ab, nahm hinter dem Lenkrad Platz und schob den Schlüssel ins Zündschloß. Die Pistole legte sie griffbereit auf den Beifahrersitz.

Der Motor sprang sofort an, und die Wischer klärten die Windschutzscheibe.

Die Wüste jenseits des Rastplatzes war eine Welt, die nur aus grauen, schwarzen, braunen und rostroten Schemen bestand. Die einzigen Bewegungen stammten vom

Regen und den Steppenläufern, die der Wind vor sich her-
trieb.

Von Eric weit und breit keine Spur.

Vielleicht hatten ihn die Klapperschlangen doch noch getötet. Kein Geschöpf konnte so viele Bisse überleben. Erics
genetisch veränderter Körper mochte in der Lage sein, selbst
umfassende Gewebschäden zu reparieren, aber das Klapper-
schlangentoxin gehörte zu den giftigsten Substanzen überhaupt, und möglicherweise überforderte es den modifizierten Metabolismus des Eric-Ungeheuers, solche Stoffe zu neutralisieren.

Rachael verließ den Rastplatz, lenkte den Mercedes auf die
Interstate zurück und fuhr nach Osten, in Richtung Las Vegas. Die Tatsache, daß sie noch am Leben war, erfüllte sie mit
profunder Erleichterung. Es regnete noch immer so heftig,
daß es riskant gewesen wäre, schneller als sechzig oder siebzig zu fahren. Die junge Frau hielt sich ganz rechts, ließ sich
mehrfach überholen und versuchte vergeblich, sich davon zu
überzeugen, das Schlimmste überstanden zu haben.

Ben legte den ersten Gang ein und fuhr wieder los.

Das Gewitter zog rasch nach Osten weiter, und das Grollen
des Donners klang nun dumpfer. Das Flackern der Blitze beschränkte sich auf den östlichen Horizont. Es regnete noch
immer, doch der graue Vorhang aus Nässe lichtete sich bereits ein wenig.

Shadway warf einen kurzen Blick auf die digitale Anzeige
der Uhr im Armaturenbrett: 17.15 Uhr. Noch recht früh – und
doch war der Sommertag weitaus dunkler, als man es um
diese Zeit erwartete. Die grauschwarzen Wolken brachten
eine vorzeitige Abenddämmerung, und voraus verloren sich
die Konturen eines öden Landes in der düsteren Umarmung
eines farblosen Zwielichts.

Mit der gegenwärtigen Geschwindigkeit erreichte er Las
Vegas vermutlich nicht vor halb neun, wahrscheinlich zwei
bis drei Stunden nach Rachael. Ben nahm sich vor, in Baker
zu halten und erneut zu versuchen, sich mit Whitney Gavis

in Verbindung zu setzen. Finstere Ahnungen regten sich in ihm. Er hatte plötzlich das Gefühl, daß er Gavis nicht mehr rechtzeitig warnen konnte...

31. Kapitel
Freßgier

Nur vage erinnerte sich Eric an die Klapperschlangen. Ihre Zähne hinterließen Wunden in seinen Händen, Armen und Oberschenkeln, doch die kleinen Löcher heilten bereits, und der Regen wusch die Blutflecken von der völlig durchnäßten Kleidung. In seinem nach wie vor mutierenden Körper brannte das sonderbare, schmerzlose Feuer weiterer Veränderungen, und das Stechen des Giftes verlor sich in dem wesentlich stärkeren Prickeln der Metamorphose. Dann und wann wurden ihm die Knie weich oder spürte er Übelkeit, und manchmal verschleierte sich sein Blick, aber die Auswirkungen des Schlangentoxins verringerten sich von Minute zu Minute. Während Eric durch die gewitterdunkle Wüste taumelte, zogen undeutliche Visionen an seinem inneren Auge vorbei, zitternde Bilder, wie Rauchfahnen im Wind. Er vernahm ein eigentümliches Zischen und Fauchen, das ihm vertraut erschien – und doch blieben ihm die Schlangenkonturen fremd, so fremd wie ein Traum, der nicht seinem eigenen Bewußtsein entsprang. Einige Male entsann er sich, die Zähne durch schuppige Haut gebohrt, blutige Fleischbrocken aus sich hin und her windenden Leibern gerissen und heruntergeschlungen zu haben. Ein Teil seines Selbst reagierte mit Aufregung und Zufriedenheit auf diese Reminiszenzen. Doch ein anderer – der Ichfaktor, der sich noch immer mit Eric Leben identifizierte – fühlte Abscheu und Ekel und versuchte, die entsprechenden Erinnerungen zu verdrängen, aus Furcht, endgültig dem Wahnsinn zu erliegen, wenn er es ihnen erlaubte, eine konkrete Ausprägung in seinem inneren Fokus zu gewinnen.

Er näherte sich rasch einem unbekannten Ort, angetrieben von Instinkten. Die meiste Zeit über lief er voll aufgerichtet, mehr oder weniger wie ein Mensch, aber gelegentlich hüpfte und sprang er, die Schultern nach vorn geneigt, den Körper in einer affenartigen Haltung gebeugt. Manchmal gab er der Versuchung nach, sich auf Hände und Knie sinken zu lassen, und wenn das geschah, kroch er auf allen vieren weiter.

Hier und dort brannten Schattenfeuer auf dem Wüstenboden, doch er fühlte sich nicht mehr in dem Ausmaß zu ihnen hingezogen, wie es noch vor einigen Stunden der Fall gewesen war. Die von ihnen ausgehende Faszination hatte sich drastisch verringert, denn inzwischen argwöhnte Eric, daß es sich um Tore zur Hölle handelte. Er entsann sich daran, früher nicht nur die gespenstischen Flammen gesehen zu haben, sondern auch seinen seit vielen Jahren toten Onkel Barry. Und das mochte bedeuten, daß Onkel Barry aus einem Schattenfeuer ins Diesseits getreten war. Eric zweifelte nicht daran, daß Barry Hampstead in der Hölle weilte, und daraus schloß er, daß die Schattenfeuer Pforten der Verdammnis darstellten. Nach seinem gestrigen Tod in Santa Ana wurde Eric zum Leibeigenen des Satans, dazu verdammt, für immer die Perversitäten Barry Hampsteads über sich ergehen zu lassen – aber im letzten Augenblick gelang es ihm, aus dem Grab zu steigen und seine Seele zu retten. Jetzt öffnete der Teufel Pforten und Tore in seiner Nähe, in der Hoffnung, Eric anlocken zu können: Wenn der lebende Tote ein Schattenfeuer durchschritt, betrat er damit die nach Schwefel stinkende Zelle, die man in der Hölle für ihn reserviert hatte.

Er hastete weiter durch die Wüste, achtete nicht auf die Blitze und den hallenden Donner, die Kanonaden des Himmels, ignorierte die Flammen, die um ihn herum loderten.

Sein unbekanntes Ziel erwies sich als der Rastplatz, auf dem es zur ersten Begegnung mit Rachael gekommen war. Lichtempfindliche Sensoren hatten die Düsternis des Unwetters irrtümlicherweise als Beginn der Abenddämmerung interpretiert und Neonleuchten über den Eingängen der

Waschräume eingeschaltet. Die Lampen auf dem Parkplatz projizierten bläuliches Licht auf die vielen Pfützen.

Als Eric inmitten der regnerischen Gräue das niedrige Betongebäude sah, klärten sich die Dunstwolken in seinen Gedanken, und plötzlich erinnerte er sich an all das, was Rachael ihm angetan hatte. Der Zusammenprall mit dem Müllwagen – ihre Schuld. Der Todesschock löste die krebsartige Wucherung seines Körpergewebes aus, und deshalb machte er Rachael auch für seine monströse Metamorphose verantwortlich. Er hätte sie beinahe erwischt, fast die ersehnte Möglichkeit bekommen, ihren Leib zu zerfetzen, doch ihr gelang die Flucht, als sich Erics Geist in animalischer Freßgier verwirrte und er dem dringenden Bedürfnis nachgeben mußte, sich Nahrung zu beschaffen, Treibstoff für seinen außer Kontrolle geratenen Metabolismus. Als er jetzt an Rachael dachte, fühlte er, wie einmal mehr die kalte, reptilienartige Wut in ihm entstand, und er gab ein zorniges Knurren von sich, das sich im Prasseln des Regens verlor.

Er ging um das Gebäude herum, und nach wenigen Metern spürte er eine fremde Präsenz. Erregung erfaßte ihn. Er ließ sich auf alle viere sinken und duckte sich an die Wand, wich in einen Schatten zurück, den die nahen Neonleuchten nicht erhellten.

Dann lauschte Eric, mit angehaltenem Atem, den Kopf zur Seite geneigt. Über ihm wurde ein Fenster geöffnet, hoch in der Wand des für Männer reservierten Waschraums. Bewegung jenseits der Mauer. Jemand hustete. Das Geräusch von Schritten. Die Tür öffnete sich, drei Meter von der Stelle entfernt, an der Eric hockte, und ein Mann trat auf den Gehsteig.

Der Typ mochte knapp dreißig sein, war kräftig gebaut, ziemlich muskulös, trug Stiefel, Jeans, ein Cowboyhemd und einen hohen Stetson. Sekunden lang blieb er unter dem schützenden Vordach stehen und blickte in den Regen. Dann bemerkte er Eric, drehte sich um und riß entsetzt die Augen auf.

Eric zögerte nicht, stieß sich von der Wand ab und sprang. Der hochgewachsene und athletische Cowboy wäre normalerweise ein gefährlicher Gegner gewesen, doch die Metamorphose hatte Eric zu einem Ungeheuer gemacht, dessen Anblick den Mann ebenso überraschte wie erschreckte. Einige Sekunden lang konnte er sich nicht von der Stelle rühren, und diese Zeit genügte Eric. Er stürzte sich auf die Beute und rammte ihr alle fünf Klauen der rechten Hand tief in den Bauch. Mit der anderen Pranke griff er nach dem Hals des Opfers, riß die Luftröhre auf, zerrte den Kehlkopf und die Stimmbänder aus der klaffenden Wunde und brachte den Mann für immer zum Schweigen. Blut spritzte aus der zerfetzten Halsschlagader. Der Tod trübte bereits den Blick des Cowboys, noch bevor Eric ihm den Bauch aufschlitzte. Dampfende Eingeweide fielen auf den Gehsteig, und der Tote stürzte inmitten seiner eigenen Gedärme zu Boden.

Eric fühlte sich ungestüm, frei und mächtig, als er sich auf die warme Leiche hockte. Seltsamerweise reagierte er weder mit Furcht noch mit Abscheu darauf, erneut getötet zu haben. Er verwandelte sich in ein Tier, das wilde Freude dabei empfand, Leben zu vernichten. Und auch der zivilisierte Aspekt seines Ichs – der menschliche Teil – ließ sich von Gewalt ebenso berauschen wie von der gewaltigen Kraft und katzenhaften Eleganz seines mutierten Körpers. Er wußte, daß er sich eigentlich elend fühlen sollte, doch das war nicht der Fall. Sein ganzes Leben lang hatte er das Bedürfnis verspürt, über andere zu dominieren, Gegner zu besiegen, und dieses Verlangen kam nun in einer ursprünglichen Form zum Ausdruck: in grausamen, unbarmherzigem Mord.

Darüber hinaus sah sich Eric zum erstenmal dazu imstande, sich klar an den Tod der beiden jungen Frauen zu erinnern, deren Wagen er am Montagabend in Santa Ana gestohlen hatte. Er empfand keine Gewissensbisse, keine Schuld, nur eine Art düstere Zufriedenheit. Wenn er an ihr vergossenes Blut dachte, an den nackten, an die Wand genagelten Leib, entstand erneut Erregung in ihm, und sein Herz klopfte im Rhythmus kalten Vergnügens.

Kurz darauf – während Eric noch auf dem abkühlenden Fleischhaufen vor dem Betongebäude mit den Waschräumen hockte – verwirrte sich sein Bewußtsein, und er identifizierte sich nicht mehr mit einer Person, die einen Intellekt besaß, Vergangenheit und Zukunft. Seine Gedanken verloren sich in einer Traumphase, in der sich die einzigen Empfindungen auf den Geschmack und Geruch des Blutes beschränkten. Nach wie vor vernahm er das Rauschen und Prasseln des strömenden Regens, doch dieses Geräusch schien in seinem eigenen Innern zu erklingen, in Arterien, Venen und Knochen.

Ein Schrei weckte ihn aus der Trance. Er sah von der zerfetzten Kehle seines Opfers auf und bemerkte eine Frau an der Ecke des Gebäudes. Ihre Augen waren vor Entsetzen geweitet, und wie schützend hob sie die Arme vor die Brüste. Sie trug ebenfalls Stiefel, Jeans und ein Cowboyhemd – offenbar gehörte sie zu dem Mann, der tot auf dem Gehsteig lag.

Eric begriff, daß er vom Fleisch des Toten gefressen hatte, und diese Erkenntnis stieß ihn keineswegs ab. Sein auf Hochtouren arbeitender Metabolismus erzeugte einen enormen Appetit und brauchte eine Menge Nährstoffe, um die Metamorphose fortzusetzen. Und der Körper seiner Beute stellte ihm die notwendigen Proteine zur Verfügung.

Die Frau versuchte, einen zweiten Schrei auszustoßen, gab jedoch nur ein heiseres Röcheln von sich.

Eric stand langsam auf und leckte sich das Blut von den Lippen.

Die Frau lief in den Regen, und der Wind riß ihr den hohen Stetson vom Kopf. Das blonde Haar wehte einer Fahne gleich hinter ihrem Kopf.

Eric nahm sofort die Verfolgung auf. Es begeisterte ihn zu fühlen, wie seine Füße über den harten Beton pochten, dann über den nassen Sand. Er platschte durch die Pfützen auf dem Parkplatz und schloß schnell zu der Fliehenden auf.

Die Frau rannte auf einen dunkelroten Kleinlieferwagen zu, drehte einmal kurz den Kopf und sah, daß Eric näher herangekommen war. Offenbar kam sie zu dem Schluß, daß sie das Fahrzeug nicht rechtzeitig erreichen konnte, und daraufhin wandte sie sich der Interstate zu, vielleicht in der Hoffnung, dort Hilfe zu finden.

Die Jagd dauerte nicht sehr lange. Eric zerrte sie zu Boden, bevor sie das Ende des Parkplatzes erreichte, und sie rollten durch knöcheltiefes Wasser. Die Beute schlug nach ihm, versuchte, ihn zu kratzen. Er bohrte ihr rasiermesserscharfe Klauen in die Arme, nagelte sie an die Hüften, und ein gellender, peinerfüllter Schrei löste sich von ihren Lippen.

Schließlich blieben sie liegen, und Eric stellte erstaunt fest, daß seine Blutgier nachließ und einem anderen, ebenso intensiven Verlangen wich. Wollüstig starrte er auf die hilflose Frau herab. Sie ahnte seine Absichten, bemühte sich verzweifelt, ihn fortzustoßen. Ihre Schmerzensschreie wurden zu einem entsetzten Wimmern. Eric löste seine Klauen aus ihren Armen, zerfetzte die Bluse und preßte die dunklen, knotigen Krallenpranken auf ihre nackten Brüste.

Auch das Wimmern verklang. Aus leeren Augen blickte sie zu ihm auf, voller Grauen, vor Schrecken wie gelähmt.

Eric schlitzte die Jeans auf, strich die Stoffetzen ungeduldig beiseite und entblößte seine Lenden. Während er noch erregt versuchte, sich in die Frau hineinzuschieben, stellte er fest, daß sich auch sein eregiertes Glied verändert hatte. Es war riesig, seltsam und abscheulich. Als die Frau den monströsen Kolben sah, begann sie zu schluchzen. Vermutlich glaubte sie, die Tore der Hölle hätten sich geöffnet, um einen Dämon zu ihr zu schicken.

Das Gewitter zog nach Osten ab, doch eine Zeitlang schien der Donner direkt über dem Rastplatz zu grollen.

Eric rammte der Frau seinen Penis zwischen die Beine.

Der Regen prasselte auf sie herab.

Um sie herum schäumte schmutziges Wasser.

Einige Minuten später brachte Eric die Beute um.

Blitze zuckten, und als sich der grelle Schein auf dem überfluteten Parkplatz widerspiegelte, wirkte das Blut der Frau wie ein dunkler Ölfilm auf dem Wasser.

Nachdem Eric sie getötet hatte, fraß er.

Als er gesättigt war, zog sich die Gier in einen dunklen Winkel seiner Bewußtseinsphäre zurück, und der andere Ichaspekt, der einen Intellekt besaß, gewann neue Stabilität.

Langsam wurde er sich der Gefahr bewußt, entdeckt zu werden. Auf der Interstate herrschte nur wenig Verkehr, doch wenn einer der vorbeikommenden Wagen oder LKWs auf den Parkplatz fuhr, konnte man ihn kaum übersehen. Hastig zog er die tote Frau über den Asphalt, an dem Gebäude mit den Waschräumen vorbei und in die Mesquitsträucher dahinter. Kurz darauf versteckte er die Leiche des Mannes in den Büschen.

Anschließend stieg er in den dunkelroten Kleinlieferwagen. Die Schlüssel steckten, und beim zweiten Versuch sprang der Motor an.

Eric hatte den Hut des toten Cowboys an sich genommen, setzte ihn nun auf, zog ihn sich tief in die Stirn und hoffte, daß er die Verformungen seines Gesichts verbarg. Die Anzeige im Armaturenbrett deutete auf einen vollen Tank hin, und das bedeutete, daß er bis nach Las Vegas keinen Zwischenstopp einlegen mußte. Aber wenn der Fahrer eines schnelleren Wagens beim Überholmanöver zur Seite sah und Erics Züge bemerkte... Er nahm sich vor, ständig wachsam zu bleiben und keine Aufmerksamkeit zu erregen – der rückläufigen Evolution, die ihm die geistlose Instinktperspektive eines Tiers aufzuzwingen versuchte, Widerstand zu leisten. Er durfte sich keineswegs als das zu erkennen geben, was er war, mußte den Kopf senken, wenn ihn ein Auto überholte.

Er blickte in den Rückspiegel und sah zwei völlig unterschiedliche Augen. Das eine war hellgrün und wies eine vertikale, orangefarbene Pupille auf, die wie eine heiße Kohle glühte. Das andere... größer, dunkler, ein Konglomerat aus Dutzenden von Facetten.

Überrascht drehte Eric den Kopf und wagte es nicht mehr, sein Spiegelbild zu betrachten. Zum erstenmal seit Stunden regte sich wieder so etwas wie dumpfer Schrecken in ihm. Facetten? In der ganzen menschlichen Evolutionshierarchie gab es kein Geschöpf mit solchen Augen, nicht einmal bei den ersten Amphibien, die vor Hunderten von Millionen Jahren aus dem Urmeer ans heiße Land gekrochen waren. Eric hielt das für einen Beweis, daß er sich nicht einfach *zurück*entwickelte, daß sein Körper nicht nur versuchte, das gesamte evolutionäre Erbe des Homo sapiens zum Ausdruck zu bringen. Vielmehr hatte er es mit einem regelrechten Amoklauf seiner genetischen Struktur zu tun. Die Metamorphose verwandelte ihn in eine physisch-psychische Entität, die nicht mehr die geringsten menschlichen Faktoren aufwies. Er wurde zu etwas *anderem*, nicht zu einer Mischung aus Reptilium, Affe und Cro-Magnon, sondern zu einem ganz und gar exotischen Geschöpf, einer puren Möglichkeit im Bauplan der Natur.

Mit einer ruckartigen Bewegung stellte er den Rückspiegel neu ein, so daß er nur die Straße hinter ihm zeigte und nicht mehr sein verändertes Gesicht. Dann gab er Gas und fuhr auf den Highway.

In Erics deformen Händen fühlte sich das Lenkrad recht seltsam an. Und das Steuer des Wagens überforderte ihn fast – obwohl Eric in seinem ersten Leben ein sehr geübter Fahrer gewesen war. Er versuchte, sich ganz auf die Straße zu konzentrieren.

Und er dachte an Rachael.

32. *Kapitel*
Flamingorosa

Am Dienstagnachmittag, nach dem Gespräch mit Dr. Easton Solberg, fuhren Julio Verdad und Reese Hagerstrom nach Tustin, zum Hauptbüro der Immobilienagentur Ben Shadways. Als sie dort eintrafen, bemerkte Julio sofort den Überwachungswagen. Es handelte sich um einen lindgrünen Ford, der einen halben Block entfernt am Straßenrand parkte. Von jener Stelle aus hatten die Insassen einen ausgezeichneten Blick sowohl auf das Büro als auch die Zufahrt vor dem mehrstöckigen und im spanischen Stil errichteten Gebäude. Zwei Männer in blauen Anzügen warten im Ford: Einer las Zeitung, und der andere hielt wachsam Ausschau.

»Bundesagenten«, sagte Julio, als er an dem Wagen vorbeifuhr.

»Sharps Leute?« fragte Reese. »Von der DSA?«

»Vermutlich.«

»Ziemlich auffällig, nicht wahr?«

»Wahrscheinlich rechnen sie gar nicht damit, daß Shadway hier auftaucht«, erwiderte Julio. »Aber sie dürfen keine Möglichkeit außer acht lassen.«

Julio parkte einen halben Block hinter dem Überwachungswagen. Zwischen ihnen und dem Ford standen einige andere Fahrzeuge, und das versetzte sie in die Lage, die Beobachter im Auge zu behalten, ohne selbst gesehen zu werden.

Verdad und Hagerstrom erwarteten ebenfalls nicht, daß sich Shadway in der Nähe seines Hauptbüros zeigte, aber sie hofften, einen der Makler zu identifizieren, die für ihn arbeiteten. Im Verlaufe des Nachmittags sahen sie mehrere Personen, die die Agentur betraten oder verließen, und nach einer Weile wurde Julio auf eine schlanke, hochgewachsene Frau aufmerksam, die ein rosafarbenes Kostüm trug. Flamingorosa, dachte er. Sie kam und ging zweimal, begleitete ältere Ehepaare, die mit ihren eigenen Autos eintrafen – offenbar Kunden, für die sie geeignete Häuser suchte. Ihr Wagen wies ein besonderes Kennzeichen auf – REQUEEN, sicher eine Abkürzung für Real Estate Queen (Immobilienkönigin). Es handelte sich um einen kanariengelben Cadillac Seville mit Speichenrädern, mindestens ebenso eindrucksvoll wie die Frau, die ihn fuhr.

»Die dort«, sagte Julio, als die Frau mit dem zweiten Ehepaar auf die Straße zurückkehrte.

»Ist kaum zu übersehen«, pflichtete ihm Reese bei.

Um 16.50 Uhr verließ sie einmal mehr das Büro der Immobilienagentur und eilte in Richtung ihres Wagens. Julio und Reese nahmen an, daß sie nun beabsichtigte, nach Hause zu fahren. Sie überließen die beiden DSA-Agenten ihrem nutzlosen Warten auf Benjamin Shadway und folgten dem gelben

Cadillac durch die Newport Avenue nach Cowan Heights. Die Unbekannte wohnte in einem zweistöckigen Stuckhaus, das mehrere Rotholzbalkone aufwies und an einer besonders abschüssigen Straße der Heights stand.

Julio hielt vor dem Gebäude an, als der Caddy der rosafarbenen Dame hinter dem zuschwingenden Garagentor verschwand. Dann stieg er aus und durchsuchte den Inhalt eines Briefkastens – womit er nicht nur die Dienstvorschriften verletzte, sondern auch eine Straftat beging –, in der Hoffnung, den Namen der Frau in Erfahrung zu bringen. Kurz darauf kehrte er in den Wagen zurück. »Theodora Bertlesman. Wird Teddy genannt – das stand auf einem Brief.«

Sie warteten einige Minuten lang, traten dann auf den Hauseingang zu und klingelten. Zwar bedeckten wintergraue Wolken den größten Teil des Himmels, aber der Wind, der über die nahen Blumenbeete wehte, war warm, fast schwül. Es herrschte eine friedliche Stille, und die Geräusche der übrigen Welt wurden vom besten aller Filter ferngehalten: Geld.

»Ich glaube, ich hätte mich für eine Karriere als Immobilienmakler entscheiden sollen«, sagte Reese. »Warum wollte ich bloß Cop werden?«

»Wahrscheinlich hast du schon einmal im Polizeidienst gestanden, in einem früheren Leben«, erwiderte Julio trocken. »Vielleicht war die Arbeit eines Polizisten während eines früheren Jahrhunderts lukrativer als der Verkauf von Häusern und Grundstücken. Tja, und als du wiedergeboren wurdest, hieltest du dich an die alte Gewohnheit – ohne zu bemerken, daß sich die Zeiten geändert haben.«

»Bei der nächsten Reinkarnation gebe ich besser acht.«

Einige Sekunden später öffnete sich die Tür. Die hochgewachsene Frau im flamingofarbenen Kostüm blickte auf Julio herab, hob dann ein wenig den Kopf, um Reese anzusehen. Aus der Nähe betrachtet wirkte sie wesentlich attraktiver, nicht mehr ganz so storchenartig. Reeses Blick fiel auf eine porzellanglatte Haut, große, graue Augen, auf zarte Züge, die wie das elaborierte Werk eines begabten Bildhauers aussahen.

»Kann ich Ihnen irgendwie helfen?« fragte Teddy Bertlesman. Ihre Stimme klang weich und sanft, und sie strahlte eine geradezu unerschütterliche Selbstsicherheit aus.

Julio zeigte ihr seinen Dienstausweis und stellte sich vor. »Dies ist mein Partner, Detektiv Hagerstrom«, fügte er hinzu und erklärte, er wolle ihr einige Fragen stellen, bei denen es um Ben Shadway ging. »Vielleicht bin ich nicht mehr ganz auf dem laufenden, aber ich glaube, Sie arbeiten als Immobilienmaklerin für seine Firma.«

»In der Tat. Und das wissen Sie ganz genau.« Ihre Stimme brachte keine Ironie zum Ausdruck, eher so etwas wie gelinde Belustigung. »Bitte kommen Sie herein.«

Sie führte die beiden Männer in ein Wohnzimmer, dessen Dekor ebenso kühn anmutete wie ihr Kostüm, das jedoch einen gewissen Stil hatte und sich zweifellos durch guten Geschmack auszeichnete. Die Einrichtung: ein Teetisch aus massivem, weißem Marmor; ein bequemes Sofa mit grünen Polstern; Sessel in pflaumenfarbenem Seidenmoiré, Armlehnen und Beine elegant geschwungen. Mehr als einen Meter große, smaragdgrüne Vasen enthielten dicke und bauschige Bündel aus Pampagras. An den Wänden des kathedralenartigen Raumes hingen moderne Kunstgegenstände, und durch das breite Fenster hatte man einen prächtigen Blick auf den Orange County. Teddy Bertlesman nahm auf einem grünen Sofa Platz, wandte dem Fenster somit den Rücken zu. Reese und Julio wählten zwei Sessel auf der anderen Seite des Marmortisches.

»Miß Bertlesman«, begann Julio, »wir müssen dringend mit Mr. Shadway sprechen, und wir hoffen, Sie können uns irgendeinen Hinweis auf seinen gegenwärtigen Aufenthaltsort geben. Vielleicht gehören auch einige Mietwohnungen zum Besitz seiner Agentur, Apartments, die derzeit leerstehen und ihm vorübergehend als Unterkunft dienen könnten...«

»Entschuldigen Sie bitte, aber ich glaube, das fällt nicht in

Ihren Zuständigkeitsbereich. Sie haben mir eben Ihren Dienstausweis gezeigt, und daraus geht hervor, daß Sie aus Santa Ana stammen. Ben hat Büros in Tustin, Costa Mesa, Orange, Newport Beach, Laguna Beach und Laguna Niguel – aber nicht in Santa Ana. Und außerdem wohnt er in Orange Park Acres.«

Julio versicherte ihr, das Police Department von Santa Ana stelle in Hinsicht auf den Fall Shadway/Leben eigene Untersuchungen an, und er fügte hinzu, die Zusammenarbeit der Behörden verschiedener Distrikte sei keineswegs selten. Teddy Bertlesman blieb zwar höflich, machte jedoch keinen Hehl aus ihrer Skepsis und erwies sich als nicht sonderlich hilfsbereit. Reese bewunderte das Geschick, mit dem sie direkten Fragen auswich. Ganz offensichtlich hatte sie großen Respekt vor ihrem Chef, und sie wollte ihn in keiner Weise belasten.

Schließlich seufzte Julio und begriff, daß er auf diese Weise nicht weiterkam. Er entschied sich dazu, die Karten offen auf den Tisch zu legen. »Hören Sie, Miß Bertlesman, wir haben Sie angelogen. Wir sind nicht als Polizeibeamte zu Ihnen gekommen, jedenfalls nicht direkt. Um ganz ehrlich zu sein. Derzeit sind wir beide krankgeschrieben. Unser Vorgesetzter wäre vermutlich ziemlich sauer, wenn er wüßte, daß wir auf eigene Faust ermitteln. Die Bundesbehörden haben den Fall übernommen und uns aufgefordert, die Finger davon zu lassen. Doch aus verschiedenen Gründen sind wir entschlossen, nicht nachzugeben. Unter anderem geht es dabei um unsere Selbstachtung.«

Teddy Bertlesman runzelte die Stirn. »Ich verstehe nicht ganz...«

Julio hob die Hand. »Warten Sie. Nehmen Sie sich bitte einige Minuten Zeit und hören Sie mir einfach nur zu.«

Mit eindringlicher Stimme, die sich sehr von seinem normalen Tonfall unterschied, schilderte Julio ihr die grausame Ermordung von Ernestina Hernandez und Becky Klienstad, fügte hinzu, der Täter habe die eine Frau in einen Müllbehälter geworfen und die andere in einem Haus an die Wand genagelt. Er erklärte, wie sehr ihm an Gerechtigkeit lag, wies auf die Ähnlichkeit der beiden Namen Ernesto und Ernestina hin und verschwieg auch nicht, daß er sich auf besondere Weise dazu verpflichtet fühlte, diesen Fall zu lösen.

»Ich bin davon überzeugt, daß Rachael Leben und Ihr Chef unschuldig sind«, fuhr Julio fort. »Vielleicht stellen sie Schachfiguren in einem Spiel dar, das sie nicht ganz begreifen. Ich glaube, man benutzt sie nur. Vielleicht sollen sie sogar umgebracht, zu Sündenböcken gestempelt werden, um die Interessen anderer Leute zu schützen, möglicherweise sogar die der Regierung. Sie brauchen Hilfe. Und wenn Sie uns Auskunft geben, können wir ihnen helfen.«

Teddy Bertlesman war klug genug, um zu erkennen, daß Julio ihr nichts vormachte, daß er es wirklich ehrlich meinte. Sie nickte langsam und beugte sich vor. »Ich wußte sofort, daß Ben keine Gefahr für die nationale Sicherheit darstellt«, erwiderte sie. »Was für ein ausgemachter Unfug! Die Bundesagenten, die in unserem Büro herumschnüffelten, bezeichneten ihn als eine Art Hochverräter, und ich mußte mich sehr beherrschen, um nicht schallend zu lachen. Meine Güte, ich hätte ihnen am liebsten ins Gesicht gespuckt.«

»Wo könnten sich Ben Shadway und Rachael Leben verstecken?« fragte Julio. »Die Bundestypen werden sie früher oder später finden, und wenn wir zu spät kommen, geht es ihnen vielleicht an den Kragen. Haben Sie eine Ahnung, wo sie sich aufhalten?«

Theodora Bertlesman stand auf und wanderte im Zimmer auf und ab. Reese beobachtete ihre stelzenartigen Beine, die eigentlich knochig wirken sollten, jedoch einer Manifestation von Anmut und Eleganz gleichkamen. Die Frau dachte einige Sekunden lang nach und erwog mehrere Möglichkeiten. Dann erwiderte sie: »Nun, ihm gehören mehrere Anwesen, größtenteils kleinere Häuser, überall im County. Und die einzigen, die noch nicht verkauft oder vermietet sind ... warten Sie ... Es gibt da einen Bungalow in Orange, an der Pine Street ... Aber wahrscheinlich hat sich Ben nicht dafür entschieden, denn im Augenblick finden dort Renovierungsarbeiten statt. Das Bad wird erneuert, die Küche erweitert. Nein, er verbirgt sich bestimmt nicht an einem Ort, wo er dauernd damit rechnen müßte, irgendwelchen Handwerkern über den Weg zu laufen. Tja, dann wäre da noch die eine Hälfte eines Zweifamilienhauses in Yorba Linda...«

Reese hörte ihr zu, kümmerte sich jedoch kaum darum, was sie sagte. Er überließ es Julio, sich auf ihre Worte zu konzentrieren, während er die Art und Weise beobachtete, in der sie sich bewegte, dem Tonfall ihrer samtenen Stimme lauschte. Ihre weibliche Aura beanspruchte alle seine Sinne, ließ für etwas anderes keinen Platz mehr.

Seit fünf Jahren, seit Janets Tod, hatte er nichts Vergleichbares mehr empfunden. Er fragte sich, ob Teddy Bertlesman auch auf ihn aufmerksam geworden war oder ob sie nur einen einfachen Cop in ihm sah. Er überlegte, wie er einen Annäherungsversuch machen sollte, ohne dabei wie ein Narr zu wirken. Aus irgendeinem Grund bezweifelte er, ob es zwischen einer Frau wie Teddy und einem Mann wie ihm jemals eine festere Beziehung geben konnte.

»Das Motel!« Teddy blieb ruckartig stehen, blickte einige Sekunden lang überrascht ins Leere und lächelte dann. Es war ein herrliches Lächeln, fand Reese, eine Offenbarung. »Ja, natürlich. Es gibt keinen geeigneteren Unterschlupf.«

»Shadway hat ein Motel?« fragte Julio.

»Ja, ein ziemlich heruntergekommenes Gebäude, drüben in Las Vegas«, sagte Teddy. »Es gehört ihm erst seit einigen Tagen. Gründete eine neue Gesellschaft, um es zu kaufen. Vielleicht brauchen die Bundesagenten eine Weile, bis sie darauf kommen. Immerhin befindet es sich in einem anderen Staat. Das Motel steht leer, aber es wurde zusammen mit der Einrichtung verkauft, und zumindest in der Wohnung des Verwalters gibt es Möbel. Ich schätze, dort könnten sich Ben und Rachael eine Zeitlang verstecken, ohne auf einen gewissen Komfort zu verzichten.«

Julio sah Reese an. »Was halten Sie davon?«

Es fiel Reese schwer, den Blick von Teddy abzuwenden,

und er hatte das Gefühl, aus einer Trance zu erwachen. »Klingt gut.«

Theodora Bertlesman setzte ihre unruhige Wanderung fort. Flamingofarbene Seide raschelte an ihren Knien. »Ja, das Motel. Ich bin *sicher*. Bei diesem Projekt arbeitet Shadway mit Whitney Gavis zusammen, und Gavis ist vielleicht der einzige, dem Ben voll und ganz vertraut.«

»Gavis?« fragte Julio.

»Sie waren zusammen in Vietnam«, erklärte Teddy. »Sind gute Freunde. Stehen sich fast so nah wie Brüder. Vielleicht sogar noch näher. Wissen Sie, Ben ist ein echt netter Kerl, das werden alle bestätigen, die ihn kennen. Er ist freundlich, so aufrichtig und ehrlich, daß er manche Leute verblüfft. Andererseits aber...« Teddy suchte nach den richtigen Worten. »Es ist komisch... In gewisser Weise hält er alles auf Armeslänge von sich fern, öffnet sich nie ganz. In diesem Zusammenhang dürfte Whit Gavis die einzige Ausnahme sein. Nun, vielleicht hat er im Krieg etwas erlebt, was ihn für immer veränderte. Vielleicht kann er dadurch nur tiefere Beziehungen zu Personen unterhalten, die ähnliche Erfahrungen machten und sie überlebten, ohne den Verstand zu verlieren. Wie Whit.«

»Steht er auch Mrs. Leben nahe?« fragte Julio.

»Ja, ich glaube schon«, entgegnete Teddy. »Ich nehme an, er liebt sie. Und das macht sie zur glücklichsten Frau, die ich kenne.«

Reese hörte Eifersucht in Theodoras Stimme, und er hatte das Gefühl, als breche sein Herz entzwei.

Offenbar war Teddys Tonfall auch Julio nicht entgangen, denn er sagte: »Bitte entschuldigen Sie, aber ich bin Polizist und daher von Natur aus neugierig. Sie hörten sich eben so an, als hätten Sie nichts dagegen, wenn sich Ben in Sie verliebte.«

Teddy zwinkerte überrascht und lachte leise. »Ben und ich? Nein, nein. Ich bin größer als er, und wenn ich Schuhe trage, wirkt er wie ein Zwerg neben mir. Außerdem ist er ein häuslicher Typ – ein ruhiger und stiller Mann, der alte Kriminalromane liest und Spielzeugeisenbahnen sammelt. Nein. Ben ist ein toller Kerl, aber ich bin zu extravagant für ihn.«

Der Schmerz in Reeses Brust ließ nach.

»Ich bin nur deswegen auf Rachael eifersüchtig, weil sie einen guten Mann gefunden hat und ich nicht«, fuhr Theodora fort. »Wenn man so groß ist wie ich, muß man sich damit abfinden, daß einem Männer nicht gerade in Scharen den Hof machen. Abgesehen von Baseballspielern – und solchen Typen traue ich nicht über den Weg. Tja, und eine Frau, die bereits ihren zweiunddreißigsten Geburtstag hinter sich hat, kann sich den Neid nicht ganz verkneifen, wenn sie sieht, daß andere mehr Glück hatten.«

Reese schöpfte neue Hoffnung.

Julio stellte Teddy noch einige weitere Fragen in bezug auf das Motel in Las Vegas und ließ sich die genaue Adresse nennen. Dann standen Reese und er auf, und Theodora Bertlesman führte sie zur Tür. Bei jedem einzelnen Schritt überlegte Reese, wie er die atemberaubende Frau ansprechen sollte. Als Julio die Tür öffnete, sah Reese zu Teddy zurück und sagte: »Äh, entschuldigen Sie bitte, Miß Bertlesman, aber ich bin ein Cop, und es ist mein Job, Fragen zu stellen, wissen Sie, und ich dachte mir, ich meine, äh... Haben Sie vielleicht einen... nun, einen guten Bekannten?« Als Reese sein eigenes Stammeln hörte, wäre er am liebsten im Boden versunken oder von einem Augenblick zum anderen unsichtbar geworden.

Teddy musterte ihn und lächelte. »Hat das irgend etwas mit Ihren Ermittlungen zu tun?«

»Nun... ich dachte nur... ich meine... tja, ich möchte nur vermeiden, daß jemand von unserem Gespräch erfährt. Wissen Sie, ich dachte dabei nicht nur an mögliche Schwierigkeiten mit unserem Vorgesetzten... Äh, wenn Sie sonst jemandem vom Motel in Las Vegas erzählen, würden Sie Mr. Shadway und Mrs. Rachael vielleicht in Gefahr bringen, und...«

Er fühlte sich versucht, die Dienstwaffe zu ziehen und sich zu erschießen.

»Ich habe keinen besonderen Bekannten, niemandem,

dem ich irgendwelche Geheimnisse anvertraue«, erwiderte
Teddy.

Reese räusperte sich. »Nun, äh, das freut mich. In Ordnung.« Er wollte sich gerade zur Tür umwenden, als Julio ihn
mit einem sonderbaren Blick bedachte. Und Teddy meinte:
»Sie sind ziemlich groß, nicht wahr?«

Reese sah sie an. »Bitte?«

»Sie sind recht groß und kräftig gebaut. Wirklich schade,
daß es nicht mehr Männer wie Sie gibt. Eine Frau wie ich
würde neben Ihnen fast zierlich wirken.«

Was meint sie damit? überlegte er. War es nur eine beiläu-
fige Bemerkung oder steckte mehr dahinter?

»Ich würde mich so gern einmal zierlich fühlen«, fügte
Teddy hinzu.

Reese versuchte, eine Antwort zu geben, doch in seiner
Kehle schien sich ein dicker Kloß gebildet zu haben.

Er kam sich dumm, unbeholfen und schwerfällig vor – so
schüchtern wie ein Sechzehnjähriger. Plötzlich *konnte* er wieder sprechen, aber anstatt einigermaßen vernünftige Worte
zu formulieren, entfuhr ihm pubertärer Schwachsinn: »Miß-
Bertlesman-würden-Sie-einmal-mit-mir-ausgehen?«

Sie lächelte. »Ja.«

»Im Ernst?«

»Ja.«

»Samstagabend? Um sieben?«

»Gern.«

Reese starrte sie verblüfft an. »Wirklich?«

Sie lachte. »Ja.«

Kurz darauf, im Wagen, sagte Reese: »Himmel, es ist nicht
zu fassen.«

»Ich wußte gar nicht, daß du so gut mit Frauen umzugehen
verstehst«, spottete Julio gutmütig.

Reese errötete. »Mein Gott, das Leben ist schon komisch,
nicht wahr? Man kann nie wissen, welche Überraschungen
es bereithält.«

»Immer mit der Ruhe«, sagte Julio, startete den Motor und
fuhr los. »Es ist nur eine Verabredung.«

»Ja. Sicher. Aber... Nun, ich habe das Gefühl, es könnte durchaus mehr daraus werden.«

»Ein Frauenkenner *und* romantischer Narr«, kommentierte Julio und lenkte den Wagen in Richtung Newport Avenue.

Reese dachte eine Zeitlang nach. »Weißt du, welchen Fehler Eric machte? Er war so besessen davon, ewig zu leben, daß er ganz vergaß, das Leben zu genießen. Er strebte die Unsterblichkeit an, hielt den Blick dauernd in die Zukunft gerichtet – und übersah dadurch die Freuden der Gegenwart.«

Julio verzog das Gesicht. »Wenn die Bekanntschaft Teddy Bertlesmans dich zu einem Philosophen machte, sollte ich mir besser einen neuen Partner suchen.«

Reese schwieg einige Minuten lang, schwelgte in Erinnerungen an gebräunte Beine und flamingofarbene Seide. Als er in die Realität zurückkehrte, stellte er fest, daß Julio ein neues Ziel ansteuerte. »Wohin fahren wir?«

»Zum John Wayne Flughafen.«

»Vegas?«

»Einverstanden?« fragte Julio.

»Klar. Es bleibt uns wohl kaum etwas anderes übrig.«

»Wir müssen die Tickets aus der eigenen Tasche bezahlen.«

»Ich weiß.«

»Ich wäre nicht sauer, wenn du hierbleiben möchtest.«

»Ich komme mit«, sagte Reese.

»Ich werde auch allein damit fertig.«

»Ich bin dabei.«

»Es könnte gefährlich werden, und du mußt an Esther denken«, fügte Julio hinzu.

Meine kleine Esther, dachte Reese. Und jetzt vielleicht auch Theodora ›Teddy‹ Bertlesman. Plötzlich schauderte er. Die Vorstellung des Todes gewann eine ganz neue Bedeutung für ihn.

Trotzdem erwiderte er: »Ich komme mit. Hast du nicht gehört, was ich vorhin sagte? Um Himmels willen, Julio: Ich bin dabei.«

33. Kapitel
Viva Las Vegas

Ben Shadway folgte dem Gewitter, und um 18.20 Uhr erreichte er Baker, Kalifornien – das Tor zum Death Valley. Der Wind war wesentlich stärker als im Bereich von Barstow, trieb den Regen stellenweise fast waagerecht vor sich her, schleuderte die Tropfen Tausenden von Geschossen gleich an die Windschutzscheibe. Die Schilder von Tankstellen, Restaurants und Motels neigten sich hin und her, versuchten, sich aus den Verankerungen zu lösen und fortzufliegen.

Ben hielt an, betrat einen kleinen Laden, benutzte das dortige Telefon und wählte erneut Whitney Gavis' Nummer, bekam aber keine Verbindung nach Las Vegas. Dreimal hörte er die aufgezeichnete Nachricht, die Leitungen seien vorübergehend unterbrochen. Der böige Wind zischte und stöhnte an den Schaufensterscheiben vorbei, und der Regen trommelte ein wütendes Stakkato aufs Dach – Erklärung genug für die Schwierigkeit der Telefongesellschaft.

Seit Ben die Axt neben dem Kühlschrank im Blockhaus gefunden hatte, machte er sich große Sorgen, doch inzwischen war nackte Angst daraus geworden. Panik quoll in ihm empor, als das Gefühl in ihm entstand, daß seit einigen Stunden *alles* schiefging. Die Begegnung mit Sharp, der plötzliche Wetterumschwung, der Umstand, daß er Whit Gavis nicht erreichen konnte... Das Universum erschien Shadway nicht mehr wie ein gewaltiger, zufallsgesteuerter Motor. Statt dessen verglich er es nun mit einer Maschine, die einen ganz bestimmten, unheilvollen Zweck erfüllte. Und die Götter, die sie bedienten, hatten sich gegen ihn verschworen, um dafür zu sorgen, daß er Rachael nie wiedersähe.

Ben kaufte einige Snacks und kehrte anschließend sofort zum Wagen zurück. Der gestohlene Merkur stand nur wenige Schritte vom Eingang des Ladens entfernt, doch Shadway war erneut völlig durchnäßt, als er am Steuer Platz nahm. Er öffnete eine Pepsi, nahm einen Schluck, klemmte sich die Dose zwischen die Oberschenkel, startete den Motor und fuhr auf die Interstate zurück.

Ganz gleich, wie stark es auch regnen mochte: Er mußte die Fahrt mit möglichst hoher Geschwindigkeit nach Las Vegas fortsetzen, mit mindestens hundert oder besser noch hundertzwanzig Stundenkilometern – auch wenn dadurch die Gefahr bestand, daß er auf der nassen Straße ins Schleudern geriet. Die Tatsache, daß er Whit Gavis nicht warnen konnte, ließ ihm keine andere Wahl.

Auf der Zufahrt zum Highway setzte der Motor kurz aus und brummte dann wieder gleichmäßig. Während der nächsten Minute lauschte Ben aufmerksam und beobachtete die Anzeigen im Armaturenbrett, rechnete damit, daß irgendeine Kontrollampe zu flackern begann. Doch nichts dergleichen geschah. Nach einer Weile entspannte sich Shadway wieder, trat aufs Gas und beschleunigte auf hundertzehn.

Um 19.10 am Dienstagabend fühlte sich Anson Sharp frisch und ausgeruht. Von seinem Motelzimmer in Palm Springs aus rief er einige Einsatzagenten an, die an verschiedenen Orten in Südkalifornien tätig waren.

Von Dirk Cringer im Orange County erfuhr Sharp, daß Julio Verdad und Reese Hagerstrom keineswegs den Leben-Fall ruhen ließen, wie man es von ihnen verlangt hatte. Sie standen im Ruf, besonders hartnäckig zu sein und nie lockerzulassen, und aus diesem Grund war Anson Sharp so umsichtig gewesen, ihre Privatwagen am Abend zuvor mit verborgenen Sendern auszustatten und einigen Leuten den Auftrag zu geben, sie zu überwachen. Diese Vorsichtsmaßnahme zahlte sich nun aus. Sharp hörte von ihrem Treffen mit Dr. Easton Solberg, einem Wissenschaftler und ehemals gutem Bekannten Eric Lebens, und Cringer berichtete ihm auch, daß Julio und Reese vor dem Hauptbüro der Immobilienagentur Shadways Stellung bezogen hatten.

»Sie bemerkten unser Team und parkten einen halben

Block dahinter«, sagte Dirk Cringer. »Von dort aus konnten sie sowohl unsere Leute als auch den Eingang des Büros im Auge behalten.«

»Hielten sich wahrscheinlich für besonders schlau«, erwiderte Sharp. »Und ahnten nichts davon, daß sie die ganze Zeit über kontrolliert wurden.«

»Später folgten sie einer Angestellten nach Hause, einer gewissen Theodore Bertlesman.«

»Wir haben ihr bereits einige Fragen über Shadway gestellt, nicht wahr?«

»Ja. Nicht nur ihr, sondern auch allen anderen Personen im Büro. Und die Bertlesman erwies sich dabei als ebenso verschlossen wie ihre Kollegen.«

»Wie lange hielten sich Verdad und Hagerstrom bei ihr auf?«

»Sie verließen ihre Wohnung erst nach gut zwanzig Minuten.«

»Nun, offenbar war sie ihnen gegenüber weitaus redseliger. Irgendeine Ahnung, was sie den beiden Cops mitgeteilt haben könnte?«

»Nein«, sagte Cringer. »Ihre Wohnung befindet sich am Hang eines Hügels in den Heights, und deshalb nützte uns das Richtmikrofon nur wenig. Als wir den richtigen Einstellwinkel fanden, machten sich Verdad und Hagerstrom wieder auf den Weg. Sie fuhren direkt zum Flughafen.«

»*Was?*« entfuhr es Sharp überrascht. »LAX?«

»Nein. Sie wählten den John Wayne Airport hier im Orange County. Dort befinden sie sich jetzt und warten auf ihren Flug.«

»Was für einen Flug? Wohin?«

»Vegas. Sie kauften Tickets für den ersten Flug nach Las Vegas. Die Maschine geht um acht.«

»Warum ausgerechnet Vegas?« brummte Sharp, mehr zu sich selbst.

»Vielleicht haben sie sich endlich dazu durchgerungen, die Finger von der Sache zu lassen. Möglicherweise machen sie einen kleinen Urlaub.«

»Himmel, man fährt nicht in die Ferien, ohne vorher den Koffer zu packen. Sie meinten eben, die beiden Cops seien von der Bertlesman aus direkt zum Flughafen gefahren. Sie haben vorher keinen Abstecher nach Hause gemacht?«

»Nein«, bestätigte Cringer.

»Na schön«, sagte Sharp und fühlte, wie sich Aufregung in ihm bildete. »Dann versuchen sie wahrscheinlich, Shadway und Mrs. Leben vor uns zu erreichen. Und ganz offensichtlich haben sie Grund zu der Annahme, daß sich die beiden Gesuchten in Las Vegas aufhalten.« Anson sah plötzlich eine Chance, Shadway doch noch zu schnappen. Und diesmal würde er nicht entwischen. »Wenn für den Acht-Uhr-Flug noch Plätze frei sind, möchte ich, daß Sie und Ihre Leute ebenfalls an Bord gehen.«

»Ja, Sir.«

»Meine Männer sind hier in Palm Springs, und wir machen uns ebenfalls auf den Weg nach Las Vegas, so schnell wie möglich. Ich hoffe nur, wir treffen rechtzeitig genug am dortigen Flughafen ein, um Verdad und Hagerstrom zu beschatten.«

Sharp unterbrach die Verbindung und wählte sofort Jerry Peakes Nummer.

Draußen grollte Donner im Norden, und Regentropfen hämmerten an die Fensterscheibe.

»Es ist fast halb acht«, sagte Sharp, als Peake abgenommen hatte. »In fünfzehn Minuten brechen wir auf.«

»Was ist denn los?«

»Wir folgen Shadway nach Las Vegas, und diesmal ist das Glück auf unserer Seite.«

Gut sechzig Kilometer östlich von Baker versagte der Motor des gestohlenen Merkur. Erst setzte er einige Male aus wie zuvor auf der Highway-Zufahrt, keuchte und ächzte mehrmals – und gab seinen Geist endgültig auf. Ben hielt auf dem Seitenstreifen und versuchte, den Motor wieder zu starten. Vergeblich. Der Anlasser wimmerte einige Male, aber sonst geschah nichts. Ben fluchte lautlos, lehnte sich dann zurück und lauschte dem unentwegten Pochen des Regens.

Shadway war nicht der Typ Mann, der einfach verzweifelte. Innerhalb weniger Sekunden entwickelte er einen Plan und setzte ihn sofort in die Tat um.

Er schob sich die Combat Magnum am verlängerten Rükken hinter den Gürtel und zog das Hemd aus der Jeans, um die Waffe darunter zu verbergen. Die Schrotflinte wäre zu auffällig gewesen, und deshalb mußte er auf sie verzichten, was er sehr bedauerte.

Ben schaltete die Warnblinkanlage des Merkur ein, stieg aus und trat in den strömenden Regen. Glücklicherweise zuckten die Blitze jetzt nur noch im Osten. Shadway stand im farblosen Zwielicht neben dem Wagen, schirmte sich die Augen mit einer Hand ab und blickte nach Westen. Schon nach kurzer Zeit sah er heller werdendes Scheinwerferlicht.

Auf der I-15 herrschte nur wenig Verkehr. Einige unverzagte Spieler pilgerten nach ihrem Mekka und hätten sich wahrscheinlich nicht einmal von der Sintflut aufhalten lassen. Aber bei den meisten Fahrzeugen, die auf dem Highway unterwegs waren, handelte es sich um große Lastzüge. Ben winkte, doch zwei Autos und drei Lkws fuhren vorbei, ohne auch nur die Geschwindigkeit zu verringern. Ihre breiten Reifen wirbelten Wasser auf, und Shadway versuchte gar nicht erst, der sprühenden Gischt auszuweichen.

Etwa zwei Minuten später näherte sich ein weiterer Laster. An dem massigen Gefährt leuchteten und schimmerten so viel Lichter, als habe man ihn gerade für Weihnachten geschmückt. Zu Bens großer Erleichterung trat der Fahrer auf die Bremse und hielt einige Dutzend Meter hinter dem Merkur an.

Shadway lief sofort los, blieb neben dem Ungetüm stehen, blickte zum Seitenfenster hoch und sah das zerfurchte und faltige Gesicht eines schnaubärtigen Mannes. »Ich hab' eine Panne!« rief Ben, um das Prasseln des Regens und das Fauchen und Zischen der Böen zu übertönen.

»Den nächsten Mechaniker finden Sie in Baker«, antwortete der Fahrer. »Am besten, Sie laufen auf die gegenüberliegende Seite der Interstate und versuchen, einen Wagen anzuhalten, der aus der anderen Richtung kommt.«

»Ich habe keine Zeit, mich an einen Mechaniker zu wenden und den Wagen reparieren zu lassen!« rief Shadway. »Muß so schnell wie möglich nach Vegas.« Während der kurzen Wartezeit hatte er sich eine Lüge einfallen lassen. »Meine Frau ist dort ins Krankenhaus eingeliefert worden, und es geht ihr ziemlich schlecht. Vielleicht stirbt sie sogar.«

»Gütiger Himmel«, sagte der Fahrer. »Steigen Sie ein.«

Ben zögerte nicht, der Aufforderung nachzukommen, nahm auf dem Beifahrersitz Platz und hoffte inständig, daß der hilfreiche Fahrer des Lasters einen Bleifuß hatte und ihn trotz des Regens in Rekordzeit nach Las Vegas brachte.

Während Rachael durch die regenüberflutete Mohavewüste fuhr und die Düsternis des Unwetters allmählich in die Dunkelheit des Abends überging, fühlte sie sich einsamer als jemals zuvor. Sie starrte in den strömenden Regen hinaus, der noch immer Sturzbächen gleich über die Windschutzscheibe floß, beobachtete die Wischer, die sich vergeblich bemühten, ihr eine klare Sicht zu ermöglichen, ließ ihren Blick über den nassen Asphalt der Straße schweifen, auf dem sich die Scheinwerferlichter anderer Fahrzeuge widerspiegelten. Kaleidoskopartige Erinnerungen durchzogen ihren Gedankenkosmos wie Streiflichter aus einer anderen Welt. Eigentlich war sie ihr ganzes Leben lang allein gewesen, und aus diesem Grund stellte sie ein leichtes Opfer für Eric dar, der ihre Jugend ebenso dringend brauchte wie ein Vampir Blut. Er war zwölf Jahre älter als sie, und aufgrund seiner Erfahrungen fiel es ihm nicht schwer, eine wesentlich jüngere Frau von seinen angeblichen Qualitäten zu überzeugen. Eric gab ihr zum erstenmal in ihrem Leben das Gefühl, etwas Besonderes zu sein und begehrt zu werden. Vielleicht sah sie auch so etwas wie einen Ersatzvater in ihm.

Natürlich stellte sich schon nach kurzer Zeit heraus, daß er die Erwartungen nicht erfüllte, die sie in ihn setzte. Rachael stellte fest, daß Eric sie nicht als Frau liebte, sondern als das, was sie symbolisierte – Vitalität, Jugend, Spannkraft. Die Ehe wurde zur Farce.

Dann lernte sie Benny kennen. Und er gab ihr eine Medizin, die das Gefühl der Einsamkeit aus ihr vertrieb.

Doch jetzt war Ben fort, und Rachael konnte nicht einmal sicher sein, ihn jemals wiederzusehen.

Sie versuchte sich mit dem Gedanken zu trösten, daß Eric wenigstens keine Gefahr mehr darstellte, weder für sie noch für Ben. Bestimmt war er dem Klapperschlangengift zum Opfer gefallen. Selbst wenn es seinem genetisch veränderten Körper gelang, die massiven Dosen des Toxin zu neutralisieren, selbst wenn Eric ein zweitesmal aus dem Reich des Todes zurückkehrte – ganz offensichtlich degenerierte er, nicht nur körperlich, sondern auch geistig. (Rachael erinnerte sich deutlich daran, wie er auf dem regennassen Boden hockte und eine lebende Schlange verspeiste – ein Ungeheuer, ebenso erschreckend und elementar wie die am Himmel aufflackernden Blitze.) Wenn er die Bisse der Klapperschlange überlebte, blieb er vermutlich in der Wüste, weitaus weniger ein Mensch als vielmehr ein *Etwas*, ein buckliges *Tier*, das auf allen vieren durch den Sand kroch und nach Beutetieren suchte – eine Bedrohung für alle Geschöpfe, die im heißen Ödland lebten, nicht aber für Rachael. Und auch wenn er sich einen Rest menschlichen Bewußtseins bewahrte und nach wie vor danach strebte, sich an seiner ehemaligen Frau zu rächen: Es mußte sehr schwierig, wenn nicht gar völlig unmöglich für ihn sein, die Wüste zu verlassen und in die Zivilisation zurückzukehren, ohne sofort Aufsehen zu erregen.

Trotzdem hatte Rachael noch immer Angst vor ihm.

Sie entsann sich daran, zu ihm aufgeblickt zu haben, als sie durch den Graben floh und Eric ihr am Rande des ausgetrockneten Flußbetts folgte, dachte an die Jagd über den Hang auf der anderen Seite, an die fratzenhafte Grimasse im entstellten Gesicht Erics. Und dann beobachtete sie ihn wieder vor dem Klapperschlangennest. All die unterschiedlichen Gedächtnisbilder wiesen etwas Gemeinsames auf, einen mythischen Aspekt, der auf sie den Eindruck einer zusätzlichen Naturgewalt erweckte – eine unbesiegte Macht, die nicht einmal der Tod bezwingen konnte.

Sie schauderte, als sie eine jähe Kälte spürte, die bis in ihr Knochenmark zu reichen schien.

Kurz darauf sah sie von einer Anhöhe aus, daß sich ihre Reise dem Ende entgegenneigte: In dem breiten Tal vor ihr schimmerte Las Vegas wie eine wunderbare Vision im Regen. Millionen Lichter glänzten und funkelten und machten die Stadt zu einem riesigen Juwel.

Kaum zwanzig Minuten später blieb die Mohavewüste hinter Rachael zurück, und sie erreichte den Las Vegas Boulevard South. Das Neonlicht zahlloser Leuchtreklamen spiegelte sich in allen Farben des Spektrums auf dem nassen Asphalt wider. Die junge Frau hielt vor dem Bally's Grand und schluchzte fast vor Erleichterung, als sie die in Samtuniformen gekleideten Hoteldiener sah, deren Aufgabe darin bestand, die Wagen der Kunden zu parken. Einige Männer und Frauen standen unter dem Vordach am Eingang des großen Gebäudes, und obgleich Rachael niemanden von ihnen kannte, fühlte sie sich nicht mehr so allein wie auf der langen Interstate.

Zuerst zögerte sie, ihren Mercedes einem der Bediensteten zu überlassen, erinnerte sich an die Wildcard-Akte im Müllsack hinter dem Fahrersitz. Dann aber dachte sie daran, wie unwahrscheinlich es war, daß jemand einen solchen Beutel stahl, stieg aus und nahm eine Quittung für den Wagen entgegen.

Die Schmerzen in ihrem verstauchten Knöchel hatten inzwischen fast ganz nachgelassen. Die von den Klauen des Eric-Ungeheuers stammenden Kratzer brannten nach wie vor, doch Rachael achtete nicht weiter darauf und hinkte nur ein wenig, als sie das Hotel betrat.

Einige Sekunden lang verwirrte sie der Kontrast zwischen der regnerischen Nacht hinter ihr und dem bunten Gleißen des Kasinos. Vor ihr erstreckte sich eine Welt, die aus glitzernden Kronleuchtern bestand, aus Samt, Brokat, Plüschteppichen, Marmor und poliertem Messing, und das Fauchen und Ächzen des böigen Windes wich aufgeregten Stimmen, die das Wohlwollen der Göttin Fortuna beschworen. Einarmige Banditen ratterten und klickten, und die harten Klänge einer Poprock-Band hallten durch den weiten Empfangssaal.

Nach einer Weile wurde sich Rachael auf unangenehme Weise bewußt, daß ihr Erscheinungsbild Aufmerksamkeit erregte. Die vielen Personen, die an den Spielgeräten und -tischen ihr Glück versuchten, kleideten sich natürlich nicht alle auf betont elegante Art und Weise. Rachael sah nicht nur Abendkleider und teure Maßanzüge, sondern auch Jeans und Sporthemden. Doch außer ihr trug niemand eine schmutzige und zerrissene Bluse, eine Hose, die den Eindruck erweckte, als habe sie darin gerade an einem Rodeo teilgenommen.

Rachael blieb nicht stehen, als sie die Blicke einiger Anwesenden auf sich spürte, ging am Kasino vorbei, ging zu den öffentlichen Telefonzellen und fragte die Auskunft nach der Nummer Whitney Gavis. Er nahm fast sofort ab, und die junge Frau brachte beinah atemlos hervor: »Es tut mir leid, Sie zu stören. Wahrscheinlich kennen Sie mich nicht. Mein Name lautet Rachael...«

»Bens Rachael?« unterbrach er sie.

»Ja«, sagte sie überrascht.

»Dann kenne ich Sie doch. Ich weiß praktisch alles über Sie.« Sein Tonfall wies eine große Ähnlichkeit mit dem Shadways auf: Die Stimme klang ruhig und sicher. »Außerdem habe ich vor einer Stunde die Nachrichten gehört, diesen *Blödsinn* über eine Bedrohung der nationalen Sicherheit. Was für ein Quatsch! Benny soll ein Hochverräter sein? Daß ich nicht lache! Ich weiß nicht, was eigentlich gespielt wird, aber ich rechnete schon damit, bald von euch zu hören. Wenn ihr Hilfe braucht...«

»Ben ist nicht bei mir, aber er hat mich zu Ihnen geschickt«, erklärte Rachael.

»Das genügt. Sagen Sie mir nur, wo Sie sind.«

»Im Grand.«

»Es ist jetzt acht Uhr. Ich bin in zehn Minuten bei Ihnen. Wandern Sie nicht umher. Die Kasinos werden ziemlich gut überwacht, und wenn Sie einen Spaziergang machen, erscheinen Sie irgendwann auf einem Monitor. Und vielleicht hat einer der Typen vom Sicherheitsdienst ihr Bild in den Abendnachrichten gesehen. Verstanden?«

»Kann ich den Waschraum aufsuchen? Ich bin ziemlich erledigt und möchte mich ein wenig erfrischen.«

»Klar. Halten Sie sich nur vom Kasino fern. Und kehren Sie in zehn Minuten zu den Telefonzellen zurück, denn dort hole ich Sie ab. In jenem Bereich gibt es keine Kontrollkameras. Halten Sie durch, Mädchen.«

»Einen Augenblick!«

»Ja?« fragte Gavis.

»Wie sehen Sie aus? Wie erkenne ich Sie?«

»Seien Sie unbesorgt, Rachael«, erwiderte Gavis. »Ich erkenne *Sie*. Ben hat mir Ihr Foto so oft gezeigt, daß sich mir alle Einzelheiten Ihres hübschen Gesichts fest ins Gedächtnis eingeprägt haben. Bis gleich.«

Er unterbrach die Verbindung, und Rachael legte auf.

Jerry Peake war sich gar nicht mehr so sicher, ob er unbedingt zu einer Legende werden wollte. Er wußte nicht einmal mehr, ob ihm etwas daran lag, DSA-Agent zu sein. In zu kurzer Zeit hatte sich zuviel ereignet, und Peake sah sich außerstande, geistig mit den Geschehnissen Schritt zu halten. Er fragte sich, ob es ihm jemals wieder gelingen mochte, sein seelisches Gleichgewicht wiederzufinden.

Ein neuerlicher Anruf Anson Sharps hatte ihn aus einem tiefen Schlaf gerissen, und nicht einmal die kalte Dusche konnte alle Reste der Benommenheit von ihm abspülen. Nur wenige Minuten später rasten sie mit blitzenden Blinklichtern und heulender Sirene zum Flughafen von Palm Springs – eine Fahrt, die er wie einen Alpdruck empfand. Um 20.10 Uhr traf eine zweimotorige Turborop vom Marine Corps Training Center ein, kaum eine halbe Stunde nach der Anforderung Sharps. Unmittelbar nachdem sie an Bord gegangen waren, startete die Maschine wieder. Peake saß in einem Sessel am Fenster, starrte in den Regen und die Finsternis, und seine Hände schlossen sich so fest um die Armlehnen, daß die Knöchel weiß hervortraten.

»Mit ein wenig Glück«, wandte sich Sharp an ihn und Nelson Gosser, »erreichen wir den McCarran International Airport in Las Vegas zehn oder fünfzehn Minuten vor Verdad und Hagerstrom. Und wenn die beiden sturen Bullen das Gebäude verlassen, hängen wir uns an ihre verdammten Fersen.«

Der für 20.00 Uhr vorgesehene Start der Linienmaschine, die vom John Wayne Flughafen im Orange County nach Las Vegas fliegen sollte, hatte sich bereits um zehn Minuten verzögert, doch der Pilot versicherte den Passagieren, sie brauchten sich nicht mehr lange zu gedulden. Unterdessen boten die Stewardessen den Reisenden Getränke an.

»Ich hasse es zu fliegen«, brummte Reese und sah aus dem Fenster.

»Wird nicht allzu lange dauern, bis wir in Vegas sind«, erwiderte Julio und bedachte seinen Partner mit einem aufmunternden Lächeln.

»Wenn man sich für eine berufliche Laufbahn bei der Polizei entscheidet, erwartet man, in einem Streifenwagen durch die Gegend zu fahren.«

»Fünfundvierzig Minuten, höchsten fünfzig«, sagte Julio.

»Ich bin *dabei*«, wiederholte Reese rasch, bevor Verdad seinen Mißmut in Hinsicht aufs Fliegen falsch interpretieren konnte. »Bei diesem Fall lasse ich ebensowenig locker wie du. Aber ich wünschte mir, Las Vegas ließe sich mit einem Schiff erreichen.«

Um 20.12 Uhr rollte das Flugzeug über die Startbahn und hob ab.

Eric fuhr den roten Kleinlieferwagen des Pärchens, das er umgebracht hatte, und ständig bemühte er sich, einen genügend großen Rest menschlichen Bewußtseins zu wahren, um das Fahrzeug zu steuern. Manchmal suchten ihn bizarre Gedanken und Empfindungen heim: das sehnsüchtige Verlangen, den Wagen zu verlassen und durch die dunkle Wüste zu laufen, Wind und Regen auf der nackten Haut zu spüren; das fast unwiderstehliche Bedürfnis, sich an einem dunklen und feuchten Ort zu verkriechen; eine heiße und ungestüme sexuelle Begierde, die sich mit keinen Empfindungen des Homo sapiens oder einer seiner Vorfahren vergleichen ließ, sondern einem animalischen Fieber gleichkam. Darüber hinaus flammten Erinnerungsbilder in ihm auf, die sich nicht auf eigene Erfahrungen gründeten, sondern aus dem Genpool des Rassengedächtnisses stammten: Mit seinen Krallen riß er einen halb vermoderten Baumstamm auf und suchte nach Larven und hin und her kriechenden Insekten; in einem dunklen und stickigen Bau paarte er sich mit einem nach Moschus duftenden Geschöpf... Wenn es Eric zuließ, daß diese Gedanken, Gefühle und Erinnerungen die Oberhand über seinen menschlichen Identitätskomplex gewannen, mußte er damit rechnen, ins subhumane Stadium zurückzusinken, das ihn auf dem Rastplatz zweimal zu einem mordenden Monstrum gemacht hatte. Und in einem solchen Zustand konnte er den roten Wagen nicht mehr lenken; dann ließ sich ein Unfall kaum vermeiden. Aus diesem Grund versuchte er, die verlockenden Reminiszenzen und Sehnsüchte zu unterdrücken und seine Aufmerksamkeit einzig und allein auf den Highway vor ihm zu konzentrieren. Das gelang ihm zum größten Teil – obgleich gelegentlich die Konturen vor seinen Augen verschwammmen, woraufhin sich sein Atemrhythmus jäh beschleunigte und erneut der innere Sirenengesang erklang, der ihn in eine primordiale Bewußtseinsphase zu locken trachtete.

Eine ganze Zeitlang verspürte er keine Anzeichen für weitere körperliche Veränderungen. Hin und wieder aber merkte er, daß die Metamorphose weiter fortschritt. Dann und wann regte sich etwas tief in ihm, ein Komplex, der vorher geruht hatte und nun zu seltsamer Aktivität erwachte – eine Kugel aus miteinander verwobenen Würmern, die sich seit einer halben Ewigkeit nicht rührten und von einem Augenblick zum anderen hektisch zu zucken begannen. Eric entsann sich seiner unmenschlichen Augen – das eine grün, mit einer vertikal verlaufenden, orangefarbenen Pupille, das andere eine Ansammlung aus Dutzenden von Facetten –, und er wagte es nicht, sich im Rückspiegel zu beobachten, fürchtete eine endgültige Zersplitterung seiner bereits sehr fragwürdigen geistigen Stabilität. Allerdings sah er seine Hände am Steuer und bemerkte, wie sie sich weiter modifizierten. Seine langen Finger wurden kürzer und dicker, und die Klauen schienen ein wenig zu schrumpfen. Die Zwischenhäute zwischen Daumen und Zeigefinger lösten sich fast vollständig auf. Dann kehrte sich der Prozeß um, und die Hände vergrößerten sich wieder. Die Knöchel wuchsen, und die Krallen wurden noch länger und spitzer. Derzeit waren Erics Hände so gräßlich entstellt – die Haut dunkel und fleckig, jeder Finger mit einem zusätzlichen Gelenk ausgestattet, auf den Nägeln kleine Buckel –, daß er es vermied, sie zu betrachten, den Blick statt dessen auf die Straße gerichtet hielt.

Seine Unfähigkeit, sich dem eigenen Erscheinungsbild zu stellen, resultierte nicht nur aus der Furcht vor weiteren Veränderungen. Einerseits hatte er Angst, ja, aber andererseits reagierte er auch mit einer Art perversem Vergnügen auf seine Metamorphose. Einige Vorteile ließen sich nicht leugnen: Er war enorm stark und ungeheuer schnell – sein Körper kam einer tödlichen Waffe gleich. Abgesehen von seinem deformen Äußeren stellte er die Verwirklichung des Machotraums von absoluter Macht und unbesiegbarer Wut dar, dem sich jeder Junge hingab und von dem sich manche Männer auch als Erwachsene nicht ganz trennen konnten. Eric wußte, daß er sich diesen angenehmen Empfindungen nicht zu sehr hingeben durfte, wenn er einen neuerlichen Beginn der animalischen Phase vermeiden wollte.

Das sonderbare und nicht unbedingt schmerzhafte Feuer in seinem Körper, die Flammen, die in Muskeln, Blut und Knochen loderten – sie waren längst zu ständigen Begleitern geworden. Vor einer Weile hatte er sich als eine Person gesehen, deren Leib *schmolz* und dabei neue Gestalten annahm, doch jetzt gewann er den Eindruck, zu *brennen*. Er gab dem Brodeln in ihm einen Namen, nannte es Veränderungsfeuer.

Glücklicherweise kam es nicht mehr zu den schwächenden Peinkrämpfen, an denen er während einer früheren Phase der Metamorphose gelitten hatte. Ab und zu spürte er dumpfen Schmerz, manchmal auch ein kurzes Stechen irgendwo in seinem physischen Kosmos – aber diese Gefühle waren nur von kurzer Dauer und nicht annähernd so belastend wie die anfänglichen Agonien. Während der letzten zehn Stunden hatte sein Körper ganz offensichtlich eine neue Eigenschaft gewonnen: die Amorphie.

Allerdings erfolgten nach wie vor jähe Anfälle der Freßgier. In einem rasenden Rhythmus zerstörte sein Körper alte Zellen und schuf neues Gewebe, und dieser Vorgang verbrauchte eine Menge Energie. Außerdem stellte Eric fest, daß er weitaus häufiger urinieren mußte als vorher. Und jedesmal dann, wenn er auf dem Seitenstreifen anhielt und seine Blase am Straßenrand entleerte, stank der Urin noch mehr nach Ammoniak und anderen Chemikalien.

Als er weiterfuhr, kurz darauf eine Anhöhe erreichte und den glänzenden Lichterteppich von Las Vegas vor sich liegen sah, verspürte er erneut plötzlichen Hunger, empfand dieses Gefühl wie einen überraschenden Schlag in die Magengrube. Eric begann zu schwitzen und bebte am ganzen Leib.

Einmal mehr lenkte er den roten Kleinlieferwagen auf den Seitenstreifen und hielt an.

Er wimmerte, als seine Gier zunahm, und nur wenige Sekunden später gab er ein kehliges Knurren von sich. Ganz deutlich fühlte er, wie animalische Bedürfnisse die Struktur menschlicher Selbstbeherrschung erschütterten.

Er fürchtete sich vor den Konsequenzen, davor, das Fahrzeug zu verlassen und in der Wüste zu jagen. Vielleicht verirrte er sich in der weiten Öde, nur wenige Kilometer von Las Vegas entfernt. Schlimmer noch: Wenn sich sein Intellekt endgültig verflüchtigte und reinem Instinkt wich, ließ er sich möglicherweise dazu hinreißen, auf die Straße zu treten, einen Wagen anzuhalten, den Fahrer hinterm Lenkrad hervorzuzerren und ihn in Stücke zu reißen. Das *mußte* Aufmerksamkeit erregen – was bedeutete, daß er in einem solchen Fall nicht damit rechnen konnte, die Reise ungehindert zu dem Motel fortzusetzen, in dem sich Rachael versteckte.

Allein der Gedanke an Rachael gab den Konturen seiner Umgebung einen rötlichen Schimmer, und bei der Vorstellung, endlich Rache an ihr zu nehmen, stieß Eric unwillkürlich einen zornigen Schrei aus, der von den regennassen Scheiben des Wagens widerhallte. Die wilde Entschlossenheit, an Rachael Vergeltung zu üben – nur diesem mächtigen Wunsch hatte er es zu verdanken, daß es ihm während der langen Fahrt durch die Mohavewüste gelungen war, sich der psychischen Regression zu widersetzen.

Verzweifelt versuchte Eric, das primordiale Bewußtsein zu unterdrücken, das bohrende Hungergefühl, die Leere in seinem Innern, die nun unbedingt gefüllt werden wollte. Gierig wandte er sich der Kühltasche hinter dem Fahrersitz des roten Kleinlieferwagens zu, riß sie auf und stellte zufrieden fest, daß sie alle notwendigen Dinge für ein Picknick enthielt: ein halbes Dutzend Sandwiches, zwei Äpfel und einen Sechserpack Bier.

Mit seinen Klauenpranken packte Eric die belegten Brote, stopfte sie sich in den Mund und schlang sie fast in einem Stück herunter. Mehrmals verschluckte er sich und hustete, zwang sich dazu, gründlicher zu kauen.

Anschließend trank er das Bier – und wußte, daß er sich in dieser Hinsicht keine Sorgen zu machen brauchte: Der Alkohol würde seine Sinne nicht benebeln, denn der wesentlich leistungsstärker gewordene Motor seines Metabolismus verbrannte die in ihm gespeicherte Energie, bevor es zu irgendwelchen unerwünschten Nebenwirkungen kommen konnte.

Einige Minuten später ließ sich Eric auf dem Fahrersitz zurücksinken und keuchte. Aus trüben Augen starrte er auf die beschlagenen Scheiben, genoß das Gefühl der Ruhe: Das Tier in ihm war zumindest vorübergehend gesättigt. Vage Erinnerungen an die Ermordung zweier Menschen und die Vergewaltigung einer Frau zogen wie faserige Rauchfahnen durch das unfokussierte Zentrum seiner inneren Aufmerksamkeit.

Draußen in der dunklen Wüste glommen Schattenfeuer.

Tore zur Hölle? Flammen, die ihn aufforderten, in die Verdammnis zurückzukehren, in der sein eigentliches Schicksal auf ihn wartete und der er selbst nach dem Tod entkommen war?

Oder nichts weiter als Halluzinationen? Vielleicht versuchte das gequälte Unterbewußtsein angesichts der Angst vor der in seinem Körper stattfindenden Veränderungen, das Veränderungsfeuer nach außen zu projizieren, die Hitze der Metamorphose aus Fleisch und Blut zu verbannen und ihr eine konkrete Entsprechung zu geben.

Die vernünftigste und intelligenteste Überlegung seit Stunden, begriff Eric. Plötzlich schöpfte er neuen Mut und hoffte, wieder seinen kognitiven Kräften vertrauen zu können, die ihm den Ruf eines Genies auf seinem Fachgebiet eingebracht hatten. Doch einige Sekunden später kehrten die Erinnerungen an Blut und zerfetztes Fleisch zurück, und eine Flutwelle aus primitivem Entzücken durchwogte ihn. Ein gutturales Brummen entrang sich seiner Kehle.

Links von ihm fuhren einige Autos und Laster über den breiten Highway, nach Osten, nach Las Vegas.

Las Vegas...

Langsam entsann er sich, daß er ebenfalls nach Vegas unterwegs war. Sein Ziel – das Golden Sand Inn. Ein Rendezvous mit der Rache.

DRITTER TEIL

―――――

Schwärze

So süß wie ein Kuß kann sein die Nacht,
aber nicht wenn im Dunkeln der Tote wacht.

Das Buch Gezählten Leids

34. *Kapitel*
Konvergenz

Rachael suchte den Waschraum auf, reinigte ihr Gesicht und versuchte, ihr zerzaustes Haar einigermaßen in Ordnung zu bringen. Kurz darauf kehrte sie in die Nähe der Telefonzellen zurück und nahm auf einer roten Lederbank Platz, von der aus sie alle Personen beobachten konnte, die sich dem Eingang der Empfangshalle näherten oder die breite Treppe heraufkamen, die zum tiefer gelegenen Kasino führte.

Sie gab sich alle Mühe, die Männer so unauffällig wie möglich zu mustern. Es kam ihr gar nicht darauf an, nach Whitney Gavis Ausschau zu halten, denn sie hatte überhaupt keine Ahnung, wie er aussah. Aber sie fürchtete, von jemandem bemerkt zu werden, der ihr Foto aus einer Zeitung oder den Fernsehnachrichten kannte. Rachael konnte sich des Eindrucks nicht erwehren, überall von potentiellen Feinden umgeben zu sein.

Sie erinnerte sich nicht daran, jemals müder und erschöpfter gewesen zu sein. Die wenigen Stunden Schlaf während der vergangenen Nacht in Palm Springs hatten sie nicht auf die hektischen Aktivitäten dieses Tages vorbereitet. Der dumpfe Schmerz in ihren Beinen erinnerte an die Flucht durch die Wüste, und die Arme fühlten sich steif an. Ein stechendes Pochen erstreckte sich vom Nacken übers ganze Rückgrat, und die Augen waren blutunterlaufen und brannten.

»Sie sehen ziemlich übel aus, Mädchen«, sagte Whitney Gavis und trat auf sie zu. Rachael zuckte verblüfft zusammen.

Sie hatte ihn beobachtet, als er durch den breiten Eingang hereinkam, ihre Aufmerksamkeit dann aber wieder auf andere Männer gerichtet, in der sicheren Überzeugung, daß es sich nicht um Gavis handelte. Er mochte etwa einsachtzig groß sein, einige Zentimeter kleiner als Ben, war kräftiger gebaut: massive Schultern, breite Brust. Er trug eine weite weiße Hose und ein hellblaues Baumwollhemd, wirkte selbst ohne die obligatorische weiße Jacke wie einer der Akteure aus der Fernsehserie *Miami Vice*. Andererseits: Auf der linken Seite seines Gesichts zeigte sich ein breites Muster aus roten und braunen Narben, und das linke Ohr sah knotig aus. Brandwunden? Er bewegte sich steifbeinig und irgendwie ungelenk, schwang die linke Hüfte in einer Art und Weise, die Anlaß zu der Vermutung gab, das entsprechende Bein sei gelähmt. Möglicherweise eine Prothese, überlegte Rachael. Der linke Arm war zwischen Ellenbogen und Handgelenk amputiert worden, und der Stumpf ragte aus dem Hemdsärmel.

Gavis lachte, als er ihre Überraschung bemerkte. »Offenbar hat Ben Sie nicht vorgewarnt: Ich biete nicht gerade den typischen Anblick eines edlen Ritters, der einer in Not geratenen Frau zu Hilfe eilt.«

Rachael zwinkerte. »Nein, nein, ich bin froh, daß Sie hier sind. Ich freue mich sehr, einen Freund zu haben, ganz gleich, wie... Ich meine, ich wußte nicht... Ich bin sicher, daß...« Sie brach ab, machte Anstalten aufzustehen, dachte dann daran, daß sich Gavis vielleicht lieber setzte – und kam sich wie eine Närrin vor.

Whitney lachte erneut und berührte sie am Arm. »Entspannen Sie sich, Mädchen. Ich bin nicht beleidigt. Nun, bisher habe ich noch nie jemanden kennengelernt, der weniger Wert auf Äußerlichkeiten legt als Ben. Er beurteilt einen danach, was man leistet – nicht nach dem Aussehen. Typisch für ihn, daß er Sie nicht auf meine... Besonderheiten hinwies. Der Ausdruck ›Körperbehinderung‹ gefällt mir nicht sonderlich. Wie dem auch sei: Sie haben allen Grund, erstaunt zu sein, Mädchen.«

»Ich schätze, Ben blieb nicht genug Zeit, um davon zu sprechen – selbst wenn er daran gedacht hätte«, antwortete Rachael und nahm nicht wieder Platz. »Ich mußte ziemlich überstürzt aufbrechen und ihn zurücklassen.«

»Ist alles in Ordnung mit ihm?« fragte Whitney.

»Das weiß ich nicht.«

»Wo befindet er sich jetzt?«

»Ich hoffe, er ist hierher unterwegs. Aber ganz sicher bin ich mir nicht.«

Plötzlich mußte sie daran denken, daß auch ihr Benny in diesem Zustand aus dem Krieg in Vietnam hätte heimkehren können: mit zernarbten Gesicht, ohne die linke Hand, das linke Bein zerfetzt – eine entsetzliche Vorstellung. Seit Montagabend, als es Shadway gelungen war, Vince Baresco zu entwaffnen und seine Combat Magnum an sich zu nehmen, hatte sie sich ihn mehr oder weniger unbewußt als einen unbezwingbaren und im Grunde genommen unbesiegbaren Mann vorgestellt, der nie verzagte, der immer einen Ausweg fand. Sie machte sich nach wie vor Sorgen um ihn, wollte jedoch daran glauben, daß ihm gar nichts zustoßen konnte, weil er zu zäh und klug war. Doch als sie jetzt sah, was der Krieg aus Whitney Gavis gemacht hatte, begriff sie endlich, daß auch Benjamin Shadway keinen magischen Schutzpanzer trug, der ihn vor Verletzungen – und dem Tod – bewahrte. Und diese Erkenntnis erfüllte sie mit jäher Angst.

»He, geht es Ihnen nicht gut?« fragte Whitney.

»Ich ... ich bin nur erschöpft«, erwiderte Rachael mit zittriger Stimme. »Und ich mache mir Sorgen.«

»Ich möchte alles wissen. Erzählen Sie mir die *ganze* Geschichte.«

»Das braucht seine Zeit.« Rachael sah sich um. »Und dies ist nicht der geeignete Ort.«

Whitney nickte. »Da haben Sie völlig recht.«

»Wir vereinbarten als Treffpunkt das Golden Sand.«

»Das Motel? Ja, gute Idee. Ein ausgezeichnetes Versteck. Bietet zwar nicht gerade Erste-Klasse-Komfort ...«

»Darauf kann ich verzichten.«

Gavis hatte seinen Wagen ebenfalls von einem Hotelbediensteten parken lassen und gab dem Mann sowohl seine Quittung als auch die Rachaels.

Jenseits des hohen und breiten Vordachs strömte der Regen durch die Nacht. Das Gewitter war weitergezogen, und es flackerten keine Blitze mehr. Aber die Myriaden Tropfen des Wolkenbruchs blieben trotzdem nicht anonym: Sie erschimmerten im Widerschein der bernsteinfarbenen und gelben Lichter neben dem Eingang des Grand, was den Anschein erweckte, als lege sich eine goldene Patina auf die nahe Straße.

Whitneys Wagen, ein fast neuer Karmann Ghia, wurde zuerst gebracht, und nur wenig später rollte auch der schwarze Mercedes heran. Obgleich Rachael wußte, daß sie Aufsehen erregte, sah sie zunächst im Fond und Kofferraum des Wagens nach, bevor sie sich ans Steuer setzte und losfuhr. Tief in ihrem Innern wußte sie, daß sie sich irrational verhielt. Eric war tot – oder hatte sich inzwischen endgültig in ein Tier verwandelt, das die Wüste durchstreifte, rund hundertfünfzig Kilometer von ihr entfernt. Es schien geradezu absurd zu sein anzunehmen, er habe es irgendwie geschafft, nach Las Vegas zu gelangen und sich erneut im Gepäckfach des schwarzen Mercedes zu verstecken. Dennoch sah Rachael nach – und fühlte sich zutiefst erleichtert, als sie keine Spur von dem lebenden Toten fand.

Sie folgte Whitneys Karmann Ghia auf den Flamingo Boulevard, und von dort aus ging die Fahrt nach Osten weiter, in Richtung des Paradise Boulevards. Schließlich wandten sie sich nach Süden und erreichten kurz darauf das Golden Sand Inn.

Trotz der Nacht und des strömenden Regens wagte es Eric nicht, über den Las Vegas Boulevard South zu fahren, die barock wirkende Straße, die die Einheimischen als Strip bezeichneten. Acht bis zehn Stockwerke hohe Leuchtreklamen erhellten die Dunkelheit mit einem flackernden und bunten Schein, und Tausende von farbigen Neonleuchten bildeten lange Schlangen. Der Wasserfilm auf den Scheiben des roten Kleinlieferwagens und der tief in die Stirn gezogene Stetson genügten nicht, um das alptraumhafte Gesicht Erics vor den neugierigen Blicken der Passanten zu verbergen. Aus diesem Grund bog er vom Strip ab, bevor er die ersten Hotels erreichte, wählte eine Seitenstraße und fuhr nach Osten weiter, vorbei am rückwärtigen Bereich des McCarran International Airport.

Eric erinnerte sich an die Blockhütte am Lake Arrowhead, an das Gespräch, das Shadway und Rachael in der Garage geführt hatten, an die Erwähnung eines Motels namens Golden Sand Inn. Es fiel ihm nicht weiter schwer, das Haus zu finden: ein U-förmiges Gebäude mit Swimmingpool, das offene Ende der Straße zugewandt. In der Sonne gebleichtes Holz, das dringend einen neuen Anstrich benötigte. Fleckiges und rissiges Mauerwerk. Ein schiefes Dach, das neu abgedichtet werden mußte. Einige Fenster mit gesplitterten Scheiben, hier und dort mit Brettern vernagelt. Im Garten hüfthohes Unkraut. Vor einer Wand bildeten welke Blätter und Papierfetzen einen großen Haufen. Ein großes und defektes Neonschild hing zwischen zwei sechs Meter hohen Stahlpfosten nahe der Zufahrt, schwang im Rhythmus der Sturmböen langsam hin und her.

Rechts und links des Golden Sand Inn erstreckten sich jeweils zweihundert Meter breite Flächen aus unbebautem Land, bewachsen von niedrigem Gestrüpp. Auf der anderen Straßenseite wurde gerade ein neuer Gebäudekomplex errichtet, und die Stahl- und Betongerüste sahen aus wie die fleischlosen Gerippe eines exotischen Dinosauriers. Das Motel erhob sich am Rande der Stadt, und es herrschte nur wenig Verkehr.

Hinter keinem Fenster brannte Licht, und daraus schloß Eric, daß Rachael noch nicht eingetroffen war. Wo hielt sie sich auf? Er erinnerte sich daran, ziemlich schnell gefahren zu sein, doch er hielt es für ausgeschlossen, sie auf der Interstate überholt zu haben.

Beim Gedanken an Rachael begann sein Herz schneller zu pochen, und einmal mehr regte sich die kalte, reptilienartige Wut in ihm. Nahrung kam ihm in den Sinn, und daraufhin wurde ihm der Mund wäßrig. Er bebte am ganzen Leib, versuchte aber, sich zu beherrschen, biß die spitzen Zähne zusammen und bemühte sich, wenigstens teilweise rational zu bleiben.

Eric parkte den roten Wagen am kiesigen Straßenrand, mehr als hundert Meter vom Golden Sand entfernt, ließ die beiden Vorderreifen in den seichten Sand rollen – um den Anschein zu erwecken, das Auto sei ins Schleudern geraten und der Fahrer nach Hause gegangen, um sich am nächsten Morgen um seinen Lieferwagen zu kümmern. Als das Brummen des Motors verklang, schien das Trommeln des Regens lauter zu werden. Eric wartete, bis weit und breit keine anderen Wagen zu sehen waren, bevor er die Beifahrertür öffnete und ausstieg.

Er stapfte durch den Abwassergraben, in dem schäumendes Schmutzwasser floß, hielt auf das Motel zu und sah sich immer wieder um. Nach einigen wenigen Metern wurde er schneller, lief schließlich, als er begriff, daß er sich nur hinter einigen Büschen und Sträuchern verstecken konnte, wenn sich ein anderes Fahrzeug näherte.

Als er sich dem Sturm ausgesetzt fühlte, verspürte er erneut die Versuchung, sich die Kleidung vom Leib zu reißen und nackt durch Nacht und Regen zu stürmen, fort von den Lichtern der Stadt, durch die Wüste. Doch das Verlangen nach Rache war stärker, und deshalb setzte er den Weg fort.

Das kleine Büro des Motels befand sich in der nordöstlichen Ecke des U-förmigen Gebäudes. Durch die dicken Scheiben des Fensters sah Eric nur einen Teil des unbeleuchteten Zimmers: die trüben Konturen eines Sofas, einen Sessel, einen Tisch, eine Lampe, den Empfangstresen. Das Apartment des Verwalters, das Shadway Rachael als Unterkunft angeboten hatte, ließ sich vermutlich durch das Büro erreichen. Eric streckte eine Klauenhand nach dem Knauf aus, der in seiner großen Pranke verschwand. Die Tür abgeschlossen.

Plötzlich sah er sein undeutliches Spiegelbild im feuchten Glas: eine gehörnte Dämonenfratze mit scharfen Zähnen und seltsamen Knochenbuckeln. Rasch wandte er den Blick davon ab und versuchte, ganz still zu bleiben, nicht zu wimmern.

Er schlich auf den Hof und beobachtete die Türen, die auf

drei Seiten zu den Motelzimmern führten. Nirgends schimmerte Licht, und dennoch fiel es Eric nicht schwer, sich zu orientieren. Er konnte genügend Einzelheiten ausmachen, sah sogar den blauen Schatten des Lacks auf dem Holz. In was auch immer er sich verwandeln mochte: Das Wesen zeichnete sich durch eine weitaus bessere Nachtsicht aus als ein Mensch.

Eine zerbeulte Aluminiummarkise überdachte den Weg, der auf allen drei Seiten an den Türen vorbeiführte, formte eine schäbig wirkende Promenade. Regenwaser rann herab, tropfte auf den Rand der schmalen Betonfläche, bildete glänzende Pfützen. Es platschte leise, als Eric durch das hohe Gras eilte.

Der Swimmingpool war entleert worden, doch der Regen füllte ihn langsam wieder. An den tiefsten Stellen stand das Wasser bereits dreißig Zentimeter hoch. Und darunter loderte ein verlockendes – und vielleicht nur halluzinatorisches – Schattenfeuer, purpurn und silbern.

Irgend etwas an diesem Schattenfeuer jagte ihm einen ganz besonderen Schrecken ein. Als Eric in das dunkle Loch des fast leeren Pools starrte, verspürte er das jähe Verlangen, um die eigene Achse zu wirbeln und zu fliehen, diesen Ort so schnell wie möglich zu verlassen.

Ruckartig wandte er sich von dem Becken ab.

Er trat unter das Aluminiumdach, und das metallische Pochen des Regens weckte klaustrophobische Empfindungen in ihm, so als sei er in einer Konservenbüchse gefangen. Er näherte sich dem Zimmer 15 und drückte den Knauf. Vergeblich. Ebenfalls verriegelt. Aber das Schloß schien alt und halb verrostet zu sein. Eric wich zurück und trat entschlossen auf die Tür ein. Schon nach einigen Sekunden erregte ihn die Aussicht auf neuerliche Zerstörungen so sehr, daß er laut und schrill zu heulen begann. Beim vierten Tritt zerbrach das Schloß, und mit einem weithin hallenden Quietschen schwang die Tür nach innen.

Mit einem Satz war Eric im Zimmer.

Er entsann sich daran, daß Shadway Rachael mitgeteilt

hatte, es gebe noch immer elektrischen Strom im Haus, aber er verzichtete darauf, das Licht einzuschalten. Er wollte vermeiden, daß Rachael Verdacht schöpfte, wenn sie schließlich eintraf.

Leise schloß er die Tür.

Er trat ans Fenster heran, von dem aus man auf den Hof blicken konnte, zog die schmutzigen Vorhänge einige Zentimeter beiseite und starrte in die Nacht hinaus. Zufrieden stellte er fest, daß er von seinem gegenwärtigen Standort aus sowohl die U-förmige Öffnung des Motels als auch die Bürotür im Auge zu behalten vermochte.

Wenn Rachael eintraf, würde er sie sofort sehen.

Und wenn sie sich in Sicherheit glaubte, würde er angreifen.

Ungeduldig verlagerte er sein Gewicht von einem Bein aufs andere.

Eric gab ein leises, hungrig klingendes Fauchen von sich.

Er gierte nach Blut.

Amos Zachariah Tate – so hieß der schnauzbärtige Fahrer des Lasters – wirkte wie die Reinkarnation eines Outlaws, der die abgelegenen Regionen der Mohavewüste auch während der Zeit des Wilden Westens unsicher gemacht, Postkutschen und Pony-Expreß-Reitern aufgelauert hatte. Sein Gebaren jedoch ähnelte eher dem eines Wanderpredigers aus der gleichen Epoche: Er sprach sanft, ruhig und sehr freundlich, doch der Tonfall verhärtete sich, wenn er sich über Seelenheil und ewige Verdammnis ausließ.

Er nahm Ben nicht nur nach Las Vegas mit, sondern gab ihm auch eine Wolldecke, mit der er sich vor der Kühle schützen konnte, die die Klimaanlage des Lastwagens auf seinen regennassen Leib blies, bot ihm sowohl Kaffee aus einer von zwei großen Thermosflaschen als auch eine dicke Stulle an und gewährte ihm darüber hinaus geistlichen Beistand. Er war aufrichtig um das körperliche Wohlergehen Shadways besorgt – ein natürlicher Guter Samariter, der mit Verlegenheit auf Dankbarkeitsbezeugungen reagierte und dem es völlig an jener Art von Selbstgerechtigkeit mangelte, bei der es sich um eine der wichtigsten Charaktereigenschaften aller modernen Boten des Herrn handelte.

Außerdem glaubte Amos Bens Lüge von einer schwerverletzten – und vielleicht sterbenden – Ehefrau im Sunrise Hospital, Las Vegas. Zwar wies er darauf hin, sich für gewöhnlich immer an die Gesetze der Vereinigten Staaten zu halten – und dazu gehörte auch die Straßenverkehrsordnung –, machte aber in diesem Fall eine Ausnahme und beschleunigte sein riesiges Gefährt auf fast hundertdreißig Stundenkilometer.

Ben hüllte sich in die warme Decke, trank Kaffee, verspeiste das dicke Brot und grübelte über Leben und Tod nach. Er war Amos Tate sehr dankbar, bedauerte es jedoch, daß er nicht noch schneller fuhr. Immer wieder dachte er an Rachael, und wenn er sich vorstellte, wie Eric den Kofferraum des Mercedes verließ und über die junge Frau herfiel, entstand Gletscherkälte in ihm.

Doch ihm waren, im symbolischen Sinne, die Hände gebunden. Es blieb ihm nichts anderes übrig, als zu warten, bis er in Las Vegas eintraf – und darauf zu hoffen, daß Rachael noch lebte, wenn er das Motel erreichte.

Die Wohnung des Verwalters im Golden Sand Inn stand schon seit einem Monat leer, und Rachael nahm einen muffigen Geruch wahr, als sie das Apartment betrat.

Das Wohnzimmer war recht groß, das Schlafzimmer klein und das Bad winzig. Die Küche bot ebenfalls nicht gerade viel Platz, verfügte jedoch über eine vollständige Ausstattung. Die Wände erweckten den Anschein, als seien sie schon seit einem Jahrzehnt nicht mehr gestrichen worden. Der Teppich war abgewetzt, und das Linoleum in der Küche wies viele Kratzer und Risse auf. Die Möbelstücke gingen allmählich aus dem Leim und hätten längst durch neue ersetzt werden müssen.

»Die Einrichtung entspricht nicht gerade dem Prospekt eines Innenarchitekten«, sagte Whitney Gavis, stützte sich mit dem linken Armstumpf am Kühlschrank ab, griff mit der rechten Hand nach dem Stecker und schob ihn in die Steckdose. Sofort begann der Motor zu summen. »Aber die Geräte funktonieren alle, und außerdem sind Sie hier sicher. An diesem Ort wird niemand nach Ihnen suchen.«

Sie nahmen am kleinen Küchentisch Platz, und Rachael erzählte Gavis, was wirklich hinter der Fahndung nach ihr und Ben steckte, ließ keine Einzelheiten aus.

Das Stöhnen des draußen wehendes Windes klang wie das Klagen eines verletzten Tiers, das sich dem Fenster näherte, ein formloses Gesicht an die Scheibe preßte und der jungen Frau aufmerksam zuhörte.

Eric stand am Fenster des Zimmers mit der Nummer 15, wartete auf Rachaels Ankunft und spürte, wie das Veränderungsfeuer immer heißer in ihm brannte. Der Schweiß strömte ihm aus allen Poren, tropfte von der Stirn, rann ihm über die Wangen. Er hatte das Gefühl, in einem Backofen zu stehen, und bei jedem Atemzug schien die Luft seine Lungen zu versengen. Überall um ihn herum, in den Ecken des Raums, loderten Schattenfeuer, die er nicht zu beobachten wagte. Es war, als schmolzen seine Muskeln und Knochen.

Von einer Sekunde zur anderen *bewegte* sich sein Gesicht. Ein schreckliches Knacken und Knirschen hallte kurz in Erics Ohren wider, hatte seinen Ursprung irgendwo in seinem Schädel, verwandelte sich nur einen Augenblick später in gespenstisches Gluckern und Platschen. Die Metamorphose beschleunigte sich noch weiter, lief mit geradezu atemberaubender Geschwindigkeit ab. Voller Entsetzen und Grauen – aber auch erfüllt von einer aufgeregten, wilden und dämonischen Freude – fühlte Eric, daß sein Gesicht eine neue Form gewann. Er bemerkte einen knochigen Stirnhöcker, der sich soweit ausdehnte, daß er in sein Blickfeld geriet, sich aber sofort wieder zurückbildete und auflöste: Der neue Knochen schmolz wie Butter. Der Strom des Wandels erreichte auch Nase, Mund und Unterkiefer, knetete die noch immer teilweise menschlich wirkenden Züge zu einer rudimentären

Schnauze. Die Beine gaben unter Eric nach, und deshalb wandte er sich widerstrebend vom Fenster ab, sank mit einem Ruck auf die Knie. In seiner Brust brach irgend etwas auseinander. Die Lippen wichen zurück, zogen sich in die Länge, um sich der schnauzenartigen Restrukturierung des Gesichts anzupassen. Er zog sich am Bett hoch, rollte sich auf den Rücken, gab sich völlig dem verheerenden und doch nicht ganz unangenehmen Prozeß der umfassenden Veränderung hin. Wie aus weiter Ferne hörte er seine Stimme: Er knurrte wie ein Hund, zischte wie eine Schlange, stöhnte wie jemand, der gerade einen Orgasmus erlebte.

Eine Zeitlang betäubte Dunkelheit seine Sinne.

Als er einige Minuten später wieder zu sich kam, stellte er fest, daß er aus dem Bett gefallen war und vor dem Fenster lag, an dem er zuvor nach Rachael Ausschau gehalten hatte. Das Veränderungsfeuer brannte noch immer heiß in ihm, und er spürte nach wie vor, daß die Zellen überall in seinem Körper zu neuen Gewebeeinheiten zusammenwuchsen. Dennoch stand er auf, zog entschlossen die Vorhänge zurück und streckte die Arme nach dem Fenster aus. Im trüben Licht wirkten seine Hände riesig, und sie schienen in einen Chitinpanzer gehüllt zu sein – wie die fünffingrigen Scheren eines Krebses. Eric lehnte sich an die Scheibe und atmete warme Luft, die einen trüben Film auf dem kühlen Glas bildete.

Im Motelbüro brannte Licht.

Offenbar war Rachael inzwischen eingetroffen.

Sofort quoll Haß in Eric empor, und der verlockende Erinnerungsgeruch von Blut stieg ihm in die Nase.

Gleichzeitig bekam er eine immense Erektion. Er wollte sich in Rachael hineinschieben und sie anschließend töten, so wie die Frau des Cowboys auf dem Rastplatz. Angesichts der geistigen und körperlichen Regressionsphase fiel es ihm schwer, sich weiterhin an die Identität Rachaels zu erinnern. Es kümmerte ihn immer weniger, um wen es sich bei ihr handelte. Es kam nur darauf an, daß sie weiblich war – und Beute.

Eric wandte sich vom Fenster ab und versuchte, zur Tür zu

gehen, doch erneut gaben die metamorphierenden Beine unter ihm nach. Wieder sank er zu Boden und wälzte sich hin und her, während die Hitze des in ihm lodernden Veränderungsfeuers weiter zunahm.

Die Gene und Chromosomen, einst absolut dominierende Regulatoren von Gestalt und organischen Funktionen, wurden zu Opfern des Wandels, den sie selbst eingeleitet hatten. Sie stellten keine Kontrolleure mehr dar, die verschiedene Stadien der menschlichen Evolution reaktivierten, sondern experimentierten nun mit völlig fremdartigen Strukturen, die in keinem Zusammenhang mit der physiologischen Geschichte des Homo sapiens standen. Sie mutierten, entweder durch Zufall oder als Reaktion auf unbekannte Kräfte und Entwicklungsmuster, die Eric nicht zu deuten vermochte. Und während sie mutierten, veranlaßten sie die Produktion jener Hormone und Proteine, die seine Muskeln und Knochen schmolzen.

Er verwandelte sich in ein Geschöpf, das es niemals zuvor auf der Erde gegeben hatte.

Die zweimotorige Turboprop des Marine Corps landete um 21.03 Uhr auf dem McCarran International Airport in Las Vegas. Die Linienmaschine vom Orange County, in der Julio Verdad und Reese Hagerstrom saßen, wurde in zehn Minuten erwartet.

Harold Ince, DSA-Agent der Abteilung von Nevada, holte Anson Sharp, Jerry Peake und Nelson Gosser ab.

Gosser begab sich sofort zu dem Gate, durch das die Passagiere vom Orange County das Terminal betreten würden. Seine Aufgabe bestand darin, Verdad und Hagerstrom so unauffällig wie möglich zu beschatten, bis sie das Flughafengebäude verließen und sich das draußen wartende Überwachungsteam an ihre Fersen heften konnte.

»Es ist bereits alles geregelt, Mr. Sharp«, sagte Ince.

»Geben Sie mir einen kurzen Bericht«, forderte ihn Anson auf und marschierte mit langen Schritten durch den Korridor, der zum vorderen Bereich des Terminals führte.

Peake eilte ihm nach, und Ince – er war wesentlich kleiner als Jerrys Vorgesetzter – bemühte sich, nicht den Anschluß zu verlieren. »Sir, der angeforderte Wagen steht draußen, hinter dem Taxistand.«

»Gut. Und wenn die beiden Cops kein Taxi nehmen?«

»Ein Autoverleih-Büro ist noch immer geöffnet. Wenn sich Verdad und Hagerstrom einen Wagen mieten, gebe ich Ihnen sofort Bescheid.«

»In Ordnung.«

Sie erreichten das Laufband und traten auf den Gummibelag. Es waren keine anderen Flüge eingetroffen, und deshalb erstreckte sich der Korridor fast leer vor ihnen. Sharp blieb nicht einfach stehen, sondern ging auch auf dem sich bewegenden Untergrund weiter, sah kurz zu Ince zurück und fragte: »In welcher Beziehung stehen Sie zur Polizei von Las Vegas?«

»De Beamten sind hilfsbereit, Sir.«

»Das ist alles?«

»Nun, vielleicht nicht«, erwiderte Ince. »Es sind gute Jungs, Sir. Ihre Arbeit in dieser Stadt ist alles andere als leicht. Denken Sie nur an die vielen Betrüger und Schwindler. Aber sie werden irgendwie damit fertig. Und da sie wissen, wie schwer es ist, für Recht und Ordnung zu sorgen, haben sie großen Respekt vor allen Arten von Cops.«

»Auch vor uns?«

»Ja.«

»Wenn es zu einer Schießerei kommt«, sagte Sharp, »wenn jemand die Polizei anruft und die hiesigen Bullen eintreffen, bevor es uns gelungen ist, alle Spuren zu verwischen – können wir in einem solchen Fall damit rechnen, daß sie bei ihren Berichten unsere Wünsche berücksichtigen?«

Ince zwinkerte überrascht. »Nun... vielleicht.«

»Ich verstehe«, erwiderte Sharp kühl. Sie erreichten das Ende des Laufbands, und als sie die große Eingangshalle des Flughafengebäudes betraten, fügte Anson hinzu: »Ince, heutzutage sind gute Verbindungen zu den lokalen Behörden sehr wichtig. Beim nächsten Mal möchte ich kein ›vielleicht‹ hören, klar?«

»Ja, Sir. Aber...«

»Sie bleiben hier, warten dort drüben neben dem Zeitungsstand. Erwecken Sie bloß keine Aufmerksamkeit.«

Sharp wartete keine Antwort ab, drückte eine Glastür auf und trat nach draußen. Der Wind trieb den Regen unter das überhängende Dach.

Jerry Peake nutzte die Gelegenheit, um zu seinem Vorgesetzten aufzuschließen.

»Wieviel Zeit bleibt uns noch, Jerry?«

Peake warf einen kurzen Blick auf die Uhr. »Die Maschine landet in fünf Minuten.«

Zu dieser späten Stunde standen nur vier Wagen am Taxistand. Das Fahrzeug, das ihnen Ince zur Verfügung gestellt hatte, parkte etwa fünfzehn Meter dahinter – einer der üblichen lehmbraunen Fords der DSA. Er wies zwar keine besonderen Kennungen auf, doch an den Türen hätte genausogut in mindestens dreißig Zentimeter großen Blockbuchstaben GEHEIMDIENST stehen können.

Peake nahm am Lenkrad Platz, und Sharp setzte sich auf den Beifahrersitz, legte sich seinen Aktenkoffer auf den Schoß. »Wenn Verdad und Hagerstrom ein Taxi nehmen, so fahren Sie dicht genug auf, um das Nummernschild zu lesen. Sollten wir den Wagen irgendwo im Verkehr verlieren, können wir das Fahrtziel von der Taxi-Gesellschaft in Erfahrung bringen.«

Peake nickte.

Ein Teil des lehmbraunen Fords befand sich unter dem Vordach, und der andere war dem Unwetter ausgesetzt. Regen prasselte auf die rechte Seite herab, und das Wasser tropfte über Sharps Fenster.

Der stellvertretende Direktor öffnete seinen Aktenkoffer und holte zwei Pistolen hervor, deren Registrierungsnummern weder zu ihm noch zur DSA zurückverfolgt werden konnten. Einer der beiden Schalldämpfer war nagelneu, der andere bereits am Lake Arrowhead benutzt. Sharp schraubte den ersten an den Lauf seiner Waffe, und die andere überließ er Peake, der bei ihrem Anblick kurz das Gesicht verzog.

»Stimmt etwas nicht?« fragte Anson.

»Nun, Sir . . .« brachte Peake unsicher hervor. »Wollen Sie Shadway noch immer umbringen?«

Sharp bedachte ihn mit einem durchdringenden Blick. »Was ich *will*, spielt keine Rolle, Jerry. Ich habe den *Befehl* erhalten, ihn unschädlich zu machen. Und die Anweisung stammt von ganz oben, wie ich bereits sagte.«

»Aber . . .«

»Ja?«

»Wenn Verdad und Hagerstrom uns zu Shadway und Mrs. Leben führen . . . Ich meine, Sie können die beiden Gesuchten doch nicht einfach über den Haufen knallen, während die Polizisten zugegen sind. Sie werden bestimmt nicht den Mund halten.«

»Ich bin ziemlich sicher, daß sich das Problem namens Verdad und Hagerstrom lösen läßt«, versicherte ihm Sharp. »Wenn ich sie unter Druck setze, kneifen sie den Schwanz ein. Die verdammten Mistkerle sollten die Finger von dieser Sache lassen, und das wissen sie auch. Wenn ich sie beim Herumschnüffeln ertappe, werden sie bald feststellen, daß sie sowohl die Karriere als auch ihre Pension riskieren. Dann machen sie einen Rückzieher. Und wenn sie weg sind, erledigen wir Shadway und die Frau.«

»Und wenn Sie sich nicht einschüchtern lassen?«

»Dann müssen sie ebenfalls ins Gras beißen«, sagte Sharp und entsicherte seine Pistole.

Der Kühlschrank summte laut.

Die feuchte Luft roch noch immer abgestanden und muffig.

Rachael und Whitney saßen wie zwei Verschwörer am Tisch. Die 32er der jungen Frau lag griffbereit vor ihr – obgleich sie nicht damit rechnete, Gebrauch von der Waffe machen zu müssen, zumindest nicht in dieser Nacht.

Whit Gavis hatte sich ihre Schilderungen ruhig und aufmerksam angehört, und zu Rachaels Erstaunen schien er ganz und gar nicht überrascht zu sein. Vielleicht vertraute er ihr einfach nur deshalb, weil Benny sie liebte.

Gavis schien eine Zeitlang nachzudenken, und schließlich sagte er: »Sie sind nicht ganz sicher, daß Eric aufgrund der Schlangenbisse gestorben ist.«

»Nein«, gestand Rachael ein.

»Wenn er nach dem tödlichen Verkehrsunfall von den Toten auferstand, so wird sein veränderter Körper vielleicht auch mit dem Klapperschlangengift fertig.«

»Ja. Ich schätze, das ist durchaus möglich.«

»Und wenn er zum zweitenmal aus dem Jenseits zurückkehrt, so können Sie nicht sicher sein, daß er zu einem Wesen degeneriert, das in der Wüste bleibt und das Leben eines Tiers führt.«

»Nein«, sagte die junge Frau. »Eine Garantie dafür gibt es nicht.«

Gavis runzelte die Stirn, und die zernarbte Seite seines Gesichts kräuselte sich wie dünnes Schmirgelpapier.

Draußen erfüllten unheilvoll klingende Geräusche die Nacht. Die Wedel einer Palme kratzten übers Dach, und das Motelschild neigte sich im Wind hin und her, quietschte in rostigen Angeln. Einige Sekunden lang horchte Rachael nach anderen Dingen, hörte aber nur das Ächzen des Windes und das unentwegte Hämmern der Regentropfen. Dennoch konnte sie sich nicht richtig entspannen.

»Was mir besondere Sorgen macht...« brummte Whitney. »Ganz offensichtlich hat Eric zugehört, als Ben Ihnen gegenüber diesen Ort erwähnte.«

»Vielleicht«, sagte Rachael voller Unbehagen.

»Mit ziemlicher Sicherheit, Mädchen.«

»Nun gut. Aber inzwischen hat er sich so verändert, daß er nicht einfach per Anhalter hierher kommen kann. Außerdem: Der evolutionäre Regressionsprozeß schien nicht nur seinen Körper zu betreffen, sondern auch den Geist. Ich meine... Whitney, wenn Sie ihn bei den Schlangen gesehen hätten, wüßten Sie, wie unwahrscheinlich es ist, daß er irgendeine Möglichkeit findet, die Wüste zu verlassen und hierher nach Vegas zu kommen.«

»Unwahrscheinlich – aber nicht unmöglich«, stellte Gavis fest. »Nichts ist völlig ausgeschlossen, Mädchen. Als in Vietnam eine verborgene Mine unter mir hochging, erhielt meine Familie die Nachricht, ich könne unmöglich überleben. Und doch war es der Fall. Anschließend hieß es, die Verletzungen seien so gravierend, daß ich ohne irgendwelche Hilfsmittel nicht in der Lage sei, verständlich zu sprechen. Nun, Sie verstehen mich, oder? Lieber Himmel, es gab damals eine ganze Liste von angeblichen Unmöglichkeiten – und die Ärzte mußten einen Punkt nach dem anderen streichen. Obwohl ich nicht den Vorteil Ihres Mannes hatte, keine veränderte Genstruktur.«

»Wenn es sich dabei überhaupt um einen Vorteil handelt«, sagte Rachael und erinnerte sich an den gräßlichen Knochenbuckel auf Erics Stirn, die stummelartigen Hörner, die veränderten Augen, die Klauenpranken...

»Ich sollte Sie irgendwo anders unterbringen.«

»Nein«, widersprach die junge Frau rasch. »Ich habe mich hier mit Ben verabredet. Wenn er kommt und mich nicht antrifft...«

»Das ist nicht weiter schlimm. Er braucht sich nur an mich zu wenden, um Sie zu finden.«

»Nein. Wenn er eintrifft, möchte ich hier sein.«

»Aber...«

»Ich bleibe hier«, sagte Rachael entschlossen. »Wenn er Las Vegas erreicht, möchte ich... ihn sofort sehen.«

Whitney Gavis musterte sie eine Zeitlang, und sein Blick schien dabei bis in ihr Innerstes zu reichen. Schließlich entgegnete er: »Mein Gott, Sie lieben ihn wirklich, nicht wahr?«

»Ja«, bestätigte sie mit zittriger Stimme.

»Ich meine, Sie lieben ihn *wirklich*.«

»Ja«, wiederholte Rachael und versuchte, ihre Stimme möglichst ruhig klingen zu lassen. »Und ich mache mir Sorgen um ihn – große Sorgen.«

»Ihm wird schon nichts zustoßen. Ben ist ein echter Überlebenstyp.«

»Wenn irgend etwas mit ihm geschieht...«

»Bestimmt nicht«, sagte Whitney. »Nun, ich glaube, heute nacht droht Ihnen hier keine Gefahr. Selbst wenn es Ihrem Mann... Eric, meine ich... Nun, selbst wenn es ihm gelingt, nach Vegas zu kommen: Er muß sich versteckt halten, kann nicht einfach auf den Bürgersteigen spazierengehen. Und das bedeutet, er braucht einige Tage, um das Motel zu erreichen.«

»Wahrscheinlich schleicht er irgendwo durch die Wüste, hundertfünfzig Kilometer von hier entfernt.«

»Mit anderen Worten: Wir gehen eigentlich kein Risiko ein, wenn wir bis Morgen warten, um eine andere Unterkunft für Sie zu finden. Also gut: Bleiben Sie heute nacht hier und warten Sie auf Ben. Und seien Sie unbesorgt: Er wird kommen. Da bin ich ganz sicher, Rachael.«

Tränen schimmerten in ihren Augen, als sie nickte.

Whitney stand auf. »Nun, wenn Sie eine Nacht in dieser Bude verbringen wollen, sollten wir es Ihnen so bequem wie möglich machen. Vielleicht liegen noch einige Laken und Handtücher im Kleiderschrank, aber ich befürchte, sie haben längst Schimmel angesetzt. Was halten Sie davon, wenn ich einige neue hole? Und wie wäre es mit etwas zu essen?«

»Ich bin halb verhungert«, sagte Rachael.

»Ich verstehe. Nun, dann bringe ich Ihnen irgend etwas. Möchten Sie mitkommen?«

Rachael rang sich ein Lächeln ab. »Nein, besser nicht. Wenn mich jemand erkennt...«

Whitney nickte. »Sie haben recht. Nun, ich bin in spätestens einer Stunde zurück. Halten Sie es so lange allein aus?«

»Ich bin hier völlig sicher«, sagte Rachael. »Bestimmt.«

In der samtenen Schwärze des Zimmers Nummer fünfzehn kroch Eric ziellos über den Boden, wandte sich erst nach links und dann nach rechts, wälzte sich von einer Seite zur anderen, zog die Beine an und streckte sie wieder...

»Rachael...«

Er hörte, wie er dieses Wort aussprach, nur dieses eine, jedesmal mit einer anderen Betonung. Zwar fiel es ihm zunehmend schwerer, Zunge und Kehlkopf zu kontrollieren, doch die Formulierung des Namens bereitete ihm keine Probleme. Manchmal wußte er, was die Silben bedeuteten, und dann wieder blieben sie ohne irgendeinen Sinn für ihn. Trotzdem führte der Klang immer zur gleichen Reaktion, stimulierte eiskalte Wut.

»Rachael...«

Hilflos schwamm er im sturmgepeitschten Meer der Metamorphose, stöhnte und knurrte, zischte, ächzte und wimmerte. Und manchmal gab er ein leises, gutturales Kichern von sich. Er keuchte und hustete, schnappte schnaufend nach Luft. Er lag auf dem Rücken, zitterte und bebte am ganzen Leib, als ihn die Flut der Veränderung durchwogte, gestikulierte mit Händen, die zweimal so groß waren wie die des Genetikers Eric Leben.

Knöpfe lösten sich von seinem rotkarierten Hemd. Ein Schultersaum riß auf, als der Umfang des Torsos immer weiter zunahm, als ihm der innere Motor des Wandels eine neue Gestalt aufzwang.

»Rachael...«

Während der vergangenen Stunden waren seine Füße mehrmals größer und kleiner geworden, und die Stiefel schienen einen fast rhythmischen Druck auf die Zehen auszuüben, der nun wieder zunahm. Eric konnte den Schmerz nicht länger ertragen, riß die Absätze und Sohlen fort, kratzte mit scharfen Krallen über zähes Leder und zerfetzte es.

Als er die nackten Füße sah, stellte er fest, daß sie sich ebenso drastisch verändert hatten wie seine Hände. Sie waren breiter und flacher, wirkten knotig und wiesen mehrere knöcherne Buckel auf. Die Zehen – so lang wie Finger. Und sie endeten in Krallen, die denen der Hände ähnelten.

»Rachael...«

Die Veränderung schlug wie ein Hammer auf ihn ein, sauste wie ein Blitz herab, der einen Baumstamm auseinanderbrechen ließ. Das Brennen erfaßte zunächst die höchste Stelle seines Körpers und setzte sich dann im Rest des Leibes fort, erstreckte sich von den Haarspitzen bis zu den Fußsohlen.

Eric krümmte sich zusammen, pochte mit den Fersen auf den Boden.

Heiße Tränen quollen ihm aus den Augen, und zähflüssiger Speichel tropfte ihm von den Lippen.

Doch obwohl er in Schweiß gebadet war und ihn das Veränderungsfeuer zu verbrennen schien, verblieb ein Kern aus Kälte im Zentrum seines Wesens, im Fokus des Denkens und Empfindens.

Eric kroch in eine Ecke des Zimmers und rollte sich dort zusammen. Das Brustbein knackte und verbreiterte sich, gewann eine neue Form. Das Rückgrat knirschte, und er spürte, wie es ebenfalls in Bewegung geriet, um sich den anderen Veränderungen anzupassen.

Nur wenige Sekunden später krabbelte er auf allen vieren in die Mitte des Raumes zurück und stemmte sich in die Höhe. Eine Zeitlang hielt er den Kopf gesenkt und knurrte kehlig, wartete darauf, daß sich der Schwindel verflüchtigte.

Das Veränderungsfeuer kühlte sich endlich ab. Und das bedeutete: Seine Gestalt stabilisierte sich.

Schwankend stand er auf.

»Rachael...«

Eric öffnete die Augen, blickte sich im Motelzimmer um und war nicht sonderlich überrascht, als er die Feststellung machte, daß er im Dunkeln fast ebenso gut sehen konnte wie zuvor bei hellem Tageslicht. Darüber hinaus hatte sich sein Blickfeld erweitert. Auch wenn er starr geradeaus sah, blieben die Konturen der Gegenstände rechts und links von ihm klar und scharf.

Er trat an die Tür heran. Teile seines mutierten Körpers schienen noch nicht voll entwickelt zu sein, und aus diesem Grund taumelte er unbeholfen, wie ein überdimensioniertes Schalentier, das gerade erst gelernt hatte, aufrecht wie ein

Mensch zu stehen. Andererseits: Er war keineswegs behindert. Eric wußte, daß er sich schnell und lautlos bewegen konnte, und tief in sich spürte er eine enorme Kraft.

Er gab ein leises Zischen von sich, das sich im Fauchen des Windes und dem Prasseln des Regens verlor, zog die Tür auf und trat in die Nacht, die ihn mit kühler Finsternis willkommen hieß.

35. *Kapitel*
Ein Etwas, das die Dunkelheit liebt

Whitney verließ die Wohnung des Verwalters im Golden Sand Inn durch die Hintertür der Küche. Sie führte in eine staubige Garage, in der nun der schwarze Mercedes stand, unter dem sich einige Pfützen aus abgetropftem Regenwasser gebildet hatten. Der Karmann Ghia hingegen parkte auf der Zufahrt hinter dem Motel.

Gavis blieb kurz stehen und wandte sich noch einmal zu Rachael um, die auf der Schwelle zwischen Küche und Garage stand. »Schließen Sie hinter mir ab und bleiben Sie im Apartment. Ich komme so schnell wie möglich zurück.«

»Machen Sie sich keine Sorgen um mich«, erwiderte die junge Frau. »Ich muß die Wildcard-Akte ordnen. Und das wird mich eine Weile beschäftigen.«

»Wahrscheinlich trifft Ben hier ein, bevor ich zurück bin«, sagte Whit.

Rachael lächelte zaghaft, dankbar für seinen Versuch, sie aufzumuntern.

Aber Gavis beobachtete auch, wie sie sich auf die Unterlippe biß und kurz den Kopf senkte. Offenbar hatte sie noch immer Angst, ihren Benny nie wiederzusehen.

Whitney bedeutete ihr mit einem Wink, in die Küche zurückzutreten, und dann schloß er die Tür zwischen ihnen. Er wartete, bis er das Klacken des zuschnappenden Riegels hörte, bevor er über den fleckigen Betonboden ging, an der

Kühlerhaube des schwarzen Wagens vorbei. Er machte sich nicht die Mühe, das große Tor aufzuziehen, hielt statt dessen auf den Seitenausgang zu.

Die Garage bot drei Fahrzeugen Platz und wurde von einer einzelnen Glühbirne beleuchtet, die an einem Querbalken hing. Es herrschte ein ziemliches Durcheinander aus beschädigten Möbelstücken, die der Vorbesitzer hier abgestellt hatte, und an den Wänden stapelte sich Müll.

Als Whitney Gavis die Seitentür entriegelte und sie öffnen wollte, vernahm er hinter sich ein leises Kratzen. Noch während er sich umdrehte, wurde es wieder still.

Er runzelte die Stirn und ließ den Blick durch die Garage schweifen, über den schwarzen Mercedes, den Gasbrenner in der einen Ecke, die alte Werkbank, den Heißwasserboiler. Nirgends rührte sich etwas.

Gavis lauschte.

Er hörte nur den Wind, das Trommeln der Regentropfen auf dem Dach.

Nach einigen Sekunden wandte er sich von der Tür ab, ging langsam um den Wagen herum und hielt aufmerksam Ausschau. Alles blieb still.

Vielleicht hatte einer der Müllhaufen unter seinem eigenen Gewicht nachgegeben. Es hätte ihn auch nicht sehr überrascht, in dem stinkenden Chaos irgendwo eine Ratte zu sehen.

Er blickte sich noch ein letztesmal um, bevor er sich zur Tür umdrehte und nach draußen trat.

Eine Sekunde später, als ihm die Böen Regen entgegenwehten, begriff Gavis die Ursache des leisen Klackens. Irgend jemand hatte versucht, das breite Garagentor von außen zu öffnen. Normalerweise wurde es von einem Elektromotor betrieben, und während es auf Automatik justiert war, konnte es nicht von Hand aufgezogen werden – ein guter Schutz vor Einbrechern.

Whitney hinkte leise zur Vorderfront der Garage und der sich daran anschließenden Zufahrt, spähte wachsam um die Ecke. Noch immer goß es in Strömen, und das Hämmern und

Prasseln übertönte das Geräusch seiner Schritte. Nach einigen Metern verharrte Gavis wieder und lauschte erneut, konnte zunächst jedoch nichts Verdächtiges hören. Nach einer Weile setzte er sich wieder in Bewegung – und blieb abrupt stehen, als hinter ihm ein gräßliches Zischen erklang.

Blitzartig wirbelte er herum, stieß einen Schrei aus und taumelte zurück, als er das *Etwas* sah, das in der Düsternis vor ihm aufragte. Aus einer Höhe von fast zwei Metern starrten dämonische Augen auf ihn herab, so groß wie Eier, das eine hellgrün und das andere orangefarben. Sie schimmerten wie die eines Tiers. Die eine Pupille ähnelte der einer Katze, die an Hyperthyreose litt, und die andere sah aus, als stamme sie aus dem Schädel eines Wesens, das eine Mischung aus Schlange und Insekt darstellen mochte. Facetten glänzten.

Einige Sekunden lang war Whitney wie erstarrt. Plötzlich streckte sich ihm ein dicker Arm entgegen, und die gewaltige Klauenpranke versetzte ihm einen Schlag mitten ins Gesicht, schleuderte ihn zu Boden. Gavis stürzte auf den harten Betonboden, rollte durch Schlamm und hohes Gras.

Der Arm des schauderhaften Geschöpfs – Whitney begriff plötzlich, daß er einen Eric Leben sah, der sich auf alptraumhafte Weise verändert hatte – wirkte ganz und gar nicht wie der eines Menschen. Er schien in mehrere Segmente unterteilt zu sein und wies drei oder vier zusätzliche ellenbogenartige Gelenke auf, was zu einer bemerkenswerten Flexibilität führte. Während Whitney noch versuchte, sich aus einem Kokon der Benommenheit zu befreien, während sich ihm das Ungeheuer näherte, sah er breite, nach unten geneigte Schultern, einen buckligen Rücken. Dennoch bewegte sich das Wesen mit einer erstaunlichen Eleganz. Aufgrund der zerrissenen Jeans konnte Gavis nur einen Teil der Beine sehen, aber er vermutete, daß sie ebenfalls mit zusätzlichen Gelenken ausgestattet waren.

Whit bemerkte, daß er schrie. Nur ein einziges Mal in seinem Leben hatte er *wirklich* geschrien, in Vietnam, als die Mine unter ihm explodierte, als er durch die Luft geschleudert wurde und einige Meter entfernt auf den Dschungelboden zurückfiel, als er sein linkes Bein sah, das einige Schritte entfernt lag, blutig und zerfetzt. Jetzt schrie er erneut, wieder und immer wieder.

Und gleichzeitig hörte er, wie das Monstrum ein schrilles Kreischen von sich gab, ein triumphierendes Heulen.

Erics Kopf zitterte hin und her, und Gavis sah eine entsetzliche Masse aus spitzen Reißzähnen.

Er versuchte, von dem teuflischen Etwas fortzukriechen, stieß sich sowohl mit dem rechten Arm als auch dem linken Stumpf ab. Doch der Regen hatte den Boden aufgeweicht, und der zähe Morast bot ihm wenig Halt. Es gelang ihm nur, einige Meter zurückzulegen, bis das Ungeheuer ihn erreichte, sich bückte und nach seinem linken Fuß griff, ihn in Richtung der offenen Garagentür zerrte. Gavis beugte das rechte Bein und trat verzweifelt und mit ganzer Kraft zu. Das Eric-Wesen fauchte und zischte zornig, zog so heftig an der Prothese, daß sich die Halteriemen lösten. Kurzer Schmerz verschleierte Whits Blick, als sich das künstliche Glied vom Oberschenkelansatz trennte, und er machte sich klar, daß er jetzt praktisch gar keine Chance mehr hatte. Mit nur einem Bein und einem Arm war er seinem Gegner hoffnungslos unterlegen.

Rachael saß in der kleinen Küche des Apartments und öffnete gerade den Müllbeutel, der die zerknitterten Blätter der Wildcard-Akte enthielt, als sie den ersten Schrei hörte. Sie wußte sofort, daß er von Whitney stammte und es nur eine Erklärung gab: Eric.

Sie ließ den Beutel einfach fallen, griff nach der 32er auf dem Tisch, trat an die Hintertür heran, zögerte kurz und entriegelte sie.

In der Garage blieb sie erneut stehen. Überall um sie herum kam es zu Bewegungen. Böiger Wind wehte durch die offene Seitentür, und die Glühbirne am Querbalken schwang hin und her, ließ unstete Schatten über die Wände tanzen. Rachael starrte auf die Müllhaufen, auf die ausgemusterten Möbelstücke, die im wechselhaften Licht ein gespenstisches Eigenleben zu entwickeln schienen.

Whitneys Schreie kamen von draußen, und deshalb nahm die junge Frau an, daß sich Eric nicht in der Garage aufhielt. Sofort lief sie wieder los, eilte an dem schwarzen Mercedes vorbei und sprang über einige Lackdosen und einen zusammengerollten Gartenschlauch hinweg.

Ein schrilles, markerschütterndes Kreischen erklang und räumte die letzten Zweifel Rachaels aus. Jetzt war sie ganz sicher, es mit Eric zu tun zu haben.

Sie stürzte durch die offene Tür in die Nacht und den Regen, hielt die Pistole schußbereit in der rechten Hand. Das Eric-Monstrum stand nur wenige Meter entfernt und wandte ihr den Rücken zu. Entsetzen regte sich in Rachael, als sie sah, daß das Ungeheuer ein Bein Whitneys in den Pranken hielt.

Nur ein Sekundenbruchteil später begriff sie, daß es sich um Gavis' Prothese handelte. Voller Grauen riß sie die Augen auf, als sich Eric langsam zu ihr umdrehte.

Sein unvorstellbar gräßlicher Anblick schnürte ihr die Kehle zu. Die Finsternis der Nacht und der strömende Regen verbargen die meisten Einzelheiten der schauderhaften mutierten Gestalt, aber die junge Frau sah genug: einen massiven und deformen Schädel, Kiefer, die wie eine Mischung aus Wolf und Krokodil aussahen, lange und spitze Reißzähne. Eric trug weder Hemd noch Schuhe, nur eine zerfetzte Jeans, war inzwischen um zehn bis fünfzehn Zentimeter gewachsen. Ein sich deutlich wölbendes Rückgrat führte zu zwei muskulösen und nach unten geneigten Schultern empor. Auf dem breiten Brustbein schienen sich Hörner oder Stachel gebildet zu haben, und hier und dort fiel Rachaels Blick auf Knochenbuckel. Die langen und mehrgelenkigen Arme reichten bis fast zu den Knien. Und die Hände... die Pranken eines Dämons, der in den feurigen Gewölben der Hölle menschliche Seelen wie Nüsse knackte und verschlang.

»Rachael... Rachael... ich bin gekommen, um dich zu töten... Rachael«, brachte das Eric-Monstrum leise und kehlig hervor, sprach jedes Wort ganz langsam aus, so als müsse es sich an eine Sprache erinnern, die es schon fast vergessen hatte. Kehle, Mund, Zunge und Lippen des Wesens eigneten sich nicht mehr für die Artikulation menschlicher Laute, und ganz offensichtlich bereitete es ihm erhebliche Mühe, die einzelnen Silben zu formulieren. »Um... dich... zu... töten...«

Mit schwingenden Armen trat es auf sie zu.

Es.

Sie konnte sich dieses Ungeheuer nicht mehr als Eric vorstellen. Nein, er war zu einem Tier geworden, zu einem abscheulichen Ungeheuer.

Rachael drückte ab, jagte ihm eine Kugel in die Brust.

Das *Etwas* zuckte nicht einmal zusammen, als sich ihm das Geschoß in den Leib bohrte. Es heulte wütend und näherte sich ihr weiter, empfand offenbar überhaupt keinen Schmerz.

Rachael schoß erneut, dann ein drittes und viertes Mal.

Die Aufschlagwucht der Kugeln schleuderte das alptraumhafte Geschöpf nicht zurück, ließ es nur taumeln.

»Rachael... Rachael...«

»Bringen Sie es um!« rief Whitney.

Das Magazin der 32er enthielt zehn Patronen. Die junge Frau drückte noch sechsmal hintereinander ab, war ganz sicher, daß sie das Ungeheuer nicht verfehlte.

Schließlich knurrte es schmerzerfüllt, sank auf die Knie und fiel bäuchlings in den Schlamm.

»Gott sei Dank«, brachte Rachael mit vibrierender Stimme hervor. Plötzlich fühlte sie sich so schwach, daß sie sich an die Außenwand der Garage lehnen mußte.

Das Eric-Etwas würgte, keuchte, zuckte einige Male und stemmte sich wieder in die Höhe.

»Nein«, hauchte Rachael ungläubig.

Das Monstrum hob den entstellten Kopf und starrte sie an, aus zwei unterschiedlichen und glühenden Augen. Wie in Zeitlupe schoben sich die Lider darüber, und als sie sich wieder hoben, schien sich der Glanz in den Pupillen weiter verstärkt zu haben.

Die veränderte Genstruktur bewirkte einen beschleunigten Heilungsprozeß und hatte es Eric ermöglicht, dem Tod ein Schnippchen zu schlagen – aber es war schlicht und einfach *unmöglich*, daß er sich so rasch von normalerweise tödlichen Schußwunden erholte.

»Stirb, verdammt!« stieß Rachael hervor.

Das Geschöpf schauderte, spuckte etwas in den Schlamm – und sprang mit einem Satz auf.

»Fliehen Sie!« rief Whitney. »Um Himmels willen, Rachael, *laufen* Sie um Ihr Leben!«

Sie war nicht imstande, Whitneys Tod zu verhindern, und es hatte keinen Sinn, zusammen mit ihm zu sterben.

»Rachael«, knurrte das Ungeheuer, und die heisere, rauhe Grabesstimme brachte Zorn, Haß und Gier zum Ausdruck.

Das Magazin der Pistole – leer. Im Mercedes lagen Munitionsschachteln, aber Rachael konnte den Wagen nicht rechtzeitig genug erreichen, um ihre Waffe neu zu laden. Sie ließ die 32er fallen.

»Fliehen Sie!« wiederholte Whitney.

Rachaels Puls raste, als sie losstürmte und in die Garage zurückkehrte. Stechender Schmerz durchzuckte den Knöchel, den sie sich in der Wüste verstaucht hatte, und die Klauenkratzer an der Wade brannten so sehr, als seien es ganz frische Wunden.

Hinter ihr kreischte der Dämon.

Rachael riß ein Stahlgerüst mit Werkzeugen beiseite, hoffte, das Monstrum dadurch ein wenig aufzuhalten – vorausgesetzt, es nahm sofort die Verfolgung auf, ohne zuerst Whitney umzubringen. Kneifzangen, Sägen, Schraubenzieher und Metallregale klapperten hinter ihr, und als die junge Frau die Tür erreichte, hörte sie, wie das *Tier* über das Durcheinander hinwegkletterte. Es hatte Gavis lebend zurückgelassen, dachte offenbar nur noch daran, Rachael zu töten.

Sie sprang über die Schwelle, schlug hinter sich die Küchentür zu – doch bevor sie den Riegel vorschieben konnte, warf sich der Dämon gegen das Hindernis, und Rachael wurde jäh zurückgeschleudert. Sie schwankte und stolperte, schaffte es irgendwie, das Gleichgewicht zu wahren, schrammte aber mit der Hüfte über die Kante der Arbeitsplatte und stieß mit solcher Wucht an den Kühlschrank, daß ihr für einige Sekunden die Luft wegblieb.

Das Ungeheuer kam von der Garage herein, und im Licht der Küchenlampe wirkte es noch weitaus entsetzlicher als draußen im Regen.

Es verharrte kurz in der Tür und sah sich aus blitzenden Augen um. Der Körper war fleckig, braun, grau, grün und schwarz, und einige hellere Stellen erinnerten an menschliche Haut. Hier und dort glänzten dunkle Schuppen. Auf dem dicken, muskulösen Hals ruhte ein schiefer, birnenförmiger Kopf, das schmalere Ende im Bereich des Kinns, über dem sich eine Schnauze mit breiten Kiefern gebildet hatte. Als es das Maul öffnete und zischte, sah Rachael erneut nadelspitze, haifischartige Zähne. Die Zunge erinnerte an die einer Schlange, tastete immerzu hin und her. Ein plumpes und fleischiges Gesicht. Außer den beiden hornartigen Buckeln auf der Stirn bemerkte Rachael auch noch einige Mulden und konkave Stellen, die keinen biologischen Zweck zu erfüllen schienen, und mehrere Knorpelansammlungen, die an offene Tumore erinnerten.

Während Rachael in der Mohavewüste vor Eric geflohen war, hatte sie vermutet, daß ihn die manipulierte Genstruktur zu einer regressiven Evolution zwang, daß sein Körper zu einem Schmelztiegel für uralte Rassenerinnerungen wurde. Doch dieses Wesen stand in keinem Zusammenhang mit der physiologischen Geschichte des Menschen. Vielmehr handelte es sich um das alptraumhafte Produkt eines genetischen Chaos', ein Geschöpf, das abseits der Entwicklungsstraße stand, die von fernster Vergangenheit in Richtung des Homo sapiens und darüber hinaus führte.

»Rachael...« fauchte das teuflische Ding.

Die junge Frau wich vom Kühlschrank zurück, näherte sich der offenen Tür zwischen Küche und Wohnzimmer.

Eric – das, was einmal Eric gewesen war – hob eine Klauenpranke, als wolle er Rachael auf diese Weise zum Stehenbleiben auffordern. Der in mehrere Einzelsegmente unterteilte Arm konnte offenbar an vier Stellen nach vorn oder hinten geknickt werden. Harte, braunschwarze Gewebeplatten schützten die einzelnen Gelenke, erinnerten Rachael an die Chitinpanzer von Insekten. In der Mitte der langen und in spitzen Krallen endenden Hände gab es münzengroße, saugnapfartige Öffnungen, wie kleine Mäuler, die gierig nach Nahrung verlangten.

Panik flutete durch Rachael, und sie drehte sich ruckartig um und lief auf die offene Tür zu. Dicht hinter ihr klackte und pochte es – als kratzten Hufe über das abgenutzte Linoleum auf dem Küchenboden. Sie war erst vier oder fünf Schritte weitergekommen und mußte noch einige Meter zurücklegen, um die nach draußen führende Tür zu erreichen, als das Monstrum rechts neben ihr in die Höhe ragte.

Es bewegte sich so *schnell!*

Rachael schrie, warf sich zu Boden und rollte zur Seite, um den zupackenden Pranken zu entgehen. Sie prallte an einen Stuhl, sprang wieder auf und brachte den Sessel zwischen sich und den Angreifer.

Als sie zur Seite auswich, folgte ihr das Ungeheuer nicht sofort. Es blieb in der Mitte des Zimmers stehen und beobachtete sie, wußte offenbar, daß es ihr den einzigen Fluchtweg abgeschnitten hatte.

Rachael zog sich in Richtung Schlafzimmer zurück.

»Rakkel, Rakkel«, knurrte das Wesen, nicht mehr dazu fähig, ihren Namen richtig auszusprechen.

Die tumorartigen Geschwülste im Gesicht des Tiers schwollen an und verformten sich. Ganz deutlich sah die junge Frau, wie eines der kleinen Hörner schmolz, als die Körperstruktur von einer neuerlichen Veränderungsphase erfaßt wurde. Eine dünne Ader kroch durch das grünschwarze und fleckige Gesicht, wie ein Parasit, ein Wurm unter der Haut.

Rachael wich weiter zurück. Und das Monstrum kam mit einigen raschen Schritten heran.

»Rakkel...«

Amos Tate war nach wie vor davon überzeugt, daß in der Intensivstation des Sunrise Hospital eine sterbende Frau auf ihren Mann wartete, und deshalb wollte er bis zum Krankenhaus fahren. Ben fürchtete, sich zu weit vom Golden Sand Inn zu entfernen und bestand hartnäckig darauf, an der Ecke Las Vegas Boulevard und Tropicana abgesetzt zu werden. Da es eigentlich gar keinen Grund gab, das großzügige Angebot des schnauzbärtigen Lkw-Fahrers abzulehnen, gab Shadway einfach zu, ihn angelogen zu haben – ohne seine Motive zu erklären. Er streifte die Wolldecke ab, öffnete die Beifahrertür, sprang auf die Straße und lief nach Osten, am Tropicana Hotel vorbei – und der verwirrte Amos Zachariah Tat sah ihm verblüfft nach.

Ben mußte ungefähr noch anderthalb Kilometer zurücklegen, um das Golden Sand Inn zu erreichen, und für gewöhnlich hätte er für eine solche Strecke nicht mehr als sechs Minuten gebraucht. Doch im Regen wagte er es nicht, so schnell zu laufen, aus Angst, zu fallen und sich ein Bein oder einen Arm zu brechen. In einem solchen Zustand wäre er wohl kaum in der Lage gewesen, Rachael zu helfen – falls sie Hilfe brauchte.

Er hastete am Rande der breiten Straße entlang, spürte am verlängerten Rücken die Kühle des Revolvers, der nach wie vor hinter dem Gürtel steckte. Nur wenige Wagen kamen vorbei, und manche Fahrer traten auf die Bremse und bedachten ihn mit sonderbaren Blicken. Doch niemand hielt an. Ben versuchte erst gar nicht, ein Auto zu stoppen und darum zu bitten, mitgenommen zu werden. Er hatte das sichere Gefühl, daß er keine Zeit mehr verlieren durfte.

Julio und Reese legten ihre Dienstwaffen nicht ab, bevor sie an Bord der Linienmaschine nach Las Vegas gingen, zeigten den Kontrollbeamten am Metalldetektor ihre Ausweise und konnten passieren. Im McCarran International Airport betraten sie das noch geöffnete Büro eines Autoverleihs und legten einer hübschen Brünetten namens Ruth ihre ID-Karten vor. Sie nahm den Telefonhörer ab, rief einen Mechaniker der Spätschicht an und beauftragte ihn, den beiden Polizisten einen Wagen zu bringen.

Verdad und Hagerstrom trugen keine für Regenwetter geeignete Kleidung, und deshalb warteten sie vor der Glastür des Ausgangs, bis sie den Dodge herankommen sahen. Dann traten sie nach draußen und stiegen ein. Der Mechaniker überprüfte kurz die Mietpapiere, nickte und überließ ihnen das Fahrzeug.

Als Julio den ersten Gang einlegte und den Dodge auf die Straße lenkte, starrte Reese in den Regen und verzog das Gesicht. »Was ist mit all den Prospekten über Las Vegas?«

»Was soll schon damit sein?«

»Wo ist der Sonnenschein geblieben? Und wo sind all die hübschen Mädchen in knappen Bikinis?«

»Warum interessierst du dich für hübsche Mädchen in knappen Bikinis, wenn du Samstag mit Teddy Bertlesman verabredet bist?«

Bloß nicht darüber reden, dachte Reese abergläubisch. Laut sagte er: »Zum Teufel auch, das hier sieht überhaupt nicht wie Las Vegas aus, eher wie Seattle.«

Rachael warf die Schlafzimmertür hinter sich zu und schloß sie ab. Mit einigen hastigen Schritten war sie am einzigen Fenster des Raums, zog die halb verrotteten Jalousien hoch und stellte fest, daß ein Metallgitter die Scheibe in einzelne Flächen unterteilte. Das erschwerte ihre Flucht.

Sie sah sich nach irgendeinem Gegenstand um, der sich als Waffe verwenden ließ, doch ihr Blick fiel nur auf das Bett, zwei Nachttischschränkchen, eine Lampe und einen Stuhl.

Sie rechnete jeden Moment damit, daß die Tür aus den Angeln flog. Aber nichts dergleichen geschah.

Das Ungeheuer im Wohnzimmer gab nicht das geringste Geräusch von sich, und Rachael empfand die Stille als ein böses Omen.

Was plante Eric?

Sie trat an den Schrank heran, öffnete ihn und betrachtete

die einzelnen Fächer. In der einen Ecke sah sie leere Regale, in der anderen einige Kleiderbügel.

Etwas kratzte über den Türknauf.

»Rakkel«, zischte das Monstrum höhnisch.

Offenbar hatte sich Eric trotz der Mutation einen Rest von Eigenbewußtsein bewahrt, denn es war der Eric-Aspekt des *Tiers*, der Rachael Angst einjagen, ihr Zeit genug geben wollte, damit sie sich das ausmalen konnte, was er mit ihr anzustellen gedachte.

Ich werde hier sterben, dachte die junge Frau. Hier in diesem Zimmer. Einen langsamen und grauenhaften Tod.

Verzweifelt machte sie Anstalten, sich von dem leeren Schrank abzuwenden, verharrte jedoch, als sie eine Klappe im oberen Teil bemerkte, eine Luke, die zum Dachboden führen mochte.

Der Dämon klopfte mit einer Klauenpranke an die Tür. »Rakkel...«

Sie schob sich in den Schrank hinein und zog versuchsweise an den Regalen, um ihre Festigkeit zu prüfen. Zu ihrer Erleichterung stellte sie fest, daß sie mit den Wänden verschraubt waren und sie so daran hochklettern konnte, als stellten sie die Sprossen einer Leiter dar. Auf der vierten improvisierten Stufe blieb sie stehen, und nur noch dreißig Zentimeter trennten ihren Kopf von der Decke. Mit der einen Hand hielt sie sich an einer Stange fest, und mit der anderen drückte sie die Klappe auf.

»Rakkel, Rakkel...« heulte das Wesen, strich mit den Krallen über das Holz der Tür, warf sich dagegen – nur ganz leicht, als ginge es ihm zunächst nur darum, die junge Frau zu verspotten.

Im Innern des Schrankes kletterte Rachael eine weitere Regal-Stufe in die Höhe, stieß sich dann ab, hielt sich an der Stange fest, zog sich daran empor und schob sich durch die Luke. Im trüben Licht sah sie einige Balken, jeweils etwa vierzig Zentimeter voneinander entfernt, und zwischen ihnen erstreckten sich isolierende Fiberglasflächen. Die Decke war sehr niedrig, befand sich nur einen guten Meter über ihr.

Hier und dort ragten Nägel daraus hervor. Überrascht stellte sie fest, daß der Dachboden keine Unterteilung aufwies und sich nicht nur auf den Bereich über dem Büro und der Wohnung des Verwalters beschränkte, auch über die anderen Räume dieses Gebäudeflügels hinweggreichte.

Unten knallte etwas so laut, daß der Balken erzitterte, auf dem Rachael hockte. Kurz darauf wiederholte sich das Bersten: Holz splitterte, und die Metallscharniere eines Schlosses gaben nach.

Rasch schloß sie die Luke, und von einem Augenblick zum anderen herrschte völlige Dunkelheit. So leise wie möglich kroch Rachael auf Händen und Knien über den Träger, bis die Entfernung zur Klappe knapp drei Meter betrug. Dann blieb sie hocken und wartete in der Finsternis.

Sie lauschte nervös. Angesichts der geschlossenen Luke konnte sie kaum hören, ob sich unten im Schlafzimmer etwas rührte, denn der strömende Regen, der nach wie vor auf das Moteldach nur wenige Zentimeter über ihr pochte, übertönte alle anderen Geräusche.

Rachael hoffte inständig, daß Eric aufgrund eines Intelligenzquotienten, der eher dem eines Tiers entsprach als dem eines Menschen, nicht herausfinden konnte, auf welche Weise sie aus dem Schlafzimmer geflohen war.

Mit nur einem Arm und einem Bein schob sich Whitney Gavis über den regennassen Boden und kehrte in Richtung der Garage zurück, folgte dem Ungeheuer, das ihm die Prothese abgerissen hatte. Als er die offene Tür erreichte, begriff er, daß er sich etwas vormachte: Als Krüppel war er überhaupt nicht imstande, Rachael zu helfen.

Zorn quoll in ihm hervor, und sofort versuchte er, die Wut zu unterdrücken. »Finde dich damit ab, ein Krüppel zu sein, Whit«, sagte er laut. »Und fang bloß nicht damit an, dich selbst zu bemitleiden.« Er wandte sich von der Garage ab, kroch durch Matsch und Schlamm und näherte sich dem gepflasterten Pfad, entschlossen dazu, den Weg bis zur Tropicana fortzusetzen und mitten auf der Straße liegen zu bleiben. Selbst der sturste Autofahrer würde es wohl kaum wagen, ihn einfach zu überfahren.

Er hatte erst knapp acht Meter zurückgelegt, als sein Gesicht dort zu brennen begann, wo ihn zuvor die Klauenpranke des Ungeheuers getroffen hatte. Gavis rollte sich auf den Rücken, hob die rechte Hand und betastete seinen Kopf. Einige tiefe Kratzer und Schnitte durchteilten die Narben auf der linken Wange.

Whitney drehte sich wieder auf den Bauch und kroch zur Straße weiter.

»Spielt keine Rolle«, brummte er. »Mit jener Gesichtshälfte kannst du ohnehin keinen Schönheitswettbewerb gewinnen.«

Er wagte es nicht, an das Blut zu denken, das warm von der Schläfe herabtropfte.

Rachael hockte auf dem finsteren Dachboden und fragte sich, ob es ihr wirklich gelungen war, das Eric-Etwas zu täuschen. Sie wußte, daß die evolutionäre Regression sowohl den Körper als auch den Geist erfaßte, und vielleicht mangelte es dem Ungeheuer wirklich an intellektueller Kapazität, um herauszufinden, wohin sie verschwunden war. Das Herz pochte ihr noch immer bis zum Hals empor, und sie zitterte nach wie vor. Aber langsam schöpfte sie neue Hoffnung.

Dann schwang die Bodenklappe mit einem Ruck auf, und Licht erhellte die Dunkelheit. Die gräßlichen Hände des Monstrums tasteten durch die Öffnung, und kurz darauf sah Rachael auch den Kopf. Der Dämon zog sich in die Höhe, richtete den Blick seiner glühenden Augen auf die junge Frau.

Panik riß das innere Juwel der Hoffnung in Myriaden Fetzen. Rachael kroch hastig über die Balken, achtete dabei auf die Nägel, die nur wenige Zentimeter über ihr aus der Decke ragten. Sie vermied es, sich auf die Fiberglasflächen zwischen den einzelnen Trägern zu stützen, denn sie wußte, daß die Isolationsschichten unter ihrem Gewicht auseinanderbrechen würden. Ein falscher Schritt genügte, um sie in die

Tiefe stürzen zu lassen, und in einem solchen Fall kam sie bestimmt nicht ohne einen Arm- oder Beinbruch davon. Bei der Vorstellung, hilflos irgendwo liegen zu bleiben und zu beobachten, wie sich das Ungeheuer näherte, um ihr den Garaus zu machen, fühlte sie sich von namenlosem Schrecken heimgesucht.

»Rakkel...« zischte das Alptraumgeschöpf hinter ihr und schloß die Luke wieder.

Dunkelheit wogte heran und verschlang alles Licht – eine Finsternis, die Rachael blind machte, nicht jedoch Eric. Jetzt waren alle Vorteile auf seiner Seite.

Als Ben endlich das Golden Sand Inn vor sich sah, das Licht, das hinter einigen Fenstern brannte, wurde er kurz langsamer und nahm die Magnum zur Hand.

Er wünschte sich, die Remington-Flinte bei sich zu haben, das Gewehr, das er im liegengebliebenen Merkur zurückgelassen hatte.

Einige Sekunden später, dicht vor der Zufahrt des Motels, sah er einen Mann, der in Richtung Tropicana kroch. Unmittelbar darauf erkannte er ihn als Whitney Gavis, der seine Prothese verloren hatte und verletzt zu sein schien.

Eric hatte sich in etwas verwandelt, das die Dunkelheit liebte. Er wußte nicht, was er war, und er konnte sich auch nicht klar an seine frühere Existenz erinnern, hatte keine Ahnung, welches Ziel die Metamorphose anstrebte. In bezug auf einen Punkt aber erfüllte ihn eine Sicherheit, die jeden Zweifel ausschloß: Er stellte ein Geschöpf der Finsternis dar, ein Wesen, das die Schwärze nicht nur liebte, sondern darin zu einem Halbgott wurde, dessen Macht niemand in Frage stellte.

Weiter vorn kletterte die Beute vorsichtig durch eine Welt ohne Licht. Sie konnte sich nicht mehr orientieren, bewegte sich viel zu langsam, um ihm zu entkommen. Eric sah sie so deutlich vor sich, als werde sie von einem Scheinwerfer angestrahlt.

Andererseits jedoch verwirrte ihn die gegenwärtige Umgebung ein wenig. Er entsann sich eines langen Tunnels, und der Geruch deutete auf Wände hin, die aus Holz bestanden. Dennoch fühlte er sich so, als befinde er sich tief im Boden, in irgendeinem unterirdischen Bau.

Um ihn herum loderten Schattenfeuer auf, flackerten einige Sekunden lang und erloschen dann wieder. Er wußte, daß er sich einmal vor ihnen gefürchtet hatte, versuchte aber vergeblich, sich an den Grund für seine Angst zu erinnern. Die Phantomflammen stellten ganz offensichtlich keine Gefahr für ihn dar, waren harmlos, solange er ihnen keine Beachtung schenkte.

Von der weiblichen Beute ging ein durchdringender Geruch aus, der alle seine Sinne stimulierte. Die wollüstige Begierde machte ihn unvorsichtig, und er mußte sich bemühen, um der Versuchung zu widerstehen, vorzustürmen und sich auf das Opfer zu stürzen. Eric ahnte, daß er sich auf trügerischem Untergrund befand, doch das Kreischen der Stimme in seinem Innern, die ihm sexuelle Befriedigung in Aussicht stellte, übertönte das Mahnen.

Irgendwie begriff er, wie gefährlich es gewesen wäre, sich von den dicken Balken abzuwenden und die dünnen Schichten neben ihnen zu betreten. Deshalb hielt er sich auf den Trägern. Obgleich er wesentlich größer und schwerer war als die Beute, kam er weitaus schneller voran, erwies sich als agiler.

Jedesmal dann, wenn sie den Kopf drehte, kniff Eric die Augen zu, so daß sie ihn nicht aufgrund der glühenden Pupillen erkennen konnte. Wenn sie innehielt und horchte, hörte sie natürlich das Kratzen und Schaben, das er auf den Balken verursachte, doch der Umstand, daß ihr keine visuelle Positionsbestimmung des Verfolgers möglich war, schürte offenbar das Entsetzen in ihr.

Eric empfand den Geruch des Grauens als ebenso stark wie den ihrer Weiblichkeit. Das eine regte seine Blutgier an, das andere bewirkte sexuelles Verlangen. Er sehnte sich danach, ihr Blut auf seinen Lippen zu spüren, die Schnauze in ihren aufgeschlitzten Leib zu pressen und seine spitzen

Zähne in das besonders leckere Fleisch einer warmen Leber zu bohren.

Die Entfernung zu ihr betrug noch sechs Meter.

Vier.

Drei.

Ben half Whitney auf und lehnte ihn an eine gut einen Meter hohe Trennmauer, hinter der sich einst Blumenbeete erstreckt hatten und jetzt nur noch Unkraut wuchs. Über ihnen quietschte und knarrte das Motelschild im Wind.

»Mach dir um mich keine Sorgen«, sagte Whit und rückte von Ben fort.

»Dein Gesicht...«

»Hilf *ihr*, hilf Rachael.«

»Du blutest.«

»Ich lebe, verdammt. Das Vieh hat es auf Rachael abgesehen.« In Whitneys Stimme vernahm Ben den auf unangenehme Weise vertrauten Klang des Schreckens, den er seit Vietnam nicht mehr gehört hatte. »Es hat mich einfach ignoriert und ist ihr gefolgt.«

»Es?«

»Bist du bewaffnet? Gut. Mit einer Magnum? Noch besser.«

»Es?« wiederholte Ben.

Plötzlich heulte der Wind lauter, und der Regen strömte so heftig herab, als sei ein Damm gebrochen. Whit hob die Stimme, um sich verständlich zu machen. »Leben. Es ist Eric Leben, aber er hat sich verändert. Genetisches Chaos – so nannte es Rachael. Regressive Evolution. Umfassende Mutationen. Beeil dich, Ben. Die Wohnung des Verwalters!«

Whits Worte erschienen Shadway zusammenhanglos, doch er spürte, daß Rachael in noch größerer Gefahr schwebte, als er bisher befürchtet hatte. Er ließ seinen alten Freund an der Trennmauer zurück und näherte sich mit raschen Schritten dem Eingang des Motelbüros.

Der Regen prasselte noch lauter auf das Dach herab, und das

Hämmern machte Rachael fast taub, als sie so schnell wie möglich durch die lichtlose Schwärze kroch. Sie hatte Angst, zu langsam zu sein, um dem Ungeheuer zu entkommen, aber schon nach kurzer Zeit erreichte sie das Ende des Dachbodens und stieß an die Wand, die diesen Motelflügel begrenzte.

Die junge Frau gab ein leises Wimmern von sich, als sie begriff, in eine Sackgasse geraten zu sein. Sie wandte sich nach rechts, hoffte inständig, daß sich der Dachboden dort fortsetzte. Nach einigen Metern fühlte sie vor sich einen Betonblock, der die beiden Teile des U-förmigen Gebäudes separierte, vielleicht eine Brandmauer. Mit beiden Händen tastete sie über das Hindernis, strich mit den Fingerkuppen über rauhen Stein und porösen Mörtel, rechnete jeden Augenblick damit, von großen Klauenpranken gepackt zu werden.

Hinter ihr stieß das Eric-Etwas ein wortloses, triumphierendes Kreischen aus, ein gieriges Heulen, das das Prasseln des Regens übertönte und nur wenige Zentimeter von Rachaels Ohren entfernt zu erklingen schien.

Sie schnappte erschrocken nach Luft und drehte den Kopf. Sie hatte geglaubt, mindestens eine halbe Minute Zeit zu haben, um sich etwas einfallen zu lassen, doch jetzt mußte sie sich der entsetzlichen Erkenntnis stellen, daß sie in der Falle saß. Zum erstenmal seit dem Beginn ihrer Flucht über den Dachboden sah sie die blitzenden Augen des Monstrums. Die in einem grünlichen Ton glühende Pupille veränderte sich weiter und wies bereits größere Ähnlichkeiten mit dem orangefarbenen Schlangenauge auf. Der Dämon war so nahe, daß sie den Haß in seinem Blick sehen konnte. Es ... *es* schob sich nur knapp zwei Meter hinter ihr über den Balken.

Der Atem des Wesens stank.

Rachael wußte, daß es sie ganz deutlich vor sich sah.

Es streckte die Arme nach ihr aus.

Sie spürte, wie die Krallen der großen Hände nach ihrem Bauch zielten.

Die junge Frau preßte sich an den Betonblock.

Denk nach. *Denk nach.*

Wenn sie nicht sofort etwas unternahm, war sie erledigt, eine leichte Beute für das Ungeheuer dicht hinter ihr. Deshalb blieb Rachael nichts anderes übrig, als sich der Gefahr zu stellen, die sie bisher gemieden hatte. Sie zögerte nicht, ließ sich einfach zur Seite rollen, herunter von dem stabilen Träger, auf eine der Isolationsflächen. Das Fiberglas gab sofort unter ihr nach, und Rachael fiel, fiel durch die Decke eines Motelzimmers, klammerte sich an die Hoffnung, nicht auf den Rand eines Schranks oder eine Stuhllehne zu prallen. Wenn sie sich etwas brach, gab es keine Aussichten mehr, die Flucht fortzusetzen...

Sie landete mitten in einem alten Bett, dessen Matratze längst Schimmel angesetzt hatte. Sporen wirbelten wie Staub davon, und ein intensiver Modergeruch stieg der jungen Frau in die Nase, weckte Übelkeit in ihr. Gleichzeitig füllte sich ihr innerer Kosmos mit Erleichterung darüber, unverletzt und am Leben zu sein.

Über ihr kletterte das Eric-Ungeheuer durch das Loch in der Decke. Es hielt sich am Balken fest und schob sich mit schlangenartiger Eleganz durch die Öffnung.

Rachael sprang vom Bett herunter, taumelte durch das dunkle Motelzimmer und suchte nach einer Tür.

In der Wohnung des Verwalters fand Ben die gesplitterte Schlafzimmertür, doch im sich daran anschließenden Raum hielt sich ebensowenig jemand auf wie im Wohnzimmer und der Küche. Shadway sah auch in der Garage nach, aber Rachael und Eric blieben verschwunden.

Er erinnerte sich an den alarmierten Tonfall Whitneys, kehrte durch das Apartment ins Büro zurück und betrat den Hof. Aus den Augenwinkeln bemerkte er Bewegung am Ende des ersten Flügels.

Rachael. Trotz des Regens und der dunklen Nacht erkannte er sie auf den ersten Blick.

Sie lief aus einem der Motelzimmer, und Ben rief ihren Namen. Die junge Frau sah auf, wandte sich zur Seite und eilte auf ihn zu.

»Lauf, Benny!« rief sie. »Um Himmels willen – *lauf!*«

Shadway blieb an Ort und Stelle stehen, war nicht dazu bereit, den hilflosen Whit an der Trennmauer zurückzulassen. Und mit seinem alten Freund in den Armen konnte er nicht schnell genug fliehen.

Dann sah er das *Etwas*, das hinter Rachael aus dem Zimmer stürzte, und plötzlich wünschte er sich nichs sehnlicher, als die Beine in die Hand zu nehmen.

Genetisches Chaos, entsann er sich Whits Worte. Bis zu diesem Zeitpunkt waren diese Silben ohne Bedeutung für ihn geblieben. Als Bens Blick jetzt auf das fiel, was die Metamorphose aus Eric gemacht hatte, verstand er genug. Leben stellte eine Mischung aus Dr. Frankenstein und dem von ihm selbst geschaffenen Ungeheuer dar, war nicht nur der Wissenschaftler, der ein Experiment durchführte, sondern auch das Versuchstier.

Rachael erreichte Ben und griff nach seinem Arm. »Komm, wir müssen fort von hier.«

»Ich kann Whit nicht zurücklassen«, erwiderte Shadway. »Tritt aus der Schußlinie.«

»Nein! Das hat keinen Sinn. Himmel, ich habe dem Wesen zehn Kugeln in den Leib gejagt, und es stand einfach wieder auf.«

»Es gibt weitaus bessere Waffen als deine kleine Pistole«, beharrte Ben.

Das alptraumhafte Geschöpf raste ihnen entgegen, sauste mit langen Schritten heran, *flog* fast über den Gehsteig, der an den Motelzimmern vorbeiführte und über dem sich die zerbeulte Aluminiummarkise spannte. Es bewegte sich nicht annähernd so ungelenk und schwerfällig, wie Ben erwartet hatte. Selbst im düsteren Halbdunkel schienen Teile des gräßlich deformierten Körpers wie polierter Obsidian zu glänzen, und an anderen Stellen schimmerten silbrige Schuppen.

Es blieb Ben gerade noch Zeit genug, die Combat Magnum mit beiden Händen zu heben und abzudrücken. Ein dröhnendes Knallen hallte durch die Nacht, und eine Feuerzunge leckte aus dem Lauf des Revolvers.

Knapp fünf Meter entfernt bohrte sich das großkalibrige Geschoß in den Leib des Ungeheuers, und die Aufschlagwucht der Kugel ließ es taumeln. Doch es sank nicht zu Boden. Himmel, es blieb nicht einmal stehen, wurde nur etwas langsamer.

Ben drückte erneut ab, dann zum drittenmal.

Das Monstrum brüllte – ein Laut, den Shadway noch nie zuvor gehört hatte und bei dem es ihm kalt über den Rücken lief – und verharrte schließlich. Unsicher wankte es und hielt sich an einem der Pfosten fest, die das Vordach stützten.

Wieder schoß Ben, und diesmal traf er den Dämon am Hals.

Die Kugel schleuderte das Wesen von dem Pfosten fort.

Das fünfte Geschoß warf es zu Boden. Es preßte sich eine schaufelgroße Hand an die Kehle, und der andere Arm krümmte sich auf eine geradezu absurde Art und Weise und kam in die Höhe, bis die betreffende Klauenpranke eine Stelle am Nacken berühren konnte.

»Schieß!« drängte Rachael. »*Schieß!*«

Der Revolver entlud sich zum sechsten und letzten Mal, und das Monstrum fiel rücklings auf den Betonboden, neigte sich zur Seite und blieb reglos liegen.

Das Knallen der Combat Magnum war nur ein wenig leiser als das ohrenbetäubende Röhren einer Kanone, und in der folgenden Stille schien das Trommeln der Regentropfen kaum lauter zu sein als ein Flüstern.

»Hast du noch mehr Patronen?« fragte Rachael. Aus weit aufgerissenen Augen starrte sie auf das Ungeheuer.

»Mach dir keine Sorgen mehr«, erwiderte Ben erschüttert. »Es ist tot. Tot.«

»Wenn du noch Munition bei dir hast, dann *lade* die Waffe!« drängte sie.

Shadway war schockiert, als er feststellte, daß Rachael keineswegs an einem hysterischen Anfall litt. Sie fürchtete sich, ja, aber die panische Angst beeinträchtigte nicht ihre Selbstbeherrschung. Sie wußte, wovon sie sprach.

»Beeil dich«, brachte sie hervor.

Shadways Hände zitterten, als er die Trommel des Revolvers zur Seite klappte und eine Patrone in die erste Geschoßkammer schob.

»*Benny*«, sagte Rachael warnend.

Er hob den Kopf und sah, wie sich das Wesen bewegte. Es schob die breiten Hände unter seinen Leib und versuchte, sich in die Höhe zu stemmen.

»Ach du meine Güte!« entfuhr es Shadway. Hastig fügte er eine zweite Patrone hinzu und stieß die Trommel zurück.

Er glaubte, seinen Augen nicht trauen zu können. Das Monstrum war bereits wieder auf den Knien und griff nach dem neuen Stützpfosten.

Ben zielte sorgfältig und betätigte den Abzug. Die Combat Magnum donnerte erneut.

Das *Etwas* erbebte, als es von der Kugel getroffen wurde, hielt sich jedoch an dem Pfahl fest und gab ein gespenstisches Kreischen von sich. Der Blick zweier glühender Augen richtete sich auf Shadway, und in den Pupillen brannte das unlöschbare Feuer des Hasses.

Bens Hände bebten jetzt so sehr, daß er fürchtete, das Geschöpf mit dem letzten Schuß zu verfehlen. Seit dem ersten Kampfeinsatz in Vietnam war er nicht mehr so bestürzt gewesen.

Es zog sich langsam am Pfosten hoch.

Shadways Zuversicht verwandelte sich in fassungslose Betroffenheit, als er sich eingestehen mußte, daß sich selbst mit einer so verheerenden Waffe wie der Magnum nichts gegen einen derartigen Gegner ausrichten ließ. Die letzte Patrone explodierte und jagte dem Wesen ein normalerweise tödliches Geschoß entgegen.

Ben versuchte vergeblich, sich davon zu überzeugen, bei den Bewegungen des Ungeheuers handele es sich nur um Todeskrämpfe. Er wußte, daß es mit einer gewöhnlichen Waffe nicht umgebracht werden konnte.

Rachael zog an seinem Arm, forderte ihn einmal mehr dazu auf, die Flucht zu ergreifen, bevor das Eric-Etwas ganz auf den Beinen war, doch nach wie vor existierte das Problem namens Whitney Gavis. Vielleicht gab es für Ben und Rachael eine Möglichkeit, sich in Sicherheit zu bringen, aber wenn Shadway seinen alten Freund nicht einfach im Stich lassen wollte, mußte er bleiben und den Kampf fortsetzen – bis entweder er oder Eric tot wäre.

Er hatte das Gefühl, in den Krieg zurückzukehren, und als er sich an Vietnam erinnerte, fiel ihm eine besonders schreckliche Waffe ein: Napalm. Napalm bestand aus verdicktem, gallertartigem Benzin und tötete praktisch alles, was damit in Berührung kam. Es brannte sich durchs Fleisch bis zu den Knochen, durch die Knochen bis zum Mark. Bens einschlägige Kenntnisse versetzten ihn in die Lage, selbst Napalm herzustellen, doch dazu brauchte er Zeit – und das Metamorphose-Ungeheuer war bestimmt nicht bereit, einfach abzuwarten. Aber vielleicht gab es eine andere Möglichkeit: gewöhnliches Benzin, in der flüssigen Form.

Das Heulen des Mutanten verklang, und als er aufstand, wandte sich Ben an Rachael. »Der Mercedes – wo steht er?«

»In der Garage.«

Shadway sah zur Straße zurück und stellte fest, daß Whit so klug gewesen war, von der Mauer fortzukriechen und sich dahinter zu verbergen. Solange Eric glaubte, daß sich Ben und Rachael noch immer auf dem Motelgelände befanden, würde er sich nicht der Tropicana nähern und unterwegs den hilflosen Mann finden. Zumindest während der nächsten Minuten drohte Gavis keine Gefahr.

Ben ließ den nutzlos gewordenen Revolver fallen und ergriff Rachaels Hand. »Komm.«

Sie liefen am Büro vorbei zur Garage weiter hinten. Der böige Wind warf immer wieder die offenstehende Tür an die Wand, und das Pochen hallte wie ein Unheilsgong durch die Nacht.

36. Kapitel
Die vielen Formen des Feuers

Whitney Gavis lehnte an der anderen Seite der Trennmauer, blickte in Richtung Tropicana und spürte, wie die Regenfluten über ihn hinwegströmten. Er fühlte sich so, als bestünde er aus Schlamm, den der Regen fortspülte. Mit jeder verstreichenden Sekunde wurde er schwächer, zu schwach, um eine Hand zu heben und sich das Blut von Schläfe und Wange zu wischen, zu schwach, um laut zu rufen und den Fahrer eines vorbeikommenden Wagens auf sich aufmerksam zu machen. Er war zu weit von der Straße entfernt, um vom Scheinwerferlicht erfaßt zu werden.

Whitney hörte die Entladungen der Combat Magnum, und in der kurz darauf folgenden Stille vernahm er einen hastigen Wortwechsel zwischen Ben und Rachael, dann das Geräusch eiliger Schritte. Shadway würde ihn auf keinen Fall im Stich lassen – in diesem Punkt war Gavis ganz sicher –, und deshalb nahm er an, daß er eine andere Möglichkeit nutzen wollte, Eric endgültig den Garaus zu machen. Allerdings gab es in diesem Zusammenhang ein Problem: Vielleicht hielt Whit nicht lange genug durch, um herauszufinden, von welcher neuen Taktik Ben und Rachael Gebrauch machen wollten.

Er sah einen weiteren Wagen, der über die Tropicana fuhr und sich näherte, und erneut versuchte Gavis, laut zu rufen. Doch kein Laut löste sich von seinen Lippen. Er bemühte sich, den rechten Arm zu heben und zu winken, aber er schien an seiner Hüfte festgenagelt zu sein.

Dann bemerkte er, daß der Wagen weitaus langsamer war als die anderen, beobachtete, wie er den Straßenrand ansteuerte.

Die Konturen seiner Umgebung verschwammen.

Benommen schüttelte Whitney den Kopf, und als sich das Bild vor seinen Augen klärte, sah er, daß sich das Auto noch weiter genähert hatte und genau auf das Motel zuhielt. Er hatte nicht einmal mehr Kraft genug, so etwas wie Aufregung zu empfinden, und die Dunkelheit der Nacht schien sich noch weiter zu verfinstern.

Ben und Rachael betraten die Garage und schlossen sofort die Tür. Die junge Frau trug nicht die Hausschlüssel bei sich, und deshalb konnten sie die Küchentür nicht abschließen und nur hoffen, daß Eric nicht von der Wohnung aus versuchte, in die Garage zu gelangen.

»Verriegelte Türen halten das Wesen nicht auf«, sagte Rachael. »Wenn es weiß, daß wir hier sind, verschafft es sich Zugang.«

An einem Wandhaken entdeckte Ben einen zusammengerollten Gummischlauch, der sich bestens für das eignete, was er plante. Rasch nahm er ihn zur Hand, stopfte das eine Ende in den Tank des Mercedes, saugte am anderen und hielt es zu, bevor Benzin in seinen Mund geraten konnte.

Unterdessen suchte Rachael in dem Durcheinander nach einem Behälter, der keine Löcher aufwies. Einige Sekunden später hielt sie einen galvanisierten Eimer unter den Siphon.

»Ich hätte nie gedacht, daß Benzindampf so herrlich riechen kann«, sagte Ben, als er beobachtete, wie sich der Eimer langsam füllte.

»Vielleicht halten wir das Ungeheuer nicht einmal damit auf«, erwiderte Rachael besorgt.

»Es kann die Flammen nicht einfach ausschlagen, und das Feuer wird zu weitaus größeren Gewebeschäden führen als . . .«

»Hast du Streichhölzer?« unterbrach ihn Rachael.

Ben zwinkerte. »Nein.«

»Ich auch nicht.«

»Verdammt.«

Die junge Frau sah sich um. »Gibt es hier irgendwo welche?«

Bevor Shadway darauf Antwort zu geben vermochte, kratzte etwas am Knauf der Seitentür. Offenbar hatte sie das

Eric-Etwas beobachtet, als sie um die Ecke des Motels gingen. Oder es war ihrer Fährte gefolgt.

»Die Küche«, sagte Ben drängend. »Der frühere Eigentümer dieses Gebäudes ließ alles zurück, vielleicht auch Streichhölzer in irgendeiner Schublade.«

Rachael lief sofort los und verließ die Garage.

Das Monstrum warf sich gegen die Seitentür, die aus massivem Holz bestand und sich nicht so leicht aufbrechen ließ wie die des Schlafzimmers. Die Angeln knarrten und rasselten, und beim dritten Aufprall hörte Ben ein dumpfes Splittern und Bersten. Es blieb ihnen nicht mehr viel Zeit.

Noch eine halbe Minute, dachte Shadway, und sein Blick wanderte zwischen der Tür und dem Eimer hin und her. Mit quälender Langsamkeit floß das Benzin in den Behälter. Bitte, Gott, gib uns nur noch eine halbe Minute.

Erneut warf sich der Eric-Dämon gegen das Hindernis.

Whit Gavis kannte die beiden Männer nicht. Sie hatten den Wagen am Straßenrand geparkt und sich ihm im Laufschritt genähert. Der größere von ihnen prüfte seinen Puls, und sein Begleiter – es schien sich um einen Mexikaner zu handeln – schaltete eine Taschenlampe ein und leuchtete ihm ins Gesicht. Ihre dunklen Anzüge saugten das Regenwasser wie Schwämme auf.

Vielleicht gehörten sie zu den Bundesagenten, die Jagd auf Ben und Rachael machten, aber Gavis scherte sich nicht darum. Niemand konnte eine größere Gefahr darstellen als das Monstrum im Motel. Wenn Menschen mit einem solchen Gegner konfrontiert wurden, mußten sie ihre unterschiedlichen Motive vergessen und eine geschlossene Front bilden. Selbst DSA-Beamte waren bei diesem Kampf willkommene Verbündete. Es blieb ihnen nichts anderes übrig, als die Absicht aufzugeben, das Wildcard-Projekt geheimzuhalten. Sie würden einsehen, daß dieser Weg der Langlebigkeitsforschung ins sichere Verderben führte. Es hatte keinen Sinn mehr zu versuchen, Ben und Rachael unschädlich zu machen. Ja, es kam nur noch darauf an, den mutierten Eric zu töten. Und deshalb erzählte Whit den beiden Männern alles, was er wußte, wies sie auf die enorme Gefahr hin, die von dem Ungeheuer ausging...

»Was sagt er?« fragte der Hüne.

»Ich kann ihn kaum verstehen«, erwiderte der kleine und gut gekleidete Mann, der wie ein Mexikaner aussah. Er holte Whitneys Brieftasche hervor.

Vorsichtig betastete der Hüne das linke Bein Gavis'. »Keine Verletzung, die er erst kürzlich erlitt. Er muß das Bein schon vor einer ganzen Weile verloren haben. Zusammen mit dem linken Arm, nehme ich an.«

Whitney begriff, daß seine Stimme nicht lauter war als ein Flüstern und sich ihr leiser Hauch im Prasseln und Hämmern der Regentropfen verlor. Er versuchte es noch einmal.

»Delirium«, sagte der Hüne.

Nein, verdammt, dachte Whit. Ich bin nur schwach, das ist alles. Doch kein Laut entrang sich seiner Kehle.

»Er heißt Gavis«, stellte der kleinere Mann fest und blickte auf Whits Führerschein, den er aus der Brieftasche genommen hatte. »Shadways Freund. Der Mann, von dem uns Teddy Bertlesman erzählte.«

»Es geht ihm ziemlich schlecht, Julio.«

»Bring ihn in den Wagen und fahr ihn zum Krankenhaus.«

»Ich?« fragte der Hüne. »Und was ist mit dir?«

»Ich bleibe hier.«

»Ohne Rückendeckung?« Besorgnis zeigte sich im regennassen Gesicht des großen Mannes.

»Mach dir keine Sorgen, Reese«, erwiderte Julio. »Ich habe es nur mit Shadway und Mrs. Leben zu tun, und sie stellen keine Gefahr für mich dar.«

»Quatsch«, brummte Reese. »Hier treibt sich auch noch jemand anders herum, Julio. Weder Shadway noch Mrs. Leben sind für Gavis' gegenwärtigen Zustand verantwortlich.«

»*Leben!*« brachte Whitney schließlich laut genug hervor, um das Rauschen des Regens zu übertönen.

Die beiden Männer musterten ihn verwirrt.

»Leben«, wiederholte er krächzend.

»Eric Leben?« fragte Julio.

»Ja«, raunte Whitney. »Genetisches... Chaos... Chaos ...Mutation... Waffen... Waffen...«

»Was ist mit Waffen?« Reese beugte sich zu ihm herab.

»Richten... nichts... gegen... ihn... aus«, antwortete Gavis erschöpft.

»Trag ihn zum Wagen, Reese«, sagte Julio. »Wenn er nicht innerhalb von fünfzehn Minuten ins Krankenhaus gebracht wird, ist er erledigt.«

»Was soll das heißen, mit Waffen könne man nichts gegen Eric Leben ausrichten?« fragte der Hüne.

»Delirium«, wiederholte der kleinere Mann. »Er weiß überhaupt nicht mehr, was er redet. Und jetzt... *Bewegung!*«

Reese runzelte die Stirn und hob Whitney so mühelos hoch wie ein kleines Kind.

Julio eilte los, platschte durch einige Pfützen und zog die hintere Tür des Wagens auf.

Reese ließ Gavis behutsam auf den Rücksitz sinken und wandte sich dann an seinen Begleiter. »Die Sache gefällt mir nicht.«

»Fahr zum Krankenhaus«, sagte Julio.

»Ich habe geschworen, dich niemals im Stich zu lassen, immer zur Stelle zu sein, wenn du meine Hilfe brauchst.«

»Derzeit brauche ich deine Hilfe dazu, diesen Mann ins Hospital zu bringen«, erwiderte Julio scharf. Er ließ die Tür ins Schloß fallen.

Einige Sekunden später nahm Reese am Steuer Platz. »Ich komme so schnell wie möglich zurück«, sagte er zu Julio.

»Chaos... Chaos...Chaos... Chaos...« flüsterte Whitney im Fond des Wagens. Nur dieses eine Wort konnte er formulieren – obgleich er versuchte, andere hinzuzufügen und den beiden Männern den Ernst der Lage zu erklären.

Dann rollte der Wagen los.

Peake hielt an der einen Seite des Tropicana Boulevard an und schaltete die Scheinwerfer aus, als er sah, daß Verdad und Hagerstrom etwa einen halben Kilometer weiter vorn am Straßenrand geparkt hatten.

Sharp beugte sich vor und starrte durch die beschlagene Windschutzscheibe, vorbei an den rhythmisch hin- und herstreichenden Wischern. Nach einer Weile brummte er: »Sieht so aus, als... als hätten sie jemanden gefunden, der vor dem Haus liegt. Um was für ein Gebäude handelt es sich eigentlich?«

»Scheint leerzustehen, ein Motel vielleicht«, erwiderte Peake. »Kann von hier das Schild nicht genau lesen. Golden...«

»Was machen die Kerle da?« überlegte Sharp laut.

Was mache *ich* hier? fragte sich Peake stumm.

»Möglicherweise verstecken sich Shadway und Mrs. Leben in der Bruchbude«, sagte Anson.

Um Himmels willen, ich hoffe nicht, dachte Peake. Ich hoffe, wir finden sie nie. Ich hoffe, sie liegen irgendwo auf Tahiti am Strand.

»Wen auch immer die beiden Bullen gefunden haben«, knurrte Sharp. »Sie bringen ihn in den Wagen.«

Peake wollte inzwischen nicht mehr zu einer Legende werden. Es kam ihm nur noch darauf an, diese Nacht lebend zu überstehen.

Die Seitentür der Garage erbebte einmal mehr, und die Pfosten erzitterten. Eine Angel löste sich aus der Verankerung, und nur wenige Sekunden später brach das Schloß aus den Scharnieren. Von einem Augenblick zum anderen flog die Tür auf, und Eric Leben, das Tier, stürmte herein – wie ein Geschöpf, das aus einem Alptraum stammte und irgendwie in die reale Welt gelangt war.

Ben griff nach dem Eimer, der inzwischen einige Liter Benzin enthielt, und wich zur Küchentür zurück, versuchte, sich möglichst schnell zu bewegen, ohne etwas von der kostbaren Flüssigkeit im Behälter zu verschütten.

Das Monstrum sah ihn und stieß einen so haßerfüllten und zornigen Schrei aus, daß Ben den Eindruck gewann, das

Heulen vibriere in seinen Knochen. Es trat einen ausgedienten Staubsauger beiseite, kletterte über einige umgestürzte Regale und Dosen mit Lack hinweg und offenbarte dabei eine spinnenartige Agilität.

Als Ben die Küche erreichte, hörte er das Ungeheuer dicht hinter sich. Er wagte es nicht, zurückzublicken.

Die Hälfte der Schränke und Schubladen war geöffnet, und Rachael zog gerade eine weitere auf. »Endlich!« platzte es aus ihr heraus, als sie nach einer Schachtel mit Streichhölzern griff.

»Lauf!« rief Ben. »Lauf nach draußen!«

Sie mußten unbedingt die Entfernung zum Unheilwesen vergrößern, Zeit gewinnen.

Ben folgte Rachael aus der Küche ins Wohnzimmer. Das Benzin im Eimer schwappte über den Rand, und einige Tropfen fielen auf den Teppich und Shadways Schuhe.

Hinter ihnen raste der Mutant durch die Küche, stieß einige Schrankklappen zu, schleuderte sowohl den kleinen Tisch als auch die Stühle beiseite, die ihm im Weg standen. Vielleicht bekommt er einen neuerlichen Tobsuchtsanfall, hoffte Ben. Vielleicht hält er sich eine Zeitlang damit auf, die Einrichtung zu zertrümmern.

Ben hatte das Gefühl, als bewege er sich wie in Zeitlupe, als schiebe er sich durch eine Luft, die so dick wie Sirup war. Das Wohnzimmer schien die Ausmaße eines Fußballfeldes zu gewinnen. Als sie das Ende des Raums erreichen, fürchtete er plötzlich, die Tür zum Motelbüro könne verschlossen sein. Aber Rachael riß sie auf, und zusammen mit der jungen Frau hastete Shadway am Empfangstresen vorbei, dann durch die Glastür nach draußen – wo er fast auf Detektiv Verdad geprallt wäre, den er zum letztenmal am Montag abend gesehen hatte, im Leichenschauhaus von Santa Ana.

»Was, zum Teufel...« begann Verdad, als der Dämon hinter ihnen durchs Büro stürmte.

Ben sah, daß der im Regen stehende Polizist einen Revolver in der Hand hielt. »Treten Sie zurück und schießen Sie auf das Ding, wenn es durch die Tür kommt«, sagte er. »Sie können es nicht töten, aber vielleicht wird es dadurch ein wenig langsamer.«

Das Wesen gierte nach weiblicher Beute, nach warmem Blut, war erfüllt von kaltem Zorn und dem Feuer heißen Verlangens. Es ließ sich nicht aufhalten, weder durch Kugeln noch geschlossene Türen, wollte erst dann innehalten, wenn er die Frau packte, um sein Glied in sie hineinzustoßen, wenn er sowohl sie als auch ihren männlichen Begleiter umgebracht hatte. Seine Erregung nahm noch weiter zu, als es sich vorstellte, ihr Fleisch zu zerreißen und die Schnauze in ihre zerfetzten und blutigen Kehlen zu bohren, die pulsierenden Muskeln der Herzen zu verschlingen, Nieren und Leber zu schmecken. Erneut bildete sich eine Leere in ihm, die gefüllt werden wollte. Das lodernde Veränderungsfeuer verlangte nach neuer Nahrung, und der Hunger führte zu ersten Magenkrämpfen, verwandelte sich innerhalb weniger Sekunden in eine Freßgier, der sich alle anderen Bedürfnisse unterzuordnen hatten. Das Geschöpf brauchte *Fleisch*, und es sprang durch die Glastür nach draußen, in den Nachtwind und strömenden Regen, bemerkte einen zweiten Mann, einen kleineren, sah Feuer an einem Objekt, das er in der Hand hielt, verspürte einen kurzen, stechenden Schmerz in der Brust. Wieder eine kleine Flamme, und der Schmerz wiederholte sich an einer anderen Körperstelle, stimulierte die Wut, als sich das Wesen dem Angreifer zuwandte und die Klauenpranken nach ihm ausstreckte...

Ohne zu zögern schoß Julio Verdad auf das Ungeheuer, und Shadway und Mrs. Leben wagten sich unter dem Vordach hervor und liefen auf den Hof. Der Mutant blieb kurz stehen, offenbar überrascht, eine dritte Person zu sehen, setzte sich aber gleich wieder in Bewegung. Die ersten beiden Schüsse schienen ihm überhaupt nichts auszumachen, und Julio mußte sich der verblüffenden Erkenntnis beugen, daß er das Wesen mit seinem Revolver nicht zu Boden schicken konnte.

Es sprang ihm entgegen, zischte und fauchte, schwang ei-

nen mit mehreren Gelenken ausgestatteten Arm, so als wolle
es Julio den Kopf von den Schultern schlagen.

Verdad duckte sich unter dem Hieb hinweg und feuerte
noch einmal, zielte dabei auf die Brust des Monstrums, aus
der Dutzende von Stacheln und Dornen ragten. Wenn es ihn
an sich preßte, würden ihn die spitzen Auswüchse aufspie-
ßen, und bei dieser Vorstellung krümmte er mehrmals
schnell hintereinander den Zeigefinger.

Drei weitere Geschosse trieben das Wesen zurück, bis es
schließlich an die Wand neben der Bürotür stieß. Dort verharrte es einige Sekunden lang und ruderte mit den Armen.

Julio feuerte die sechste – und letzte – Kugel ab und verfehlte das Ziel nicht. Aber trotzdem blieb das Ungeheuer auf
den Beinen. Es mochte verletzt und vielleicht sogar benommen sein, aber es sank nicht auf den Beton. Verdad führte
ständig einige Ersatzpatronen für die Dienstwaffe bei sich
und griff in die Tasche.

Das *Etwas* taumelte vor und erholte sich mit atemberaubender Geschwindigkeit von den sechs Schußwunden. Es
gab einen so wilden Schrei von sich, daß Julio auf der Stelle
herumwirbelte und über den Hof rannte, in Richtung Shadway und Mrs. Leben, die auf der anderen Seite des Swimming-pools standen.

Peake hatte gehofft, daß Sharp ihm den Auftrag gäbe, Hagerstrom zu verfolgen, der mit seinem Wagen einen Unbekannten fortbrachte. Wenn es anschließend im leerstehenden Motel zu einer Schießerei käme, wäre das allein Ansons Sache.

Aber sein Vorgesetzter sagte: »Lassen Sie Hagerstrom ruhig fahren. Ich glaube, er bringt den Typ zu einem Arzt. Außerdem ist Verdad der Kopf des Teams. Wenn er drüben bei
der Bude bleibt, so bedeutet das, daß wir dort Shadway und
die Frau finden können.

Als sich Lieutenant Verdad von der Straße abwandte und
in Richtung des beleuchteten Büros ging, forderte Sharp seinen Untergebenen auf, loszufahren und vor dem Hotel anzuhalten. Widerwillig befolgte der jüngere DSA-Agent die An-

weisung, und als er neben dem rostigen Schild mit der Aufschrift GOLDEN SAND INN auf die Bremse trat, hörten sie die ersten Schüsse.

Mein Gott, dachte Peake voller Unbehagen.

Lieutenant Verdad stand neben Ben und lud hastig seinen Revolver.

Rachael befand sich auf der anderen Seite und schützte die Schachtel mit den Streichhölzern vor dem Regen. Eins hielt sie in den gewölbten Händen bereit.

Der Eric-Dämon kam mit weit ausholenden Schritten heran, mit einer agilen Eleganz, die in einem auffallenden Kontrast zu seiner Größe und dem abscheulichen Erscheinungsbild stand. Er zeichnete sich als dunkle Kontur vor dem bernsteinfarbenen Licht ab, das aus dem Bürofenster fiel, stieß ein schrilles Heulen aus und wurde noch schneller. Ganz offensichtlich machte es sich nicht die geringsten Sorgen.

Rachael fürchtete, die Unerschrockenheit des Ungeheuers könne durchaus gerechtfertigt sein. Vielleicht blieb das Feuer ebenso wirkungslos wie zuvor die Kugeln.

Es stürmte an der Seite des Beckens entlang, hatte bereits die Hälfte der insgesamt zwölf Meter zurückgelegt. Wenn es die Ecke erreichte, schrumpfte die Distanz zwischen ihnen auf knapp fünf Meter zusammen.

Der Lieutenant war noch immer damit beschäftigt, seinen Revolver zu laden. Nach einigen Augenblicken klappte er die Trommel zurück und verzichtete darauf, auch die beiden letzten Geschoßkammern mit Patronen zu füllen.

Das Monstrum lief um die Ecke des Pools.

Ben ergriff den Eimer mit beiden Händen, schloß die eine um den Rand und preßte die andere unter den Boden. Mehrmals schwang er den Behälter hin und her – und goß das Benzin auf den Mutanten, als er über die Betonfläche heranstürmte.

Peake folgte Sharp, der am Motelbüro vorbei auf den Hof lief, sah gerade noch, wie Shadway den Inhalt eines Eimers auf ein Geschöpf schüttete, das wie eine Manifestation des Grauens wirkte.

Sharp blieb erschrocken stehen, und Peake hatte das Gefühl, sich plötzlich nicht mehr von der Stelle rühren zu können.

Das Wesen kreischte zornig und taumelte von Shadway fort. Mit den Klauenpranken wischte es sich über ein Gesicht, in dem orangefarbene Augen wie zwei heiße Kohlen glühten, klopfte sich auf die Brust und versuchte offenbar, die Flüssigkeit zu entfernen.

»Leben«, sagte Sharp. »Gütiger Himmel – das muß Eric Leben sein.«

Jerry Peake verstand sofort – obwohl er nicht verstehen *wollte*. Er wußte, daß es sich um ein sehr gefährliches Geheimnis handelte. Und er ahnte, daß es nicht nur sein körperliches Wohlergehen bedrohte, sondern auch seine geistige Stabilität.

Das Benzin schien den Dämon geblendet zu haben, aber Rachael war sicher, daß er sich von diesem Angriff ebenso schnell erholen würde wie von den anderen. Als Ben den leeren Eimer fallen ließ und aus dem Weg trat, versuchte sie, das Streichholz zu entzünden.

Das Eric-Ding schrie nun nicht mehr, keuchte angesichts der ätzenden Benzindämpfe, krümmte sich zusammen und schnappte nach Luft.

Rachael trat einige Schritte auf das Ungeheuer zu, bevor Wind und Regen die kleine Flamme löschten, die am Streichholz flackerte.

Die junge Frau wimmerte leise, öffnete die Schachtel und entnahm ihr ein zweites Hölzchen. Diesmal kam sie nur einen Schritt weit, bevor die Flamme erlosch.

Das Monstrum schien bereits wesentlich leichter atmen zu können, richtete sich wieder auf und sah die Frau aus gleißenden Augen an.

Der Regen, dachte Rachael verzweifelt. Der Regen wäscht das Benzin von seinem Körper.

Als sie mit zitternden Fingern das dritte Streichholz zog, sagte Ben: »Hier.« Er drehte den Eimer um und stellte ihn direkt vor sie zu Boden.

Das schauderhafte Wesen atmete tief durch, streifte die letzten Reste der Benommenheit von sich ab und brüllte.

Rachael entzündete den Kopf des Streichholzes an der Reibefläche und schluchzte erleichtert, als es zu brennen begann. Sofort warf sie es in den Eimer, und die Benzinreste entzündeten sich.

Lieutenant Verdad kam mit einigen raschen Schritten herbei und trat den Behälter in Richtung des Ungeheuers.

Die Flammen leckten nach den Jeansfetzen an den Beinen des Eric-Dings, setzten erst sie in Brand und dann den ganzen Körper.

Das Feuer hielt den Dämon nicht zurück.

Er schrie schmerzerfüllt, als er zu brennen begann, aber trotzdem blieb er in Bewegung und näherte sich Rachael. Im roten und flackernden Schein des Feuers sah sie seine Klauen, die sich ihr entgegenstreckten, beobachtete, wie sich die *Mäuler* in den Handflächen öffneten und schlossen, spürte wie das Monstrum sie berührte. Die Hölle hätte nicht schlimmer sein können, als seine Pranken zu fühlen: Die junge Frau wäre fast vor Entsetzen gestorben. Das Etwas packte sie an einem Arm, schloß die andere Hand um ihren Nacken, und sie merkte, wie die kleinen Rachen unter den Klauenansätzen nagten und bissen. Die Hitze der lodernden Flammen wogte ihr entgegen, und ihr grauenerfüllter Blick fiel auf die Stacheln und Dornen, die aus der Brust des Ungetüms ragten. Es hob sie an, und sie wußte, daß nun ihre letzte Stunde geschlagen hatte, die letzte Sekunde. Aus den Augenwinkeln sah sie Verdad, der seinen Revolver hob und zweimal kurz hintereinander abdrückte, hörte das Knallen der Schüsse, sah, wie der Kopf des Eric-Wesens zurückzuckte, als er getroffen wurde. Doch bevor der Polizist seine Waffe erneut zum Einsatz bringen konnte, war Benny heran. Er sprang, flog so hoch durch die Luft wie die Kung Fu-Kämpfer in einem schlechten Eastern, streckte die Beine und trat das Ungeheuer an die Schulter. Rachael spürte, wie sich eine Klauenpranke von ihr löste, und sofort wand sie sich hin und her, um sich ganz aus dem Griff zu befreien. Ihre Füße berührten den Dämon an der Brust – und plötzlich war sie frei. Das alptraumhafte Geschöpf fiel in den Pool, und Rachael vernahm ein dumpfes Pochen, als es auf den harten Grund prallte. Sie trat zurück, genoß die Erleichterung, die sie durchströmte. Und stellte fest, daß ihre Schuhe brannten.

Ben warf sich nach links, rollte sich auf dem Boden ab, war mit einem Satz wieder auf den Beinen und beobachtete, wie der Eric-Mutant in den leeren Swimming-pool stürzte. Unmittelbar darauf sah er die Flammen, die über Rachaels Schuhe leckten, und er warf sich auf sie, erstickte das Feuer mit seinem Körper.

Einige Sekunden lang klammerte sie sich an ihm fest, und Shadway schloß die Arme um sie, drückte sie fest an sich.

»Ist alles in Ordnung mit dir?«

»So einigermaßen«, erwiderte sie unsicher.

Ben umarmte sie erneut und untersuchte sie dann rasch. Sowohl am Arm als auch am Nacken zeigten sich blutige Stellen, hervorgerufen von den Handmäulern des Mutanten, doch die Verletzungen schienen nicht besonders schwer zu sein.

Das Ungeheuer im Pool kreischte so, wie es noch nie zuvor geheult hatte, und Ben hoffte, daß es sich um Todesschreie handelte.

Er half der jungen Frau in die Höhe, schlang den Arm um ihre Taille und führte sie dorthin zurück, wo Lieutenant Verdad stand.

Der Dämon taumelte durch das Becken, brannte lichterloh, als bestehe sein Körper aus purem Kerzenwachs, versuchte vielleicht, die tiefen Stellen des Pools zu erreichen, wo sich mehr Regenwasser angesammelt hatte. Doch der strömende Regen blieb ohne jede Wirkung auf die Flammen, und daher vermutete Ben, daß auch die Lachen nichts dagegen ausrichten konnten. Das Feuer gleißte unerklärlich hell, so als nähre es sich nicht nur vom Benzin, als werde es auch noch von anderen Substanzen *im* genveränderten Körper geschürt. Nach einigen wankenden Schritten sank das Geschöpf auf die Knie, gestikulierte vage und kratzte mit den Krallen über den Betonboden. Es kroch weiter, erst auf allen vieren, dann auf dem Bauch, zog sich dorthin, wo es auf Rettung hoffte.

Ein Schattenfeuer brannte im Wasser, unter der kühlen Oberfläche, und Eric schob sich darauf zu, nicht nur um die Flammen zu ersticken, die über seinen Körper sengten, sondern auch das Veränderungsfeuer, das in seinem Innern loderte. Der schier unerträgliche Schmerz befreite die Reste seines menschlichen Bewußtseins aus dem mentalen Kerker des Vergessens, aus dem tranceartigen Zustand, in den sich die Eric-Identität zurückzog, wenn der animalische Teil seines Selbst dominant wurde. Für einige Sekunden konnte er sich wieder daran erinnern, wer er war, in was er sich verwandelt hatte und was mit ihm geschah. Doch er wußte auch, daß diese Restabilisierung nicht lange andauerte, daß er irgendwann in die Gräue gleichgültiger Ignoranz zurücksinken würde. Die Metamorphose löste Intellekt und Persönlichkeit immer mehr auf, und seine einzige Hoffnung bestand in endgültigem Tod.

Tod.

Über Jahre hinweg hatte sein einziges Ziel darin bestanden, den Tod zu besiegen, aber jetzt sehnte er sich danach.

Während ihn die Flammen bei lebendigem Leib verbrannten, schleppte er sich weiter, dem Schattenfeuer im Wasser entgegen.

Er schrie nicht mehr, verließ die Welt des Schmerzes und der Pein, wandelte durch ein anderes Universum, in dem es nichts weiter gab als nur Einsamkeit und Ruhe.

Eric wußte, daß ihn das brennende Benzin nicht umbringen konnte. Jedenfalls nicht allein. Das Veränderungsfeuer in ihm war weitaus schlimmer als die Flammen, die von außen über seinen Körper leckten. Es brodelte immer heißer und heller, in jeder einzelnen Zelle, erzeugte eine Freßgier, die wesentlich intensiver war als alle vorherigen Hungerphasen. Er brauchte dringend Nahrung, Treibstoff für die Metamorphose, Kohlenhydrate, Proteine, Vitamine und Mineralstoffe, um den außer Kontrolle geratenen Metabolismus in Gang zu halten. Aber weil er derzeit keine Möglichkeit hatte, zu jagen, zu töten und zu fressen, weil er kein Fleisch verschlingen und in Energie verwandeln konnte, zehrte sein Körper von der eigenen Substanz. Das Veränderungsfeuer erlosch nicht etwa, sondern verbrannte einige Gewebestrukturen, um andere neu zu gestalten. Mit jeder verstreichenden Sekunde verringerte sich sein Körpergewicht – nicht etwa, weil die externen Flammen Haut und Muskeln auflösten, sondern weil ihn die interne Glut aushöhlte. Er spürte, wie sich sein Kopf verformte, wie die Arme schrumpften und ihm zwei andere Gliedmaßen aus dem unteren Teil des Brustkastens wuchsen. Jede Veränderung ging mit einem Verlust einher, doch die Feuer der Mutation wüteten weiterhin in ihm.

Schließlich war es ihm nicht mehr möglich, noch näher an das Schattenfeuer heranzugelangen, das im Wasser brannte. Eric blieb liegen, keuchte und zuckte.

Zu seiner Überraschung beobachtete er, wie das Schattenfeuer aus dem Wasser herausgleißte und sich ihm entgegenstreckte. Es umhüllte ihn, bis beide Welten in Flammen standen, die äußere ebenso wie die innere.

In der Todesagonie begriff Eric schließlich, daß die mysteriösen Schattenfeuer weder Tore zur Hölle noch bedeutungslose Halluzinationen darstellten, hervorgerufen von fehlerhaft arbeitenden Synapsen in seinem Hirn. Vielmehr handelte es sich um Projektionen des Unterbewußtseins, um Warnungen vor dem gräßlichen Schicksal, auf das er zusteuerte, seit er im Leichenschauhaus von den Toten auferstanden war. Das geschädigte Hirngewebe hatte seine intellektuelle Kapazität von Anfang an beschränkt und entsprechende Erkenntnisse zumindest auf einer bewußten Ebene unmöglich gemacht. Doch das Unterbewußtsein kannte die Wahrheit und versuchte, ihm mit Hilfe der phantomhaften Schattenfeuer einen Hinweis darauf zu geben: *Feuer ist dein Schicksal, das unbezähmbare innere Feuer eines hyperaktiven Metabolismus, der dich früher oder später verbrennen wird.*

Erics Hals entwickelte sich zurück, bis der Kopf fast übergangslos auf den Schultern saß.

Er fühlte, wie sich das Rückgrat zu einem Schwanz verlängerte.

Ein massiver Brauenbuckel reichte weit über die Augen.

Und er merkte, daß er mehr als nur zwei Beine hatte.

Dann spürte er nur noch die Hitze des Veränderungsfeuers, dessen Flammen in alle Winkel seines Körpers leckten, auf der Suche nach den letzten Zellen, die es verbrennen konnte. Erics Bewußtsein sank in die vielen Arten des Feuers.

Fassungslos beobachtete Ben, wie das Eric-Etwas innerhalb einer Minute verbrannte. Die Flammen züngelten immer höher empor, und der abscheuliche Körper schrumpfte, bis auf dem Betonboden des Pools nur ein schmieriger Fleck übrigblieb. Shadway starrte ins Becken, konnte kein Wort hervorbringen. Lieutenant Verdad und Rachael schienen ebenso verblüfft zu sein, denn auch sie gaben keinen Laut von sich.

Schließlich war es Anson Sharp, der das Schweigen brach. Langsam näherte er sich dem Rande des Swimming-pools. Er hielt eine Waffe in der Hand und erweckte den Eindruck, als wolle er auch Gebrauch von ihr machen. »Was, zum Teufel, ist mit ihm geschehen?«

Ben sah den DSA-Agenten erst jetzt, wandte sich seinem alten Feind zu und erwiderte: »Ihnen droht ein ähnliches Schicksal, Sharp. Eric Leben verwandelte sich in ein Ungeheuer, und Sie sind auf dem besten Wege, seinem Beispiel zu folgen – wenn auch auf eine andere Art und Weise.«

»Wovon reden Sie da?« fragte Sharp.

Shadway zog Rachael sanft an sich und versuchte, sich zu entspannen. »Eric hielt nichts von der Welt, wie sie sich ihm darbot, und deshalb versuchte er, sie seinen eigenen perversen Bedürfnissen anzupassen. Doch anstatt ein Paradies für sich zu schaffen, fand er sich in der Hölle wieder. Im Laufe der Zeit wird es Ihnen kaum anders ergehen.«

»Was für ein Unsinn«, entgegnete Sharp. »Verschonen Sie mich mit ihrem philosophischen Mist. Sie sind erledigt, Shadway, endgültig erledigt.« Er sah Julio Verdad an und fügte hinzu: »Lieutenant, lassen Sie bitte Ihren Revolver fallen...«

»Was?« entfuhr es Verdad. »Was soll das bedeuten...?«

Sharp schoß auf ihn, und das Geschoß schleuderte den Detektiv in den Schlamm.

Jerry Peake – ein passionierter Leser von Kriminalromanen, der davon träumte, legendäre Heldentaten zu vollbringen – neigte dazu, in melodramatischen Begriffen zu denken. Während er beobachtete, wie der mutierte Körper Eric Lebens im Becken verbrannte und dabei immer mehr zusammenschrumpfte, regten sich Grauen und Entsetzen in ihm. Gleichzeitig aber rasten seine Gedanken: Die Überlegungen und Schlußfolgerungen folgten mit einer Geschwindigkeit aufeinander, die ihn selbst erstaunte. Zuerst erstellte er eine mentale Liste der Ähnlichkeiten zwischen Eric und Anson Sharp. Beide Männer liebten Macht, konnten nicht auf sie verzichten. Sie waren kaltblütig und zu allem fähig. Und sie hatten eine perverse Vorliebe für junge Mädchen... Dann hörte Jerry, wie Ben Shadway von Menschen sprach, die sich ihre eigene Hölle auf Erden schufen, und er dachte auch darüber nach. Kurz darauf starrte er auf die schwelenden Reste des mutierten Wissenschaftlers im Pool, und er gewann den Eindruck, sich an einem Scheideweg zwischen seinem eigenen irdischen Paradies und der Hölle zu befinden: Er konnte sich an Sharps Seite stellen, zu einem Mordkomplizen werden und versuchen, den Rest seines Lebens mit der Bürde dieser Schuld zu verbringen, die Verdammnis sowohl im Diesseits als auch im Jenseits zu akzeptieren. *Oder* er rang sich dazu durch, Sharp Widerstand zu leisten, wodurch er seine Selbstachtung und ein reines Gewissen wahrte – ganz gleich, was aus seiner Karriere bei der DSA wurde. Die Entscheidung lag bei ihm. Was wollte er sein: wie das Etwas im Pool oder ein *Mensch*?

Sharp forderte Lieutenant Verdad auf, die Waffen beiseite zu legen, und als Julio den Befehl in Frage stellte, schoß Anson auf ihn, ohne auch nur eine Sekunde lang zu zögern.

Jerry Peake zog seine eigene Waffe und feuerte auf Sharp. Die Kugel traf den stellvertretenden Direktor in der Schulter.

Sharp schien den drohenden Verrat des jüngeren DSA-Agenten zu spüren, denn er drehte sich genau in dem Augenblick um, als Jerry schoß. Anson drückte ebenfalls ab, und das Geschoß bohrte sich Peake ins Bein. Aus einem Reflex heraus drückte er den Abzug durch, noch während er zu Boden ging. Und als er auf den harten Beton fiel, sah er voller grimmiger Genugtuung, wie Anson Sharps Kopf auseinanderplatzte.

Rachael beugte sich zu Lieutenant Verdad herab, öffnete ihm Jacke und Hemd und untersuchte die Schulterwunde.

»Nicht weiter schlimm«, ächzte der Detektiv. »Es tut verdammt weh, aber ich komme mit dem Leben davon.«

In der Ferne heulten einige Sirenen und kamen rasch näher.

»Reese«, sagte Verdad knapp. »Er brachte Gavis ins Krankenhaus, und im Anschluß daran hat er bestimmt die hiesige Polizei verständigt.«

»Die Wunde blutet nicht besonders stark«, stellte Rachael fest, erleichtert darüber, Verdads Einschätzung in Hinsicht auf seinen Zustand bestätigen zu können.

»Hatten Sie etwas anderes erwartet?« erwiderte Verdad. »Himmel, ich habe nicht die geringste Absicht, jetzt ins Gras zu beißen. Ich möchte lange genug in dieser Welt weilen, um zu erleben, wie mein Partner die rosarote Lady heiratet.« Er lachte, als er Rachaels Verwirrung bemerkte. »Machen Sie sich keine Sorgen, Mrs. Leben: Ich bin nicht übergeschnappt.«

Peake lag flach auf dem Betonboden, und sein Kopf ruhte auf dem ›Kissen‹ der etwas erhöhten Mauerkappe am Rande des Swimming-pools.

Ben riß einen breiten Streifen von seinem Hemd ab und verwendete ihn als Aderpresse für das verletzte Bein Jerrys, zog den Verband mit dem langen Schalldämpfer von Anson Sharps Waffe stramm.

»Eigentlich ist das Ding gar nicht nötig«, wandte er sich an Peake, als das Heulen der Sirenen noch lauter wurde und das Prasseln und Trommeln des Regens übertönte. »Aber wir sollten trotzdem auf Nummer Sicher gehen. Die Wunde ist ziemlich blutig, doch eine Arterie scheint nicht verletzt zu sein. Vermutlich haben Sie ziemliche Schmerzen, nicht wahr?«

»Komische Sache«, entgegnete Peake. »Ich spüre fast gar nichts.«

»Der Schock«, sagte Ben besorgt.

»Nein«, widersprach Peake und schüttelte den Kopf. »Nein, das glaube ich nicht. Ich fühle keine Symptome eines beginnenden Schocks – und ich kenne sie genau. Ich schätze, es gibt eine andere Erklärung.«

»Und welche?«

»Die Entscheidung, die ich eben traf, die Tatsache, daß ich meinen eigenen Chef erschoß, als er den Verstand verlor – Himmel, ich will verdammt sein, wenn mich das in der DSA nicht zu einer Legende macht. Das begriff ich erst nach seinem Tod. Nun, vielleicht sind lebende Legenden nicht so schmerzanfällig wie normale Menschen.« Er lächelte schief.

Ben runzelte nur die Stirn. »Ganz ruhig«, sagte er. »Versuchen Sie, sich zu entspannen...«

Jerry Peake lachte. »Ich leide nicht an einem Delirium, Mr. Shadway. Nein. Verstehen Sie denn nicht? Ich bin nicht nur eine Legende, sondern kann noch immer über mich selbst lachen. Und das bedeutet: Vielleicht habe ich wirklich das notwendige Zeug. Ich meine, möglicherweise werde ich tatsächlich zu einer Berühmtheit – ohne daß mir ein solcher Ruf zu Kopf steigt. Und das ist doch eine wirklich prächtige Selbsterkenntnis, oder?«

»Ja«, bestätigte Shadway.

Die Nacht war erfüllt vom Heulen der Sirenen, dann dem Quietschen von Bremsen und schließlich dem Geräusch eiliger Schritte, die sich von der Zufahrt her näherten.

Schon bald mußten sie damit rechnen, daß man ihnen Hunderte von Fragen stellte: die Polizeibeamten von Las Vegas, Palm Springs, Lake Arrowhead, Santa Ana, Placentia und anderen Orten.

Und wenn die Verhöre schließlich zu Ende gingen, folgte der Spießrutenlauf durch die Medien. (»Wie *fühlen* Sie sich, Mrs. Leben? Was empfinden Sie angesichts des mörderischen Amoklaufs Ihres Mannes? Was spürten Sie, als er sie packte und fast umgebracht hätte? Was *fühlten* Sie dabei?«) Die Reporter und Journalisten – vermutlich noch hartnäckiger und erbarmungsloser als die Polizei.

Jerry Peake und Julio Verdad wurden zum Krankenwagen getragen, und die uniformierten Beamten von Las Vegas bewachten die sterblichen Überreste Anson Sharps, um sicherzustellen, daß sie niemand anrührte, bis der Leichenbeschauer eintraf. Detektiv Hagerstrom berichtete, Whitney Gavis habe das Hospital gerade noch rechtzeitig genug erreicht und komme durch, nahm dann im Rettungswagen Platz, um seinem Partner Julio Gesellschaft zu leisten. Ben und Rachael traten unter das Aluminiumvordach und genossen die Ruhe. Zunächst schwiegen sie, schmiegten sich nur aneinander. Dann schienen sie zu begreifen, daß sie nicht lange allein bleiben würden, noch einige anstrengende Stunden über sich ergehen lassen mußten. Und daraufhin sprachen sie beide gleichzeitig.

»Du zuerst«, sagte Ben, hielt die junge Frau auf Armeslänge von sich und sah ihr in die Augen.

»Nein, du. Was wolltest du sagen?«

»Ich überlegte gerade . . .«

»Ja?«

»Nun, ich fragte mich, ob du dich erinnerst.«

»Ah«, machte Rachael und wußte instinktiv, was Ben meinte. »Als wir an der Straße nach Palm Springs haltmachten«, sagte er.

»Ja, ich erinnere mich.«

»Der Antrag.«

»Ja.«

»Der *Heirats*antrag.«

»Ja.«

»Es war mein erster.«

»Das freut mich.«

»Es hätte romantischer sein können, nicht wahr?«

»Nun, ich fand es recht nett«, antwortete Rachael. »Gilt das Angebot noch?«

»Ja. Und interessiert es dich nach wie vor?«

»Und ob«, sagte die junge Frau.

Ben zog sie an sich. Sie schlang die Arme um ihn, und obgleich sie sich geborgen fühlte, schauderte sie plötzlich.

»Es geht alles in Ordnung«, sagte Ben. »Jetzt droht keine Gefahr mehr.«

»Nein, jetzt nicht mehr«, seufzte Rachael und lehnte den Kopf an seine Brust. »Wir kehren in den Orange County zurück, in eine Welt des ewigen Sommers. Wir heiraten, und ich sammle Spielzeugeisenbahnen mit dir. Ja, wir hören uns Swing-Musik aus den dreißiger Jahren an und erfreuen uns an alten Videofilmen. Zusammen schaffen wir eine bessere Welt für uns, nicht wahr?«

»Ja, wir schaffen uns eine bessere Welt«, stimmte Ben ihr leise zu. »Aber nicht auf diese Weise. Nicht indem wir uns vor der Realität verkriechen. Wenn wir uns gegenseitig helfen, brauchen wir uns nicht zu verstecken. Zusammen haben wir genug Kraft, um uns der Wirklichkeit zu stellen, meinst du nicht?«

»Ich bin sogar *sicher*«, sagte Rachael.

Der Regen ließ nach, wurde zu einem feinen Nieseln. Das Unwetter zog nach Osten weiter, und die zornige Stimme des Windes verklang.

In der Reihe TIPP DES MONATS liegen auch als Heyne -Taschenbücher vor:

Dean Koontz

»Visionen aus einer
jenseitigen Welt –
Meisterwerke der modernen
Horrorliteratur.«
HAMBURGER ABENDPOST

01/6913

HEYNE-TASCHENBÜCHER

HEYNE BÜCHER

John Saul

Entsetzen, Schauder,
unheimliche Bedrohung ...
Psycho-Horror in
höchster Vollendung.

01/10601

HEYNE-TASCHENBÜCHER